MARVIN ROTH

DAS PAPST DEKRET

www.spica-verlag.de

Danksagung

Wie immer an dieser Stelle und immer wieder gerne danke ich meiner lieben Frau Cornelia für ihre Geduld und Ausdauer, meine Texte zu lesen. Sie ist für mich der ehrlichste Kritiker und sie sagt ihre Meinung frei heraus. Nicht immer sind wir gleicher Meinung, aber schon oft hat sie mich zum Nachdenken gebracht.
Ein großes Lob sende ich zum Spica Verlag und speziell zu meinem Verleger Herrn Kolloch. Er bestärkt mich in meiner Arbeit und hat immer ein offenes Ohr für mich.
Dafür vielen Dank!

Zum Schluss noch viele liebe Grüße an meine kleine Fangemeinde, die es wie immer nicht erwarten kann, bis ich ihnen endlich eine neue Geschichte präsentiere.

Personen des Buches

Hank Berson	von seinen Freunden Hanky genannt, rettet den Präsidenten der USA und begibt sich nach Rom, um nach den Hintermännern der Anschläge zu fahnden Dabei setzt er seine paranormalen Gaben ein
Carmen Galinda	Hankys Freundin, beweist ihren Mut
Walt Kessler	Hankys Mitstreiter (und Mitbewohner), welcher ebenfalls über besondere Fähigkeiten verfügt, begleitet Hanky bei seinen Ermittlungen
Richard Miller	Reporter der New York Times und Freund von Hanky und Walt, will sich nicht heraushalten
Rita Miller	die Frau des Reporters, begibt sich zusammen mit Carmen auf eine Rettungsmission
Roger Thorn	FBI-Agent, eilt nach Kanada, um Carmen und Rita zur Seite zu stehen
Yavuz Kozoglu	ermittelt erneut für das FBI
Papst Gregor XVII.	ruft zum Heiligen Krieg auf
Pietro	ein alter Vagabund, findet einen neuen Freund
Acar	ein Moslem, hilft dem Papst
Pater Frank Marcus	strebt nach einem Gottesstaat, an dessen Spitze er sich die Welt Untertan machen will
Camerlengo Enrico Parolin	plant den Papst zu entmachten
Bürgermeister Bill de Blasio	entkommt wie durch ein Wunder einem perfiden Anschlag

Sergio Camas	transformiert von einem Obdachlosen zu einem Führungsmenschen und gründet die UCD (US Citizen Defender, deutsch: US-Bürger-Verteidiger) und die Soldaten Gottes
Lil Rick	Anführer der Straßengang Crips, macht eine Entdeckung
Akram alias Hector Polias	geheimnisvoller Nachfolger Osama Bin Ladens, plant Ungeheuerliches
Piere Montejus	Detective der Homicide Squad, Ontario Provincial Police, kommt Roger zu Hilfe
Clint Coady	der Ex-Polizist wird zum dunklen Helfer für Pater Marcus
Patricio Marcelliao	der CIA-Agent ist in Rom stationiert
Aadish	der Terrorist wird der erste Gefangene der US Citizen Defender
Commissioner William Bratton	ist New Yorker Polizeichef
Domenico Giani	Generalinspekteur des vatikanischen Gendarmeriekorps, ist kooperativer als erwartet
Stuart Rickelbeck	der ehemalige Zahnarzt wird zu Sergios Leibarzt
Steve Holder	ist Detective der New Yorker Polizei, Rauschgiftdezernat
Patrón	Anführer der MS-13-Gang in New York City, konvertiert
Sean Parson	ein Serienkiller, ist auf Rache aus

Hinweis:

Diese Geschichte ist eine Fiktion und keine der genannten Personen hat in Wirklichkeit etwas mit den im Buch beschrieben Ereignissen zu tun oder war daran beteiligt.

Außer ... mein lieber Freund Yavuz Kozoglu,
der natürlich all das erlebt hat,
was nun folgen wird.

Einleitung

‚Jagt die Ungläubigen!'

Diese glaubensbedingte Anordnung könnte von jeder Religionsgemeinschaft dieser Welt verkündet werden. Die Frage, wer als ‚Gläubiger' oder, viel schlimmer, als ‚Ungläubiger' bezeichnet werden darf, ist immer eine Interpretation der jeweiligen Gottheit. Doch welcher Mensch ist in der Lage, seinen Gott zu interpretieren. Ist es nicht vermessen, einen göttlichen Gedanken zu verstehen? Oder spielt Ratio keine Rolle? Wenn dem so ist, dann muss die Gottesfrage erlaubt sein: Gibt es einen Gott?
Frevel, wird nun mancher schreien, was in vielen Weltengegenden immer noch mit dem Tode geahndet wird. Doch es geht hier nicht um Frevel, sondern einzig darum: kann ein Mensch sich auf Gott berufen und in seinem Namen den Mord an einem Mitmenschen befehlen? Er kann das sehr wohl, doch ist dies noch im Sinne des Glaubens?

In der folgenden Geschichte zeige ich Ihnen, verehrte Leser, was Menschen im Namen Gottes alles anrichten können. Doch ich fürchte, der segensreiche Einfluss Gottes, wie wir ihn auch immer benennen, bleibt bei dieser Story auf der Strecke.
Dennoch wünsche ich Ihnen spannende Stunden und schicke ein kleines Gebet voraus.

Herzlichst

Ihr Marvin Roth

Erzürnte Gedanken

הֵנֲחַמְב רָשְׂו דיִגָנְו לִיַח רוֹבִּג־לָכ דֵחְכַּיַו ךְאָלַמ הָוהְי חַלְשִׁיַו
דֵחְכַּיַו ךְאָלַמ הָוהְי חַלְשִׁיַּופ תֶשֹׁבְּב בָשָׁיַּו רוּשַּׁא ךְלֶמ
תֶשֹׁבְּב בָשָׁיַּו רוּשַּׁא ךְלֶמ הֵנֲחַמְב רָשְׂו דיִגָנְו לִיַח רוֹבִּג־לָכ
ויָעֵמ (ק יֵאיִצִמּו) [כ וֹאיִצִמּו] ויָהֹלֱא תיֵב אֹבָּיַו וֹצְרַאְל םיִנָּפ
[כ וֹאיִצִמּו] ויָהֹלֱא תיֵב אֹבָּיַו וֹצְרַאְל םיִנָּ:בֶרָחֶב·והֻלִיפִּה םָש
:בֶרָחֶב·והֻלִיפִּה םָש ויָעֵמ (ק יֵאיִצִמּו)

Und der Herr sandte einen Engel, der vertilgte alle Gewaltigen des Heeres und Fürsten und Obersten im Lager des Königs von Assyrien, dass er mit Schanden wieder in sein Land zog. Und da er in seines Gottes Haus ging, fällten ihn daselbst durchs Schwert, die von seinem eigenen Leib gekommen waren.

(Altes Testament, 2. Chronik 32.21)

Eine ungläubige Idee

Pakistan, Karachi

Akram trat aus dem Schatten des MCB Towers. Feuchte, tropisch heiße Luft, gepaart mit den Ausdünstungen einer Megacity, schlug über ihm zusammen und hinterließ in Rekordzeit dunkle Schweißflecken auf seinem weißen Hemd.

Er hob die rechte Hand ein wenig. Sofort schoss diensteifrig eine schwarze Limousine heran und stoppte direkt vor ihm. Ein livrierter Chauffeur sprang aus dem Wagen und öffnete die hintere Autotür. In devoter Haltung blieb er stehen und wartete, bis sein Fahrgast Platz genommen hatte. Ohne auf weitere Anweisungen zu warten, bestieg der Fahrer die Limousine und fuhr los.

Akram schloss erschöpft seine Augen. Viel war heute geschehen. Zu viel! Seine scheinbare Sicherheit, wenn man in dieser Welt von Sicherheit sprechen konnte, war wie ein sachter Windhauch verflogen. Er, der immer nur aus dem sicheren Hintergrund die Fäden gezogen hatte, war nun gezwungen, selbst die Dinge in die Hand zu nehmen. Seine schmächtige Gestalt trug nicht gerade dazu bei, ihn als Nachfolger des Erleuchteten, des charismatischen Osama bin Laden, anzuerkennen.

Akram überlegte fieberhaft, wie er mit diesem schweren Erbe umgehen sollte. Auf keinen Fall wollte er in das Licht der Öffentlichkeit. Dennoch musste er sich Respekt verschaffen. Respekt bei seinen Mitstreitern, seinen Brüdern im Kampf gegen die Ungläubigen. Osama hatte der Welt mit den heroischen Angriffen des elften September gezeigt, welch ein großer Führer er war. Die gesamte arabische Nation huldigte ihn von diesem Tage an. Alle folgenden Aktionen waren im Licht dieses Sieges verblasst. Es schien fast, als habe Al-Qaida mehr mit sich selbst zu tun, als den aktiven Kampf an die Türen der Ungläubigen zu tragen.

Akram öffnete die Augen und stellte überrascht fest, dass er schon in wenigen Minuten am Flughafen ankommen würde. Zum ersten Mal an diesem Tag fühlte er sich ein wenig entspannt. Gleich würde er seinen Privatjet besteigen und Pakistan verlassen. Er war sich bewusst, dass er sich in einem steten Spagat zwischen islamischem Fundamentalismus und westlichem Luxus bewegte. Insgeheim genoss er dieses Leben sogar, was seinen soziopathischen Fanatismus nicht im Geringsten minderte.

Während des Fluges nach Zürich hatte Gottes Hand ihn berührt. Wie eine Vision war die Idee in ihm aufgestiegen und hatte sich selbst formuliert. Schnell hatte er seinen Laptop aktiviert und die wichtigsten Punkte des erblühenden Plans festgehalten. Je länger er über die Umsetzung dieses Gedankens nachdachte, umso genialer erschien ihm seine Eingebung. Er würde den Ungläubigen einen Schlag versetzen, der in der Geschichtsschreibung als Zeitenwende eingehen würde.

***

Take one and do it!

New York City – circa ein Jahr später

Es war ziemlich frisch, morgens um halb fünf am Times Square. Sergio Camas zog seinen fadenscheinigen Mantel fröstelnd um die hageren Schultern. Obwohl er diese Gegend hasste, durchstreifte er diese dennoch jede Nacht. Nur hier, in den nächtlichen Straßen, konnte er Beute machen, obwohl es in der letzten Zeit schwieriger und auch gefährlicher geworden war. Gesindel aller Nationalitäten trieb sich hier herum. Immer neue Banden tauchten auf und versuchten Einzelgänger, wie er einer war, zu vertreiben. Auch die Lastwagenfahrer hatten sich mit Eisenrohren oder Baseballkeulen bewaffnet und schon mehr als ein Dieb hatte seinen Morgen im nächsten Krankenhaus verbracht.

Das dumpfe Brummen der anfahrenden Trucks echote durch die Straßenschluchten. Sergio kannte die meisten Firmen, die Hotels, Retail Shops und Kaufhäuser belieferten. So konnte er schnell eine Auswahl treffen und sich an den entsprechenden Truck heranschleichen. Er wartete immer eine Zeit lang, sondierte die Gegend, um festzustellen, ob er mit Rivalen zu rechnen hatte. Außerdem inspizierte er dabei unauffällig die Waren in den Lastzügen und belauschte die

Fahrer. Diese gaben bei ihren Unterhaltungen oftmals und ungewollt wertvolle Hinweise über ihr Frachtgut.

An diesem Morgen schien alles schiefzulaufen. Erst verscheuchte ihn eine Gruppe Puerto Ricaner von einem sehr verlockenden Truck, der seine Ware bei Sears ablieferte. Kurz danach bekam er einige Tritte und Schläge von einem stiernackigen Fahrer, als er versuchte, eine in Folie eingeschweißte Palette mit seinem alten Messer aufzuschneiden.

Von derben Flüchen begleitet, machte sich Sergio davon und schwor grimmige Rache. Am Eingang zur Subway standen einige Schwarze zusammen und rauchten ungeniert Pott. Gab es denn keine Polizei, die dem Treiben Einhalt gebieten konnte, überlegte er, und blendete dabei seine eigene Kriminalität völlig selbstverständlich aus.

Als er um die nächste Ecke bog, blieb er wie angewurzelt stehen. Keine zehn Meter entfernt standen vier mannshohe Pappkisten unbewacht auf dem Bürgersteig. Die Kisten standen auf Holzpaletten und mochten einen Meter fünfzig lang und einen Meter breit sein. Auf den Kisten war ein Aufdruck angebracht, der Sergio ins Grübeln brachte. Dort stand in fetten Lettern:

TAKE ONE AND DO IT!

Er kratzte sich am Kopf und versuchte den Sinn der Worte zu verstehen. Was sollte das? Sollte er sich die Kisten oder zumindest eine davon nehmen? Aber was sollte er dann tun? Der Spruch rotierte in seinem Kopf wie ein Hornissenschwarm. ‚Nimm eine und tue es!'

Vielleicht war es auch nur eine dumme Werbung für ein neues Produkt, doch er konnte sich nicht vorstellen, für was ein solcher Satz werben sollte. Sergio schaute sich noch einmal prüfend um, konnte aber niemanden in seiner Nähe ausmachen.

Misstrauisch näherte er sich den Kisten und umrundete diese dann wie ein beutegieriger Wolf. Entschlossen zog er sein Taschenmesser aus der Manteltasche und klappte es auf. Weil der Deckel der Kiste ihn um gute zwanzig Zentimeter überragte, stach er das Messer einfach in Brusthöhe in den Karton. Er begann ein dreißig Zentimeter durchmessendes, ungleichmäßiges Stück Pappe herauszuschneiden. Mit einiger Mühe gelang ihm das schließlich und er versuchte zu erkennen, was sich in der Kiste befand. Doch es war noch zu dunkel und die nächste Straßenlaterne war zu weit entfernt. Mit geübten Fingern tastete Sergio in dem Karton herum und zog schon bald einen schwarzen, länglichen Plastikbeutel aus der Kiste. Er schaute verwundert auf sein Beutestück, immer noch nicht wissend, was er da ergattert hatte.

Seine Gier überwältigte sein Verlangen, den Plastikbeutel zu untersuchen, und so streckte er sogleich seinen Arm ein zweites Mal durch die von ihm geschaffene Öffnung. Gleich darauf zog er einen kleineren Beutel aus der Kiste.

Sergio beschloss, sein Glück nicht herausfordern zu wollen, und verzog sich samt seiner Beute in den nächsten, noch im Dunkeln liegenden Hausflur.

Er setzte sich auf die Treppe, um mit aufgeregter Vorfreude zuerst den kleineren der beiden Beutel zu begutachten. Ungeduldig zerrte er an der Baumwollkordel, die den Beutel verschloss. Er verfluchte die Tatsache, dass es noch so dunkel war und er sich auf seinen Tastsinn verlassen musste.

Schließlich gelang es Sergio, den Beutel zu öffnen. Mit vor Kälte klammen Fingern fasste er hinein und fühlte glatten Stahl. Erschrocken zog er seine Hand zurück. Was war das? War das etwa eine Waffe? Trotz der nächtlichen Kühle bildeten sich Schweißperlen auf seiner Stirn. Tausend Fragen rasten gleichzeitig durch seinen Kopf. Doch er konnte und wollte diese Fragen nicht spekulativ beantworten, ehe er sich sicher war, was sich in den Plastiktüten befand.

Sergio steckte seine Hand nun entschlossen in den Beutel, griff zu und zog den stählernen Gegenstand heraus. Tatsächlich! Er hatte richtig vermutet. Das war eine Waffe, eine Pistole. Welcher Art und welchen Typs, konnte er nicht bestimmen. Er kannte sich in dieser Materie nicht aus. Was er sagen konnte, war nur, dass es sich um eine recht große Pistole handelte. Im Beutel waren noch andere Dinge. Kurzentschlossen legte er die Waffe neben sich auf die Treppe und untersuchte den restlichen Inhalt der Tüte. Er fand fünf Magazine und vier Packungen Patronen.

Nun zog er den großen Beutel zu sich heran und klemmte diesen zwischen seine Beine. Auch dieser war mit einer Baumwollkordel verschlossen. Sergio fummelte, immer nervöser werdend, den Knoten auf und versuchte zu erkennen, was sich in diesem Plastiksack befand. Allmählich wurde der Himmel etwas heller und der Morgen kündigte sich an. Trotzdem musste er den Gegenstand erst halb herausziehen, um sicher zu sein, welche Beute er gemacht hatte. Unsicher drehte er ein Gewehr in seinen Händen. Das war etwas Militärisches, eine Kalaschnikow oder eine AK-47. Diese Namen oder Begriffe hatte er irgendwann, irgendwo aufgeschnappt. Aber eigentlich war es egal, wie dieses Gewehr bezeichnet wurde, sicher war nur, das Ding war gefährlich. Was sollte er damit anfangen? Konnte er die Sachen verkaufen, und an wen? Wer stellte denn Kisten mit Waffen auf dem Gehweg mitten in New York City ab, ohne dass jemand darauf aufpasste? Waren diese Waffen für die Mafia bestimmt?

Sergio schüttelte seinen Kopf und schaute ratlos die Straße hinunter. Ihm fiel die eigenartige Beschriftung auf den Kisten ein.

‚Take one and do it!'

Sollte er die Waffen finden? Wenn ja, was sollte er denn um Himmels Willen damit tun? Er verstaute das Gewehr wieder in den Plastikbeutel, in dem sich ebenfalls Ersatzmagazine und Munition befanden. Dann steckte er die Pistole in die Außentasche seines Mantels. Er wollte sich gerade erheben, als er laute Stimmen hörte, die sich scheinbar heftig stritten.

***

Mal die Gegend checken

Nicht nur Sergio war auf die Kisten aufmerksam geworden, sondern auch eine Gruppe Afroamerikaner. Sie trugen blaue Kopftücher, sogenannte Bandanas, womit die Gruppe sich als Mitglieder der Crips identifizierte. Eigentlich waren die Crips am falschen Ort zur falschen Zeit. Dies hier war nicht ihr angestammtes Revier, was ihnen aber völlig egal war. Eine Provokation mit rivalisierenden Streetgangs niemals ausschließend, waren sie aus Harlem, nach einer langen Nacht, der sie durch Bars und Clubs geführt hatte, zum Times Square gefahren, um mal die Gegend zu checken.

Lil Rick sah die Kisten als Erster.

„What the hell ...?", knurrte er mehr zu sich selbst und überquerte die Straße, ohne auf seine Kumpane zu achten.

„He Lil, wo willst'n hin?", rief Corry ihm hinterher und gesellte sich zu dem Angerufenen, wohl mehr aus Gewohnheit als aus Einsicht. Die restlichen Bandenmitglieder folgten dem Schwenk ihres Anführers, eher müde als interessiert. Kurz darauf standen sie vor den Kisten und beäugten diese misstrauisch.

Lil Rick umkreiste diese ratlos, wie es schon kurz vorher Sergio getan hatte. Schnell fand er die ungleichmäßige Öffnung an der Seite des Kartons. Er bückte sich ein wenig und versuchte zu erkennen, was sich darin befand. Es war zwar schon etwas heller geworden, dennoch konnte Lil Rick nur etwas schwarz Glänzendes, Plastikartiges sehen. Neugierig und gleichzeitig missmutig, der schlechten Lichtverhältnisse wegen, langte er dennoch ohne zu zögern in das Loch und tastete suchend den erreichbaren Inhalt ab. Seine Kameraden begannen schon zu lästern. Zwar etwas halbherzig, schoben sie sich vor Neugierde trotzdem näher heran. Als Lil schließlich einen Plastiksack hervorzog, wurde das Gedränge und Geschubse so aufdringlich, dass Lil ärgerlich fauchte: „Verdammt noch mal, seid ihr jetzt alle schwul, oder warum hängt ihr mir so auf der Pelle?"

Sofort rückten die Männer ein Stück auseinander. Mit Lil war nicht zu spaßen. Wenn der einmal wild wurde, dann konnte das schnell in einer Schlägerei ausarten.

Mit einer entschlossenen Bewegung riss Lil den Plastiksack auf und drehte diesen herum. Mit metallischem Geklapper fiel ein AK-47-Sturmgewehr auf den Asphalt, nebst einigen Magazinen und Munitionsschachteln. Es dauerte einige Sekunden, ehe die Gruppe reagierte. Wortlos starrten sie auf das Gewehr, als handle es sich um eine giftige Schlange. Sie waren durchaus an den Anblick von Waffen gewöhnt, schließlich gehörten diese zu ihrem Handwerkzeug. Dennoch hatten sie noch nie so einfach eine Waffe gefunden, nein vier Kisten mit Waffen gefunden, denn es war zu vermuten, dass die Kisten alle mit Waffen gefüllt waren. Doch die scheinbar ergriffene Ruhe der Bande ging in begeistertes Jubelgeschrei über. Stimmen schwirrten umher wie Eintagsfliegen über einem Tümpel. Die Männer waren nicht mehr zu halten, auch nicht durch derbe Drohungen ihres Anführers. Sie rissen den ersten Karton förmlich auseinander und bemächtigten sich der Plastikbeutel. In unglaublich kurzer Zeit war jeder sichtbar bewaffnet. Keinem der Bandenmitglieder kam in den Sinn, sie könnten bei ihrem Treiben beobachtet werden oder gar die Polizei auf sich aufmerksam machen. Alleine Lil Rick erkannte die Gefahr.

„Seid ihr denn alle völlig bescheuert? Sind wir hier in unserer Gegend? Sind wir hier sicher?"

Eine Stimme fuhr siegessicher dazwischen: „Was soll uns denn schon passieren bei der Bewaffnung, und es sind noch drei Kisten übrig."

„Ach ja? Und wie gedenkt ihr, die Kisten abzutransportieren? Sollen wir vielleicht einen Laster holen?"

„Das ist doch mal eine Idee", schrie ein anderer dazwischen.

„Es stehen doch im Moment eine Menge Trucks in den Straßen. Los, Jungs, lasst uns einen klauen und das Zeug nach Hause schaffen!"

Alle jubelten begeistert mit Ausnahme von Lil Rick. Er wusste, dass er seine Gang im Moment nicht mehr im Griff hatte und nur hoffen konnte, dass diese ungeplante Aktion einigermaßen gut über die Bühne gehen würde. Er beeilte sich nun, der Situation gerecht zu werden, und gab entsprechende Befehle. Drei Mann wurden zur Bewachung der Kisten eingeteilt, die anderen schwärmten aus, um einen Lastwagen zu kapern. Kaum waren die Bandenmitglieder in den angrenzenden Straßenschluchten untergetaucht, als sich, scheinbar unvermeidlich, Ärger in Gestalt einiger Hispanics näherte.

***

Los Crips son condenados

Sergio Camas saß immer noch auf der Treppe des Hauseingangs. Langsam wurde es ihm immer ungemütlicher, was nicht zuletzt an dem langsam heraufziehenden Morgen lag und dem begleitenden Umstand, dass es immer heller wurde.

Er konnte sich nicht mehr lange vor den Crips verbergen, und mochte der Himmel wissen, was sie mit ihm anstellen würden, wenn sie ihn hier vorfänden. Keine zwanzig Meter trennten ihn nur von den Waffenkisten.

Sergio hatte gehofft, sich noch in der Dunkelheit davonschleichen zu können, doch es hatte sich ihm keine Gelegenheit geboten. Er spähte vorsichtig nach draußen und zog erschrocken seinen Kopf zurück: Von Süden her näherten sich Mitglieder der Gang MS 13. Das waren wohl die gefährlichsten Irren, die in New York herumliefen.

Ursprünglich, so wusste er, kamen diese Kerle aus Venezuela. In Kalifornien hatte sich ihre Gang zuerst etabliert und war dann wie ein hässliches Geschwür überall in den großen Metropolen der USA aufgetaucht.

Die Latinos lärmten die Straße herauf und es dauerte nicht lange, bis diese Gruppe ebenfalls auf die Kisten aufmerksam wurde. Natürlich bemerkten die MS-13-Gangster auch sofort die drei Wachen der Crips, auch wenn diese versuchten, sich hinter den Kisten zu verbergen. Doch es war zu spät. Schon klangen kampflustig spanische Worte zu ihnen herüber: „Los Crips son condenados. Ellos tienen nada que hacer aquí. Ella lo hace!“ *Das sind die verdammten Crips. Die haben hier nichts zu suchen. Macht sie fertig!*

Sergio, der so einigermaßen spanisch verstand, wusste, dass es nun mächtigen Ärger geben würde. Verängstigt drückte er sich weit in eine noch dunkle Ecke des Treppenaufgangs und hoffte, so unerkannt zu bleiben. Die Stimmen kamen näher und gleich darauf sah er die MS-13-Männer in provozierendem, wiegendem Gang an ihm vorbeiziehen. Zu seinem Glück schaute niemand in seine Richtung und er atmete fast erleichtert auf. Doch Sergio sollte nicht so leicht davonkommen, wie er es erhoffte.

***

Erste Opfer

Voller Hektik luden die drei Wachen der Crips ihre neu erbeuteten Waffen. Danach suchten sie hinter den Kisten Deckung. Die MS-13-Gangmitglieder waren schon bis auf dreißig Meter herangekommen. Corry, einer der drei, schob seinen Kopf ein wenig höher, gerade weit genug, um die Straße und die Latino-Gang sehen zu können. Dann rief er, so laut er konnte: „Eh ihr, verpisst euch. Das ist unsere Beute."

Von den Latinos echote nur höhnisches Lachen. Angstgebärden standen nicht in den Verhaltensregeln der MS 13. So marschierten die Hispanics unbeeindruckt weiter und zogen dabei aus ihren Taschen Pistolen und Messer.

Corry angelte sein Handy aus der Hose und tippte die Kurzwahltaste. Sekunden später hatte er Lil Rick an der Strippe, der ungehalten knurrte: „Was ist verdammt noch mal jetzt schon wieder?"

„Ihr müsst schnell zurückkommen. Da ist ein ganzer Haufen MS-13-Typen aufgetaucht. Alleine schaffen wir die nie!"

„Macht euch nicht ins Hemd. Ihr habt ja schließlich Waffen genug, oder? Außerdem sind wir gerade dabei, einen Laster zu klauen. Die paar Minuten werdet ihr noch warten können."

Damit beendete Lil das Gespräch, was Corry mit einem derben Fluch kommentierte, der aber durch lautes, stakkatohaftes Hämmern eines Schnellfeuergewehres verschluckt wurde. Zwei MS-13-Gangster rannten direkt in die Schussbahn einer Maschinenpistole und wurden förmlich zerfetzt. Mit einem gurgelnden, nassen Geräusch fielen ihre zerrissenen Körper auf die Straße. Die übrigen MS-13-Leute verteilten sich rasch und suchten Deckung, wo eben es möglich war. Schüsse bellten hin und her, durchsetzt von Schreien und Befehlen. Ein besonders wild aussehender, bulliger Latino warf sich in den Hausflur, in dem sich Sergio Camas versteckt hielt. Sergio schrie erschreckt auf und verfluchte gleichzeitig sein Tun. Der Latino fuhr herum und starrte Sergio entgeistert an. Dann warf er sich herum und versuchte seine Pistole in Anschlag zu bringen, um seinen vermeintlichen Gegner im düsteren Hausflur zu erledigen.

Sergio wusste instinktiv, dass es nun für ihn um alles ging. Mit einer schnellen, flüssigen Bewegung zog er die Pistole aus der Manteltasche, lud diese wie ein Profi durch und ließ sich seitlich wegkippen. Keine Sekunde zu früh knallte seine Schulter auf die ausgetretenen Treppenstufen. Ein Schuss donnerte durch den Hausflur und Sergio spürte den heißen Odem des Projektils, das seinen Mantel am rechten Arm aufschlitzte. Ohne darüber nachzudenken, was nun zu tun sei, feuerte er auf seinen Angreifer, gleich einem geübten Kämpfer.

Der Latino gab einen verwunderten, grunzenden Laut von sich und schaute fassungslos auf die sich rasch ausbreitende, rote Blüte, die sich auf seinem nicht mehr ganz sauberen T-Shirt bildete. Er wollte noch etwas sagen, aber seine Stimme wurde durch blutigen Schaum auf seinen Lippen verschluckt. Mit letzter Kraftanstrengung riss er seine Waffe nach oben, doch Sergio kam ihm zuvor. Er war geschmeidig aufgesprungen und trat dem Latino die Waffe aus den kraftlosen Fingern. Der Mann fiel nach hinten und blieb dann reglos liegen. Sergio zerrte den bulligen Hispanic in den Schatten des Hausflurs, um ihn vor den Blicken seiner Kumpane zu verstecken. Dann schlich er vorsichtig zum Eingang und spähte die Straße hinunter.

Dort war eine heftige Schießerei im Gange. Zwei Gruppen feuerten mit deutlich spürbarem Hass und versuchten sich gegenseitig umzubringen. In diesem Moment, gerade als die MS-13-Männer schon glaubten in einer besseren Angriffsposition zu sein, rumpelte ein schwerer Truck aus einer Seitenstraße und hielt erst, als er direkt neben den Kisten angelangt war. Von der Ladefläche sprangen Bandenmitglieder der Crips und eröffneten ihrerseits sofort das Feuer auf die Latinos.

Sergio, froh darüber, dass ihn bisher kein weiterer Gangster entdeckt hatte, raffte seine Sachen zusammen, trat die Eingangstür im hinteren Teil des Flures ein und verschwand im Inneren des Hauses.

***

Schüsse im Park

Hanky erwachte plötzlich, alarmiert durch ein lautes, knatterndes Geräusch. Er setzte sich im Bett auf und lauschte. Erneut hörte er hämmernde Salven, gemischt mit einzelnen Schussgeräuschen. Mit einem Satz war er aus dem Bett und am Fenster. Er zog die schweren Vorhänge zur Seite und schaute hinunter zum Central Park.

Im diffusen Licht des anbrechenden Tages konnte er zunächst nichts Ungewöhnliches erkennen. Doch dann belebte sich die Szenerie wie in einem Actionfilm. Durch die Bäume des Parks teilweise verdeckt, konnte Hanky rennende, huschende Schemen Bewaffneter sehen. Einige warfen sich in Deckung hinter Büschen und Bodenwellen und eröffneten das Feuer aus schweren Maschinenwaffen auf für Hanky nicht sichtbare Gegner. Polizeisirenen heulten heran und schon bremsten einige Streifenwagen direkt vor seinem Haus. Polizisten sprangen heraus und wurden sofort beschossen. Die Beamten warfen sich hinter die Wagen und zogen ihrerseits ihre Waffen. Ein Cop hatte es nicht geschafft. Er lag verkrümmt und blutend auf der Straße. Einer der in Deckung liegenden Beamten sprang auf und rannte auf den angeschossenen Kollegen zu, um diesen in Sicherheit zu bringen. Doch er kam nicht weit. Eine Salve, abgefeuert von einem unsichtbaren Schützen, streckte auch diesen Polizisten nieder.

Hanky glaubte sich in einem schlechten Traum. Was da unten im Park geschah, konnte nicht wahr sein. Sicher gab es ab und an mal ein Feuergefecht in New York City, zwischen rivalisierenden Banden oder mit der Polizei, aber was dort unten im Park vor sich ging, war außerhalb aller Normen.

Während Hanky hinüber in sein Wohnzimmer eilte, um dort sein Handy zu holen, hörte er das typische Geräusch tief fliegender Hubschrauber. Die Luft vor dem Haus wurde durch die Rotorblätter stark komprimiert und es peitschten dissonante Schallwellen im Bassbereich gegen die Fassade. Fensterscheiben vibrierten und selbst die Gläser in seinem Barschrank klirrten.

Er schnappte sich das Handy vom Wohnzimmertisch und rannte in den hinteren, dem Park abgewandten Seite der Wohnung, die normalerweise Walt Kessler bewohnte.

Walt war schon seit zwei Wochen bei einem Lehrgang in einer geheimen Institution in Utah. Wo genau, das wusste selbst Hanky nicht, obwohl Walt sein bester Freund und Vertrauter war.

Auch Carmen, seine Freundin, war vor einigen Tagen nach Mexico gereist, um dort ihre Familie zu besuchen. Hanky hätte eigentlich mit Carmen nach Mexico reisen sollen, doch berufliche Dringlichkeiten verzögerten seine Abreise. So hatte er seiner Lebensgefährtin versprochen, schnellstmöglich nachzukommen.

Hanky trat in Walts Schlafzimmer und schloss die Tür. Sogleich minderte sich der enorme Geräuschpegel und Hanky wählte eine Kurzwahlnummer, die ihn direkt mit dem Secret Service in Washington verband. Sofort wurde am anderen Ende der Leitung das Gespräch angenommen und Hanky gab eine spezielle Code-Bezeichnung ab. Ohne ein weiteres überflüssiges Wort wurde er weiterverbunden. Erneut sagte er auch hier die Reihe von Wörtern und Zahlen auf, die jeden ungebetenen Zuhörer nur verwundert hätte. Der Operator sagte maschinenhaft: „Ich verbinde."

Es knackte in der Leitung und eine weitere Stimme meldete sich mit den Worten: „Ich höre."

Hanky fand dieses Geheimdienstgebaren der Regierung schon immer etwas lächerlich, doch in diesem Moment fügte er sich und befolgte dem Kommunikationsprozedere.

„Schwere Schießereien im Central Park. Es sind mindestens zwei Gruppen, die sich ein Feuergefecht liefern. Hier handelt es sich nicht um einen lokalen Bandenkrieg. Beide Gruppen verwenden großkalibrige Waffen, die normalerweise nur von Militärs genutzt werden. Ich habe M16- und AK-47-Gewehre gesehen. Von den Maschinenpistolen habe ich nur das Feuergeräusch gehört. Jedenfalls müssen wir damit rechnen, dass mindestens vier bis sechs dieser Waffen verwendet werden."

Hanky hatte gerade den Satz beendet, als eine schwere Erschütterung, einhergehend mit einem lauten Explosionsgeräusch, den Boden erzittern ließ. Er sagte hastig: „Einen Moment. Warten Sie! Ich schaue nach, was passiert ist."

Damit rannte er wieder in den vorderen Teil der Wohnung. Dichter Rauch drängte sich durch geborstene Fenster. Die Vorhänge flatterten im aufkommenden Wind. Hankys Wohnzimmer war von Glasscherben übersät und auch sonst waren einige kleinere Einrichtungsgegenstände nicht mehr an ihrem angestammten Platz, sondern bildeten ein surrealistisches Bild der Zerstörung.

Doch dafür hatte Hanky im Moment keinen Blick. Eilig, wenn auch bedacht darauf, nicht von der Straße oder dem Park gesehen zu werden, begab er sich ans nächstgelegene Fenster und schaute nach unten. Was er dort zu sehen bekam, verschlug ihm im ersten Moment die Sprache.

Atemlos betrachte er ein Inferno aus Flammen und zerfetzten Parkbäumen. Ein Hubschrauber, dessen Motorengeräusch erst vor wenigen Minuten seine Wohnung hatte vibrieren lassen, lag, kaum noch als solcher zu erkennen, völlig zerstört im Park. Umherspritzender Treibstoff, kombiniert mit einer anscheinend heftigen Explosionswelle, hatte zu Bränden im Umkreis von mindestens fünfzig Metern geführt. Ein kakofonischer Lärm, kombiniert aus den Schreien verwundeter oder brennender Menschen, heulenden Sirenen und nun nur noch sporadischen Schusswechseln, vervollständigte das Bild sinnloser Gewalt.

Hanky zog sich vom Fenster zurück und berichtete in kurzen, möglichst emotionsfreien Worten, was sich im Moment direkt vor seiner Wohnung abspielte.

***

Hilflos

Auch drei Tage nach den Vorfällen war New York City immer noch unter Schock. An sieben verschiedenen Stellen in der Stadt waren die sonderbaren Munitionskisten aufgefunden worden. Straßenbanden, Kleingangster, Penner, sogar Kinder hatten die Waffen an sich genommen und hatten einen bisher beispiellosen Ausbruch der Gewalt vom Zaun gebrochen. Die traurige Bilanz der Kämpfe, die insgesamt mehr als sieben Stunden gedauert hatten, war mit vierhundertdreiundzwanzig Toten die höchste Zahl in der neueren Geschichte seit dem 11. September 2001.

Im Rathaus und bei den Ermittlungsbehörden herrschte seitdem eine von starker Hektik geprägte Anspannung. Wer hatte ein Interesse, Waffen unter die Bevölkerung zu bringen? Was war der Zweck dieser Aktion? Der Präsident selbst hatte eine lückenlose Aufklärung der Vorfälle gefordert.

Bürgermeister Bill de Blasio lief in seinem Büro auf und ab. Schweißperlen standen auf seiner Stirn, die sich trotz der laufenden Klimaanlage stetig vermehrten. Er blieb vor einer Karte New York Citys stehen. Er betrachtete diese, als sehe er die dort angebrachten roten Nadeln, welche die Stadtteile markierten, wo es zu Ausschreitungen gekommen war, zum ersten Mal an diesem Tag. Er schüttelte den Kopf, als könne er nicht glauben, was in seiner Stadt geschehen war. Noch immer gab es spontane Demonstrationen verängstigter Bürger und betroffener Angehöriger. Nicht wenige forderten seinen sofortigen Rücktritt. Um die Gemüter zu beruhigen, hatte er für den heutigen Nachmittag eine zentrale Trauerfeier im Madison Square Garden angeordnet.

Viel Prominenz hatte sich angekündigt, allen voran der Präsident. Nach der Trauerfeier machte sich Bürgermeister Bill de Blasio jetzt schon auf eine unangenehme Besprechung mit dem Präsidenten gefasst. Dazu hatte er alle Verantwortlichen der Sicherheitsbehörden geladen.

Es war ein stetes Kommen und Gehen, gerade so, als sei sein Büro der begehrteste Ort in der Stadt. Adjutanten brachten Papiere oder Neuigkeiten, Sekretärinnen balancierten heißen Kaffee und kühle Getränke. Beamte von FBI, Secret Service, US Marshals und der Polizei saßen und standen herum und unterhielten sich leise. Der Bürgermeister unterbrach seine Wanderung und räusperte sich vernehmbar, die Aufmerksamkeit der Anwesenden fordernd. Sofort wurde es ruhiger im Raum und jeder wandte sich gespannt dem Bürgermeister zu, der unvermittelt zu sprechen begann.

„Wir haben unruhige Tage hinter uns", sagte er fast wie zu sich selbst. „Unzählige Stunden haben wir konferiert, nachgedacht, ausgewertet. Doch wir sind keinen Schritt weitergekommen. Weder ist uns bekannt, woher diese verdammten Waffenkisten herkamen, noch, wer hinter diesem ganzen Schlamassel steckt. Unsere Spezialisten haben zwar eine lange Liste von Möglichkeiten erarbeitet, aber wir tappen immer noch im Dunkeln, was das Motiv dieser Aktion sein könnte. Wir haben nichts vorzuweisen und das wird dem Präsidenten bestimmt nicht gefallen."

Die letzten Worte hatte er immer lauter und in einer Art ärgerlicher Resignation ausgesprochen, die deutlich werden ließ, wie hilflos die Stadtverwaltung und die Ermittlungsbehörden in Wirklichkeit waren.

***

Trauer

Gegen sechzehn Uhr gab es kein normales Leben mehr in der Stadt, ja sogar in den ganzen USA. Entweder man verfolgte die Trauerzeremonie via TV, da nur circa zwanzigtausend geladene Gäste direkt im Madison Square Garden das zweifelhafte Glück hatten, der Trauerfeier beizuwohnen. Oder man befand sich auf einem der vielen Friedhöfe in New York City, da ein Freund oder Familienmitglied ums Leben gekommen war. Fakt, nie war der Schock und die Trauer in der Bevölkerung so groß gewesen, selbst nicht am 11. September 2001.

New York City schien prädestiniert, epochale Dramen zu erleben.

***

Inferno

Der Präsident hatte sich verspätet, doch diese Verspätung war gewollt. Niemand sollte den exakten Zeitpunkt kennen, an dem er den Madison Square Garden betreten würde. Der Secret Service, dem Hanky als Spezialagent angehörte, setzte fest, wann der richtige Zeitpunkt für die Ankunft gekommen war. Das war nicht unüblich und dennoch war Bürgermeister Bill de Blasio verärgert, dass er wie ein kleiner Angestellter auf seinen Boss warten musste.

Ein brummendes Stimmengewirr füllte den Saal und offenbar redete jeder über die Vorfälle, die vor drei Tagen die Stadt erschüttert hatten. Bürgermeister Bill de Blasio stand genervt auf und wandte sich Richtung Ausgang. Er brauchte frische Luft und er konnte genauso gut draußen auf das Eintreffen des Präsidenten warten. Sofort schlossen sich ihm seine Leibwächter an, ohne Fragen zu stellen. Auf diese spezielle Sicherheitsmaßnahme hatte der Polizeichef bestanden.

De Blasio versuchte die Männer zu ignorieren und schritt energisch durch die Reihen grüßender Stadtprominenz. Er atmete tief durch, als er endlich im Freien angekommen war. Gerade als er auf dem Bürgersteig nervös seine Krawatte lockerte, bog eine Kolonne schwarzer Wagen in die Straße ein. Der Bürgermeister versteifte sich unbewusst. Er war sich im Klaren darüber, dass ihm heute noch einige unangenehme Stunden bevorstanden. Bill de Blasio drehte sich zu den anfahrenden Limousinen, als ein schrilles Geräusch seine Aufmerksamkeit forderte.

Doch noch ehe er sich über die Ursache des Geräusches Gedanken machen konnte, wurde er von einer gewaltigen Druckwelle zu Boden gerissen. Einhergehend mit der Druckwelle betäubte ihn für einen Moment ein enormes Schallinferno, zusammengesetzt aus lauten Explosionen, zerreißendem Metall und berstendem Glas.

Sein von der Druckwelle erzwungener Sturz rettete dem Bürgermeister von New York City das Leben. Kaum hatte er den harten Asphalt berührt, fauchte eine Flammenlohe über ihn hinweg, gefüllt mit scharfkantigen Schrapnellen. Er spürte, wie seine Haare sich durch die Hitze kräuselten und seine Haut brannte. Doch da war es auch schon vorbei. Benommen richtete er sich zu einer sitzenden Haltung auf und schaute verständnislos auf das sich ihm nun darbietende Szenario. Autowracks standen und lagen verstreut auf der Straße und brannten unter enormer Hitzeentwicklung. Verletzte und grausam verstümmelte Menschen lagen wie Marionetten zwischen den Trümmern.

Vom Schock dieser Bilder beflügelt, rebellierte sein Magen heftig und er übergab sich. Noch ehe er sich, am ganzen Körper bebend, aufrichten konnte, sah er, wie weitere Explosionen die Mauern des Madison Square Garden zerrissen und Wände zum Einsturz brachten.

Sich nur auf seine Instinkte verlassend, krabbelte Bürgermeister Bill de Blasio aus der Gefahrenzone. Wie durch ein Wunder wurde er nicht von Steinen oder anderen Trümmern getroffen, die rings um ihn mit heftiger Wucht auf den Boden regneten.

Nach einer scheinbar endlosen Zeit erreichte er die gegenüberliegende Straßenseite, wo er, immer noch auf allen Vieren, in dem am nächsten gelegenen Hausflur Zuflucht suchte. Dort setzte er sich auf und lehnte sich erschöpft an eine alte Backsteinmauer.

***

Pararettung

In der West 36th Street, nur zwei Blocks vom Madison Square Garden entfernt, stoppte eine zweite Kolonne schwarzer Cadillac-Limousinen und schwarzer SUVs, die von einer Staffel Motorrad-Polizisten begleitet wurde. Im dritten Wagen, genannt Cadillac One, saß im Fond der Präsident der Vereinigten Staaten von Amerika. Dieses Fahrzeug gehörte zu den sichersten Automobilen der Welt. Schusssichere Fenster und Türen, eine Karosserie aus doppelt gehärtetem Stahl, Aluminium, Titan und einer speziellen Keramik sollten jedem Beschuss standhalten. Der Unterboden selbst war durch eine zwölf Zentimeter dicke Stahlplatte geschützt, für den Fall, dass eine Mine direkt unter dem Wagen gezündet wurde. Im Wagen waren zudem noch Raketenwerfer, Tränengasdüsen sowie Leuchtraketen fest eingebaut. Selbst die Reifen waren eine Spezialanfertigung. Sie bestanden aus Vollgummi, sodass der Wagen bei Beschuss immer noch uneingeschränkt fahrfähig blieb. Dieser Sicherheit vertraute der Secret Service so sehr, dass sie selbst bei einem feindlichen Angriff den Präsidenten in Sicherheit wähnten. Dennoch waren alle Secret-Service-Agenten bei einer Reise des Präsidenten höchst aufmerksam und angespannt.

Heute befand sich Hank Berson entgegen aller Sicherheitsprotokolle mit in der Präsidenten-Limousine. Hanky, der seit den Vorfällen der Phönix-Verschwörung für den Secret Service arbeitete, kannte den Präsidenten gut und war zu einem ‚besonderen Agenten' avanciert. Er hatte als erster Secret-Service-Agent die kriegsähnlichen Schießereien im Central Park gemeldet. Der Präsident selbst hatte ihn angefordert und er sollte, während dessen Aufenthalts in New York, an seiner Seite bleiben.

Natürlich spielten Hankys besondere Psikräfte bei seiner Berufung eine nicht unerhebliche Rolle. Er konnte Kraft seines Geistes Gedanken lesen, telepathische Schläge austeilen, die einen Gegner sofort bewusstlos zusammenbrechen ließen, und noch einige unheimliche Dinge mehr, von denen er bisher noch niemanden in Kenntnis gesetzt hatte.

Gerade hatten sie die Nachricht erhalten, dass es einen Anschlag auf die Phantom-Kolonne gegeben hatte. Die Phantom-Kolonne wurde ohne erkennbares Muster eingesetzt und spiegelte möglichen

Angreifern vor, der Präsident sei in einem der Wagen. Für den präsidentiellen Schutz waren heute Menschen gestorben.

Ohne auf ein Kommando des Präsidenten zu warten, wendeten die Fahrer die schweren Wagen. Zwei Querstraßen weiter bogen sie links ein, um auf den Broadway zu gelangen. Von dort aus gab es mehrere Evakuierungsrouten, die je nach Szenarium kombinierbar waren.

Gerade wollte der Teamleiter des Secret Service, der direkt neben Hanky saß, den Präsidenten über die aktuelle Lage informieren, als der vor ihnen fahrende Wagen in einem grellen Feuerball verschwand.

Der Explosionsdruck schleuderte die Motorradstaffel in alle Richtungen davon. Gleichzeitig erschütterte die Druckwelle den über sieben Tonnen schweren Wagen des Präsidenten so stark, dass dieser vorn hochgehoben und um gute fünf Meter nach hinten geworfen wurde. Doch noch ehe die Insassen des Präsidentenwagens realisieren konnten, was gerade geschehen war, detonierte der hinter der Limousine postierte Wagen.

Trümmerteile, bestehend aus scharfkantigen Metallteilen und verbrannten Resten menschlicher Körper, schossen vom Explosionsmittelpunkt nach allen Richtungen. Scheiben gingen zu Bruch, parkende Fahrzeuge kippten zur Seite und Passanten wurden in einem Sekundenbruchteil förmlich zerfetzt.

Benommen richtete sich Hanky auf und versuchte zu begreifen, was gerade geschehen war. Er schaute sich im Wagen um und sah nur verkrümmte Körper.

Merkwürdigerweise herrschte völlige Stille, obwohl der Präsident, der sich gerade aufrichtete, irgendwas zu rufen schien.

Ein dünner Blutsfaden bahnte sich den Weg über die Stirn des Staatschefs und tropfte diesem ins rechte Auge. Ungeduldig wischte er das Blut mit dem Handrücken weg. Wie durch ein Wunder schien er ansonsten unverletzt. Die sich im Wagen befindlichen Secret-Service-Leute hatten nicht so viel Glück gehabt. Der Fahrer war von einem Metallstück in die Brust getroffen worden. Die kugelsichere Frontscheibe hatte dem enormen Druck der ersten Explosion nicht standhalten können, was auch dem Beifahrer zum Verhängnis geworden war. Die anderen Passagiere rührten sich ebenfalls nicht. Doch Hanky hatte keine Zeit, sich um die Opfer zu kümmern. Der Präsident musste in Sicherheit gebracht werden. Zuerst musste er aus dem Wagen heraus, der trotz seiner starken Panzerung keinen Schutz mehr versprach.

Mit zitternden Fingern löste er seinen Gurt und half dann dem Präsidenten sich zu befreien. Sie stiegen über die bewusstlosen oder toten Secret-Service-Agenten hinweg und versuchten die Wagentüre zu öffnen, als Hanky ein schrilles Heulen vernahm. Gleichzeitig registrierte er, dass sein Gehör wieder funktionierte.

Ohne über das Geräusch nachzudenken, handelte Hanky instinktiv. Sein Gehirn saugte alle erreichbaren mentalen Energien aus seiner unmittelbaren Umgebung und ballte diese zu einer zwei Meter durchmessenden Kugel, die ihn und den Präsidenten wie eine schützende Hülle umgab. Das Absaugen mentaler Energien hatte zur Folge, dass im Umkreis von circa hundert Metern alle Menschen, Unbeteiligte wie auch die Angreifer, bewusstlos zusammenbrachen. Der Präsident blieb von der Ohnmacht verschont, da Hankys Gabe erst in einem Radius von etwa zwanzig Metern seine Wirkung entfaltete.

Ein fürchterlicher Schlag traf die von Hanky geschaffene Sphäre und brachte diese zum Strahlen. Die kinetische Energie der Rakete wurde abgeleitet und riss alles im Umkreis von drei Metern auseinander. Im Inneren der Hülle war von alledem nichts zu spüren. Hanky und der Präsident schlossen reflexartig die Augen und versuchten sich in zusammengekauerter Haltung vor der zu erwartenden Feuerflut zu schützen. Deshalb bemerkten sie nicht, wie sich rund um die Sphäre ein schwarzer Strudel bildete und alles aufsog, was sich in unmittelbarer Nähe befand. Doch dieses merkwürdige Phänomen dauerte nur Sekunden und löste sich übergangslos auf. Zurück blieb eine runde, kraterförmige Mulde im Asphalt, in deren Mitte die Reste des Fahrzeugbodens lagen. Auf diesen Resten hockten Hanky und der Präsident.

Ungläubig darüber, dieses Attentat überlebt zu haben, blickten sich beide um, ehe Hanky seinem Schutzbefohlenen aufhalf. Er packte den Präsidenten am Arm und zog ihn in Richtung einer Seitenstraße davon. Von der Sphäre war nichts mehr zu bemerken.

Nach circa hundert Metern hielten die beiden schwer atmend an und lehnten sich erschöpft an eine Mauer. Es herrschte eine ungewöhnliche Stille, wenn man von dem am Broadway herrschenden Verkehrslärm absah. Hier schien man noch nichts von den Anschlägen bemerkt zu haben. Doch dieser Zustand währte nicht lange. Feuerwehr, Polizei und Rettungswagen zerrissen den alltäglichen Geräuschpegel.

Hanky und der Präsident verschnauften noch einen Moment. Bisher hatten sie noch kein Wort gewechselt. Doch nun war der Augenblick gekommen, sich über ihre nächsten Schritte Gedanken zu machen. Die unmittelbare Gefahr schien vorerst gebannt. Doch sicher konnten sie sich noch lange nicht fühlen.

Hanky ergriff als Erstes das Wort: „Herr Präsident, wie fühlen Sie sich? Sind Sie verletzt?"

Der Angesprochene schüttelte den Kopf und versuchte sich zu sammeln. Was er in den letzten Minuten erlebt hatte, war kaum zu begreifen. Fragmentarisch zogen vor seinem inneren Auge Bilder der letzten Minuten vorbei. Doch sein rationaler Verstand drängte diese Eindrücke zur Seite. Er schaute an sich herab und konnte, außer an seinem verdreckten, teilweise zerrissenen Anzug, keinerlei Spuren von Blut entdecken. Ebenso verspürte er, außer einem leichten Ziehen am Hinterkopf, keinerlei Schmerzen. Er bedachte Hanky mit einem dankbaren Blick, ehe er diesem auf seine Frage antwortete.

„Nein, Hanky, ich bin okay. Ich will Sie jetzt nicht fragen, wie es Ihnen möglich war, mich zu retten. Dafür haben wir später hoffentlich noch Zeit. Als Erstes muss ich mit meinen Stabschefs in Verbindung treten. Das, was heute geschehen ist, war ein Angriff auf unser Land. Wir müssen herausfinden, wer uns angegriffen hat, und darauf reagieren. Wissen Sie, wohin wir uns am besten wenden können?"

Hanky dachte einen Moment nach, ehe er eine Idee hatte.

„Herr Präsident, ich weiß, wo wir alles finden, was wir brauchen. Die Angreifer wissen im Moment bestimmt noch nicht, dass Sie den Anschlag überlebt haben. Nicht weit von hier, in circa dreihundert Metern, befindet sich das Gebäude der New York Times. Dort arbeitet mein Freund Richard Miller."

Der Präsident nickte zustimmend. Er hatte Richard Miller bei dem Putschversuch der Phönix-Leute kennengelernt. Ja, im Gebäude der Times konnten sie vorerst alle nötigen Infos bekommen und entsprechende Behörden aktivieren.

Hanky zog sein Handy aus der Tasche und wählte eine Kurzwahl. Fast sofort hatte er Richard Miller am Telefon. Doch dieser schien argen Stress zu haben und versuchte Hanky abzuwimmeln:

„Hallo Hanky, schön, dass du anrufst, aber im Moment ist es nicht sehr günstig. Hast du nicht mitbekommen, was heute los ist? Wir können ja heute Abend telefonieren oder uns treffen."

Hanky unterbrach Richs Redeschwall recht unhöflich, was sonst absolut unüblich für ihn war. Doch der barsche Tonfall Hankys ließ Richard ahnen, dass der Anruf wichtig war. „Rich, halt die Klappe und hör zu. Ich brauche deine Hilfe. Auf den Präsidenten ist ein Anschlag verübt worden ..."

„Weiß ich, hab's schon gehört. Am Square Garden ..."

Hanky lief vor Ärger Rot an, was Richard allerdings nicht sehen konnte.

„Rich, du weißt gar nichts. Doch das spielt im Moment keine Rolle. Der Präsident ist bei mir und wir kommen in einigen Minuten zu dir in das Times-Gebäude. Sieh zu, dass wir einen Konferenzraum bekommen und einige Leute eures Sicherheitsdienstes uns am Eingang abholen."

Ohne auf eine weitere Erwiderung seines Freundes zu warten, beendete Hanky das Telefonat.

Noch ehe Hanky und der Präsident sich weiter besprechen konnten, wurde Ihre Aufmerksamkeit auf einen sich ihnen nähernden Mann gelenkt. Er war von hagerer Gestalt, was man trotz des scheinbar viel zu großen, schäbigen Mantels unschwer erkennen konnte. Der Mann schleppte einen schwarzen Müllsack mit sich und kam zögernd näher. Hanky verwünschte zum ersten Mal in seinem Leben die Tatsache, dass er unbewaffnet war. Er stellte sich sofort schützend vor den Präsidenten und schaute dem Mann entgegen. Gleichzeitig forschte er in den Gedanken des Mannes, um herauszufinden, ob von ihm eine Gefahr ausging. Doch Hanky fand nur Hilfsbereitschaft und eine durch schlechte Erfahrungen gesammelte Vorsicht und Unsicherheit.

„Bitte haben Sie keine Angst", rief der Mann. „Ich will nur helfen. Mister Präsident, Sie müssen von hier verschwinden. Es treiben sich sehr merkwürdige Typen in der Gegend herum. Ich habe gesehen, was passiert ist. Jedenfalls einen Teil davon, bis ich aus irgendeinem Grund in Ohnmacht gefallen bin. Ich war noch nie ohnmächtig ..."

„Halt, mein Freund“, unterbrach ihn Hanky, „was haben Sie in dem Sack?“

Im gleichen Moment wusste er es, da die Gedanken des Mannes offen vor ihm lagen. Noch ehe der Mann antworten konnte, griff Hanky beherzt zu und brachte den Beutel an sich.

„Schon gut, mein Lieber, wie haben Sie uns gefunden?“

„Als ich zu mir kam, ich meine nach der Explosion, wollte ich nur noch weg. Dann hab ich Sie gesehen und Sie sofort erkannt. Also, ich hab es zumindest gehofft, dass Sie es sind, Mister Präsident. Denn wie das eine Auto in die Luft geflogen ist ... Mannomann!“

Im gleichen Moment tauchten an der nächsten Ecke drei Männer auf, hielten kurz inne und kamen dann direkt auf Hanky und seine Begleiter zu. Der dünne Mann wollte schon wegrennen, doch Hanky legte ihm beruhigend seine Hand auf die Schulter. Leise sagte er:

„Nur keine Angst. Die Männer gehören zwar einer Streetgang an, doch im Moment wollen sie nur helfen. Sie haben auch miterlebt, wie wir attackiert worden sind. Das hat überraschenderweise ihren Patriotismus aktiviert. Also, ruhig bleiben.“

In der Zwischenzeit war die Gruppe auf Rufweite herangekommen. Hanky winkte sie näher heran.

Das folgende Gespräch, bei dem der Präsident allen die Hände schüttelte, brachte neue Erkenntnisse. Auch die Gruppe hatte merkwürdige Aktivitäten in dieser Gegend beobachtet. Einhellig waren sie der Meinung, dass es sich bei den Angreifern um arabische Typen handelte. Auch hatten sie auf den Dächern einiges an Bewegung gesehen, was den Präsidenten und Hanky dazu brachte, auf einen sofortigen Aufbruch zu drängen. Ohne dass es abgesprochen war, umringten die Latinos Hanky und den Präsidenten schützend. Alle trugen ganz offen Schusswaffen und sogar der dünne Mann, der sich als Sergio Camas vorstellte, reihte sich in die Gruppe wie selbstverständlich ein.

Keine zwei Minuten später trat ein Afroamerikaner aus einem Hauseingang. Die Latinos blieben alarmiert stehen und griffen nach ihren Waffen. Auch Sergio Camas blickte angespannt nach vorne und zischte: „Das ist ein Crip und unsere neuen Freunde hier sind von der MS-13-Gang. Ich war vor drei Tagen Zeuge, wie diese Gangs sich massakriert haben.“

Der Crip bewegte sich einige Schritte auf die Gruppe des Präsidenten zu, hob dabei beschwichtigend seine Arme und rief: „Keine Angst, Leute, ich will keinen Ärger, habt ihr auch die Explosionen ..."

Ruckartig blieb er stehen, als sei er gegen eine Wand gelaufen. Er streckte seinen Kopf nach vorne, als könne er dadurch seine Sicht auf die kleine Gruppe verbessern. Echtes Erstaunen spiegelte sich auf seinem Gesicht, als er den Präsidenten der Vereinigten Staaten von Amerika erkannte.

„Sir, sind Sie es wirklich? Das ist ja nicht zu glauben! Wissen Sie eigentlich, wer Sie da begleitet?"

„Was soll das heißen? He Hombre'? Habt ihr verdammten Crips immer noch nicht genug? Du hast vielleicht Nerven, auf unserer Seite der Straße herumzuhängen ..."

Hanky legte dem Wortführer der Streetgang beschwichtigend die Hand auf die Schulter und sagte in einem beruhigenden Tonfall: „Lass mal gut sein, mein Freund."

Gleichzeitig beschloss Hanky, den Gangmitgliedern wie auch diesem Sergio Camas eine suggestive Sicherung in ihren Gehirnen zu verankern. Dies geschah durch telepathische Hypnose und völlig unbemerkt. Die Männer erhielten den Befehl, den Präsidenten unter allen Umständen zu schützen. Hanky bedachte dabei nicht, diesen Befehl zeitlich zu begrenzen. Er schuf damit eine Bandenvereinigung, die in naher Zukunft von sich würde reden machen. Doch in der momentanen, misslichen Situation schien dieser Befehl ein kluger Schachzug zu sein.

Die Männer betrachteten sich kurz voller Misstrauen, folgten dann aber Hanky und dem Präsidenten. Auf ihren Gesichtern zeichneten sich so etwas wie grimmiger Stolz und gespannte Aufmerksamkeit. Weitere Passanten kreuzten ihren Weg, doch keiner traute sich, die Mitglieder dieser seltsamen Gruppe auch nur anzusprechen.

Ohne weitere Zwischenfälle erreichte die selbsternannte Präsidentengarde das Redaktionshaus der New York Times. Dort warteten schon einige Wachleute zusammen mit Richard Miller vor dem Eingangsportal. Als sie die Latinos sahen, zückten sie ihre Waffen, doch dann erkannten sie den Präsidenten.

Fast widerwillig steckten die Wachleute die Waffen zurück in ihre Holster, was nicht zuletzt auf das Bitten des Präsidenten geschah. Eine weitere scheinbare Niederlage mussten sie kurz darauf verkraften, als sich die gesamte Gruppe durch das Portal drängte. Keiner wollte den Präsidenten in diesem Moment ohne Schutz lassen. Sie hatten schließlich eine Mission zu erfüllen.

***

Ohne Mitleid

Zur gleichen Zeit – einige tausend Kilometer entfernt ...

Die Dämmerung hatte sich in den Straßen Roms mit milden Farben niedergelassen und bereitete Römer und Touristen sanft auf die folgende Nacht vor. Die berüchtigte Hektik der Stadt wandelte sich in ein langsameres, gemütliches Lustwandeln auf den vielen Plätzen und Straßen. Auch im Bezirk des Vatikanstaates leerten sich, fast wiederstrebend, die beliebten Wege und Aussichtspunkte, von denen man die besten Fotos schießen und die Pracht der Bauten bewundern konnte. Alles war friedlich und ruhig wie selten. Doch diese ruhige Stimmung sollte schon bald brutal aus den Erinnerungen der Menschen gerissen werden.

In der Via della Conciliazione stoppte ein Reisebus, direkt vor dem Antico Caffee San Petro. Ein Ober schaute missmutig zu dem Bus und den Männern, die aus diesem ausstiegen. Der Kellner blieb einen Moment stehen und betrachtete die Gruppe genauer. Irgendetwas stimmte mit diesen Leuten nicht. Erst hatte er befürchtet, er könne noch mehr Gäste an diesem Abend bekommen. Nicht dass er seinen Beruf nicht ernst nahm, aber gerade heute hatte er schuften müssen wie ein Esel. Gleich zwei seiner Kollegen hatten sich krankgemeldet und sein Chef hatte keinen Ersatz besorgen können. Einen kurzen Moment wurde der Mann von seiner Beobachtung abgelenkt, da ein Gast bezahlen wollte. Als sich der Kellner erneut zu der Gruppe am Bus umdrehte, drohte ihm der Atem zu stocken.

Die Männer der Gruppe, die ihm durch ihre ernsten Gesichter aufgefallen war, luden in aller Seelenruhe Maschinenpistolen und sogar einige Panzerfäuste, sogenannte Bazookas, aus dem Kofferfach des Busses. Noch ehe der Kellner auch nur einen Warnruf ausstoßen konnte, lud einer der Männer seine Waffe durch und drehte sich in Richtung des Cafés. Ohne jedes Mitleid eröffnete er das Feuer und seine Waffe spuckte das Verderben ins abendliche Rom.

Der Ober ließ sich instinktiv fallen und blieb still liegen. Um ihn herum pfiffen die Kugeln und zerfetzten menschliches Fleisch. Panische Schreie versiegten in gurgelndem Keuchen, das, letztendlich vom Blut erstickt, einer unheimlichen Stille wich. Der Kellner hörte nach einer Weile das Scharren von Füßen und halblaut in einem arabischen Dialekt geführte Gespräche, wie er glaubte. Dann entfernten sich die Männer und auch der Bus wendete auf der Straße und fuhr, als sei nichts geschehen, davon.

Vorsichtig erhob sich der Kellner und schaute sich prüfend um. Er betastete seinen Körper und stellte erleichtert fest, dass er mit dem Schrecken davon gekommen war. Aus dem Inneren des Cafés drängten nun einige Leute auf die Straße und erstarrten vor dem Anblick der Toten, die wie altes, kaputtes Spielzeug zwischen Stühlen und Tischen lagen.

Etwa fünfzig Meter entfernt wurde einem Polizisten des Vatikans, einem Corpo della Gendarmeria, sein Diensteifer zum Verhängnis. Er hatte die Schüsse in der Via della Conciliazione gehört, aber geglaubt, dass sich Jugendliche einen Scherz erlaubt hätten, indem sie einige Böller zündeten. Diesen Unfug wollte er schnell beenden, da es sich hier immerhin um den Bezirk des Vatikans handelte.

So spurtete er um die Ecke und sah sich unvermittelt einer Gruppe Schwerbewaffneter gegenüber. Mit immer langsamer werdenden Schritten kam er schließlich zum Stehen, hob die Hände und wollte gerade etwas sagen, als ihn eine Garbe aus einer Maschinenpistole von den Füßen riss. Er war bereits tot, als sein Körper auf dem Asphalt aufschlug.

Als ob dies ein Signal gewesen wäre, schossen die Angreifer nun auf alles, was sich bewegte. Gleichzeitig liefen sie langsam und zielstrebig auf den Petersplatz zu. Aus den angrenzenden Straßen, der Via dei Corridori und der Borgo Santo Spirito, erklang ebenfalls das

Stakkato abgefeuerter Maschinenpistolen herüber. Reihenweise sackten Getroffene blutend auf den Boden des Petersplatzes, während andere versuchten, sich in den Säulengängen der Kolonnaden in Sicherheit zu bringen. Bisher ohne Widerstand drangen die Terroristen immer weiter vor und schwenkten ihre Waffen auf der Suche nach neuen Opfern.

In der Mitte des Platzes blieben fünf der Männer direkt neben dem Obelisken, genannt der Vaticano, stehen. Nach einer kurzen Verständigung zogen drei der Männer ihre Bazookas aus den Rucksäcken. Einer davon kniete sich hin und richtete seine Panzerfaust auf den Petersdom. Er zielte nicht lange und gleich darauf zischte der Abgasstrahl des Geschosses. Scheinbar im selben Moment zerbarst das Portal des mächtigen Domes mit einem lauten Donner. Eine zweite Rakete folgte und flog ins Innere der Kirche. Ein weiteres Krachen zeugte von dem nicht sichtbaren Einschlag. Schwarzer Qualm drang durch das zerfetzte Portal.

In der Zwischenzeit hatten zwei der Angreifer Sprengstoffpakete am Sockel des Vaticanos verteilt und stellten kleine Zeitzünder ein. Ein dritter visierte gerade mit seiner Bazooka den päpstlichen Palast an, als einer der Zeitzünder vorzeitig seine Zündvorrichtung aktivierte. Ein fauchender Blitz, gepaart mit schnell hintereinander folgenden Explosionen, zerriss die Terroristen und gleichzeitig den Sockel des Vaticano, der hier schon seit Zeiten des Kaisers Caligula stand. Der Terrorist, der den Apostolischen Palast anvisiert hatte, starb im gleichen Moment wie die anderen, doch seine abgerissene Hand umklammerte immer noch den Pistolengriff der Bazooka. Mit einem verspäteten Nervenreflex, oder weil die Waffe auf den Boden prallte, löste sich der Abzug.

Die Rakete sauste quer über den Platz, um schließlich in den Kolonnaden mit verheerender Wirkung zu explodieren. Säulen knickten ein und folgten der Schwerkraft. Das sich darüber befindliche Dach folgte und mit ihm zahlreiche Statuen, die seit Jahrhunderten auf die Gläubigen des Petersplatzes hinuntergesehen hatten. Ein Grollen rollte über den Platz, doch ein mächtigeres Geräusch überlagerte dies mit einem eruptiven kakofonischen Bersten, das hier noch nie ein Mensch vernommen hatte. Es schien ein lautes Klagen in der Luft zu liegen, gemischt mit dem Knacken brechender Knochen, dem

Bersten alten Holzes, das dennoch dem Brechen von Stein entsprang. Der fünfundzwanzig Meter hohe, über dreihundert Tonnen schwere Gigant des Vaticano neigte sich zur Seite und fiel, fast wie in Zeitlupe, dem Boden entgegen. Ein Beben lief über den Petersplatz wie eine Welle, als der Obelisk aufschlug. Ein tiefer Basston erfüllte den Platz und brachte alles zum Vibrieren.

***

Überlebt

Der Papst hatte gerade sein Arbeitszimmer in der päpstlichen Wohnung im dritten Stock des Apostolischen Palastes betreten, als die Katastrophe begann.

Ihm folgte sein neuer Berater, der hier im Vatikan nur als Pater Marcus bekannt war. Das waren auch schon alle Fakten, die man über diesen Mann wusste. Der Heilige Vater hatte Pater Marcus vor fünf Monaten bei einer privaten Audienz zum ersten Mal getroffen. Seit diesem Tag war Pater Marcus der ständige Begleiter des Pontifex. Allen Instanzen des vatikanischen Staates gab Pater Marcus Anweisungen, die immer mit dem Siegel des Papstes autorisiert waren. Interne Machtstrukturen der Kirche gerieten langsam in Schieflage. Man murrte in den Mauern der Vatikanstadt, konnte sich jedoch keiner der Anweisungen, die Pater Marcus gab, widersetzen. Natürlich hatten die ehemaligen Vertrauten des Heiligen Vaters versucht herauszufinden, wer dieser neue Freund des Papstes denn sei, doch alle Bestrebungen in diese Richtung waren erfolglos gewesen. Auch ein vertrauliches Gespräch des amtierenden Camerlengo Parolin, das er mit dem Papst bei einem Spaziergang durch die Vatikanischen Gärten hielt, brachte kein Ergebnis. Auf mehrfaches Nachfragen, wer denn dieser Pater Marcus sei und welche Befugnisse dieser innehatte, reagierte der Heilige Vater ungewohnt unwirsch. Er machte deutlich, dass er in dieser Angelegenheit nicht mehr belästigt werden wolle. Der Camerlengo zog sich irritiert und nachdenklich zurück. Besorgt nahm er zur Kenntnis, dass in den Mauern des vatikanischen Staates ein neuer Machtfaktor nicht abzuschätzender Autorität entstanden war.

Der Papst und Pater Marcus hatten es sich gerade in einer kleinen Sitzgruppe bequem gemacht. Sie wollten die anstehenden Termine des kommenden Tages besprechen, als mehrfache knallende Geräusche zu ihnen in den Raum drangen. Verwundert lauschten sie zuerst dem für die Vatikanstadt unangebrachten Lärm, bis Pater Marcus sich erheben wollte, um am Fenster herauszufinden, woher der Krach wohl käme. Doch sein Ansinnen wurde durch eine heftige Explosion vereitelt.

Wie durch die Faust eines Riesen wurde das Fenster nach innen gedrückt, gefolgt von messerscharfen Glassplittern, die wie Schrapnelle durch den Raum sausten. Der Heilige Vater wie auch Pater Marcus wurden von der Druckwelle erfasst und unter herumfliegenden Möbeln begraben. Kurz darauf erfolgten weitere Explosionen und erschütterten den päpstlichen Palast schwer. Pater Marcus schob sich unter den Resten eines Tisches hervor und schaute sich suchend um. Das, was er erblickte, hatte nicht mehr viel mit dem päpstlichen Arbeitszimmer gemein. Alles lag in Trümmern, Möbel, Bilder, Teppiche türmten sich an der gegenüberliegenden Wand wie ein unordentlicher Schutthaufen. Doch wo war der Heilige Vater? Ein leises Stöhnen wies Pater Marcus den Weg und kurz darauf konnte er den Papst fast unverletzt unter einem gekippten Sofa hervorziehen. Trotz des allgemeinen Chaos trafen schon nach wenigen Minuten die Soldaten der Schweizergarde in den privaten Räumen des Papstes ein. Pater Marcus stützte den Heiligen Vater und befahl mit barscher Stimme: „Seine Heiligkeit muss sofort in Sicherheit gebracht werden! Welche Evakuierungsmöglichkeiten stehen zur Verfügung?"

Ein Offizier der Schweizergarde wollte langatmig die Optionen und ihre Vor- und Nachteile erklären. Pater Marcus winkte unwirsch mit der Hand und unterbrach so den Redefluss des Soldaten.

„Keinen Vortrag bitte! Schnell, wir müssen hier raus! Erklärungen auf dem Weg."

Damit schob er den Papst auf den Flur und wie zur Bestätigung seiner Worte erschütterte eine er

***

Erste Bilanz

Einige Tage später.

Die Terrorangriffe in New York und Rom hatten die Welt erschüttert.

In New York waren bei den letzten Anschlägen mehr als zwölfhundert Menschen ums Leben gekommen. Die hohen Opferzahlen begründeten sich vor allem aus der Tatsache, dass mehrere Friedhöfe im Stadtbereich Ziele der Terroristen gewesen waren. Die Beerdigungen vieler Opfer der ersten Unruhen hatten zum gleichen Zeitpunkt stattgefunden wie der geplante Trauerakt im Madison Square Garden. Es waren große Videoleinwände errichtet worden, damit die Angehörigen der Opfer gleichzeitig in ihrer Trauer verbunden waren. Der koordinierte Angriff der Terroristen hatte verheerende Folgen. Ungeschützt fielen die Trauernden den Maschinenpistolen zum Opfer. Auf den meist offenen Flächen der Friedhöfe gab es fast keine Deckung. Männer, Frauen und Kinder wurden von den Angreifern niedergemäht. Mütter warfen sich über ihre Schützlinge und wurden durchsiebt. Nach nur wenigen Minuten war der Spuk vorbei. Unbehelligt verschwanden die Angreifer und ließen eine Szenerie aus Blut, aufgerissenen Leibern, vor Schmerzen schreienden Opfern und völlig entsetzten Menschen zurück.

Die Nation war unter Schock. Noch nie gezeigte, grausame Bilder flimmerten über die Bildschirme. Alle Dienste, wie FBI, NSA, Secret Service, US Marshals, Polizei und Militär, waren im Dauereinsatz. Straßen waren gesperrt, Flughäfen, Bus- und Bahnstationen geschlossen, eine nächtliche Ausgangssperre angeordnet.

Es wurde nach allen Richtungen ermittelt, doch bisher hatte man die Angreifer weder identifiziert noch einen einzigen der Attentäter gefasst.

In Rom war man inzwischen ein Stück weiter. Auch hier waren die Angreifer plötzlich verschwunden. Aber nicht spurlos. Der italienische Geheimdienst hatte fünf tote Terroristen identifiziert. Die italienische Regierung, wie auch der Vatikan, hielt aber diese Information im Moment noch geheim.

Auch hier in der Vatikanstadt waren viele Opfer zu beklagen. Dreihundertzwölf Opfer wurden offiziell bestätigt. Darunter befanden sich vierzehn Kardinäle, sieben Bischöfe und eine nicht exakt bezifferte Anzahl Nonnen und Priester. Nach Bekanntwerden der Anschläge in New York wurde eine Ermittlergruppe beider Nationen und des vatikanischen Staates gebildet. Der Austausch an Informationen funktionierte ohne die sonst übliche Zurückhaltung.

Die Welt wartete bisher vergebens auf ein Statement der italienischen, vatikanischen oder der US-amerikanischen Regierung. Die offiziellen Stellen hielten sich völlig bedeckt.

***

Flucht

Der Papst war völlig außer sich. In einer abenteuerlich anmutenden Aktion hatte man ihn aus dem Apostolischen Palast evakuiert. Man hatte ihn durch Gänge und Flure gezerrt, Treppen hinuntergetragen und schließlich in einen unauffälligen Lieferwagen gestoßen. Alles ging sehr schnell und von der gewohnten Rücksichtnahme ihm und seinem Amt gegenüber war nichts zu spüren gewesen. In dem Transporter, der mit zwei einfachen Holzbänken ausgestattet war, hatten die Sicherheitsleute ihn aufgefordert, sich zu entkleiden. Verständnislos und mit einer gewissen Hilflosigkeit fügte er sich. Pater Marcus half ihm beim Ablegen des päpstlichen Gewandes, was unter den gegebenen Umständen nicht so ganz einfach war. Der Lieferwagen schaukelte hin und her, wurde scharf abgebremst und wieder schnell beschleunigt. Kurven nach rechts und nach links waren nur zu spüren, da der hintere Teil des Fahrzeuges, in dem der Papst transportiert wurde, keine Fenster besaß.

Kurz darauf hielt der Lieferwagen einmal kurz an und ein Bündel Kleider wurde wortlos von einem Unbekannten ins Fahrzeug gereicht. Dann ging die Fahrt weiter. Der Papst staunte nicht schlecht, als er wieder völlig bekleidet war: Er trug modische, schwarze Jeans, ein Polohemd und darüber eine beige Windjacke. Auch seine Schuhe hatte er gewechselt. Anstatt der üblichen roten Schuhe zierten nun sportliche Nike seine Füße. Der Gipfel aber war die Baseballmütze, die ebenfalls mit dem Nike-Haken verziert war. Auch Pater Marcus hatte sich verwandelt und sah nun aus wie ein x-beliebiger Tourist.

Mehrfach auf ihrer Fahrt nach Norden wurden die Fahrzeuge gewechselt. Schließlich erreichten sie nach mehrstündiger Fahrt die Alpen. Auf kleinen Seitenstraßen gelangten sie nach einer weiteren Stunde zu einem abgelegenen Berghof. Von Ruhe und Beschaulichkeit war jedoch hier im Moment keine Rede. Der Papst und Pater Marcus verließen auf Anweisung der Leibwächter den Wagen und schauten sich um. Auf dem weiten Vorhof des Anwesens standen drei weitere Fahrzeuge. Darunter ein grüner Militärtransporter der italienischen Armee. Bewaffnete, ganz in Schwarz uniformierte Männer sicherten das Gelände. Alles hier vermittelte angespannte Nervosität. Kaum dass sie sich einen groben Überblick verschafft hatten, eilte ein Offizier der Schweizergarde auf den Papst zu und salutierte. Sofort ergriff er das Wort und sagte militärisch kurz: „Bitte folgen Sie mir ins Haus."

Ohne auf eine Erwiderung zu warten, drehte sich der Soldat um und ging gemessenen Schrittes in Richtung des Hauseingangs davon.

Der Papst schaute Pater Marcus etwas verwundert an, zuckte die Schultern und folgte dem Gardisten.

***

Totenstill

Der Präsident war seit drei Tagen zurück in Washington. Bisher hatte die Regierung nur unverbindliche Presseerklärungen lanciert und den Angehörigen der Opfer ihr Beileid ausgedrückt. Weiter geschah nichts. Die Medien forderten entschlossenes Handeln und sparten nicht mit harscher Kritik. Das einzig Bemerkenswerte der letzten drei Tage war, dass die Opposition keinerlei Anschuldigungen gegen die Regierung erhob, sondern sich ebenfalls in Schweigen hüllte. Dies verhieß nichts Gutes, darin waren sich alle politischen Kommentatoren und Analytiker einig.

Der Situation Room im Weißen Haus war von gespannter Hektik erfüllt. Alle wichtigen Entscheidungsträger waren anwesend. Dienste wie die NSA, CIA, FBI, Secret Service, DEA und andere staatliche Ermittlungsbehörden trugen Daten zusammen, und Analysten versuchten mögliche Szenarien anschaulich darzustellen. Politiker der Regierung und der Opposition sichteten in seltener Einigkeit Berichte und diskutierten über mögliche Optionen. Ordonnanzen kamen und gingen, brachten Analysen oder schleppten Aktenbündel mit dem Aufdruck ‚Top Secret'.

Als der Präsident den Raum betrat, senkte sich für einen Moment der Geräuschpegel. Da er wortlos am Ende des großen Konferenztisches Platz nahm, erwartete keiner der Anwesenden, dass er nun das Wort ergriff. Daher wandten sich die Anwesenden wieder ihrer momentanen Arbeit zu. Doch ein kurzes Räuspern ihres Commanders and Chief forderte die Aufmerksamkeit aller. Ohne einführende Worte begann er, seiner pragmatischen Art entsprechend, sofort die neusten Entwicklungen zu erläutern.

„Wie wir schon vermutet hatten, ist Al-Qaida verantwortlich für die Anschläge in New York wie auch in Rom. Soeben ist ein Bekennervideo bei dem arabischen Nachrichtensender Al-Jazeera ausgestrahlt worden. Sie bekommen gleich das Video auf ihre Pads geladen. Interessant und zugleich beängstigend ist, dass Al-Qaida eine neue Struktur des Terrors entwickelt hat. Das lässt vermuten, dass wir es mit einem neuen Mann an der Spitze der Organisation zu tun haben. Die bisher der Welt präsentierten Nachfolger Bin Ladens sind augenscheinlich nur Strohmänner ohne wirkliche Macht. Deshalb konnten wir keine Erfolge durch das Ausschalten dieser Marionetten erzielen und die Struktur des Terrornetzwerkes nicht beeinträchtigen. Unser Ziel muss es sein, den Drahtzieher, die graue Eminenz im Hintergrund zu enttarnen und auszuschalten."

Noch bevor der Präsident in seinen Ausführungen fortfahren konnte, trat ein Secret-Service-Mann an seine Seite und flüsterte ihm etwas ins Ohr.

Darauf erhob sich der Präsident und verkündete: „Ehe wir hier weitere Entscheidungen treffen, sollten wir uns kurz diese Meldung des Radio Vatikan anschauen."

Damit gab er den Technikern ein Zeichen. Kurze Zeit später hörten und sahen alle Anwesenden, was der Papst verkündete. Als dieser nach nur wenigen Minuten seine Ansprache beendet hatte, war es plötzlich totenstill im Situation Room. Keiner konnte glauben, was er gerade vernommen hatte. Aber alle hatten denselben schrecklichen Gedanken: Die Ansprache des Pontifex würde die Welt in ein unkontrollierbares Chaos führen.

***

Gebannt

Hanky lief unruhig in der Empfangssektion des JFK Airports auf und ab. Er hatte Walt aus dem Trainingslager des Secret Service in Utah zurückbeordert. Dies war nur durch die Vermittlung der Einsatzzentrale möglich gewesen. Das Trainingslager für speziell Begabte lag an einem streng geheimen Ort. Selbst die Teilnehmer einer solchen Schulung wussten nicht genau, wo sie sich befanden. Hanky erinnerte sich ungern an eine Prozedur, bei der er mit verbunden Augen und mit einem schweren Kopfhörer versehen in einen Hubschrauber verfrachtet worden war. Danach ging es scheinbar stundenlang hin und her. Am Ende landeten sie bei einer Ansammlung flacher Gebäude, irgendwo in der Wüste Utahs. Er wusste, dass Walt dem gleichen Prozedere unterworfen wurde, und freute sich schon jetzt auf dessen unvermeidliches Geschimpfe.

Wie es Hankys Art entsprach, war er viel zu früh von zu Hause aufgebrochen, und nun musste er auf die Ankunft der Maschine warten. Immer wieder wanderten seine Blicke zu der großen Anzeigetafel, dann zu seiner Uhr. Die Zeit schien sich zu dehnen und geduldiges Warten gehörte nicht zu seinen Stärken. Bei seiner Wanderung durch die Wartehalle schaute er ab und zu auf die in den Wartebereichen aufgehängten Bildschirme. Dort liefen zu allen Tageszeiten Nachrichten. Nur mäßig interessiert ließ Hanky seinen Blick vorbeigleiten. Er sah den Papst, der wohl über die Anschläge in Rom sprach. Hanky konnte nicht verstehen, was der Pontifex sagte, da der Ton des Fernsehers leise gestellt war. Doch etwas anderes zog Hankys Aufmerksamkeit auf das leicht flimmernde Bild. Sein Unterbewusstsein hatte Alarm geschlagen. Er trat etwas näher und schaute das Fernsehbild genauer an. In der unteren Leiste lief ein Fließtext. Nur am Rande las Hanky etwas wie ‚Heiliger Krieg', doch er konzentrierte sich auf die Aufnahme des Heiligen Vaters. Er stand vor einem neutralen Hintergrund und war mit dem gewohnten päpstlichen Gewand gekleidet. So weit stimmte die allgemeine Wahrnehmung mit dem Muster des Normalen überein. Erst auf den zweiten Blick erkannte Hanky, was er unbewusst registriert hatte. Im Hintergrund, an der rechten Bildseite, stand noch ein Mann. Ein Priester im schwarzen Ornat. Eigentlich nicht ungewöhnlich bei einem Papstauftritt. Hanky betrachtete den Priester genauer, der mit ernstem, verschlossenem Gesicht in die Kamera schaute. Er kannte den Mann, wenn auch nur von einer Fotografie. Doch wo hatte er das Gesicht schon einmal gesehen? Hanky grübelte einen Moment. Plötzlich wusste er, wer dort neben dem Papst stand. Dies war Pater Frank Marcus. Der Mann, der von dem Tausendschläfer direkt nach Walt Kessler übernommen worden war.

Heiß schoss Hanky ein Gedanke durch den Kopf: Was, wenn der Pater sich ebenfalls nach der Attacke des Geisteswesens verändert hatte? Vor Hanky verschwamm das Bild des Papstes. Gleichzeitig überwältigte ihn die Erinnerung an die Zeit, als er gegen den Alien gekämpft hatte. Seiner eigenen Begegnung mit dem Tausendschläfer hatte er es zu verdanken, dass er heute über paranormale Fähigkeiten verfügte. Walt hatte sich ebenso verändert und verfügte über neue, erstaunliche Kräfte, jenseits der erklärbaren Wissenschaft.

Als Walt schließlich in die Wartehalle trat, sah er sich verwundert um. Hanky hatte ihn noch immer abgeholt. Doch dieses Mal konnte er seinen Freund nirgendwo unter den Wartenden entdecken. So schob er sich durch die Wand der Abholer und blickte sich suchend um. Kurz darauf fand er den Gesuchten. Hanky stand vor einem Fernseher und verfolgte scheinbar gebannt die Nachrichten. Walt setzte eine gespielt grimmige Miene auf und ging gewichtigen Schrittes auf seinen Freund zu. In diesem Moment drehte Hanky sich zu ihm um. Erleichterung gemischt mit einem Ausdruck unbestimmter

Sorge zeichneten sich auf seinem Gesicht ab. Er breitete die Arme aus und rief: „Na endlich, Walt! Komm her, ich muss dir etwas zeigen."

***

US Citizen Defender

Sergio Camas saß in einem Schnellrestaurant in der Nähe des Times Square. Er hatte noch etwas Zeit bis zu dem von ihm einberufenen Treffen. Nach den Anschlägen und dem unerwarteten Treffen mit dem Präsidenten hatte er ein stetes, unbewusstes Verlangen, etwas zu tun. Permanent hatte er versucht, dieses unbestimmte Gefühl zu lokalisieren, das ihn umtrieb. Dann, gleich einer Vision, offenbarte sich ihm sein zukünftiger Weg.

Er hatte bisher gedacht, dass sein Leben nichts mehr wert sei. In den vergangenen Jahren war zu viel geschehen. Seit dem 11. September 2001 hatte ihn das Glück verlassen. Damals war er noch ein erfolgreicher Investmentbanker gewesen. Zusammen mit seiner Frau hatte er in einem Kontor von Goldman und Sachs im World Trade Center gearbeitet. Nur einem Zufall verdankte er sein Leben. An diesem Tag hatte er einen Außentermin mit einem wichtigen Kunden gehabt und war so der Katastrophe entgangen. So viel Glück war seiner Frau nicht beschieden gewesen. Sie war an diesem Tag gestorben. Die Polizei vermutete später, dass sie im Nord-Tower ums Leben gekommen war. Ihre Leiche war nie gefunden worden und so hatte Sergio nicht einmal eine Grabstätte für sie bekommen, wo er ihr gedenken konnte. Sein Kummer wuchs von Tag zu Tag und mehr als einmal hatte er an Selbstmord gedacht. Nichts schien mehr wichtig. So verlor er zuerst seinen Job, dann sein Haus, dann jeglichen Kontakt zu Familie und Freunden. Seine neue Heimat war die Straße geworden, denn er wollte nie mehr ein Zuhause haben.

Doch das Schicksal hatte andere Pläne mit ihm. Das war ihm nun klar. Nicht umsonst hatte er den perfiden Anschlag der Terroristen miterlebt. Er hatte seine Angst überwunden und zusammen mit gefährlichen Gangstern den Präsidenten der Vereinigten Staaten in

Sicherheit gebracht. Zum ersten Mal seit dem 11. September 2001 verspürte er Zorn. Damals hatte er mit dem Leben gehadert, doch diese Zeit war vorbei. Er würde sich nicht mehr hinter seiner Trauer verstecken, sondern sich wehren. Endlich wehren. Er hatte genug von Terroristen, von islamischen Terroristen, die ihm sein Leben genommen hatten. Er würde sein Land beschützen, er würde den Präsidenten beschützen.

Was Sergio nicht wusste, war, dass er noch immer dem hypnotischen Befehl Hankys folgte. Doch nicht nur die unbemerkte Suggestion lenkte seine Entscheidung, sondern auch seine tiefe Verbundenheit mit diesem Land. Selbst die erlebten Schicksalsschläge konnten seinen Patriotismus nicht schmälern. Er war Bürger der USA und er würde für sein Land einstehen.

Kurze Zeit später trafen die anderen Mitglieder der selbsternannten Präsidentengarde ein. Alle waren in Zivil, also ohne die auffälligen Bandeninsignien, zu dem Treffen erschienen.

Sergio wartete, bis sich die Mitglieder der Gangs gesetzt hatten und ihre Bestellungen von der Serviererin aufgenommen waren. Dann begann er zu sprechen, und ohne es selbst zu bemerken, verbreitete er eine Aura der Autorität um sich, dass alle Anwesenden ihm gebannt zuhörten.

„In unserem ganzen Leben haben wir nie damit gerechnet, einmal eine besondere, herausragende Aufgabe für unseren Staat zu vollbringen. Wir haben zu den Leuten gehört, die immer auf der falschen Seite der Gesellschaft gestanden haben. Viele von uns waren stolz darauf, nicht zu ‚denen' zu gehören. Wir waren Außenseiter. Dennoch haben wir den Präsidenten der Vereinigten Staaten in Sicherheit gebracht. In diesen wenigen Minuten hätten wir unser Leben für unser Vaterland ohne Bedingung geopfert."

Ein zustimmendes Gemurmel wogte über den Tisch, unterstützt von bejahendem Kopfnicken. Gespannte Gesichter warteten auf weitere Worte Sergio Camas'.

„Doch die Geschichte ist hier noch nicht zu Ende. Nein! Es fängt gerade erst an. Wie wir alle aus den Medien wissen, befinden sich die feigen Attentäter auf der Flucht und somit in Freiheit. Scheinbar weiß keiner, wie man diese Lumpen aufspürt. Das Problem unserer Sicherheitskräfte, sei es das FBI, die NSA oder gar die CIA, ist, dass sie sich an Regeln und Gesetze halten müssen. Das Wort Gesetz hatte in der Vergangenheit für euch keine Bedeutung. Doch das bedeutet nicht, dass wir das Gesetz in unsere Hand nehmen können. Wir haben die Chance, ein neues Kapitel der amerikanischen Geschichte aufzuschlagen. Wir, die Bürger dieses stolzen Landes, werden uns wehren."

Sergio hatte sich in Rage geredet und seine Stimme erhoben. Längst lauschten alle Gäste des Restaurants gebannt seinen Worten. Plötzlich aufbrandender Applaus unterbrach Sergios Ausführungen. Durch diese allgemeine Bestätigung beflügelt stand er auf, breitete theatralisch seine Arme, wie zu einer Umarmung bereit, aus und sagte mit bewegter Stimme: „Ich lade hier und heute jeden patriotischen Amerikaner dazu ein, Mitglied der US Citizen Defender zu werden."

Erneut brandete lauter Applaus auf. Sergio, der hagere, vom Leben gezeichnete Mann, wirkte selbst in seinem alten, abgerissenen Mantel wie ein Retter in dunklen Zeiten der Verzweiflung. Ein letztes Mal erhob er das Wort und rief mit lauter, fester Stimme: „Vergesst alle Streitigkeiten, die euch bis heute beschäftigt haben. Richtet euer Wort an eure Nachbarn und Freunde. Ladet sie ein, an unserem Kampf gegen die Verbrecher teilzunehmen, die schon am elften September zweitausendeins unser Volk gedemütigt haben. Wehrt euch!"

Danach setzte er sich und sprach mit leiser Stimme. Seine am Tisch sitzenden Streetgang-Mitglieder verspürten alle den hypnotisch eingepflanzten Drang, Sergio bedingungslos zu folgen.

„Von euch, meine mutigen Mitstreiter, erwarte ich, dass ihr eure Kämpfe untereinander einstellt. Wir müssen unsere Kräfte bündeln, um den verdammten Feind zu finden und auszulöschen. Ihr habt die Waffen und die Erfahrung im Straßenkampf. Ich brauche euch, euer Land braucht euch."

Die Gangmitglieder murmelten Zustimmung und fühlten eine euphorische Stimmung, die sich ihrer bemächtigte. Nie zuvor in ihrem Leben hatten sie ein erstrebenswerteres Ziel vor Augen gehabt. Nun endlich machte ihr bisheriges Leben auf den Straßen einen Sinn. Ihre Zeit war gekommen und sie würden in den Kampf ziehen, für ihre Familie, ihre Gang, ihre Stadt, ja in letzter Konsequenz für ihre Heimat.

Kaum hatte Sergio seine leise ausgesprochen Aufforderung an die Gangmitglieder beendet, als sich die anderen Gäste des Lokals um den Tisch drängten. Jeder wollte wissen, wie er helfen konnte.

***

Das Papstdekret

Pater Frank Marcus stand vor dem Berghof und schaute blicklos auf die Szenerie der Dolomiten. Er nahm nicht wahr, wie die Sonne langsam hinter den Alpengipfeln verschwand. Er spürte nicht die aufziehende Kühle, die gleich tastenden Fingern an seinen Beinen emporkroch. Er sammelte Kraft, Energie, die er in den letzten Tagen so verschwenderisch verbraucht hatte. Doch hier, an einem solch einsamen, abgelegenen Ort, war es schwer, genügend Energie zu bekommen. Sorgsam tasteten seine neuen Sinne die nähere Umgebung ab. Wie imaginäre Kerzen erspähte er die Menschen in seiner Nähe. Er musste vorsichtig sein, damit seine Kraftgeber nicht bemerkten, wie er ihnen einen Teil ihrer Lebensenergie raubte. Pater Marcus wusste, dass er die hier anwesenden Soldaten noch brauchte. Dennoch benötigte er deren Kraft, um den Papst weiterhin unter seiner Kontrolle zu halten. Er hatte noch große Pläne mit Seiner Heiligkeit und dem Christentum. Der Anschlag auf die Vatikanstadt war wie gerufen gekommen. Nun konnte er seine Pläne doch rascher umsetzen als vermutet. Ein leichtes, diabolisches Grinsen legte sich auf seine Züge, als er an seine Agenda dachte. Doch schnell hatte er sich wieder unter Kontrolle und sein Gesicht entspannte sich.

Einer der Wachen erweckte seine Aufmerksamkeit. Der Mann wankte wie Schilfrohr im Wind und fasste sich benommen mit der rechten Hand an den Kopf. Sofort stoppte Pater Marcus den Energiezapfvorgang. Ärgerlich über seinen Leichtsinn drehte er sich um und ging zurück in das Haus. Beinahe hätte er einen Fehler begangen und einen seiner Energielieferanten umgebracht.

Der Papst wartete schon auf ihn. Aufgeregt lief er durch das kleine Wohnzimmer des Anwesens. An der hinteren Wand des Raumes bauten die Männer der Schweizergarde ein provisorisches Fernsehstudio auf. Ein kleines Rednerpult wurde gerade hereingetragen und ein Mikrofon daran angebracht. Kabel wurden verlegt und am Boden mit breiten Klebestreifen fixiert. Ein schwarz gekleideter Mann sprach hastig in ein Funkgerät.

Pater Marcus ging ruhigen Schrittes auf den Papst zu und legte beruhigend seine rechte Hand auf dessen Schulter. Leise, fast beschwörend redete er auf den Pontifex ein. Dieser entspannte sich sichtlich, dann nickte er und ging zu einem robusten Holztisch am Fenster. Er zog sich einen derben Holzstuhl heran und setzte sich. Mit einer entschlossenen Bewegung ergriff er einige eng beschriebene Blätter und schaute prüfend auf den Text.

Im Vatikan war man unterdessen sehr besorgt. Der Papst war verschwunden. Auf Anfrage des Camerlengo Parolin bei der Schweizergarde erfuhr dieser nur, dass der Heilige Vater wohlauf und an einem sicheren Ort sei. Mehr wusste Parolin nicht. Da er zurzeit die Amtsgeschäfte leitete, wurden Anfragen bezüglich der Gesundheit und des Verbleibs des Papstes an ihn weitergeleitet. Um Spekulationen um den Zustand des Papstes nach dem verheerenden Anschlag vorzubeugen, ließ er nur verlauten, der Heilige Vater sei wohlauf und werde bald vor die Presse treten. Wie rasch seine Behauptung eintreffen würde, wusste er selbst nicht.

Als keine Stunde später RAI (Radio Italiano) ankündigte, dass der Heilige Vater Stellung zu dem Anschlag in Rom nehmen wolle, war der Camerlengo mehr als erstaunt. Nicht nur, dass der Papst sich bisher an einem unbekannten Ort aufhielt, war verwirrend. Nun würde er auch noch eine Verlautbarung veröffentlichen, von der niemand im vatikanischen Staat wusste, was diese beinhaltete. Das widersprach allen bisher geltenden Regeln und war eine indirekte Herabstufung der vatikanischen Führungsstruktur.

Parolin brauchte Rat in dieser ungewöhnlichen Situation. Er winkte seinen Sekretär heran. Dieser beugte sich leicht zum Camerlengo und wartete auf dessen Anweisungen.

„Holen Sie mir Erzbischof Bertello. Schnell, es eilt!“

Erzbischof Giuseppe Bertello war der sogenannte Regierungschef des Vatikans. Sein offizieller Titel lautete: Präsident des Governatorates des Vatikanstaates.

Bertello kam gerade noch rechtzeitig. Der Camerlengo hatte den Fernseher eingeschaltet, stand unbewegt davor und starrte auf das Bild, das Radio Italiano gerade sendete.

Der Papst trat vor die Kamera, legte seinen Text auf das Pult und ging noch einmal kurz in sich.

Mit dieser Rede würde er die Welt verändern. Lange hatte er mit seinem Berater Pater Marcus über den Inhalt des Textes gesprochen und diskutiert. Der Pater war immer sehr zurückhaltend, aber gleichzeitig sehr direkt in seiner Meinung. Er hatte auch davor gewarnt, zu progressiv an die doch sehr heikle Thematik heranzugehen. Doch er hatte sich nicht von Pater Marcus beirren lassen. Genug war genug! Zu lange, viel zu lange hatte sich die Kirche demütigen lassen, hatten sich Christen demütigen lassen. Über zwei Milliarden Menschen gehörten dem Christentum an und mehr als eine Milliarde davon war katholischen Glaubens. Er konnte eigentlich nicht verstehen, warum er bisher so geduldig gewesen war. So viel Unrecht, Mord, Vertreibung und Krieg hatten die Menschen ertragen, ohne sich zu erheben. Er hatte geschwiegen, versucht zu vermitteln und Frieden zu stiften.

Ein Zeichen des Kameramannes riss ihn aus seinen Grübeleien. Er richtete sich straff auf, blickte direkt in die Kamera und begann nach dem Zeichen des Kameraassistenten zu sprechen.

Weltweit verfolgten ungezählte Millionen die Ansprache des Papstes. Besonders aufmerksam saß der Verantwortliche der Anschläge von New York und Rom vor seinem Fernseher. Ungeduldig hatte er die letzten Tage auf eine Verlautbarung des Vatikans gewartet. Doch was er nun vernahm, war alles andere als die Reaktion, die er erwartet hatte.

Akram hielt es nicht mehr auf seinem bequemen Sessel. Er stand auf, erhöhte die Lautstärke des TV-Sets, als ob dies etwas an der Verlautbarung ändern würde. Kalte Augen, aus denen ungezügelter Zorn zu blitzen schien, schauten ihn scheinbar direkt an. Eine leise, aber bestimmte Stimme folgte ihm durch den Raum und ließ Akram frösteln. Ohne sich dessen bewusst zu sein, entwickelten seine Hände ein scheinbar eigenständiges Leben. Unruhig bewegten sich die Finger, um gleich darauf zu verkrampfen.

Nach einigen Minuten beendete der Papst seine Ansprache. Werbung, die in diesem historischen Moment deplatziert über den Bildschirm flimmerte, dröhnte in einem Geräuschsturm überfallartig durch den Raum. Rasch regulierte Akram die Lautstärke nach unten und begann durch die Kanäle zu zappen. Er wollte, musste noch einmal hören, was der Führer der katholischen Kirche der Welt soeben verkündet hatte. Schnell wurde er fündig, denn fast alle Fernsehstationen der Erde hatten ihr laufendes Programm unterbrochen, um die Ansprache zu wiederholen. Akram setzte sich wieder in den Sessel und schaute hoch konzentriert auf den Bildschirm. Eine Sprecherin kündigte überflüssigerweise, jedenfalls für Akram, die Rede an. Dann wechselte das Bild und der Pontifex schien ihn direkt anzuschauen. Völlig ohne einführende Worte begann der Papst zu sprechen.

„Gewalt wurde der Menschheit angetan. Gewalt, die nicht mehr zu tolerieren ist. Gewalt, die in New York wie ein apokalyptischer Reiter unschuldige Menschen niedergemetzelt hat. Gewalt, die wie eine Bestie im Vatikanstaat wütete und Pilger aus aller Welt in den Tod riss."

Der Papst hielt einige Sekunden inne, als ob er für seine folgenden Worte Kraft sammeln wollte. Dann schob er seinen Kopf in einer trotzigen Bewegung nach vorne. Mit einer kalten, fast eisigen Stimme, bar jeglicher Emotion, formulierte er Worte, die die Welt verändern würden.

„Die Welt, das Christentum, musste in vielen Jahrzehnten den Terror islamistischer Terroristen erdulden. Unsägliches Leid wurde von fanatischen Irrgläubigen verursacht. Doch damit ist nun Schluss! Die Zeit der Vergebung ist vorbei. Wir werden nicht mehr die andere Wange hinhalten. Nein! Wir werden uns von nun an wehren! Ich werde die Welt von dem Übel befreien. Ab sofort befinden wir uns im Krieg gegen alle, die sich gegen uns erheben. Wir werden die Islamisten jagen und ans Kreuz schlagen. Wie schon Papst Urban der Zweite im Jahre 1095 rufe ich mit diesem Dekret zum Waffengang. Zwei Komma drei Milliarden Christen werden zu Kriegern werden. Ich rufe hier und heute zum Kreuzzug gegen die Mächte des Bösen auf. Wir werden euch austreiben wie den Satan und nicht ruhen, bis der letzte Terrorist gerichtet ist.

Auge um Auge, Zahn um Zahn, so steht es in der Bibel. Erwartet keine Gnade, denn sie wird euch nicht gewährt werden.

Um jeglicher Spekulation vorzubeugen, verkünde ich weiterhin, dass es bei diesem Krieg, diesem Kreuzzug nicht darum geht, Andersgläubige zu missionieren. Wer guten Willens ist und sich nicht zuschulden hat kommen lassen, der sei unbesorgt. Ich hege weder Groll gegen gläubige Muslime oder Angehörige anderer Religionen.“

Wieder folgte eine kurze Pause, in der sich der Papst für seine abschließenden Worte sammelte.

„Wie schon Alexios, Kreuzritter unter Papst Urban dem Zweiten, seinen Glaubensbrüdern zurief, sage ich euch heute als Vertreter Christi: ‚Nicht ich bin es, der euch ermutigt, es ist der Herr. Zu den Anwesenden spreche ich, den Anwesenden befehle ich, doch Christus herrscht.‘

Unserer Tradition der Heiligen Schrift folgend, beziehe ich mich auf das Matthäus-Evangelium zehn, achtunddreißig: ‚Und wer nicht sein Kreuz auf sich nimmt und mir nachfolgt, ist meiner nicht würdig.‘ “

Die letzten Worte sprach der Pontifex mit einer lauten, inbrünstigen Stimme, die keinen Widerstand zu dulden schien.

Abermals beugte er sich nach vorne und fuhr mit gefährlich drohendem Ton fort:

„Dich, Satan, der du in Menschengestalt erschienen bist, werde ich vernichten. Wir werden den Besessenen finden, in den du gefahren bist. Wir werden ihn richten und der Welt sein hässliches Gesicht zeigen. Du kannst dich nicht verbergen. Die Welt ist kein Versteck für dich, denn die Menschen werden dich zur Richtbank führen.“

Danach richtete sich der Papst auf und sprach mit ruhiger, geschäftsmäßiger Stimme:

„Zur Ergreifung des Verantwortlichen setze ich eine Prämie von zwanzig Millionen Dollar aus.“

Damit stand er auf und beendete die Verlautbarung ohne ein weiteres Wort. Er sprach weder ein Gebet noch sendete er seinen Segen in die Welt.

***

Nationaler Notstand

Der Präsident der Vereinigten Staaten tobte. Er lief gestikulierend durch das Oval Office. Die anwesenden Berater und Stabschefs schwiegen betroffen und warteten, bis ihr oberster Commander seiner Wut Luft gemacht hatte.

„Der Papst ist verrückt", rief er aufgebracht. „Er stürzt uns alle in einen globalen Krieg. Das werde ich nicht dulden! Ich werde nicht erlauben, dass in unserem Land das Chaos regiert. Es darf nicht sein, dass Bürger anderen Glaubens verfolgt werden. Gleichzeit werden wir all unsere Ressourcen einsetzen, um diese infamen Terroristen zu jagen, die unser Land angegriffen haben. Hiermit ordne ich den nationalen Notstand an. Die Nationalgarde ist zu aktivieren. Für alle Dienste hat die Ergreifung der Verantwortlichen oberste Priorität. Weiterhin ordne ich die Einberufung eines überparteilichen Krisenstabes an, der ab sofort ständig tagen wird. Weitere Maßnahmen werde ich im Einvernehmen mit diesem Komitee erarbeiten. Gott schütze uns, unsere Bürger und unser Land!"

Wie auf ein geheimes Zeichen erhoben sich alle Anwesenden und strömten aus dem Raum.

Als der Präsident alleine war, setzte er sich hinter seinen Schreibtisch und drehte den Sessel dem Fenster zu. Er schaute hinaus auf die friedliche Szenerie des Rosengartens. Seine Hände begannen zu zittern und seine Augen füllten sich mit Tränen. Schwere Zweifel bedrängten ihn wie eine eigenständige Macht. Seit dem Anschlag auf sein Leben hatte sich seine Einstellung zum Leben, seinem eigenen Leben, verändert. Was war wichtig, was war vergeudete Zeit? Sollte er nicht besser die Zeit mit seiner Frau und seinen Töchtern verbringen? Ja, wie viel Zeit blieb ihm noch in diesem Leben?

Er wusste, dass er auf diese Frage keine Antwort bekommen konnte. Doch war er nicht auch verpflichtet, für eine sichere, lebenswerte Zukunft für seine Familie und sein Land zu sorgen? Konnte er diesem Anspruch gerecht werden? Die ganze Welt wartete auf seine Entscheidungen.

Er schloss seine Augen und sein Körper entspannte sich. Das Zittern seiner Hände wurde leichter, um schließlich ganz zu verschwinden. Einige Minuten blieb er in dieser entspannten Haltung sitzen, ehe er sich straffte und die Augen aufschlug. Arbeit, viel Arbeit wartete auf ihn. Mit einer müden Bewegung stand er auf und griff zum Telefon.

***

Ausnahmezustand

Weltweit war ein Aufschrei der Empörung zu hören. Regierungen fanden sich zu eiligst einberufenen Krisensitzungen ein. Börsen wurden geschlossen und Urlaube storniert. In islamischen Ländern kam es zu gewalttätigen Demonstrationen. Botschaften wurden gestürmt und viele Diplomaten vom Mob gelyncht. Militär und Polizei befanden sich global im Ausnahmezustand. Das italienische Militär riegelte den Vatikanstaat ab. Fast alle Menschen fragten sich rund um den Globus, ob der Papst verrückt geworden sei.

***

Wir müssen nach Rom

Hanky und Walt waren noch immer am Airport. Sie saßen in einem Schnellrestaurant und versuchten die Geschehnisse der vergangenen Tage zu analysieren. Mehrmals hatten sie die Ansprache des Papstes auf einem der vielen im Flughafen angebrachten Fernseher verfolgt, wie auch die Katastrophenmeldungen, die sich fast minütlich steigerten. Walt war sehr aufgebracht und fühlte eine hilflose Wut in sich.

„Ich kann es einfach nicht fassen", schimpfte er, „dass ausgerechnet das Oberhaupt der katholischen Kirche ein solches Chaos heraufbeschworen hat. Ist der Kerl denn verrückt geworden?"

„Wer weiß", antwortete Hanky mit belegter Stimme. „Doch ich vermute, dass da ein anderer dahintersteckt."

„Du vermutest, dass dieser Pater Marcus dahintersteckt? Wie soll das funktionieren? Warum sollte er den Papst dazu bringen, die Welt in ein Irrenhaus zu verwandeln?“

„Das kann ich dir nicht sagen, Walt. Aber wir müssen davon ausgehen, dass sich Pater Marcus ebenso entwickelt hat. Auch er war in der Gewalt des Tausendschläfers und hat diese Begegnung überlebt. Wir haben schließlich auch eine gewaltige Transformation am eigenen Leib erfahren.“

„Das kann man wohl sagen“, erwiderte Walt und erinnerte sich mit Grausen an den Tag, als der Tausendschläfer sich in seinem Gehirn eingenistet hatte. Seitdem verwandelte er sich und entdeckte ständig neue übersinnliche Fähigkeiten, die in ihm erwachten. Das gleiche beobachte Walt bei Hanky und schon oft hatten sie darüber spekuliert, wohin diese Transformation noch führen werde.

Hankys Verstand arbeite auf Hochtouren. Er analysierte unzählige Szenarien, wie man dieses globale Chaos eindämmen, ja beenden konnte. Alle Lösungsansätze führten ihn zum gleichen Ergebnis: Der Papst musste zur Vernunft gebracht werden. Nur er konnte dieses planetare Desaster beenden.

Hankys Blick fokussierte sich und eine grimmige Entschlossenheit spiegelte sich auf seinem Gesicht. „Walt, wir müssen nach Rom.“

Der Angesprochene verriet mit keiner Regung, dass er von Hankys Entscheidung überrascht war. Ernst nickte er und sagte: „Dann lass uns einen Flug buchen. Ich hoffe, wir haben noch Zeit genug, nach Hause zu fahren, um deinen Koffer zu packen. Ich brauch auch noch ein paar Dinge.“

Die Männer standen auf und gingen zum nächsten Buchungsschalter.

Hanky hatte ein mulmiges Gefühl, das sich in seiner Magengegend zu etablieren versuchte. Gleichzeitig war er froh, Walt mit seiner pragmatischen Art an seiner Seite zu haben.

***

Geheimes Treffen

In einer Villa an der Peripherie Roms traf unter größten Sicherheitsvorkehrungen ein Kreis von Männern ein, denen man nicht sofort ansah, welcher Interessengruppe sie angehörten. Alle waren in dunkle Anzüge gekleidet und in schwarzen Limousinen angereist. Diskret geleitete sie Sicherheitspersonal in das elegante Haus. Kurze Zeit später versammelten sich die Männer. Keiner hatte einen Blick für den prachtvollen, im Renaissancestil gestalteten Raum. Der hier gezeigte Luxus prallte an der gegebenen Dringlichkeit ihrer Konferenz ab. Die hier Versammelten begriffen sich selbst als Manager der größten nichtstaatlichen Organisation weltweit. Im Rampenlicht der Öffentlichkeit allerdings waren sie ‚nur' Kardinäle der römisch-katholischen Kirche.

Wie selbstverständlich schickte sich der bisherige Kardinal Camerlengo Parolin an, diese heikle Besprechung zu leiten. Er hatte die mächtigsten und einflussreichsten Kardinäle zu diesem Treffen gebeten. Unter höchster Geheimhaltung, was im Vatikanstaat nicht so einfach war, waren die Männer heute zusammengekommen.

Nachdem die Anwesenden Platz genommen hatten und die leise geführten Gespräche erstarben, erhob sich Kardinal Parolin.

Mit ernstem Gesicht, die Schultern leicht gebeugt von einer unsichtbaren Last, begann er zu sprechen.

„Meine Brüder in Christi, die Fundamente unserer Kirche sind aufs Schwerste erschüttert. Dabei meine ich nicht den feigen Anschlag, der unsere heiligen Stätten in ein Trümmerfeld verwandelt hat. Nein! Unser Oberhirte, der Heilige Vater, hat seinen Verstand verloren. Er ist verrückt geworden! Der Angriff, geführt gegen den Kirchenstaat, hat ihn derart verwirrt, dass er sich bemüßigt sah, den Heiligen Krieg, ja den Kreuzzug auszurufen. Schon jetzt hat es durch Übergriffe bei Demonstrationen unzählige Tote gegeben. Weltweit wird unsere Kirche für dieses Chaos verantwortlich gemacht. Dieser Zustand ist unhaltbar und muss sofort geändert werden. Wir müssen, wenngleich uns das auch nicht leichtfallen mag, den Heiligen Vater des Amtes entheben."

Die klaren Worte Kardinals Parolin hatten die Kirchenfürsten fast körperlich getroffen. Einige atmeten schwer, als ob sie eine schwere Last zu tragen hätten, was ja in gewisser Weise auch zutraf. Andere waren aufgesprungen und versuchten sich mit lauten Worten gegenseitig niederzuschreien. Hektik, ja fast Panik waberte wie Pesthauch durch den Raum.

***

Koffer packen

Hanky und Walt hatten unterdessen mit ihrer vorgesetzten Stelle beim Secret Service telefoniert. Auf Anweisung des Präsidenten hin wurden sie bevollmächtigt, uneingeschränkt zu ermitteln.

Walt hatte in der Zwischenzeit einen Flug nach Rom gebucht, der allerdings erst in vier Stunden Boarding hatte. Hanky war es recht gewesen, da sie somit Zeit genug hatten, zu Hause ihre Koffer zu packen.

Als sie aus dem Taxi stiegen – Walt bezahlte gerade den Fahrer –, stand auf einmal wie hingezaubert Richard Miller vor ihnen. Hanky schaute ihn erstaunt an und wollte Rich gerade fragen, wo er denn herkäme, als dieser schon zu sprechen begann.

„Ich stehe mir hier die Beine in den Bauch. Wo bleibt ihr denn?"

Walt antwortete, an Hankys Stelle: „Hallo Rich, waren wir verabredet?"

Damit schaute er zuerst Richard Miller und dann Hanky fragend an. Hanky schüttelte nur den Kopf und schaute dann abwartend seinen Freund von der New York Times an.

„Nein, wir waren nicht verabredet. Ich habe ein wenig herumtelefoniert und so erfahren, dass du heute Walt vom Flughafen abholst. Also, was hat denn da so lange gedauert?"

„Mal ganz langsam, Rich", ergriff nun Hanky das Wort.

„Du willst uns weismachen, dass du mit ein paar Telefonaten herausbekommen hast, wann Walt wieder in New York eintrifft? Seine Reise war strenggenommen als geheim eingestuft. Wie geht denn so etwas?"

Richard setzte ein süffisantes Grinsen auf und meinte mit einer gespielt wichtigen Stimme: „Ihr zwei seid eben nicht die Einzigen, die gute Verbindungen nach oben haben."

Hanky unterließ es, dies zu kommentieren, und sagte nur: „Lasst uns erst mal nach oben gehen. So können wir die Zeit nutzen und du kannst uns erzählen, was du auf dem Herzen hast, während wir unsere Koffer packen."

Richard wollte erstaunt fragen, wohin die Reise denn gehen sollte, doch Hanky und Walt waren schon auf dem Weg ins Haus. In der Wohnung angekommen begaben sich Walt und Hanky sofort in ihre Schlafzimmer. Rich blieb im Flur stehen und überlegte, wem er folgen sollte. Er war es nicht gewohnt, von seinen Freunden so augenscheinlich ignoriert zu werden. Das hatte einen Grund und er wäre ein schlechter Reporter gewesen, wenn er es unversucht gelassen hätte, herauszufinden, was hier vor sich ging.

Mit einem leichten Groll im Magen traf Richard Miller eine Entscheidung. Er würde Hanky zur Rede stellen, da dieser ihn gebeten hatte, den Präsidenten der Vereinigten Staaten in der Redaktion der New York Times in Sicherheit zu bringen. Der Präsident war zwar nur kurz im Times-Gebäude geblieben, dennoch war er, Richard Miller, an erster Stelle involviert gewesen.

Ohne anzuklopfen betrat er Hankys Schlafzimmer, blieb in der Mitte des Raumes stehen und schaute Hanky herausfordernd an. Dieser ließ sich aber nicht beim Kofferpacken stören und sagte nur: „So, Rich, was kann ich für dich tun?"

„Was du für mich tun kannst? Es ist doch wahrhaftig genug geschehen, über das wir reden müssen, oder? Seit du den Präsidenten angeschleppt hast, habe ich kein Wort von dir gehört. Bist du zu beschäftigt, um einen alten Freund zu informieren?"

Hanky legte sorgfältig zwei Hemden in seinen Koffer, ehe er sich zu Richard umdrehte. Dann setzte er sich seufzend neben seinem Koffer auf das Bett und rieb sich überlegend die Stirn.

„Also Rich, du musst schon entschuldigen, ich hatte die letzten Tage echt viel zu tun. Ich wusste nicht, dass du für die Times an der Story der Anschläge arbeitest. Außerdem weißt du genau, dass ich über manche Dinge schweigen muss."

Richard sog hörbar Luft ein, ehe er diese gleichfalls hörbar wieder ausstieß. Sein Gesicht nahm eine ungesunde, rötliche Färbung an und eine Zornesader zog sich über seine Stirn. Noch ehe Hanky weitersprechen konnte, ergriff Richard das Wort. Erstaunlicherweise spiegelte seine Stimme nicht seine momentane Gemütshaltung wider.

„Hanky, wenn du glaubst, ich sei nur wegen einer Story hier, dann hast du dich geschnitten. Ich bin als Freund gekommen. Ich dachte, du brauchst Hilfe, doch da habe ich mich anscheinend geirrt."

Damit drehte er sich um und wollte beleidigt aus dem Zimmer stürmen. Doch an der Tür prallte er mit Walt zusammen.

Dieser hatte Richs laute Stimme gehört und war neugierig zu Hankys Schlafzimmer gelaufen.

„Hallo", rief Walt erschrocken, „was ist denn hier los?"

„Nichts", grummelte Rich und wollte sich an Walt vorbeidrängeln. Doch Walt hielt ihn an seinem rechten Arm fest und hinderte seinen Freund aus dem Raum zu stürmen.

„Für ein ‚Nichts' bist du ganz schön aufgeregt. Also was ist hier los?"

Hanky antwortete, ehe Richard sich äußern konnte. „Nur ein dummes Missverständnis, Walt. Ich habe mich vielleicht etwas von der Situation hinreißen lassen. Rich, bitte entschuldige!"

Richard hatte inzwischen aufgegeben, sich gegen Walts festen Griff zu wehren. Betroffen schaute er zwischen Hanky und Walt hin und her. Dann raffte er sich zu einer Erwiderung auf.

„Walt, du kannst mich jetzt loslassen. Also gut, Hanky, ich nehme deine Entschuldigung an. Nach den Ereignissen der letzten Tage liegen meine Nerven wohl etwas blank. Trotzdem möchte ich wissen, was vor sich geht. Also, warum packt ihr eure Koffer? Wo wollt ihr denn hin? Gibt es hier in New York nicht genug zu tun? Die Terroristen befinden sich immer noch auf freiem Fuß."

„Okay, Rich", begann Hanky, „mir ist etwas aufgefallen. Die Terroristen hier im Land sind nur die sogenannte Spitze des Eisberges, oder, wenn du so willst, Fußsoldaten. Wir müssen die oder den Drahtzieher finden, um die Gefahr zu bannen. Doch es droht anscheinend nicht nur Gefahr durch diese Angreifer, sondern auch von einer bisher unerwarteten Seite aus."

Richard schaute verwundert, dann schon fast ängstlich seine Freunde an. Walt hatte seinen Freund inzwischen losgelassen und sich auf Hankys Bett gesetzt. Rich tat es ihm nach und schaute Hanky fragend an.

„Eine weitere Gefahr?", fragte er fassungslos, als ob das bisherige Desaster nicht reichen würde.

„Ja, Rich, eine weitere Gefahr. Kannst du dich an Pater Frank Marcus erinnern?"

***

Trotzige Rückkehr

Radio Vatikan meldete an diesem Tag eine Sensation in dürren Worten.

„Um fünfzehn Uhr heute Nachmittag wird Seine Heiligkeit Papst Gregor in den Vatikanstaat zurückkehren."

Damit endete die Verlautbarung.

Niemand hatte damit gerechnet, dass der Papst seine Rückkehr ankündigen würde. Die Sicherheitskräfte des Vatikans, allen voran die Schweizergarde, waren nicht über die Pläne des Pontifex informiert.

Niemand wusste, wie der Heilige Vater zurückkehren würde. Journalisten versammelten sich an Roms internationalem Flughafen Fiumicino. Einige ganz Schlaue tippten auf den wesentlich kleineren Airport Ciampino und stellten dort ihre Kamerawagen auf. Eine kleine Gruppe ortsansässiger Reporter setzte auf eine andere Karte. Sie waren sich sicher, dass der Papst auf dem vatikaneigenen Heliport landen würde. Mit viel Geschick versuchten sie, in den angrenzenden Straßen wie zum Beispiel der Via di Porta Pertusa auf die Dächer der Häuser zu gelangen. Von dort aus wollten sie die Ankunft des Heiligen Vaters filmen.

Doch alle irrten. Der Papst hatte andere Pläne. Niemand hätte mit dem gerechnet, was sich dann auf den Straßen Roms ereignete.

Unbemerkt von allen auf den Vatikan gerichteten Augen näherten sich Militärfahrzeuge dem Castel Sant'Angelo, der Engelsburg. Große, mit Planen bezogene Lastwagen der italienischen Armee rollten durch die Straßen der Stadt. Dazu kamen gepanzerte SUVs in Tarnfarben und leichte Radpanzer. Die Fahrzeuge bewegten sich einzeln und erst auf der Lungotevere Castello bildete sich ein Konvoi, der sich in Minutenschnelle formierte. Dann setzte sich der Tross in Bewegung und rollte im Schritttempo durch die Via della Conciliazione in Richtung Petersplatz.

Der Platz war seit den Anschlägen mittels rotweißer Absperrgitter für die Öffentlichkeit gesperrt. Dahinter patrouillierte die Schweizergarde, unterstützt von der Vatikanpolizei. Um die Absperrung herum hatten sich hunderte Touristen versammelt, die auf die Ankunft des Heiligen Vaters warteten. Unter die Schaulustigen hatten sich Kriminalbeamte und Schweizergardisten in Zivil gemischt. Unauffällig bewegten sie sich als Touristen getarnt durch die Reihen der Schaulustigen. Dabei suchten sie nach Verhaltensauffälligkeiten, die auf einen Attentäter hindeuten konnten. Man wollte nach dem verheerenden Attentat auf den Vatikanstaat nichts mehr riskieren. Doch in Wirklichkeit rechnete niemand mit einem zweiten Angriff hier in Rom.

Das tiefe Brummen großer Lastwagen ließ die Menge nach hinten schauen. Fast gemächlich näherte sich ein Militärkonvoi dem Petersplatz. Die Touristen, wie auch die anwesende Presse, dachten an eine weitere Sicherungsmaßnahme, welche den Vatikanstaat schützen sollte. Inzwischen hatte das erste Fahrzeug, ein Radpanzer, die Ansammlung der Touristen erreicht. In einer Luke im Dach des Panzers stand ein grimmig dreinblickender Soldat und gab durch unmissverständliche Gesten zu erkennen, dass die Menschen eine Gasse bilden sollten. Langsam rollte der Panzer durch die Menge der Schaulustigen, die nur widerwillig Platz machten. Im Schritttempo bewegte sich die Kolonne auf die Absperrung am Rande des Petersplatzes zu. Einige Soldaten der Schweizergarde hoben ihre Waffen und versuchten so den Konvoi zu stoppen. Der erste Panzer hielt kurz vor der Absperrung und der Soldat im Panzer rief den Gardisten zu: „Questo è il convoglio del Papa. Passiamo ora!“ *Dies ist der Convoi des Papstes. Lasst uns sofort passieren!*

Ein Gardist trat an den Panzer heran und fragte: „Possono legittimare?“ *Können Sie sich legitimieren?*

Der Soldat im Panzer lachte kurz auf und zeigte nach hinten. Dann fragte er spöttisch: „Non è sufficiente legittimazione?“ *Ist das nicht Legimitation genug?*

In diesem Moment öffnete sich die Wagentür eines SUVs, der direkt hinter dem Panzer wartete. Ein Priester stieg aus dem Wagen und eilte zur Absperrung. Sofort richteten die Schweizergardisten ihre Waffen auf den sich nähernden Mann. Dieser hob beschwichtigend die Arme in die Höhe. Dann erreichte er die Absperrung. Er beugte sich ein wenig zu dem Gardisten, der bisher das Wort geführt hatte, und sprach leise auf diesen ein. Der Gardist hörte aufmerksam zu, nickte ein-, zweimal und gab dann seinen Kameraden ein Zeichen. Sofort räumten die Gardisten einige Absperrungen zur Seite und ließen den Konvoi passieren.

Mittlerweile hatte die Weltpresse reagiert. Bilder vom Petersplatz waren auf allen Fernsehkanälen der Welt präsent. Kommentatoren begannen eiligst zu spekulieren, was dieser militärische Aufmarsch zu bedeuten habe. Der Konvoi hatte inzwischen die Absperrungen passiert, die sofort wieder geschlossen wurden. Die Lastwagen und Radpanzer verteilten sich strategisch und soweit es die noch immer auf dem weiten Platz liegenden Trümmerstücke des Obelisken zuließen. Von den Ladeflächen der Lastwagen sprangen bewaffnete Soldaten, die sofort einen Schutzring um einen Radpanzer, der in der Mitte des Petersplatzes geparkt hatte, bildeten. Dann klappte die hintere Tür des Panzers auf und nach einem kurzen Moment stieg Papst Gregor der Siebzehnte aus dem gepanzerten Fahrzeug. Er ging ohne zu zögern zur Seite des Panzers. Soldaten hatten inzwischen eine Aluminiumleiter an das Fahrzeug gestellt. Mit Hilfe eines Soldaten stieg er die Leiter nach oben und stellte sich auf das Dach des Gefährts. Nun konnte ihn jedermann auf dem Petersplatz sehen. Ein Raunen ging mit einem Mal durch die Reihen der Zuschauer. Zuerst hatte es so ausgeschaut, als ob der Papst sein ihm vorbehaltenes Ornat, bestehend aus einer weißen Soutane, einer weißen Mozzetta, dem Schulterumhang, und einer weißen Pileolus, der Scheitelkappe, tragen würde. Soweit stimmte auf den ersten Blick alles. Doch anstatt des mit einer goldenen Schnur getragenen Pectorales, des Brustkreuzes, prangte ein rotes Symbol auf dem Brustteil der Soutane, das man seit dem Jahre 1312 nicht mehr im Vatikan gesehen hatte. Es war das Tatzenkreuz der Tempelritter, oder der Templer, wie dieser lange untergegangene Orden oft vereinfacht genannt wurde. Papst Clemens V. hatte die Auflösung des

Ordens befohlen. Nun, über siebenhundert Jahre später, zeigte sich der amtierende Papst mit dem Kreuz der Templer.

Alleine diese visuelle Demonstration wiedererstarkter Kreuzzugstradition löste in der islamischen Welt eine Welle der Empörung und Hysterie aus. Kommentatoren aus allen Ländern suchten hektisch historische Daten, um ihren Zuschauern zu vermitteln, was sich dort in Rom auf dem Petersplatz abspielte.

Der Pontifex breitete plötzlich seine Arme weit aus, als wolle er die Christenheit segnen. Doch anstatt eines Segens rief er, von einem unsichtbaren Mikrofon verstärkt: „Il tempo per il perdono è finito. Prendere la croce e si avvia. E 'il killer senza pietà. Dio è con te!"

Die Zeit der Vergebung ist vorbei. Nehmt das Kreuz auf und beginnt. Richtet die Mörder ohne Gnade. Gott ist mit euch!

***

Überrascht

Gespannt verfolgten junge, dunkelhaarige Männer die Nachrichten von CNN International. Dort wurde stündlich von den Anschlägen der letzten Tage berichtet. Im Moment war der merkwürdige, ja fast beängstigende Auftritt des Papstes das Hauptthema des Senders. Analysten präsentierten ihre Sicht der Dinge, Geistliche jeglicher Glaubensrichtungen fügten ihre Kommentare hinzu, Politiker redeten viel und sagten eigentlich nichts.

Die Männer wussten nicht, was sie von dieser Entwicklung halten sollten. Unschlüssig schauten sie sich an oder diskutierten leise miteinander. Ihre Aufgabe im Moment bestand aus quälendem Warten. Sie durften nichts unternehmen, nicht einmal das Haus verlassen. Sie mussten unsichtbar bleiben, für jedermann in der Nachbarschaft und darüber hinaus. Sie waren die Staatsfeinde Nummer eins. Nach ihnen wurde gefahndet und jeder Bürger dieses Landes hielt die Augen auf, um ihrer habhaft zu werden. Noch wusste niemand, wer sie waren, doch jeder wusste, was sie getan hatten. Sie waren die Terroristen, ihrer Meinung nach allerdings Gotteskrieger, welche die Anschläge in New York City durchgeführt hatten. In der großen Verwirrung war es ihnen ein Leichtes gewesen, zu fliehen.

Hier in Queens, im Stadtteil Astoria, hatte ihre Gruppe Unterschlupf gefunden. Traditionell wohnten in diesem Viertel Menschen arabischer Herkunft. Hier lebten Ägypter, Syrer, Jemeniten, Tunesier, Marokkaner und Algerier. Bewegte man sich auf der Steinway Street, glaubte man sich in den Nahen Osten versetzt. Die Straße war vorwiegend von arabischen Geschäften dominiert und man hörte eher selten englische Worte.

Täglich brachte ein Bote warmes Essen aus dem nur zwei Blocks entfernten marokkanischen Restaurant Jour Et Nuit. Die Kost entsprach zwar nicht völlig den aus der Heimat bekannten Speisen, war aber durchaus akzeptabel. Keiner hier wollte das Essen des Feindes auch nur versuchen. Die Dekadenz der Amerikaner war unbeschreiblich, und so sahen sie alles, was irgendwie dem American Way of Life nahekam, als frevelhaft an.

Als einer der Terroristen ans Fenster trat, um nach dem schon überfälligen Essensboten zu schauen, fiel ihm ein Schwarzer auf. Dass die US-Amerikaner ihre dunkelhäutigen Mitbürger Afroamerikaner nannten, fand der Mann geradezu grotesk.

Der Kerl stand einfach auf dem Bürgersteig, als wäre dies hier seine Straße. Herausfordernd schaute er sich um und rümpfte gut sichtbar die Nase, als zwei verschleierte Frauen in Burkas an ihm vorbeigingen. Er rief den Frauen, die ihn zu ignorieren versuchten, etwas hinterher, das der Terrorist von seinem Fensterplatz aus nicht verstehen konnte. Die Frauen gingen weiter, als sei nichts geschehen.

Der Mann am Fenster, ein gebürtiger Marokkaner namens Aadish, begann sich über das Verhalten des Schwarzen zu ärgern. Er schob das Fenster nach oben, um den Mann auf der Straße besser zu sehen, vor allen Dingen aber, um besser hören zu können. Kurz darauf passierte den Schwarzen ein älterer Mann, in traditionellem Salwar Kameez gekleidet, der aus einer weiten, weißen Hose bestand und einem weiten, ebenfalls weißen Hemd darüber, das fast bis zu den Knien reichte. Dazu trug er eine Balouchi-Mütze mit Stickereien. Als der ältere Mann an dem Schwarzen vorbei ging, fing dieser das Pöbeln an.

„Na, Ali, suchst du deine Kamele?“

Der ältere Mann blieb vor dem Schwarzen stehen und betrachtete ihn, ohne Furcht zu zeigen. In etwas gebrochenem Englisch fragte er sein Gegenüber: „Hast du ein Problem?"

„Ob ich ein Problem habe, Alter? Das kann man wohl sagen. Ihr Alis habt mein Land angegriffen und du läufst hier herum, als ob dir die Stadt gehören würde."

„Ich habe niemand angegriffen. Ich heiße auch nicht Ali. Sie müssen mich verwechseln."

„Du willst mich wohl verscheißern!", schrie der Schwarze nun und gab dem arabischen Mann einen Stoß, der diesen taumeln ließ.

In dem Moment wühlte sich brennender Zorn durch die Eingeweide des am Fenster stehenden Terroristen namens Aadish. Er fuhr herum, griff sich eine Pistole, die neben anderen Waffen in einer Segeltuchtasche auf dem Fußboden stand, und rannte aus der Wohnung. Seine Kumpane schauten sich verwirrt an. Sie hatten ausdrückliche Order, die Wohnung nicht zu verlassen. Ratlos blickten sie sich an, ehe sie zum Fenster eilten, um zu sehen, was Aadish vorhatte. Dieser stürmte schon nach kurzer Zeit aus dem Haus und über die Straße. Kurz vor einem Schwarzen blieb er stehen, als sich ein erschreckter Ausdruck auf seinem Gesicht formte.

Natürlich hatte Aadish, wie auch seine Kumpane, fast ununterbrochen die Nachrichten verfolgt. Wäre er nur ein wenig aufmerksamer gewesen und hätte sich nicht von seinen Emotionen leiten lassen, dann wäre ihm das T-Shirt des Mannes aufgefallen. Es war weiß und in der Mitte der Brust prangte das rote Tatzenkreuz der Templer. Genau so ein Kreuz war auf der Soutane des Papstes gewesen. Doch noch ehe er sich einen Reim darauf machen konnte, brauste ein schwarzer SUV heran. Aadish drehte sich in Richtung des Fahrzeuges, das er gerade noch aus den Augenwinkeln hatte wahrnehmen können. Doch noch ehe das Fahrzeug mit ihnen auf gleicher Höhe war, spürte er einen harten Schlag an seinem Hinterkopf. Seine Beine knickten haltlos ein und er stürzte zu Boden.

Die anderen Terroristen, die das ganze Geschehen vom Fenster aus beobachtet hatten, mussten mit ansehen, wie ihr Kumpan in den SUV geschoben wurde. Dann brauste der schwere Wagen davon.

***

Zweifel

Natürlich war Rich mitgekommen. Alle Versuche, ihn davon abzuhalten, zusammen mit Hanky und Walt nach Rom zu fliegen, waren gescheitert. Nachdem er Hankys Entschuldigung akzeptiert hatte, war er nicht mehr zu halten. Er griff zu seinem Handy und rief zuerst seine Frau Rita an, die gerade ihre Eltern in Minneapolis besuchte. Er diskutierte einige Minuten mit seiner Frau, ehe er aufatmend das Gespräch beendete. Er grinste Hanky und Walt breit an und tippte eine weitere Nummer in sein Handy. So telefonierte er eine Weile hin und her, fragte Walt kurz nach der Flugnummer und eilte kurz darauf mit einem lauten „bis später, Jungs" aus der Wohnung.

Nachdem Hanky seinen Koffer fertig gepackt hatte, eilte er in den Flur. Er wollte Walt, der bekanntlich immer mehr Zeit zum Packen benötigte, gerade rufen und zur Eile ermahnen. Doch dieser stand schon ungeduldig an der Haustüre und trommelte auf den Griff des Rollkoffers.

„Wo bleibst du denn, Hanky? Wir müssen uns beeilen. Auf geht's, ich habe schon ein Taxi bestellt. Das wartet bestimmt schon."

Ohne auch nur auf Hankys Erwiderung zu warten, öffnete er die Tür und marschierte nach draußen. Hanky folgte ihm und schloss ab. Dabei legte sich ein leichtes Grinsen auf seine Lippen. Manchmal konnte Walt ihn wirklich noch überraschen.

Die üblichen Sicherheitskontrollen am Airport hatten sie, unter Zuhilfenahme ihrer FBI-Ausweise, schnell durchlaufen. Anderen Passagieren erging es nicht so gut. Die Kontrollen waren nach den Anschlägen erheblich verschärft worden. Lange Schlangen bildeten sich vor den Security-Schleusen. Doch die Wartenden nahmen diese ärgerlichen Reisebehinderungen gelassen hin. Noch war der Schock der Ereignisse in New York City zu präsent. Noch war die allgemeine Solidarität ungebrochen.

Hanky und Walt schlenderten zu ihrem Abfluggate, wohlwissend, dass sie noch genügend Zeit bis zum Boarding hatten. Eigentlich hatte Hanky erwartet, dass Walt sich über den kommenden Flug beschweren würde. Schließlich war er erst vor wenigen Stunden aus einem Flugzeug gestiegen. Doch sein Freund, der gerne einmal herummeckerte, war eigenartig gelassen, ja fast in sich ruhend. Hanky hätte mittels seiner Gabe schnell herausfinden können, was Walt beschäftigte. Doch er hatte sich geschworen, sein Talent, Gedanken zu lesen, nur in besonderen Fällen einzusetzen. Bei seinen Freunden verbot sich dies ohnehin von selbst und Walt hätte eine Intervention Hankys sofort bemerkt.

So schaute er seinen Freund von der Seite her an, ehe er fragte: „Was ist mit dir? Heute so still?"

„Ach Hanky, mir geht in letzter Zeit so vieles durch den Kopf. Ich glaube nicht, dass ein Flughafenterminal die richtige Umgebung ist, um über Dinge zu sprechen, die für uns existenziell sind."

Hanky schaute sich suchend in der vor Menschen wimmelnden länglichen Halle um, ehe er antwortete.

„Im Moment sind wir ohne Begleiter."

Diese Bemerkung Hankys ließ auch Walt umherblicken. Beide wussten, dass die Regierung ihnen nicht völlig vertraute. Zu mächtig waren ihre Gaben, ihr Talent. Selbst die Tatsache, dass Hanky dem Präsidenten das Leben gerettet hatte, löste bei den Geheimdiensten und bei den Ermittlungsbehörden eher Misstrauen als Dankbarkeit aus. Deshalb wurden Hanky und Walt von Zeit zu Zeit überwacht. Die beiden wussten natürlich von den Observationen. Schließlich waren sie durch ihre besonderen Gaben in der Lage, eine Beschattung zu erkennen. Anfangs hatten sie sich noch darüber geärgert, dass ihnen hinterhergeschnüffelt wurde. Doch mittlerweile hatten sie sich mit der Tatsache abgefunden, dass sie unter genereller Beobachtung standen.

„Also, Hanky, es geht eigentlich nur darum, dass ich nicht einschätzen kann, wohin uns unser Weg führt. Ich habe fast Angst davor, was ich noch alles an mir entdecken werde. Die Schulungstage, es waren eher medizinische Testtage, waren sehr erfolgreich und zugleich beängstigend. Hanky, zu was entwickeln wir uns? Kannst du genau definieren, zu was du in der Lage bist? Weißt du, welche Gaben du hast, oder kennst du nur einen Teil von dem, was dir möglich ist? Was ist, wenn wir uns zu Monstern verwandeln, die nicht mehr zu kontrollieren sind. Was ist, wenn wir das Böse in uns entdecken?"

Hanky nickte verstehend, blieb stehen und legte Walt seine rechte Hand auf die Schulter.

„Ich weiß genau, wie du dich fühlst. Doch ich kann dich beruhigen, wir sind nicht der Typ Mensch, der Böse ist oder wird. Unser Charakter, oder wie auch immer man es beschreiben möchte, lässt uns so agieren, dass wir helfen wollen. Das ist auch der Grund, warum wir uns immer wieder in Gefahr begeben, um anderen Menschen zu helfen."

Doch noch ehe Walt auf Hankys Worte antworten konnte, wurden sie von einem lauten Rufen abgelenkt.

„Hanky, Walt, los, los, unser Flug ist schon zweimal aufgerufen worden. Seid ihr denn taub?"

Schwer atmend kam Rich neben seinen Freunden zum Stehen. Kurz darauf passierten sie die Boardingkontrolle und betraten das Flugzeug.

***

Geschäftig

Der Vatikan war nicht mehr das, was er einmal gewesen war. In den Gängen, langen Fluren, Kapellen und Kirchen, den Vatikanischen Gärten und dem Petersplatz patrouillierten Bewaffnete. Priester in dunklen Anzügen eilten geschäftig durch die Gebäude. Kardinäle und Bischöfe waren aus der ganzen Welt angereist und logierten im Vatikanstaat, wenn auch manchmal unter Bedingungen, die sie nicht mehr gewohnt waren. Die prächtigen Ornate, in denen sie normalerweise durch den Vatikan schritten, waren schwarzen Straßenanzügen gewichen. In sämtlichen Konferenzräumen des Vatikanstaates wurde umtriebig gearbeitet. Computer und Bildschirme waren in großer Anzahl herbeigeschafft und installiert worden. Mit verkniffenen Mienen hantierten Techniker und versuchten den Wünschen ihrer Auftraggeber gerecht zu werden. Eine Besprechung nach der anderen fand in unterschiedlichen Fachgruppen statt. Ergebnisse wurden einem Lagezentrum gemeldet, welches finale Entscheidungen traf. Überall auf der Welt warteten gläubige Christen auf Anweisungen des Vatikans.

Pater Frank Marcus saß in der Bibliothek der päpstlichen Wohnung. Ein zufriedenes Grinsen umspielte seine Lippen. Alles lief bestens, ja fast zu gut. Seine Stellung hier im Vatikan wurde mittlerweile von allen Instanzen klaglos akzeptiert. Niemand traute sich noch nachzufragen, wer er denn sei. Niemand bekam ohne seine Genehmigung eine Privataudienz bei Seiner Heiligkeit. Er lenkte und befahl, erteilte Anweisungen und Order. Faktisch war er, ein kleiner unbedeutender Pfarrer aus der amerikanischen Provinz, zum Herrscher über den Vatikan geworden. Doch niemand traute sich, dies laut auszusprechen.

Er hatte den senilen Idioten, Seine Heiligkeit, schlafen gelegt. Mittels seiner Gabe hatte er dem Oberhaupt der katholischen Kirche Lebensenergie entzogen. Gerade genug, um ihn so zu schwächen, dass er das Gefühl hatte, sich sofort zur Ruhe legen zu müssen. Pater Marcus hatte dem Papst versprochen, dass er über seinen Schlaf wachen und ihn bei Bedarf wecken würde. So hatte Pater Marcus Zeit, sich mit den nächsten Schritten zu beschäftigen.

Der Camerlengo bereitete ihm Sorgen. Der Mann war gerissen und machthungrig. Merkwürdigerweise konnte er ihn nicht beeinflussen. Camerlengo Parolin schien gegen seine mentalen Attacken gefeit zu sein. Daher brauchte Pater Marcus jemanden, der ihm half. Doch von allen Personen, denen er hier in Rom bisher begegnet war, kam nicht eine infrage. Er brauchte einen Vertrauten, der ausführte, wozu er nicht in der Lage war. Durch seine eigene Prominenz, die aus seiner Papstnähe resultierte, konnte er sich nicht mehr so frei bewegen, wie er es gerne gesehen hätte. Doch wen kannte er schon, der wenig oder keine Skrupel besaß und für ihn hier in Rom die Drecksarbeit erledigen konnte? Er durchforstete seine Erinnerungen, bis sich plötzlich ein Gesicht vor seinem geistigen Auge materialisierte: Da war doch dieser Polizist, nein Ex-Polizist, der wegen seiner rüden Art, Ermittlungen zu führen, entlassen worden war … Er kannte den Mann aus seiner ehemaligen Kirchengemeinde. Wie war sein Name noch einmal gewesen?

Pater Frank Marcus stand auf und lief durch die Räume der päpstlichen Residenz. Langsam, ja fast zäh kam die Erinnerung an ein Gespräch, das er mit dem Mann geführt hatte. Seine Frau hatte ihn verlassen und der Mann hatte ihn um Rat gebeten. Clint Coady hatte der Mann geheißen. Ja genau, und seine Freunde hatten ihn nur CC genannt. Der Pater ging sofort ins Arbeitszimmer des Pontifex und klappte seinen Laptop auf. Schnell fand er das örtliche Telefonbuch des Bundeslands New York im Internet. Einige Klicks weiter war er schon am Ziel seiner Suche. Name und Adresse nebst Festnetznummer und sogar die Handynummer von Clint Coady standen auf dem Bildschirm des Laptops.

Pater Frank Marcus zögerte nicht lange. Er druckte die Adressdaten aus und schloss die Webseite. Danach griff er zum Telefon und wählte die angegebene Nummer. Nach einer kleinen Verzögerung war ein Freizeichen zu hören.

Dann meldete sich verschlafen eine kratzige Stimme: „Wer zum Teufel ist da? Wissen Sie, wie spät es ist?"

***

Eiliger Umzug

Lil Rick saß in einem unauffälligen, alten, zerbeulten Nissan und schaute gespannt die Straße hinunter. Circa achtzig Meter entfernt hatten seine neuen Freunde der UCD, der US Citizen Defender, einen Araber gefangen, der wahrscheinlich einer der gesuchten Terroristen war. Noch wurde der Mann verhört, doch bisher hatte dieser geschwiegen. Dieser Umstand machte ihn erst recht verdächtig.

Lil Rick hatte die Entführung beobachtet, doch schien sich niemand hier in der Gegend dafür zu interessieren. Keine wütenden Angehörigen oder Freunde hatten sich versammelt. Keine Polizei weit und breit. Es geschah einfach nichts. Lil fragte sich schon zum wiederholten Mal, ob sie vielleicht einen verstockten Einzelgänger erwischt hatten, der aus falschem Stolz heraus schwieg?

Lils Überlegungen wurden durch eine Bewegung auf der Straße gestört. Aufmerksam schaute er nun zu dem Haus, aus dem der Araber gerannt war. Auf dem Bürgersteig stand ein dunkelhaariger Mann, der sich suchend umschaute. Er schien auf etwas zu warten. Unruhig begann er, vor dem Haus auf und ab zu laufen. Dabei blickte er suchend die Straße hinunter. Einzelne Fahrzeuge rollten durch die ruhige Seitenstraße. Ansonsten war es auffallend still. Zu still. Irgendjemand schien die Losung ausgegeben zu haben, in den Häusern zu bleiben.

Dann jedoch änderte sich die Szenerie. Ein kleiner Transporter kam die Straße herauf und hielt direkt vor dem Haus. Der Araber rief etwas in Richtung Haus und öffnete die Schiebetür des Transporters. Keine Minute später erschienen fünf oder sechs Männer, die schwere Taschen schleppten. Sie sprangen eiligst in den Transporter, der gleich darauf anfuhr. Der Wagen kam direkt an Lil Ricks Nissan vorbei und bog rechts ab. Lil startete sein Fahrzeug und scherte aus der Parklücke aus. Er ließ sich Zeit, denn weiter vorne schaltete an der nächsten Kreuzung die Ampel auf Rot. Vor dem Transporter befand sich ein anderes Fahrzeug. Zwischen Lil Rick und dem Transporter ebenfalls. Die Wartezeit an der Ampel benutzte er, um Sergio Camas anzurufen. Schnell berichtete er, was sich bisher zugetragen hatte und in welche Richtung die Terroristen entkommen wollten. Dann beendete er das Gespräch. Die Ampel schaltete auf Grün und die Fahrzeuge setzten sich in Bewegung.

Die Fahrt war ein Hin und Her durch Queens. Lil Rick wechselte sich mit seinen neuen Freunden der UCD bei der Verfolgung ab. Er hoffte, dass dadurch ihre Beschattung unentdeckt bleiben würde. Am Ende der Fahrt hielt das Fahrzeug nur drei Blocks von dem bisherigen Unterschlupf der mutmaßlichen Terroristen an. Wie zuvor ging alles sehr schnell. Ein dunkelhaariger Mann von schmächtiger Statur stand vor dem Eingang eines zweistöckigen Hauses. Sobald der Transporter angehalten hatte, eilte der Mann zur Schiebetür des Kleinlastwagens. Er zog die Tür auf, sprach kurz mit jemandem im Inneren des Fahrzeuges und eilte zurück zum Eingang des Gebäudes. Dort angekommen drehte der Mann sich um und schaute sich sichernd um. Er wartete, bis nur noch vereinzelnde Passanten zu sehen waren. Dann gab er ein Zeichen und die Insassen des Transporters sprangen, mit Taschen beladen, aus dem Fahrzeug. Schnell eilten sie zum Eingang des Hauses und verschwanden darin.

Lil Rick nahm sein Handy vom Beifahrersitz und gab die Adresse an Sergio Camas telefonisch weiter. Dann startete er seinen Nissan, um den gerade abfahrenden Kleintransporter weiter zu beschatten.

Ankunft in Rom

Am internationalen Flughafen Fiumicino herrschte reges Treiben. Der Anschlag auf den Vatikan schien die Attraktivität der Stadt Rom für Touristen erheblich erhöht zu haben. Was sich in der Stadt, oder besser im Vatikanstaat zurzeit ereignete, würde man in Zukunft in den Geschichtsbüchern wiederfinden. Wer Zeit und vor allem Geld besaß – denn die Hotelpreise waren in den letzten Tagen erheblich gestiegen –, der konnte viel erleben. Am schnellsten hatten die Andenkenverkäufer reagiert. Überall in der Stadt und sogar hier, im Flughafen, wurden T-Shirts mit dem roten Tatzenkreuz der Templer verkauft.

Hanky, Walt und Rich hatten den letzten Auftritt des Papstes im Flugzeug verfolgen können. Die dort eingespielten Nachrichten zeigten, in sich wiederholenden Sequenzen, die Rückkehr des Heiligen Vaters und dessen Rede. Ungläubig, ja beinahe fassungslos hatten die Männer die neueste verbale Aggression des Pontifex verfolgt. Noch irritierender aber war die Reaktion einiger Mitreisender gewesen. Sie hatten zuerst zögerlich, dann lauter ihre Zustimmung zu den Papstworten durch langanhaltenden Applaus Ausdruck verschafft. Einige, wohl muslimische Flugpassagiere, schauten verängstigt dem Jubel zu. Ihnen war die neue christliche Bereitschaft zur Gewalt fremd und unverständlich. Doch schien keiner der christlichen Passagiere die muslimischen Mitreisenden zu beachten.

Hanky schüttelte fassungslos den Kopf und wunderte sich, wie schnell gutbürgerliche, gebildete Menschen sich zu fanatischen Äußerungen hinreißen ließen oder diese billigten. Der Anflug auf Rom lenkte die Fluggäste dann jedoch ab und jeder bereitete sich darauf vor, das Flugzeug in Kürze verlassen zu können.

Circa zwanzig Minuten später öffneten sich die Türen der Maschine und die Passagiere drängten nach draußen. Walt, Richard und Hanky warteten noch einen Moment, bis die schlimmsten Drängler sich vorbeigeschoben hatten. Danach holten sie ihre Taschen aus den Gepäckfächern und reihten sich in die Schlange der Fluggäste ein. Noch ehe sie den Zollschalter erreicht hatten, trat ein Mann, bekleidet mit Jeans und einem blauen Poloshirt, an sie heran. Mit lässig in die Stirn geschobener Sonnenbrille wirkte der Fremde wie ein gut gelaunter Tourist. Seine Augen jedoch zerstörten diesen ersten

Eindruck. Aus seiner Gesäßtasche zog er ein ledernes Etui heraus, welches er gleich darauf mit einer gekonnten Bewegung aufklappte. Er stellte sich als Patricio Marcelliao vor und bat die Männer höflich, aber bestimmt, ihm zu folgen. Hanky winkte beruhigend ab und signalisierte so seinen Begleitern, dass alles in Ordnung sei. Sie verließen den üblichen Touristenstrom und bogen nach rechts in einen nichtssagenden Flur ein.

In diesem Moment blieb Hanky ruckartig stehen. Sein Körper versteifte sich und seine Augen wurden glasig. Patricio Marcelliao, seines Zeichens CIA-Agent, bemerkte erst nach einigen Schritten, dass sich seine Begleiter nicht mehr neben ihm befanden, sondern stehengeblieben waren. Er drehte sich um und wollte gerade fragen, was denn los sei, als er den warnenden Blick eines der Männer registrierte.

Walt löste sich von der kleinen Gruppe und ging einen Schritt auf den CIA-Agenten zu, ehe er flüsterte: „Bleiben sie ganz ruhig. Hanky befindet sich gerade in einer Art Trance und darf nicht gestört werden. Wahrscheinlich spürt er gerade telepathisch jemandem nach."

***

Geistiger Angriff

Eitle Neugierde hatte Akram nach Rom geführt. Mit einer Linienmaschine war er aus Zürich kommend vor einer halben Stunde in Rom eingetroffen. Er trug einen dunkelgrauen René-Lezard-Anzug, welcher elegant, aber dennoch lässig genug war, um in Rom nicht weiter aufzufallen. Seine Haare hatte Akram sich braun gefärbt, passend zu seiner falschen Identität. Er trat unter dem Namen Hector Polias auf, welcher für eine Softwarefirma aus Venezuela hier in Europa tätig war.

Akram fühlte sich völlig sicher, da nicht einmal seine engsten Mitarbeiter ahnten, dass er der Nachfolger Osama bin Ladens war. Mit Terrorismus brachte ihn niemand in Zusammenhang. Akram war ein Geschäftsmann, an den man sich schon nach wenigen Minuten nicht mehr erinnerte. Er beherrschte die Kunst, für seine Mitmenschen fast unsichtbar zu sein. Alles an ihm war perfekte Unauffälligkeit.

Lässig schritt er durch die Ankunftshalle, während sich seine Gedanken mit den Ereignissen der letzten Tage beschäftigten. Er fragte sich, wie es möglich sein konnte, dass der Papst zum Krieg gegen die Islamisten aufgerufen hatte. Bisher war der Vatikan eher bekannt dafür, Friedfertigkeit zu predigen. Jedenfalls war dies in den letzten Jahrhunderten so gewesen. Hatte er mit seinem Plan, die Welt in einen chaotischen Ort zu verwandeln, fehlgeschlagen? War er zu weit gegangen, als er den Befehl gab, den Vatikan anzugreifen? Er wollte sich nun selbst ein Bild machen und die Stimmung im Vatikanstaat wie auch in Rom erkunden. Außerdem wollte er mit eigenen Augen die Zerstörungen besichtigen, die seine heiligen Krieger verursacht hatten.

Doch plötzlich trübte sich sein Blick. Die Ankunftshalle des Flughafens verschwamm vor seinen Augen und der Boden schien zu wanken. Mit Grauen registrierte er, wie sich etwas tastend in seinem Gehirn ausbreitete. Er blieb stehen und hielt sich krampfhaft an dem Griff seines Bordcases fest. Noch ehe er sein Gleichgewicht wieder gefunden hatte, formierte sich eine Frage in seinem Kopf.

„Wer bist du? Sage mir deinen Namen."

Mit fast unmenschlicher Anstrengung drängte Akram das Fremde, was immer es auch war, aus seinem Gehirn. Instinktiv hatte er sich gegen den geistigen Eindringling zur Wehr gesetzt. Zu seiner Überraschung war ihm dies sofort gelungen.

Akram blinzelte einige Male und seine Sicht wurde wieder klar. Unsicher schaute er sich um, doch niemand schien seinen kurzen, inneren Kampf bemerkt zu haben. Mit eiligen Schritten verließ er das Flughafengebäude und winkte ein Taxi heran.

Als er an der Piazza della Repubblica vor dem Hotel Boscolo Exedra Roma das Taxi verließ, atmete er auf. Erst als ein Page sein Gepäck in das Hotel bringen wollte, bemerkte Akram, dass er vergessen hatte, seine Koffer am Airport abzuholen.

***

Erstes Mal

Clint Coady stand, mit vor stummem Staunen offenem Mund, auf dem Petersplatz. Die mächtige Kulisse wirkte auf ihn wie eine Offenbarung. Nur zögerlich und ungern war er der Aufforderung des Pater Marcus gefolgt, nach Rom zu reisen. Auch der Umstand, dass er mit einer Alitalia-Maschine nonstop und erster Klasse eine Reise auf Kosten des Vatikans unternahm, hatte seinen unterschwelligen Ärger nur wenig abmildern können. Fast während der gesamten Flugdauer hatte Clint sich gefragt, wie es dem Pater nur gelungen war, ihn zu überreden. Doch er fand keine Antwort auf diese Frage. Eine schwarze Limousine hatte ihn am Airport abgeholt und direkt zu einem kleinen, wenn auch sehr komfortablen Hotel in direkter Nachbarschaft zum Vatikanstaat gefahren. Auch die Hotelangestellten an der Rezeption waren von seinem Kommen unterrichtet und empfingen ihn mit ausgesuchter Höflichkeit. Schnell hatte er seinen Koffer ausgepackt und obwohl er ziemlich müde war, wollte er einen kleinen Orientierungsspaziergang unternehmen. Langsam schlenderte Clint durch die Straßen und Gassen der Ewigen Stadt, ehe er fast unvermittelt auf dem Petersplatz stand. Er hatte Zeit und genoss wohl zum ersten Mal in seinem Leben einen kulturellen Stadtbummel.

Nachdem er die gewaltige Szenerie des Petersplatzes in sich aufgenommen hatte, wäre er gerne zum Petersdom hinübergegangen, doch die polizeilichen Absperrungen verhinderten dies. Clint lächelte, als er daran dachte, dass er seine Besichtigung des Vatikans bald nachholen konnte. Pater Marcus würde ihm nicht verwehren können, dass er sich umschaute, was er, Clint, mit den anstehenden Ermittlungen begründen konnte.

In der Nähe seines Hotels setzte er sich schließlich an einen der Tische eines Restaurants, die auf dem Bürgersteig aufgestellt waren. Als er die Speisekarte studierte, stellte er erfreut fest, dass alle angebotenen Gerichte auch auf englisch beschrieben wurden. Er bestellte eine Pizza, schließlich befand er sich im Geburtsland dieser Teigspeise, und wählte dazu einen trockenen Rotwein aus. Es dauerte nicht lange, bis sein Essen serviert wurde. Von der Pizza aus verbreitete sich ein köstlicher Duft. Mit einem Lächeln biss Clint das erste Stück ab und kaute langsam und zufrieden. Rom war gar nicht so schlecht, wie er anfangs gedacht hatte. Eine gewisse Neugierde auf den morgigen Tag begann sich in ihm zu regen. Er wusste immer noch nicht, was Pater Frank Marcus von ihm erwartete. Nur mühsam schob er den Gedanken an das bevorstehende Treffen beiseite. Doch es war schon zu spät. Seine touristische Stimmung war wie ein verwehender, schöner Gedanke verflogen.

Mit einer ärgerlichen Bewegung schob er den Teller zur Seite, trank seinen Wein mit einem großen Schluck aus, ehe er dem Kellner bedeutete, dass er nun bezahlen wolle.

Kurze Zeit später ging er müden Schrittes zurück zu seinem Hotel. Etwas Schweres schien sich auf seine Schultern gelegt zu haben. Etwas Dunkles begann ihn zu umhüllen. Angst breitete sich in ihm aus, unbestimmt und formlos. Angst, wie er sie noch nie in seinem Leben gefühlt hatte. Sein Gang wurde schleppend und er war froh, als er endlich das Hotel erreicht hatte. Schweißgebadet gelangte er schließlich in sein Zimmer und schloss mit einem Aufatmen die Tür.

***

Angst

Aadish, der Terrorist, befand sich in einer misslichen Lage. Unbekannte hatten ihn auf offener Straße, am helllichten Tag entführt. Ihn, der in dieses Land des Teufels gekommen war, um mit dem blutigen Schwert des Heiligen Krieges Ungläubige zu richten. Er verstand auf einmal nicht mehr die Propaganda seiner religiösen Führer. Hatten sie ihm nicht versprochen, dass er einen heldenhaften Kampf gegen das Böse ausfechten würde, bei dem nur gläubige Muslime gewinnen konnten? Und nun saß er gefesselt auf einem alten Stuhl, mit einem stinkenden Sack über seinem Kopf. Wieso hatten die Ungläubigen ihn nur überwältigen können? Wie war das im Angesicht Allahs denn nur möglich? Stunden vergingen ereignislos und Aadish wurde immer verzweifelter.

Anfangs hatte er noch darauf gehofft, dass seine Glaubensbrüder kommen würden, um ihn zu befreien. Doch nichts geschah. Als es zu dämmern begann, hörte er in der Ferne Schritte. Hoffnung regte sich in ihm wie eine tiefe Sehnsucht. In seiner Fantasie sah er schon seine Kameraden durch die Halle stürmen. Schnell würden sie ihn von seinen Fesseln befreien und ihn aus dieser dunklen, schäbigen Halle bringen. Danach würde er auf die Knie fallen und sich mit einem Gebet bei dem Propheten für seine Rettung bedanken.

Doch die Schritte verhallten und es wurde wieder still um ihn. Stunden vergingen zäh wie Sirup, was Aadish in eine Art dösenden Wachtraum versetzte.

Mit einem Mal schreckte er auf. Er spürte die Nähe von Menschen. Hoffnung und Angst fochten einen stillen Kampf. Abrupt wurde Aadish in die Wirklichkeit katapultiert. Eine Hand griff nach dem Sack, der über Stunden seine Sicht auf die Welt aufs Minimalste reduziert hatte, und riss ihn weg. Es war dunkel in der Lagerhalle. Einzig einige Fackeln, von Männern in schwarzer Kleidung gehalten, spendeten flackerndes Licht. Aber selbst diese geringe Lichtquelle blendete ihn. Die Männer traten näher an ihn heran und er erkannte voller Schrecken, dass ihre Gesichter hinter schwarzen Sturmhauben verborgen waren. In Kontrast zur schwarzen Kleidung standen die weißen T-Shirts, die alle trugen. Auf jedem Shirt prangte ein rotes Tatzenkreuz. Trotz der circa dreißig bis vierzig Männern war es totenstill, was Aadish mit aufwallender Panik registrierte.

In den letzten Stunden hatte er versucht, sich auf eine Folterung durch seine Peiniger einzustellen. Er hatte versucht, sich selbst zu konditionieren und mit Allahs Hilfe jede Folter zu überstehen. Er hatte gedacht, dass er heldenhaft für seine Religion sterben würde. Bestimmt würden seine Entführer versuchen, ihn zum Sprechen zu bringen. Er aber wollte bis zu seinem Ende schweigen und schließlich ins Paradies gehen.

Doch niemand stellte ihm auch nur eine Frage. Die vermummten Männer waren nun so dicht an ihn herangetreten, dass sie eine menschliche Mauer bildeten. Sie starrten ihn nur an und Aadish hatte den Eindruck, dass sie auf etwas warteten.

Wie auf einen geheimen Befehl hin teilte sich die Mauer und ein magerer Mann, in einen alten verschlissenen Mantel gekleidet, schritt langsam auf ihn zu. Auch er trug ein T-Shirt mit dem roten Tatzenkreuz, welches faltig an seinem Körper herunterhing. Der Mann war nicht maskiert und sah in seiner körperlichen Verwahrlosung hier irgendwie deplatziert aus. Doch als Aadish die Augen des dünnen Mannes sah, begann er zu zittern. Dieser da war der Teufel, der ihn mitnehmen würde. Das erhoffte Paradies würde ihm verweigert werden. Alles war sinnlos geworden, seine Angst verdrängte seinen Glauben und ließ ihn wie ein Kleinkind wimmern.

Mit fester, erstaunlich dunkler Stimme begann der dünne Mann zu sprechen: „Du bist in unser Land gekommen, Ungläubiger, um zu morden. Du hast gemordet. Du hast feige und heimtückisch Menschen umgebracht. Diese Untaten begingst du im Namen des Islam. Doch höre, was wir dir und dem Islam zu sagen haben. In der Bibel steht geschrieben, was Gott mit Ungläubigen, wie du einer bist, tun wird. Unter Matthäus dreizehn, Vers einundvierzig bis zweiundvierzig, steht: *Der Menschensohn wird seine Engel senden, und sie werden sammeln aus seinem Reich alles, was zum Abfall verführt, und die da Unrecht tun, und werden sie in den Feuerofen werfen; da wird Heulen und Zähneklappern sein.*

Doch falls du unsere Sprache nicht gut genug verstehst, um zu begreifen, was in der Bibel steht, so sage ich dir nun in einfachen Worten, was mit dir geschieht: Heute wirst du in die Hölle fahren. Wir, die Soldaten Gottes, werden dich ans Kreuz nageln, dann wirst du mit Benzin übergossen und angezündet. Im Feuer soll deine Seele gereinigt werden. Im Namen der US Citizen Defender, des Christentums und aller guten Menschen verurteile ich dich hiermit zum Tode."

Der dürre Mann hob seine Hände wie zum Segen, drehte sich um und schritt langsam davon, bis ihn die Dunkelheit verschluckte.

***

Er ist hier!

Patricio Marcelliao, der CIA-Agent, kam aus dem Staunen nicht heraus. Schon die ungewöhnliche Anordnung aus Washington, er solle einen gewissen Hank Berson und seine Begleiter am Flughafen abholen, hatte ihn verwundert. Verwundert hatte ihn vor allem aber auch der Zusatz, dass dieser Mister Berson die absolute Weisungsbefugnis für ganz Europa innehabe. Dies bedeutete nichts weniger, als dass Hank Berson im Moment seines Eintreffens formal zum höchsten Beamten der CIA in Europa avancierte. Mit etwas gemischten Gefühlen war Patricio zum Flughafen gefahren, da er nicht wusste, wen er da eigentlich abholte. All seine Versuche, in Eile etwas über diesen Mister Berson herauszufinden, hatten mit der bloßen Information geendet, dass dieser Mann unmittelbar und eng mit dem Präsidenten der Vereinigten Staaten zusammenarbeitete. Mehr war nicht zu erfahren.

Als dann ein blonder Mann in mittleren Jahren aus dem Flugzeug stieg, bekleidet mit Jeans und einem leichten Hemd, konnte Patricio kaum glauben, dass dieser Mann so wichtig sein sollte. Auch seine Begleiter wirkten nicht sonderlich professionell. Sie plauderten in einem lockeren Ton miteinander, ohne ein Zeichen von Unruhe oder Unsicherheit. Sie wirkten so belanglos wie jeder x-beliebige Tourist. Dies sollten die Männer sein, die der Präsident mit einer ungeheuren Machtfülle ausgestattet hatte? Schnell begab sich Patricio zu seinen Gästen und versuchte dabei so professionell wie möglich zu wirken. So bat er die Männer, ihm zu folgen. Er würde sie schnellstens am Zoll vorbei zum Ausgang bringen. Einer seiner Mitarbeiter war gerade dabei, das Gepäck der Amerikaner abzuholen. Wenn sie am bereitstehenden Wagen ankamen, sollten sich die Koffer der Männer schon dort befinden. Das machte meistens Eindruck auf fremde Kollegen aus der Zentrale.

Doch als sie in einen kleinen Flur abbogen, blieb Hank Berson auf einmal stehen und starrte ins Leere. Was hatte denn das nun zu bedeuten! Einer der Männer eilte zu Patricio, es war wohl Walt Kessler, über den er ebenfalls nichts Genaueres hatte herausfinden können, und sagte leise: „Bleiben sie ganz ruhig. Hanky befindet sich gerade in einer Art Trance und darf nicht gestört werden. Wahrscheinlich spürt er gerade telepathisch jemandem nach."

Patricio Marcelliao verstand überhaupt nichts. Hatte der Mann telepathisch gesagt? Das war doch verrückt und gehörte in den Zirkus. Telepathisch, pah! Er glaubte, die Männer würden ihn verulken. Was bildeten die Kerle sich ein? Doch noch ehe er sich aufregen konnte, erwachte Mister Berson aus seiner Starre, drehte sich zu Patricio um und sagte mit ruhiger Stimme:

„Mister Marcelliao, niemand will Sie veralbern, und in einen Zirkus gehören wir auch nicht. Ich empfehle, sich vorerst ruhig zu verhalten. Sollte ich es als notwendig erachten, werde ich Ihnen Auskünfte über meine Person erteilen."

Damit drehte er sich unhöflich von dem nun ziemlich verdutzt dreinschauenden CIA-Agenten weg und sagte zu seinen Begleitern: „Wir sind zur rechten Zeit hier in Rom eingetroffen. Ich habe die Gedanken eines Mannes empfangen, der wohl der Drahtzieher der Anschläge in New York und Rom ist. Leider habe ich ihn nur kurz belauschen können. Er war zu weit entfernt. Bestimmt hat er inzwischen den Airport verlassen. Dennoch habe ich zwei Namen empfangen."

Damit drehte er sich zu dem CIA-Agenten und integrierte ihn so in die Gruppe, ehe er weitersprach.

„Die Person, die wir finden müssen, heißt Akram. Wahrscheinlich handelt es sich bei diesem Mann um einen Araber, doch da bin ich mir nicht sicher. Der zweite Name, den ich esperte, lautet Hector Polias. Dies ist mit großer Sicherheit das Pseudonym, mit dem dieser Akram reist. Also, Leute, lasst uns keine Zeit verlieren und diesen Kerl dingfest machen."

Mit einem schrägen Grinsen auf den Lippen wandte sich Hanky an Patricio und fragte diesen: „Also, Mister Marcelliao, wo geht's lang? Wir haben es eilig!"

***

Verstörende Gedanken

Auf dem Weg nach draußen, der durch verwinkelte Gänge des Flughafengebäudes führte, fragte sich Hanky, was in letzter Zeit mit ihm geschah. Eine ungewisse Aggression breitete sich in ihm aus. So kannte er sich nicht. Er war eher der bescheidene, freundliche Typ, der sich zurückzog, wenn es zu Unstimmigkeiten in seinem Umfeld kam.

Doch seit dem Anschlag auf den Präsidenten war etwas mit ihm geschehen, das er nicht genau einschätzen konnte. Das erste Mal war ihm seine Ungeduld in seiner Wohnung aufgefallen, als Rich darauf bestanden hatte, mit nach Rom zu fliegen. Nur vor wenigen Minuten hatte er den CIA-Agenten Marcelliao ziemlich ungehalten angefahren und auf eine unschöne Art in seine Schranken verwiesen. Sofort hatte Hanky die erstaunten Blicke seiner Freunde registriert, konnte aber die Situation nicht mehr korrigieren. Vielleicht wollte er es in diesem Moment auch nicht. Der CIA-Agent hatte ihn und seine Freunde beleidigt, wenn auch nur in Gedanken. Doch sein Verhalten war nicht akzeptabel, schon gar nicht, wenn er ungefragt in den Gedanken anderer Menschen herumschnüffelte.

Hanky war klar, dass er herausfinden musste, warum er im Moment so unbeherrscht war. Er konnte es sich, besonders bei seinen Fähigkeiten, nicht leisten, die Kontrolle über sich selbst zu verlieren. Wenn dies geschah, dann würde er zu einer echten Gefahr für seine Umwelt werden.

Während er durch seine Gedanken abgelenkt war, waren sie an einer Tür angelangt, die nach draußen führte. Hanky beschloss, sich sofort zu erklären, ehe keine Zeit mehr dazu sein würde. So blieb er stehen und sagte: „Einen Moment. Wartet bitte mal. Ich muss etwas sagen."

Verwundert blieben seine Begleiter stehen und schauten ihn erwartungsvoll an. CIA-Agent Patricio Marcelliao stand etwas abseits und wusste nicht, ob auch er angesprochen war.

Noch immer waberte Ärger in seinen Gedanken. Einerseits hatte er wirklich abfällig von diesen Leuten aus den Staaten gedacht. Auf der anderen Seite fand er es unverschämt, dass dieser Mister Berson so einfach in seinen Gedanken gelesen hatte. Patricio fühlte sich auf eine unbestimmte Art beschmutzt, ja fast vergewaltigt. Er würde sich erst wieder wohlfühlen, wenn er nicht mehr mit diesen unheimlichen Leuten zusammen sein musste. Wer konnte schon sagen, zu was diese Männer noch in der Lage waren. Er schrak fast zusammen, als dieser Mister Berson ihn ansprach.

„Mister Marcelliao, ich möchte mich bei Ihnen für mein Verhalten von vorhin entschuldigen. Es war falsch von mir, Ihre Gedanken ungefragt zu sondieren. Genauso falsch war es, Sie so abzukanzeln. Nochmals, es tut mir leid."

Damit ging Hanky einen Schritt auf den CIA-Agenten zu und streckte ihm seine Hand entgegen. Mit einigem Zögern ergriff Patricio die ihm dargebotene Hand und murmelte dabei etwas Unverständliches. Hanky schüttelte die etwas schlaffe Hand seines Gegenübers, ehe er sich zu seinen Freunden umdrehte.

„Auch bei euch beiden, im Besonderen bei dir, Rich, möchte ich mich entschuldigen. Ich kann euch nicht sagen, warum ich im Moment so gereizt bin. Darum bitte ich euch, falls meine Stimmung erneut schlecht werden sollte, mich darauf hinzuweisen. So, ehe die ganze Situation auch noch peinlich wird, lasst uns gehen."

Damit ging Hanky an seinen Begleitern vorbei und öffnete die Tür. Beim Hinausgehen streifte ihn ein flüchtiger Gedanke: *Hanky, ich brauche deine Hilfe! Wo bist du?*

***

Hilflos

Als er versuchte seine Augen zu öffnen, dachte er zuerst, dass ihm dies nicht gelingen wollte. Es war dunkel um ihn herum, nein, es war schwarz. Kein Lichtfünkchen, kein Glimmen einer LED, kein Lichtstreifen unter einer Tür. Nichts! Gar nichts! Langsam, als wolle sein Geist sich nicht erinnern, kehrten die Gedanken zurück. Ein Name schob sich nach vorne. Sein Name. Paul Green. Ja, er war Paul Green. Doch wo befand er sich? Als hätten seine Sinne nur auf diese Frage gewartet, spürte er, dass er auf etwas Weichem lag. War das ein Bett? Wenn ja, wieso lag er hier im Dunkel? Vorsichtig versuchte er, sich zu bewegen. Doch sein Körper reagierte nicht auf synaptische Befehle seines Gehirns. Er spürte nur die Weichheit unter sich, sonst nichts. Keine Kälte, keine Wärme, keine Luftbewegung, kein Geräusch, nicht einmal seinen eigenen Atem. Wie konnte das sein? Wer oder was hatte ihn derart paralysiert? Vergeblich versuchte er, Informationen aus seinen Erinnerungen herauszulesen. Da besann er sich seiner Gabe. Er war Traumseher, indianischer Traumseher. Er hatte gelernt, seinen Geist von seinem Körper zu trennen und so losgelöst, unsichtbar für jeden Betrachter, seine Umwelt zu beobachten. Dabei konnte er hunderte Kilometer von seinem Körper entfernt agieren, ohne Zeitverlust, ohne Einschränkung.

Doch nun lag er hier gefangen in einer raumlosen Finsternis.

Paul versuchte sich zu konzentrieren, zu fokussieren, seinen Geist von seinem Körper zu trennen. Doch all seine Versuche scheiterten. Seit er seine Gabe zum ersten Mal erkannt hatte und voller Euphorie Versuche mit seinen außerkörperlichen Reisen unternahm, war es ihm immer gelungen, sich von seinem Körper zu trennen. Doch heute war es anders. Etwas hemmte ihn, hielt ihn zurück. Verzweiflung drohte sein Bewusstsein zu umklammern. Paul durchsuchte erneut seine Erinnerungen, in der Hoffnung, etwas zu finden, das ihm seinen derzeitigen Zustand erklären konnte. Bilder, Szenen flogen an ihm vorbei wie eine groteske Slideshow. Dann tauchte unvermittelt ein Gesicht auf, das zuerst leicht verschwommen war. Paul konzentrierte sich, und das geistige Bild gewann an Schärfe. Im gleichen Moment wusste Paul, wer ihn da anschaute. Es war Hank Berson, Hanky, sein Freund. Genau, Hanky war wohl der Einzige, der ihm helfen konnte. Mit Hanky konnte er telepathisch kommunizieren, da auch er zu den Begabten gehörte, wie Paul jene Menschen betitelte, die über besondere Fähigkeiten verfügten. In gewohnter Manier versuchte er Hanky zu rufen. Dies geschah lautlos für jeden Betrachter.

Hanky, ich brauche deine Hilfe! Wo bist du?

Doch er konnte nur diese zwei kurzen Sätze mental absenden, ehe ein übermäßig lauter Ton ihm fast die Besinnung raubte.

***

Ortswechsel

Camerlengo Parolin war wie immer gut informiert. Er hatte, wie man sagte, seine Ohren überall. Das von ihm selbst installierte Netzwerk aus willigen Informanten war sehr effektiv. Der Camerlengo schaute von seinem Schreibtisch im Vatikanischen Palast immer wieder und mit wachsender Besorgnis zu der prachtvollen, mit Ornamenten und

Gold verzierten Tür. Gleichzeitig versuchte er sich zu konzentrieren. Er packte seine wichtigsten Unterlagen – und so manche Akte trug die Aufschrift ‚Streng Geheim' – in große Aktenkoffer. Er durfte nichts vergessen, denn es war nicht abzusehen, wann er wieder in sein Büro zurückkehren würde.

In den letzten Tagen hatten sich die schlechten Nachrichten gehäuft. Seit der Heilige Vater nach Rom und damit in den Vatikan zurückgekommen war, herrschte in den Räumen der vatikanischen Verwaltung helle Aufregung. Gerüchte eilten durch die Gänge und Flure, durch Hallen und Konferenzräume. Die bestürzendste Nachricht seit Tagen, die ihm seine Informanten erst heute Morgen zugespielt hatten, war, dass er auf der Abschussliste dieses Pater Marcus stand. Gleich mehrere seiner Agenten hatten ihm die ungeheuerliche Nachricht übermittelt. Zuerst war der Camerlengo zutiefst erschüttert gewesen, doch seine Schockstarre hatte nur Minuten angehalten. Wut, Ärger und Mordlust, ja, Mordlust, hatten von ihm Besitz ergriffen. Seine Position als Camerlengo galt im Vatikanstaat bisher als unangreifbar. Er vergaß dabei völlig, dass er seinen Vorgänger Camerlengo Tarcisio Bertone durch geschickte Intrigen entmachtet hatte. Danach hatte er es verstanden, sich selbst als Camerlengo berufen zu lassen.

Ein sachtes Klopfen an der Tür ließ ihn zusammenfahren. Kamen sie nun, um ihn zu holen? Camerlengo Parolin schalt sich selbst einen Narren. Wenn ihn die Schweizergarde verhaften wollte, würden die Soldaten bestimmt nicht höflich anklopfen. Also rief er mit kratziger, dennoch fester Stimme: „Ja, Bitte?"

Ein Hüne von einem Pater schob sich durch die Tür und schloss diese leise hinter sich. Dann trat er einige Schritte auf den Camerlengo zu. Mit einer hellen, so gar nicht zu seinem gewaltigen Körper passenden Stimme sagte er: „Es ist alles gerichtet. Wir haben gute fünf Minuten. Bitte beeilen Sie sich."

Der Camerlengo nickte nur und erhob sich. Noch einmal ließ er seinen Blick bedauernd durch den Raum schweifen, ehe er wortlos auf die am Boden stehenden Aktenkoffer deutete. Dann verließ er mit seinem Begleiter, ohne sich noch einmal umzudrehen, den prachtvollen Raum.

***

Sorgen um Paul

Rita Miller, Richards Frau, schloss ihre Wohnungstüre auf. Sie hatte ihren Besuch in Prisco eher beendet als geplant und war nach New York zurückgefahren. Dass Rich mit Hanky und Walt nach Rom geflogen war, ängstigte sie mehr, als sie sich eingestand. Vordergründig war sie über diese ungeplante Reise verärgert, doch dieser Groll diente nur dazu, ihre bangen Gefühle zu verbergen. Missmutig stieß sie die Tür auf und zog ihren Koffer, dessen rechte Rolle sich irgendwie verklemmt hatte, über die Türschwelle in den Flur hinein. Noch ehe sie das Flurlicht anschalten konnte, klingelte das Telefon. Mit eiligen Schritten lief sie durch die halbdunkle Wohnung in das kleine Büro, das sich direkt neben ihrem Schlafzimmer befand.

Wenn das Rich ist, dachte sie, *dann kann er sich auf etwas gefasst machen!*

Rita griff sich das Telefon und drückte die Sprechtaste. Noch ehe sie ihrem Ärger Luft machen konnte, hörte sie Hankys Stimme.

„Hallo Rita, ich hatte gehofft, dass du schon zu Hause bist. Ich brauche deine Hilfe!"

Der Ärger, der sich in ihr angestaut hatte, war von einer Sekunde zur anderen verflogen. Wenn Hanky anrief und auch noch um ihre Hilfe bat, dann wurde es ernst. Besorgt fragte sie deshalb ohne jegliche Begrüßungsformel: „Hanky, ist mit Rich alles in Ordnung?"

„Mit Rich?", kam Hankys verwunderte Antwort aus dem Lautsprecher. „Ja, klar, mit Rich ist alles in Ordnung. Er steht hier neben mir. Ich gebe ihn dir gleich. Doch höre erst mal zu. Paul ist verschwunden. Ich weiß nicht, wo er sein könnte. Er scheint gefangen zu sein, und was noch schlimmer ist, er kann seine Fähigkeiten nur bedingt, nein, fast gar nicht einsetzen. Du musst ihn finden, Rita. Wir können im Moment nicht zurückkommen. Es droht große Gefahr, aber das hast du bestimmt in den Nachrichten schon gehört. Bitte Rita, versuche herauszufinden, wo Paul sich befindet. Ich hoffe, dass wir die Situation hier in Rom schnell klären können. Bis dahin suche nach Paul unternehme aber nichts, was dich in Gefahr bringen könnte. Gehe in meine Wohnung, du hast ja den Schlüssel. In unserem Arbeitszimmer findest du in der rechten Schublade meines Schreibtisches ein kleines, schwarzes Notizbuch. Darin habe ich einige Namen und

Telefonnummern vertrauenswürdiger Personen und ihre Funktion notiert. Diese Leute können dir bei der Suche behilflich sein. Du musst ihnen bei Kontakt lediglich ein Codewort nennen, das neben den Namen steht. Der letzte mir bekannte Aufenthaltsort Pauls war eine Klinik in Pittsburgh, wo er sich durch einen überwachten Tiefschlaf von den Strapazen der letzten Monate erholen wollte. Die Adresse findest du auf meinem Schreibtisch, ich denke, neben dem Telefon."

Rita war bei Hankys Worten merkwürdigerweise ruhiger geworden, obwohl Pauls Verschwinden sehr mysteriös war. Sie bemerkte an sich die gleiche Spannung, die sie schon einmal erlebt hatte, als sie vor einigen Monaten half, das Komplott einiger Alt-Nazis aufzudecken.

Hanky verabschiedete sich bei Rita und reichte sein Handy an Rich weiter, der sichtlich nervös wirkte. Mit seiner Frau war nicht zu spaßen und er scheute nichts so sehr wie ein Streitgespräch mit ihr. Doch es kam völlig anders. Rita ermahnte ihn zwar, vorsichtig zu sein, wünschte aber ihm, Walt und Hanky viel Erfolg und beendete das Telefonat sogar mit einem gehauchten „ich liebe dich ganz sehr!"

Rich war nach den wenigen Worten, die er mit seiner Frau gewechselt hatte, mehr verstört als nach jedem Streit. Hanky klopfte seinem Freund beruhigend auf die Schulter. Dann schaute er in die Runde, ehe er zum Aufbruch drängte.

Patricio Marcelliao schüttelte nur den Kopf. Er war froh, dass diese merkwürdigen Leute endlich in die Limousine stiegen, die vor dem Airport auf sie wartete.

Rita stellte das Telefon auf die Ladestation und ging zurück in den Flur, um die Haustüre zu schließen. Sie hätte fast aufgeschrien, als sie einen Schatten an der Tür bemerkte. Doch im nächsten Moment atmete sie auf. Auf der Schwelle stand Carmen und lächelte Rita an.

„Hola", sagte sie mit mexikanisch-spanischem Akzent. „Seit einer Stunde bin ich zurück, aus Mexiko. Doch zu Hause ist niemand. Weißt du, wo Hanky steckt?"

***

Golgata im Central Park

Der einsame Jogger versuchte seinen Atem unter Kontrolle zu bringen. Wie jeden Morgen lief er die gleiche Strecke durch den Park. Dabei nahm er seine Umgebung nur noch rudimentär wahr. Bäume, Büsche und Wiesen glitten an ihm vorbei, während aus seinen Kopfhörern rhythmische Rockmusik seinen Luftakt unterstützte.

Doch heute war etwas mit ihm nicht in Ordnung. Seine ansonsten gute Kondition schien an diesem Morgen zu versagen. Schon seit circa zehn Minuten plagten ihn schmerzvolle Stiche, die seine rechte Wade traktierten. Mit stolpernden Schritten kam er schließlich zum Stehen. Er schaltete seinen MP3-Player auf Pause, zog die Kopfhörer von seinen Ohren und platzierte diese an seinem Hals. Dann beugte er sich nach unten und begann seine schmerzende Wade zu massieren. Dabei schaute er sich zum ersten Mal an diesem Morgen bewusst um. Er befand sich in unmittelbarer Nähe des Rat Rock, also in Höhe der 62nd Street. Normalerweise mochte er diese Stelle im Park nicht besonders, da immer einige Irre auf dem Felsen herumkletterten und dabei einen Heidenlärm verursachten. Doch um diese Uhrzeit war er hier alleine. Es war erst kurz nach sechs Uhr am Morgen, und nur wenige Jogger bevölkerten die Wege des Parks. Ab und zu traf er zu dieser frühen Stunde nur den einen oder anderen Hundebesitzer, den er aber in der Regel grußlos passierte. Er war schon mehr als einmal in die fäkalen Tretminen der bellenden Flohträger getreten.

Seine Wade schmerzte noch immer. Er richtete sich auf und versuchte durch festes Auftreten den sich ankündigenden Wadenkrampf zu vertreiben. Dabei schaute er sich nach allen Seiten um. Es war nicht gut, so alleine im frühmorgendlichen Central Park herumzustehen. Immer wieder einmal wurden Jogger von Kleingangstern überfallen und ausgeraubt oder verprügelt. Er hatte bisher Glück gehabt, da er auf seine läuferischen Qualitäten setzte. Doch im Moment war er angreifbar. Während er seine Umgebung musterte, entdeckte er immer noch Spuren des Feuergefechtes, das hier vor einigen Tagen stattgefunden hatte. Brandspuren auf dem Rasen und Schrammen an den Bäumen erzählten eine gewalttätige Geschichte. Auch der Rat Rock zeigte dunkle, schmutzige Spuren eines Feuers. Hier ganz in der Nähe war ein Hubschrauber abgeschossen worden. Noch während er versuchte, sich an die Reportage, welche die Kämpfe hier im Park zum Thema gehabt hatte, zu erinnern, bemerkte er etwas, das hier nicht hingehörte. Am Südende des siebzehn Meter breiten Felsens stand ein großes Holzkreuz. Das war neu! Empörung breitete sich in ihm aus: Rivalisierende Banden hatten sich hier mit der Polizei ein Feuergefecht geliefert. Dabei waren Menschen gestorben. Das war traurig und so mancher Angehörige hatte bei den Trauerfeiern Blumen in den Park gelegt. Doch das ging zu weit. Ein Kreuz in den Park zu stellen und noch eines, das gewiss fast drei Meter hoch war, konnte nur eine Aktion einer sektiererischen Glaubensgemeinschaft sein. Diese Leute nutzten doch jede Gelegenheit aus, um neue Mitglieder in ihre Gebetszirkel zu locken!

Aufgebracht humpelte er, seine Wade schmerzte noch immer, auf das Kreuz zu. Beim Näherkommen bemerkte er, dass etwas an dem Kreuz hing. Das wurde ja immer besser! Hatten die religiösen Eiferer zu allem Überfluss auch noch eine Puppe an das Kreuz gebunden? Das wollte er sich genauer anschauen. Seine schmerzende Wade ignorierend, lief er nun schneller und stand keine Minute später vor der sakralen Unverschämtheit. Als er jedoch realisierte, dass dort am Kreuz keine Puppe hing, blieb ihm kurz die Luft weg. Sein Herz beschleunigte schockbedingt und tobte schmerzhaft in seinem Brustkorb. Als habe er einen unsichtbaren Begleiter, dem er etwas zeigen wollte, hob er seine rechte Hand und zeigte mit dem ausgestreckten Zeigefinger auf das Kreuz. Keuchend entrang sich seinem Mund, was er unbedingt aussprechen musste, damit er völlig begriff, was er dort vor sich sah.

„Das ist keine Puppe! Das ist ein Mensch – ein gekreuzigter Mensch!“

***

Weltweite Empörung

Sergio Camas lehnte sich zufrieden in die Kissen des zerfledderten Sofas. Vor ihm stand ein brandneuer Smart TV, der in diesem Raum, der eher wie eine Rumpelkammer denn wie ein Wohnzimmer aussah, wie ein Objekt aus ferner Zukunft wirkte. Um Sergio herum saßen die Mitglieder seiner neuen Familie. Ehemalige Bandenmitglieder der gefährlichsten Gangs der Stadt, die sich noch vor wenigen Tagen bis aufs Blut bekämpft hatten, waren unter seiner Führung zu etwas Neuem transformiert. Seine Tage der Einsamkeit und Trauer waren vorbei. Er war wieder wer und das erfüllte ihn mit Stolz. Die Männer, allesamt Verbrecher der übelsten Sorte, sahen in ihm so etwas wie einen geistigen Führer, ja fast einen heiligen Mann. Seine Soldaten Gottes, so nannte er die Männer in seinen Gedanken, würden jeden seiner Befehle bedenkenlos und mit Freude ausführen.

Er zappte durch die Nachrichtenprogramme, die alle von dem Gekreuzigten im Park berichteten. Kommentare aus aller Welt waren im unteren Lauftext eingeblendet. Protestnoten der führenden islamischen Staaten wurden von den Botschaftern der US-Regierung übermittelt. Ein globaler Aufschrei fand seine Bühne in den Medien der Welt.

Nach einer Weile, die Meldungen begannen sich zu wiederholen, setzte sich Sergio auf und schaltete den Ton auf stumm. Sofort richtete sich die Aufmerksamkeit der Anwesenden auf ihn. Mit ernster Miene begann Sergio zu sprechen: „Freunde, Kampfgefährten, ich habe nachgedacht."

Ein Räuspern und Fußgescharre füllte die kurze Stille, ehe Sergio weitersprach.

„Unsere Aktion hat Wirkung gezeigt. Ich muss zugeben, dass die Reaktion der Öffentlichkeit gewaltiger ausgefallen ist, als ich erwartet habe. Doch genau dieser Umstand hat mich zu einem Entschluss gebracht, der unserer Bewegung in ihrer Bedeutung gerecht werden wird. Dazu möchte ich zuerst, dass ihr sofort jedem, der es wissen will, und vor allem unseren Feinden etwas Wichtiges mitteilt. Ihr nennt euch von nun an die Soldaten Gottes. Wir sind weit über das hinausgewachsen, was ursprünglich unser Ziel war. Dies ist mir klar geworden, als ich sah, wie unsere Kreuzigungsaktion weltweit

Beachtung fand. Darum wird der Name US Citizen Defender unseren Ansprüchen nicht mehr gerecht. Es geht um mehr, es geht um den Kampf gegen Terroristen, die unseren Way of Life vernichten wollen. Brüder, als Soldaten Gottes werdet ihr Geschichte schreiben, und die uns folgenden Generationen werden mit Hochachtung von euch sprechen. Schon mit der nächsten Aktion werden wir der Welt weitere heroische Taten präsentieren. Seid stolz, mutig und im Glauben fest, dann werden wir die Teufel bezwingen."

Sergio ließ sich erschöpft zurück in die Kissen sinken und schloss für eine Sekunde seine Augen. Einen Augenblick schien die Welt innezuhalten und eine Stille legte sich über den Raum, die in ihrer Friedfertigkeit beinahe etwas Göttliches mit sich brachte.

Doch dann war der Moment, jeder im Raum hatte ihn fast körperlich gespürt, vorbei. Die Männer begannen erst zaghaft, dann frenetisch zu klatschen und zu jubeln. Eine unsichtbare Kraft und eine heilige Zuversicht durchströmten ihre Seelen.

Wie eingeübt schrien sie in Verzückung: „Wir sind die Soldaten Gottes! Wir sind die Soldaten Gottes! Wir sind ..."

***

Beängstigendes Treffen

Clint Coady war mit Magenschmerzen erwacht. Noch im Bett liegend versuchte er, durch Reiben seiner Bauchdecke den bohrenden Schmerz zu lindern. Doch seine Bemühungen spornten die gereizten Magennerven an, die Heftigkeit der Krämpfe zu vergrößern. Mühsam stand er auf und schleppte sich mit wackligen Knien zum Badezimmer. Gerade noch rechtzeitig erreichte er die Toilettenschüssel. Er ließ sich davor auf die Knie fallen und erbrach sich, begleitet von heftigem Würgen. Fast fünf Minuten blieb er in dieser Position erschöpft sitzen. Dann erhob er sich, betätigte die Spülung, ehe er vor das Waschbecken trat. Ein eingefallenes, graues Gesicht blickte ihn im Spiegel an. Er drehte das Wasser auf und wusch sich das Gesicht. Nach einer Weile fühlte er sich besser und er beschloss zu duschen.

Nach einer halben Stunde verließ Clint das Bad und kleidete sich an. Dann schaute er auf die Uhr, ungläubig, dass es erst halb sieben am Morgen war. Sein Treffen mit Pater Frank Marcus war für zehn Uhr angesetzt. Der Gedanke an das Meeting ließ seinen Magen erneut rebellieren. Er schalt sich selbst einen Narren. Er war doch sonst kein ängstlicher Typ. Doch schien seine jahrelange Erfahrung im Umgang mit gefährlichen Situationen einen instinktgesteuerten Alarm in ihm auszulösen. Egal, er war nach Rom gekommen, hatte sich irgendwie von diesem Pater überreden lassen. Zumindest wollte er herausfinden, was dieser Geistliche von ihm wollte.

So verließ Clint Coady sein Hotelzimmer und trat kurz darauf ins Freie. Eine unangenehme, feuchte Kälte umfing ihn, was seiner eh trüben Stimmung gerecht zu werden schien. Er schaute die Straße hinunter, die schon erstaunlich belebt war, ehe er sich entschloss, zu einer kleinen Kaffeebar an der Ecke der nächsten Straße zu gehen.

Drei Tassen des belebenden, italienischen Kaffees später verließ er sichtlich besser gelaunt die Bar. Er hatte sich Zeit gelassen und hatte die meist italienischen Gäste beobachtet, die mit großen Gesten lautstark miteinander sprachen und dabei ihren Espresso tranken. Meist blieben die Männer nur einige Minuten, wurden aber schnell von anderen Gästen abgelöst. Dieses für ihn fremdartige Verhalten der Einheimischen hatte bewirkt, dass sich eine Art Urlaubsstimmung in ihm breitmachte. Die Kälte hatte sich aus der Stadt geschlichen und ein blauer Himmel, der nur mit einigen kleinen Wolken verziert war, bestärkte dieses Gefühl.

Kurze Zeit später erreichte er den Vatikan. Er trat bis an die Absperrung heran, die den Petersplatz im Moment unzugänglich machte. Es wimmelte vor Touristen, obwohl es noch nicht einmal halb zehn am Morgen war. Pater Marcus hatte ihm nicht mitgeteilt, wo er sich melden sollte oder wo im Vatikanstaat das Meeting stattfinden sollte. Unschlüssig schaute er sich um, während er überlegte, in welche Richtung er sich nun wenden sollte. Ohne dass er es bemerkt hatte, stand ein uniformierter Polizist neben ihm. Dass Clint sich nicht mit den hiesigen Uniformen auskannte, war klar, deshalb konnte er nur vermuten, dass der Mann wohl zu den vatikanischen Sicherheitsbehörden zählte. So fragte er, wo er sich hinwenden müsse, um Pater Marcus zu finden. Zu seinem Erstaunen sprach der Polizist ein sehr gutes Englisch, das ihn ein wenig an den New Yorker Mafia-Slang erinnerte.

„Pater Frank Marcus?“, fragte der Mann und zeigte einen nicht genau definierbaren Ausdruck in seinem Gesicht, der in seiner Gesamtheit wohl Unbehagen reflektierte.

„Ja genau“, antwortete Clint, der sekundenschnell überlegte, ob er nicht das Weite suchen sollte. Doch der Polizist nahm ihm die Entscheidung ab. Er zog sein Handy heraus, wählte eine Nummer und sprach in italienischer Sprache mit einem Unbekannten.

Dann sagte er mit der Autorität eines Uniformträgers: „Folgen Sie mir. Ich werde Sie zu ihm bringen.“

Damit drehte sich der Uniformierte nach rechts und marschierte an der Absperrung entlang. Er rechnete wohl fest damit, dass Clint ihm folgen würde, denn er schaute sich nicht einmal um. Nach circa fünf Minuten strammen Gehens öffnete der Polizist eine unscheinbare Tür, die er mit einem alten Bartschlüssel aufsperrte. Dann winkte er Clint auffordernd. Gemeinsam betraten die Männer einen alten, verstaubt wirkenden Flur, der ansonsten völlig leer war. Der Uniformierte schritt nun etwas langsamer und seine Schritte hallten hohl auf dem ausgetretenen Marmorboden. Nichts erinnerte hier an die Pracht des Vatikans. Nach zehn Metern wandte sich der Mann nach rechts und schloss eine weitere Tür auf. Mit einem leisen, knarrenden Geräusch schwang das Türblatt zur Seite. Der Polizist winkte Clint erneut heran und wies ihn an, den Raum zu betreten. Clint schob sich an dem Uniformträger vorbei in das Zimmer. Der Raum machte einen düsteren, veralteten Eindruck, was wohl der trüben Deckenbeleuchtung zuzuschreiben war. Außerdem waren die Fensterläden verschlossen.

Mit einem geknurrten „warten Sie hier“ schloss der Mann die Tür und Clint war alleine.

Er musste sich in Geduld üben. Mehr als einmal überlegte er, ob die Tür wohl abgeschlossen sei. Nervös rutschte er auf einem alten Holzstuhl herum, der sich mit drei weiteren um einen ebenso alten Tisch gruppierte. Dann endlich hörte er Schritte, die sich dem Raum näherten. Erneut meldete sich sein Magen und ein ungewisses Angstgefühl breitete sich in ihm aus. Worauf hatte er sich nur eingelassen? Dann endlich schwang die Tür auf und ein auf den ersten Blick unscheinbarer Priester, der mit einem schwarzen Anzug bekleidet war, trat in den Raum. Doch der Eindruck der Harmlosigkeit täuschte. Sofort stellten sich alle kleinen Härchen auf Clints Haut auf, was ein für ihn sicheres Gefühl drohender Gefahr signalisierte. Der Mann kam zu ihm an den Tisch und Clint wollte sich schon erheben. Doch der Priester legte ihm eine Hand auf die Schulter und sagte mit einer leisen, freundlichen Stimme: „Bleiben Sie nur sitzen, Mister Coady. Wir sind unter uns und können auf Förmlichkeiten verzichten."

Mit der Berührung begann Clints Bewusstsein, sich voller Grauen verkriechen zu wollen. Panik explodierte in gleißendem Licht, um sofort darauf in eine bodenlose Schwärze zu transformieren. Schweiß brach aus allen Poren und er keuchte wie unter heftiger Anstrengung. Sein Körper erschlaffte und rutschte haltlos zu Boden.

Pater Frank Marcus schaute auf den bewusstlosen Mann und lächelte. Mit einem ungeduldigen Seufzer setzte er sich an den Holztisch. Er wusste, dass er nicht lange warten musste, bis Clint Coady aus seiner Ohnmacht erwachen würde.

***

Erste Übersicht

Hanky, Walt und Rich saßen im Hotelrestaurant. Sie verspeisten mit gutem Appetit ihr Frühstück, welches sie sich selbst an dem reichhaltigen Buffet zusammengestellt hatten. Walt kaute mit sichtlichem Genuss, während seine Augen fast konträr eine gewisse Ungeduld ausstrahlten. Hanky hatte seinen zweiten Teller geleert und nippte an seinem Orangensaft. Dabei beobachtete er seine Freunde unauffällig. Walt war wie immer bereit, sich in ein neues Abenteuer zu stürzen. Rich hingegen verhielt sich diesen Morgen ziemlich still. Die Euphorie, mit der er Hanky und Walt dazu gedrängt hatte, ihn mit nach Rom zu nehmen, schien verflogen. Nachdenklichkeit spiegelte sich in seiner Mimik, ja fast Besorgnis.

Rich war an diesem Morgen mit einem mulmigen Gefühl aufgestanden. In seinen Träumen hatten ihn Bilder verfolgt. Grausige Bilder, die jedoch keiner Fantasie entsprungen waren, sondern kaleidoskopisch Erlebtes widerspiegelten. Diese Bilder hatte er in seinem Innersten gespeichert, diese Szenen hatte er real erlebt. Sie alle standen unmittelbar vor einer neuen Herausforderung, die neue Bilder bringen würden. Rich wusste nicht, wie viel Leid er noch ertragen konnte. Er hatte geglaubt, die vergangenen Erlebnisse, die er zusammen mit Walt und Hanky erlebt hatte, längst verarbeitet zu haben. Doch dieser grausige Traum versuchte ihn vom Gegenteil zu überzeugen. Rich schüttelte seinen Kopf, als könne er die nächtlichen Bilder damit vertreiben. Schließlich war es doch nur ein Traum gewesen, und durch dumme Träume wollte er sich nicht beherrschen lassen.

Gerade als er an diesem Punkt seiner Überlegungen angekommen war, spürte er Hankys Hand auf der seinen. Beruhigung durchfloss ihn wie ein milder Sonnenaufgang. Dazu hörte er die leise Stimme seines Freundes: „Na, Rich, geht es wieder?"

Richard fühlte sich beruhigt und irgendwie ertappt. Hatte Hanky seine Gedanken gelesen? Nein, bestimmt nicht, oder?

Noch ehe er weiterem Zweifeln gestattete, ihn zu beunruhigen, polterte Walt: „Wenn ihr zwei mit Händchenhalten fertig seid, könnten wir dann endlich aufbrechen?"

***

Anschauungen

Akram alias Hector Polias hatte den Zwischenfall am Airport fast vergessen. Je mehr er über den geistigen Überfall nachdachte, umso mehr erschien ihm die Sache wie ein dummer Traum. Bestimmt hatte er sich die fremde Stimme in seinem Kopf nur eingebildet. Stress, ja Stress musste der Auslöser für diese Irrung gewesen sein. Alles andere war unlogisch.

Zufrieden lehnte er sich zurück und schaute entspannt durch das Hotelrestaurant, fast wie ein Tourist. Er nippte noch einmal an seinem Kaffee, ehe er sich gut gelaunt erhob. Beim Verlassen des Hotels lächelte ihm eine attraktive Blondine zu, was seine Laune noch verbesserte. Ohne lange nachzudenken, reihte sich Akram in den Fluss der zahlreichen Fußgänger ein, der sich in Richtung Vatikan bewegte. Ein Stimmengewirr, zusammengesetzt aus allen möglichen Sprachen und Dialekten, umhüllte ihn. Freudige Erwartung spiegelte sich auf den Gesichtern der Menschen. Noch immer waren Rom und der Vatikanstaat das Reiseziel gläubiger Christen aus aller Welt. Selbst die Anschläge, verübt von seinen Männern, hatten nichts an dieser Tatsache geändert. Die monumentale Pracht des Petersplatzes nahm ihn in seinen Bann. Natürlich hatte er schon viele Bilder des Vatikans gesehen, doch selbst hier zu stehen, war etwas ganz anderes. Fast schämte Akram sich, dass er den Befehl gegeben hatte, diesen Ort mit Terror zu überziehen.

Menschen waren gestorben, viele Menschen. Dennoch zeigte hier niemand Angst vor einem neuen Anschlag. Eine allgemeine Ergriffenheit schwebte wie ein unsichtbarer Schleier zwischen den Gläubigen. Einem Märtyrer gleich lag der steinerne Gigant des Obelisken Vaticano auf dem Petersplatz. Die Absperrungen waren an diesem Morgen entfernt worden, um den Gläubigen die Kolonnaden und den Petersdom erneut zugänglich zu machen. Wie durch ein Wunder waren die Zerstörungen im Dom selbst gering und die Trümmer waren weitgehend beseitigt worden.

Akram konnte ein Gefühl der Bewunderung nicht unterdrücken. Diese Gläubigen hier zeigten eine Verbundenheit mit ihrem Glauben, der ihn schaudern ließ. War es richtig, was er tat, was er angeordnet hatte, oder befand er sich auf einem Irrweg? Woher kamen diese verstörenden Gedanken? War es der Ort, dieses Zentrum des christlichen Glaubens, der seine Ideologie infrage stellte? Oder waren es einfach die Menschen um ihn herum? Er wusste es nicht. Zutiefst verwirrt wandte er sich ab und verließ den Petersplatz mit eiligen Schritten. Er brauchte Ruhe, um seine Gefühle zu ordnen. Doch wohin sollte er sich hier wenden? Da kam ihm ein sonderbarer Gedanke, den er selbst nicht begriff.

Wie ferngesteuert lief er durch die Straßen Roms, bis er schließlich vor einer kleinen Kirche stand. Das Portal war alt und verwittert. Noch während er die Schnitzarbeiten, die biblische Szenen zeigten, betrachtete, öffnete sich vor ihm eine Seitentür, die er bisher nicht wahrgenommen hatte. Eine alte Frau, ganz in Schwarz gekleidet und mit einem dünnen, schwarzen Schleier auf dem Haar, versuchte die schwere Tür aufzustemmen. Sofort eilte Akram, ohne lange nachzudenken, zu der Tür und zog diese für die Frau auf. Ein vom Leben gezeichnetes, runzeliges Gesicht lächelte ihn dankbar an. Dann sagte die alte Frau etwas in italienisch zu ihm, tätschelte seinen Arm und ging mit unsicherem Schritt davon. Akram schaute der Alten noch einen Moment hinterher, bis ihm bewusst wurde, dass er noch immer die alte Holztüre aufhielt. In diesem Moment erinnerte er sich an den merkwürdigen Gedanken, der ihn beim Verlassen des Petersplatzes überrascht hatte. Er wollte in eine Kirche, und nicht in eine Moschee, was an sich normaler für ihn gewesen wäre, um Ruhe zu finden. Er musste nachdenken, ja herausfinden, ob sein Weg der richtige war. Er fühlte eine Regung, die er bisher nicht gekannt hatte: Zweifel.

Mit einem mulmigen Gefühl betrat er die Kirche.

***

Nächtliche Einladung

Eine Reihe von Anrufen versetzte die New Yorker Medienwelt in eine hektische Betriebsamkeit. Ein Unbekannter hatte die führenden Nachrichtensender wie auch örtliche Studios angerufen. Natürlich war das jeweilige Gespräch, eigentlich war es eine Aufforderung, aufgezeichnet worden.

Die verantwortlichen Redakteure hatten nur Minuten, um zu entscheiden, ob ihr Sender Reporter entsenden sollte oder nicht. Eiligst wurden Konferenzschaltungen eingerichtet, die nur das eine Thema hatten: Nimmt unser Sender die Aufforderung ernst oder nicht. Dazu wurde das Telefonat mehrfach abgespielt.

„Die US Citizen Defender übernehmen hiermit die Verantwortung für die Kreuzigung im Central Park. Wir folgen damit dem Aufruf des Papstes, der alle gläubigen Christen dazu auffordert, zu Kriegern zu werden. Die Zeit der Vergebung ist vorbei. Auge um Auge, Zahn um Zahn. Den ersten Terroristen haben wir gerichtet. Die UCD wird heute Nacht weitere Ungläubige von dem Angesicht der Erde tilgen. Unsere

Soldaten Gottes haben eine Gruppe islamistischer Terroristen lokalisiert. Wir werden diese Ausgeburt der Hölle richten.“

Es folgte eine kurze, nur Sekunden andauernde Pause, ehe ein anderer Sprecher emotionslos verkündete:

„Sie sind eingeladen, an dieser Aktion als Zeugen beizuwohnen. Bedingung ist, jeder Sender darf nur einen Reporter und einen Kameramann entsenden. Treffpunkt ist der Parkplatz des Regal Kinos an der 35th Avenue Ecke 38th Street in Queens. Um null Uhr dreißig werden Sie dort von unseren Leuten abgeholt. Sollte Polizei oder eine andere staatliche Ermittlungseinheit vor Ort sein, ist für Sie die Chance vertan. Dann wird unsere Strafaktion ohne die Presse stattfinden.“

Damit war das Telefonat beendet. Minuten später eilten Reporter mit ihren Kameramännern zu ihren Fahrzeugen. Eine ungewisse Spannung, gepaart mit einer Spur von Angst, hatte sich ihrer bemächtigt. Keiner wusste, was kommen würde, doch gerade diese Ungewissheit machte ihren Beruf so spannend.

Sergio Camas stand am Rande des Parkplatzes des Regal Kinos. Seine dünne Gestalt, die durch den alten Mantel kaum an Fülle gewann, fiel hier nicht auf. Ein zufälliger Passant hätte ihn aller Wahrscheinlichkeit nach einfach übersehen. Ein weiterer Penner in einer Stadt, wo viele Lebensträume an der rauen Wirklichkeit zerplatzt waren wie Seifenblasen. So einer war keines Blickes wert.

Sergio beobachtete befriedigt, dass seine Telefonaktion funktionierte. Im Minutentakt trafen Reporter und Kameraleute auf dem Parkplatz ein. Es bildeten sich Gruppen, die offensichtlich ratlos waren, wie es nun weitergehen würde. Circa dreißig Männer und einige Frauen hatten sich versammelt. Fünf Minuten vor halb eins fuhr ein alter, wohl außer Dienst gestellter gelber Schulbus auf den Parkplatz. Er stoppte in der Nähe der Reporter und die Bustür schwang auf. Kurz darauf sprang ein Mann, der sich mit einer Sturmhaube unkenntlich gemacht hatte, aus dem Bus. Er trug ein weißes Sweatshirt mit einem großen roten Tatzenkreuz. Ungeduldig winkte er den Reportern zu und rief: „Alles einsteigen! Schnell, schnell! Wir haben es eilig!“

***

Kopfgeld

Die Summe von zwanzig Millionen Dollar brachte so manchen professionellen Ermittler wie eine Unzahl von Hobbydetektiven ins Grübeln. Der Papst hatte diese Summe als Kopfgeld ausgesetzt, um den oder die Verantwortlichen des Anschlages in Rom dingfest zu machen. Ermittlungsbehörden suchten weltweit nach diesen Drahtziehern des Terrors. In den USA wie auch in Italien fahndete man speziell nach den Attentätern, die immer noch auf der Flucht waren. Von ihnen erhoffte man sich einen Hinweis darauf, wer diese ausgeklügelte Anschlagsserie zu verantworten hatte.

Viele unschuldige Araber und Moslems wurden verhaftet und befragt. Doch bisher gab es nicht die kleinste Spur, nicht den geringsten Hinweis, der zielführend gewesen wäre.

Nur einer wusste, dass der meistgesuchte Mann der Welt sich in Rom aufhielt. Er stand mit seinen Freunden vor einem Hotel in Rom und schaute sich suchend um. In dem Moment, als eine Limousine vor dem Hotel hielt, wusste er, was zu tun war.

Patricio Marcelliao, der CIA-Agent, der sie gestern Abend vom Airport abgeholt hatte, stieg mit sorgenvoller Miene aus dem Wagen. Er kam auf die Gruppe zu und setzte seine Sonnenbrille ab.

„Guten Morgen, meine Herren. Ich habe leider keine Neuigkeiten für sie. Die sofort eingeleitete Fahndung nach diesem Akram alias Hector Polias führte zu keinem Ergebnis. Selbst die Passagierlisten am Flughafen haben nichts gebracht. Wir haben nicht den kleinsten Anhaltspunkt, dem wir nachgehen können."

„Doch, den haben wir", antwortete Hanky. „Bringen Sie uns als Erstes zum Petersplatz."

***

Versuchung

Der dunkle Raum hatte ihn mit einer Aura umfangen, die er nicht verstand. Etwas Heiliges, Erhabenes füllte das alte Kirchenschiff. Generationen von Gebeten hatten sich in den Mauern gefangen, waren eingedrungen wie Feuchtigkeit in einen Schwamm. Verzweiflung, Trauer, Hoffnung, Dankbarkeit und Glück bildeten ein Geflecht aus zu Stein gewordenen Emotionen.

Akram ging langsam, fast zögernd durch den Mittelgang, den Blick auf den Altar gerichtet. Hinter dem aus dunklem Marmor geformten liturgischen Tisch ragte ein wohl drei Meter hohes Holzkreuz. Daran hing ein sehr magerer Jesus, dessen Gesicht alles Leid der Welt widerzuspiegeln schien. Erlösung suchte man an diesem Abbild des Schmerzes vergebens.

Selten hatte Akram etwas Traurigeres gesehen. Fast erschöpft setzte er sich in eine der engen Kirchenbänke. Dieser Ort berührte ihn und raubte ihm gleichzeitig mentale Kraft. Er überlegte, warum er in diese Kirche gegangen war. Doch noch ehe er zu einem Ergebnis seiner Frage kam, summte sein Handy. Ungeduldig und gleichzeitig verärgert über die Störung zog er das Telefon aus seiner Hosentasche. Eine Textnachricht blinkte auf dem kleinen Bildschirm.

Einer unserer Brüder wurde in New York entführt und gekreuzigt. Im Moment werden weitere in Queens von den sogenannten Soldaten Gottes angegriffen. Wie lauten Ihre Befehle?

Akram schaute ungläubig auf das Display des Handys, ehe er das Telefon in seine Hosentasche steckte. Dann erhob er sich langsam und schaute nach vorne zu dem Gekreuzigten. Leise, fast lautlos zischte er mit neu erwachtem Fanatismus: „Fast hättest du mich wankend gemacht. Doch du bist nicht der Einzige, der ans Kreuz geschlagen wurde. Deine Christen werden leiden, das verspreche ich dir."

Damit drehte Akram sich abrupt um und verließ eiligen Schrittes die Kirche.

***

Gläubiger Eifer

Clint Coady fand sich zu seiner Verwunderung auf dem Boden liegend. Verwirrt blinzelte er, um seine Augen von einem leichten Schleier zu befreien. Eine freundliche Stimme drang an sein Ohr und er begriff, dass er angesprochen wurde.

„Ah, Mister Coady, da sind Sie ja wieder!"

Clint drehte sich ein wenig zur Seite, ehe er sich vorsichtig in eine sitzende Position brachte. Dann schaute er nach dem Sprecher und erkannte einen Priester, der auf einem alten Holzstuhl saß. Der Geistliche lächelte ihn freundlich an, machte aber keinerlei Anstalten, ihm aufzuhelfen. Mit einem Ächzen erhob Clint sich vom Fußboden. Mit etwas wackligen Beinen stand er nun vor dem Priester.

„Was ist denn passiert?", fragte Clint, der gleichzeitig versuchte, Staub von seiner Hose zu klopfen.

„Sie sind wohl in Ohnmacht gefallen. Haben Sie sich wehgetan?", antwortete der Pater.

„Nein, glaube nicht. Geht schon wieder. Ah, jetzt erinnere ich mich. Sie müssen Pater Marcus sein. Der geheimnisvolle Mann, der mich nach Rom gebeten hat."

„Naja, Mister Coady, geheimnisvoll bin ganz und gar nicht. Ich freue mich, dass Sie nun hier sind. Ich brauche Ihre Hilfe."

Clint fühlte sich geschmeichelt und war gleichzeitig sehr neugierig, was der Pater von ihm wollte. Seine angstvollen Gedanken vom gestrigen Abend, wie auch das unheimliche Gefühl, das er beim Betreten des Vatikans gespürt hatte, waren vergessen. Ja, er erinnerte sich nicht mehr daran. Vielmehr entfaltete sich in ihm eine starke Sympathie dem Pater gegenüber. Diesem Mann konnte man vertrauen, und wenn er ihn, Clint Coady, um Hilfe bat, dann sollte er Hilfe bekommen.

Ohne darüber nachzudenken, wo er sich befand, zündete er sich eine Zigarette an und schaute den Pater erwartungsvoll an. Pater Marcus ließ Clint das Nikotin genießen. Der Mann hatte besser als erwartet auf seine Beeinflussung reagiert. Mit ihm hatte er einen willigen Helfer gefunden.

Mit eindringlicher Stimme sagte er zu Clint: „Sie müssen für mich einen Mann suchen. Einen Verräter!"

In Position

Der Bus brauchte nur wenige Minuten bis zu seinem Zielort. Eine nervöse Spannung breitete sich unter den Journalisten aus. Sie konnten nur ahnen, was dieser nächtliche Ausflug bringen würde. Der eine oder andere unter ihnen erhoffte sich durch diese Aktion einen Karriereschub. Bekannt zu werden, war in ihrem Gewerbe bares Geld.

Mit einem sanften Ruck blieb der Bus am Straßenrand stehen. Sie befanden sich in der Steinway Street im Viertel Astoria, Queens. Einigen Reportern war diese Gegend durchaus bekannt. Nachrichtentechnisch war diese Wohngegend bisher eher uninteressant gewesen. Viele Migranten aus dem arabischen Raum lebten hier.

Der Busfahrer erhob sich von seinem Sitz und stellte sich gut sichtbar in den Gang. Er räusperte sich, ehe er Anweisungen für die folgenden Minuten gab.

„Sie verlassen hier den Bus. Zwei unserer Leute werden Sie einige Straßen weit begleiten und Ihnen relativ sichere Beobachtungspositionen zuweisen. Von diesem Zeitpunkt an sind Sie sich selbst überlassen. Auch der Rücktransport zu Ihren Fahrzeugen ist nach der Aktion Ihre Sache. Sie werden verstehen, dass wir dazu keine Zeit finden werden. Ich rate Ihnen bei den angegebenen Positionen zu bleiben, bis alles vorüber ist. Das war's. Viel Glück!"

Der maskierte Fahrer drehte sich um und öffnete die Tür des Busses. Dann winkte er den Reportern auffordernd zu, den Bus zu verlassen. Als die Gruppe auf die Straße trat, warteten dort weitere Maskierte, die mit Maschinenpistolen bewaffnet waren. Auch diese Männer trugen Sturmhauben, die sie unkenntlich machten, und das gleiche weiße Sweatshirt mit dem roten Tatzenkreuz. Ihre Aufmachung wirkte beinahe anachronistisch und schon fast lächerlich, wenn da nicht die angespannte Körperhaltung der Maskierten gewesen wäre. Die Bewaffnung der Männer sprach ihre eigene Sprache.

Einer der Bewaffneten forderte die Reporter auf, ihm zu folgen und sich so leise wie möglich zu bewegen. Nach circa dreihundert Metern erreichte die Gruppe eine Seitenstraße. Leise erklärte der Bewaffnete, dass sich die Reporter in einem verlassenen Haus und dessen Vorgarten positionieren konnten.

„... und bleiben Sie in Deckung. Es werden eine Menge Kugeln durch die Gegend sausen."

„In welchem Haus sind denn die Terroristen?", fragte einer der Reporter.

„Die Straße runter in circa hundert Metern auf der rechten Seite. Ich verlasse Sie jetzt. Bitte verhalten Sie sich ruhig, damit unsere Aktion nicht schon vor dem Angriff bemerkt wird."

Damit drehte sich der Mann grußlos um und verschwand zwischen den Büschen des Vorgartens. Die Reporter und Kameramänner standen noch einige Sekunden wartend in dem dunklen Vorgarten, bis einer der Männer seine Kameratasche schulterte. Lapidar sagte er: „Auf geht's. Suchen wir uns einen guten Aussichtspunkt."

***

Morgendlicher Schreck

Pater Frank Marcus stand an einem Fenster der päpstlichen Wohnung und schaute hinab auf den Petersplatz. Tausende von Menschen bevölkerten die Kolonnaden oder warteten auf den Einlass in den Petersdom. Andere Gruppen von Touristen aus aller Welt standen verteilt oder einzeln auf dem weiten Platz, fotografierten oder waren schlicht ergriffen von der heiligen Pracht der Gebäude.

Pater Marcus interessierte sich jedoch nicht für die Beweggründe der Menschen, die den Vatikanstaat besuchten. Vielmehr war für ihn die Anwesenheit vieler Menschen eine Quelle der Kraft. Mit starrem Blick fixierte er einzelne Gruppen und entzog seinen Opfern, mittels seines mutierten Geistes, pure Lebensenergie. Er fühlte, wie die Energie seinen Körper durchfloss und ihm Kraft zuführte. Jeder Gruppe entnahm er nur einen kleinen, kaum spürbaren Anteil. Manche seiner Opfer fühlten kurzzeitig einen leichten Schwindel, den sie ihrer eigenen, schwachen Konstitution zuschrieben. Es gab sogar Menschen, die glaubten, dass ihre plötzliche Schwäche mit einer unbegreiflichen Gottesnähe auf dem Petersplatz zu tun hätte.

Pater Marcus stand erst wenige Minuten am Fenster und sein Energiehunger war noch lange nicht gestillt. Konzentriert suchte er nach der nächsten Menschenansammlung. Die Gruppe durfte nicht zu groß sein, damit er gezielt fokussieren konnte. Sein Blick wanderte über den Platz und blieb an einer kleinen Gesellschaft hängen, die sich irgendwie von den anderen Besuchern des Vatikans unterschieden. Der Pater versuchte herauszufinden, was ihn an diesen Leuten störte. Er brauchte fast eine Minute, bis er wusste, was die Männer da unten von den anderen Besuchern unterschied. Sie wirkten irgendwie angespannt, gleichzeitig aber zielgerichtet. Ohne weiter darüber nachzudenken, fokussierte Pater Frank Marcus seinen Geist auf die Männer. Wie üblich wollte er auch ihnen Energie abzapfen. Bei zwei Männern der Vierergruppe wollte das auch beinahe gelingen, als er zuerst einen unbestimmten Widerstand wahrnahm und gleich darauf einen heftigen mentalen Schlag schmerzlich spürte. Er schrie auf und taumelte, wie durch einen Boxhieb getroffen, rückwärts. Feuer raste durch seine Nervenbahnen und ließ ihn unkontrolliert zucken. Seine über Monate erarbeitete Selbstsicherheit zerstob im Bruchteil einer Sekunde. Wimmernd rollte er über den mit teuren Teppichen ausgelegten Fußboden. Doch so schnell die Schmerzen gekommen waren, so schnell lösten sie sich wieder auf. Sein Speicher an geraubter Lebensenergie sank auf nahezu null, doch nur dieser Energie hatte er es zu verdanken, dass er überhaupt noch lebte. Benommen richtete er sich auf und schlurfte zurück zum Fenster. Er musste unbedingt herausfinden, wer ihn angegriffen hatte. Dabei vergaß Pater Marcus völlig, dass er es gewesen war, der angegriffen hatte.

Sich am Fensterrahmen stützend schaute er erneut nach unten auf den Petersplatz. Er rechnete damit, dass sein Gegner in der Zwischenzeit das Weite gesucht hatte. Doch hier irrte er. Fast an der gleichen Stelle standen die vier Männer, und einer schaute geradewegs in seine Richtung. Nein, er schaute ihn direkt an.

***

Frontaler Angriff

Die islamischen Terroristen schliefen ruhig und fest, als hätten sie es nicht zu verantworten, dass hunderte Menschen gestorben waren. Ein Gewissen, durch fanatischen Glauben fehlgeleitet, und eine vermeintliche Moral, welche ihre Waffenbruderschaft zu erfüllen schien, hüllte sie in eine trügerische Sicherheit. Selbst das Verschwinden ihres Bruders Aadish und seine Kreuzigung konnten ihr selbstgerechtes, bigottes Weltbild nicht erschüttern. Sogar auf eine Wache hatten sie verzichtet. Allah, in seiner Gnade, würde seine schützende Hand über sie halten.

Das Splittern des Holzes der Eingangstür widerlegte diese Einschätzung brachial. Schreie, knatternde, dumpfe Schussgeräusche und das Poltern schwerer Stiefel, welche die Treppe heraufstürmten, formten eine Geräuschkulisse der Gewalt. Noch ehe die Terroristen schlaftrunken zu ihren Waffen greifen konnten, wurden sie von einem Kugelhagel, ausgespuckt aus handlichen Maschinenpistolen, niedergestreckt. Blutend sackten die Dschihadisten auf den billigen Matratzen zusammen, ohne auch nur zu ahnen, wer sie gerichtet hatte.

Der Angriff hatte nur wenige Minuten gedauert und bei den Männern, die alle mit den weißen Sweatshirts mit dem roten Tatzenkreuz uniformiert waren, keine Opfer gefordert. Jeweils zu zweit schleiften sie die leblosen Körper der islamistischen Terroristen aus dem Haus und warfen sie, respektlos wie Abfall, auf die Straße. Nach einigen Minuten lagen sieben tote Männer auf dem schmutzigen Asphalt der Straße. Einer der Maskierten stellte sich vor die Leichen und winkte in Richtung der Reporter. Laut rufend forderte er sie auf, näher zu kommen. Währenddessen marschierten die übrigen Vermummten in der entgegengesetzten Richtung ohne besondere Eile davon. Zwei Minuten später umringten die Journalisten den verbliebenen Maskierten. Er stellte sich in Positur und zog einen Zettel aus seiner Hosentasche.

Er schaute kurz auf das Papier, ehe er mit fester Stimme zu sprechen begann: „Wir, die Soldaten Gottes, haben im Namen der US Citizen Defender die erste Gruppe der islamischen Terroristen eliminiert. Dies ist keine Warnung an die sich noch in der Stadt befindlichen Attentäter. Wir wollen nicht, dass ihr euch ergebt oder den Behörden stellt. Dies ist euer selbst gewählter Weg und es gibt für euch keine

Gnade. Ihr werdet von uns gerichtet werden. Es wird keiner entkommen. Auge um Auge, Zahn um Zahn."

Nachdem der Sprecher geendet hatte, drehte er sich um und ging grußlos die Straße hinunter.

Erst Minuten später hörten die Reporter die ersten Sirenen sich nähernder Polizeifahrzeuge. Verängstigte Anwohner verließen zögerlich ihre Häuser und Wohnungen, während die ersten Bilder des Blutbades schon von den Nachrichtensendern weltweit übertragen wurden. Die eintreffenden Polizeibeamten versuchten, den Tatort abzusperren. Aufgeregt und ärgerlich vertrieben sie Kamerateams aus dem Unterschlupf der Terroristen. Erst als der New Yorker Polizeichef Commissioner William Bratton eintraf, herrschte eine gewisse Ordnung. Sofort eilten die Reporter zu ihm und Fragen sausten durch die Luft. ... wieso wusste die Polizei nichts von dem Unterschlupf der Terroristen? ... wie kann es sein, dass eine paramilitärische Gruppe mehr weiß als die Behörden? ... wen repräsentieren die Soldaten Gottes? ... wer steckt dahinter? ... müssen wir uns auf weitere Gewalt in unserer Stadt einrichten? ...

***

Reaktionsschnell

Hanky wie auch Walt spürten den Angriff, so jedenfalls werteten beide den Energiezapfversuch des Paters, und schirmten sich sofort geistig ab. Rich und der CIA-Agent Marcelliao überfiel ein starker Schwindel, der aber nur Sekunden andauerte. Während dieser Zeit hatte Hanky den Angreifer lokalisiert und schickte einen mentalen Stoß in dessen Richtung. Dabei verwendete er nur einen minimalen Anteil seiner Paraenergie. Doch dies genügte völlig, um Pater Marcus kampfunfähig zu machen. Instinktiv hatte Hanky sich in die Richtung gedreht, von der aus der Pater sie angegriffen hatte. Er wusste, mit wem er es zu tun hatte. Schon bei den Reportagen und den Auftritten des Papstes hatten er und Walt den Priester erkannt. Sie waren sich nie persönlich begegnet. Dennoch wusste Hanky, dass Pater Marcus ebenfalls einen Angriff des Geistwesens, das in Richs Buch der Tausendschläfer genannt wurde, überlebt hatte. Hanky und Walt hatten vor Jahren gegen diesen mysteriösen Feind gekämpft und diesen schließlich besiegt. Durch den Kontakt mit dem Wesen hatten Hanky und Walt sich verändert. Ihr Geist war mutiert, sodass sie nun beide besondere Fähigkeiten besaßen. Walt hatte sich zu einem enorm starken Telekineten entwickelt und zeigte Ansätze zur Telepathie. Auch Hanky stellte eine Reihe von neuen Gaben an sich fest. Die Telepathie war die erste Fähigkeit, die er an sich bemerkte. Dadurch war er in der Lage, seine Mitmenschen geistig zu belauschen oder sogar suggestive Befehle zu erteilen. Auch konnte er Energien nach seinem Willen umformen und transformieren. Er spürte, dass noch weitere Fähigkeiten in ihm schlummerten, die noch zu entdecken waren.

Hanky schaute kurz zu Walt und sagte leise: „Der Angriff kam von Pater Frank Marcus. Anscheinend hat sein Zusammentreffen mit dem Tausendschläfer auch bei ihm eine Mutation ausgelöst. Wir müssen unbedingt herausfinden, welche Rolle er hier spielt."

„Dazu müssen wir erst einmal an ihn herankommen", antwortete Walt pragmatisch.

Hanky nickte zustimmend und schaute hinauf zu dem Fenster der päpstlichen Wohnung. Gerade in diesem Moment zeigte sich ein Mann hinter einem der Fenster. Hanky glaubte ein Erschrecken des Mannes zu erkennen, ehe dieser sich rasch in den Raum zurückzog.

„Was gibt es denn dort oben so Interessantes zu sehen?", fragte Rich, der sich unbemerkt neben Hanky gestellt hatte. Weder Rich noch der CIA-Agent hatten etwas von der Konfrontation mit Pater Marcus bemerkt.

So antwortete Hanky fast kryptisch: „Einen neuen Gegner, Rich."

***

Reaktion

Akram war zornig durch die Straßen von Rom gelaufen. Vorbei war die gefühlsduselige Stimmung, die ihn beinahe von seinem Ziel abgebracht hätte. Er ärgerte sich über seine eigene Schwäche, die zum Glück niemand bemerkt hatte. Nein, er würde sich nicht mehr von dieser scheinheiligen christlichen Propaganda einlullen lassen. Er würde wieder zu dem Führer werden, der kalt seine Aktionen gegen den westlichen Abschaum plante. Er würde der Welt Krieg und Chaos bringen. Aus den Trümmern einer verdorbenen Kultur ...

An diesem Punkt stoppten seine Gedanken. Das Schaufenster eines Kaufhauses hatte seine Aufmerksamkeit geweckt. In der Auslage standen einige der modernen Flachbildschirme in Übergröße. Alle Geräte zeigten die gleichen Bilder. Am unteren Bildschirmrand lief ein Textband. Leider waren die Einblendungen in der hiesigen Landessprache, italienisch, verfasst. Doch die Szene, die auf den Bildschirmen gezeigt wurde, ließ Akram erschaudern. Auf einer dunklen Straße lagen Tote mit verrenkten Gliedern auf blutigem Asphalt. Davor stand ein bewaffneter Mann, der das gleiche Tatzenkreuz auf seinem Sweatshirt hatte, wie es der Papst bei seiner Hetzrede auf dem Petersplatz präsentiert hatte. Akram konnte nicht verstehen, was der Mann sagte, da kein Ton durch das Glas des Schaufensters drang. Dennoch wusste er, dass die toten Männer auf der Straße seine Männer, seine Kämpfer sein mussten. Er wollte genau wissen, was geschehen war. Grimmig schob er sich an einigen Passanten vorbei und betrat das Kaufhaus. Er orientierte sich kurz und lief dann zielstrebig zur Elektroabteilung. Vor den dort ausgestellten Flachbildschirmen hatte sich eine Traube von Menschen versammelt. Einer der TV-Geräte war auf den amerikanischen Nachrichtensender CNN eingestellt. Akram drängelte sich nach vorne, ungeachtet der ärgerlichen Kommentare der Männer und Frauen, die er dabei wegdrückte. Ein Nachrichtensprecher kommentierte in einem ruhigen, geschäftsmäßigen Ton den Vorfall.

In dem New Yorker Stadtteil Queens hat eine Gruppe, die sich US Citizen Defender nennen, einen Angriff auf ein Haus geführt. In dem Haus befanden sich mutmaßlich islamistische Terroristen, die wohl verantwortlich für den Angriff auf den Madison Square Garden wie auch das versuchte Attentat auf unseren Präsidenten sind. Dabei wurden sieben Männer getötet, die aller Wahrscheinlichkeit arabischer Herkunft sind. Ein Sprecher der US Citizen Defender bezeichnete sich und seine Gruppe als Soldaten Gottes und hat weitere Aktionen angekündigt. Diese Gruppe ist mit großer Sicherheit auch für die Kreuzigung im Central Park verantwortlich ...

Akram wandte sich brüsk ab und schob sich durch die Menschengruppe, die den Fernseher umringte. Er hatte genug gesehen. Er musste handeln und er würde handeln. Mit einer ungeduldigen Bewegung zog er sein Handy aus der Hosentasche und tippte rasch eine Nummer. Schon nach dem zweiten Klingeln wurde das Gespräch von einem Mann angenommen. Akram sagte nur ein Codewort. Ein leises Klacken in der Leitung verriet ihm, dass er weiterverbunden wurde. Gleich darauf vernahm er die Stimme seines engsten Mitarbeiters. Akram wartete nicht, was der Mann zu ihm sagen wollte, sondern sagte nur: „Die zweite Welle beginnt sofort. Ich werde bald abreisen. In Rom brauche ich sofort Kontakt zu den hiesigen Kämpfern."

Der Mann am anderen Ende der Leitung schnaufte schwer, ehe er seine Bedenken äußerte: „Aber was ist mit Ihrer Tarnung? Sie haben sich noch nie direkt mit unseren Brüdern getroffen. Soll ich nicht indirekt, wie bisher, ihre Befehle weiterleiten?"

„Nein, dieses Mal nicht. Es ist die Zeit gekommen, wo unsere Kämpfer ihren Anführer brauchen. Also organisiere ein Treffen in Rom und in den nächsten Tagen in New York."

Damit beendete Akram das Telefonat. Nervös schaute er auf seine teure Schweizer Uhr, trat an den Straßenrand und winkte ein Taxi herbei.

***

Die Finsternis lichtet sich

Paul wusste nicht, wie viel Zeit vergangen war, seitdem er hier im Dunkeln lag. Er hatte irgendwann einen Hilferuf an Hanky mit seiner speziellen Gabe gesendet. Das hatte ihn so viel Kraft gekostet, dass er in eine tiefe Ohnmacht gefallen war. Sein Erwachen gestaltete sich für Paul sehr schwierig, da er selbst mit offenen Augen nicht zu sagen vermochte, ob er wirklich wach war oder träumte.

Vor einigen Stunden hatte sich seine Situation plötzlich verändert. Ein leises Geräusch war an seine Ohren gedrungen. Zuerst hatte er geglaubt, seine überreizten Sinne würden ihm einen Streich spielen. Doch das leise, fast zaghafte Geräusch blieb. Paul verbrachte Stunden, um die Richtung des Geräusches zu lokalisieren. Das Summen – Paul hatte beschlossen, dass es sich bei dem Geräusch um ein Summen handelte – kam von rechts hinten. Seit einigen Minuten nun war das Summen etwas lauter geworden. Dazu kam ein leichter, kaum spürbarer Luftzug. Er vermutete, dass dieses Summen von einer Klimaanlage kam, dessen Ventilator aus irgendeinem Grund unrund lief. Paul war dankbar für diese kleine Abwechslung. Nun hatte er etwas, worauf er seinen Geist konzentrieren konnte.

Nach einer weiteren Schlafperiode erwachte er viel leichter als bisher. Sofort war wieder das nun schon vertraute Geräusch der Lüftung. Er sammelte sich und startete einen neuen Versuch seinen Geist vom Körper zu lösen, um herauszufinden, wo er war. Er hätte gerne eine alte indianische Melodie gesummt, doch sein Mund und seine Stimmbänder waren nicht in der Lage, seinem Wunsch nachzukommen. Also musste er die notwendige Konzentrationsübung ohne dieses Ritual zustande bringen.

Nach einigen Minuten spürte er, wie sich sein Geist aus seinem Körper löste und er über seiner Liegestätte im lichtlosen Raum schwebte. Er bewegte sich nach hinten auf das leise Summen zu. Ohne großen Widerstand glitt er durch die Mauer und schwebte einige Meter durch einen ebenfalls finsteren Raum. Dann spürte er eine weitere Wand, durch die er ebenfalls ohne Probleme schweben konnte. Fast erschrocken blickte er in einen schwach beleuchteten, trüben Tunnel. Die Abwesenheit von Licht hatte ihn fast vergessen lassen, wie notwendig es für ihn war, seine Umwelt visuell wahrzunehmen. Obwohl das Licht sehr schwach war, schien es ihm auf unerklärliche Weise Kraft zuzuführen. Er fühlte sich mit einem Mal unternehmungslustig, wo er sich gerade eben noch müde und erschöpft gefühlt hatte. Paul beschloss, noch einige Minuten in dem ansonsten kargen Flur zu bleiben. Der Gang, so stellte er nun fest, war circa fünfzehn Meter lang, drei Meter breit wie hoch und aus Beton. Paul konnte keinerlei

Beleuchtungskörper entdecken und wunderte sich, woher das schwache Licht kam. Er versuchte nun dem Gang zu folgen, um zu der einzigen Tür zu gelangen, die den Flur am hinteren Ende abschloss. Doch diese Bewegung kostete ihn viel Kraft. Er hielt inne und überlegte. Was war, wenn ihn seine Kraft verließ? War er dann permanent von seinem Körper getrennt? Diese Frage hatte er sich schon einige Male in der Vergangenheit gestellt. Doch bisher war er nach seinen mentalen Ausflügen immer wohlbehalten in seinen Körper zurückgekehrt. Nach einem vorsichtigen Abwägen seiner Situation fasste er einen Entschluss. Er würde in seinen Körper zurückkehren und nach einer Erholungsphase versuchen, den Flur und was dahinter lag genauer zu erkunden.

Sein Geist schwebte zurück durch die Mauer in die Dunkelheit. Kurz darauf passierte er die zweite Wand und spürte, wie er sich seinem Körper näherte. Langsam, fast zärtlich schlüpfte er zurück in seine fleischliche Hülle. Froh über seinen kleinen Erfolg schloss er seine Augen. Der Schlaf würde ihn bald wieder einfangen. Doch nun gab es eine gewisse Hoffnung für ihn, aus seiner Gefangenschaft entkommen zu können. Seine Gedanken begannen sich zu verwirren und das letzte Geräusch, das er in seine Träume mitnahm, war das leise Summen der Klimaanlage.

***

Überschlagende Gedanken

Pater Frank Marcus war sehr verwirrt. Wer hatte ihn angegriffen? Bisher hatte er sich sehr mächtig und als Herr der Lage gesehen. Schließlich tanzte der gesamte Vatikanstaat nach seiner Pfeife. Erneut ging er zum Fenster und schaute vorsichtig hinunter auf den Petersplatz. Doch sein Widersacher war nebst seiner Begleiter nicht mehr zu sehen. Das hieß aber noch lange nicht, dass diese unheimlichen Leute sich vom Petersplatz entfernt hatten. Von seiner derzeitigen Position konnte er nur einen Teil des Geländes einsehen. War er hier noch sicher oder musste er mit einer weiteren Attacke gegen sich rechnen? Der Pater wusste es nicht. Was sollte er nur tun? Blieb nur die Flucht oder gab es andere Optionen? Seine Gedanken begannen sich zu überschlagen. Er rannte in der Privatbibliothek des Papstes aufgeregt hin und her.

Nach einigen Minuten fasste er einen Entschluss: Er musste hier im Vatikan bleiben. Doch sollte er sich nicht zu lange an einem Ort im Vatikanstaat aufhalten. Er musste ohne ein bestimmtes System mal hier, mal dort sein. Eines durfte er auf keinen Fall vernachlässigen, und zwar seine Kontrolle über den Heiligen Vater. Nur so konnte er seine erst kürzlich erworbene Machtstellung beibehalten. Er fasste einen Plan, wie er von nun an vorgehen würde. Als Erstes befahl er dem Hauptmann der Schweizergarde in das Appartement des Papstes zu kommen. Als der Gardist eintraf, verlor Pater Marcus keine Zeit und gab seine Instruktionen. Er erhöhte den Sicherheitsstatus und machte es so jedem Fremden nahezu unmöglich, bis zum Heiligen Vater vorzudringen. Damit schützte der Pater sein eigenes Umfeld.

Danach brauchte er neue Kraftreserven. Ungeachtet des vorangegangenen Angriffes auf seine Person konzentrierte sich der Pater wieder auf die Menschen auf dem Petersplatz. Ohne besondere Rücksicht saugte er Lebensenergien der angepeilten Besucher. Manche von ihnen fielen in eine spontane Ohnmacht, andere taumelten wie trunken umher. Eine Gruppe nach der anderen nahm sich der Pater vor und beendete sein schändliches Tun erst, als er fühlte, dass sein innerer Speicher bis zur Grenze mit Energie gefüllt war. Zufrieden verließ er seine Position am Fenster und schritt nun gestärkt zum Schlafzimmer des Papstes. Es gab noch viel zu tun, und der Papst musste einige Entscheidungen in seinem Sinne treffen.

Mit einem milden Lächeln auf den Lippen öffnete er die Tür. Der Heilige Vater war schon angekleidet und einige untergeordnete Priester eilten geschäftig durch den Raum.

Als der Papst Pater Frank Marcus sah, erhellte sich sein Gesicht. Er streckte beide Arme in die Richtung des Paters und rief mit einer glücklichen Stimme: „Da sind Sie ja, mein Lieber. Ich wollte schon nach Ihnen schicken. Heute ist ein wundervoller Tag und ich möchte gerne mit Ihnen ein wenig durch die Vatikanischen Gärten spazieren."

„Es ist mir wie immer eine große Freude, Eure Heiligkeit zu begleiten!", antwortete Pater Marcus mit einer Stimme, die an seiner Hingabe zum Glauben keinen Zweifel ließ.

***

Erklärungsnot

Der New Yorker Polizeichef Commissioner William Bratton saß am Kopfende des großen Konferenztisches. Um den Tisch herum hatten sich in lockerer Ordnung Beamte der Mordkommission, des FBI und des Secret Service gesetzt. Am anderen Ende des Tisches ging der New Yorker Bürgermeister Bill de Blasio auf und ab. Tiefe Sorgenfalten hatten sich in den letzten Tagen in sein Gesicht gegraben. Zu viel war geschehen, zu viel hatte er selbst erlebt. Genug für ein ganzes Leben. Für eine, zwei Minuten hatte er seine Umwelt wie auch die anwesenden Verantwortlichen der Stadt vergessen. Seine Sorgen hüllten ihn in einen Kokon aus dunklen Erinnerungen, Angst und Verzweiflung. Gedanken rasten durch seinen Kopf, versuchten sich zu Lösungen zu formieren und flatterten ungenutzt davon. Die Verantwortung, die er für diese Stadt übernommen hatte, drohte ihn zu erdrücken. Der Bürgermeister beendete seine Wanderung und blieb hinter seinem Stuhl stehen. Schwer stützte er sich auf dessen Lehne, als brauchte er diesen Halt, um die aktuelle Situation zu stemmen. Mit einem Räuspern forderte er die Aufmerksamkeit der Anwesenden ein.

Ohne formelle Einleitung begann er zu sprechen: „Es geschehen Dinge, schlimme Dinge in unserer Stadt. Nicht nur ich, nein auch die Presse und die Bevölkerung sind sehr beunruhigt und glauben, dass wir nicht mehr Herr der Lage sind. Wie ist es möglich, dass Terroristen nicht nur ungestört Anschläge planen und ausführen können, sondern, um der ganzen Sache noch die Krone aufzusetzen, auch noch unerkannt entkommen! Weder unsere Polizeibehörden noch das FBI haben brauchbare Spuren oder auch nur Hinweise sammeln können. Da muss eine Gruppe, die bisher ebenfalls nicht bekannt war, uns vorführen und die Polizei als unfähig deklassieren! Ist es nicht sehr merkwürdig, dass noch niemand von diesen US Citizen Defender und ihrem Einsatzkommando mit den Soldaten Gottes gehört hat? Diese Leute sind nicht nur bestens über die Verhältnisse in unserer Stadt informiert, nein, sie haben auch Männer, die mit Waffen umgehen können. Diese Kerle sind scheinbar ohne große Probleme in der Lage, die Terroristen ausfindig zu machen und dann eine gezielte, gut geplante Mission durchzuführen. Diese Leute sind sich ihrer Profession so sicher, dass sie sogar die Medien einladen. Wie ist das möglich? Wie kann jemand eine solche paramilitärische Kampfeinheit unentdeckt formen, ohne dass wir etwas davon wissen?"

Der Bürgermeister hielt inne, ging um seinen Stuhl herum und griff sich ein Glas und eine Flasche Wasser. Er füllte das Glas und trank hastig, fast wie ein Verdurstender. Eine ungemütliche Stille lastete im Konferenzraum. Keiner der Verantwortlichen wusste, was er dem Bürgermeister antworten sollte. Beschämt dachten sie über die Worte des Stadtoberhauptes nach, und auch wenn es schwerfiel, das einzugestehen, er hatte recht mit seiner Einschätzung.

Nachdem Bill de Blasio sein Glas geleert hatte, stellte er dieses hart auf dem Tisch ab. Dann stemmte er angriffslustig seine Hände in die Hüften und verkündete: „Ich erwarte Vorschläge, und zwar von jedem hier im Raum. Wir werden uns jeden Tag um zehn Uhr morgens hier versammeln und diese Krise zusammen bewältigen!"

***

Die Suche beginnt

Carmen und Rita hatten sich am Abend einen Flug nach Buffalo New York über eine Internetplattform reserviert. Sie waren früh aufgestanden, obwohl sie die halbe Nacht diskutiert hatten, wie sie den vermissten Paul wohl ausfindig machen konnten. Schließlich waren sie zu dem Entschluss gekommen, als Erstes Pauls Haus nach verwertbaren Hinweisen abzusuchen.

Müde und übernächtigt stiegen sie um sechs Uhr dreißig in ein Taxi, das sie zum JFK Airport brachte. Kurz darauf checkten Sie bei

Delta ein. Der Morgenflug Delta 4010 brauchte für die Strecke nur eine Stunde und vierundvierzig Minuten. Für amerikanische Verhältnisse war dies ein Katzensprung. Um acht Uhr hob die Maschine pünktlich ab. Da sie nur Handgepäck mit sich führten, würden sie spätestens um kurz nach zehn den Flughafen in Buffalo verlassen können.

Tatsächlich funktionierte ihr Zeitplan perfekt. Es war genau elf Uhr, als sie aus einem Taxi stiegen, das sie zu Pauls Haus gebracht hatte. Rita bezahlte den Fahrer, während Carmen schon zur Haustüre ging. Schnell fand sie den Schlüssel, den Paul immer in einem Blumenkübel rechts von der Tür verwahrte. Carmen schloss auf, öffnete die Tür und rief, ohne wirklich daran zu glauben, dass sie Paul hier vorfinden würden: „Ist jemand zu Hause?"

Natürlich meldete sich niemand und so betrat sie das Haus mit einem etwas mulmigen Gefühl. Es war nicht ihre Art, in fremden Sachen herumzusuchen, obwohl Paul ein guter Freund war. Während sich Carmen noch im Flur umschaute, trat Rita an ihre Seite. Sie stellte ihre Reisetasche ab, zog den leichten Mantel aus und hängte diesen wie selbstverständlich an die Garderobe. Dann schaute sie Carmen herausfordernd an: „Was ist, meine Liebe? Wo wollen wir mit unserer Suche beginnen?"

***

Konspiratives Treffen

Akram hatte seine Kämpfer der römischen Zelle nach Lido di Ostia beordert. Sie waren von seinem persönlichen Sekretär aufgefordert worden, einzeln und nicht als Gruppe den Badeort in der Nähe Roms aufzusuchen. Sie waren angehalten, sich als Touristen zu kleiden, die einen Tag am Meer verbringen wollten. Dort sollten sie als Erste den neuen, bisher unbekannten Führer ihrer Terrororganisation in persona treffen. Der Strand rechts des Piazza Anco Marzio erschien Akram geeignet. Dort wollte er mit den Männern erst einzeln sprechen und dann bei einer Strandwanderung erläutern, wie ihr weiteres Vorgehen sein werde.

Akram saß scheinbar entspannt in einem angemieteten Liegestuhl, beschirmt durch einen bunten Sonnenschirm. Aus einer Eisbox angelte er sich eine Limonade und trank mit großen Schlucken. Er war mit bunten Bermudashorts bekleidet und ein leichtes Sommerhemd fiel locker über seine Schultern. Er sah wirklich aus wie ein gewöhnlicher Tourist, obwohl er innerlich angespannt war: Noch nie hatte er direkt mit einem islamistischen Kämpfer gesprochen. Diese Leute waren ihm zu primitiv und ungebildet. Mit ihrem idiotischen Pathos und ihrer verschrobenen Auslegung des Korans konnte er noch nie etwas anfangen. Nur die Aussicht auf persönliche Macht hatten Akram bewegt, sich Al-Qaida anzuschließen. Er hatte ein organisatorisches Talent, was die Führungsriege der Organisation schnell erkannt hatte. Er war ein Manager des Terrors, der aus dem Hintergrund heraus agierte. Dies hatte dazu geführt, dass er ein Leben führen konnte, das er sich immer erträumt hatte. Nun saß er hier am Strand in der Sonne, doch seine Gedanken befassten sich mit Terror und Mord.

Neben ihn war ein dunkelhäutiger Mann in Badehose und Muskelshirt getreten, der mit einem holprigen Englisch fragte: „Entschuldigung. Sind Sie Herr Polias?"

Akram schaute nach oben und lächelte den Mann an.

„Ja, der bin ich. Mit wem habe ich die Ehre zu sprechen?"

Natürlich war ein Deckname verabredet worden, damit es nicht zu Verwechslungen kommen konnte. Der Mann, sichtlich nervös, dem neuen Führer von Al-Qaida gegenüberzustehen, überlegte, bemüht sich zu erinnern. Dann breitete sich ein Lächeln auf seinem Gesicht aus und er antwortete: „Ponti, mein Name ist Ronaldo Ponti."

„Gut, Herr Ponti, bitte setzten Sie sich doch einen Moment zu mir. Wir haben einiges zu besprechen. Möchten Sie eine Limonade?"

***

Beratung

Hanky stand mit seinen Begleitern unter den Kolonnaden. Er wunderte sich, dass die Sicherheitsbehörden des Vatikanstaates es zuließen, dass schon wieder tausenden Touristen hier am Petersplatz Zugang gewährt wurde. Schließlich waren erst wenige Tage seit dem Terroranschlag vergangen. Auf der anderen Seite musste das Leben weitergehen. Er überlegte, wie sie nun vorgehen sollten. Der Petersplatz war ihm heute Morgen als idealer Ausgangspunkt für seine Ermittlungen als Erstes in den Sinn gekommen. Deshalb waren sie hier. Doch nun, so musste er sich eingestehen, wusste er nicht so genau, was er zu finden erhofft hatte. Dennoch fühlte Hanky, dass sie hier richtig waren.

Der geistige Angriff, wenn es denn ein Angriff gewesen war, hatte ihn erstaunt. Er wusste nun, dass dieser Pater Frank Marcus Kräfte besaß, die nicht zu unterschätzen waren. Außerdem wusste der Pater nun, dass er entdeckt worden war. Mit Hanky und Walt hatte er nicht gerechnet, sonst hätte er sich vorsichtiger verhalten. Hanky hatte sehr wohl die Menschen gesehen, die ohnmächtig zusammengebrochen oder scheinbar trunken herumgetaumelt waren. Der Pater hatte ihnen Energie abgezapft. Aber wozu das ganze? Er würde sich später mit Walt und Rich darüber unterhalten müssen. Doch zunächst galt es, ihr weiteres Vorgehen zu besprechen. So wandte er sich an seine Begleiter, die das Treiben auf dem großen Platz beobachteten. „Meine Herren, wir müssen uns eine Strategie zurechtlegen. Hier auf dem Petersplatz gab es einen schrecklichen Terroranschlag, ebenso in New York City. Wir sind hierhergekommen, um herauszufinden, wer hinter diesen grausamen Attacken steckt und wer dies alles zu verantworten hat. Wir wollen den oder die Schuldigen dingfest machen und wenn möglich vor ein Gericht stellen. Doch zuerst müssen wir diese Leute finden. Hier, wie auch in New York, sind die Terroristen nach den Anschlägen spurlos verschwunden. Wo sind sie? Planen sie weitere Anschläge, und wenn ja, wo?"

Nachdenkliche Gesichter schauten Hanky an. Zu seinem Erstaunen war es der CIA-Agent, der als Erstes das Wort ergriff: „Ich war kurz nach dem Terrorakt hier auf dem Petersplatz. Es herrschte großes Chaos, wie Sie sich vorstellen können. Jeder war damit beschäftigt, mich eingeschlossen, den Verwundeten zu helfen. Es war so grauenhaft, die vielen Verwundeten und Toten zu sehen, dass niemand einen Blick für das Ganze hatte. Ich habe versucht, die vorhandenen Videoaufzeichnungen, die vorliegen, zu sichten. Doch hat mir bisher eine zielgerichtete Idee gefehlt, mit der ich spezifisch nach Hinweisen suchen konnte. Auf den Gedanken, dass es zu weiteren Anschlägen hier in Rom kommen könnte, bin ich noch nicht gekommen. Vielleicht war ich zu nahe an den Ereignissen. Ich würde vorschlagen, ich zeige Ihnen als Erstes die genaue Position der Terroristen und die genauen Anschlagsorte. Dann können Sie sich ein genaueres Bild von den Ereignissen machen, wenn Sie das Videomaterial sichten."

Hanky zeigte sich beeindruckt von dem Vorschlag des Agenten Marcelliao und schaute Walt und Rich an, die ebenfalls zustimmend nickten.

„Also gut, meine Herren. Damit haben wir zumindest einen ermittlungstechnischen Anfang, wenn auch zu vermuten ist, dass sich die hiesigen Sicherheitsbehörden bei ihren Ermittlungen auch das Videomaterial schon angeschaut haben. Wie viele Kameras hat der Vatikan eigentlich am Petersplatz installiert?"

„Da haben wir ein Problem", antwortete der Agent mit Ärger in der Stimme. „Die vatikanischen Behörden verweigern uns genauso wie den italienischen Ermittlern jeglichen Zugang zu ihren Videoaufzeichnungen. Sie geben vor, dass es geheim sei, wie viele Kameras sich auf dem Staatsgebiet des Vatikans installiert seien, und mit Verweis auf ihre Eigenstaatlichkeit beharren sie darauf, dass niemand die Bänder ausgehändigt bekommt."

„Das ist doch idiotisch", brauste Walt auf. „Die Kerle sind doch nicht ganz dicht. Was denken die denn?"

„Wer hat denn in diesem Fall das Sagen?", fragte Rich.

„Der Chef des vatikanischen Gendarmeriekorps, Domenico Giani", antwortete Agent Marcelliao.

„Wo finden wir den Herrn?", fragte Walt schon fast ärgerlich. Es wurmte ihn, wenn Behörden ihm das Leben schwer machten.

„Da müssen wir zur Staatsverwaltung des Vatikanstaates."

„Wo befindet sich diese Verwaltung? Mann, lassen Sie sich doch nicht die Würmer einzeln aus der Nase ziehen!", polterte Walt.

„Die Verwaltung ist direkt hinter dem Petersdom. Wir können um den Dom herumlaufen, oder ich kann einen Wagen kommen lassen."

Der Agent hatte sich nicht durch Walts aufbrausendes Temperament aus der Ruhe bringen lassen. Das Gegenteil war der Fall. Endlich verloren die mysteriösen Leute ihren Gleichmut und zeigten, dass auch sie wie normale Menschen reagieren konnten.

Hanky hatte das kurze Wortgefecht kommentarlos verfolgt. Nun fragte er den Agenten freundlich: „Wie weit ist es denn bis zu dieser Behörde?“

„Von hier aus sind es Luftlinie circa vierhundertfünfzig Meter, zu Fuß durch die Kolonnaden und dann der Straße folgend, schätze ich, werden es wohl neunhundert Meter sein.“

„Also ich“, meldete sich nun Rich zu Wort, „hätte nichts gegen einen kleinen Spaziergang. Außerdem wollte uns Mister Marcelliao doch die Anschlagsorte zeigen. So können wir beide Vorhaben verbinden.“

Die Männer stimmten Richs Vorschlag zu und traten aus dem Schatten der Kolonnaden.

***

Jagdszenen

Überall auf den Straßen New York Citys, wie auch in anderen Städten und Gemeinden, spielten sich die gleichen Szenen ab. Innerhalb kürzester Zeit hatten sich bewaffnete Gruppen gebildet. Diese machten Jagd auf Menschen, die auch nur muslimisch ausschauten. Frauen wurden die Kopftücher heruntergerissen und unter lautstarken Beschimpfungen durch die Straßen getrieben. Auch Kinder und Jugendliche wurden gedemütigt und geschlagen. Am meisten aber mussten die muslimischen Männer ertragen. Ihnen wurden unter großem Gejohle die Bärte rasiert, ihre Geschäfte zerstört und ausgeraubt. Die Presse verglich die Ausschreitungen mit den Novemberpogromen im Nazideutschland, die zunächst unter der nationalsozialistischen Terminologie als Reichskristallnacht bekannt wurden. Die Polizeibehörden und der Staat kündigten harte Maßnahmen gegen die Randalierer an. Täglich wurden hunderte Unruhestifter landesweit verhaftet, was neue Proteste erzeugte. Die Polizei stand zwischen den Fronten und so mancher Beamte sympathisierte offen mit den antiislamischen Gruppen.

Lil Rick, ehemals Anführer der Straßengang Crips, fuhr im Schritttempo durch Queens. Die meist zweistöckigen Häuser wirkten seltsam verlassen. Nur vereinzelt waren spielende Kinder auf der Straße zu sehen. Suchend musterte Lil die Häuserfronten nach verdächtigen Anzeichen. Was genau er suchte, war ihm selbst nicht klar. Er und seine Leute wollten herausfinden, wo sich die anderen Terroristen versteckt hatten. Lil wusste, dass die Terroristen in sogenannten Zellen organisiert waren. Eine Zelle bestand in der Regel aus acht bis zehn Mann. Keiner der Zellen wusste, wo sich die nächste Zelle befand. Somit stellten die Terroristen sicher, dass im Falle einer Gefangennahme niemand etwas über den Aufenthaltsort weiterer Terroristen aussagen konnte.

Doch Lil war stur. Er wollte sie alle aufspüren und genauso richten wie die Kerle letzte Nacht. Er war nicht mehr der Straßengangster, der ziellos in den Tag lebte und sich mit Gewalt alles nahm, was er wollte. Nein! Er war nun ein Soldat Gottes! Sergio hatte ihm die Augen geöffnet.

Eine kleine Bewegung lenkte Lil von seinen selbstherrlichen Gedanken ab. Ein Vorhang hatte sich an einem Fester bewegt. Er ließ seinen Wagen nun noch langsamer die Straße entlangrollen. Ja, er hatte richtig gesehen. Im ersten Stock eines alten Hauses sah er einen Schatten hinter dem Fenster. Als Lil anhielt, verschwand der Schatten vom Fenster. Das war merkwürdig. Wenn dort oben ein neugieriger Anwohner aus dem Fenster geschaut hätte, dann wäre dieser wohl nicht verschwunden, folgerte er. Nur wer etwas zu verbergen hatte, versuchte nicht gesehen zu werden. Lil griff nach seinem Handy und wählte eine Nummer. Sofort meldete sich Sergios Stimme. Lil schilderte seine Beobachtung und gab Sergio die Adresse des Hauses. Dieser befahl Lil weiterzufahren und in angemessener Entfernung zu warten. Gute hundert Meter von dem Haus entfernt parkte Lil auf dem Parkplatz eines Schnellrestaurants. Er stieg aus dem Wagen und schaute die Straße hinunter. Dann schlenderte er selbstsicher zu dem Fastfoodladen. Dabei umspielte ein kleines Lächeln seine Lippen. Er war sich sicher, eine weitere Terrorristenzelle gefunden zu haben.

Leise murmelte er: „Wir kriegen euch! Wir kriegen euch alle!"

Ungewisse Gefühlslage

Hussain starrte gedankenverloren auf die leichten Wellen, die stetig an den Strand rollten. Sein Gespräch mit dem neuen Führer von Al-Qaida echote in seinen Gedanken. Mit einem wirren Gemisch aus Neugier, Hoffnung und Angst war er nach Lido di Ostia gefahren. Er hatte sich alleine auf den Weg gemacht und erst auf der Strandpromenade einige seiner Brüder, seiner Mitkämpfer gesehen. Auf der Fahrt, bei der er die Linienbusverbindung genutzt hatte, war sein Kopf seltsam leer gewesen. Er hatte versucht, sich das Treffen mit dem neuen Mann vorzustellen. Doch es war ihm nicht gelungen, auch nur einen klaren Gedanken zu fassen. So hatte er das Geschnatter der Italiener im Bus ertragen und die vorbeiziehende Landschaft betrachtet. Umso überraschter war er, als er den Mann sah, der auf seinem Liegestuhl scheinbar völlig entspannt ruhte. Er sah aus wie ein x-beliebiger Mitteleuropäer, der am Meer seinen Urlaub verbrachte. Der eklatante äußerliche Unterschied zu Osama bin Laden konnte nicht größer sein. Der Mann dort strahlte einen gewissen Wohlstand aus und wirkte dennoch körperlich gut trainiert. Von der ersten Sekunde an fühlte sich Hussain dem Mann unterlegen. Mit deutlichem Unbehagen war er an den Liegestuhl des Mannes getreten. Zu seiner Überraschung lächelte der Mann ihn an, bat ihn sich zu ihm zu setzen und bot ihm ein Getränk an. Das Gespräch, das nun folgte, war für Hussain nicht einzuordnen. Der Mann, der unter dem Pseudonym Hector Polias agierte, sprach ruhig und besonnen. Seine Stimme war warm und freundlich, doch seine Augen zeigten eine unerbittliche Härte, die Hussain schaudern ließ. Im ersten Moment hatte er geglaubt, dass dieser Mann in keinem Fall ein würdiger Nachfolger des charismatischen Osama bin Laden sein konnte. Doch schon nach wenigen Minuten war ihm klar, dass er es hier mit einem Mann zu tun hatte, der intelligent seine Ziele verfolgte. Dieser neue Führer konnte den Kampf gegen die Ungläubigen führen. Mehr noch, er konnte gewinnen. Der Umstand, dass Hector Polias in einem ruhigen, freundlichen Ton mit ihm sprach, ließ ein unangenehmes, fast klebriges Gefühl in ihm zurück. Es war klar, dass er den Befehlen des Mannes ohne Bedenken folgen würde. Doch die Inbrunst, die er bei den Reden und Ansprachen Osama bin Ladens gefühlt hatte, die ihn dazu gebracht hatten, für die heilige Sache zu kämpfen, fehlten ihm hier. Stattdessen keimte in ihm ein neuer, ja fast ketzerischer Gedanke. Er fühlte sich wie eine unbedeutende Figur in einem großen Spiel. War er wirklich ein Niemand, den man einfach nur ersetzen würde, wenn er sein Leben für Allah hingab? War er Kanonenfutter?

Hussain starrte noch immer aufs Wasser, als ihn einer seiner Kampfgefährten vorsichtig am Arm berührte. Leise sagte dieser: „Was ist mit dir, Bruder? Du stehst nun fast eine Stunde an der gleichen Stelle. Wir sind die Letzten. Die anderen sind schon längst auf dem Rückweg nach Rom."

Hussain drehte sich vom Meer weg und antwortete mit belegter Stimme: „Ich habe nur ein wenig nachgedacht. Lass uns gehen."

***

Erwachte Motivation

Clint Coady hatte den Vatikan mittels eines Autos verlassen. Er war von einem Bediensteten des Vatikans in einen Hinterhof geführt worden und hatte den Wagen dort erhalten. Das Gefährt, ein etwas in die Jahre gekommener Alfa Romeo, war immerhin mit einem Navi ausgestattet. Clints erstes Ziel war schon einprogrammiert, als er das Gerät aktivierte. Die Fahrt würde ihn vor die Tore Roms führen, zur Privatresidenz des Camerlengo Parolin. Der Mann war flüchtig und er, Clint, sollte herausfinden, wo sich der Gesuchte aufhielt. Dieser Camerlengo hatte finstere Pläne, die auf den Sturz oder die Entmachtung des Heiligen Vaters zielten. Das würde er verhindern, das musste er verhindern. Pater Frank Marcus war bei seiner Instruktion sehr eindeutig gewesen. Doch auch ohne die mahnenden Worte des Paters, so glaubte Clint, hätte er alles daran gesetzt, den Papst und den Vatikan zu schützen. Aus seinem Bewusstsein war seine Angst vor der Begegnung mit dem Pater gelöscht, genauso die Ohnmacht nach dessen Berührung. Dafür war eine Erinnerung förmlich gezielt platziert worden, die ihm wie ein Wunder erschien. Er hatte von dem Moment an, als der Pater den Raum betrat, gespürt, dass er hier richtig war. Zum ersten Mal in seinem Leben zur rechten Zeit am rechten Ort. Eine Welle von Liebe hatte ihn umspült, die ihn umfing und mitriss. Ja, er gehörte von nun an zum Vatikanstaat. Er hatte seine Bestimmung gefunden. Er würde der treueste Diener seiner neuen Heimat werden.

Tief in seine Gedanken versunken steuerte er sein Fahrzeug durch die Gassen von Rom. Er war fast erstaunt, als er sich nach circa einer Stunde in einem eleganten Wohnviertel wiederfand. Er rief sich selbst zur Ordnung und konzentrierte sich auf seine Aufgabe. Nach einigen Minuten fand er einen geeigneten Parkplatz, der nicht allzu weit von der Privatresidenz des Camerlengo Pietro Parolin entfernt war. Ohne große Eile verließ Clint sein Fahrzeug und schaute sich um. Prächtige Patriziervillen säumten die Straße, umgeben von gepflegten römischen Gärten. Alles wirkte aufgeräumt und sauber. Er spürte förmlich die Macht, welche die Besitzer dieser Anwesen innehatten. Doch dies schüchterte ihn in keinster Weise ein. Er ließ sich nicht von Äußerlichkeiten beeindrucken.

Langsam schritt er an den Residenzen vorbei, ohne sich die Mühe zu machen, unauffällig zu agieren. Er wollte gesehen werden, denn jeder Gegner des Vatikans sollte sein Gegner sein. Furcht war für ihn im Moment ein unbekanntes Gefühl. Vor einem schmiedeeisernen Tor blieb er schließlich stehen. Auf einem gravierten Messingschild las er ‚Pietro Parolin'. Unter dem Schild befand sich ein einfacher Klingelknopf. Clint drückte auf den Knopf und wartete. Noch hatte er keine Idee, wie er vorgehen sollte, doch er vertraute auf seine Intuition. Nach einer Weile – in vornehmen Häusern herrschte keine Eile – öffnete sich die große, mit Schnitzereien verzierte Haustüre. Ein schmaler Mann, bekleidet mit einem grauen Anzug, trat vor die Tür und schaute fragend zum Tor.

„Ja bitte, was wünschen Sie?“, wehte leise die Stimme herüber, die zu dem Anzugträger genau passte.

„Ich möchte zu Herrn Parolin“, rief Clint lauter als nötig.

„Das tut mir leid, mein Herr. Es ist niemand zu Hause.“

„Sie sind doch da“, antwortete Clint rhetorisch, ohne auf eine Antwort zu warten, die er auch nicht bekam. So fragte er stattdessen: „Wo ist denn Herr Parolin? Ich muss ihn unbedingt sprechen!“

„Das kann ich Ihnen nicht sagen, mein Herr", antwortete der Mann, drehte sich um und ging zurück zum Haus.

Clint lächelte verschmitzt, blieb noch einen Moment vor dem Grundstück stehen, ehe er zurück zu seinem Wagen ging. Er stieg ein und machte es sich bequem. Er würde warten, ob sich der dünne Mann noch einmal zeigen würde oder ob sonst noch etwas geschehen würde. Clint war es gewohnt zu warten. Wie oft hatte er Stunden in Autos verbracht, damit er das Ziel seiner jeweiligen Ermittlung im Auge behalten konnte. Das Glück war heute auf seiner Seite. Keine zwanzig Minuten vergingen, bis sich Bewegung am Grundstück des Camerlengo zeigte. Das schmiedeeiserne Tor schwang, wohl mittels eines Elektromotors, auf und ein schwarzer Mercedes der S-Klasse rollte auf die Straße. Clint war sich sicher, dass er den dünnen Mann hinter dem Steuer erkannte. Sein Besuch hatte also Reaktion gezeigt. Er ließ sein Fahrzeug an, wartete einen Moment und scherte dann aus der Parklücke. Mit einem gehörigen Sicherheitsabstand folgte er dem Mercedes. Ab und zu ließ er zwei oder sogar drei Fahrzeuge zwischen sich und den Verfolgten. Erst als sie auf die Autobahn A1 fuhren, die hier Diramazione Roma genannt wurde und nach Norden führte, ließ er mehr Abstand zu dem Verfolgten. Der Name der Autobahn klang gewaltig, jedenfalls für einen Nichtitaliener, bedeutete aber lediglich die Verzweigung der A1 nach Norden. Darüber machte sich Clint jedoch keine Gedanken. Er überlegte eher, wohin die Reise wohl gehen würde.

Nach circa fünfzig Minuten verließ der Mercedes bei der Ausfahrt Nazzano die A1. Clint fluchte ungehalten und laut. Er war zu weit von dem Verfolgten entfernt, um zu sehen, in welche Richtung dessen Fahrzeug nun steuerte. Er trat das Gaspedal fast durch, um so schnell wie möglich die Ausfahrt zu erreichen. Als er endlich auf der Landstraße in Richtung der Kleinstadt einbog, war von dem Mercedes nichts mehr zu sehen.

***

Tatortbesichtigung

Hanky und seine Begleiter betraten gute zwei Stunden nach ihrem Aufbruch vom Petersplatz das Büro des vatikanischen Gendarmeriekorps, welches sich in einem Prachtbau an der Via del Governatorato direkt hinter dem Petersdom befand. Das vatikanische Verwaltungsgebäude zeigte in seinem Inneren eine Mischung aus römischer Architektur und notwendiger Moderne. CIA-Agent Patricio Marcelliao lief voran und erkundigte sich an einem Auskunftsschalter, wo das Büro des Kommandanten zu finden sei. Er hatte die vergangenen Stunden Hanky, Walt und Rich zu allen wichtigen Orten des Terroranschlages gebracht. Dabei berichtete er an den Tatorten, was die Ermittlungsbehörden bisher herausgefunden hatten. Hanky versuchte sich die jeweiligen Anschläge vorzustellen, was ihm erschreckend deutlich gelang. Langsam bekam er ein Gefühl, was sich hier abgespielt hatte. Zum Schluss betraten sie den Petersdom, welchen auch eine Rakete getroffen hatte. Wie durch ein Wunder hatte die schwere Eingangstür die größte Wucht der Detonation aufgehalten und dem eigentlichen Dom kaum Schaden zugefügt. Das Innere der Kirche war weitgehend nur durch Splitter beschädigt worden. Keiner der Dombesucher, der sich zum Zeitpunkt des Angriffs im Kirchenschiff aufgehalten hatte, war getötet worden. Einige Menschen waren verletzt worden, doch gemessen an den Schwerstverwundeten auf dem Petersplatz hatten diese Pilger großes Glück gehabt.

Sie mussten einige Minuten im Vorraum der Behörde warten, bis sie von einem Polizisten des Gendarmeriekorps abgeholt wurden. Er führte sie durch einige Flure, ehe er die kleine Gruppe in ein Besprechungszimmer geleitete. Dort wollte der vatikanische Polizist ihnen einige Fragen beantworten. Doch CIA-Agent Marcelliao beharrte darauf, mit dem Generalinspekteur selbst zu sprechen. Nach einer Weile gab der Beamte entnervt auf und verließ den Raum.

Hanky hatte sich die ganze Zeit über ruhig verhalten. Keiner seiner Begleiter bemerkte, dass Hanky sich in einer Konzentrationsstarre befand. Er saß ruhig auf einem Stuhl und hatte wie vor Erschöpfung seine Augen geschlossen. Doch der Schein trog. Hanky war aktiv, sehr aktiv. Mittels seiner telepathischen Kräfte sondierte er die angrenzenden Büros. Er blickte kurz in die Gedanken der dort arbeitenden

Angestellten. Doch keiner dieser Gedanken war für Hanky interessant. Dann jedoch fand er den Generalinspekteur. Bei ihm wurde Hanky fündig. Dieser Mann hatte die Informationen, die sie brauchten, und sogar einiges mehr. Hanky erhaschte einen Gedanken, der ihn aufhorchen ließ. Der Mann dachte an eine Verschwörung, die gegen den Papst gerichtet war. Doch anders als Hanky vermutet hatte, ging es hier nicht um Pater Marcus, sondern um den amtierenden Camerlengo. Scheinbar gab es Kräfte im Vatikan, die den Pontifex stürzen wollten. Doch ehe Hanky mehr erfahren konnte, trat der Polizist in das Büro des Generalinspekteurs. Dieser unterbrach seinen Gedankengang und Hanky zog sich zurück.

***

Stöbern

Rita und Carmen hatten nach anfänglichem Zögern Pauls Haus durchsucht. Es war ihnen sehr unangenehm, in seinen Sachen zu stöbern. Doch die Sorge um den Freund überwog und überdeckte die Scham. Das Problem war, dass sie nicht wussten, nach was sie eigentlich suchten. Paul hatte sich in den letzten Monaten rargemacht und darum gebeten, fürs Erste nicht bei Ermittlungen des FBI zu helfen. Zu sehr hatte sein Geist darunter gelitten, außerkörperlich zu agieren. Realitäten hatten sich verschoben und Paul war bei seinen mentalen Reisen auch in die Vergangenheit vorgedrungen. Zuletzt hatte er seine Gabe nicht mehr unter Kontrolle gehabt. Ohne seinen freien Willen hatte sein Geist seinen Körper verlassen. Er irrte durch Raum und Zeit, immer mit der Angst belastet, nicht mehr zurückzukehren. Schließlich begab er sich in eine Therapie, wo er einen Weg suchte, seine Selbstkontrolle wiederzuerlangen. Dem Therapeuten konnte er selbstverständlich nichts von seiner besonderen Gabe erzählen. So baute Paul sich ein vorgeschobenes Krankheitsbild auf, das er präsentieren konnte. Über den Erfolg oder Misserfolg der Therapie hatte er nie gesprochen. So suchten die Frauen nach der Adresse des

Therapeuten, um nach Paul zu fragen. Vielleicht wusste er ja, ob Paul Reisepläne gehabt hatte.

Rita fand die Nummer in einem kleinen Adressbuch, das neben dem Telefon lag. Sie setzte sich auf eine Bank, die neben dem kleinen Telefontischchen stand. Mit flinken Fingern wählte sie die Nummer und nach dem zweiten Klingelton wurde am anderen Ende schon abgenommen.

„Therapiezentrum Buffalo. Wie kann ich ihnen helfen", säuselte es aus dem Hörer.

„Hallo, hier spricht Rita Miller. Ich brauche eine Auskunft. Folgendes ..."

Rita verbrachte die nächste halbe Stunde damit, der freundlichen Stimme am Telefon zu erklären, dass sie auf der Suche nach Paul war. Mehrfach beteuerte sie, dass sie keine patientenbezogene Informationen wolle. Schließlich wurde sie mit Pauls Therapeuten verbunden. Ihm erklärte sie mit Engelsgeduld ihr Anliegen. Ihr Gesprächspartner verstand sofort Ritas Sorge um Paul. Auch er wollte ihr dennoch keine Auskunft geben. Rita bat noch einmal freundlich um einen Hinweis, obwohl es mittlerweile in ihr kochte. Diese Energie schien sich auch per Telefon zu übertragen. Der Therapeut lenkte ein und fragte Rita, ob sie von Pauls Reiseplänen wusste. Rita verneinte und wirkte mit einem Mal ratlos. Doch der Therapeut hatte einen Tipp: „Rufen Sie doch einmal die örtlichen Wohnmobilfirmen an."

***

Kühler Empfang

Der Generalinspekteur des vatikanischen Gendarmeriekorps, Domenico Giani, wirkte distanziert und kalt, als seine Besucher eintraten. Normalerweise hätte er sich verleugnen lassen und diese Menschen nicht empfangen. Doch hier lag die Sache anders. Viel war in den letzten Tagen im Vatikan geschehen. Viel Böses, an diesem heiligen Ort. Eigentlich hatte er schon längst mit dem Besuch der CIA gerechnet, doch als er die Gruppe, bestehend aus vier Männern, erblickte, war er zuerst enttäuscht und dann verunsichert. Diese Leute wirkten wie harmlose Touristen. Mit ihren T-Shirts und leichten Sommerhosen entsprachen sie so gar nicht dem Bild, das er mit der CIA verband. Schwarze Anzüge und Sonnenbrillen wären ihm viel natürlicher vorgekommen als diese lässige Harmlosigkeit. Vorsicht war geboten, denn diese Männer konnten ihm Schwierigkeiten bereiten. Trotz seines inneren Widerstandes stand er auf und legte ein Lächeln auf sein Gesicht. Dann streckte er einladend eine Hand in Richtung der Gruppe und winkte sie damit zu einer kleinen Sitzgruppe. Die Männer setzten sich und auf seine rhetorische Frage, ob er ihnen etwas zu trinken anbieten dürfte, antworteten seine Gäste überraschenderweise mit Ja. Sein Adjutant eilte nach kurzem Blickkontakt mit seinem Vorgesetzten hinaus und kam kurz darauf mit einem Silbertablett, einem Krug Wasser nebst Gläsern zurück.

Erst als der Mann den Raum verlassen hatte, fragte der Generalinspekteur: „Was kann ich für Sie tun, meine Herren?"

Hanky hätte die Gedanken seines Gegenübers nicht lesen müssen, um den unverhohlenen Ärger des vatikanischen Beamten zu erkennen. Hinter der aufgesetzten Freundlichkeit verbarg sich ein eiskalter Verstand. Immerhin hatte Domenico Giani schon mit fünfzig Jahren ein Amt inne, das viel Macht mit sich brachte. Hanky beschloss, den Generalinspekteur direkt und ohne diplomatische Höflichkeiten zu befragen. Jeder noch so kleine Hinweis konnte helfen, die Terrorgefahr hier und in New York zu klären oder gar zu entschärfen. So begann Hanky, bewusst provozierend, das Gespräch, noch ehe der CIA-Agent Patricio Marcelliao einleitende Worte finden konnte.

„Mister Giani, wie weit sind Ihre Ermittlungen gediehen? Wir benötigen Ihre volle Kooperation, da auch unser Staat, wie Sie wissen, von islamistischen Terroristen angegriffen wurde. Ehe Sie nach unserer Kompetenz in dieser Angelegenheit fragen, teile ich Ihnen schon jetzt unseren Status mit. Ich bin vom Präsidenten der Vereinigten Staaten selbst autorisiert, alles Nötige zu unternehmen, um diese Krise abzuwenden. Im Moment bin ich der höchste Repräsentant meines Landes in Europa und damit über alle Dienste, die hier tätig sind, weisungsbefugt. Also, wie weit sind Ihre Ermittlungen gediehen?"

Domenico Giani schaute Hanky ärgerlich an und ließ auf seinem Gesicht deutlich seine Verachtung erkennen. Niemand schrieb ihm etwas vor, schon gar nicht ein paar hergelaufene Amerikaner, die damit prahlten, den amerikanischen Präsidenten zu kennen. Pah, CIA, die konnten ihm gestohlen bleiben! Was wussten die schon?

Mit gereizter Stimme antwortete er: „Ich, ebenso wie das vatikanische Gendarmeriekorps und die Schweizergarde, bin Ihren Weisungen nicht unterstellt. Einzig das vatikanische Parlament und Seine Heiligkeit können uns Befehle erteilen. Ich wüsste nicht, was ich mit der CIA zu tun habe. So, die Unterredung ist hiermit beendet. Ich bitte Sie nun zu gehen."

Damit wollte er aufstehen, um seine Forderung dadurch zu verstärken. Doch dies gelang ihm nicht. Etwas schien ihn auf seinem Sitz zu halten und sosehr er sich auch dagegenstemmte, so erfolglos blieben seine Bemühungen. Ungläubig schaute er zu Hanky und seinen Begleitern. Was ging hier vor? Doch ehe er weiter über seine Unbeweglichkeit nachdenken konnte, sprach Hanky ihn erneut an.

„Mister Giani, was soll das Herumgezicke. Niemand will Ihnen Ihr Amt streitig machen. Alles, was wir wollen, sind einige Auskünfte. Was zum Beispiel haben Sie mit dem Verschwinden – oder soll ich es Flucht nennen? – des Camerlengo Parolin zu tun? Sind Sie an dessen Verschwörung gegen den Papst beteiligt?"

Der Generalinspekteur zuckte merklich zusammen, als dieser CIA-Mann den Camerlengo erwähnte. Wie konnte er nur wissen ...?

Noch ehe er sich auf diese Frage einlassen konnte, hörte er eine Stimme, die leise in seinem Kopf wisperte.

Wehren Sie sich nicht. Wir sind nicht ihre Gegner. Wir brauchen Informationen über die Anschläge. Geben Sie uns alles, was Sie haben. Videoaufzeichnungen, Namen, Ermittlungsakten. Denken Sie daran, von jetzt an sind wir Ihre engsten Verbündeten.

Ohne dass Hankys Begleiter etwas von dessen geistiger Manipulation gegenüber dem Generalinspekteur bemerkt hatten, änderte sich dessen Gesichtsausdruck. Gerade noch standen Ärger und Trotz auf seinen Zügen. Doch seine Mimik entspannte sich und ein freundliches Lächeln vertrieb die Missmut. Mit einem kleinen Signal gab Hanky Walt zu verstehen, dass er den Generalinspekteur aus seinem telekinetischen Griff entlassen konnte. Domenico Giani streckte kurz seine Arme, ehe er sich erhob. Er trat ans Fenster und blickte hinaus. Dann drehte er sich um, schaute seine Gäste an, als sähe er diese zum ersten Mal, und sagte: „Entschuldigen Sie meinen Ärger. Ich wollte niemanden beleidigen. Doch Sie müssen verstehen, dass ich im Moment unter großem Stress stehe. Ich bin dankbar für jede Hilfe und würde mich freuen, wenn Sie, meine Herren, wie auch die CIA oder das FBI mir und dem Vatikan zur Seite stehen würden. Natürlich müssen Sie über alle Vorgänge hier Stillschweigen bewahren. Wenn Sie mir dies garantieren, dann sollen Sie selbstverständlich alle Informationen erhalten, die Sie brauchen."

Damit trat er zu Hanky, der sich nun ebenfalls erhob, und streckte diesem seine Hand entgegen. Hanky ergriff die Hand des Generalinspekteurs und schüttelte diese.

Nach einigen Stunden verließen Hanky und seine Begleiter die vatikanische Behörde. Sie hatten sich durch die Ermittlungsprotokolle gearbeitet und die Videoaufzeichnungen mehrfach abgespielt. Die Männer waren blass, was nicht verwunderlich war. Sie hatten Bilder gesehen, die auf keinem Nachrichtensender gezeigt wurden. Die zerrissenen Leichen von Männern, Frauen und Kindern waren nur schwer zu ertragen gewesen. Die Schreie der Verwundeten klangen ihnen noch in den Ohren. Das Grauen war ungeheuerlich.

Auf dem Vorplatz der Behörde blieben sie stehen und atmeten die frische Abendluft Roms, ehe sie langsam davongingen.

Patricio Marcelliao fragte sich nicht zum ersten Mal an diesem Tag, wie er sich die spontane Wandlung des Generalinspekteurs erklären sollte. Aus strikter Ablehnung seinerseits hatte er sich in Sekunden zu einem wichtigen Verbündeten gewandelt.

Die gleiche Frage stellte sich dieser, als er durch sein Bürofenster die Gruppe davongehen sah. Was hatte ihn nur geritten, dass er diesen Männern zuerst so unhöflich begegnet war? Wie der Tag gezeigt hatte, wollten diese CIA-Leute wirklich nur helfen.

Das Läuten des Telefons unterbrach seine Gedanken. Er drehte sich vom Fenster weg und ging zu seinem Schreibtisch.

***

Vorbereitung

Ein leises, doch inbrünstiges ‚Allahu akbar' beendete das Gebet. Die Männer, Mitglieder der vier islamistischen Terrorzellen in Rom, erhoben sich. Wortlos sahen sie sich an, und aus angespannten Gesichtern schauten Augen in zornigem Trotz. Sie waren Glaubenskrieger, sie waren heilige Krieger, sie waren in der Heiligen Stadt der Christen.

Die Worte des Imam echoten durch ihre Gedanken und bestimmten ihr Handeln. Sie würden erneut aufbrechen und den Ungläubigen das Fürchten lehren. Dafür würden sie gerne ihr Leben hingeben und ins Paradies aufsteigen.

Ein kurzer Befehl ihres Kommandeurs genügte, um die Männer auf ihre Mission zu fokussieren. Das Gebet war verrichtet, die Seele gereinigt, Zeit für den Kampf. Routiniert kleideten sich die Männer an, überprüften Ausrüstung und Waffen und stiegen in den in der Halle geparkten Reisebus. Es war der gleiche Bus, den sie schon beim ersten Anschlag verwendet hatten. Ihr Ziel, das mit Gottes Hilfe sich selbst am heutigen Morgen offenbart hatte, war erneut der Petersplatz. Dort hatten Gläubige und Bürger Roms zu einer Friedensdemonstration aufgerufen, die um achtzehn Uhr beginnen sollte.

Die Verwaltung des Vatikanstaates hatte zögerlich ihre Genehmigung für diese Kundgebung erteilt. Seit dem Nachmittag positionierten sich Übertragungswagen der Nachrichtenagenturen rund um die Versammlungsstätte. Großräumige Absperrungen wurden errichtet, Sicherheitsschleusen installiert. Diese Maßnahmen sollten die Sicherheit der Friedensdemonstranten garantieren. Doch das Leben bot keine wirklichen Garantien. Hundertschaften der römischen Bereitschaftspolizei standen in den umliegenden Seitenstraßen für alle Fälle bereit. Die Anspannung der Sicherheitskräfte war deutlich spürbar. Ab siebzehn Uhr öffneten die Polizisten die schmalen Einlassschleusen. Tausende Menschen drängten durch die Kontrollen. Erstaunlich gelassen warteten die Demonstranten vor den Absperrungen. Nach und nach füllte sich der Petersplatz.

***

Ortswechsel

Akram lehnte entspannt in dem Sessel des Erste-Klasse-Abteils. Das leise Geratter des Zuges machte ihn schläfrig. Alles war erledigt und schon bald würde er live am Bord-TV die Ereignisse in Rom mitverfolgen können. Er schaute auf seine teure Armbanduhr und lächelte zufrieden. Gleich würde der Angriff seiner Männer beginnen. Von seinen in Rom aufgeflackerten Zweifeln war nichts mehr geblieben. Kalte Berechnung hatte sich breitgemacht und alle Vorbehalte zur Seite geschoben. Er war ein General in einer epischen Schlacht um die Vorherrschaft in der Welt. Noch in Jahrhunderten würde man seinen Namen mit Ehrfurcht aussprechen. Er würde ...

Seine Gedanken wurden unsanft unterbrochen, als der Bordstuart an die Tür klopfte. Gedämpft drang seine Stimme vom Gang her in Akrams Abteil.

„Hallo, hier ist Rudolpho, Ihr Stuart. Möchten Sie etwas bestellen?"

„Nein!", antwortete Akram, fast schon aggressiv. „Lassen Sie mich in Ruhe!"

Verärgert über die Störung richtete er sich aus seiner halb liegenden Haltung auf. Dann griff er zu einer kleinen Fernbedienung und stellte den Ton des Fernsehgerätes lauter. Dort liefen gerade die Nachrichten. Bei der nächsten Meldung schaute er interessiert auf den Bildschirm. Der Sprecher berichtete auf italienisch von der Demonstration am Petersplatz. Ein Kameraschwenk, von einem Hausdach gefilmt, zeigte tausende Menschen, die eng beieinanderstanden und auf etwas zu warten schienen.

Boshaft dachte Akram: „Ihr braucht nicht mehr lange zu warten!"

Dabei spiegelte sich ein satanisches Grinsen auf seinen Lippen. Er ließ den Sprecher plappern und konzentrierte sich auf die Livebilder, die aus unterschiedlichen Positionen die Demonstration zeigten. Jetzt musste es passieren! Doch nichts geschah. Beginnende Nervosität begann an seinem Nervenkostüm zu kratzen. Weitere, ereignislose Minuten vergingen und er fragte sich, was wohl schiefgelaufen war. Er zappte durch die Nachrichtenprogramme, doch nirgendwo fand er die Meldung, die er suchte. Das konnte nicht sein! Er war versucht, nach seinem Handy zu greifen, um seinen Verbindungsmann in Rom anzurufen. Dann schalt er sich aber selbst einen Narren.

Verbindungen konnten zurückverfolgt werden. Nein, er durfte auf keinen Fall die Aufmerksamkeit der Behörden auf sich ziehen! Er musste im Hintergrund bleiben und die Fäden ziehen. Er war viel wichtiger als alle islamischen Krieger. Nur er konnte Al-Qaida zum sicheren Sieg führen. Er war Allahs Auserwählter!

Mit aller Mühe beruhigte er sich, nicht zuletzt durch seine eigene Wertüberschätzung. Nichts war geschehen. Niemand war ihm auf den Fersen. Er konnte weitermachen wie bisher und seine dunklen Ziele verfolgen. Also gut! Rom war abgehakt, jedenfalls im Moment. Das nächste Ziel war New York. Dort würde er seine Kämpfer auf einen neuen Angriff einstimmen. Die westliche Welt sollte nicht mehr zur Ruhe kommen. Dafür würde er, Akram, sorgen.

***

In letzter Minute

Sie hatten lange überlegt, ob sie zu der abendlichen Kundgebung auf dem Petersplatz gehen sollten. Der Tag war lange gewesen und es steckte ihnen noch der Jetlag in den Knochen. Nach einem späten Mittagessen hatten sie sich erst einmal für eine Stunde in ihre Zimmer zurückgezogen. Hanky war das ganz recht gewesen. So hatte er Zeit und Ruhe, darüber nachzudenken, was sie bisher erreicht hatten. Er gestand sich ein, dass er nicht wusste, ob sie auf der richtigen Fährte waren. Zwar hatte er diesen obskuren Pater Marcus im Vatikan lokalisiert, doch wusste er bereits aus den Fernsehbildern, dass dieser sich dort aufhielt. Dann hatte er von einer Intrige, die gegen den Papst gerichtet war und scheinbar vom amtierenden Camerlengo ausging, erfahren. Doch wenn man es genau nahm, gingen ihn die Machtkämpfe im Kirchenstaat nichts an. Blieb noch die geistige Spur dieses Akram oder Hector Polias, wie er sich auch nannte. Mit großer Wahrscheinlichkeit war er der Drahtzieher, welcher die Anschläge in Rom und New York zu verantworten hatte. Aber diese Spur war kalt geworden. Selbst die Anfrage bei den örtlichen Behörden hatte kein Ergebnis gebracht. Wer wusste, ob der Mann überhaupt noch in der

Stadt war! Er konnte mittlerweile sonstwo auf der Welt sein. Ihn zu finden würde sehr schwer sein.

Hanky spürte, dass ihr erstes Ziel genau dieser unbekannte Mann sein musste. Doch was hatte er hier in Rom gewollt? Warum hatte er sich in Gefahr begeben, hier entdeckt zu werden? Was war so wichtig, dass seine Anwesenheit in dieser Stadt vonnöten war?

Hanky stutzte, als er an diesem Punkt seiner Überlegungen angekommen war. Mit fast hellseherischer Sicherheit hatte er die Lösung gefunden, so glaubte er zumindest. Mit Schwung sprang er aus dem Bett, zog sich schnell seine Schuhe an und eilte aus dem Zimmer. Er lief zur nächsten Tür und klopfte ungeduldig dagegen. Gleichzeitig rief er: „Walt, mach auf, schnell!"

Es verging fast eine volle Minute, die Hanky mit Klopfen und Rufen verbrachte, ehe sich die Tür öffnete. Ein verschlafener Walt Kessler blickte Hanky fragend und gleichzeitig verärgert an.

„Was iss'n los?", knurrte er verschlafen. „Was wollt ihr denn?"

„Ja, das hätte ich auch gerne gewusst", klang Richards Stimme hinter Hanky auf. Der Reporter war durch das Klopfen an Walts Tür neugierig in den Flur getreten.

„Na prima", sagte Hanky, „einen Weg hätte ich mir damit erspart."

Er schob sich an Walt vorbei in dessen Zimmer und direkt hinter ihm Rich. Walt schloss die Tür und setzte eine fragende Miene auf.

Nach nur wenigen Sätzen Hankys verstanden die Männer dessen Eile. Nun waren sie es, die zum Aufbruch drängten. Kurze Zeit später reihten sie sich auf der Straße in das Heer der Demonstranten ein, die sich Richtung Petersplatz bewegten. Die Männer schauten sich aufmerksam um und versuchten sich vorzustellen, wie es hier zu einer Attacke der Islamisten kommen könne.

Wildes Geschrei unterbrach ihre Beobachtungen. Aus Richtung Engelspalast schob sich ein Reisebus im Schritttempo durch die Menschenmenge.

„Der hat ja Nerven", hörte Hanky Walt sagen und im gleichen Moment wusste er, wie der Anschlag vor sich gehen sollte. Er erinnerte sich an den Vormittag, als der CIA-Agent Marcelliao ihnen geschildert hatte, dass die Terroristen aus einem Reisebus gestiegen waren und sofort damit begonnen hatten um sich zu schießen.

Die Kerle versuchen es noch mal auf die gleiche Weise, hallte es durch seine Sinne.

Sofort reagierte Hanky und ergriff Walts Arm. Dann schrie er gegen die immer lauter werdenden Stimmen der Demonstranten an: „Walt, die Terroristen befinden sich im Bus. Wir müssen sie aufhalten!"

Im gleichen Moment hallten laute Schussgeräusche und das Klirren von Glas über die Straße. Viele Menschen warfen sich Deckung suchend auf den Boden, andere versuchten davonzurennen. Dabei trampelten sie andere Demonstranten einfach nieder.

Walt reagierte sofort, indem er seine Psifähigkeit einsetzte. Mit telekinetischer Kraft stoppte er den Bus, dessen Reifen durchdrehend versuchten, mit dem unsichtbaren Hindernis fertig zu werden. Doch die Terroristen schossen weiter aus den nun glaslosen Busfenstern auf die in Panik flüchtenden Menschen.

Nun griff Hanky ein. Er tastete telepathisch nach den Terroristen im Bus und überlud deren Gehirne mit mentaler Energie. Sofort brachen die Schützen besinnungslos zusammen. Doch es dauerte eine Weile, bis Hanky alle Terroristen ausschalten konnte, da er keinen Unbeteiligten schädigen wollte. Walt begriff sofort Hankys Dilemma und reagierte entsprechend. Wie von Geisterhand verformte sich der Bus. Die Frontpartie wurde mit Wucht nach oben gebogen, begleitet von dem schrillen Geräusch zerreißenden Metalls. Dann verformten sich die Seitenwände und schoben sich, wie durch eine Schrottpresse gestaucht, nach innen. Gleichzeitig schien ein schweres Gewicht auf das Dach des Busses einzuwirken. Wie in Zeitlupe gab das Dach nach und sackte nach unten.

Endlich, nach einer Unendlichkeit, die in Wirklichkeit nur wenige Minuten angedauert hatte, hörte die letzte Waffe auf zu feuern. Polizisten wie auch Soldaten der italienischen Streitkräfte stürmten heran und umstellten das unförmige Gebilde, das einmal ein Bus gewesen war. Ohne auf einen Befehl zu warten, eröffneten die Soldaten das Feuer auf das Wrack.

Hanky schloss erschüttert seine Augen. Er hätte die Terroristen gerne lebend gefangen. Doch offenbar hatten die Soldaten eindeutige Befehle.

Sirenen sich eilig nähernder Sanitätsfahrzeuge hallten durch die Straße. Eine halbe Stunde später eilte eine Nachricht, die fast an ein

Wunder grenzte, von Mund zu Mund. Es hatte keine zivilen Opfer gegeben. Die Demonstration wurde mit dem Absingen der italienischen Nationalhymne beendet.

Hanky, Walt und Rich gingen, ohne den geringsten Triumph zu empfinden, zurück zum Hotel. Richard versuchte seine Freunde unterwegs aufzumuntern, was ihm aber gründlich misslang.

***

Agentur- und Pressemeldungen

Der erneute Anschlagversuch islamistischer Terrorristen fand sofort in der Weltpresse seine entsprechende Resonanz. Auf allen Nachrichtenkanälen wurde in Sondersendungen aus Rom berichtet. Je nach politischer Ausrichtung wurde der vereitelte Terrorakt als ein Sieg im Kampf gegen den Terror gefeiert, in der islamischen Welt jedoch als pure Propaganda abgetan.

CNN International – Atlanta:
Al-Qaida in Rom gescheitert. Italienische Streitkräfte haben unter Mithilfe aufmerksamer Bürger einen Bus gestoppt. In dem Bus befand sich, nach bisher nicht bestätigten Meldungen, eine Gruppe schwer bewaffneter Terroristen. Der Bus wurde mit einer bisher unbekannten, neuartigen Waffe angegriffen und schwer beschädigt. Experten vermuten, dass es sich bei der Waffe um eine Ultraschallkanone handelt. Nachdem der Bus fahrunfähig war, eröffneten Sicherheitskräfte das Feuer. Alle dreiundzwanzig Terroristen wurden getötet. Unter der Zivilbevölkerung gab es vierzehn zum Teil schwer Verletzte und zum Glück sind keine Toten zu beklagen.

Reuters – London:
Erneuter Anschlag bei einer Demonstration in Rom. Militär setzt neuartige Waffe ein. Alle Terroristen tot. Verletzte unter den Demonstranten. Die italienische Regierung wie auch das Militär schweigen.

Auch der Vatikan hat bisher keine Stellungnahme abgegeben. Bisher hat sich keine Terrororganisation zu dem Anschlag bekannt.

Radio Vatikan – Rom:
Der Heilige Vater, wie auch das gesamte Christentum, sind empört, dass es erneut zu einem Terrorversuch in Rom gekommen ist. Der Pontifex betet für die Verletzten. Gleichfalls sieht er sich in seinem Aufruf bestätigt den Kampf gegen den Terror aufzunehmen.

ANSA Agenzia Nazionale Stampa Associata – Rom:
Al-Qaida-Terror in unserer Stadt. Wie schon in den internationalen Nachrichtenagenturen berichtet, planten feige Attentäter einen erneuten Anschlag auf die christliche Freiheit. Dieses monströse Ansinnen wurde zum Glück vereitelt. Italien und die Römer haben sich gewehrt. Wir haben die Waffen, um die Terroristen zu besiegen.

AP Associated Press – New York:
Erst New York, dann Rom. Islamistischer Terror schlägt erneut zu. Über zwanzig Schwerverletzte forderte ein geplanter Terrorakt, der zum Glück verhindert wurde. Alle Terroristen getötet. Setzte die italienische Armee eine neuartige Waffe ein, um den Bus zu stoppen?

DPA Deutsche Presse-Agentur – Hamburg:
Terror bei einer Demonstration in Rom. Eine Gruppe islamistischer Kämpfer wurde in der Nähe des Petersplatzes getötet. Die Terroristen befanden sich in einem Bus, der völlig zerstört wurde. Wie es dazu kam, ist im Moment noch völlig unklar. Über die Anzahl verletzter Demonstranten schweigen die zuständigen Behörden bisher.

SPA Saudi Press Agency – Riad:
Möglicher Anschlagversuch der Al-Qaida in Rom vereitelt. Angeblich haben dschihadistische Kämpfer erneut versucht, ihren heiligen Kampf in die christliche Metropole zu tragen. Es ist fragwürdig, ob es sich hier nicht um eine gezielte Operation westlicher Geheimdienste handelt, um den Islam in aller Welt zu diffamieren. Sehr unglaubwürdig sind die Berichte, die sich mit der Zerstörung des Busses befassen. So soll

das Fahrzeug wie von der Hand eines Riesen förmlich zerquetscht worden sein. Man muss sich fragen, ob hier Spezialeffekte, wie man sie von Hollywood kennt, eingesetzt wurden.

TASS – Moskau:
Angriff auf das Christentum? Wer oder was hat einen Bus in Rom, in dem sich angeblich islamistische Terroristen befanden, zerstört? Klar ist, dass ein völlig demolierter Touristenbus in der Nähe des Petersplatzes von italienischen Sicherheitskräften beschossen wurde. Weiter gab es eine Anzahl Schwerverletzter mit Schusswunden, die in die umliegenden Krankenhäuser eingeliefert wurden. Die Frage ist: wer hat hier geschossen und warum?

Al-Jazeera – Katar:
Weltweite Empörung über erneuten Terror in Rom. In der Nähe des Petersplatzes wurde ein Bus Bewaffneter gestoppt. Die vorgeblich als Terroristen bezeichneten Businsassen wurden von der italienischen Polizei und der italienischen Armee getötet. Nach heftigem Schusswechsel, bei dem auch Zivilisten zu Schaden kamen, sollen mindestens zwanzig Menschen gestorben sein. Es ist im Moment völlig unklar, was sich auf den Straßen Roms zugetragen hat. Die islamische Welt ist empört über die erneute Provokation des Vatikans, der sich schon kurz nach dem Vorfall über seine eigene Radiostation zu Wort meldete.

***

Zwischenstopp

In Mailand musste Akram den Zug wechseln. Auf seinem Weg zum nächsten Bahngleis sah er eher zufällig auf einen der Bildschirme im Wartebereich, welche die aktuellen Nachrichten zeigten. Er wollte schon weitergehen, da im Moment Nachrichten für ihn nicht wichtig waren. Die Operation in Rom war fehlgeschlagen, ja schlimmer noch, sie hatte gar nicht stattgefunden. Wahrscheinlich waren seine Männer durch einen dummen Zufall aufgefallen und verhaftet worden.

Akram hatte schon vor einer halben Stunde den TV in seinem Zugabteil ausgeschaltet. Somit hatte er die Ereignisse in Rom verpasst. Er konnte zuerst nicht glauben, was er dort auf den Bildschirmen in der Wartehalle sah. Die Aktion, der Angriff seiner Krieger war tatsächlich gescheitert. Alle waren tot, gestorben in einem Bus. Erschossen von der Polizei. Akram fühlte sich gedemütigt. Er sah die Bilder, die in einer Endlosschleife über die Bildschirme liefen, begleitet von den Kommentaren der Reporter. Im ersten Moment verstand er nicht, warum der Bus so zerbeult und deformiert aussah. War das Fahrzeug von Panzern gerammt worden, oder wie sollte er sich den Zustand des Fahrzeuges erklären? Ein Frösteln lief über seine Haut. Die Christen wehrten sich in einer Art, die alles übertraf, was er bisher gesehen hatte. Er war froh, dass er sich nicht mehr in Rom befand. Dabei kam ihm ein Gedanke, der im ersten Moment völlig absurd war. Er erinnerte sich, wie er geglaubt hatte, etwas sei bei seiner Ankunft in Rom in seine Gedanken eingedrungen. Jemand hatte versucht, ihn auf unbegreifliche Weise geistig zu beeinflussen. Er hatte dieses Erlebnis schon fast vergessen, ja förmlich verdrängt. Hatte dieser unbekannte Angreifer etwas mit dem zerstörten Bus und dem ganzen Desaster zu tun?

Ehe Akram weiter über diese wahnwitzige Option nachdenken konnte, schallte über die Bahnhofslautsprecher die Aufforderung an die Reisenden nach Zürich, den Zug zu besteigen. Hastig griff er nach seinem Gepäck und hastete zum angegebenen Bahnsteig. Gerade noch schaffte er es, den Zug rechtzeitig zu erreichen. Gleich nachdem er einen Waggon betreten hatte, schlossen sich die Türen. Erleichtert atmete er durch und machte sich danach auf die Suche nach seinem Abteil.

***

Nach Norden

Rita und Carmen standen vor dem Tresen eines Wohnmobilvermieters. Sie schauten sich recht hoffnungslos um, da sie schon fast alle Firmen aufgesucht hatten, die Reisemobile anboten. Hier, in dem etwas in die Jahre gekommenen Büro, war es schwer sich vorzustellen, ein gepflegtes Wohnmobil zu bekommen. Zu dem Bild passend schlurfte ein faltiger Mittsechziger in verwaschenen Jeans und fleckigem Unterhemd in den Raum. Mit einer nuscheligen Stimme fragte er: „Was kann ich'n für die Ladys tun? Wolln'se einen Wagen mieten? Hab noch welche aufm Hof."

„Nein, Mister ...", antwortete Rita und ließ das ‚Mister' einen Moment im Raum schweben, um dem Mann die Gelegenheit zu geben, sich vorzustellen. Doch dieser ließ die Gelegenheit ungenutzt an sich vorbeigleiten. Stattdessen brachte er seine Gesichtsfalten dazu, ein fragendes Gesicht zu formen.

Rita setzte ihr bestes Lächeln auf, ehe sie erneut das Wort ergriff: „Wir suchen eine vermisste Person. Wir möchten gerne wissen, ob er vielleicht bei Ihnen ein Wohnmobil gemietet hat."

Der Faltige musterte die Frauen, kratzte sich nachdenklich am Kopf, ganz so, als ringe er mit sich selbst, ob er gewillt war Auskunft zu geben oder nicht. Dann beendete er die Kopfmassage und stellte sich geschäftsmäßig hinter den Tresen.

„So, so, wen suchn'se denn? Iss der werte Ehemann abhandengekommen?"

Ein raues Lachen unterstützte seinen eigenen Witz, den er bestimmt schon einige Male in seinem Leben zum Besten gegeben hatte. Herausfordernd streckte er nun seinen dürren Hals nach vorne und wartete auf eine Antwort.

„Wir suchen einen Freund", mischte sich Carmen nun ein, die den Humor des Rednecks nicht verstand.

„Schon gut, schon gut! Hab's nich bös gemeint. Also wen suchn'se denn? Wie heißt der Knabe?"

„Paul Green. Er müsste vor einigen Tagen bei Ihnen gewesen sein. Können Sie bitte einmal in Ihren Akten nachschauen?", übernahm Rita wieder das Gespräch.

„Paul Green, hä?“, echote der Alte und blätterte in einem zerfledderten Kassenbuch herum. Sein Finger glitt eine Liste hinab und blieb schließlich wie angeklebt hängen.

„Paul Green, da hamm'wa ihn ja“, freute sich der Faltige. „Da hamm'se aber Glück. Ja, der war hier. Iss zehn Tage her. Wollte den Wagen für drei Wochen ausleihen. Hab ihm mein bestes Stück gegeben, weil er nach Kanada rüber wollte.“

„Wissen Sie auch, wohin genau er wollte? Hat er einen Ort oder eine Gegend erwähnt?“, fragte Rita nun aufgeregt.

Das Kopfkratzen begann erneut, dauerte aber nicht lange.

„Ja genau, jetzt weiß ich's wieder. Er wollte zum Nipigonsee in Ontario. Fischen und wandern.“

„Ist das weit?“, fragte Carmen.

„Naja“, antwortete der Vermieter, „das sind gute achthundert Meilen oder sogar noch ein paar Meilen weiter.“

„Oh“, entfuhr es Rita, „das ist ja ganz schön weit. Wissen Sie genau, dass er dort hin wollte?“

„Wenn ich's doch sage. Er wollte nach ... ah ja, er wollte nach Orient Beach. Er hat mir erzählt, dass es dort anderthalb Meilen nördlich einen Campingplatz gebe. Er war wohl schon mal dort ...?“

Das Gespräch ging noch etwas hin und her. Dann ließen sich die Frauen einige Wohnmobile zeigen, die erstaunlich gepflegt wirkten, ehe sie nach der Wochenmiete fragten. Der Preis war überraschend niedrig. So entschlossen sich die Frauen, ein Wohnmobil mittlerer Größe anzumieten. Nach kurzer Verhandlung waren sie mit dem Faltigen einig geworden. Er gestatte ihnen sogar, ihren Wagen, der eigentlich Paul gehörte, auf dem Gelände der Wohnmobilvermietung für die Dauer ihrer Reise zu parken. Rita und Carmen fuhren noch einmal zurück in die Stadt und kauften dort Lebensmittel und bequeme Reisekleidung ein.

Noch ehe der Nachmittag begann, überquerten sie die kanadische Grenze.

***

Alleine

Paul war wieder einmal im Dunkeln erwacht. Jedesmal fiel es ihm schwerer zu begreifen, dass er erstarrt, unfähig auch nur seine Augen zu bewegen, in einem finsteren, nein völlig dunklen Raum lag. Er wusste nicht, wieso er hier war, und bei allem Grübeln fand er keine Antwort. War er gefangen, dann fragte er sich, wer denn daran Interesse finden konnte, ihn einzusperren. Paul fühlte, dass er immer schwächer wurde. Seine Gedanken drohten ihm jedesmal zu entgleiten, wenn er sich mit einem Problem befasste. Langsam war die Angst gekommen, heimlich wie ein Dieb. Die Angst, er könnte lebendig begraben worden sein. Doch wer hatte ihn begraben? Lag er in einem Sarg, eingegraben in feuchter Erde? Oder wartete man, um ihn einzuäschern? Einen Feuertod gefangen in einer Kiste zu erleben beflügelte die Angst in ihm, zur Panik zu transformieren. Nur mühsam dämmte er seine krematorische Furcht ein, die Feuer verabscheute.

Plötzlich fiel ihm wieder das leise Geräusch ein. Er konzentrierte sich und gleich darauf vernahm er ein leises Summen. Paul versuchte sich so weit zu entspannen, wie es möglich war, und fokussierte gleichzeitig seine Sinne darauf, seinen Körper zu verlassen. Leicht und ohne Hindernisse verließ sein Geist den gefangenen Körper. Er schwebte zu dem Summen, glitt an dem steten Ton entlang und fand sich in einem ebenso dunklen Raum wieder. Ohne diesem Raum Beachtung zu schenken, glitt er durch die nächste Wand. Sofort erinnerte er sich an den in ein schwaches Licht getauchten Tunnel. Weiter vorne musste die Tür zu finden sein, die er schon einmal erblickt hatte. Er schwebte durch den Gang hindurch und hielt erst kurz vor der Tür an. Es handelte sich um eine vom Rost und der Zeit angefressene Stahltür. Doch war keinerlei Griff zu sehen. Paul schaute ratlos das stählerne Relikt aus einer anderen Zeit an, während er überlegte, wie die Tür wohl zu öffnen sei. Dann schalt er sich selbst einen Narren. Er war körperlos und reale, materielle Hindernisse waren für ihn kein Problem. Er brauchte nur durch die Tür zu gleiten. Das war alles. Pauls Geist bewegte sich nach vorne, glitt durch das Metall und fand sich in einer strahlenden Helligkeit wieder. Hätte er Augen gehabt, so hätte er geblinzelt. Doch so traf ihn das Licht ungehindert und blendete ihn. Doch wie konnte er geblendet sein, wenn er doch keine

Augen hatte? Er hatte sich schon oft gefragt, wie er als körperloses Bewusstsein überhaupt in der Lage war etwas zu sehen. Langsam gewöhnte er sich an die Lichtflut, die ihn fühlbar durchdrang. Er blieb stehen und saugte dabei jedes Lichtteilchen, jedes Photon in sich auf. Er spürte, wie diese Energie seinen Geistkörper auflud, wie ein Ladegerät einen Akku. Kraft durchflutete ihn. Kraft, die er dringend brauchte, um herauszufinden, wo er sich befand.

***

Heranpirschen

Clint Coady hatte Stunden gebraucht, um den schwarzen Mercedes wiederzufinden. Er hatte schon ans Aufgeben gedacht, als er kreuz und quer durch die ländliche Gegend kurvte. Vor einem kleinen Supermarkt wurde er fündig. Mit mühsamer Geduld parkte er seinen Wagen zwei Reihen weiter und wartete ab. Nach etwa zwanzig Minuten kam der ihm schon aus Rom bekannte dünne Mann mit einem gut gefüllten Einkaufswagen aus dem Markt. Mit südländischer Ruhe schlenderte der Dünne zu seinem Fahrzeug, lud seine Einkäufe in den Kofferraum und brachte das Einkaufsgefährt zurück zum Laden. Dort unterhielt er sich noch eine Weile mit einem anderen Mann, der mit zwei Einkaufstüten aus dem Laden gekommen war. Clint wäre gerne aus seinem Auto gestiegen und hätte eine Zigarette geraucht. Doch die Observation verbot diesen privaten Genuss. Endlich überquerte der dünne Mann den Parkplatz und stieg in den Mercedes. Kurz darauf fuhr er los. Clint startete den Motor seines Wagens und folgte dem Mercedes. Dieser fuhr eine kleine Landstraße entlang und bog nach guten fünf Kilometern nach rechts in eine schmale Allee ein. Clint überlegte, ob er dem Wagen weiter unentdeckt folgen konnte. Er fuhr langsamer und wartete, bis der Verfolgte hinter einer Kurve aus seinem Sichtbereich verschwunden war. Er bog ebenfalls in die Allee und beschleunigte, bis er kurz vor der Kurve ankam, hinter der der Mercedes verschwunden war. Langsam ließ Clint seinen Wagen weiterrollen. Zu seinem Glück, wie sich gleich herausstellte. Keine hundert Meter entfernt endete die Allee an einem von einer dicken Sandsteinmauer umgebenen Grundstück. Ein schweres Rollgitter sperrte die Zufahrt. Hinter dem Gitter glaubte Clint bewaffnete Männer erkannt zu haben. Eiligst legte er den Rückwärtsgang ein, in der Hoffnung, unentdeckt geblieben zu sein. An der Landstraße angekommen wendete er sein Fahrzeug und fuhr zu einer kleinen Anhöhe, die von einem Pinienwäldchen bedeckt wurde. Ein Forstweg, den er schon bei der Verfolgung gesehen hatte, sollte ihm genügend Schutz geben. Er wollte hier warten, bis die Nacht hereinbrach. Dann würde er, nach einem kleinen Fußmarsch, schon herausfinden, ob und wie gut das Versteck des Camerlengo geschützt war.

Clint stieg aus dem Wagen, streckte seine müden Knochen und zündete sich endlich die verdiente Zigarette an.

***

Observation

Lil Rick stieg in einen alten, verbeulten Nissan. Früher hätte er nie so eine Kiste gefahren. Protzschlitten waren sein Ding. Ein Chevrolet Camaro SS 350, Baujahr 1977, war seit Jahren sein Markenzeichen. Doch das gute Stück stand gut beschützt in einer Garage. Im Moment war Unauffälligkeit angesagt. Er war zum Jäger geworden, zum Terroristenjäger. Seine kriminellen Tage lagen gefühlsmäßig in einer fernen Vergangenheit begraben. Seit dem Tag der Anschläge und dem Zusammentreffen mit dem Präsidenten hatte sich sein Leben unerwartet und radikal geändert. Die von ihm unbemerkte geistige Berührung Hankys hatte sein Denken nachhaltig beeinflusst. Ein neues Selbstbewusstsein trug ihn durch den Tag. Er war sich sicher, nein, er wusste, dass er einen gerechten, fast heiligen Kampf ausfocht. Er hatte auf Sergios Anweisung die Geschichte der Kreuzritter und der Tempelritter gelesen. Voller Bewunderung und fast kindlichem Staunen hatte er erkannt, welche Strapazen diese Männer im Bewusstsein ihres Glaubens ertragen hatten. Er fühlte sich diesen Kriegern nahe, ein Bruder über die Zeiten hinweg.

Zuerst hatte er gezögert, Sergio seine Gedanken zu offenbaren. An einem Abend hatte er schließlich mit ihm geredet. Sergio hörte Lil mit einem stillen Lächeln zu, ehe er mit feierlicher Stimme sagte: „Du hast verstanden, Lil. Du bist von jetzt an mein erster Krieger. Wir werden zusammen Großes vollbringen."

Dann stand er auf und umarmte Sergio, auf eine feste, männliche Art.

Als Lil die Straße entlangfuhr, dachte er mit Stolz an diesen Abend. Er war angekommen, hatte seinen Weg in dieser Welt gefunden.

Ein Hupen brachte ihn zurück in die Realität. Beinahe hätte er einen anderen Wagen gerammt. Er winkte beschwichtigend aus dem Fenster und setzte seine Fahrt fort. Nach einer halben Stunde parkte er in Queens vor dem schon bekannten Schnellrestaurant. Ehe er aus dem Wagen stieg, blickte er sich um. Nirgendwo konnte er einen seiner Männer sehen. Entweder waren sie gut versteckt, oder sie waren nicht an ihrem Platz. Das würde er gleich herausfinden. In seiner ihm eigenen lässigen Art stieg er aus dem Nissan und schlenderte ohne Hast zum Eingang des Lokals. Als er in den Gastraum trat, entdeckte er gleich Corry. Sein Bandenbruder lümmelte entspannt an einem der Tische. In seiner Hand hielt er ein billiges Plastikglas, das er zur Hälfte ausgetrunken hatte. Er winkte Lil leutselig zu und grinste breit. Corry schien bester Laune zu sein. Lil ging zu dem Tisch und setzte sich auf die mit rotem Vinyl bespannte Bank. Dann winkte er die Serviererin heran und bestellte bei ihr einen Burger und eine Coke.

Er schaute seinen Kumpel neugierig an und fragte: „Alles klar bei dir, Corry?"

„Alles klar, Boss. Habe ein paar gute Nachrichten."

„So? Erzähl schon!"

Corry beugte sich verschwörerisch nach vorne und senkte seine Stimme.

„Du hast recht gehabt. In dem Haus befinden sich Alis."

„Naja, das hätte ich dir vorher schon sagen können. Dazu muss man kein Prophet sein. Schließlich wohnen in dieser Gegend eine Menge Muselmänner."

„Nein, ich sag dir, das sind keine normalen Alis. Die haben was zu verbergen. Sie lassen sich nicht auf der Straße sehen und bekommen ihr Essen geliefert. Aber ich habe mich von hinten an das Haus geschlichen. Dort haben ein paar Kerle auf Kisten und alten Plastikstühlen gesessen und gequatscht. Dabei hat immer einer an der Hausecke gestanden und aufgepasst."

„Und über was haben die Typen gequatscht?"

„Woher soll ich denn das wissen? Kann ich vielleicht arabisch? Aber ich habe noch was anderes gesehen. Die Alis waren bewaffnet. Sie haben Pistolen, die sie unter ihren Hemden verbergen. Wenn man so im Garten rumsitzt, verrutscht schon mal so ein Hemd. Doch das ist nicht alles. Einer der Kerle hat einen Anruf bekommen. Als er sein Handy schließlich wieder einsteckte, strahlte er förmlich. Dann ging ein aufgeregtes Geplapper hin und her. Also, wenn du mich fragst, die bekommen Besuch. Ich schätze mal, einer ihrer Bosse kommt oder ein Imam oder so was."

Lil dachte einen Moment nach und stimmte Corry schließlich zu. Dann griff er zu seinem Handy und wählte Sergios Nummer. Er musste einen Moment warten und wollte schon auflegen, als er Sergios Stimme hörte.

„Lil, bist du es?", kam es kratzig aus dem Lautsprecher.

„Ja, ich bin's. Was ist denn los? Hallo Sergio, sag doch was. Hallo ..."

Einem Moment hörte er nur schweres Atmen und einen rasselnden Husten. Dann keuchte Sergio: „Einer der Latinos hat mich angeschossen ..."

***

Einschätzung

Es war einer der seltenen Momente, dass der Präsident alleine war. Er saß, wie schon viele seiner Vorgänger, am Resolute Desk, dem traditionellen Schreibtisch im Oval Office. Seit dem 23. November 1880 stand dieses Möbel fast ununterbrochen hier. Einzig die Präsidenten Lyndon B. Johnson, Richard Nixon und Gerald Ford hatten mit dieser historischen Tradition gebrochen.

Doch an die Historie des Tisches dachte der Präsident im Moment nicht. Vielmehr beschäftigten ihn die Terrorakte in Rom und New

York. Er selbst wäre beinahe Opfer dieser Terroristen geworden. Nur der paranormalen Fähigkeit Hank Bersons hatte er es zu verdanken, dass er noch lebte. Er kannte Hanky, wie er sich selbst nannte, nun schon einige Zeit und vertraute ihm. Doch seine mentalen Gaben schafften Begehrlichkeiten. Das Militär und natürlich die Geheimdienste wollten diesen Mann und seinen Partner Walt Kessler ausschalten. Nur durch seine Intervention und die Einrichtung eines Sonderkommandos konnte er die beiden schützen. Sie waren in den Augen einiger seiner Sicherheitsberater gefährliche Leute. Doch er wusste es besser und vertraute auf ihre Loyalität.

Dennoch hatten die Bilder von Rom und dem demolierten Bus ein Gefühl der Beklemmung in ihm ausgelöst. Er musste unbedingt mit Hanky und Mister Kessler ein Treffen vereinbaren. Es war wichtig, einen Verhaltenskodex zu erstellen, Regeln, die bei kommenden Einsätzen Rechtssicherheit garantierten.

Der nächste Punkt seiner heutigen Agenda war sehr heikel: In wenigen Minuten traf er die Leiter der Sicherheitsbehörden seines Landes im Situation Room. Dort sollte geklärt werden, wie man die landesweiten Pogrome, die sich gegen alle Muslime richteten, in den Griff bekommen konnte. Eine Unzahl selbsternannter Bürgerwehren hatte sich gebildet, die militant und aggressiv auftraten. Die Polizei war in diesem Fall völlig überfordert und konnte nur reagieren, statt aktiv zu agieren. Die gefährlichste Gruppe beherrschte New York City. Die UCD, die US Citizen Defender, mit ihrer Kampftruppe, die sich die Soldaten Gottes nannten, waren bei der Bevölkerung sehr beliebt. Alleine die letzte Aktion der UCD hatte die Ermittlungsbehörden unschön vorgeführt. Nicht nur die Presse, sondern auch der Präsident hatte sich gefragt, wie das möglich war. Zudem konnten weder Polizei noch das FBI klären, wer diese Leute waren und woher sie plötzlich kamen. Dabei hatte gerade der Präsident die Anfänge der Gruppe selbst miterlebt. Doch auf den Gedanken, dass die Leute, die ihn nach den Anschlägen in Sicherheit gebracht hatten, die Spitze dieser militanten Bewegung bildeten, kam er nicht.

Ein leichtes Klopfen erklang von der Tür zu seinem Sekretariat. Gleichzeitig trat sein persönlicher Berater ins Oval Office. Ohne Aufforderung sagte er, mit einem bedeutsamen Blick auf seine

Armbanduhr: „Mister Präsident, es ist Zeit für die Besprechung. Die Damen und Herren warten schon."

***

Besser als geplant

Pater Frank Marcus berauschte sich an seiner enormen Macht. Ein siegessicheres, befriedigendes Lächeln wollte sich in seinem Gesicht breitmachen. Doch er musste vorsichtig sein. Er konnte nicht den gesamten Vatikanstaat unter seiner Kontrolle halten. Die eine oder andere Person konnte er kurzfristig mental beherrschen und nur einige wenige für längere Zeit. Der Pontifex war der Einzige, der unter seinem permanenten Einfluss stand. Als geistiges Oberhaupt der Christen stellte jedes seiner Worte ein Statement dar. Dies galt für kirchliche Belange wie auch für weltliche. Somit konzentrierte der Oberhirte eine enorme Macht, die er, Pater Marcus, steuern und lenken konnte. So sollte es jedenfalls sein. Natürlich konnte niemand alles kontrollieren. Man brauchte zuverlässige Helfer, die ihren Teilbereich im Sinne des Heiligen Vaters und der Kirche managten. Diese Struktur führte natürlich dazu, dass es immer wieder Fälle gab, wo diese Kirchenvertreter ihre Position missbrauchten. Die Strafen für Vergehen gegen den Kirchenstaat waren im Vergleich zu früheren Zeiten sehr human. Pater Frank Marcus würde die lasche Rechtsprechung nach und nach ändern. Auf den Gedanken, dass er selbst den größten Missbrauch betrieb, kam er nicht.

Die Nachricht des erneuten Anschlagversuches auf christliche Pilger erreichte Pater Frank Marcus und den Papst beim nachmittäglichen Gebet. Die Gebete nutzte der Pater immer, um den Heiligen Vater mental zu beeinflussen. Die heutige Friedensdemonstration wollte der Pater eigentlich nutzen, um erneut das Feuer des Fanatismus zu schüren. Er hatte dafür eine Rede geschrieben, die der Pontifex vom Balkon des Petersdoms aus halten sollte. Nun war es anders gekommen, viel besser. Die Rede war nun zwar Makulatur, aber das machte nichts. Die islamistischen Idioten hatten ihm einen großen Gefallen getan. Nun konnte er die herrschende Empörung für seine Zwecke nutzen. Er brauchte als Erstes solvente Partner, um den nächsten Schritt zu gehen. Dazu, so plante er, würde er zu einem Gipfeltreffen der Macht laden.

Erneut versuchte das verräterische Lächeln seine Gesichtsmuskeln zu erobern. Nur mit größter Kraftanstrengung behielt er seine Beherrschung. Mit einem mitleidigen Blick schaute er nach dem Papst, der auf einem bequemen Sessel saß und die neusten Meldungen auf einem Nachrichtensender verfolgte. Natürlich war der Anschlag das bestimmende Thema der Bildbeiträge aus aller Welt.

Pater Frank Marcus verließ die päpstliche Wohnung und schritt eilig den Gang hinunter. Minuten später erreichte er ein kleines Büro, das ihm alleine vorbehalten war. Mit einem befreiten Aufatmen schloss er die Tür. Er blieb noch einen Moment mit geschlossenen Augen am Türblatt angelehnt stehen. Dann ging er um den Schreibtisch herum, setzte sich auf den einzigen Stuhl im Raum und griff zum Telefon. Er hatte noch viel zu tun, fast zu viel für einen einzelnen Mann. Doch er würde es schon schaffen. Schließlich würde seine Belohnung unermesslich sein.

Mit einer energischen Bewegung zog er ein kleines Adressbuch aus seiner Hosentasche und schlug es auf. Dann wählte er die erste Nummer.

***

Erwischt

Er war bei Anbruch der Dämmerung losmarschiert. Sein Wagen stand vor neugierigen Blicken geschützt in dem kleinen Pinienwäldchen. Er hatte die Entfernung zu dem Versteck des Camerlengo gehörig unterschätzt. Clint blieb stehen und massierte seine brennenden Waden. Diese verfluchten Feldwege hatten es in sich. Schon zweimal war er gestolpert und hätte sich dabei fast seinen Knöchel verknackst. Die hereinbrechende Dunkelheit erschwerte zudem die Orientierung. Da die Feldwege nicht gradlinig zu seinem Ziel führten, musste er gezwungenermaßen einige Umwege in Kauf nehmen. Über die Felder zu laufen, verbot sich von selbst. Die Erde war zu feucht, ja fast schlammig. Irgendwann erreichte er die kleine Allee, die zu dem versteckten Anwesen führte. An einen Alleebaum gelehnt zündete Clint sich eine Zigarette an, während er überlegte, wie er wohl in das umzäunte Grundstück gelangen konnte. Ob die Wachen auch in der Dunkelheit patrouillierten, oder hatte er nur einen routinemäßigen Rundgang am Nachmittag gesehen? Er wusste es nicht. Eigentlich war es mehr als leichtsinnig, alleine und ohne entsprechende Ausrüstung in ein fremdes Grundstück einzudringen. Auf der anderen Seite wollte er wissen, ob der Camerlengo sich dort versteckte. Alles deutete darauf hin, doch wissen konnte er es nicht. Clint wunderte es sowieso, dass sich ein hoher kirchlicher Würdenträger versteckte wie ein flüchtiger Mafiaboss. Durch das Nikotin der Zigarette beflügelt ging Clint bis zu der Stelle, an der er an diesem Nachmittag seinen Wagen angehalten hatte. Er stellte sich in den Schatten eines Alleebaumes und war somit faktisch unsichtbar.

Lange schaute er hinüber zu dem Anwesen. Alles war ruhig und er konnte auch keine Wachen mehr ausmachen. In einigen Zimmern des zweistöckigen Hauses brannte Licht. Der Vorhof war nur von einer einzelnen freistehenden Laterne beleuchtet. Nach einer guten halben Stunde, die völlig ereignislos verstrichen war, entschloss er sich, näher an das Grundstück zu heranzugehen. In Deckung der Bäume schlich er, so leise er es vermochte, bis er an der Mauer des Anwesens angelangte. Erneut lauschte er prüfend, um herauszufinden, ob er von den Hausinsassen bemerkt worden war. Doch es blieb still, fast zu still. Berufsbedingtes Misstrauen begann sich in ihm zu regen. Bisher war alles zu glatt gelaufen. Man sollte doch annehmen, dass der flüchtige Camerlengo sich besser schützte! Der Vatikan war immerhin ein Gegner, der nicht zu unterschätzen war. Hier ging es um Macht, und Macht hatte immer irgendetwas mit Gewalt zu tun. Das zumindest hatte Clint in seinem beruflichen Leben gelernt. Also war Vorsicht geboten. Dennoch kam er nicht umhin, einen Weg zu suchen, der ihn näher an sein Zielobjekt bringen würde.

Leise bewegte er sich auf das Eingangstor zu. Doch alle Überlegungen, die er listenartig vor seinem geistigen Auge abrollen ließ und die sich mit dem Eindringen auf ein fremdes Gelände beschäftigten, wurden durch einen brennenden Schmerz ersetzt. Übergangslos brach Clint zusammen und fiel haltlos gegen die Umgrenzungsmauer, ehe er seitlich wegkippte.

***

Eilig

Lil Rick war so schnell es ging von dem New Yorker Stadtteil Queens nach Harlem gefahren. Dabei hatte er fast ohne Unterbrechung telefoniert. Er beorderte so viele Gangmitglieder der Crips, wie er in dieser kurzen Zeit erreichen konnte, zu dem Versteck der UCD. Dort, in einem verlassenen Mehrfamilienhaus, hatten sie ihre Zentrale, ihren Treffpunkt eingerichtet. Dort war Sergio, der Hilfe brauchte, schnelle Hilfe. Lil überlegte, wie er dem offensichtlich verletzten Sergio Camas helfen konnte. Er brauchte einen Arzt, denn ein offizieller Krankenhausbesuch verbot sich von selbst. Bei Schussverletzungen waren die Ärzte angehalten, die Polizei zu informieren. Lil hätte jedoch nicht jahrelang als Gangmitglied überlebt, wenn er nicht Leute mit medizinischen Kenntnissen gekannt hätte. Nach kurzem Grübeln fiel ihm der richtige Mann für sein Problem ein: Stuart Rickelbeck, der Zahnarzt. Natürlich war Stuart kein praktizierender Arzt mehr. Man hatte ihm seine Approbation schon vor Jahren entzogen. Alkohol und Frauengeschichten waren nicht unerheblich an seinem sozialen Abstieg schuld gewesen. Doch Stuart Rickelbeck wohnte in der Nähe ihres Verstecks, was die Sache für Lil einfacher machte. Erneut griff er nach seinem Handy, während er gerade in Harlems Straßen ankam. Nach langem Klingeln wurde endlich am anderen Ende der Leitung abgenommen. Ein nuschelndes, fast brummendes „was iss'n?“ drang aus Lils Lautsprecher, der inzwischen auf Freisprechen geschaltet hatte.

„He Stu, Lil hier. Bist du noch nüchtern oder hängst du schon an der Flasche?“

„Scheiße, Lil, was willste denn von mir? Ich kann im Moment keinen Ärger gebrauchen.“

„Ich hab keinen Ärger für dich, sondern einen Job.“

„Einen Job? Du kannst mich mal, Lil. Wenn ich einen Job brauche, dann such ich mir einen. Und jetzt lass mich in Ruhe."

„Halt, halt, Stu, wenn du jetzt auflegst, komm ich rüber und zeige dir, was Respekt ist. Hast du mich verstanden?"

„Mensch Lil, werd doch nicht gleich zum Agro. Ich hab nur nix mehr zum Saufen. Darum muss ich mich jetzt erst mal kümmern."

„Darum kümmer ich mich schon. Pack sofort deinen Notfallkoffer und komme runter. Ich hole dich in ein paar Minuten und ich rate dir, lass mich nicht warten."

Lil beendete das Gespräch ohne jedes Abschiedswort und bog nach rechts ab. Fünf Minuten später hielt er am Bordstein vor einem verwahrlosten Mietshaus, vor dem sich einige Jugendliche herumtrieben. Von Stuart Rickelbeck war natürlich noch nichts zu sehen. Lil verließ fluchend seinen Wagen und ging auf den Hauseingang zu, dessen Tür schief in den Angeln hing. Einer der Jugendlichen erkannte Lil, tuschelte hastig mit den anderen, worauf sie sich schleunigst verzogen.

Gleich darauf trat Stuart aus dem Hausflur und schaute den Jugendlichen hinterher. Mehr zu sich selbst als an Lil gerichtet sagte er: „Die Typen machen mir eine Scheißangst."

Dann drehte er sich zu Lil und grinste breit.

„Von mir aus kann's losgeh'n, Mann. Wir müssen aber noch an einer Apotheke haltmachen, ich muss meine Tasche auffüllen."

Die Fahrt dauerte nicht lange, selbst der Einkauf in der Apotheke war rasch vonstattengegangen. Lil fuhr auf den Hof eines ebenfalls heruntergekommenen Hauses und parkte seinen Wagen unweit der Hintertür. Dort warteten schon einige Mitglieder seiner Streetgang und schauten grimmig in den Nachmittag. Lil und Stuart stiegen aus dem Wagen und eilten zu dem Haus.

Am Eingang fragte Lil im Vorbeigehen: „Wo isser?"

Damit meinte er natürlich Sergio Camas. Die Frage implizierte, ohne es mit Worten auszusprechen, ob der Führer der UCD noch am Leben sei oder nicht.

Einer seiner Gangbrüder antwortete nur: „Er liegt oben im großen Raum und ist bei Bewusstsein."

Lil stürmte die baufällige Treppe hinauf, gefolgt von dem schwer atmenden Zahnarzt. Auch hier, im ersten Stock des Gebäudes, warteten einige Mitglieder der UCD. Sie standen oder saßen irgendwie verloren herum. Die Angst, ihren neu gefundenen Anführer und damit ihre Zukunft zu verlieren, war groß. Lil schob sich in den Raum und sah auf den ersten Blick, dass es schlecht um Sergio stand. Dieser lag blass mit eingefallenen Wangen auf einem durchgesessenen Sofa. Ein notdürftiger Verband klebte blutdurchtränkt auf seiner mageren Brust. Der Mann war kaum noch bei Besinnung, hob jedoch schwach die Hand, als er Lil erkannte.

Stuart schob Lil zur Seite und kniete neben dem Schwerverwundeten. Vorsichtig entfernte er den Verband und säuberte die Wunde. Dann fasste er Sergio mit beiden Händen am rechten Arm und drehte ihn zur Seite. Sofort war ein schmerzvolles Stöhnen zu hören und Lil wollte schon eingreifen. Doch Stuart war in dieser Krisensituation völlig professionell und winkte Lil mit einer Kopfbewegung zurück. Dann schaute er auf den Rücken Sergios und nickte mit einem Lächeln.

„Okay, Lil. Ein glatter Durchschuss. Wenn keine wichtigen Organe getroffen sind, kann ich deinen Freund retten. So, nun hilf mir ihn zu verarzten. Knie dich hierhin und halte ihn in Seitenlage."

***

Unterwegs

Akram war in Zürich eingetroffen und im Hotel Baur au Lac abgestiegen. Er war in Eile, dennoch musste er sich in Geduld fassen. Das elegante Fünf-Sterne-Hotel ließ das Abwarten erträglich erscheinen. Wie immer hatte er die Deluxe River Suite gewählt, auch wenn der Übernachtungspreis mit dreitausend Euro pro Nacht eine afghanische Familie mehr als ein Jahr gut hätte ernähren können. Doch solche Gedanken fanden keinen Zugang zu seinem Weltverständnis. Unbesorgt gab er hier Drogengelder aus, die eigentlich für den Kampf gegen die Ungläubigen gedacht waren. Sein Hang zum Luxus hatte schon immer sein Leben und Handeln bestimmt. Ihm war es egal, ob die Kämpfer der Al-Qaida auf dünnen Matratzen oder gar auf blankem Beton schliefen. Es interessierte ihn nur politisch, wie seine Glaubensbrüder lebten.

Er stellte sich unter die Dusche, während die Bilder des Tages auf CNN liefen. Den kleinen, im Spiegel des Badezimmers integrierten Fernseher hatte er auf volle Lautstärke gedreht. Beruhigt stellte er beim Abfrottieren fest, dass niemand nach ihm suchte. Er war unerkannt und, noch wichtiger, den Behörden unbekannt. Keiner wusste, wer er war, und nach dem misslungenen Anschlag in Rom war er sich sicher, rechtzeitig Italien verlassen zu haben. Dennoch machte Akram seine eigene Ungeduld zu schaffen. Er musste unbedingt nach New York City. Doch vorher warteten dringende Bankgeschäfte auf ihn, die er nur hier in Zürich verrichten konnte. Die Banken öffneten erst morgen wieder. Selbstverständlich hätte er auch einen Bankvertreter in sein Hotel beordern können, als potenter Privatkunde hatte er die Option. Doch er musste Buchungen auf den Weg bringen und auch noch zu einem seiner Schließfächer.

Nach seinem Banktermin würde er sofort abreisen. Dazu buchte er, zu seinem Bedauern, den Nachmittagsflug um dreizehn Uhr zehn mit der Delta 208. Gerne hätte er eine frühere Maschine genommen, doch dazu war sein Zeitfenster zu eng. Nachdem er sich angekleidet hatte, fuhr er mit dem Fahrstuhl in die Lobby und betrat kurz darauf das Restaurant des Hotels.

***

Wie geht es weiter?

Hanky und Walt saßen in der Hotelhalle und tranken Kaffee. Das gemütliche Ambiente lud zum Verweilen und Entspannen ein. Doch die beiden Männer waren alles andere als entspannt. Sie waren im Zweifel, wie es nun weiter gehen sollte. Direkt nach dem Anschlagversuch waren sie beide der Meinung gewesen, dass sie so schnell wie möglich nach New York City zurückkehren sollten. Sie hatten den Terroristen einen empfindlichen Schlag versetzt und es war nicht sehr wahrscheinlich, dass es in nächster Zeit zu einer erneuten Attacke der islamischen Kämpfer kommen würde. Erst nachdem einige Stunden ins Land gegangen waren, hatten sich ihre aufgewühlten

Emotionen wieder auf einen normalen Pegel eingependelt. Immerhin waren Menschen durch ihre Hand gestorben und das war etwas, an das sich weder Hanky noch Walt gewöhnen konnten. Rich hatte sich nach Absprache mit den beiden aufgemacht, um seine journalistische Arbeit zu verrichten. Nur eine Einschränkung hatte Hanky Rich auferlegt. Er sollte auf keinen Fall von paranormalen Kräften sprechen und damit Hanky und Walt in der Öffentlichkeit bekannt machen. Er sollte ruhig über eine neue Waffe der Italiener spekulieren, ansonsten aber bei den übrigen Fakten bleiben. So war Rich schon einige Stunden unterwegs, nachdem er mit seinem Redakteur in New York telefoniert hatte.

Hanky beugte sich vor und trank einen Schluck des starken Kaffees. Dann schaute er zu Walt, der seinen eigenen Gedanken nachhing. Hanky räusperte sich, ehe er seinen Freund ansprach.

„Was machen wir nun, mein Alter?"

„Das ist eine gute Frage, Junge", antwortete Walt gutmütig. „Ich glaube, wir sind hier noch nicht fertig!"

Hanky nickte zur Bestätigung und nahm einen weiteren Schluck des starken Getränks.

„Walt, du hast völlig recht. Eigentlich hat unsere Aufgabe gerade erst begonnen. Ich vermute, der Papst wird fremdgesteuert. Seine Auftritte lassen diesen Schluss plausibel erscheinen. Damit hat er weltweit für gehörige Unruhen gesorgt. Wenn wir nicht aufpassen, schliddern wir in einen Glaubenskrieg nie gekannten Ausmaßes. Es wird Millionen unschuldiger Opfer geben und die Völker der Welt werden sich auf lange Zeit unversöhnlich gegenüberstehen."

Walt nickte zustimmend und eine dunkle Trauer legte sich auf sein Gesicht.

„Was schlägst du vor, Hanky?", fragte er mit belegter Stimme.

„Wir müssen den Manipulator finden und ausschalten. Dabei müssen wir vorsichtig vorgehen. Du hast ja selbst miterlebt, wie uns ein Unbekannter auf dem Petersplatz geistig angegriffen hat. Wir haben die Attacke relativ leicht abwehren können, aber denk mal an Rich und den CIA-Agenten Marcelliao. Die beiden konnten sich nicht wehren. Walt, wir müssen diesen Kampf alleine ausfechten. Ich möchte nicht, dass Rich zu Schaden kommt."

„Wer kommt zu schaden?", erschallte eine Stimme hinter Hanky. Richard Miller war unbemerkt an die kleine Sitzgruppe herangetreten. Mit einem fragenden Blick, begleitet von einem erschöpften Seufzer, ließ er sich in einen der Sessel fallen. Er hob seinen rechten Arm und winkte einen Kellner herbei. Er bestellte einen Longdrink und ein Wasser, fragte, ob einer seiner Freunde ebenfalls etwas bestellen wolle, und entließ dann den Ober. Dann schob er seine Akten, die er auf den kleinen Tisch geworfen hatte, zusammen und fragte erneut, aber dieses Mal in einem lauernden Ton: „Also, wer kommt bei was zu schaden?"

Hanky schaute ernst den Reporter an und deutete mit dem rechten Zeigefinger auf diesen.

„Du, Rich. Wir befürchten, dass du zu Schaden kommst."

„Aha, und warum glaubt ihr das? Bin ich ein kleines Kind, auf das man ständig aufpassen muss?"

„Nein, Rich, jetzt sei nicht gleich wieder beleidigt. Wir haben einen Verdacht, und wenn der sich bestätigt, dann wird es gefährlich."

In den nächsten Minuten versuchte Hanky, mit Walts Unterstützung Richard davon zu überzeugen, dass es für ihn am sichersten wäre, nach New York City zurückzukehren. Doch der Reporter blieb standhaft. Er wollte Hanky und Walt auf keinen Fall verlassen. Schließlich einigten sich die Männer darauf, dass Walt zurückblieb, wenn es gefährlich werden sollte. Mit einem unguten Gefühl sagte Hanky schließlich: „Also gut, Rich, du hast gewonnen. So, nun lasst uns das eigentliche Problem besprechen."

Walt fuhr dazwischen und stand mit den Worten auf: „Ich bespreche mit euch gar nichts, wenn ich nicht vorher was Ordentliches zwischen die Zähne bekomme. Habt ihr denn gar keinen Hunger?"

Hanky lächelte ergeben und stand ebenso auf. Erst jetzt bemerkte er, wie sehr ihn der heutige Tag angestrengt hatte. Trotzdem versuchte er seinen Freunden die Vorfreude auf das kommende Abendessen nicht zu verderben. So schlug er Richard auf die Schulter, ehe er sagte: „Einem hungrigen Landbewohner sollte man besser nicht im Wege stehen. Komm, lass uns gehen, Rich."

„Hungriger Landbewohner", wiederholte Walt gespielt beleidigt. „Pass nur auf, was du sagst, Junge."

Warum?

Sergio Camas lag blass und elend auf dem alten Sofa. Seine Schusswunde war durch Stuart Rickelbeck erstaunlich gut versorgt worden. Der ehemalige Zahnarzt schaute trotzdem verdrießlich in die Welt, denn er brauchte unbedingt einen Drink. Er hatte diesen, ja, wie sollte er nur sagen, diesen Penner gerettet. Ihm war unverständlich, dass ausgerechnet der Anführer der Crips, einer der gefürchtetsten Streetgangs in New York City, so besorgt um diesen Mann war. Wer war der dürre Kerl? Außerdem lungerten in dem Abbruchhaus, das den Crips wohl im Moment als Unterschlupf diente, eine Menge MS-13-Gangster herum. Diese Typen waren völlig abgedreht und hochgefährlich. Sie kannten weder Gnade noch Rücksicht bei ihren unsauberen Geschäften. Normalerweise waren die beiden Gangs bis auf den Tod verfeindet und bekämpften sich, wo und wann immer es möglich war. Was zur Hölle war hier los?

Stuart, keiner dieser Gruppen angehörig, beobachtete vorsichtig das Treiben in dem Haus. Er war angespannt und wäre am liebsten davongelaufen. Lil Rick hatte ihm aber zu verstehen gegeben, dass er über Sergio, so hieß der verletzte Mann, wachen sollte. Ständig kamen Bandenmitglieder beider Gangs an die Tür und schauten kurz herein, um gleich darauf wieder zu verschwinden. Stuart wunderte sich, dass so viele Bandenmitglieder ein Interesse an dem Gesundheitszustand des Verletzten zeigten.

Ein schmerzvolles Stöhnen unterbrach Stuarts Gedankengang. Sergio begann aus der leichten Narkose, in die Stuart ihn versetzt hatte, zu erwachen. Er beugte sich über den Verletzten und kontrollierte dessen Verband. In diesem Moment flatterten Sergios Augenlieder wie eine Motte vor dem Licht. Beruhigend legte Stuart seine Hand auf die schweißnasse Stirn des Verletzten, der sich nach einer Weile zu beruhigen begann. Unvermittelt schlug er seine Augen auf und schaute Stuart direkt an. Fast erschrocken wich dieser ein wenig zurück und wollte etwas Beruhigendes zu dem Kranken sagen. Doch noch ehe sein Gehirn einen Satz oder auch nur ein Wort formen konnte, geschah das Unfassbare: Eine gewaltige Liebe breitete sich in Stuart aus. Eine Liebe, wie man sie fühlt, wenn man einen Menschen sehr verehrt, zu ihm aufblickt wie zu einem Vater. In dem Gefühl von Liebe verbargen sich Gefühle der Hoffnung, die er schon lange nicht mehr gespürt hatte. Was passierte mit ihm? Der rationale Teil seines Geistes begann sich zu regen und fast schmerzvolle Fragen zu stellen. Was passierte hier? Woher kam seine unerwartete Gefühlsaufwallung? Das Bild seines Vaters materialisierte vor ihm und er gestand sich zum ersten Mal in seinem Leben ein, dass er ihn vermisste, sehr vermisste. Tränen des Verlustes eruptierten in seinen Augenwinkeln und spülten das imaginäre Bild davon. Doch hier war Trost, an diesem verfallenen, schmutzigen Ort. Trost von einem Mann, der schwer verletzt auf einem zerfledderten, alten Sofa lag und dem Tod näher war als dem Leben. Dieser Mann, der so elend vor ihm lag, konnte ihm das geben, wonach er sich sein ganzes Leben gesehnt hatte. Liebe, Vaterliebe und Geborgenheit. Erneut schossen ihm Tränen in die Augen, doch gleichzeitig lachte er vor Glück.

Sergio sah sanft auf den Mann, der nun vor ihm kniete. Mit einer Anstrengung, die aus purem Willen geboren war, hob er seinen rechten Arm und streichelte mit zittriger Hand über das Haar des Knienden. Er wusste, dass er einen treuen Begleiter, ja fast einen Jünger seiner Kirche gefunden hatte. Einen Menschen, den man nur unter tausenden fand. Ein Bekehrter!

Stuart erzitterte unter der Berührung des verwundeten Mannes. Noch nie hatte er etwas so Zärtliches gefühlt. Schauer rannen über seinen Körper und seine Stimme zitterte, als er fragte: „Darf ich bei Ihnen bleiben und lernen?“

Eine gehauchte Stimme antwortete mit scheinbar großer Mühe: „Du musst bei mir bleiben, mein Sohn. Du wirst als Erster an meiner Seite die Geburt einer neuen Welt erleben.“

***

Festgezurrt

Ein heftiger Schmerz brachte ihn zurück in die Realität. Tanzende Schlieren vor seinen Augen lösten sich auf und ein dunkler Kellerraum formte sich. Er versuchte sich zu erinnern, wie er hierhergekommen war. Doch sein Gedächtnis zeigte sich unwillig und verweigerte Auskunft auf diese Anfrage. Clint versuchte sich umzuschauen, was ihm nur teilweise gelang. Der Keller war ungewöhnlich aufgeräumt, fast steril. An den Wänden entlang standen Regale, die Kisten, Akten und sonstigen im Moment ungenutzten Hausrat enthielten. Der Boden war mit Steinfließen ausgelegt, die vor Sauberkeit glänzten. Vor ihm, in der Mitte des Raumes, stand ein schwerer Holztisch, der mit vier Holzstühlen komplettiert war. Auf einem der Stühle saß ein schwerer Mann. Er trug eine Potenzano, die italienische Schiebermütze, welche die Bauern in dieser Region als ‚ihre' Kopfbedeckung bezeichneten. Ein derbes, grobkariertes Flanellhemd, das in einer abgewetzten Jeans steckte. Der Mann saß ihm zugewandt und hatte seine Augen geschlossen. Seine schwieligen Hände lagen ruhig auf dem Holztisch. Nur ein leichtes Heben und Senken des Brustkorbs verriet, dass der Mann lebte. Er saß so regungslos da, als sei er eine Puppe. Nicht einmal sein Atmen drang an Clints Ohren. Am Tisch angelehnt stand ein Bettinsoli-Jagdgewehr. Clint kannte die Waffe und wunderte sich, dass ein Bauer wie der Mann am Tisch sich eine solche relativ teure Waffe leisten konnte. Sein Vater hatte ihn früher zur Wildschweinjagd mitgenommen und dieses Gewehr stolz als seine Betti bezeichnet.

Er erkannte die Sinnlosigkeit seiner Gedanken. Was kümmerte ihn, was der Mann trug oder welche Waffe er besaß? Doch sein durch langen Polizeidienst geschulter Verstand sammelte ständig Informationen und wertete diese aus. Clint versuchte nun, seine eigene Situation zu analysieren. Diese Routine würde ihm eventuell später helfen, sich aus seiner misslichen Situation zu befreien. Er schaute nach unten, soweit es seine Fesselung zuließ. Selbst sein Kopf war mit einem Band oder einem Strick fixiert. Er saß, von einem derben Seil gehalten, auf einem Stuhl. Seine Arme waren zusammen mit seinem Leib verschnürt. Sehr unprofessionell, stellte Clint befriedigt fest. Die Leute, die ihn gefangen genommen hatten, waren keine Folterspezialisten. Doch auch Laien konnten einem das Leben schwer machen. Seine Beine waren ebenfalls zusammengebunden aber, wie er nach einer kurzen Probe feststellen konnte, nicht mit dem Stuhl verbunden. Soweit war die Chance, dass er sich selbst befreien konnte, gar nicht schlecht. Nun stellte sich nur noch die Frage, wer ihn geschnappt hatte und wo er sich befand. Sein Kopfschmerz, der ihn aus seiner Ohnmacht gerissen hatte, erschwerte seine Überlegungen. Nur undeutlich erinnerte er sich an den Auftrag, den er von Pater Frank Marcus erhalten hatte. Er sollte jemanden finden. Wen nur? Seine Erinnerung öffnete einen kleinen Spalt der Tür des Wissens und ließ einen Namen heraus. Camerlengo Pietro Parolin. War er im Keller seines Hauses? Wenn ja, dann stellte sich die Frage ...

Ehe Clint seine mühsamen Überlegungen weiterbetreiben konnte, wurde seine Aufmerksamkeit durch Schritte im Nachbarraum oder vom Gang kommend abgelenkt. Der Mann am Tisch regte sich fast gleichzeitig. Erschrocken setzte er sich gerade, fast militärisch, und schaute zur Tür. Diese schwang fast lautlos auf, obwohl Clint ein Knarren wie in einem schlechten Film erwartet hätte. Der dünne Mann erschien im Türrahmen und trat ohne haltzumachen in den Kellerraum. In seiner Hand hielt er einen schwarzen Lederkoffer. Diesen legte er auf den Holztisch, an dem der Bauer gesessen hatte. Der Wächter war beim Öffnen der Tür schuldbewusst aufgestanden und hatte dem Hageren ehrfurchtsvoll Platz gemacht. Der dünne Mann klappte den Koffer auf und strich fast zärtlich über die dort säuberlich sortierten medizinischen Gerätschaften wie Skalpelle, Spreizer und Dinge, für die Clint keine Bezeichnung hatte.

„Dann fangen wir mal an“, sagte der Dünne und grinste.

***

Säuberung

Lil Rick saß angespannt in einem Frühstücksrestaurant. Er hatte sein Rührei kaum angerührt und der Kaffee wurde auch langsam kalt. Nervös schaute er aus dem Fenster. Die triste Straße mit den immer in Eile dahinhastenden New Yorkern verschlechterte eher noch seine

Stimmung. Schon seit gut einer Stunde wartete er auf einen Vertreter der Streetgang MS 13. Eines der Bandenmitglieder dieser Gang hatte auf Sergio Camas, Lil Ricks geistigen Führer, geschossen. Sergio war schwer verletzt, doch wohl über den Berg.

Lil hatte nicht damit gerechnet, dass ausgerechnet Sergio von irgendjemandem angegriffen werden könnte. Dennoch war das Unglaubliche geschehen.

Zwischen den dahineilenden Passanten erkannte Lil dann doch noch den erwarteten MS-13-Mann. Auch er schaute mürrisch in die Welt und schob sich rücksichtslos durch eine Gruppe Menschen, die an einer Ampel auf das Signal zum Gehen warteten. Kurz darauf erreichte er den Eingang des Restaurants, zog die Tür mit Schwung auf und betrat den Gastraum. Er blickte sich suchend um, erkannte Lil und ging zu dessen Tisch. Der schmächtige Latino ließ sich ungefragt auf die Bank gegenüber Lil fallen und winkte die Serviererin herbei. Er bestellte sich ebenfalls ein Frühstück, nebst Kaffee. Dann legte er sein Handy auf den Tisch, ehe er Lil Rick Beachtung schenkte. Höflichkeit stand nicht auf seiner Agenda. Der Angriff eines seiner Männer auf den Führer der UCD war ärgerlich genug. Nun musste er eine Lösung finden, welche die weitere Zusammenarbeit mit den Crips ermöglichte. Erstaunliche, neue Geschäftsverbindungen versprachen kräftige Gewinne. Seiner Macho-Latino-Rolle entsprechend begann er seinen schmalen Körperbau mit ausholenden Gesten aufzuwerten.

„Lil, my man", begann er und wurde sofort von diesem unterbrochen.

„Hör nur mit deinem Rumgehampel und den Sprüchen auf. Wir sind alleine und mir musst du nichts beweisen. Klar?"

Sofort veränderte sich die Körperhaltung des Latinos. Er schien förmlich zusammenzuschrumpfen. Mit ganz normaler Stimme, frei von jeglichem spanischen Akzent, sagte er: „Entschuldige, Lil, du hast ja recht. Aber die Bandensprache geht einem in Fleisch und Blut über."

Lil nickte nur und trank einen Schluck seines lauwarmen Kaffees. Dann schaute er seinem Gegenüber fest in die Augen, ballte seine Fäuste, ohne es selbst zu merken, ehe er sagte: „Was für eine Scheiße ist passiert, dass einer deiner Leute auf Sergio schießt?"

„Du hast völlig recht! Es war Scheiße, große Scheiße. Wir sind noch auf der Suche nach dem Idioten."

„... und was, wenn ihr ihn schnappt?"

„Das kann ich dir sagen. Als Erstes werden wir ihn fragen, warum er den Frieden bricht. Natürlich interessiert uns dabei auch, ob er alleine auf diese idiotische Idee gekommen ist, oder ob mehr dahinter steckt."

Kaum hatte der MS-13-Gangster den Satz beendet, war ihm klar, dass er zu viel verraten hatte. Doch gesagt war gesagt, und wenn Lil nachfragte, würde er die Karten auf den Tisch legen. Natürlich kam sofort Lils Nachfrage.

„Wenn ich richtig verstehe, Patrón", so nannte sich der MS-13-Gangster, „habt ihr in eurer Bande ein Problem. Um was geht es dabei?"

„Es geht dich zwar nichts an, was bei uns so abgeht, aber ich will's dir trotzdem sagen. Nicht alle MS-13-Brüder sind mit der neuen Entwicklung einverstanden. Bisher gab es nur uns und alle anderen waren bestenfalls unwichtig. Auch Chapter aus anderen Städten verstehen nicht, was wir hier in New York treiben. Es ist schwer, alte, bisher gut funktionierende Bandenregeln abzulegen. Bis jeder begriffen hat, um was es uns geht, kann es noch dauern. Ich habe ein paar Leute in unserer Gruppe, die einen anderen Weg gehen wollen. Sie sind bisher noch nicht offen gegen mich vorgegangen. Deshalb werde ich hart durchgreifen, das verspreche ich dir!"

Lil nickte zustimmend.

„Ich kenne das Problem. Wenn du mir garantierst, dass du den Mistkerl und seine Freunde bestrafst, dann soll mir das genügen. Mach keine große Sache daraus. Wir können keine Cops gebrauchen. Ich hoffe, ansonsten stehen unsere Vereinbarungen?"

„Klar Mann! Kannst dich auf mein Wort verlassen. Ich melde mich, wenn alles erledigt ist."

Damit fiel er wieder in sein Latino-Gehabe, was sich noch verstärkte, als die Serviererin sein Frühstück brachte. Als sie lächelnd fragte, ob sie für die Gentlemen noch etwas tun könne, war Macho die mildeste Beschreibung für Patrón, den Anführer der MS 13.

***

Kaum zu glauben

Pauls Astralkörper stand auf einer Galerie, von der er in eine riesige Kaverne hinabschaute. Das Licht, das ihm zuerst übernatürlich hell erschienen war, wurde von großen und scheinbar hochmodernen LED-Flutern ausgestrahlt. Die Strahler hingen verteilt an der unbearbeiteten Höhlendecke und leuchteten den Raum fast schattenlos aus. Paul bewegte sich bis an das Geländer, welches den Laufgang, der um die halbe Halle verlief, absicherte. Er schaute circa vierzig Meter in die Tiefe und konnte kaum glauben, was er dort erblickte. Die Höhle an sich wäre schon für sich gesehen bemerkenswert gewesen. Auch das technische Equipment, nebst unzähligen grauen Containereinheiten, war sehenswert. Im Moment jedoch verblasste jegliche technische Besonderheit vor dem, was in der Mitte der Halle stand. Pauls Verstand wollte nicht begreifen, ja, nicht glauben, was er dort sah. Obwohl er selbst mitgeholfen hatte, einen Fremden aus den Weiten des Universums zu jagen und schließlich unschädlich zu machen, brauchte sein Verstand einen Moment, um zu akzeptieren, was er dort unten sah.

Dort stand ein Raumschiff, eine fliegende Untertasse, wie man diese Objekte landläufig auch nannte. Sie entsprach fast völlig dem Bild, wie man sich ein UFO im Allgemeinen vorstellte. Voller Staunen, ja fast voller Bewunderung schaute er hinab zu der Flugmaschine. War das Ding echt oder Filmkulisse? Was spielte sich hier ab? Paul lenkte nun seine Aufmerksamkeit auf die direkte Umgebung der fliegenden Untertasse. Erst jetzt bemerkte er mehrere Menschen, die, ganz entgegen der üblichen Vorstellungen, nicht in weiße Schutzanzüge oder Laborkittel gekleidet waren. Die Männer und Frauen – Paul war froh, dass es sich bei den Personen dort unten um Menschen und nicht um Aliens handelte – trugen Alltagskleidung. Jeans und T-Shirts waren vorrangig. Anhand einer Gruppe von Personen, die direkt neben dem UFO stand, konnte er die ungefähre Größe der Scheibe schätzen. Sie war mindestens zwanzig Meter hoch und über vierzig Meter im Durchmesser. Die vorherrschende Farbe war ein Grausilberton, der das Licht schwach reflektierte. Im oberen Drittel befand sich eine gläserne Kuppel, doch der Blick in ihr Inneres war nicht möglich.

Da er unsichtbar war, zog sich Paul – wenn auch unnötig –zurück und überdachte seine Situation. Anscheinend war er von diesen Leuten dort unten gefangengenommen worden. Ihm war völlig schleierhaft, wie er hierhergekommen war. Hierher? Ja wo befand er sich eigentlich? Das war die Hauptfrage, die er sich stellen musste, ja die Voraussetzung, dass er entkommen konnte. Noch immer lag sein Körper bewegungslos und starr, gefangen in dem lichtlosen Raum.

Ärger brandete in ihm auf. Was gab diesen Leuten das Recht, ihn gefangen zu halten, und zu allem Überfluss auch noch unter Drogeneinfluss? Er folgerte, dass sein Zustand nur durch die Verabreichung eines starken Medikamentes zu erklären war. Aber warum hatte man ihn gelähmt? Wussten die Fremden von seiner Gabe, sich geistig aus seinem Körper zu lösen? Versuchten sie ihn durch den völligen Lichtentzug und die Lähmung daran zu hindern, dass er seine Gabe einsetzte? Wenn ja, dann war dieses Unterfangen gründlich misslungen. Als Nächstes musste er an die Oberfläche, um eine Ortsbestimmung vorzunehmen. Danach würde er Hanky kontaktieren, der bestimmt schon auf der Suche nach ihm war.

Doch noch ehe Paul weiter planen konnte, spürte er einen scharfen Schmerz. Sein Astralkörper zuckte zusammen und wurde dann wie von einem Sog gepackt und zurück in seinen Körper geschleudert.

***

Pein

Clint Coady stöhnte vor Schmerzen. Gerade erst war sein Geist aus einer tiefen, erlösenden Ohnmacht wieder an die Oberfläche seines Bewusstseins geschwemmt worden. Sein Körper brannte wie Feuer. Langsam, fast ängstlich öffnete er seine Augen, gefasst darauf, seine Peiniger vor sich zu sehen. Doch er war alleine in dem Kellerraum. Selbst der bäuerliche Wächter mit seiner Flinte war verschwunden. Dieser Kerl hatte ihn mit Faustschlägen traktiert, doch der dürre Kerl war mit seinen medizinischen Instrumenten viel brutaler gewesen. Unzählige Male hatte er Clint mit kleinen Schnitten gequält und Fragen gestellt. Fragen, die Clint nicht beantworten konnte. Etwas in seinem Gehirn blockierte die Antworten. Selbst wenn er bereit gewesen wäre, seinen Auftrag und seinen Auftraggeber zu verraten, verhinderte diese Blockade jeden Verrat. Gefühlte Stunden hatten die Männer ihn bearbeitet, die in ihm den Wunsch erwachsen ließen, zu sterben. Doch er war noch immer am Leben.

Benommen schaute er an sich herab und besah sich die kleinen Schnitte auf seinem entblößten Brustkorb. Die Wunden hatten aufgehört zu bluten. Schwarze, getrocknete Blutschlieren verliehen seiner Haut ein groteskes Muster. Man hatte ihn alleingelassen, nachdem er in Ohnmacht gefallen war. Der Marterkoffer stand noch immer auf dem Holztisch, keinen Meter von ihm entfernt. Clint folgerte daraus, dass die Männer zurückkommen würden, um ihn weiterzuquälen. Er mochte sich nicht vorstellen, was sie ihm noch alles antun würden. Trotz regte sich und mit ihm alter Kampfgeist. So konnte niemand mit einem Cop umgehen, auch wenn er ein ehemaliger war. Sein Gehirn begann fieberhaft nach einem Ausweg aus seiner misslichen Lage zu suchen. Dabei setzte er sich, ohne darüber nachzudenken, gerade auf. Verblüfft stellte er fest, dass der Strick, mit dem man ihm die Hände auf dem Rücken fixiert hatte, locker war. Er konnte kaum glauben, dass das Schicksal ihm unerwartet eine Chance gab. Vorsichtig bewegte er nun seine Hände, dann die Arme, zog und schob. Dabei ignorierte er seine schmerzenden Wunden, von denen einige erneut bluteten. Dann war es geschafft. Er konnte den Strick abstreifen und seine Arme nach vorne bringen. Verspannte Muskeln protestierten mit Vehemenz und Clint musste sich beherrschen, damit er nicht aufschrie. Er massierte vorsichtig seine traktierten Körperteile, bis die Muskelschmerzen abklangen. Dann beugte er sich nach vorn und löste die Fußfesseln. Eine Minute später stand er auf seinen Beinen. Erst wacklig, dann schon sicherer ging er zum Tisch hinüber. Dort beugte er sich über den Folterkoffer und überlegte, welches dieser schrecklichen Instrumente er wohl als Waffe verwenden konnte. Er wählte zwei Skalpelle – oder waren es Messer? – und steckte sich diese in den Hosenbund. Eine silberne chirurgische Säge fand er im Deckel des Koffers. Das Werkzeug war mit winzigen Zähnen ausgestattet und schien sehr scharf zu sein. Mit einem grimmigen Grinsen löste er die Säge aus ihrer Halterung. Ein gut zwei Pfund schwerer Hammer vervollständigte seine Bewaffnung.

Kaum war er fertig, hörte er von der Tür herkommend Schrittgeräusche. Sofort eilte er in die Ecke neben der Tür. Keinen Moment zu spät. Die Tür öffnete sich und der Bauer, der wohl nicht mit der Flucht seines Gefangenen gerechnet hatte, trat in den Raum und blieb verunsichert stehen. Noch ehe der Wächter seine Verwunderung abgeschüttelt hatte, traf ihn Clints Hammer am Hinterkopf. Der Mann brach sofort haltlos zusammen und landete mit einem dumpfen Geräusch auf dem Boden. Von dort würde er sich nie wieder erheben. Der Schlag hatte seinen Hinterkopf zertrümmert. Blut und graue Hirnmasse drangen aus der Kopfwunde und flossen träge auf den Boden.

Ohne einen Triumph zu spüren, aber auch ohne jegliches Bedauern stieg Clint über die Leiche. Vorsichtig schaute er hinaus auf den Flur, den er damit zum ersten Mal sah. Erleichtert stellte er fest, dass niemand sonst mit in den Keller gekommen war. Hastig untersuchte er den Toten und fand neben Zigaretten und einem Feuerzeug nur noch einen dicken Schlüsselbund. Leider war der Mann unbewaffnet. Mit aller Kraftanstrengung zog er den Toten weiter in den Raum. Dann blickte Clint sich suchend um. In einer Ecke fand er schließlich, was er suchte. Dort lagen zusammengeknüllt sein Hemd und seine Jacke. Eiligst zog er die Kleidungsstücke über und hastete zur Tür. Noch immer war alles ruhig. Vorsichtig trat Clint in den Flur hinaus und zog die Tür des Kellerraumes leise zu. Mit dem Hammer in der rechten und der Säge in der linken Hand schlich Clint so leise er nur konnte den Gang entlang. An einer Treppe angekommen verharrte er einen Augenblick und lauschte nach oben. Zuerst schien das Haus ruhig dazuliegen, doch dann hörte er leise Stimmen, die sich auf die Treppe zubewegten.

***

Ein paar Schritte

Sergio Camas war zur Verblüffung seiner Mitstreiter aufgestanden und war einige Schritte durch das Zimmer gelaufen. Natürlich hatte ihn Stuart Rickelbeck, der ehemalige Zahnarzt, gestützt. Mit einem verzerrten Lächeln, das den Wundschmerz nur ungenügend überspielte, schaute er auf seine Soldaten Gottes. Er hatte keine Zeit, untätig auf dem Sofa zu liegen. Er hatte eine Mission zu erfüllen. Sich an einem Stuhl haltend richtete er sich so gerade auf, wie es ihm in seinem Zustand möglich war. Als er dann zu sprechen anfing, wunderten sich alle, wie fest die Stimme ihres Anführers klang.

„Männer, Soldaten Gottes, wir dürfen in unserer Anstrengung nicht nachlassen. Noch immer sind einige Gruppen, oder Terrorzellen, wie die Medien diese Verbrecher nennen, in unserer Stadt. Wir sind die Einzigen, die diese Monster finden und eliminieren können. Der Staat mit seiner Polizei, den Sonderdezernaten, dem FBI, dem Secret Service und so weiter war bisher nicht in der Lage, diese Gefahr zu bannen. Deshalb ist es an uns, für Ordnung zu sorgen. Ihr alle seid dazu erwählt, diesen Kampf zu führen. Einen Kampf, der nicht mit der Ausmerzung der Terrorzellen in unserer Stadt enden wird. Es gibt noch viele bisher unentdeckte Gruppierungen, die unseren Way of Life blutig beenden möchten. Selbst in unserer Gemeinschaft hat es einen Verräter gegeben und ich vermute, er war nicht alleine. Das können wir nicht tolerieren! Findet die Abtrünnigen, die unseren heiligen Kampf verhindern wollen, und schlagt sie ans Kreuz. Diese Kerle sind noch schlimmer, noch übler als die islamistischen Terroristen. Sie betrügen nicht nur mich, nicht nur unsere heilige Aufgabe, sondern sie betrügen euch, die ihr trotz alter Konflikte zusammengefunden habt und nun Brüder seid."

Mit einem Ächzen sackte Sergio zusammen und wäre wohl zu Boden gefallen, wenn ihn Stuart und Lil Rick nicht im letzten Moment gehalten hätten. Vorsichtig fassten sie Sergio unter die Arme und trugen ihn mehr, als dass sie ihn führten, zurück zu dem alten Sofa. Dort legten sie ihn behutsam hin. Stuart kniete sich neben seinen Patienten und versuchte ihn so bequem wie möglich zu betten. Sergio schob ihn weg und winkte Lil heran. Dieser reagierte sofort und beugte sich über den Kranken. Leise, fast flüsternd gab Sergio Lil Anweisungen, ehe er seine Augen schloss und sofort einschlief.

Lil blieb noch einen Moment am Sofa stehen, blickte auf die magere Gestalt hinab, in der so viel Kraft wohnte. Dann drehte er sich um und verließ gefolgt von den anderen UCD-Kämpfern den Raum.

***

Ermittlungen

Diego Rodriguez, Assistant Director des FBI New York City, legte genervt den Telefonhörer auf. Gerade hatte er mit seinem Chef telefoniert, dem höchsten FBI-Beamten Direktor Robert Mueller. Es war ein sehr unangenehmes Gespräch gewesen, ein beinahe ultimatives. Seine Karriere hing am seidenen Faden, wie man gerne sprichwörtlich sagte.

Wenn er es nicht schaffte, bessere Ermittlungsergebnisse – der Direktor sprach nicht einmal von einem Ermittlungserfolg – zu erzielen, dann würde von Washington aus ein neuer Mann berufen werden. So weit durfte es nicht kommen. Der Assistant Director drehte seinen Stuhl zum Fenster und schaute nach draußen. Dort lag seine Stadt, die schon so viele Schicksalsschläge erlebt hatte. Die Terrorakte der jüngsten Vergangenheit stellten die Behörden bloß. Es hatte viele Opfer gegeben. Zu viele! Der Bürgermeister Bill de Blasio war gerade so mit dem Leben davongekommen, als der Madison Square Garden attackiert wurde. Seitdem quälte ihn der Mann täglich mit Telefonanrufen. Viel schlimmer hatte es den Präsidenten der Vereinigten Staaten getroffen. Zwar hatte er einen direkten Anschlag auf wundersame Weise überlebt, wie, das wusste bisher niemand zu sagen. Doch hatten vierzehn Secret-Service-Agenten und sechs Polizisten bei diesem feigen Attentat ihr Leben lassen müssen. Doch der Präsident hatte nicht ein einziges Mal bei ihm nach Ermittlungsergebnissen angefragt. Wahrscheinlich führte sein Secret-Service-Team eigene Ermittlungen durch, von denen er nichts wusste.

Nicht zum ersten Mal fragte sich Diego Rodriguez, wie es möglich war, dass die Terroristen spurlos untergetaucht waren. Waren nicht überall in der Stadt Kameras installiert? Wo waren Zeugen, die wirklich etwas zu sagen hatten? Er brauchte dringend einen guten Ansatz, um die Fahndung nach den Terroristen zu forcieren. Dazu kam diese neue Gruppe, die sich selbst UCD oder die Soldaten Gottes nannten. Wer waren die Leute, was waren ihre Ziele und wer steckte hinter dieser Gruppierung? Auch hier war man noch keinen Schritt weitergekommen. Die auffälligen roten Tatzenkreuze boten auch keine Hilfe, da täglich mehr New Yorker mit T-Shirts dieser Art herumliefen. Damit bekundeten die Bürger ihre Solidarität mit dieser ungebetenen Bürgerwehr. Doch was diese Gruppe veranstaltete, war Selbstjustiz. Das konnte er auf gar keinen Fall tolerieren, auch wenn so mancher Beamter Sympathien für diese Bewegung empfand.

Seine Sekretärin öffnete vorsichtig seine Bürotür, klopfte überflüssigerweise noch an und trat in den Raum. Vor dem Schreibtisch blieb sie stehen und wartete, bis der Assistant Director des New Yorker FBI sich umdrehte und sie fragend anschaute.

„Herr Direktor, in fünf Minuten beginnt das Meeting. Vorher möchte Commissioner Bratton noch kurz mit Ihnen sprechen. Darf ich ihn hereinbitten?"

Während sich die Führungsspitze der Ermittlungsbehörden im Federal-Plaza-Gebäude versammelte, kaute Steve Holder, Detective der New Yorker Polizei, Abteilung Drogendezernat, an einem lauwarmen Hotdog lustlos herum. Ihm war eigentlich überhaupt nicht nach Essen zumute. Doch Tarnung war alles, und wer vermutete schon hinter einem kauenden Mann einen Drogenfahnder. Steve schaute so belanglos aus, dass ihn schon des Öfteren Kollegen angehalten und kontrolliert hatten. Seine eher schäbige Kleidung förderte diese gewollte Fehleinschätzung. Missmutig schaute er die 7th Avenue in Harlem hinunter. An der Ecke zur West 122nd Street lümmelten sich einige Jugendliche herum, die ihrem Outfit nach zu der Straßengang der Crips gehörten. Er wunderte sich, dass die Bande sich hier, an einer der Durchgangsstraßen, aufhielt. Normalerweise trieben sie sich in kleineren Wohnstraßen oder in Hinterhöfen verlassener Gebäude herum. Außer dass die jungen Männer sich mit enormer Lautstärke unterhielten, benahmen sie sich recht zivilisiert. Bereitwillig ließen sie Fußgänger passieren, ohne ihre übliche Drohgebärdenshow abzuziehen. Etwas hatte sich am Verhalten der Crips verändert. Auch ihr Anführer Lil Rick war schon lange nicht mehr in Erscheinung getreten, was ebenfalls verwunderlich war. Steve überlegte, ob er als Detective in dieser Gegend aufgeflogen war. Seinem besonderen Outfit nach passte er hervorragend in diese Nachbarschaft. Auch seine Hautfarbe, er war ein Afroamerikaner, so ein in der Amtssprache oft verwendeter Terminus, privilegierte ihn geradezu, unerkannt in Harlem zu ermitteln. Etwas stimmte hier nicht. Etwas war faul. Er konnte förmlich fühlen, dass sich etwas zusammenbraute. Keiner seiner Informanten, die für einen Zehner ihre Großmutter verkauft hätten, wollte ihm weiterhelfen. Steve schluckte den letzten Bissen seines Hotdogs hinunter und setzte sich auf die Stufen eines alten Hauses. Er würde warten und beobachten, bis etwas geschah.

***

Ängstlich

Hanky hatte schlecht geschlafen. Mehrfach war er erwacht und hatte über ihre Situation gegrübelt. Unruhig war er in seinem Zimmer auf und ab gewandert. Doch alle seine Überlegungen hatten am Ende mit Gewalt geendet. Gewalt, die er eigentlich nicht einsetzen wollte. Er hatte das Gefühl, dass die Tatsachen, die Umstände ihn fest im Griff hatten. Auch die Erwartungen, die seitens des Präsidenten auf ihm lasteten wie eine schwere Bürde, schränkten seine Handlungsmöglichkeiten ein. Kurz vor Mitternacht hatte er ein Telefonat mit seinem obersten Dienstherren geführt. Hanky war einer der wenigen Menschen, die immer und jederzeit mit dem Führer der westlichen Welt Kontakt aufnehmen konnten. Dieses Mal jedoch war es der Präsident selbst gewesen, der ihn angerufen hatte. Er hatte Hanky seine Besorgnis mitgeteilt und auch die Bestrebungen mancher Ermittlungsbehörden und Dienste, ihn, Hanky, und auch Walt unter ihre Kontrolle zu bringen. Das Gespräch dauerte über eine Stunde, bei dem vieles gesagt wurde und vieles ungesagt blieb. Sie vereinbarten, dass Hanky, sollte es Schwierigkeiten egal welcher Art geben, den Präsidenten jederzeit kontaktieren konnte.

Endlich war die Nacht vorüber und Hanky stellte sich lange unter die Dusche. Er zog sich an und schaute auf die Uhr. Es war an der Zeit, nach unten zu gehen, um seine Gefährten zu treffen. Als er den Frühstücksraum betrat, sah er als Erstes Walt, der mit einem breiten Grinsen einen vollbeladenen Teller vom Buffet zu seinem Tisch trug. Hanky wunderte sich immer wieder über Walts frohes Gemüt. Sein Freund brachte es fertig, schlimme Erlebnisse rasch zu verarbeiten. Ein Außenstehender hätte vermuten können, dass Walt kaltschnäuzig oder noch schlimmer einfältig sei, doch, so wusste Hanky, das war weit gefehlt. Walts Lächeln hatte etwas Besonderes an sich. Er brauchte nicht viel zu sagen, einfach nur anwesend sein, um die Laune seiner Freunde zu verbessern. Hanky fragte sich, ob diese Gabe Walts natürlicher Ausstrahlung zuzuschreiben war oder ob es sich um eine neue mentale Kraft handelte.

Ohne eine Antwort auf seine Frage zu erhalten, setzte sich Hanky an den Tisch. Er nickte Walt lächelnd zu, was dieser nur erwidern konnte, da sein Mund zu voll war, um etwas zu sagen. Kurz darauf erschien Richard, einen Stapel Papiere unter dem Arm tragend. Mit Wucht knallte er seine Unterlagen auf den Tisch, bestellte bei einem vorbeieilenden Kellner Kaffee und marschierte danach gleich zum Buffet.

„Na, der hat es aber eilig“, ließ Walt zwischen zwei Bissen verlauten.

„Rich hat doch morgens immer einen guten Appetit“, antwortete Hanky, der sich nun doch ein Grinsen nicht verkneifen konnte und bedeutsam auf Walts Teller schaute.

„Du solltest dich auch stärken, mein Lieber“, antwortet Walt, ohne auf Hankys Anspielung zu reagieren.

„Du hast ja recht. Wir haben heute einiges vor.“

Damit erhob sich Hanky und folgte Richard.

Eine halbe Stunde später brachen die Männer auf. Am gestrigen Abend hatten sie sich eine Strategie zurechtgelegt, der sie heute folgen wollten. Als ersten Punkt ihrer Agenda stand ein weiterer Besuch bei dem Generalinspekteur des vatikanischen Gendarmeriekorps an. Bei diesem Treffen sollte Rich Walt und Hanky begleiten. Je nachdem, was sich aus diesem Besuch ergab, sollte entschieden werden, ob Rich weiter bei seinen Freunden blieb oder seiner Pressearbeit nachging.

Um Punkt zehn Uhr morgens standen die Männer vor dem Büro des Generalinspekteurs. Heute mussten sie nicht lange warten. Ein Beamter führte sie direkt in das Büro. Domenico Giani erhob sich mit einem verunglückten Lächeln hinter seinem Schreibtisch. Mit ausgestreckten Armen eilte er zu seinen Besuchern und schüttelte jedem der Männer auf typisch italienische Art überschwänglich die Hände. Dann bat er die Männer in einer Sitzgruppe Platz zu nehmen. Als alle saßen, schaute Domenico Giani Hanky fragend an. Hanky wartete nicht auf die zu erwartende Frage, sondern begann sofort sein Anliegen zu formulieren.

„Mister Giani, heute brauchen wir Informationen über einen Angehörigen des Vatikans."

Der Generalinspekteur verzog sorgenvoll sein Gesicht. Eine Wand neuer Probleme schien vor ihm aufzuwachsen. Befugnisse, Macht und Koalitionen hinter den Mauern des Vatikanstaates hatten schon manch gutem Mann die Karriere gekostet. Er beschloss vorsichtig zu sein und abzuwarten, um wen es eigentlich ging. So machte er eine Geste, die Hanky aufforderte weiterzusprechen.

„Was können Sie uns über einen gewissen Pater Frank Marcus sagen?"

Domenico Giani erschrak zutiefst. Die Temperatur im Raum schien in Sekunden um einiges abgesunken zu sein. Frostschauer liefen über seine Haut und sein Blutdruck schwankte wie ein Schiff im Sturm. Ausgerechnet dieser Pater, über den in Wirklichkeit keiner wusste, über wie viel Macht er verfügte. Der Vertraute des Heiligen Vaters. Was sollte er den Männern nur sagen? Konnte, durfte er überhaupt etwas sagen? Wer dem Pater einmal selbst begegnet war, der wusste sofort, dass man sich mit ihm nicht anlegen wollte. Diesen Pater umgab eine Aura ungreifbarer Bedrohung, der man besser aus dem Weg ging. Vieles hatte sich im Vatikanstaat geändert, seit Pater Frank Marcus in Rom aufgetaucht war. Angst grassierte auf den Gängen wie eine fiebrige Epidemie.

Der Generalinspekteur war mehr als unzufrieden mit dieser neuen Machtkonstellation. Deshalb beugte er sich verschwörerisch nach vorne und sagte leise zu seinen Gästen:

„Wir können über den Mann sprechen, aber nicht hier. Wer weiß, ob die Wände Ohren haben. Wir treffen uns in einer Stunde an der Engelsburg, gleich am Haupteingang. Warten Sie dort, bis Sie von mir hören."

Laut, wohl für unsichtbare Mikrofone, sagte er in einem verärgerten Tonfall: „Ich wüsste nicht, meine Herren, warum ich Ihnen etwas zu einem der Mitarbeiter des Heiligen Vaters berichten sollte. Wenn das alles war, dann bitte ich Sie nun zu gehen. Auf Wiedersehen."

Damit stand er auf und ging selbst zu der Zimmertür, öffnete diese und winkte seine Besucher hinaus.

Wenige Minuten später standen Walt, Richard und Hanky vor dem prachtvollen vatikanischen Verwaltungsbau. Ohne besondere Eile gingen sie davon.

***

Hinaus

Clint fluchte leise. Ausgerechnet jetzt musste jemand kommen. Doch es wäre ja auch zu leicht gewesen, wenn er einfach den Ort der Folter hätte verlassen können. Fieberhaft überlegte er, wie er wohl mit gleich zwei Gegnern fertig werden sollte. Doch das Schicksal schien ein Einsehen zu haben. Die Männer blieben oben stehen und setzten ihre Unterhaltung fort. Da sie italienisch sprachen, konnte Clint kein Wort verstehen. Doch dieser bedauerliche Umstand war nicht zu ändern. Eilig schaute er sich nach einem geeigneten Versteck um. Er musste die Männer überraschen, damit er wenigstens eine kleine Chance besaß. Neben der Treppe entdeckte er eine kleine Nische, die ihn aber nur sehr unzulänglich vor Blicken schützen würde. Sofort eilte er zu diesem Versteck und drückte sich in eine Ecke. Kaum stand er dort, hörte er Schritte auf der Treppe. Wenn er sich nicht täuschte, dann kam nur ein Mann die Stufen herunter.

Schon als Clint die Beine des Mannes sah, wusste er, wer dort kam. Es war dieser verdammte dünne Kerl, der ihm so viel Schmerz beschert hatte. Wut kochte in Clint hoch und wollte ihn zu unüberlegter

Handlung treiben. Doch Clint war Profi genug, um sich zu beherrschen. Er wartete ab, bis der Mann im Flur ankam. Dann jedoch schnellte er nach vorne und hob dabei den Arm mit dem Hammer. Der Dünne hatte keine Zeit, zu reagieren. Nicht einmal ein Schreckensruf verließ seine Lippen. Der Hammer traf mit enormer Wucht das Genick des Mannes. Mit erstaunten, weit aufgerissenen Augen sackte der Getroffene auf die Knie, gab noch ein gurgelndes Geräusch von sich, ehe der angebrochene Halswirbel vollends brach und sein Kopf haltlos nach hinten kippte. Der Körper folgte dem Kopf und fiel reaktionslos nach hinten. Clint beugte sich über den dünnen Mann, dessen verrenkter Kopf unnatürlich zur Seite verdreht war. Befriedigt stellte Clint fest, dass er den Kerl erledigt hatte. Schnell durchsuchte er den Toten, fand aber nichts, was ihm hätte nützlich sein können.

Ohne sich noch länger aufzuhalten, eilte Clint zu der Treppe. Leise, dabei angestrengt lauschend, erklomm er die Stufen. Am Ende der Treppe trat er durch eine Tür und fand sich in einem Flur, dessen Boden mit edlem Marmor belegt war. An den Wänden hingen in goldenen Rahmen Bilder, deren Wert er nicht einmal schätzen konnte. Doch die prunkvolle Ausstattung des Hauses interessierte Clint in keinster Weise. Leise schlich er den Gang entlang und fand auf der rechten Seite eine Tür, die einen Spalt offenstand. Ein Summen wie auch leise Stimmen drangen aus dem Raum dahinter. Vorsichtig spähte er durch den Spalt. Er sah eine Reihe von Bildschirmen, vor denen zwei Männer saßen. Ein Kontrollraum, schloss Clint, der das gesamte Anwesen überwachte. Er versuchte seine Chancen abzuwägen, ungeschoren von dem Grundstück zu verschwinden. Seine Überlegungen ließen nur eine Möglichkeit zu. Er musste die Männer in dem Kontrollraum überwältigen, damit niemand seine Flucht beobachten konnte. Verzweiflung mischte sich mit Hoffnung. Er musste handeln, sonst war sein Leben vorbei. Er hatte getötet, seine Folterknechte erschlagen. Vor seinem Gewissen konnte er sich damit eine Brücke bauen, die den Fluss der Menschlichkeit sicher überspannte. Doch die Männer in dem Überwachungsraum hatten ihm nichts getan. Er musste sie zumindest so weit kampfunfähig machen, dass seine Flucht gelingen konnte. Mit diesem Vorsatz öffnete er die Tür und trat in den Raum. Seine Hoffnung, die Männer von hinten bewusstlos zu schlagen, wurde schon in der ersten Sekunde zerstört. Einer der

Männer hatte sein Eintreten bemerkt und fuhr herum. Wie hingezaubert hielt er plötzlich eine Waffe in seiner Hand. Bedrohlich schwenkte er seinen Arm in Clints Richtung. Gleich würde ein Schuss fallen und seine Flucht final beenden. Reaktion löste bewusste Überlegung ab und ließ ihn handeln. Ansatzlos schleuderte er seinen Hammer in Richtung des Schützen. Blitzartig rauschte ein Gedanke durch sein Bewusstsein. *Wenn ich die Hand treffe, dann ...*

Doch der Hammer sauste an der Waffenhand vorbei und fand sein Ziel. Mit brachialer Gewalt erreichte er den zum Schrei aufgerissenen Mund des Schützen, brach durch die Zähne wie durch morsches Holz, um schließlich im Rachen seine Energie abzugeben. Das Zungenbein brach und fast gleichzeitig wurden die Nervenbahnen der Nackenwirbel zerfetzt. Blut schoss aus dem Mund des Getroffenen, während er mit gurgelnden Lauten in seinem Bürostuhl zusammensackte.

Inzwischen war der zweite Wächter aufgesprungen und hechtete, mit ebenfalls gezogener Pistole, auf Clint zu. Seine Augen zeigten kalten Mordwillen, als auch er seine Waffe in Anschlag bringen wollte. Clint wich seitwärts aus und fasste die chirurgische Säge mit der rechten Hand. Mit Wucht führte er das Instrument und ließ es einen tödlichen Halbkreis beschreiben. Sicher wie ein Schwertkämpfer lenkte er die Klinge auf die Pistolenhand seines Gegners. Das Sägeblatt schrammte an der Waffe vorbei und trennte den Daumen des Mannes ab. Der Mann bremste verblüfft seinen Angriff, schaute auf die Hand, die immer noch die Pistole festhielt, ehe er mit der anderen Hand die Waffe griff. Anscheinend hatte der Schmerz noch nicht sein Bewusstsein erreicht, denn er verzog keine Miene. Erneut hob sich die Waffe, doch die Entfernung zu Clint war zu gering, dass der Mann den Arm strecken konnte. Verbissen stieß sich Clint ab und prallte gegen den Mann, der sich heftig wehrte.

Die beiden rangen keuchend miteinander, boxten, traten und kratzten. Schließlich fielen sie, ineinandergekrallt, zu Boden. Sie rollten weiterkämpfend hin und her. Beide hatten ihre Waffen beim Sturz verloren. Dann gewann der um einige Jahre jüngere Wachmann die Oberhand. Rittlings kniete er über Clint, der auf dem Rücken lag. Erst mit beiden Händen, dann mit einer Hand umklammerte er den Hals des am Boden Liegenden. Mit der anderen Hand tastete der Wachmann nach seiner Waffe. Dies war sein letzter Fehler. Clint bekam etwas mehr Luft, was er sofort nutzte. Er tastete mit der rechten Hand nach einem der chirurgischen Messer, zog es aus dem Gürtel und stach zu. Durch seine eingeschränkte Bewegungsfreiheit konnte er nur die Seite des Mannes treffen. Ohne es geplant zu haben, traf er die Niere des Wachmannes. Dieser riss in lautloser Pein seinen Mund weit auf. Ungeheure Schmerzenswellen rasten durch seinen Körper, ehe sein Nervensystem gnadenhalber durch eine tiefe Ohnmacht das Schmerzzentrum abschaltete. Der Wachmann verdrehte seine Augen und sackte auf Clint zusammen. Der schob den Bewusstlosen zur Seite und schob sich mühsam unter dem Körper hervor.

Keuchend stand er auf, zog das Messer aus der heftig blutenden Wunde seines Gegners und schaute sich in dem Überwachungsraum um. Zuerst eilte er zu den Monitoren, welche Bilder aus dem Haus zeigten und einige Außenansichten. Nun erkannte er, wo er sich befand. Sein Gedächtnis schien nur einen Anstoß gebraucht zu haben, um sich an die Zeit vor dem Folterkeller zu erinnern. Dies war die Residenz des Camerlengo. Er hatte herausfinden wollen, was dieser plante und wo er sich aufhielt. Beide Fragen blieben für den Moment unbeantwortet. Wichtig war nun, dass er als Erstes sicher zurück nach Rom kam. Alles Weitere würde sich finden. Ein erneuter Blick auf die Bildschirme genügte, um festzustellen, dass es in dieser Nacht wohl keine weiteren Wachmänner auf dem Grundstück gab. Jedenfalls hoffte er, dass ihn seine Einschätzung nicht trog. Zur Sicherheit sammelte er die Pistolen der Wachmänner ein und begab sich nach draußen. Er lauschte kurz in den Gang hinein, doch weder Stimmen noch andere Geräusche drangen an seine Ohren. Beherzt eilte er den Gang entlang und trat kurz darauf in eine prächtige Eingangshalle.

Keine fünf Meter von ihm entfernt befand sich die Haustüre. Ein schneller Rundblick genügte ihm. Niemand befand sich in der Eingangshalle. Hastig ging er zu der zweiflügligen Eingangstür, griff die Türklinke und drückte diese nach unten. Doch die Tür war abgeschlossen. Panik drückte Schweiß aus seinen Poren und sein Herz begann schmerzhaft zu schlagen. Wie konnte er die Tür nur öffnen, wo war der Schlüssel? Siedend heiß fiel ihm ein, dass er dem Bauern im Keller einen Schlüsselbund abgenommen hatte. Mit zitternden Fingern taste Clint seine Taschen ab.

Schreck

Sie waren die ganze Nacht hindurchgefahren. Die Angst, zu spät zu kommen, hatte sie angetrieben. Als die ersten Sonnenstrahlen sich durch den frühmorgendlichen Bodennebel pressten und eine Symphonie zerstäubten Lichtes über die Landschaft legte, erreichte ihre Müdigkeit einen Level, der nur noch mit Schlaf neutralisiert werden konnte. Unzufrieden rollten sie auf einen kleinen Parkplatz, der direkt an der Landstraße platziert war. Sie fuhren bis dicht unter die Bäume und hielten zum ersten Mal seit Stunden an. Der Motor erstarb und es wurde ruhig, fast still. Wortlos erhoben sich Rita und Carmen, begaben sich in den Wohnbereich ihres Gefährts zu dem breiten Doppelbett am Ende des Campers. Mit einem Seufzer ließ sich Rita auf das Bett sinken, kickte ihre Schuhe von den Füßen, ehe sie unter die Bettdecke krabbelte. Sie verzichtete sich zu entkleiden, dazu war sie einfach zu müde. Carmen zuckte mit den Schultern und folgte Rita ins Bett. Kaum hatte ihr Kopf das Kissen berührt, fiel sie in einen tiefen Schlaf.

Ein krachendes Geräusch ließ die Frauen Stunden später aus ihrem Schlaf schrecken. Benommen setzten sie sich auf und erschraken. Vor ihnen stand ein wuchtiger, verwahrloster Kerl. In seiner Hand hielt er ein großes Jagdmesser, das er leicht hin- und herpendeln ließ. Sein schmallippiger Mund verzog sich, umrandet von einem ungepflegten Vollbart, zu einem hässlichen Grinsen. Der Rest seines Kopfes war ebenso haarig und verfilzt. Derbe Stiefel, in denen eine dreckige Jeans steckte, ein rotkariertes Baumwollhemd, an manchen Stellen zerrissen, komplettierte den Redneck.

Rita war nun vollends wach und schaltete auf Angriffsmodus. Sie hatte gelernt, wie man mit einer Gefahr, einer Bedrohung umgehen musste. Nach allem, was sie in ihrem Leben schon an Gewalt erfahren hatte, war es für sie wie auch für Carmen ein Muss gewesen, Überlebenstechniken zu erlernen. Durch die guten Kontakte ihrer Freunde und Partner hatten sie an einigen Spezialkursen des FBI teilnehmen dürfen. Dieser Umstand fand nun seine reale Probe. Der Kerl, der so unverhofft in ihren Wagen eingedrungen war, würde keine hilflosen Frauen vor sich haben. Doch das wusste er nicht. Sich immer noch in einer vermeintlichen Machtposition wähnend, betrachtete er die Frauen und leckte sich dabei in schamloser Vorfreude die Lippen.

Rita schnellte ansatzlos nach vorne und warf sich gegen den Eindringling. Der Mann, fassungslos über diesen Angriff, taumelte nach hinten, rammte die seitlich angebrachte Tischplatte und biss sich gleichzeitig auf die Zunge, die eben noch genießerisch über die Lippen geglitten war. Der Schmerz, gekoppelt mit der Tatsache des unerwarteten Angriffs, paralysierte den Eindringling für Sekunden. Doch diese Zeit genügte, den schweren Mann zu überwältigen. An Rita vorbei, die bei ihrem Angriff gestürzt war, sprang Carmen den Redneck wie eine Raubkatze an und brachte diesen zu Fall. Er stürzte schwer auf den Rücken, Carmen immer noch auf sich. Der Mann strampelte wie ein Kleinkind und versuchte auf die Beine zu kommen. Sein Messer hatte er bei dem Sturz verloren, genauso seinen Angriffswillen. Seine Lust, die Frauen zu vergewaltigen, war vergessen. Die leichte Beute hatte sich als gefährlich erwiesen. Er wollte weg, fort von diesen Furien. Inzwischen war Rita wieder auf den Füßen und ihr Blick scannte den Innenraum des Campers nach einer möglichen Waffe ab. Carmen rang immer noch mit dem großen Kerl, wobei es ihr gelang, diesen weiterhin am Boden zu halten. Rita riss einen kleinen Schrank unter der Spüle auf und fand, wonach sie gesucht hatte. Mit einem Ruck zog sie eine gusseiserne Pfanne unter einigen Töpfen hervor. Dann drückte sie sich an den Kämpfenden vorbei und stand schließlich hinter dem Kopf des Angreifers.

„Carmen, zurück!", schrie Rita lauthals.

Carmen verstand sofort, ließ den wuchtigen Mann los, den sie vergeblich zu würgen versucht hatte, und beugte sich, immer noch auf ihm sitzend, nach hinten. Sofort holte Rita mit beiden Händen die Pfanne an ihrem Stil haltend aus und schlug, so fest sie nur konnte, das Bratutensil auf den Kopf des immer noch liegenden Mannes. Ein dumpfes Klong zeugte von ihrem Treffer. Sofort erschlaffte der Getroffene und lag leblos vor den Frauen. Die trauten aber ihrem Glück nicht sofort. Carmen kramte aus dem Werkzeugkasten eine Rolle Panzerband. Vorsichtig, immer darauf gefasst, einen weiteren Angriff zu erleben, fesselte Carmen den Redneck. Rita indessen schaute aus den Fenstern des Campers nach draußen. Sie wollte sichergehen, dass der Kerl nicht noch einen Komplizen hatte, der auf dem Parkplatz auf seinen Kumpan wartete. Doch außer einem alten, verbeulten Ford F-150 Pick- up, der gute zehn Meter entfernt parkte, war alles ruhig. Die Pfanne immer noch in der rechten Hand haltend verließ Rita darauf den Camper. Mit angespannten Sinnen umrundete sie das Wohnmobil. Doch auch hier hatte sich niemand versteckt. Erst dann lief sie langsam auf den Pick-up zu. Der Wagen starrte vor Dreck und scheinbar hatte der Redneck die Ladefläche als fahrbare Müllkippe umfunktioniert. Ehe sie sich näher an das Fahrzeug herantraute, versuchte sie zu erkennen, ob sich jemand in der Fahrerkabine aufhielt. Trotz großer Anstrengung konnte sie jedoch keinerlei Bewegung erkennen. Entschlossen trat sie näher an den Wagen heran. Ein Blick durch die Seitenscheibe genügte, um zu sehen, dass sich dort niemand verbarg. Als sie dann einen genaueren Blick auf die Ladefläche warf, stockte ihr der Atem. Unter einem Berg Müll jeglicher Art ragte ein Frauenfuß hervor.

***

Konspirativ

Vor der Engelsburg tummelten sich viele Touristen. Fremdenführer hielten Fähnchen mit gestreckten Armen in die Höhe und versuchten ihre Reisegruppen beisammenzuhalten. Ein vielfältiges Sprachengewirr echote zwischen den uralten Mauern und gab fast sphärisch die kulturelle Vielfalt der Menschheit preis. Stelldichein für Verliebte, Treffpunkt für Romantiker. Nicht weit von diesem touristischen Highlight stoppte ein unauffälliger Wagen. Schnell stieg ein Mann aus und schaute sich, bemüht, Unauffälligkeit darzustellen, um. Gleich darauf erhellte sich die Miene des Mannes. Er hatte die Personen seiner Umschau entdeckt. Diese standen nahe dem Eingangstor und bestaunten die alte Burg. Nach wenigen Schritten erreichte er die vorgeblichen Touristen. Er trat an sie heran und räusperte sich. Die Männer schauten sich fragend um und erst nach wenigen Sekunden erkannten sie ihr Gegenüber. Hanky hatte sich von seinem Erstaunen über die Verkleidung oder besser die Tarnung des Generalinspekteurs des vatikanischen Gendarmeriekorps am schnellsten gelöst. Ein anerkennendes Lächeln breitete sich auf seinem Gesicht aus. Mit Freude streckte er seine Hand zum Gruß aus, obwohl nicht mal eine Stunde verstrichen war, seitdem die Männer sich zuletzt gesehen hatten. Doch dieses Verhalten gehörte natürlich zur Tarnung dieses konspirativen Treffens.

„Senior Giani", sprach Hanky den Polizeichef erfreut an, „ich hätte Sie beinahe nicht erkannt. Respekt! Ich hoffe, unser Gespräch wird uns allen hilfreich sein."

Domenico Giani war von der Charmoffensive des Amerikaners überrascht, wenn er sich auch gleichzeitig geschmeichelt fühlte. Er konnte gar nicht mehr verstehen, warum er diese Leute bei ihrem ersten Treffen anfänglich so barsch und unfreundlich behandelt hatte.

Was Domenico nicht wusste, war, dass er noch immer unter Hankys Einfluss stand. Doch diese geistige Manipulation wurde von Hanky nach und nach verringert, mit dem Ziel, den Polizeichef durch Überzeugung auf ihre Seite zu bringen.

„Lassen Sie uns einige Schritte gehen, meine Herren", bat Domenico die kleine Gruppe und wies einladend mit ausgestrecktem Arm zu einem kleinen Park, der die Engelsburg umgab. Jeder fremde Beobachter hätte spätestens hier sein Interesse an der Gruppe verloren. Ein Fremdenführer mit einer Gruppe Touristen war in Rom kein seltener Anblick. Nach wenigen Minuten waren sie am rückwärtigen Teil der Engelsburg und standen am Rande des Burggrabens.

Domenico scharte die Männer um sich und fragte: „Es geht also um Pater Marcus! Was wollen Sie wissen?"

***

Verwirrt

Der Papst saß zusammengesunken in einem antiken Ohrensessel. Sein Blick war trübe, seine Pupillen ließen nur einen nebelhaften Blick auf den Petersplatz zu. Diese beschränkte Sicht störte den Pontifex im Moment nicht, ja er nahm nicht einmal wahr, dass seine Pupillen von einer Schleimschicht überzogen waren. Es ging ihm nicht gut. Sein Körper schmerzte, als ob er tagelang schwer körperlich gearbeitet hätte. Seine Muskeln waren verhärtet, seine Gelenke geschwollen, sein Kopf schwer wie selten. Er war müde, schrecklich müde. Seine Gedanken schoben sich träge durch eine zähe Ansammlung von Gefühlen und Erinnerungen. Spektakuläre Machtgefühle wechselten mit schamhaften Minderwertigkeitsgefühlen. Euphorie zerfiel zu angstvollem Zweifel. Oberster Hirte und gleichzeitig größter Narr der Geschichte. Was war real, was klägliche Einbildung? War er der Papst? Wirklich? Oder saß er in einer Anstalt, wo sein Größenwahn behandelt, nein, verwaltet wurde? Seine Gedanken verwirrten ihn immer mehr. Er war alleine! Wo war ... wie hieß sein Betreuer, sein Freund, seine Stütze? Mühsam suchte sein Geist, sein Verstand nach einem Namen, einem Gesicht in den endlosen Gängen und Kammern seiner Erinnerungen.

Er musste etwas tun, um sich aus seiner misslichen Lage zu befreien. Wie konnte er nur den Freund finden, wenn er nicht einmal wusste, wie dieser hieß oder aussah? Verzweiflung brandete in ihm auf und bescherte ihm einen unverhofften Energieschub. Mit zittrigen Fingern wischte er über seine Augen, bis er seine Umgebung erkannte. Nein, er war nicht in einer Anstalt, er war nicht verrückt. Er war der Papst! Diese Erkenntnis brachte weitere Energien aus verborgenen Regionen seines geschwächten Körpers und belebte ihn. Vorsichtig, mit großer Mühe erhob sich das Oberhaupt der katholischen Kirche aus dem Sessel. Leicht schwankend stand er einen Moment vor dem Sitzmöbel, ehe sich sein Kreislauf genug stabilisiert hatte. Suchend schaute sich der Pontifex um, in stiller Hoffnung, seinen Freund in der päpstlichen Wohnung zu entdecken. Wenn er sich doch erinnern könnte, wie sein Freund hieß. Er wusste nur eines mit Sicherheit, er brauchte den Freund an seiner Seite. Er brauchte ihn sofort.

Die aufkeimende Verzweiflung spülte ein weiteres Erinnerungsfragment an die Ufer seines Bewusstseins.

„Es ist ein Pater“, murmelte er leise, „Marcus, Pater Marcus. Jawohl, Pater Marcus!“

Ein helles, befreiendes Lachen erfüllte den sonst stillen Raum und es war fast greifbar, wie sich dunkle Schleier der Sorge verflüchtigten.

Aufgeregt, wenn auch mit kraftlosen, unsicheren kleinen Schritten eilte der Papst zur Tür, die zum Flur und den anderen Räumlichkeiten des päpstlichen Palastes führten. Er war erstaunt, wie schwer sich die Tür öffnen ließ. Normalerweise war immer ein Bediensteter zur Stelle, um dem Heiligen Vater die wuchtige, aus edlem Holz gefertigte Tür zu öffnen. Vorsichtig, sich am Türblatt haltend trat er hinaus auf den prachtvollen Gang, der verlassen vor ihm lag. War da nicht immer ein Gardist der Schweizergarde, der den Zugang zur päpstlichen Wohnung sicherte? Zweifelnd, wohin er sich wenden sollte, verharrte er einige Sekunden, ehe er sich nach rechts wandte. Langsam, fast schlurfend lief er den Flur hinunter. Es war seltsam still. Wo waren denn all die Menschen, die Priester, die Ordensfrauen, die Bediensteten? Unangenehme Ruhe umfing den Pontifex wie ein Schatten aus Furcht. Endlich erreichte er das Ende des Flurs. Ein weiterer Gang schloss sich links an. Auch dieser weite Flur lag verlassen vor ihm. Plötzlich hörte er eilige Schritte hinter sich. Erleichterung füllte seine Brust, doch ein befreites Ausatmen blieb dem Heiligen Vater buchstäblich im Halse stecken. Die Männer, die ihm entgegenhasteten, waren ganz in Schwarz gekleidet, irgendwie militärisch. Die Gesichter verdeckten ebenfalls schwarze Sturmhauben. In den Händen hielten die Männer gefährlich aussehende Waffen. Der Papst wollte angstvoll zurückweichen, doch dazu fehlte ihm die nötige Kraft. Ehe er noch ein Stoßgebet aussprechen konnte, waren die Männer bei ihm. Ohne erklärende Worte nahmen sie ihn in ihre Mitte, fassten ihn unter die Achseln und schleppten ihn davon. Hilflos, den Angreifern ausgeliefert, wurde der Heilige Vater bis zu einem Treppenhaus getragen. Dort angekommen packten zwei weitere Männer seine Beine und hoben ihn an. Dann ging es im Eiltempo die Stufen hinab. Nach kurzer Zeit erreichten sie einen kleinen Hinterhof, wo ein unscheinbarer Transporter wartete. Die hintere Ladetür wurde aufgestoßen und der Papst recht unsanft in den Laderaum geschoben. Die Maskierten sprangen auch in das Fahrzeug. Dann setzte sich der Transporter in Bewegung, scheinbar ohne Eile. Der Heilige Vater hörte bei einem kurzen Stopp einige Worte aus der Fahrerkabine, die allerdings nicht zu verstehen waren. Dann fuhr der Wagen erneut an.

Die Geräusche einer belebten Straße drangen in das Halbdunkel des Laderaums an die Ohren des Pontifex. Kein Fenster erhellte das

Innere. Schattenhaft nahm er die vermummten Gestalten um sich herum war. Noch immer sprach niemand ein einziges Wort. Verwirrt akzeptierte der Heilige Vater die Tatsache, die bisher als undenkbar gegolten hatte. Er, der oberste Hirte des Christentums, war Opfer eines Kidnappings.

***

Übers Feld

Der dritte Schlüssel passte! Clints Herz schien einen Freudensprung in seiner Brust vollführen zu wollen. Gleichzeitig dämpfte verständliche Angst die fast euphorische Gefühlsaufwallung. Noch war er nicht in Sicherheit. Er drehte den Schlüssel und mit einem leisen Knack entriegelte sich das Schloss. Entschlossen zog er den Schlüssel ab und drückte die Klinke nach unten. Unerwartet leicht schwang das Türblatt auf. Er streckte seinen Kopf durch den Spalt und schaute vorsichtig nach draußen. Der Garten, die Einfahrt und der mit Kies bestreute Vorplatz lagen ruhig im hellen Licht der Scheinwerfer. Clint trat noch einmal zurück ins Haus und blickte sich hastig um. Auch hier in der großen Eingangshalle war es still, als ob das Haus unbewohnt sei. Dabei wusste er mit Sicherheit, dass sich mindestens noch eine Person in dem Landhaus des Camerlengo befinden musste. Wo waren nur die Leute nebst Hunden geblieben, die er noch am Nachmittag beobachtet hatte? Er schüttelte den Kopf und schalt sich selbst einen Narren, weil er sich Fragen stellte, die im Moment unwichtig waren. Durch den Türspalt schob er sich nach draußen. Leise schloss er den Eingang und lief dann geduckt zu dem großen, schmiedeeisernen Tor. Dort schnaufend angelangt stellte er erschrocken fest, dass das Tor keine Klinke besaß oder einen anderen Öffnungsmechanismus. Voller Hast suchte er nach einem versteckten Schloss oder einem Schlüsselzylinder, wobei er sich wie ein gefangener Tiger hinter den Gittern bewegte. Dann fiel sein Blick auf einen unscheinbaren Holzpfosten, der in einer Blumenrabatte ziemlich deplatziert zwischen blühenden Geranien hervorschaute. Clint eilte zu dem Pfosten und erkannte erleichtert einen Schalter, der geschützt von einer durchsichtigen Plastikabdeckung an dem Holz befestigt war. Ohne jegliches Zögern hob er die Abdeckung an und drückte den Knopf. Mit einem leisen Summen erwachte ein Elektromotor zum Leben, um gleich darauf das schwere Tor seitwärts zu ziehen.

Clint wartete einen Moment, dann drückte er abermals den Knopf. Das Tor stoppte seine Bewegung und setzte nach wenigen Sekunden dazu an, sich erneut zu verschließen. Clint rannte so schnell er es vermochte auf das Tor zu, um gleich darauf vor dem Grundstück zu stoppen. Hinter ihm rastete das Schloss in seine Verriegelung mit einem leisen klicken ein. Prüfend blickte sich Clint noch einmal sichernd um, ehe er die kleine Straße überquerte und an der Feldbegrenzung zwischen den Büschen verschwand.

Es dauerte fast eine halbe Stunde, ehe Clint seinen Wagen, der auf der anderen Seite des Feldes in dem kleinen Wald versteckt geparkt war, erreichte. Diese dreißig Minuten hatten ihn ausgelaugt wie selten zuvor. Nicht alleine die körperliche Anstrengung war für seinen jetzigen Zustand verantwortlich, sondern Angst, traumatische Angst, die ihn wohl noch lange Zeit verfolgen würde. Visionen bewaffneter Verfolger, das blutdürstige Knurren riesiger Hunde, das Grauen, erneut in den Folterkeller geschleppt zu werden, hatten ihm beinahe die Sinne geraubt. Doch nichts von alldem war geschehen. Er hatte sich durch das schlammige, vom Regen aufgeweichte Feld geschleppt. Die dunkle Erde schien ihn festhalten zu wollen. Wie ein unsichtbarer Geist zerrte die Schwerkraft an ihm und seiner psychischen Kraft.

Die letzten Schritte, nun auf festem Waldboden, ließen Clint erneut Hoffnung schöpfen. Er würde es schaffen, nun würde er es schaffen. Gleich war er beim Wagen, gleich war er in Sicherheit. Müde lehnte er sich am Kotflügel an und tastete mit zittrigen Fingern seine Hosentasche ab. Dort vermutete er den Autoschlüssel. Tatsächlich fand er diesen auf Anhieb, zusammen mit einem verbeulten Päckchen Zigaretten. Er zog beides heraus, öffnete die Fahrertür und ließ sich mit einem befreiten Ächzen auf den Sitz fallen. Dann fummelte er mit immer noch zittrigen Fingern eine Zigarette aus der Schachtel. Er steckte sich den Klimmstängel zwischen die Lippen und tastete im Handschuhfach nach einem Feuerzeug. Gleich darauf sog er den beruhigenden Nikotinrauch tief in seine Lungen. Erschöpfung milderte sein Zittern, strapazierte Muskeln und Bänder dagegen meldeten sich mit ziehendem Schmerz.

Als er schließlich den aufgerauchten Zigarettenstummel im Aschenbecher ausdrückte und beschlossen hatte, zurück nach Rom zu fahren, begannen Sirenen auf der anderen Feldseite ihren schrillen Ton in die anbrechende Nacht zu schreien.

***

Was nun?

Pater Frank Marcus war voller Ärger. Noch vor einigen Stunden war er sich sicher gewesen, alles würde sich nach seinem Plan entwickeln. Er hatte den Vatikan verlassen, um einen neuen Verbündeten zu treffen. Was konnte ihm schon geschehen? Er war den normalen Menschen weit überlegen. Durch einen Mittelsmann hatte er Kontakt zu einer Gruppe erhalten, die sich, wie es den Anschein hatte, radikal genug für seine Vorhaben eignete. Er brauchte Terror, damit er seine Position soweit festigen konnte, bis der nächste Schritt ihn an die Spitze bringen würde.

So hatte er den Papst alleine gelassen. Dieser war präpariert in der päpstlichen Wohnung zurückgeblieben. Der Pater hatte ihm gerade genug Energie gelassen, damit er die kommenden Stunden, allerdings inaktiv, auf ihn warten würde. Somit konnte der Pontifex keine eigenen Handlungen vollbringen und seine Pläne stören.

Pater Frank Marcus war in einen Außenbezirk der Stadt gefahren und hatte in einem typischen Arbeiterviertel seinen Wagen geparkt. In einem kleinen Café sollte er seinen Verbindungsmann treffen. Doch es war niemand erschienen. Ganze zwei Stunden hatte er gewartet und zwischendurch immer mal wieder auf das Display seines Handys geschaut. Auch hier keine Meldung. Fast zornig hatte er schließlich eingesehen, dass sein Verbindungsmann nicht mehr kommen würde. Er bezahlte und eilte zu seinem Wagen. Seit er den Papst verlassen hatte, waren nun schon fast drei Stunden vergangen. Weitere fünfundvierzig Minuten würde es dauern, zum Vatikanstaat zu gelangen.

Das war bei dem römischen Verkehr noch optimistisch geschätzt. Inzwischen war es dunkel geworden und der Feierabendverkehr hatte eingesetzt.

Mit aller Geduld, die er gerade noch aufbringen konnte, schlängelte er sich durch die Straßen, wechselte wild die Fahrspuren und betätigte seine Hupe wie ein waschechter Italiener. Eine ungewisse Unruhe hatte ihn befallen. Irgendetwas war geschehen, das fühlte er mit jeder Minute mehr. Die Fahrt zog sich und strapazierte seine aufgebrachten Nerven bis ins Unerträgliche. Endlich bog er in die Einfahrt zu einem Privattor am Vatikan ein. Ein Wachmann trat an das Fahrzeug, erkannte Pater Marcus und winkte ihn durch die Schranke, die sich bereits langsam anhob. Er parkte den Wagen und kaum dass der Motor schwieg, sprang er förmlich aus dem Fahrzeug. Er war noch keine drei Schritte weit gelaufen, als jemand seinen Namen rief. Ungeduldig drehte er sich nach dem Rufenden um, der mit einem Funkgerät in den Händen auf ihn zugerannt kam. Es handelte sich um einen Schweizergardisten, dessen Namen er vergessen hatte.

Der Mann kam keuchend bei ihm an und hielt Pater Marcus das Funkgerät mit gestrecktem Arm hin. Er sah erschrocken, ja beinahe verstört aus und japste: „Es ist etwas passiert. Hier, der Kommandant sucht Sie schon überall!"

Pater Marcus nahm Unheil ahnend das Funkgerät, drückte die Sprechtaste und fragte besorgt: „Hier Pater Marcus! Was ist geschehen?"

Die kurze Antwort ließ ihm die Knie weich werden und ihm schwindelte. Aus dem Funkgerät quäkte eine Stimme: „Haben Sie mich verstanden? Der Papst ist entführt worden!"

***

Schneller Aufbruch

Hanky, Walt und Rich hatten die letzten Stunden viel über die Strukturen und inneren Machtverhältnisse des Vatikanstaates erfahren. Domenico Giani, der Generalinspekteur des vatikanischen Gendarmeriekorps, hatte ungewöhnlich offen gesprochen und alle Fragen ohne das geringste Zögern beantwortet. Er stand schon längst nicht mehr unter Hankys mentalem Einfluss und schenkte den Männern sein vollstes Vertrauen. Sie hatten die Location gewechselt und befanden sich nun einige Straßen von der Engelsburg entfernt in einem kleinen bürgerlichen Lokal. Dort saßen sie im Gartenbereich des Restaurants schon Stunden zusammen.

Während Rich als geübter Reporter Domenico Giani gekonnt befragte, schien Hanky nicht sehr interessiert. Er saß entspannt auf dem Gartenstuhl und hatte seine Augen geschlossen. Doch er war mehr als wach und verfolgte das Gespräch mit seinen besonderen Sinnen. Er hatte sich in die Gedankenwelt des Generalinspekteurs geschlichen und sah die Bilder, die dessen Geist zu den gestellten Fragen produzierte. Manchmal waren es lediglich Standbilder, beinahe wie bei einer Fotografie. Interessant waren aber kurze filmische Szenen, die nur durch die Stimme Domenico Gianis untermalt wurden. In diesen Filmszenen erblickte Hanky den Vatikan, wie es sonst kein Besucher erleben würde. Er sah die Wohnung des Papstes, der im Gegensatz zu den öffentlichen Auftritten hier eher gebrechlich und alt wirkte. Nonnen und Priester tauchten auf und verschwanden wie Statisten in einem Film. Dann trat ein Mann in den Raum, wohl die Bibliothek der päpstlichen Wohnung, von dem eine enorme Präsenz ausging. Sofort erhellte sich die Miene des Heiligen Vaters und er strahlte, im krassen Gegensatz zu den Momenten zuvor, Kraft und Souveränität aus. Hanky hätte gerne einen genaueren Blick auf den Mann geworfen, bei dem es sich fraglos um Pater Marcus handelte. Merkwürdigerweise gelang ihm dies nicht, obwohl das Bild, das geistige Bild, das der Generalinspekteur in seinen Gedanken produzierte, verschwommen und unklar war. Fast schien es, als ob dieser Pater die Macht besitzen würde, die Erinnerung an seine Person in den Gedächtnissen der Menschen zu verwischen.

Die Betrachtungen wiederholten sich und Hanky zog sich aus der Gedankenwelt seines Gegenübers zurück. Flüchtig hatte er bei seinen Inspizierungen an Paul gedacht, den er viele Male geistig begleitet hatte und bei dessen außersinnlichen Streifzügen er durch die geistigen Augen seines Freundes Orte und Geschehnisse beobachten durfte.

Paul! Sein Freund war verschwunden und er, Hanky, war hier in Rom und er konnte nicht helfen. Walt legte seine Hand auf Hankys Arm, als ob er ahnte, womit sich Hanky gerade beschäftigte.

Mit einem leisen Seufzer setzte Hanky sich gerade und folgte nun mit offenen Augen der Unterhaltung. Die Überlegungen seiner Begleiter befassten sich im Moment mit der Frage, was sie gegen diesen Pater unternehmen konnten.

Alle waren sich einig, dass dieser mysteriöse Mann verantwortlich für die Krise im Vatikan und der Kirche war.

Dennoch war es Hanky immer noch schleierhaft, wie sie sich diesem obskuren Pater Marcus nähern konnten. Eines war aus dem Gespräch heraus klar geworden: Der Mann war gefährlich und hatte den Papst unter seiner Kontrolle. Damit regierte er aus dem Hintergrund heraus den Kirchenstaat.

Sie hatten etwas gegessen und ihr Gespräch drehte sich im Kreis. Der Generalinspekteur wollte gerade zum Aufbruch drängen, als dessen Handy mit einem lauten Brummen erwachte. Domenico Giani lächelte entschuldigend, während er auf die Antworttaste drückte. Der Anruf dauerte nur Sekunden, in denen sich sein Gesicht von einem freundlichen Lächeln in eine vor Schreck erstarrte Maske veränderte. Dann legte er auf, erhob sich rasch und sagte: „Ich muss sofort gehen, meine Herren. Es ist etwas Unfassbares geschehen. Der Heilige Vater ist entführt worden."

***

Grell

Pauls Astralkörper war so heftig in seinen fleischlichen Leib zurückgekehrt, dass der Schmerz ihn fast besinnungslos werden ließ. Gleichzeitig peinigte ihn grelles Licht, das unbarmherzig durch seine geschlossenen Lieder drang. Ein Zucken durchlief seinen Körper und er wollte schreien. Doch seine Kehle blieb stumm, unfähig die Qual zu brechen. Nur langsam ebbte der Schmerz ab und sein Bewusstsein schob sich in den Vordergrund. Er nahm seinen Körper wahr, war sich seiner Lage bewusst, obwohl er nicht begriff, warum er hier gefangen gehalten wurde. Stimmen drangen durch den Schleier getrübter Wahrnehmungen. Stimmen, die seinen Peinigern gehören mussten. Paul versuchte sich zu konzentrieren, dem Dialog zu folgen. Er wurde ruhig und fokussierte seine eingeschränkten Sinne. Gleichzeitig versuchte er seinen Astralkörper aus dem gefangenen, betäubten Leib zu lösen. Erstaunlicherweise gelang ihm dies sofort. Keine Sekunde hatte er benötigt, obwohl er doch erst vor wenigen Minuten gewaltsam in seinen Körper zurückgekehrt war. Doch für diese Überlegungen hatte er im Moment keine Zeit.

Unsichtbar schwebte er in einem knapp zehn Quadratmeter messenden Raum. Unter sich befand sich ein schmales Bett, auf dem sein Körper ruhte. Er war nackt und auf seiner Stirn, auf seiner Brust und den Armen waren Kabel und Infusionsschläuche befestigt. Drei Männer und eine hagere Frau mittleren Alters standen um ihn herum. Die Frau hielt ein futuristisch aussehendes Gerät in der Hand und scannte scheinbar seinen Körper. Sofort erinnerte sich Paul an einige Folgen aus Star Trek, bei dem die Ärzte ähnliche Geräte benutzten. Schnell drängte er den unnützen Gedanken beiseite.

Zwei der Männer hantierten an den Infusionsgeräten, die an silbernen Ständern neben dem Bett hingen. Der dritte stand am Fußende des Bettes und beobachtete Paul, als warte er auf eine Reaktion des betäubten Körpers.

„Ich kann keine Änderung der Werte feststellen", sagte die Frau zu dem Beobachter.

„Soll ich die Dosierung beibehalten?", fragte der an der rechten Seite stehende Mann.

Es dauerte einen Moment, ehe sich der Mann am Fußende, der hier wohl der Verantwortliche war, äußerte. Es war gerade so, als ob er einer lautlosen Stimme lauschte. Er nickte mehrere Male leicht, dann schaute er noch mal nach Pauls Zustand. Mit befehlsgewohnter Stimme, die irgendwie trainiert lässig klang, antwortete er schließlich.

„Wir lassen die Dosierung wie sie war. Allerdings hat sich etwas geändert, das wir wohl nicht messen können. Die Madun jedenfalls spüren eine Belebung. Sie sehen in diesem Mann eine mögliche Bedrohung, wollen ihn aber zunächst noch nicht eliminieren. Wir müssen herausfinden, was diesen Kerl so speziell macht. Habt ihr irgendeine Idee?"

Die Angesprochenen verneinten die Frage mit unglücklichen Gesichtern. Offensichtlich hatten sie Angst oder zumindest einen gehörigen Respekt vor den Madun, wer immer sich hinter diesem Namen verbarg. Nach einer Weile beendeten die Frau und die beiden Männer ihre Arbeit und begaben sich wie auf ein geheimes Kommando zur Tür. Ihr Anführer warf noch einen kurzen Blick auf den betäubten Körper, ehe er sich ebenfalls umdrehte und zur Tür ging. Er zog eine kleine Fernbedienung aus der Tasche und drückte einen Knopf. Mit einem leisen Summen entriegelte sich die Tür und schwang nach außen.

Gemeinsam verließen seine Peiniger den kleinen Raum. Die Tür schloss sich und das Licht erlosch.

***

Anweisungen

Rita hatte sich nach dem Leichenfund erst einmal hingesetzt. Nun galt es zu überlegen, wie es weitergehen sollte. Sie musste die Behörden von ihrem Fund unterrichten und den Gefangenen, ihren Angreifer, der Polizei übergeben. Sie wusste, wie lokale Beamte oftmals mit Fremden oder Ausländern verfuhren. Diesen Ärger brauchte sie wirklich nicht und Paul wartete irgendwo und hoffte vielleicht auf Rettung. Nach gründlichem Nachdenken griff sie zu ihrem Handy, in der Hoffnung, dass sie hier in den kanadischen Wäldern Empfang haben würde. Ihre Sorge stellte sich als unbegründet heraus. So wählte sie die Nummer von Roger Thorn, dem FBI-Beamten, den sie von einer früheren Ermittlung kannte, in der sie und Hanky, Walt und Rich, eben alle ihre Freunde, involviert gewesen waren. Roger war ein netter Kerl und würde ihr bestimmt sagen, wie sie sich nun verhalten sollte. Kurzentschlossen wählte sie die ihr bestens bekannte Nummernfolge und wartete auf eine Verbindung. Sie hörte ein Freizeichen und gleich darauf Rogers vertraute Stimme.

„Hallo Rita, schön, dass du dich mal meldest. Ich habe aber im Moment viel zu tun. Kann ich dich später zurückrufen?“

„Nein, Roger! Hör zu! Es ist wirklich dringend! Du musst mir helfen! Also Folgendes ...“

Rita erzählte hastig von Pauls Verschwinden, dem Einsatz von Hanky, Walt und Rich in Rom und schließlich ihrer Suche nach Paul. Roger wollte sie schon ungeduldig unterbrechen, doch Rita ließ sich nicht so leicht aus dem Konzept bringen. Als sie von dem Angriff des Rednecks berichtete, zeigte Roger sich sehr bestürzt. Als Rita dann von ihrem Leichenfund berichtete, hatte Roger schon zu handeln begonnen. Auf seinem PC hatte er schon eine entsprechende Suchmaske aufgerufen.

„Rita, wo bist du und Carmen genau?“

„In Ontario auf der Staatsstraße 17, circa zwanzig Meilen vor White River. An der Straße ist halb versteckt ein kleiner Rastplatz. Dort stehen wir im Moment.“

„Alles klar, Rita, schau noch mal, ob der Kerl gut verschnürt ist, dann verlasst ihr den Camper und ihr schließt ab. Bleibt nur nicht mit dem Mann zusammen. Erst wenn ein Polizeibeamter bei euch auftaucht und dieser meinen Namen nennt, sagt ihr, was geschehen ist. Ansonsten sagt ihr, dass ihr auf den zuständigen Beamten wartet, der dem FBI Amtshilfe leistet. Hast du das verstanden? Okay. Ich rufe jetzt ein paar Leute an und dann rufe ich dich wieder zurück.“

Rita hatte konzentriert zugehört, wobei ihr Gefühl dazu riet, sofort von hier zu verschwinden.

„Okay, Roger, aber bitte beeile dich! Mir ist nicht wohl dabei, hier mit Carmen alleine zu warten. Was, wenn der Kerl Komplizen hat oder ihn jemand sucht?“

„Rita, bleibe ruhig! Ich kümmere mich, glaube mir. Im Moment müsst ihr stark sein. Ich will mal sehen, ob ich mich hier loseisen kann. Wenn ja, dann sehen wir uns bald! Also lass mich jetzt telefonieren und du machst, was ich dir aufgetragen habe. Bis gleich!"

Damit hatte Roger aufgelegt. Rita steckte das Telefon in ihre Hosentasche und ging zum Wohnmobil. Kurz bevor sie die Eingangstür erreichte, hörte sie ein dumpfes Klong. Sie schaute ins Innere und sah Carmen, mit einer Bratpfanne in der Hand. Sie stand über dem bewusstlosen Redneck.

„Der Kerl war gerade am Aufwachen!", sagte Carmen und ließ die Pfanne bedeutungsvoll pendeln.

***

Unerwartete Beobachtung

Clint Coady wollte gerade den Motor starten und sich heimlich davonstehlen. Das Sirenengeheul belegte eindeutig, dass seine Flucht bemerkt worden war. Viel war von seiner Position aus nicht zu erkennen, außer dass das Landhaus des Camerlengo in helles Flutlicht getaucht war. Er schaute ängstlich zu dem Lichtdom, erwartend, dass starke Scheinwerfer ihre fahlen Finger in seine Richtung zeigen würden. Doch nichts dergleichen geschah, sogar die Sirenen verstummten nach einer Minute. Clint wusste, wenn er jetzt den Motor seines Wagens starten würde, dann konnte man dies drüben beim Haus bemerken. So saß er verdreckt und frierend hinter dem Steuer des Mietwagens, zur abwartenden Untätigkeit verdammt.

Eine ganze Weile geschah nichts. Clint spielte schon mit dem Gedanken, die Flucht zu wagen, als er ein entferntes Motorengeräusch zu hören glaubte. Tatsächlich, er hatte sich nicht getäuscht. Von der Landstraße herkommend bogen drei italienische Kleinwagen in den Weg ein, der zum Landhaus führte. Nun kam Bewegung in die nächtliche Szene. Undeutlich sah er Männer, die das schmiedeeiserne Tor öffneten. Die drei Kleinwagen fuhren in den Hof, doch das Tor blieb offen. Nur Minuten nach dieser Beobachtung rumpelte ein Lastwagen, dessen Ladefläche mit einer Plane bespannt war, die Straße herauf und rollte ebenfalls auf das Anwesen. Danach kehrte erst einmal Ruhe ein. Clint überlegte, ob das Auftauchen der Fahrzeuge mit seiner Flucht im Zusammenhang stand. Doch er konnte sich nicht vorstellen, dass man ihn für so wichtig nahm, obwohl er vier Leichen zurückgelassen hatte.

Clint stieg aus dem Auto aus und zündete sich eine Zigarette an, die er in der hohlen Hand entzündet hatte. Er wollte auf keinen Fall, dass der Lichtschein des Feuerzeugs von einer der Wachen des Landhauses bemerkt wurde. Unruhig ging er auf und ab, sich nicht schlüssig, wann er denn von hier verschwinden konnte. Mit brennenden Augen versuchte er zu erkennen, was sich dort drüben im Haus abspielte. Doch kein Suchkommando wurde ausgeschickt, keine Suchhunde wurden auf ihn gehetzt. Die ganze Situation war mehr als merkwürdig. Noch bevor Clint herausfand, was hier eigentlich gespielt wurde, tauchten plötzlich bewaffnete Männer am Tor auf. *Jetzt ist es so weit,* dachte Clint. *Nun beginnen sie ihre Suche!*

Die Männer aber blieben am Tor stehen, als ob sie auf etwas warteten. Nur Minuten später trafen weitere Fahrzeuge, von der Landstraße her kommend, vor dem Tor ein. Es handelte sich um zwei schwarze SUVs, einen Transporter und eine schwarze Mercedes-Limousine. Auch diese Fahrzeuge passierten das Tor. Die bewaffneten Männer verschlossen das Tor und das Flutlicht erlosch.

***

Geht doch

Hanky, Walt und Rich sahen sprachlos dem davonstürmenden Generalinspekteur des vatikanischen Gendarmeriekorps nach. Die Meldung über die Entführung des Heiligen Vaters war völlig überraschend. Damit hatten sie nicht gerechnet, nicht rechnen können. Als Hanky dann aber das Wort ergriff, staunten seine Freunde. Der Gedankengang, die Schlussfolgerung seinerseits war erstaunlich.

„Freunde, ich glaube, wir haben hier eine Chance, dem Spuk ein Ende zu machen!“

Verblüffte Gesichter schauten Hanky an. Walt beugte sich erregt vor, doch ehe er eine Frage formulieren konnte, sprach Hanky weiter.

„Der Papst ist entführt worden. Nun werden sich alle Sicherheitsbehörden auf diese Tatsache konzentrieren. Auch Pater Marcus wird sich, schon aus eigenem Interesse, an der Suche beteiligen. Dazu muss er den Vatikan früher oder später verlassen. Das ist unsere Chance! Wir müssen diesen gefährlichen Mann ausschalten. Ich bin fest davon überzeugt, dass sich ohne seine Einflussnahme der Aufruf zum Heiligen Krieg in Luft auflösen wird. So gesehen ist es ein Glücksfall, dass der Heilige Vater entführt wurde. Nun zu unserem Vorgehen. Natürlich können wir den Vatikanstaat nicht alleine überwachen. Deshalb werden wir uns die Leute holen, die wir brauchen. Wozu sonst habe ich die Bevollmächtigung des Präsidenten, alle Ressourcen der Geheimdienste auszuschöpfen."

Noch während Hanky sprach, hatte Walt sein Handy aus der Tasche gezogen und eine Nummer gewählt. Es dauerte nur Sekunden, ehe jemand das Gespräch annahm. Patricio Marcelliao, ihr römischer Kontaktmann der CIA, meldete sich. Er schien hektisch und atemlos zu sein. Walt stand vom Tisch auf und ging einige Schritte bis zu einer ruhigen Ecke des Gartenlokals. Dann gab er dem CIA-Agenten die Anweisung, sofort einen Wagen zu schicken. Gleichzeitig beorderte er alle verfügbaren Agenten in Rom zu der US-Botschaft in Rom. Walt bestand auf seine Anweisungen, auch wenn der Agent sich alle Mühe gab, Walt abzuwimmeln. Da platzte Walt der Kragen.

Mit ärgerlicher Stimme sagte er lauter als beabsichtigt: „Wenn Sie meinen Anweisungen nicht sofort Folge leisten, dann haben Sie ein wirkliches Problem! Ich kann mir gut vorstellen, dass Sie die Nachricht über die Entführung schon bekommen haben. Aber hier geht es um weit mehr! Also bewegen Sie Ihren Hintern und befolgen Sie meine Anweisungen!"

Damit beendete er das Gespräch. Einige Restaurantbesucher hatten Wortfetzen des Telefonates mitgehört und schauten den Amerikaner unsicher und fragend an. Sie hätten gerne gefragt, wer denn entführt worden sei, doch das grimmige Gesicht, das Walts Stimmung nur zu gut widerspiegelte, hielt die Fragen zurück. Am Tisch angekommen winkte Walt im Stehen den Ober heran, um die Rechnung zu begleichen.

Zu seinen Freunden sagte er: „Auf geht's, meine Herren, wir werden gleich abgeholt."

Hanky und Rich standen bereits, als der Kellner Walt die Rechnung brachte. Er bezahlte und verließ mit seinen Freunden das Lokal.

„Du hast schnell reagiert", lobte Hanky Walt. „Wo treffen wir unsere Hilfskräfte?"

„In der US-Botschaft. Die ist in ein paar Minuten zu erreichen. Außerdem herrscht dort immer ein Kommen und Gehen, selbst am Abend. Da fallen ein paar Leute mehr nicht auf. Wir wollen doch unserem Gegner nicht zeigen, dass wir nun endlich aktiv werden."

Sie mussten nur zwei Minuten auf dem Gehweg vor dem Lokal warten, dann stoppte ein schwarzer SUV direkt vor ihnen. Ein unbekannter Mann saß am Steuer. Er stieg aus, ließ aber den Motor laufen und wedelte aufgeregt mit den Armen.

„Bitte einsteigen, meine Herren. Agent Marcelliao wartet bereits in der Botschaft auf Sie! Er hat mir aufgetragen, dass ich Sie unverzüglich dort hinbringe."

„Na also, geht doch", murmelte Walt, als sie das Fahrzeug bestiegen.

***

Observation

Lil Rick verließ das Hauptquartier der US Citizen Defender. Er grinste humorlos, als er das alte, verfallene Mietshaus betrachtete. Zehn seiner Männer bestiegen unauffällige Fahrzeuge, die keinen Cop zu einer Aktion herausfordern würden. Tarnung war angesagt, das war im Moment oberstes Gebot. Wie von Sergio befohlen, musste eine interne Strafaktion durchgeführt werden. Ein MS-13-Gangmitglied hatte einen Anschlag auf Sergio verübt, bei dem der Führer der US Citizen Defender geradeso überlebt hatte. Der oder die Schuldigen mussten bestraft werden. Darüber waren sich die Bandenchefs einig. Doch bisher war nichts geschehen. Lil Rick hatte vor wenigen Tagen mit Patrón, dem Boss der MS 13, gesprochen und eine Vereinbarung getroffen. Heute stand ein weiteres Treffen an, bei dem Lil sich nicht mit Versprechungen abspeisen lassen würde. Die Wagen fuhren langsam an und reihten sich in den Verkehr ein. Eine gewisse Unruhe, ja fast erwartungsvolle Spannung baute sich bei den Männern der UCD, oder den Soldaten Gottes, wie Sergio sie nannte, auf. Natürlich waren die Männer bewaffnete Auseinandersetzungen gewohnt, doch der heutige Tag würde darüber entscheiden, ob die MS-13-Gang weiter an ihrer Seite stand.

Auf der Fahrt passierten sie ihr altes Clubhaus, vor dem sich einige junge Mitglieder der Crips auf dem Bürgersteig tummelten. Als sie Lil Rick erkannten, winkten und johlten sie lautstark. Lil blieb nichts übrig, er musste kurz anhalten, um sich seinen Leuten zu zeigen. Er parkte in zweiter Reihe und stieg aus. Sofort war er von den jungen Bandenmitgliedern umringt. Bandengrüße schwirrten durch die Luft und für einen Moment fühlte sich Lil in eine Vergangenheit versetzt, die eigentlich erst wenige Tage zurücklag, ihm doch wie Jahre vorkam. Für einen Moment genoss er die ihm entgegengebrachte Verehrung, ehe er durch ungeduldiges Hupen seiner Männer in den Wagen an seine Verabredung mit Patrón erinnert wurde. Er versprach seinen Bandenmitgliedern bald wiederzukommen und bestieg sein Auto. Die kleine Kolonne setzte sich erneut in Bewegung. Dabei fiel niemandem auf, dass ein weiterer Wagen folgte.

Hinter dem Steuer machte sich Steve Holder, der Undercover-Cop, so klein wie möglich. Endlich hatte sich Lil Rick gezeigt. Seine Geduld hatte sich ausgezahlt. Nun war er gespannt, wohin die Fahrt gehen würde. Circa zehn Blocks weiter stoppten die Fahrzeuge der UCD vor einem Supermarkt und rollten schließlich auf den Parkplatz, der sich seitlich anschloss. Steve Holder war versucht ebenfalls auf den Parkplatz zu fahren, doch seine Vorsicht gebot ihm etwas weiter vorn auf der Straße zu parken. Er stieg aus und lief zurück zum Supermarkt. Gerade noch rechtzeitig, denn als er rüber zum Parkplatz schaute, standen Lil Rick und einige seiner Leute zwischen den Wagen. Bei ihnen standen, Steve wollte es nicht glauben, MS-13-Gangster. Wie war das möglich? Die beiden Streetgangs waren bis aufs Blut verfeindet. Was ging hier vor?

Aufgeregt näherte sich der Undercover-Cop der Gruppe vorsichtig, immer darauf bedacht möglichst harmlos zu erscheinen. Näher als zwanzig Meter traute er sich dann allerdings nicht an die Gangster heran. Er trat an einen Müllcontainer und schaute offenbar interessiert, ob sich etwas Brauchbares darin finden ließ. In Wirklichkeit lauschte er angestrengt, doch zu seinem Bedauern konnte er der Unterhaltung, die sich eher wie ein Streit anhörte, nicht folgen. Er war eben nicht nahe genug, um die gesprochenen Worte zu verstehen. Doch die Tatsache, dass sich die Banden hier trafen, war an sich schon bemerkenswert. Das Wortgeplänkel dauerte noch einige Minuten, dann schien man sich geeinigt zu haben. Die Gruppe löste sich auf und die Gangster stiegen in ihre Fahrzeuge. Steve hatte Mühe, rechtzeitig zu seinem Auto zu laufen, ohne aufzufallen. Kaum saß er hinter dem Steuer, als die Wagen der Crips und der MS 13 ihn passierten. Wem sollte er nun folgen?

Die Frage löste sich von selbst. Die Fahrzeuge beider Gruppen fuhren in dieselbe Richtung. Nach circa dreißig Minuten erreichten sie einen verlassenen Industriepark an der Peripherie von Queens. Der Verkehr wurde lichter und Steve Holder musste sich weit zurückfallen lassen, um nicht entdeckt zu werden. Dann war es passiert. Zwei, drei Lastwagen hatten sich zwischen ihn und den Verfolgten geschoben. Als sie dann an einer Kreuzung hielten, um gleich darauf rechts abzubiegen, war von den Crips und den MS-13-Fahrzeugen nichts mehr zu sehen. Sie waren verschwunden, schienen sich förmlich in Luft aufgelöst zu haben. Steve fluchte unflätig und schlug zornig auf das Lenkrad seines Autos.

***

Anweisungen

An der Via Vittorio Vento 121 fuhren für diese Tageszeit ungewöhnlich viele Fahrzeuge vor. Männer und Frauen stiegen hektisch aus und passierten die Pforte, an denen die Wachhabenden trotz der Eile akribisch die Ausweise der späten Gäste prüften. Ein Botschaftsattaché, bekleidet mit einem modischen, natürlich italienisch designten Anzug in gedecktem Grau, wartete vor dem Eingang. Er hielt nervös Ausschau nach einem schwarzen SUV. Dieser sollte den direkten

Beauftragten des Präsidenten und seine Begleiter abholen und hier zur US-Botschaft bringen. Hoher Besuch war immer unangenehm und mit Stress verbunden. Der Attaché hatte genaueste Anweisungen direkt vom Botschafter erhalten, die Gäste ohne Verzögerung und lästige Kontrollen ins Gebäude zu bringen. Hätte er sich vorher einmal mit dem CIA-Agenten Patricio Marcelliao unterhalten und sich über die späten Gäste informiert, dann wäre ihm sein Erstaunen über das Auftreten dieser Leute erspart geblieben. Einige Minuten später war es dann so weit. Der erwartete SUV hielt direkt vor dem Attaché an und dieser ging erwartungsvoll einige Schritte auf den Wagen zu. Die Türen wurden geöffnet und ... nein, das konnte nicht sein! Touristen entstiegen dem Wagen! Hatte der Chauffeur die falschen Leute abgeholt? Das konnte doch nicht sein.

Er wollte die Touristen schon davonscheuchen, als er die entschlossenen Gesichter der Männer bemerkte. Nein, das waren keine Touristen, das waren die angekündigten Leute. Doch wie waren sie nur gekleidet? In einer so wichtigen Funktion als direkte Beauftragte des Präsidenten der Vereinigten Staaten von Amerika sollte man doch anders, besser gekleidet sein als diese Männer.

Seine innere Empörung verschwand, als sei sie nie dagewesen, als der große blonde Mann ihn kurz anlächelte und sagte: „Attaché Brody, schön Sie zu sehen. Können wir bitte gleich hineingehen. Die Zeit drängt!“

Hanky hatte es sich nicht verkneifen können. Schon bei der Anfahrt hatte er die Gedanken des Mannes unfreiwillig aufgefangen. Als er sie dann innerlich als Touristen herabqualifizierte, konnte Hanky nicht anders, als einen kleinen Scherz mit dem ahnungslosen Mann zu treiben. Natürlich sahen sie wie Touristen aus, das war so gewollt und Hanky und Walt fanden das auch sehr bequem. Rich allerdings hätte auch nichts gegen einen Anzug einzuwenden gehabt, mit dunkler Sonnenbrille natürlich. So wie ein Agent aus einem James Bond Film auszusehen, hätte ihn schon gereizt.

Hanky hatte sofort den Namen des Mannes in dessen Gehirn gefunden. Nun konnte der Mann sich Gedanken darüber machen, woher ihn Hanky wohl kannte.

Ohne Probleme wurden sie an der Wachpforte von den Uniformierten durchgewunken und betraten die Empfangshalle der

Botschaft. Es ging eine prächtige Treppe hinauf, dann nach rechts in einen nicht minder prächtigen Gang und schließlich in einen großen Konferenzsaal, in dem schon rund dreißig Männer und Frauen versammelt waren. Die leise geführten Gespräche verstummten, als Hankys Gruppe den Raum betrat. Offen musterten die Agenten die Ankömmlinge und leises Getuschel begann. Zwei Männer, die nahe des Eingangs gewartet hatten, kamen nun auf Hanky und die anderen zu.

Sofort scannte Hanky die beiden Männer und wusste, mit wem er es zu tun hatte. Er trat ein wenig vor und begrüßte mit geschäftsmäßigem Lächeln zuerst den Hausherren Botschafter David Thorne. Der wuchtig gebaute Mann, der seine graue Haarpracht mit der Würde eines Herrschers trug, war erstaunt, dass Hanky seinen Namen kannte. Nach einem kräftigen Händedruck und einigen floskelhaften Worten wandte sich Hanky dem anderen Mann zu. Ein älterer, freundlich lächelnder Mann, der US-Botschafter im Vatikan Kenneth F. Hackett, begrüßte Hanky und seine Begleiter. Es folgte auch hier ein kurzer Small Talk, den Hanky aber nach wenigen Minuten mit Bestimmtheit beendete. Er schaute sich im Raum um und fand, wonach er gesucht hatte. Gegenüber dem Eingang stand ein Rednerpult. Zielstrebig setzte Hanky sich in Bewegung und stand keine Minute später hinter dem Pult. Mit einem Finger klopfte er auf das Mikrofon, welches an dem Rednerpult angebracht war. Ein dumpfes Geräusch erfüllte den Raum.

Ohne Manuskript oder jedwede Nervosität begann Hanky zu sprechen: „Meine Damen und Herren, Sie wissen, wie turbulent die letzten Tage waren, die unsere Welt in Gefahr gebracht haben. Globales Chaos steht uns bevor, wenn wir nicht sofort handeln. Vor nicht einmal einer Stunde wurde das Oberhaupt der katholischen Kirche, der Papst, von Unbekannten entführt."

Ein Raunen wallte durch den Saal und Fragen wurden gerufen. Hanky hob beschwichtigend seine Hände, ehe er fortfuhr.

„Lassen Sie mich bitte erst einmal erklären, warum ich Sie zusammengerufen habe. Zuerst möchte ich mich noch kurz vorstellen. Mein Name ist Hank Berson und ich bin der persönliche Beauftragte des Präsidenten und damit befugt, alles Erforderliche in die Wege zu leiten, um die aktuelle Krise zu bereinigen. Meinem Team ist die gleiche Hilfeleistung Ihrerseits zu gewähren. Walt Kessler und Richard Miller sind gleichfalls weisungsbefugt. Nun zur Sache. Im Moment wissen wir nicht, wer den Papst entführt hat und warum. Das ist für unser Anliegen auch nicht wichtig. Die entsprechenden vatikanischen wie auch die italienischen Behörden kümmern sich um den Vorfall. Die eigentliche Bedrohung aber geht von einem anderen Mann aus. Hier ergibt sich die einmalige Gelegenheit, diese Gefahr zu eliminieren. Da es als sicher gilt, dass der Heilige Vater unter der Beeinflussung eines gewissen Pater Marcus stand, gilt es, den Mann ausfindig und dingfest zu machen. Pater Marcus ist sehr gefährlich und kann Menschen unter seine mentale Kontrolle bringen oder durch bisher noch nicht bekannte Art töten. Daher ist es wichtig, dass Sie mich sofort unterrichten, sobald Sie wissen, wo er sich aufhält. Mein Team und ich werden dann versuchen den Mann in unser Gewahrsam zu nehmen. Bitte nehmen Sie die Gefahr ernst, die von Pater Marcus ausgeht. Da der Papst verschwunden ist, wird der Pater versuchen ihn zu finden. Der Heilige Vater ist die Machtbasis für ihn und für seine finsteren Ziele enorm wichtig. Daher ist zu vermuten, dass er sich selbst auf die Suche macht und den für ihn sicheren Vatikanstaat verlässt. Hier ist unsere Möglichkeit, zuzuschlagen. Meine Damen und Herren, an die Arbeit!“

***

Verhör

Die Polizei war schneller erschienen, als Rita und Carmen es für möglich gehalten hatten. Carmen hatte mit den in Rot gekleideten Mounties gerechnet, die man immer in Filmen zu sehen bekam. Rita hingegen war sich sicher, dass sie sich mit einem Provinzsheriff herumschlagen müssten. Beide lagen falsch. Nach und nach trafen insgesamt fünf moderne Polizeieinsatzwagen, eine schwarze Lincoln-Limousine und ein Kastenwagen der Forensik ein. Die Polizisten waren in dunkelblaue Uniformen gekleidet, die denen der US Staate Trooper nicht unähnlich sahen. Nur die Schirmmützen erinnerten an die Kopfbedeckung der königlichen Armee der Briten. Auf den

Wagen war das Wappen von Ontario angebracht und unterhalb die Buchstaben O.P.P., was für Ontario Provincial Police stand. Die Polizisten parkten ihre Fahrzeuge strategisch, sodass der Parkplatz für jedes Fahrzeug gesperrt war. Rasch waren zwei Polizisten bei den Frauen und stellten sich neben diese. Sie hatten ihre Waffen gezogen und hielten die Pistolen aber gesenkt. Eine Polizistin trat an Rita heran und tastet sie nach verborgenen Waffen ab. Die gleiche Prozedur wiederholte sie bei Carmen. Dann gab sie ihren Kollegen mit einem kurzen Nicken zu verstehen, dass die beiden Frauen unbewaffnet waren. Aus dem schwarzen Lincoln war inzwischen ein in einen dunkelgrauen Anzug gekleideter Mann zu der kleinen Gruppe gelaufen. Er ergriff nun das Wort.

„Madams", diese Anrede wäre Rita in einer anderen Situation schon fast lächerlich vorgekommen, doch hier in der Wildnis Kanadas schien sie irgendwie angebracht.

„Darf ich mich vorstellen. Mein Name ist Piere Montejus, Detective der Homicide Squad. Agent Roger Thorn vom FBI hat mich kontaktiert und darum gebeten, dass ich Ihnen helfe. Er wird in einigen Stunden in Thunder Bay eintreffen."

Rita atmete erleichtert auf und ihr schwindelte leicht. Sie hatte sich schon auf einen Wust von Bürokratie und übelgelaunten Hilfssheriffs gefasst gemacht. So konnte sie wenigstens darauf hoffen, dass die notwendigen Befragungen ohne die Voreingenommenheit ländlicher Beamter vonstattengingen. So setzte sie ein tapferes Lächeln auf und sagte mit ruhiger Stimme zu dem Beamten der Mordkommission: „Mister Montejus, vielen Dank, dass Sie so schnell hier eingetroffen sind. Wir hatten wirklich Angst. Uns hat ein übler Kerl in unserem Wohnmobil überfallen. Carmen und ich konnten ihn zwar überwältigen, doch wir scheinen nicht die ersten Opfer dieses Mannes zu sein. Dort steht sein Pick-up und auf der Ladefläche liegt unter dem Müll eine Leiche, ich glaube, eine Frau."

„Wo ist der Angreifer geblieben?", unterbrach sie der Detective.

„Der liegt im Camper, wir haben ihn gefesselt und ..."

Genau in diesem Moment hörte man ein lautes Gepolter, das aus dem Wohnmobil zu kommen schien. Sofort umstellten die uniformierten Polizisten das Fahrzeug und zogen ihre Waffen. Ein Polizist, gedeckt von einem zweiten, näherte sich vorsichtig der Tür, stellte sich seitlich davon auf und öffnete die Verriegelung. Als habe der Verdächtige im Inneren des Campers nur darauf gewartet, flog die Tür mit einem Schwung auf und der Redneck sprang ins Freie. Irgendwie hatte er es geschafft, die Fesseln zu lösen. Mit gesenktem Kopf stürmte er auf die beiden vorderen Beamten und warf sie einfach um. Dann setzte er an, über den Parkplatz in Richtung Wald davonzustürmen. Andere Polizisten stürmten heran und warfen sich auf den Flüchtigen. Ein wildes Handgemenge entstand, an dem sich auch der Detective eifrig beteiligte. Es dauerte lange zwei Minuten, bis der Mann zwar noch übelst fluchend, aber doch gefesselt auf dem Boden lag.

Keuchend standen die Beamten über dem Gefangenen und etwas atemlos fragte Detective Piere Montejus: „ ... und Sie haben den Kerl alleine überwältigt?“

Rita und Carmen nickten nur.

***

Verbringung

Sie hatten mehrfach das Fahrzeug gewechselt. Der Heilige Vater war recht unsanft behandelt worden. Mann hatte ihn mit groben Händen von einem ins nächste Fahrzeug geschleppt. Die ganze Zeit sprach keiner der maskierten Männer mit ihm. Sein Geist klärte sich immer mehr und die Geschehnisse der letzten Tage kamen ihm immer unwirklicher vor. Er erinnerte sich an seine Flucht in die Berge, seine martialische Rückkehr in den Vatikanstaat, an die Rede, die er auf dem Petersplatz gehalten hatte, und nicht zuletzt an seinen Aufruf zum Heiligen Krieg. Warum hatte er das alles getan? Warum hatte er sich nur so hinreißen lassen! War es sein Zorn wegen der feigen Attacke gegen das Christentum, der ihn hatte so handeln lassen? Er wusste es nicht. Er war sich seiner selbst nicht mehr sicher. Wieso war Pater Marcus nicht bei ihm gewesen? War auch er entführt worden? Er hoffte, dass sein engster Berater, ja, sein Freund, noch auf freiem Fuß war. Er würde bestimmt alles daran setzten, ihn zu befreien. Leise begann er zu beten.

Mit einem Ruck blieb das Fahrzeug stehen, in dessen dunklem Laderaum er lag. Dann hörte er Stimmen und der Wagen fuhr noch einige Meter, ehe er endgültig zum Stehen kam. Der Motor erstarb und es wurde für einen kleinen Moment völlig still. Dann wurde die Hecktür geöffnet und die brutalen Hände packten ihn erneut. Er wurde ins Freie gezerrt, einige Meter über eine mit Kies bestreute Fläche getragen. Dann ging es einige Stufen nach oben, bis zu einer zweiflügeligen Holztür. Der Papst versuchte etwas von seiner Umgebung zu erkennen, doch starke Scheinwerfer blendeten ihn. Im Inneren des Hauses erkannte er eine prächtige Vorhalle. Die Maskierten trugen ihn durch die Halle, dann durch einen Gang und schließlich eine Treppe hinunter. In einem Weinkeller wurde er auf einen Stuhl gesetzt und gefesselt. Dann verließen seine Entführer den Raum und schalteten das Licht aus.

Es vergingen Stunden, die der Heilige Vater im Dunkeln saß. Er fragte sich, wer ihn entführt hatte. Waren es Terroristen, die gleichen Leute, die den Vatikan angegriffen hatten? Nein, das konnte nicht sein. Die Terroristen hätten ihn bestimmt schon getötet. Aber er lebte noch, und das war erst einmal wichtig. Vielleicht gab es doch noch Hoffnung. Doch wer kam sonst noch infrage? Natürlich hatte er auch Widersacher im Vatikanstaat und der Kirche. Dennoch konnte er nicht glauben, dass ihn katholische Verschwörer entführt hatten. Das machte alles keinen Sinn. Wo war nur Pater Marcus? Warum kam er nicht, um ihn zu befreien?

Seine Gedanken begannen sich im Kreis zu drehen und sein Mut sank ins Bodenlose. Wieder begann er zu beten, leise, fast murmelnd.

Er schreckte aus einem leichten Schlaf auf. Ohne es zu merken, hatte sein geschwächter Körper seinem Recht nach Ruhe nachgegeben. Wirre, fast bizarre Träume hatten ihn gequält, bis sich das Geräusch von Schritten in seine Traumwelt verirrte. Mühsam schlug er die Augen auf, um sie gleich wieder geblendet zu schließen. In dem Raum brannten alle Lampen und ein dunkler Schatten stand vor ihm. Aus dem Schatten formte sich ein Mann und das dazugehörige Gesicht lächelte ihn böse an. Im ersten Moment konnte er nicht glauben, wer dort vor ihm stand. Mühsam formten seine Lippen einen Namen, der nicht hierher zu gehören schien: „Camerlengo Parolin?“

Der Angesprochene antworte nicht, sondern drehte sich um und verließ den Raum. Beim Hinausgehen befahl er den anwesenden maskierten Männern: „Bereitet seinen Weitertransport vor. Hier können wir ihn nicht behalten, nachdem ihr so kläglich versagt habt."

Einen Augenblick später war der Papst wieder alleine. Zum Glück hatten die Entführer das Licht angelassen. Noch immer konnte er nicht begreifen, warum der Camerlengo ihn hatte entführen lassen. Der Mann musste den Verstand verloren haben. Nun wusste er wenigstens, mit wem er es zu tun hatte.

Weitertransport hatte er gesagt. Das Wort bot Hoffnung. Hoffnung auf Flucht. Niemand würde ihm, dem Oberhaupt der katholischen Kirche, ein Leid zufügen.

Seine neuerwachte Hoffnung bekam einen Dämpfer, als er keine zwei Meter von seiner Position aus einen dunklen Fleck auf dem ansonsten tadellos sauberen Boden sah. Der Fleck war dunkelrot, fast schwarz. Der Fleck war getrocknetes Blut.

***

Gefährliche Neugierde

Was ging hier nur vor? Clint rätselte und rang gleichzeitig mit seiner Angst, wie auch mit seiner Neugierde. Letztere hatte ihn schon unzählige Male in arge Bedrängnis gebracht und einige unschöne Narben als bleibende Erinnerungen hinterlassen. Doch Erfahrung macht nicht immer klug. Hatte er doch erst vor wenigen Stunden bittere Qualen erdulden müssen, so dachte er dennoch darüber nach, zu dem Anwesen zurückzuschleichen, um zu schauen, was dort vor sich ging. Es war schon sehr seltsam, dass man wohl seine Flucht bemerkt hatte, bei den vier Leichen, die er hinterlassen hatte, aber dennoch nicht nach ihm suchte. Etwas Wichtiges musste noch vor seiner Verfolgung Vorrang haben. Doch was konnte das nur sein? Er musste es wissen, koste es, was es wolle.

Ein letzter Blick hinüber zu dem Herrenhaus, die Autotür leise geöffnet und mit brennenden Muskeln überwand er seinen

Selbsterhaltungstrieb. Ohne weitere Vorbereitung lief er erneut über das Feld, das ihm mit seinem nassen Lehmboden eher wie ein Morast vorkam. Mühsam stapfte er durch die Dunkelheit, das Herrenhaus immer im Blick. Das Feld schien sich unendlich zu dehnen, im Gleichklang mit der Zeit. Minuten wurden subjektiv zu Stunden, Zweifel versuchten ihn zusätzlich mürbe zu machen. Endlich, endlich hatte er die Alleebäume erreicht und lehnte sich schwer schnaufend gegen einen rauen Stamm. Er gönnte sich einige Minuten, ehe er seine Umgebung genauer in Augenschein nahm. Er war keine fünfzig Meter mehr vom Landhaus des Camerlengo entfernt und somit gefährlich nahe über das Feld gekommen. Er hoffte inständig, dass er bisher unbemerkt geblieben war. Die Nacht war still und sosehr er sich auch anstrengte, er konnte keine Wachen oder Hunde hören oder gar sehen. Er beschloss, sich dieses Mal dem Landgut von der hinteren Seite aus zu nähern. Die Deckung der Alleebäume und der dazwischen wuchernden Büsche nutzend schlich er auf der straßenabgewendeten Seite auf das ummauerte Landgut zu. Immer wieder hielt er inne, um zu lauschen.

Endlich sah er die Mauer, die sich hinter den Büschen versteckte. Hier war es leichter voranzukommen, da er sich nicht mehr von Baum zu Baum und von Busch zu Busch schleichen musste. Am Mauerende angekommen spähte er vorsichtig um die Ecke. Dort reichte das Feld unmittelbar an die Mauer heran. Nur in der Mitte der Mauer befand sich ein weiteres Tor, hier nicht schmiedeeisern, sondern aus altem, dunklem Holz gefertigt. Rechts daneben war ein Stapel Brennholz aufgeschichtet. Clint überlegte nicht lange. Schnell überprüfte er visuell, ob auch hier, hinter dem Haus, Kameras installiert waren. Doch der Hausherr erwartete augenscheinlich keinen Angriff oder ein Eindringen von dieser Seite aus. Leichtsinnig, aber gut für Clint. Er wollte wenigstens versuchen den Holzstapel zu erklimmen, um über die Begrenzungsmauer schauen zu können. Ohne weiteres Zögern schlich er zu dem Stapel und konnte ohne besondere Kletterkünste schnell hinaufsteigen. Vorsichtig schob er seinen Kopf zur Mauerkrone empor, gerade weit genug, um in das Grundstück hineinblicken zu können. Im ersten Moment sah er nur die dunklen Umrisse des Herrenhauses circa zehn Meter entfernt. Er wollte sich schon weiter erheben, als er glaubte in dem Nachtschatten des Hauses etwas Unförmiges zu sehen. Gebannt, nur noch flach atmend, schaute er angestrengt ins Dunkel. Plötzlich bewegte sich etwas und völlig überraschend fiel ein Lichtschein auf den dunklen Hof. Im städtischen Leben wäre dieser Lichtschein völlig unbemerkt geblieben. Doch hier in der Finsternis der Provinz genügte das Licht, das, wie Clint nun erkannte, von einem Feuerzeug ausging, um den dunklen Hinterhof, wenngleich nur schwach, zu erhellen. Die Flamme flackerte nur kurz und verlosch gleich darauf.

Clint hatte genug Zeit gehabt, seinen Blick suchend durch den Hof wandern zu lassen. Hier hinter dem Haus hielten sich zwei Männer auf. Es war zu vermuten, dass die Männer hier Wache standen. Hunde waren zum Glück nicht hier hinten, was Clint beruhigte. Er schaute erneut zu den nun bekannten, undeutlichen Schatten und sah, wie eine Zigarette rot aufglühte. Nach einigen Minuten, Clint wollte sich schon zurückziehen, denn er konnte nichts Erwähnenswertes sehen, begannen sich die Wachen leise zu unterhalten. Zunächst konnte er nur die Stimmen der Männer hören, aber kein Wort verstehen, da sie zu leise sprachen. Dann aber gesellte sich ein dritter Mann zu ihnen, der sich ebenfalls eine Zigarette anzündete. Das Gespräch wurde lauter und Clint lauschte nun gespannt. Doch zu seiner Enttäuschung unterhielten sich die Männer in italienisch. Clint verfluchte, dass er diese Sprache nicht beherrschte. Doch dann ließ ihn ein Satz aufhorchen. Einer der Männer sagte etwas, das Clint zu verstehen glaubte. Er hörte: „Il Papa è okay?“

Hatte er die Frage der Wache richtig verstanden? Konnte das sein? Die Antwort der anderen Wache hörte er zwar, aber die Worte sagten ihm nichts.

„ Sì, quello che stai chiedendo?“

Er ließ sich auf die Knie nieder und wiederholte im Geist noch einmal die ersten Worte.

„Il Papa è okay?“ Il Papa - der Papst? Okay? Was sollte das bedeuten? Was sollte der Papst ausgerechnet hier? War etwas in Rom geschehen, wovon er nichts wusste? Er musste unbedingt mit Pater Marcus reden, und zwar schnell.

Eilig kletterte Clint Coady von dem Holzstapel herunter und schlich davon.

Säuberung

Lil Rick schaute mit einem unguten Gefühl zu dem offenen Tor des Lagerhauses. Das ganze Areal machte einen verwahrlosten, heruntergekommenen Eindruck. Die Fahrzeuge der MS-13-Gang waren in das Industriegebäude gefahren. Lil war sich nicht sicher, ob das Bündnis der Gangs, geschmiedet durch Sergio, halten würde oder hier ein blutiges Ende finden würde. Er traute den Latinos nicht und sein ungutes Gefühl schien dies nur zu bestätigen. Mit einem knurrigen Fluch fuhr er an und steuerte seinen Wagen durch das Hallentor in eine zwielichtige Ungewissheit. Seine Männer folgten mit ihren Autos nach und parkten hinter Lil, der bereits aus dem Wagen stieg. Weiter vorne standen die MS-13-Männer bei ihren Fahrzeugen.

Lil schaute zu ihnen hinüber und winkte dann seine Leute zu sich heran. Leise flüsternd gab er seine Anweisungen. Sofort eilten drei seiner Männer zum Ausgang der Halle und postierten sich seitlich neben der Tür. So hatten sie eine gute Sicht nach draußen und konnten notfalls die Flucht ihrer Gangmitglieder sichern.

Unterdessen versuchte Lil die Lage dort vorne in der Halle einzuschätzen. Augenscheinlich stritten die MS-13-Gangster miteinander. Patrón, der Boss der MS 13 von New York City, sprach mit weit ausladenden Gesten, die in seiner Gang üblich waren und für den entsprechenden Respekt sorgen sollten. Ein anderer Latino antwortete ebenso laut und rannte vor Patrón hin und her. Während der Diskussion bildeten sich unbemerkt zwei Gruppen, die sich jeweils um einen der Streitenden formierten. Die Gruppe um Patrón war mit circa dreißig Mann der anderen Partei um das Doppelte überlegen. Worte flogen wie Messer umher, Blicke versuchten zu töten.

Die beiden Gruppen schienen vergessen zu haben, dass sich noch eine dritte Partei in der Lagerhalle befand. Die Spannung zwischen den Latinos baute sich gefährlich schnell auf und einige der Männer zogen ihre Pistolen. Nun bewegten sich beide Gruppen, als ob sie einer unsichtbaren Melodie folgten, dessen Rhythmus von Gewalt geprägt war. Sie scharrten mit den Füßen, manche tänzelten leicht und bewegten ihre Oberkörper ruckhaft. Ihre Arme schienen einer anderen Melodie zu folgen und zuckten unmotiviert oder spreizten sich vom Körper.

Lil erkannte die kommende Eskalation und zog sich mit seinen Leuten hinter ihre Fahrzeuge zurück. Aus dieser Deckung heraus beobachtete er besorgt die MS-13-Gangster. Von einem Moment zum anderen krachten Schüsse hohl durch die Halle. Geschriene Befehle mischten sich mit schmerzverzerrtem Brüllen, das durch das harte Bellen der Pistolen untermalt wurde. Noch ehe Lil sich entscheiden konnte, ob er dem MS-13-Bandenchef Patrón zur Hilfe kommen wollte, war schon alles vorbei. Der Geruch von Kordit und Blut wehte durch den weiten Raum als vergänglicher Zeuge einer sinnlosen Bluttat. Auf dem schmutzigen Boden der verlassenen Lagerhalle lagen blutende Männer, von denen sich einige nie mehr erheben würden.

Patrón schaute sich nach Lil Rick um und rief ihn herbei. Vorsichtig, die eigenen Waffen im Anschlag, liefen Lil und seine Gefolgsleute auf die Gruppe der Latinos zu. Schnell halfen sie die aufständigen Gangster zu entwaffnen. Patrón und einige MS-13-Gangmitglieder fesselten ihre geschlagenen Gegner. Dann kümmerten sie sich um die Verletzten. Sieben Männer waren tot, zwei von ihnen hatten auf Patróns Seite gestanden. Weitere fünf Latinos wiesen Schusswunden auf. Die Verletzten gehörten ausschließlich zu den rebellierenden MS-13-Gangstern.

Düster und voller Zorn schaute der MS-13-Boss auf seine Gefangenen. Dann griff er in die Tasche und zündete sich einen schwarzen Zigarillo an. Durch den blauen Rauch hindurch spuckte er verachtend auf seine toten Gegner. Dann sagte er etwas auf Spanisch, das wie ein Befehl klang. Seine Männer, die schon einige Grausamkeiten in ihrem Leben gesehen hatten, wurden blass. Die Gefangenen begannen zu schreien und zu wimmern. Dann packten Patróns Gefolgsleute die Gefangenen, auch die Verwundeten, und schleppten sie zu ihren Wagen. Lil verfolgte verständnislos die Szene und schaute Patrón fragend an. Mit ernstem Gesicht, das nur ungenügend Trauer und Schmerz verbarg, sagte Patrón: „Ich habe mein Versprechen dir gegenüber gehalten und nun werde ich noch Sergios Befehl ausführen. Ich hoffe inständig, dass ..."

Da sackte Patrón zusammen und Lil fing ihn gerade noch auf, indem er ihm unter die Achseln griff. Vorsichtig legte er Patrón auf den Boden und setzte sich in die Hocke neben ihn. Doch der Schwächeanfall des MS-13-Bosses schien schon wieder verflogen zu sein und der Mann versuchte sich aufzurichten. Lil wollte ihm helfen und sah dabei auf seine Hände. Erschrocken sah er Blut auf seiner rechten Hand und im selben Moment auch auf Patróns Hemd.

***

Ein Wunder?

Stuart Rickelbeck, der ehemalige Zahnarzt und jetzige Leibarzt Sergios, saß neben seinem besonderen Patienten. Sergio, auf dem alten Sofa schlafend, gab leicht röchelnde Töne von sich. Stuart schaute auf den mageren Mann, der erstaunlicherweise zwei verbrecherische Straßenbanden zu etwas Neuem geformt hatte, obwohl er auf den ersten Blick nicht viel hermachte. Alte, fadenscheinige Kleidung umhüllte den Mann wie eine obskure Modelinie, die nur für Obdachlose designt zu sein schien. Niemand hätte diesem Mann im normalen Leben auch nur einen zweiten Blick geschenkt. Wer aber einmal in Sergios Augen geblickt hatte, der vergaß sofort dessen Äußerlichkeiten.

Stuart hatte seit Tagen zum ersten Mal Zeit für sich. Zuerst verängstigt, dann unsicher über die seltsamen Leute, die hier im Haus ein- und ausgingen, hatte er sich natürlich erst einmal um den Verletzten gekümmert. Er war zwar nur Zahnarzt – nein, auch das war er nicht mehr, da ihn seine Alkoholsucht in die Gosse gespült hatte –, dennoch war er in der Lage, zumindest rudimentäre ärztliche Hilfe zu leisten. So hatte er geholfen Sergio zu retten. Sehr dankbar hatten sich die sogenannten Soldaten Gottes bisher bei ihm nicht gezeigt. Jeder war nur um Sergio bemüht und er, Stuart, wurde irgendwie übersehen. Nur sein Patient zeigte tiefe Dankbarkeit. Immer wieder sprachen sie miteinander und Stuart schien es, als öffne sich für ihn eine neue Welt. Er sah die Dinge in einem anderen, neuen Licht. Er sah sich selbst zum ersten Mal seit Jahren kritisch an und was er sah, gefiel ihm nicht. Er war heruntergekommen, hatte alles, wofür er einmal eingestanden hatte, verraten. Ja, er hatte sich selbst verraten und die Welt für seine Misere verantwortlich gemacht. Alles in seinem Leben hatte sich nur noch darum gedreht, wie er die nächste Flasche

Schnaps bekommen konnte. Er hatte gelogen und gestohlen und sich in merkwürdiger, irrer Arroganz den anderen Menschen überlegen gefühlt. Doch nun, scheinbar am Ende, hatte er einen neuen Anfang gefunden.

Für den Bruchteil einer Sekunde stoppten seine Überlegungen. Etwas drängte sich an die Oberfläche seines Bewusstseins. Ein Wunsch, ein Verlangen, seine Sucht!

Er brauchte etwas zu trinken! Wirklich? Wann hatte er den letzten Schnaps getrunken? Wann war er das letzte Mal berauscht gewesen? Stuart dachte nach und konnte fast nicht glauben, was er in diesem Moment begriff. Seit er den verletzten Sergio erstversorgt hatte, war kein Tropfen mehr über seine Lippen gekommen. Ja, er hatte nicht einmal mehr an das Trinken gedacht. Er hatte keinerlei Entzug gespürt, keinerlei Verlangen. Dennoch fühlte er sich gut, ja sogar sehr gut. Stuart horchte noch einmal in sich hinein und stellte dabei fest, dass er kein Verlangen hatte, etwas Alkoholisches zu trinken. Verwundert und dennoch irgendwie froh schüttelte er den Kopf. Ein Lächeln breitete sich auf seinem Gesicht aus und es wurde noch breiter, als er auf den schlafenden Sergio blickte. Leise murmelte er: „Du hast mir mein Leben zurückgegeben! Danke, Mann!“

***

Reiseänderung

Roger Thorn überlegte, wie er die kommenden Stunden oder Tage organisieren sollte. Er hatte Rita versprochen, bei der Suche nach Paul zu helfen. Bei seinen Vorgesetzten hatte er dafür ein offenes Ohr gefunden, da Paul Green ein Mitglied der geheimen Paragruppe war. Paul war Traumseher und konnte darüber hinaus seinen Astralleib aus seinem Körper lösen. So konnte sein Geist auf Reisen gehen und ungesehen Dinge beobachten. Aktives Eingreifen war ihm allerdings nicht möglich. Er war zum Zuschauen verdammt. Dass er in Not war, vielleicht sogar in Lebensgefahr schwebte, schien sicher zu sein.

An Roger hatte Rita bei ihrer Suche zuerst nicht gedacht. Erst durch den Angriff des Mannes, der in das Wohnmobil der Frauen eingedrungen war, war nun auch Roger mit der Suche nach Paul befasst. Rita hatte sich nicht in dem FBI-Agenten getäuscht. Roger wusste sofort, was zu tun war, und hatte alles Nötige organisiert. Nun wollte er zu den Frauen, doch er musste noch ein wenig Geduld aufbringen. Unruhig lief er vor der Zollabfertigung für internationale Flüge am Washington Dulles International Airport auf und ab. Mit seinem FBI-Ausweis hatte Roger die Sicherheitsschleusen umgehen können. Er wartete auf einen Freund, den er heute abholen wollte. Dieser Freund sollte noch eine Zeugenaussage über die Vorgänge in Walkers Hill machen, damit Roger endlich nach vielen Monaten den Fall endgültig abschließen konnte. In Walkers Hill hatte Roger den Mann kennengelernt und einige Abenteuer mit ihm durchgestanden. Durch die gemeinsamen Erlebnisse hatten die beiden Männer Freundschaft geschlossen und den Kontakt in den vergangenen Monaten nicht abreißen lassen. Roger war es sehr recht, dass Yavuz, so hieß der Erwartete, die behördlichen Notwendigkeiten mit ihm zusammen erfüllen wollte und deshalb nun zurück in die USA kam. Natürlich freuten sich die Männer auf die gemeinsamen Tage und Yavuz nahm gerne die Gelegenheit war, dem Alltag zu entkommen.

Endlich wurde die Landung der Lufthansa, Flug 416 von Frankfurt nach Washington Dulles, als gelandet gemeldet. Wenige Minuten später sah Roger die vertraute Gestalt seines Freundes zwischen den ankommenden Reisenden. Ein breites Grinsen lag auf Yavuz' Gesicht, er strahlte förmlich. Roger ging ihm entgegen, drückte erst die Hand seines Gastes, um ihn gleich darauf zu umarmen. Die Zollformalitäten waren schnell erledigt und kurz darauf saßen die Männer in einer kleinen Flughafenbar. Vor ihnen dampfte Kaffee aus Pappbechern. Belanglose Worte flogen hin und her, ehe Roger eine ernste Miene aufsetzte.

„Yavuz, ich habe ein Problem. Ich muss so schnell es geht nach Kanada, da ein Freund und gewissermaßen ein Mitarbeiter dort verschwunden ist. Ich weiß, dass wir zusammen einige Tage verbringen wollten, auf die ich mich auch schon sehr gefreut hatte. Nun, wie es ausschaut, funktioniert das nicht."

Yavuz hatte die Sorge in Rogers Gesicht sofort bemerkt. Die kurze Enttäuschung darüber, dass seine Reise nicht wie geplant verlaufen würde, verbarg Yavuz gekonnt. Stattdessen machte er Roger einen Vorschlag.

„Mach dir mal keine Gedanken um mich. Wie wäre es, wenn ich dich bei deiner Suche begleiten würde. Keine Angst, ich werde mich, wenn es nötig ist, zurückhalten und dich deine Arbeit machen lassen. Da ich ja durch deine Hilfe sowieso offizieller Berater des FBI bin, dann kann ich mich vielleicht sogar nützlich machen."

Roger wollte schon widersprechen, doch er erinnerte sich nur zu gut, wie professionell sich sein Freund bei den Ermittlungen in Walkers Hill verhalten hatte. Vielleicht war sein Vorschlag gar nicht so schlecht. Roger zog sein Handy aus der Tasche, bedeutete Yavuz einen Moment zu warten und stand auf. Er ging ein paar Schritte aus dem Lokal in die große Halle des Airports und wählte eine Nummer.

Yavuz beobachtete den FBI-Agenten und versuchte sich inzwischen auf die momentane Situation einzustellen. Wenn Roger sich entschloss, ihn mitzunehmen, dann wartete vielleicht ein neues Abenteuer auf ihn. Wenn nicht, dann konnte er wenigstens eine Art Bildungsurlaub hier in Washington verbringen. Natürlich reizte ihn die erste Möglichkeit viel mehr. Gespannt schaute er zu Roger, der nach einigen Minuten zurück in die Kaffeebar kam.

Er setzte sich, schaute Yavuz einen Moment forschend an, ehe er mit einem schiefen Grinsen sagte: „Also gut, Herr FBI-Berater. Ich habe mit meinen Vorgesetzten gesprochen und ihnen die Lage geschildert. Da du dich in Walkers Hill so gut geschlagen hast, stimmt die Chefetage meiner Anforderung zu. Das heißt, das schöne Hotelzimmer hier kannst du wohl vergessen. Du musst dir ein Wohnmobil mit mir teilen. Hast du warme Sachen eingepackt?"

***

Das blutet aber ...

Mit kreischenden Reifen stoppte der alte Honda vor dem Hauptquartier der UCD. Die sogenannten Soldaten Gottes hoben sofort ihre Waffen und liefen furchtlos auf den Wagen zu. Als sie Lil Rick erkannten, ließen sie die Waffen sinken.

Lil sprang aus dem Fahrzeug und schrie: „Bringt mir sofort ein Brett oder so was. Ich habe einen Verletzten, den der Doc sich anschauen muss. Los, Leute, schwingt die Hufe!"

Es dauerte keine Minute, bis einer der Männer tatsächlich eine breite Bohle herbeischleppte. Lil hatte inzwischen die Beifahrertür geöffnet und zog vorsichtig einen wohl schon ohnmächtigen Latino aus dem Wagen. Sein kariertes Hemd war auf der linken Seite von Blut durchtränkt. Gemeinsam hoben die Männer den Verwundeten auf die improvisierte Trage. Der als Doc bezeichnete Stuart Rickelbeck kam aus dem alten, verfallenen Haus gerannt und kniete sich sofort neben den blutenden Mann.

„Was ist passiert?", fragte er, ohne dabei seinen neuen Patienten aus den Augen zu lassen.

„Schusswunde", antwortete Lil einsilbig.

„Dann lasst uns den Mann ins Haus bringen. Beeilung, er hat keine Zeit zu verlieren!", befahl Stuart.

Die Männer griffen das Brett und trugen so schnell sie konnten und so vorsichtig wie möglich den Verwundeten ins Haus. In einem als Lagerraum verwendeten Zimmer fegte Stuart alles von einem breiten Holztisch, der in der Mitte des Raumes stand. Gleich hinter ihm kamen die Männer mit dem Verletzten. Sie schoben den blutenden Mann vorsichtig auf den Tisch. Stuart forderte laut Verbandszeug und seine Tasche. Während einige Bandenmitglieder nach draußen stürmten, um das Geforderte zu besorgen, beugte sich Stuart über den Verletzten. Vorsichtig öffnete er dessen Hemd und versuchte die Schusswunde zu erkennen. Doch viel war nicht zu sehen, da das Blut den Stoff genauso wie das Unterhemd durchtränkt hatte. Der Doc schaute auf und fragte nach einer Schere, einem Schwamm und einer Schüssel Wasser.

In Minutenschnelle war alles Nötige zur Stelle und griffbereit. Stuart schnitt das Hemd und das Unterhemd auf und legte die Wunde frei.

Dann wusch er vorsichtig das Blut von dem Körper des Besinnungslosen. Ein ausgefranstes Loch, circa ein Fingerbreit im Durchmesser und eine Handbreit unter der linken Achsel des Mannes, wurde sichtbar. Der Doc hob seinen Patienten ein wenig an und drehte ihn zur Seite. Vorsichtig entfernte er die Reste des Hemdes auf dessen Rücken. Dann wusch er von der Schulter abwärts das Blut ab und beschaute sich den Rücken des Besinnungslosen. Schnell fand er, was er hoffnungsvoll gesucht hatte. Auch hier am Rücken unterhalb des Armgelenkes fand er eine Wunde. Sanft ließ er seinen Patienten auf den Tisch zurücksinken. Stuarts Blick suchte Lil Rick, während er verschiedenes Verbandmaterial zusammensuchte. Gleich darauf entdeckte er ihn, zwischen den anderen Männern.

„Lil", sagte er, dein Kumpel wird's wohl schaffen, es sei denn, er hat schon zu viel Blut verloren. Ansonsten hatte er Glück. Glatter Durchschuss."

***

Wohin?

Pater Frank Marcus lief schnellen Schrittes durch die stillen Gänge des Vatikans. Hier, hinter den Kulissen des Kirchenstaates, war von hektischer Betriebsamkeit nichts zu spüren. Einige Pater und Schwestern eilten zwar geschäftig, aber so leise wie möglich durch die Flure. Doch diese fast heilige Beschaulichkeit und Ruhe konnten Pater Marcus nicht besänftigen. Der Papst, der Heilige Vater, war verschwunden, offensichtlich entführt, aber die Bewohner des Vatikans schienen diesen Umstand nicht wahrzunehmen, ja sogar zu ignorieren. Was nicht sein konnte, konnte nicht sein. Nur die vatikanische Polizeibehörde und die Schweizergarde agierten in der zu erwartenden Hektik. Ihr sonst geregelter Dienst war durch den Anschlag durcheinandergewürfelt worden. Kaum hatten sie eine Notfallstruktur erarbeitet, damit den täglichen Sicherheitsdienst organisiert und die Ermittlungen eingeleitet, als alle Maßnahmen erneut Makulatur wurden. Nun galt es, den Pontifex zu finden und zugleich die Öffentlichkeit im Unklaren zu lassen. Niemandem würde es helfen, wenn die Nachricht einer Papstentführung um die Welt ging, einmal abgesehen von den islamistischen Terrororganisationen, die sich diese Tat schnell zu eigen machen würden.

Pater Marcus jedoch hatte völlig andere Motive, den Heiligen Vater zu finden. Seine ganze Planung, seine Hoffnungen für die Zukunft waren in Gefahr. Er selbst war in Gefahr. Der Pater war sich durchaus bewusst, dass er selbst zur Zielscheibe geworden war. Kräfte, die seinen Aufstieg zum Vertrauten des Papstes argwöhnisch beobachtet hatten, sahen nun vielleicht ihre Zeit gekommen, um ihn, Pater Marcus, loszuwerden. Auch der Camerlengo und die Anhänger, die dieser um sich geschart hatte, waren mögliche Gegner. Nicht zu vergessen die merkwürdigen Leute, die er auf dem Petersplatz beobachtet hatte. Er nahm sich vor, von nun an besonders vorsichtig zu sein.

Nach kurzer Zeit erreichte er den Raum, den er vor einigen Wochen zu seinem Privatbüro auserkoren hatte. Nur wenige Menschen wussten von diesem Büro. Überwachungsmonitore standen aufgereiht auf Aluminiumtischen, die an der rechten Wand aufgestellt waren. In der Mitte des Raumes bildeten zwei einfache Schreibtische einen Winkel, dessen Spitze auf die Monitorwand zeigte. Ein einzelner Bürostuhl vervollständigte die Einrichtung.

Auf eben diesen Stuhl ließ sich Pater Marcus fallen, nachdem er die Bürotür geschlossen hatte. Mit rotgeränderten Augen starrte er auf die Monitore, die strategisch wichtige Punkte im Vatikanstaat zeigten. Doch was seine Augen sahen, erreichte nicht sein Denken. Vielmehr grübelte er darüber nach, was er nun noch ausrichten konnte. Option um Option rief er vor seinem geistigen Auge auf, prüfte sie auf Machbarkeit, ehe er sich eine weitere Option anschaute. Fast schon wollte er sein scheinbar sinnloses Grübeln beenden, als er, mehr aus Zufall, den Bildschirm betrachtete, der den hinteren Personaleingang des päpstlichen Palastes zeigte. Dort war ein heruntergekommener Mann ins Bild getreten, den er kannte. Dort stand der Mann, den er aus den USA hatte kommen lassen. Dort stand Clint Coady, den er selbst losgeschickt hatte, um den Camerlengo zu suchen.

An ihn hatte Pater Marcus überhaupt nicht mehr gedacht. Eiligst griff er zum Telefon, wählte eine kurze Nummer und gab fast schon barsch die Anweisung, Clint Coady zu ihm zu bringen.

Konzentriert

An allen Ausgängen, Toren und selbst an der kleinsten Tür in der Mauer des Vatikanstaates waren Agenten, Männer und Frauen der sogenannten Römischen CIA, postiert worden. Teams von zwei bis drei Personen beobachteten konzentriert ihren Abschnitt, während andere Agenten ihre Kollegen beobachteten, ob diese sich eventuell merkwürdig verhielten. Man wusste, dass der potenzielle Gegner, dieser Pater Marcus, anscheinend über paraphysische Kräfte besaß. Inwieweit diese Kräfte gefährlich waren, konnte niemand sagen. Daher war man eher vorsichtig. Selbst der Schusswaffengebrauch war autorisiert worden. Die Männer und Frauen machten sich ihre eigenen Gedanken zu diesem mehr als nebulösen Befehl. Im Zweifelsfall musste jeder für sich entscheiden, was ungewöhnlich war und was nicht.

Hanky stieg sichtlich ratlos aus dem CNN-Übertragungswagen, welcher zu den getarnten Observationseinheiten der CIA gehörte. Im engen Inneren des Kastenaufbaus waren viele Computerbildschirme angebracht. Sie zeigten unzählige Überwachungsbilder, sogar einige direkt aus dem Vatikan. Hanky fragte sich, wie es dem Geheimdienst gelungen war, so viele Kameras unentdeckt zu platzieren. Gleich darauf nahm ihm Richard die Frage ab, was Hanky davor bewahrte, als unwissend eingestuft zu werden. Rich, in dieser Situation ganz und gar Reporter, stellte die richtigen Fragen. So erfuhr Hanky, dass viele der Kameras vom Vatikan, den Sicherheitsbehörden Roms sowie von privaten Nutzern installiert worden waren. Die Techniker der CIA hackten sich in die entsprechenden Systeme und benutzen einfach das Bildmaterial für ihre eigenen Zwecke. Hanky nickte anerkennend und war zugleich etwas verärgert, dass er nicht von selbst auf diese simple Lösung gekommen war.

Viele Stunden der Observation waren vergangen, ohne dass Hanky auch nur einen Blick auf Pater Marcus hätte werfen können. Natürlich hatte er nach kurzem Zaudern versucht, den gesuchten Kirchenmann mittels seiner besonderen Gaben ausfindig zu machen. Doch er hatte nicht den geringsten Erfolg. Schon zweifelte er daran, ob der Pater sich überhaupt noch im Vatikan aufhielt. Er beschloss sich die Beine zu vertreten und schlenderte Richtung Petersplatz, hielt sich dann rechts und folgte den Mauern des Kirchenstaates. Unzufriedene Gedanken streiften wie lästige Besucher durch sein Bewusstsein. Wäre nur Paul hier! Der würde den Pater schon finden. Hoffentlich ging es ihm gut. Ob Rita und Carmen schon eine Spur hatten? Er musste Carmen anrufen. Unbedingt! Ach, gerade in diesem Moment vermisste er seine Freundin sehr!

Ohne Vorwarnung wurde Hanky aus seinen Gedanken gerissen, als sich eine Hand auf seine Schulter legte. Hanky wollte schon empört auf diese unerwartete Störung reagieren und fuhr herum, um dem Handaufleger gehörig die Meinung zu geigen. Doch als er seinen Freund Walt erkannte, verflog seine Empörung so schnell, wie sie gekommen war.

„Da bist du ja", polterte Walt, „ich habe dich überall gesucht."

„Was gibt es denn?", fragte Hanky und versuchte gleichzeitig, fast schon selbstverständlich die Gedanken seines Gegenübers zu lesen. Doch neuerdings misslang ihm das bei Walt, was Hanky zeigte, dass sich auch sein Freund in übersinnlichen Dingen weiterentwickelte.

„Versuchst du schon wieder in meinem genialen Gehirn herumzustöbern?", knurrte Walt halb ärgerlich und halb belustigt, da er wusste, dass Hanky im Moment noch nicht wusste, wie er seinen mentalen Schutzschirm überwinden konnte.

„Entschuldige, Walt! Also, was gibt es?"

„Vor dem Personaleingang des päpstlichen Palastes ist so eine merkwürdige Gestalt aufgetaucht. Sah ziemlich fertig aus und dreckig, sag ich dir ..."

„Okay, Walt, habt ihr das auf Band?"

„Auf Band? Hanky, du bist technisch echt Generationen zurückgeblieben. Aber ja, es wurde aufgezeichnet, wenn auch digital."

Hanky rollte die Augen, griff Walt unter den Arm und zog ihn so fast mit sich.

„Dann lass uns das Filmchen mal schnell anschauen, Herr Technikspezialist. Ich hoffe für dich, dass es wichtig ist."

Leise, doch laut genug, dass es Hanky noch hörte, maulte Walt: „Drohen will er mir! Wer hätte das gedacht? Na, der traut sich was!"

Mit einem leisen Lächeln gingen die beiden Freunde zurück zum Überwachungswagen. Für einige Minuten umgab die Männer eine unsichtbare Aura aus Frieden, die alle Sorgen der Welt aussperrte.

Nachforschung

Yavuz war erstaunt und zugleich aufgeregt, dass er bei seinem ersten Aufenthalt in den USA seit den Vorfällen von Walkers Hill erneut bei Ermittlungen des FBI helfen konnte. So klappte er seinen Tablet-PC auf, setzte sich so entspannt, wie es in einem Flugzeug eben möglich war, zurecht und loggte sich ins Internet ein. Er wollte so viel wie möglich über das Gebiet herausfinden, wo sie nach einem vermissten Mitarbeiter des FBI suchen wollten.

Der Gesuchte an sich war schon interessant genug, um in Yavuz eine jägerische Spannung zu schaffen. Paul Green war sein Name und er war ein Indianer, ein Irokese. Doch nicht seine indigene Abstammung machte diesen Mann so interessant, sondern seine Begabung. Er war ein indianischer Traumseher und konnte rein durch die Kraft seines Willens seinen Körper verlassen und astral jeden Ort dieser Welt aufsuchen. Dieses Talent hatte ihn zu einem Mitarbeiter der US-Regierung gemacht, zu einem der wenigen aktiven Mitglieder der Gruppe, die hinter vorgehaltener Hand nur als die ‚Paragruppe' bezeichnet wurde. Yavuz bekam von Roger noch zwei weitere Namen. Hank Berson, über dessen Begabung nur so viel bekannt war, dass er Menschen über eine große Distanz hin orten und jedermann geistig belauschen konnte. Damit verbunden war er in der Lage, die Gedankeninhalte der Belauschten in seinem Gehirn zu speichern. Damit war er der schnellste Mensch im Erlernen fremder Sprachen oder wissenschaftlicher Zusammenhänge. Der gefährlichste Aspekt seiner Begabung war jedoch, dass er in der Lage war, jeden Menschen unter seine geistige Kontrolle zu bringen. Einzig seine eigene moralische Lebenseinstellung hielt ihn davon ab, seine Gabe schändlich zu verwenden. Nur wenige Menschen wussten, dass Hank Berson noch zu weiteren geistigen Paraaktionen fähig war. Doch darüber schwieg sich Roger aus. Nur ein kleiner Zusatz ließ Yavuz aufhorchen: Hanky konnte mit Paul telepathisch kommunizieren. Doch Hank Berson hatte den Kontakt verloren. Paul hatte nur übermitteln können, dass er gefangen gehalten wurde. Die zweite Person der geheimen Gruppe war Walt Kessler. Dieser Mann konnte Materie durch Geisteskraft bewegen und verformen. Auch er hatte weitere Kräfte, doch auch hier hielt sich Roger bedeckt.

Yavuz tippte einige Suchwörter ein, wie Indianer, Irokesen, Mohawk, Cheyenne, Zeremonie, Traumseher, Kanada, Nipigonsee Ontario. Er studierte angestrengt die kurzen Artikel, die er unter den Suchwörtern fand. Auf einem kleinen Block machte er sich eifrig Notizen. Dabei nickte Yavuz ab und zu, unterstrich einige Passagen und schrieb dann die wichtigsten Informationen zusammen. Als Roger ihn sanft am Arm rüttelte, schrak Yavuz auf und schaute seinen Begleiter fragend an.

„Schnall dich nun besser an. Wir befinden uns im Landeanflug. Was schreibst du denn so eifrig? Ich habe dich schon dreimal angesprochen. Hast du mich nicht gehört?", fragte Roger.

„Nein", antwortete Yavuz einsilbig, klappte das Tablet zusammen und legte den Schreibblock darauf. Dann schnallte er sich an und schaute aus dem Fenster. Während die Landschaft unter ihnen vorbeiglitt, formulierte Yavuz, was er sagen wollte, doch all die schönen Sätze, die er sich ausdachte, waren in dem Moment verflogen, als er sich zu Roger umdrehte.

Schließlich sagte er nur: „Ich glaube, ich weiß, wo wir Paul Green finden können."

***

Verlegung

Der Papst wachte völlig erschöpft auf. Seine Arme und seine Beine schmerzten. Die Fesseln schnitten ihm ins Fleisch. Er musste eingeschlafen sein, obwohl seine gekrümmte, gefesselte Haltung auf dem Stuhl eher ungeeignet für einen Schlaf war. Mit brennenden Augen schaute er sich in dem Kellerraum um, doch nichts hatte sich verändert. Warum kam niemand, um ihm zu helfen, ihn zu befreien? Hatte denn niemand seine Entführung bemerkt? Hilflosigkeit breitete sich in dem alten Mann aus, denn zu dem war er reduziert worden. Kein Titel schmückte ihn mehr, kein bewundernder Blick war mehr auf ihn gerichtet, keiner sorgte sich, keiner, keiner ... Er war nur noch er selbst, alt, gebrechlich, hilfsbedürftig, allein ... Wut stellte sich gegen

Selbstmitleid. Nein, das konnte nicht sein! Er war der Papst! Gottes Vertreter auf Erden! Gott hatte ihn auserwählt und Gott würde ihn befreien! Neuer Mut, neue Selbstsicherheit durchströmte ihn. Er war nicht hilflos! Gott und seine Engel standen an seiner Seite. Eine Armee, die unbesiegbar war. Alles Leid, das er erfahren musste, würde ihn nur noch stärker machen.

Soweit er es vermochte, streckte sich der Heilige Vater und sagte, ja rief fast mit fester Stimme: „Danke, mein Gott, für deine Kraft und dein Vertrauen! Ich werde dich nicht enttäuschen. So wie einst Petrus will ich der Fels sein, auf dem deine Kirche errichtet wurde."

In diesem Moment öffnete sich die Tür mit Schwung. Ein untersetzter, dunkelhaariger Mann betrat den Raum mit finsterem Blick.

„Hör sofort mit der verdammten Schreierei auf!", fauchte er, zog ein langes Messer aus seinem Gürtel und lief auf den Papst zu. Dieser dachte, seine letzte Stunde habe geschlagen. Leise, fast brabbelnd murmelte er ein Gebet, was ihm einen heftigen Schlag ins Gesicht einbrachte. Dann trat der Mann hinter den Gefangenen und schnitt mit einer glatten Bewegung die Fesseln des Heiligen Vaters durch. Der haltenden Fesselung beraubt fiel der Pontifex nach vorne und landete fast schon symbolhaft auf seinen Knien. Gekrümmt blieb er in dieser demütigen Pose, vor Angst zitternd. Ein zweiter Mann betrat den Raum. Er trat neben den Gefangenen und packte ihn, zusammen mit seinem Kumpan, unter den Achseln. Fast leicht hoben die Männer den Papst auf und schleiften ihn zum Treppenhaus. Dort wartete ein weiterer Mann, der dem Heiligen Vater einen Sack über den Kopf stülpte. Dann wurde er nach oben getragen, hinaus aus dem Haus, um schließlich in ein Fahrzeug geworfen zu werden.

Türen wurden zugeschlagen, und schon ging die Fahrt los. Der Fahrer war nicht sehr um seine kostbare Fracht besorgt, denn er schien jedes sich bietende Schlagloch zu nutzen, um den Wagen direkt hineinzusteuern. Der Gefangene wurde auf der metallenen Ladefläche hin- und hergeworfen. Schmerzen durchströmten den alten Mann. Unzählige blaue Flecken breiteten sich auf der faltigen Haut des Entführten aus wie blutige Blumen auf einer Wiese.

Die Fahrt schien ewig zu dauern, die Qualen und Ängste dehnten sich in die Unendlichkeit. Anfängliches Jammern verwandelte sich in leises Wimmern. Mehr als einmal schlug einer der Männer auf den Gefangenen ein, um diesen zur Ruhe zu zwingen. Endlich, nach mehr als einer Stunde, hörte der Papst mit seinem Angstsermon auf und lag still. Die Entführer atmeten zuerst erleichtert auf, doch nach weiteren Minuten wurden sie unruhig. Hatten sie es zu weit getrieben? Sie zogen den Sack vom Kopf ihres Gefangenen und schauten in ein blasses, eingefallenes Gesicht. Besorgt tastete einer der Männer nach der Halsschlagader des Papstes. Seine Finger huschten über die faltige, schweißnasse Haut. Endlich fühlte der Mann einen schwachen Puls.

„Beeil dich!", rief er nach vorne, „sonst stirbt er uns noch".

***

Bestätigter Verdacht

Pater Marcus hatte den gleichen tristen Raum für seine Besprechung mit Clint Coady gewählt. Der Mann sollte unterbewusst die Macht des Paters erkennen. Dabei entging dem Pater, wie erbärmlich sein Handeln war. Er stand am Fenster und schaute scheinbar interessiert in einen unspektakulären Hinterhof, als die Tür geöffnet wurde. Er hörte, wie jemand den Raum betrat und sich ungefragt an den einfachen Tisch setzte. Dieses Verhalten hätte Pater Marcus normalerweise so nicht akzeptiert, doch die Umstände erforderten Kompromisse. Seine eigene fehlgeschlagene Inszenierung ignorierend wandte er sich um und schaute zu dem sichtlich erschöpften Mann am Tisch. Sofort spürte er, dass der Energielevel seines Helfers gefährlich niedrig war. Er hielt sich nur noch Kraft seines Willens auf den Beinen. Aus reinem Eigennutz heraus beschloss Pater Marcus seine Gabe, Lebensenergie zu manipulieren, helfend einzusetzen. Dazu brauchte er jedoch selbst genügend Energie, die er sich umgehend besorgen musste. Mit einem kurzen, unpersönlichen „warten Sie" verließ er den Raum.

Sofort begab sich Pater Marcus in den vorderen Bereich des Gebäudes, wo er einen guten Blick auf die Menschenansammlungen auf dem Petersplatz werfen konnte. Hier würde er genügend Spender für seine verwerfliche Energieabsaugung finden. Entschlossen trat er an eine Balkontür, öffnete diese und trat hinaus auf einen kleinen, ummauerten Balkon. Suchend wanderten seine Augen über die sich auf dem Petersplatz befindenden Menschen. Dann griffen seine geistigen Taster aus, verbanden sich mit Dutzenden unwissenden Besuchern des Vatikanstaates, die von dieser Ankopplung nichts bemerkten. Dann setzte der Pater seine Gabe wohldosiert ein. Sofort flossen Lebensenergien auf ihn zu und in seinen Körper. Die Energiespender spürten gleichzeitig einen heftigen Kopfschmerz und einige Menschen wankten wie betrunken. Doch in der Menschenmenge fiel das Taumeln einzelner nicht sofort auf. Schon wenige Minuten später war der Pater mit Lebensenergie wie eine Batterie geladen, ja fast überladen. Nun wankte auch er und musste sich einen Moment an der Brüstung festhalten. Dabei bemerkte er, dass ihn jemanden aus der Menge heraus beobachtete. Fast panisch scannten seine Augen die Gruppen der Touristen, auf der Suche nach dem unheimlichen Beobachter. Doch noch ehe er ihn entdecken konnte, bemerkte der Pater, wie etwas nach seinem Geist griff und einzudringen versuchte. Mit einer unbewussten Reaktion schirmte sich der Pater gegen den Angriff ab. So schnell es seine aufkommende Panik zuließ, drehte er sich um und verschwand im Inneren des Gebäudes.

Dort lehnte er sich kurz an eine Wand und atmete tief durch. Vorsichtig öffnete er seinen Geist, um herauszufinden, ob ihn der Fremde immer noch suchte oder gar wusste, wo er sich befand. Sofort griff sein unsichtbarer Gegner an und versuchte ihn zu überwältigen. Pater Marcus schirmte sich erneut ab, gerade noch rechtzeitig, ehe er noch mehr Kraft verlor. Nach einigen Sekunden, sich der Gefahr nun bewusst, in der er schwebte, übernahm seine kalte Logik sein weiteres Handeln.

Ohne weitere Verzögerung eilte er zurück in den kleinen Besprechungsraum. Schon beim Öffnen der Tür bemerkte er, dass sein Helfer in schlechter Verfassung war. Zusammengesunken saß er auf dem Stuhl, die Augen geschlossen und so flach atmend, dass der Pater im ersten Moment schon das Schlimmste befürchtete. Doch dann sah er, dass Clint Coady nur schlief. Der Pater zog sich einen Stuhl heran und setzte sich direkt neben den Schlafenden. Dann legte er seine rechte Hand auf dessen Stirn. Konzentriert stellte er eine Verbindung zu dem energetischen System des Mannes her. Lebensenergie begann zu fließen, vorsichtig, um den unvorbereiteten Organismus nicht zu überfordern. Langsam wie in einer Zeitlupenstudie begann sich das Gesicht Clints zu entspannen, dann gewann es an Farbe und sogar einige kleine Fältchen glätteten sich. Dann schlug er die Augen auf, blickte zuerst verwundert, dann mit einem jähen Erkennen Pater Marcus an.

Clint wollte sich aus seiner zusammengesunkenen Haltung aufrichten, doch der Pater hielt ihn mit einer erstaunlich sanften Geste zurück. Einige weitere Minuten verstrichen, bis es Clint nicht mehr aushielt. Er entzog sich der Berührung des Priesters und stand fast hastig auf. Ohne weitere Zeit zu verlieren, sagte er beinahe eindringlich: „Pater Marcus, ich habe versucht, den Camerlengo zu finden. Dabei bin ich in eine Falle gelaufen, konnte aber entkommen. Doch zuerst eine wichtige Frage. Ist der Papst im Vatikan?“

Pater Marcus erschrak. Wie konnte dieser Ex-Polizist von der Entführung erfahren haben?

„Warum fragen Sie, mein Lieber?“

„Weil ich an dem Ort meiner Gefangenschaft eine verdächtige Wagenkolonne beobachtet habe. Außerdem habe ich das Gespräch zweier Wachen belauscht. Daraus entnehme ich, dass diese Leute den Papst entführt haben.“

„Vom Camerlengo entführt?“, fragte sich Pater Marcus und bemerkte dabei nicht, dass er seinen Gedanken laut ausgesprochen hatte.

„Ja, zumindest von seinen Helfern, vermute ich“, antwortete Clint. Doch der Pater schien ihn im Moment nicht wahrzunehmen. Er stand wieder am Fenster und blickte nach draußen.

Leise hörte Clint den Pater zu sich selbst sagen: „Habe ich es mir doch gedacht. Dieser verdammte Camerlengo!“

***

Kerker

Nach scheinbar endlosen Stunden rumpelte der Wagen durch eine Toreinfahrt, über Kopfsteinpflaster, um schließlich in einem Schuppen unterzutauchen. Der Papst war wieder bei Bewusstsein und lag still da. Seine Entführer hatten sein Erwachen nicht bemerkt, da er völlig reglos am Boden des Transporters lag. Sein Herz schlug schneller, als der Wagen anhielt und der Motor erstarb. Dann ging alles so schnell, dass er sich nicht auf die neue Situation einstellen konnte. Derbe Hände packten ihn und schleiften seinen schwachen Körper aus dem Fahrzeug. Kaum aus dem Fahrzeug, wurde er angehoben, wohl von mehreren Männern, und davongetragen. Er hörte, wie eine Tür aufgestoßen wurde, dann ging es Treppenstufen hinab, ein Stück geradeaus, durch eine weitere Tür und erneut weitere Treppen hinunter. Eine letzte Tür öffnete sich knarrend, zwei, drei weitere Schritte in einen Raum hinein, fauliger Geruch, ein letzter Ruck und er lag auf etwas Weichem. Die Tür wurde kommentarlos geschlossen, Schritte entfernten sich, Stille.

Der Papst lag noch eine unbestimmte Zeit ruhig da, fast starr. Angst fraß sich durch sein Inneres, Schreckensbilder wechselten in schneller Folge vor seinem geistigen Auge. Panik wollte aufsteigen, doch ehe diese gierige Bestie zuschnappen konnte, projizierte sich ein Lichtwesen in sein Kopfkino und löschte alle Schrecken auf. Ein Engel, ein Gesandter Gottes hatte ihn aufgesucht, um ihm Kraft und geistige Rettung zu senden. Ein erlösendes Seufzen verließ seine Kehle, Tränen der Erleichterung rannen seine Wangen hinab. Gott hatte ihn nicht verlassen. Er war nicht alleine! Eine beschützende Wärme umgab seinen alten Körper wie eine zarte Umarmung und verdrängte die muffige Kälte seines Gefängnisses. Eine tiefe Gläubigkeit erfasste ihn so gewaltig, dass es ihn schwindelte. Mit zittrigen Fingern zog der Papst sich den stinkenden Sack vom Kopf, warf diesen ungeachtet von sich und setzte sich auf. Mit einer müden Bewegung strich er sein schweißnasses Haar aus der Stirn. Dann atmete er tief ein, ehe er von dem Gestell rutschte, das man nur mit bestem Willen als Bett bezeichnen konnte. Er sank auf seine Knie und begann zu beten. Diese rituelle Handlung sorgte für innere Ruhe, wie schon tausende Male zuvor.

Eine halbe Stunde später erhob sich der Papst und schaute sich in seinem engen Gefängnis um. Dunkle, nasse Mauern, die sicherlich schon vor vielen Jahrhunderten errichtet worden waren, umschlossen einen niedrigen Raum. Die Zelle maß nicht mehr als zwei mal drei Meter. Der Boden war mit ebenfalls nassem Stroh bestreut und in der Ecke stand ein alter, verbeulter Blecheimer, der wohl für seine Notdurft gedacht war. An der hinteren Wand steckte eine vor sich hin glimmende Fackel. Die Tür bestand aus dicken Bohlen. In Augenhöhe war ein kleines Fester, gerade einmal eine Handspanne breit, eingelassen.

Der Heilige Vater schüttelte fassungslos seinen Kopf. Wer hasste ihn so sehr, dass er ihn in eine mittelalterliche Zelle sperrte? Was sollte dieses Verhalten? Warum hatte man ihn nicht gleich umgebracht? Dies war keine normale Entführung, das war sicher. Jemand wollte noch etwas von ihm und deshalb wollte sein Entführer ihn so weit demütigen, dass er auf jede Forderung eingehen würde. Doch diesen perfiden Plan würde er, das Oberhaupt der katholischen Kirche, scheitern lassen. Schon unter der Gewalt der Cäsaren hatten Christen gelitten und überlebt. Auch er würde überleben, dessen war er sich sicher. Gott war mit ihm und er würde jedermann in die Hölle werfen, der ihm Leid antun würde.

Nachdenklich schritt der Papst in seiner Zelle auf und ab. Er durchdachte seine Optionen und hatte schließlich eine Idee. In Richtung Tür gewandt blieb er stehen und begann liturgische Gesänge anzustimmen. Seine Stimme klang so seelenvoll und heilig, dass jeder Zuhörer sein Gottvertrauen spüren musste.

***

Verpasst

Hanky fluchte wirklich selten. Doch heute und ausgerechnet auf dem Petersplatz konnte er nicht an sich halten.

„So ein verdammter Mist! Das ist doch wirklich Scheiße! Fuck, fuck, fuck!“

Walt schaute seinen Freund erstaunt und mit offenem Mund an, ehe er laut zu lachen anfing. Mit prustender Stimme rief er lauter als nötig: „Hanky, du kannst ja fluchen! Haha, das war komisch! Du bist also doch ein normaler Kerl und nicht das abgehobene Psi-Medium! Super, Hanky! Super!"

Zuerst schaute Hanky ihn mit grimmigem Gesicht an, ehe er sich vom Lachen seines Freundes anstecken ließ und ebenfalls herzhaft lachte. Die umstehenden Menschen schauten verwirrt zu den beiden Amerikanern, die wohl nicht wussten, wie man sich im Vatikanstaat verhielt. Doch das störte die Freunde nicht.

Nach einer kleinen Weile beruhigten sie sich und Walt fragte mit gerötetem Gesicht: „Warum hast du denn so geflucht, Hanky?"

„Weil mir der Mistkerl Pater Marcus entkommen ist. Ich hatte ihn schon am geistigen Haken, doch er konnte sich befreien. Irgendwie kann sich der Mann abschirmen, und zwar so gut, dass ich ihn nicht einmal mehr orten kann."

„Wir schnappen ihn uns, Hanky! Über kurz oder lang kriegen wir ihn! Das ist so sicher wie das Amen in der Kirche!"

„Oder besser im Vatikan", vollendete Hanky Walts Plattitüde. Dann griff er zu seinem Handy und rief die Einsatzzentrale an. In schnellen Worten berichtete er von seiner Sichtung, unterließ es aber, seine paranormale Fähigkeit zu erwähnen. Er forderte erhöhte Wachsamkeit und einige abfahrbereite Wagen, die rund um den Vatikanstaat auf ihren Einsatz warten sollten. Beruhigt, dass seine Anweisungen Erfolg versprachen, suchte er eine freie Bank und setzte sich.

Walt war zu angespannt, um einfach ruhig dazusitzen, wie ein Tourist, der alle Zeit der Welt hatte. Deshalb sagte er nach einigen Minuten zu seinem scheinbar völlig entspannten Freund: „Ich geh mal ein bisschen näher." Damit deutete er in Richtung Petersdom.

„Wenn was passiert, ruf mich an! Okay?"

Hanky nickte nur und widmete sich wieder seinen eigenen Beobachtungen. Was niemand sah oder auch nur erahnen konnte, war, dass Hanky mit seinen besonderen Sinnen die Umgebung, speziell die Gebäude des Vatikans, scannte. Er lauschte auf verdächtige Gedanken. Das hörte sich einfacher an, als es in Wirklichkeit war. Stichprobenartig hörte Hanky sich an, was die Menschen gerade dachten. Diese Prozedur war ihm unangenehm und er war froh, dass niemand sein

Lauschen bemerkte. Alltäglichkeiten, Staunen, Ärger und Freude, aber auch Sorge und Trauer begegneten ihm. Doch er fand zunächst nichts, was für seine Ermittlungen hilfreich gewesen wäre. Meter um Meter näherte Hanky sich mit seiner geistigen Kontrolle den Mauern des Vatikans. Sein suchender telepathischer Sinn durchdrang die Mauer und gelangte ins Innere des Vatikanstaates. Er durchstreifte Gänge und Räume, Säle und Hallen, Büros und Kapellen. Immer wieder erhaschte er die Gedanken der dort arbeitenden Menschen. Dann, mit einem Mal, horchte er auf. Da war ein Gedanke, flüchtig nur, aber genau der Hinweis, den er suchte. Hanky suchte die eben belauschte Person und fand diese kurz darauf wieder. Es handelte sich um einen Mann, der eilig durch die Gänge lief und zu einem der vielen Hinterhöfe wollte. Dort sollte er eine schwarze Mercedes-Limousine mit verspiegelten Fenstern abholen. Das Fahrzeug sollte an ein Tor gebracht werden, welches ziemlich unauffällig in der nördlichen Mauer zu finden war. Pater Marcus, den der Mann fürchtete, wie Hanky aus seinen Gedanken herauslesen konnte, hatte ihm diesen Auftrag persönlich gegeben. Hanky merkte sich das Gedankenmuster des Mannes und verankerte diese Information in seinem Gedächtnis. Damit war sicher, dass er den Mann jederzeit wiederfinden konnte. Dann zog er seine telepathischen Sinne zurück und schlug die Augen auf.

Vor ihm stand Walt, der ihn frech angrinste. In der rechten Hand hielt er eine Eistüte, an der er genüsslich leckte. Mit halb vollem Mund fragte er scheinheilig: „Na, ausgeschlafen?“

Natürlich wusste Walt, dass Hanky mit seinen besonderen Sinnen gelauscht und nach einer Spur gesucht hatte. Dennoch konnte er es nicht lassen, seinen Freund bei jeder sich bietenden Gelegenheit zu foppen. Hanky ging dieses Mal auf Walts Spiel ein und antwortete: „Klar, Walt! Es gibt doch nichts Schöneres, als in der römischen Sonne ein Nickerchen zu machen.“

Walt verzog ein wenig das Gesicht, was seinen angeblichen Ärger über den misslungenen Scherz ausdrücken sollte.

Hanky dagegen streckte seine rechte Hand aus und fragte: „Walt, soll das zweite Eis, das du hinter deinem Rücken versteckt hältst, völlig schmelzen oder willst du es mir geben? Übrigens geht es bald los. Der Fuchs verlässt seinen Bau.“

„Von was für einem Fuchs sprichst du? Meinst du den Pater? Naja, wenn das da ein Bau ist, dann ..."

Dabei blickte er auf die prächtigen Gebäude des Vatikans.

„ ... und was für ein Bau, mein Lieber, was für ein Bau!"

***

Was für ein Fang

Für Carmen und Rita waren die Stunden bis zur Ankunft Rogers mehr als anstrengend. Sie waren mit Piere Montejus, seines Zeichens Detective der Homicide Squad des Ontario Provincial Police Büros, in dessen bequemer Lincoln-Limousine nach Thunder Bay gefahren. Ihr Wohnmobil sollte von einem Beamten zu der kleinen Stadt gebracht werden. Die Fahrt verlief relativ schweigsam. Der Detective hatte genügend Feingefühl und ließ die beiden Frauen erst einmal zur Ruhe kommen. Carmen war nach wenigen Minuten eingeschlafen. Ihr Kopf ruhte auf Ritas Schulter, die sie gerne gewähren ließ. Rita schaute aus dem Fenster und ließ ihren Gedanken freien Lauf. Was Richard wohl gerade erlebte? Wenn er wüsste, was ihr und Carmen beinahe widerfahren wäre. Nicht auszudenken! Hoffentlich war er okay! Er war immer so leichtsinnig. Manchmal benahm er sich in seinem beinahe jugendlichen Eifer so, als sei er unsterblich. Hanky und Walt würden schon auf Richard aufpassen. Etwas Gutes hatte der Vorfall mit diesem Redneck-Killer: Sie würden Hilfe von Roger bekommen. Mein Gott, Roger. Er war immer so förmlich! Naja, vielleicht musste er so agieren als FBI-Beamter? Oder sah er sie gerne, mehr als nur eine gute Bekannte? Nein, nicht Roger! Oder? Ob er eine Idee hatte, wie sie Paul finden konnten? Der arme Paul. Hoffentlich war er in Ordnung. Schon merkwürdig, dass er Probleme hatte, mit Hanky in Kontakt zu treten.

Wir werden dich finden Paul, das verspreche ich dir.

Der Wagen verlangsamte seine Fahrt und Rita schaute interessiert nach vorne. Einzelne Häuser tauchten am Straßenrand auf und lösten das endlose Grün des Waldes ab. Die Fahrt würde wohl nicht mehr lange dauern. Carmen gab ein unverständliches Murmeln von sich, schlief aber dennoch weiter. Offenbar träumte sie. Rita streichelte ihre Wange, um sie zu beruhigen.

Carmen träumte tatsächlich. Sie träumte von Paul. Aus der Dunkelheit heraus materialisierte sein Gesicht. Sein Mund klappte auf und zu, wie bei einem Fisch, der auf dem Trockenen liegt. Er versuchte zu sprechen, ihr etwas mitzuteilen. Doch Carmen hörte keinen einzigen Laut. Pauls Augen wurden auf einmal starr, sein Mund klappte zu, sein Gesicht erschlaffte. Dann fiel sein Gesicht in die Dunkelheit, wurde immer kleiner, bis es in der Finsternis verschwand.

Carmen erwachte ohne Vorwarnung. Sie öffnete ihre Augen, um sie sofort wieder zu schließen. Die unerwartete Helligkeit des Tages folgte der düsteren Dunkelheit ihres Traums. Sie blinzelte einige Male und schaute dann Rita fragend an.

„Wir sind gleich da. Hast du gut geschlafen?"

Carmen schüttelte ihren Kopf, während ihr Geist versuchte die letzten Bilder ihres Traumes zu vertreiben.

„Ich habe von Paul geträumt. Er braucht uns, Rita. Hoffentlich dauert das Verhör nicht so lange."

„Wir werden uns bemühen, die Formalitäten so schnell wie möglich abzuwickeln", kam es von vorne. Piere Montejus blickte kurz nach hinten und lächelte zuversichtlich.

„In zehn Minuten sind wir am Ziel."

Es dauerte tatsächlich nur neun Minuten, bis der Wagen von der Straße abbog und vor einem relativ großen zweistöckigen Bürogebäude auf dem Parkplatz anhielt. Rita war erstaunt, hier in der kanadischen Provinz und der eher kleinen Stadt so ein Verwaltungsgebäude zu sehen. Sie stiegen aus und gingen unverzüglich hinüber zu dem Bürogebäude. Die Eingangshalle war eher schlicht ausgestattet, obwohl große Fotografien aus der Umgebung von Thunder Bay für eine entspannte Atmosphäre sorgen sollten.

Am Empfangsschalter vorbei führte sie der Agent zum Aufzug. Kurz darauf saßen Rita und Carmen in einem Büro. Ihnen gegenüber der schon bekannte Detective Piere Montejus und zwei weitere Uniformierte. Sie blätterten in einigen auf dem Tisch liegenden Ordnern. Dann begann der rechts sitzende Beamte das Verhör. Punkt für Punkt wiederholten Rita und Carmen ihre Aussagen. Die Beamten stellten einige Zwischenfragen, ehe sie sich erhoben und den Raum verließen. Detective Montejus erhob sich ebenfalls und verließ das Büro mit einem entschuldigenden Lächeln und der Versicherung, gleich zurückzukommen. Rita stand ebenfalls auf, streckte sich kurz und schlenderte scheinbar gelangweilt zu dem Schreibtisch, wo immer noch einige Akten lagen. Sie umrundete das Möbelstück und klappte wie selbstverständlich einen Ordner auf. Carmen wollte protestieren, doch Rita winkte nur ab. Dann schaute sie genauer hin, las einen Bericht, ehe sie zu Carmen gewandt sagte: „Girl, da haben wir echt Glück gehabt. Der Kerl, der uns überfallen hat, ist ein gesuchter Serienkiller. Allerdings suchen ihn die US-Behörden. Er soll im Mittelwesten mindestens zwanzig Frauen ermordet haben. Da wird Roger aber Augen machen. Scheinbar hat sich der Kerl vor einiger Zeit nach Kanada abgesetzt und war auch hier nicht untätig."

Carmen hatte ihre Beine angezogen und hielt diese mit ihren Armen umschlungen. Auf ihren Armen hatte sich eine Gänsehaut gebildet. Leise sagte sie, fast schon resigniert: „Warum erleben wir so viel Gewalt, Rita? Kannst du mir das sagen?"

***

Die Verfolgung beginnt

Langsam, fast zaghaft senkte sich die Dunkelheit über die uralte Stadt am Tiber. Lichter flammten auf und die Menschen füllten die Lokale und Weinstuben Roms. Hanky stand im Halbschatten eines Hotels, unweit der Stelle, von der er glaubte, dass Pater Marcus den Vatikanstaates verlassen würde.

Inzwischen war Richard wieder zu der Ermittlungsgruppe gestoßen. Er hatte sein journalistisches Talent genutzt und den ganzen Tag über recherchiert. Dazu hatte er erneut Domenico Giani, den Generalinspekteur des vatikanischen Gendarmeriekorps, aufgesucht. Dieser hatte Rich alle Fragen beantwortet und darüber hinaus Informationen über das vatikanische Leben preisgegeben. Rich hatte sein Bild, das er bisher vom Kirchenstaat gehabt hatte, völlig revidiert: Hinter den Kulissen und vor der Öffentlichkeit verborgen brodelte es. Wirklich schlimm wurde es aber erst nach dem unerwarteten Auftauchen des Paters Frank Marcus. Machtstrukturen, welche seit Generationen etabliert waren, wurden von heute auf morgen umgestoßen und oder neu definiert. Alte Seilschaften wurden zerschlagen, Positionen umbesetzt oder gar völlig gestrichen. Kardinäle und Bischöfe wurden brüskiert und in ihre Schranken verwiesen. Wer sich nicht fügte, wurde aus seinem Amt entfernt. Misstrauen und Angst waberten durch die Hallen, Gänge und Räume des Vatikanstaates. Intrigen, Komplotte und heimliche Absprachen wurden auf wundersame Weise enttarnt und geahndet. Pater Marcus war der neue Herrscher im Vatikan und Papst Gregor XVII. war ihm hörig, ja nur noch eine Marionette. Es war eine Frage der Zeit, bis sich Pater Marcus als neuer Papst auch öffentlich als Oberhaupt der katholischen Kirche präsentieren würde. Unklar war, ob der Pater auch für die Entführung des Heiligen Vaters verantwortlich war.

Rich hatte seine Ermittlungsergebnisse Walt vorgelegt, da Hanky im Moment nicht in der Befehlszentrale anwesend war. Walt versprach Rich, der nun erst einmal zurück ins Hotel wollte, Hanky zu unterrichten. Damit trennten sich die Männer. Walt wusste, wo er Hanky finden konnte, verzichtete aber auf ein Telefonat. Er wollte sich sowieso die Füße vertreten und so schlenderte er ohne besondere Eile in Richtung Petersplatz.

Von einem verborgenen Fenster aus wurde Hanky observiert. Der Mann, der Hanky im Visier hatte, war niemand anderes als Pater Marcus. Er hatte seine Gedanken abgeschirmt, sodass sein Gegner, der auf der anderen Straßenseite im Halbschatten eines Hotels stand, ihn nicht orten konnte. Gleich war es so weit. Er würde zusammen mit seinem Helfer Clint Coady den Vatikan verlassen und sich auf die Suche nach dem entführten Papst machen. Dazu hatte er vier Fahrzeuge angefordert, bemannt mit Schweizergardisten. Er selbst würde mit einer Limousine den Konvoi anführen. Er zog ein Mobiltelefon aus seiner Jackentasche. Inzwischen hatte er sich umgezogen und trug zu Jeans ein Poloshirt und eine leichte Windjacke. Hanky weiter im Blick, tippte er auf eine Schnellwahltaste und war sofort mit einem Mann verbunden, der nur auf den Anruf gewartet hatte. Ein kurzer Befehl genügte, dann beendete der Pater den Anruf. Alles war abgesprochen. Gleich darauf verließ der Pater seinen Beobachtungsplatz und eilte zu den wartenden Wagen, die mit laufendem Motor in einem Hinterhof auf ihre Abfahrt warteten. Startsignal würde das Geräusch eines Verkehrsunfalls sein, das gleichzeitig seinen unheimlichen Gegner ausschalten würde. Der Pater blieb neben der wartenden Limousine stehen und lauschte auf den abendlichen Verkehr, der am Vatikan vorbei in die Stadt strebte.

Walt hatte Hanky schon im Blick. Er überlegte, wie lange es wohl noch dauern würde, ehe Pater Marcus den Vatikan verlassen würde. Ein aufheulender Motor unterbrach Walts Gedanken. Alarmiert drehte er den Kopf, um das Fahrzeug zu identifizieren, welches das Geräusch verursacht hatte. Schon nach dem Bruchteil einer Sekunde sah er einen schwarzen Jeep-Geländewagen, der stark beschleunigte und gleichzeitig auf den Gehweg zusteuerte. Keine zwanzig Meter weiter stand Hanky völlig ungeschützt auf eben diesem Gehweg, ohne die geringste Chance, dem Fahrzeug auszuweichen. Walt, geschult in extremen Situationen, schaltete, ohne auch nur darüber nachzudenken. Mit seinen übersinnlichen Gaben riss er das Fahrzeug telekinetisch aus seiner Richtung. Unsichtbare Kräfte schleuderten den schweren Wagen in die Luft, wo er merkwürdigerweise eine Sekunde zu verharren schien, ehe er sich überschlagend entfernte. Circa fünfzig Meter weiter krachte er auf eine kleine Grünfläche vor einem Wohnhaus. Die Wucht des Aufpralls zertrümmerte das Fahrzeug zu einem Gewirr aus Blech und Plastik. Flammen schlugen aus dem Wrack, entzündeten auslaufenden Kraftstoff, was schon eine Sekunde später zu einer Explosion führte. Ein Flammenball strebte grell auseinander, doch auch hier ereignete sich Seltsames. Die Explosion und das damit verbundene Feuer endeten nach nicht mehr als zwei Metern. Eine unsichtbare Wand schirmte die Umgebung vor dem Feuer und der Explosion ab, die gleich darauf verebbten.

Walt hatte Hanky das Leben gerettet, aber auch ein Leben genommen. Doch noch ehe Walt darüber nachdenken konnte, öffnete sich auf der gegenüberliegenden Straßenseite ein Tor in der Mauer des Vatikanstaates und fünf Fahrzeuge verließen eilig das Gelände. Inzwischen war Walt bei Hanky angelangt, der hastig in sein Telefon sprach. Gleich darauf hörte Walt ein erneutes Aufheulen eines Motors und wollte schützend reagieren. Doch Hanky ergriff seinen Arm.

„Das ist unser Wagen, Walt. Schnell, steig ein. Die Verfolgung beginnt."

Herr, hilf!

Papst Gregor XVII. bemühte sich, durch das kleine, in die Tür eingelassene Fenster etwas zu erkennen. Sein erster Schock war verflogen. Er hatte Zeit gehabt, über die letzten Tage nachzudenken. Dabei reflektierte er seine Handlungen. War tatsächlich alles so geschehen, wie ihm seine Erinnerung glauben machen wollte? Hatte es einen Anschlag auf den Vatikan und ihn selbst gegeben? War er in die Alpen geflohen und gestärkt nach Rom zurückgekehrt? Hatte er zum Heiligen Krieg aufgerufen? Er verstand sein eigenes Handeln nicht mehr. Wie konnte er nur! Das war doch Wahnsinn! Er würde die Welt in Brand stecken, anstatt ihr Frieden zu bringen. Auf der anderen Seite war es genug! Genug mit den andauernden Demütigungen seitens einiger Islamistischer, radikaler Gruppen und Organisationen. Vielleicht hätte er schon viel früher diesen Aufruf zum Kampf geben sollen.

Noch immer regte sich nichts auf dem Gang vor seiner Kellertür. Zumindest hatten ihm zwei maskierte Männer etwas zu essen und zu trinken gebracht. Doch die Männer waren schweigsam geblieben, obwohl er sie fast gedrängt hatte, ihm Auskunft zu geben. So hatte er ziemlich lustlos die halbwarme Gemüsesuppe gegessen und einen Schluck Wasser getrunken.

Nach einer Weile gab er seine Bemühungen auf, durch das Fenster etwas Neues zu entdecken. Missmutig setzte er sich auf die harte Pritsche und betrachtete seine Zelle genauer. Zentimeter um Zentimeter tasteten seine Augen die Wände, die Decke und den Boden ab. Zum Schluss untersuchte er die schwere Holztüre genauer. Schwere, schmiedeeiserne Beschläge hielten die uralten, roh behauenen Bohlen zusammen. Handgeschmiedete Nägel fixierten die Beschläge am Holz. Gebrauchspuren ungezählter Jahrzehnte überdeckten, zusammen mit versteinertem Schmutz, fast vollständig die Holzmusterung. Diese Zelle war in der Vergangenheit häufig genutzt worden. In der Vergangenheit! Erst jetzt fiel dem Heiligen Vater die Diskrepanz zur heutigen Zeit auf. Diese Zelle war nicht zeitgemäß, ja, sie mutete fast museal an. Wann hatte hier zum letzten Mal ein Gefangener seinem unbestimmten Schicksal entgegengesehen? Es war nicht vorgesehen gewesen, ihn hier einzukerkern. Diese Zelle war eine Notlösung und jede Notlösung war eine Lösung zweiter Klasse. Wie sicher konnte dieses Gefängnis sein? Das musste er herausfinden. Der Papst stand auf und ging zur Zellentür. Als Erstes drückte er gegen das Türblatt, was sich sogar etwas hin und her bewegen ließ. Dann untersuchte er das Schloss. Es war grob, alt, aber stabil. Dann suchten seine Finger die Beschläge durch Abtasten ab und seine Fingernägel blieben an den groben Nägeln hängen. Er schob seine Fingernägel unter den ersten Nagelkopf. Tatsächlich war hier Platz genug, dass er seine Fingernägel zwischen Holz und Metall schieben konnte. Vorsichtig zog er an dem Nagel. Er saß fest, doch das konnte natürlich auch an seinen schwachen Fingern liegen, denen körperliche Arbeit fremd war.

Aufgeregt drehte er sich um, suchend nach einem Werkzeug schauend. Da lag der Löffel in dem gebrauchten Teller. Die Wache hatte das Geschirr noch nicht abgeholt. Eilig griff er nach dem Löffel und betrachtete diesen mit erwachtem Interesse. Er drehte ihn hin und her und entschloss sich, den Griff als Hebel zu verwenden. Er setzte die obere Kante des Löffelstiels an den Nagelkopf und drückte dagegen. Einige Male rutschte er ab, doch beim vierten oder fünften Versuch und einem ‚Herr, hilf!' rutschte die Metallkante des Löffels unter den Nagelkopf. Fast hätte er vor lauter Begeisterung laut gejubelt. Doch die Vernunft siegte und er schenkte sich und Gott nur ein befriedigtes Lächeln.

Mit allem Eifer hebelte er nun an dem Nagel, zuerst ohne Erfolg. Er setzte an verschiedenen Stellen an, probierte rechts, dann links, mal oben, mal unten. Schließlich wurde seine Beharrlichkeit belohnt und der Nagel bewegte sich ein wenig aus dem Holz heraus. Beflügelt durch diesen kleinen Erfolg hebelte und zog er an dem Nagel, bis der Metallstift sich schließlich aus dem Holz löste. Ein letztes Ziehen genügte und der Heilige Vater hielt den Nagel in seinen Händen. Vorsichtig, fast wie ein unbezahlbares Kunstobjekt drehte er den Nagel in seinen Fingern und freute sich, wie sich sonst nur ein Kind freuen konnte.

Ein Geräusch, ein Schrittgeräusch, zerrte ihn zurück in die kalte Realität. Sein Lächeln verschwand wie eine Fata Morgana aus dem Gesicht des Papstes. Eilig versuchte er den nun verräterischen Nagel zurück in das Türblatt zu schieben. Doch die Schritte näherten sich zu schnell. Schnell warf er den Metallstift auf seine Pritsche und setzte sich darauf. Neben ihm stand die Schüssel, in der sich die Gemüsesuppe befunden hatte. Doch wo war nur der Löffel, sein hilfreiches

Werkzeug? Hastig tastete er das Bett ab. Im letzten Moment sah er den Löffel neben der Tür liegen. Er hatte ihn dort abgelegt, nachdem er den Nagel aus der Tür gezogen hatte. Der Papst sprang auf, griff den Löffel, eilte zurück zu der Pritsche und setzte sich. Schnell wischte er den Löffel mit seinen Händen ab und legte ihn in die Schüssel. Gerade noch rechtzeitig, denn im gleichen Moment klirrte ein Schlüssel im Schloss und die Tür wurde aufgezogen.

***

Gelandet

Der FBI-Ausweis half wirklich. Auch hier in Kanada wurden Roger und Yavuz ohne Probleme abgefertigt und rasch aus dem Zollbereich entlassen. Selbst um ihr Gepäck brauchten sie sich nicht zu kümmern. Als sie in die Ankunftshalle traten, wurden sie bereits erwartet. Ein Mann mittleren Alters, bekleidet mit einem dunkelgrauen Anzug, kam zielstrebig auf sie zu. Er blieb vor Yavuz und Roger stehen.

„Ah, die Herren vom FBI. Herzlich willkommen in Kanada! Darf ich mich vorstellen? Mein Name ist Piere Montejus, Detective der Homicide Squad der Ontario Provincial Police."

Roger und Yavuz schüttelten die ihnen dargebotene Hand, wobei Yavuz mit heimlichem Stolz genoss, dass er so ohne weiteres als FBI-Agent anerkannt wurde. Roger schaute seinen Freund kurz an und gab mit einem kurzen Grinsen zu erkennen, dass er genau wusste, was Yavuz eben gedacht hatte. Nach der freundlichen Begrüßung wollten die beiden zur Gepäckabholung, doch der Detective winkte ab, mit dem Hinweis, dass die Koffer bereits im Wagen wären.

„Das nenn ich mal Service!", freute sich Yavuz. In diesem Moment war sein Leben wirklich toll. Doch der Ernst der Umstände, welche sie nach Kanada geführt hatten, ließ nicht lange auf sich warten.

Die Fahrt vom Flughafen zu einem kleinen Hotel dauerte nicht lange. In Sichtweite des Terminals lenkte Detective Montejus auf den Parkplatz des Comfort Inn. Gleich nebenan rauschte der Verkehr auf dem Thunder Bay Expressway vorbei. Die Männer stiegen aus dem Wagen und folgten dem Detective zu dem Hotelgebäude. Yavuz schaute Roger fragend an, denn er hatte gedacht, dass sie ihre Reise in einem Wohnmobil fortsetzen würden. Roger zuckte nur mit der Schulter, als Ausdruck, dass er auch nicht wusste, was nun kommen würde. Doch gleich darauf erhellte sich seine Miene, als er am Eingang zwei Frauen sah, die scheinbar auf etwas warteten. Er hob seinen rechten Arm und winkte. Gleichzeitig rief er: „Rita! Carmen!“

Die Frauen bemerkten Roger und auch auf ihren Gesichtern erschien ein Lächeln. Kurz darauf wurde Roger von den beiden Frauen herzlich gedrückt. Natürlich hatte Roger Yavuz von den Frauen berichtet, trotzdem war dieser Moment für Yavuz ein ganz besonderer. Er hatte von ihren Männern gehört und von den erstaunlichen Leistungen, welche sie vollbracht hatten. Die beiden Frauen schienen ihren Männern in nichts nachzustehen. Sie strahlten, hinter der Wiedersehensfreude fast verborgen, eine enorme Selbstsicherheit aus, wie man sie oft nur bei erfahrenen Agenten oder Polizeiermittlern finden konnte. Yavuz war beeindruckt und hätte bei seiner Betrachtung fast seine Höflichkeit vergessen. Ihm war nicht aufgefallen, wie intensiv er die Frauen angeschaut hatte. Als Rita ihn dann schon fast zynisch fragte, ob er zufrieden sei mit dem, was er sah, wurde Yavuz erst bewusst, dass er die Frauen angestarrt hatte. Sofort entschuldigte er sich und lächelte dabei so entwaffnend, dass man ihm sofort verzieh. Zusammen begaben sie sich in einen kleinen Diner nebenan und bestellten sich etwas zum Essen.

Es folgte ein intensives Gespräch, das gute zwei Stunden andauerte. Rita und Carmen berichteten von ihrem Erlebnis mit dem Killer, das ihnen noch in den Knochen steckte. Danach folgte das Thema Paul. Es brauchte nicht vieler Worte, um zu wissen, dass der Traumseher in Gefahr war. Er brauchte Hilfe, und zwar schnell. Dennoch vereinbarte man, bis zum nächsten Morgen zu warten, um dann ausgeruht die Suche zu beginnen.

Auf dem kurzen Weg zum Hotel, in dem sie die Nacht verbringen würden, fragte Rita Roger: „Wer ist denn dein Kollege? Er ist doch kein Amerikaner, oder? Ich meine, bei seinem Akzent?“

„Nein, ist er nicht, Rita, aber das ist eine lange Geschichte. Ich kann dir nur sagen, dass Yavuz ein prima Kerl ist und mir schon mal das Leben gerettet hat. Übrigens ist er Deutscher mit türkischen Wurzeln.“

„Er ist was?“, fragte Rita.

Roger grinste und freute sich an ihrer Verwirrung.

„Ich sagte doch, es ist eine lange Geschichte!“

Doch Rita wäre nicht Rita gewesen, wenn sie sich so einfach hätte abspeisen lassen. Mit einem gespielt trotzigen Gesichtsausdruck verkündete sie Roger: „Dann werde ich Yavuz eben selbst fragen. Wir haben einen ganzen Abend für lange Geschichten.“

***

Vernebelt

Die Lichter der Stadt flogen vorbei und schienen dabei das fiebrige, aufgeregte Verfolgen des Gegners passend zu illuminieren. Die Abfahrt des Paters hatte zur Folge, dass im Lagezentrum der CIA hektische Betriebsamkeit herrschte. An unzähligen Monitoren arbeiteten Spezialisten. Supervisor versuchten aus der permanenten Bilderflut eine mögliche Route zu berechnen und einen Abfangpunkt, der es den Verfolgern erlauben würde, die Wagenkolonne ohne Schaden für alle zu stoppen. Überwachungskameras, installiert von der Stadt Rom, den Polizeibehörden, Sicherheitsdiensten und privaten Nutzern, wurden schalttechnisch so zusammengestellt, dass ein fast filmisches Produkt den Agenten half, die Observierten im Auge zu behalten. Hinzu kamen zwei Drohnen, die aus unterschiedlichen Positionen die Kolonne verfolgte. Ampelanlagen wurden auf Grün geschaltet. Das geschah aus Sicherheitsgründen. Niemand wollte es zu einer Konfrontation innerhalb der Stadtgrenzen Roms kommen lassen. Natürlich war das Lagezentrum permanent mit den Verfolgern in Kontakt.

Doch die Verfolgten, in der Hauptsache Pater Frank Marcus, dachten nicht daran, Unschuldige zu schonen. So saß der Pater mit brennenden Augen im Fond der Limousine und fokussierte mittels seiner übersinnliche Gabe, Lebensenergien zu manipulieren, willkürlich andere Verkehrsteilnehmer. Ein Lastwagen, den sie gerade überholt hatten, scherte unvermittelt aus, rammte zwei entgegenkommende Autos und überschlug sich. Fast augenblicklich fing das

Fahrzeug Feuer. Der Pater hatte dem unglücklichen LKW-Fahrer so viel Lebensenergie entzogen, dass der Mann schlagartig sein Bewusstsein verlor.

Die Verfolger wichen aus, ohne jedoch anzuhalten. Das Lagezentrum würde sofort Rettungskräfte zu dem Unfallort entsenden.

Keine zwei Minuten später ereignete sich der nächste Unfall. An einer Kreuzung prallten gleich fünf Fahrzeuge ineinander und hinterließen eine Szene aus Blech, Scherben und verletzten Menschen. Direkt hinter der Kreuzung tauchten die fünf Fahrzeuge in den Halbschatten einer Unterführung. Türen sprangen auf und Männer in schwarzen Kampfkombinationen sprangen aus den Fahrzeugen. In jede Richtung warfen die Uniformierten schwarze Dosen, die sofort nach dem Aufprall weißen Nebel ausstießen. Dann sprangen die Männer zurück in ihre Fahrzeuge. Die Kolonne setzte sich erneut in Bewegung und verschwand förmlich im Rauch. Keine Kameras, selbst in den Drohnen, die immerhin mit Infrarot und Restlichtverstärkern ausgerüstet waren, konnten in diesem Moment die Fahrzeuge beobachten. Nach circa einer Minute tauchten die Fahrzeuge am anderen Ende der Unterführung wieder auf. Doch das kurze Aufatmen der Beobachter im Lagezentrum war sofort vergessen, als die Fahrzeuge sich nach und nach in verschiedene Richtungen wandten. Sie hatten sich aufgeteilt, was die Verfolger nun in eine schwierige Lage versetzte. Wem sollte man folgen? Mit zwei Drohnen konnte man keine fünf Fahrzeuge verfolgen. Zudem wusste man nicht, in welchem Wagen sich der Pater versteckt hielt. Die Verfolger waren durch die beiden vom Pater inszenierten Unfälle aufgehalten worden und hatten, auch bedingt durch die Rauchbomben, keinen Sichtkontakt zu den verfolgten Wagen.

Langsam, mit äußerster Vorsicht rollten die Verfolgerfahrzeuge durch die vernebelte Unterführung. Danach beschleunigten sie, geleitet von der Zentrale, und folgten den Flüchtenden in verschiedenen Richtungen. Keine Minute später waren nur noch die fernen Sirenen der Rettungswagen zu hören, die sich den Unfallorten näherten.

Hinter einer Säule traten zwei Männer hervor und gingen ruhigen Schrittes in eine Seitenstraße. Drei Blocks entfernt stiegen sie in einen unauffälligen Kleinwagen und fuhren langsam davon. Der Fahrer war niemand anders als Clint Coady. Er schaute zu dem anderen Mann, der neben ihm saß. Bewundernd, dennoch mit einem unsicheren Lächeln, sagte Clint: „Pater, das war ein gelungenes Ablenkungsmanöver."

Der Pater nickte nur und starrte in die Nacht. Dann aber besann er sich, denn er würde Clint noch länger als Helfer benötigen. So sagte er mit scheinheiliger Freundlichkeit: „Sie haben ja fleißig mitgeholfen. Nun sehen Sie zu, dass wir so rasch es geht und ohne aufzufallen zu unserem Ziel kommen."

Zur gleichen Zeit fluchte Walt, was das Zeug hielt.

„Verdammt noch mal, der Kerl hat uns verarscht! Wenn wir wüssten, in welchem Wagen er sich befindet. Na warte, wenn ich den erwische ..."

„Pater Marcus sitzt in keinem der Wagen, Walt", sagte Hanky, als sei er nicht im Geringsten besorgt. „Aber du hast recht. Er wollte uns reingelegen. Doch wir haben ihn noch nicht verloren. Unser Team soll die Verfolgten stellen und verhören. Rich wird die Aktion beobachten und die Ergebnisse an uns weiterleiten."

Nach etwas mehr als einer Stunde bestätigte sich Hankys Vermutung. In keinem der Wagen war der gesuchte Pater Marcus. Auf Anfragen bei den Behörden im Vatikan bekam man nur die lapidare Auskunft, man könne die Angelegenheit im Moment nicht kommentieren.

***

War Jesus nicht Zimmermann?

Die ganze Nacht werkelte der Papst an der Tür herum. Seit dem letzten Auftauchen der Wache, die ihm nur eine Flasche Wasser und ein belegtes Brot gebracht hatte, war der Heilige Vater wieder allein. Mit gutem Hunger hatte er das Brot verspeist, ehe er wieder an die Arbeit ging. Zum Glück war der Wachposten faul gewesen und hatte das gebrauchte Geschirr in der Zelle gelassen. Damit hatte der Papst sein Werkzeug behalten. Nagel um Nagel hebelte er aus dem Holz. Doch er musste immer wieder verschnaufen. Er war schließlich nicht mehr der Jüngste und sein Rücken schmerzte. Auf seine mittlerweile blutigen Fingerspitzen achtete er schon eine Weile nicht mehr. Auf wundersame

Weise verdrängte er den Schmerz. Wie einst der Herr Jesu, dachte er und bereute sogleich, dass er sich mit dem Religionsstifter auf eine Stufe gestellt hatte. Ein kurzes Gebet vertrieb seine dummen Gedanken. Dennoch begleitete ihn der Herr Jesu gedanklich bei der Arbeit. War er doch Zimmermann gewesen und hatte bestimmt Dutzende solcher Türen gefertigt. Der Papst lächelte bei dem Gedanken. Sicher war es nie vorgesehen gewesen, dass ein Papst selbst handwerklich tätig wurde. Dennoch befriedigte ihn dieser Gedanke.

„Hilf dir selbst, dann hilft dir Gott!“, murmelte er zum wiederholten Male. Ein knarrendes Geräusch riss den Papst aus seinen Gedanken. Erschrocken hielt er inne und glaubte, eine der Wachen sei zurückgekehrt. Doch es knarrte direkt vor ihm. Das Geräusch kam aus dem Holz der Tür. Dann sah er es. Ein Brett der Tür bewegte sich und begann nach unten zu rutschen. Ein zweites folgte, dann ein drittes. Sofort richtete sich der Papst auf, der auf dem Boden sitzend die unteren Nägel bearbeitet hatte. Mit beiden Händen stemmte er sich gegen die losen Bretter und konnte diese einige Zentimeter nach außen drücken. Doch das genügte nicht, um aus der Zelle zu entkommen. Er drückte und schob, zog und drückte erneut. Er hatte keinen Plan, wie er die einzelnen Bretter entfernen konnte, wurden sie doch auf der anderen Seite ebenfalls durch eiserne Beschläge gehalten. Doch das Wunder geschah. Nach und nach ließen sich die Bretter nach außen verbiegen, bis endlich genügend Platz vorhanden war, damit er sich durch die so entstandene Lücke hindurchpressen konnte. Als er dann vor seiner Zelle stand, schnaufte er wie nach einem langen Lauf. Doch er hatte keine Zeit zum Verschnaufen. Er musste hier raus, er musst fliehen, entkommen. Der Papst sah an sich hinab und stellte fest, dass er ziemlich verdreckt war. Seine ehedem weiße Soutane war nun verfleckt und schweißdurchtränkt. Er klopfte sich das Gewand mit den Händen ab, sah aber schnell, dass das wenig brachte, und unterließ dieses sinnlose Säubern.

Leise schlich er die Treppe nach oben, bis er an eine weitere alte Tür kam. Ein Stoßgebet der Hoffnung entwich murmelnd seinen Lippen. Dann legte er seinen Kopf an das Holz und lauschte. Kein Geräusch drang zu ihm und so drückte er beherzt auf die Klinke. Ein Schreck fuhr ihm durch die Glieder. Die Tür war verschlossen! Doch ein weiteres Drücken der Klinke, gepaart mit einem Schulterdruck gegen die Tür, ließ diese, natürlich leicht knarrend, aufschwingen.

Vor dem Papst lag ein dunkler Gang. Undeutlich erinnerte er sich, dass er eine weitere Treppe nach oben musste. Diese Treppe galt es nun zu finden. Mit ausgestreckten Armen tastete sich der Heilige Vater den Gang entlang und wäre beinahe gefallen, als sein rechter Fuß gegen ein hartes Hindernis stieß. Das musste die Treppe sein. Vorsichtig schritt er voran und erstieg Stufe um Stufe. Die Treppe endete schließlich vor einer weiteren Tür. Von draußen drang zwischen den Ritzen im Holz ein schwacher Lichtschein herein. Dennoch war die Tür großteils nur schemenhaft zu erkennen. Der Papst tastete das Türblatt ab und fand zu seinem Erstaunen keine Türklinke, sondern einen simplen Riegel, den man von beiden Seiten der Tür bedienen konnte. Langsam und sehr vorsichtig zog er an dem Riegel, der willig zur Seite rutschte. Dann öffnete der Heilige Vater die Tür einen Spalt und spähte durch diesen nach draußen. Vor ihm lag ein verlassener, recht großer ummauerter Hof, und in Blickrichtung sah er ein mächtiges Tor, das zu seinem Erstaunen offen stand. Von Wachen keine Spur. Ärger brandete in ihm auf, als er dachte: *Diese Halunken trauen einem alten Mann wohl gar nichts zu!*

***

Hinterher

„Würdest du mich nun bitte mal aufklären, was du geplant hast, Hanky!“

„Klar, Walt, fahr aber zuerst die nächste Straße rechts und dann weiter bis zur Ausfallstraße, die nach Norden führt.“

„Sehr wohl, gnädiger Herr. Ich bin wohl nur noch der Chauffeur.“ Dabei verzog Walt sein Gesicht, das wohl ärgerlich wirken sollte. Doch diese mimische Verrenkung gelang ihm nicht recht.

Hanky schaute seinen Freund mit einem gutmütigen Lächeln an. Natürlich wusste er, dass hinter Walts gespielter Grimmigkeit ein psychologischer Aspekt versteckt war. Sein Freund wollte die angespannte

Situation abmildern und für eine kurze Zeit eine gewisse Normalität herstellen. Seine Ausbildung beim FBI und bei der CIA zeigten hier seine Früchte. Hanky beschloss Walt nicht zu lange auf die Folter zu spannen und so begann er mit seiner Erklärung.

„Also, Walt, es ist so, wir verfolgen noch immer den Pater. Natürlich habe ich mir gedacht, dass sein offensichtliches Wüten in der Stadt nur ein Ablenkungsmanöver war. Der Mann ist schlauer, als ich es vermutet hatte. Doch wir sind auch nicht dumm. Der künstliche Nebel unter der Brücke bestätigte meine Vermutung, dass der Pater etwas anderes im Sinn hatte. Ich bin auf sein Manöver zum Schein hereingefallen. Deshalb sind wir durch den Kunstnebel gefahren und haben die Wagen des Paters verfolgt. Schon unter der Brücke habe ich die Präsenz des Paters bemerkt und des Mannes, der sich bei ihm befindet. An seine Gedanken habe ich mich rangehängt und verfolge so jeden ihrer Schritte. Dabei muss ich sehr aufpassen, damit Pater Marcus nichts von meiner geistigen Verfolgung bemerkt. Übrigens heißt der Partner des Paters Clint Coady. Ich rufe gleich mal Rich an, dass die CIA den Mann überprüft. Folge bitte der Straße nach Norden."

Walt verzichtete auf einen Kommentar und hing während der Fahrt seinen Gedanken nach.

Es war schon erstaunlich, was aus ihm und Hanky geworden war. Nie hätte er es für möglich gehalten, dass er als Mitglied einer geheimen Paragruppe Ermittlungen für die CIA und das FBI durchführen würde. Nein, eigentlich arbeiteten sie direkt für den Präsidenten der Vereinigten Staaten von Amerika. Sie hatten schon viel erlebt. Zuerst waren sie dem Alien begegnet, der nur noch in Geistform existiert hatte. Dann waren sie auf eine Verschwörung gestoßen, vorbereitet und aktiv ausgeführt von Nazis. Diese Gruppe hatte einen Umsturz geplant und wollte damit die USA unter ihre Kontrolle bringen.

Nun hatte eine ungeheure Gewaltwelle sie nach Rom gespült. Was würde als Nächstes kommen?

Walt wurde aus seinen Gedanken gerissen, als Hanky ihn leicht anschubste. „Wo bist du, Walt. Träumst du vor dich hin? Du hast eben die Auffahrt zur Diramazione Roma verpasst."

„Was habe ich verpasst?", fragte Walt gereizt.

„Die Auffahrt zur Autobahn A1!"

„Dann sag's doch gleich. Woher soll ich denn wissen, was die Diradingsda ist."

„Entschuldige, Walt! Du hast ja recht. Konntest du nicht wissen. Also dreh um, damit wir den Pater nicht verlieren."

Walt knurrte etwas Unverständliches, folgte aber Hankys Anweisungen. Kurz darauf befanden sie sich auf der A1 in Richtung Norden. Walt schaute Hanky an und überprüfte, ob er ihn ansprechen konnte. Schon auf den ersten Blick erkannte Walt, dass sein Freund recht entspannt neben ihm saß. Die geistige Verfolgung des Paters, oder besser dessen Partners, schien ihn nicht sonderlich anzustrengen. So fragte Walt seinen Freund: „Hanky, warum hast du den Pater nicht schon unter der Brücke angegriffen? Dort hätten wir ihn doch schnappen können."

„Hätten wir, Walt. Doch du weißt, zu was der Mann fähig ist, und Skrupel scheint er nicht zu kennen. In der Stadt hätte er zu viel anrichten können. Außerdem interessiert es mich, wohin er will."

„Darauf bin ich auch gespannt", antwortete Walt.

Nach einer Weile langweiliger Autobahnfahrt schaltete Walt das Autoradio ein. Als er den passenden Sender gefunden hatte, breitete sich auf seinem Gesicht ein Lächeln aus. Für einen Moment hatte er vergessen, dass sie sich auf einer Mission befanden, deren Ausgang noch völlig unklar war. Hanky schaute hinüber zu Walt und wunderte sich nicht zum ersten Mal, wie gut Walt abschalten konnte. In dem Moment, als Walts Grinsen breiter wurde, konnte Hanky nicht anders, als ihn ein wenig aufzuziehen.

„Walt, wage es und singe mit!"

***

Gottvertrauen

Er war ungesehen über den Hof gelaufen und hatte das schmiedeeiserne Tor passiert. Hastig schaute er sich um. Er stand in einer kleinen Straße an eine Mauer gelehnt und versuchte zu Atem zu kommen. Der Papst wusste, dass er so schnell wie möglich aus dieser mit alten mediterranen Häusern flankierten Straße verschwinden musste. Noch war seine Flucht nicht geglückt. Seine Flucht! Wie heroisch klangen diese Worte. Noch während sein Atem stoßweise seine Lungen verließ, schaute er an sich herunter. Er trug noch immer seine Alltagskleidung, eine weiße Soutane – naja, als weiß konnte man das verdreckte liturgische Gewand wohl nicht mehr bezeichnen. Umgürtet war die Soutane mit dem Zingulum, einem ebenfalls weißen Stoffgürtel. Sein weißes Pileolus, das kleine Käppchen, war bei seiner Entführung verloren gegangen. Hastig – warum hatte er nicht schon früher daran gedacht? – suchten seine Finger das Pektorale, das Brustkreuz, welches jeder katholische Bischof an einer Kette um den Hals trug. Mit einem aufatmenden Seufzer kommentierte der Papst seine Erleichterung, als seine Finger das Kreuz berührten. Doch so, wie er war, konnte er unter keinen Umständen ungesehen flüchten. Er musste die Kleidung wechseln, obwohl sein Stolz mit seinem Realitätssinn duellierte. Ratio gewann den Kampf und der Heilige Vater überlegte, wo er wohl Ersatzkleidung bekommen konnte.

Ein Stoßgebet murmelnd eilte er die Straße hinunter. Dabei halfen die Dunkelheit und die wohl schon späte Stunde. Kein Mensch hielt sich in den kleinen Gassen auf. Der Papst wusste nicht, wo er war. Italien, klar! Seine Entführung hatte nicht lange genug gedauert, um mit einem Wagen das Land zu verlassen.

Doch wo er war, spielte im Moment noch keine Rolle. Erst einmal brauchte er neue Kleidung.

Eine dunkle Gasse wechselte mit einer anderen. Geschlossene Tore und Türen, Mauern und Gitter boten dem Flüchtenden ein abweisendes Bild. Wie ein düsteres Gespenst schlich der Heilige Vater durch die schlafende Stadt. Nagende Angst erklomm sein Bewusstsein, Bilder des Schreckens projizierend und Hoffnung vertreibend. Aber der Papst ließ sich nicht in die Tiefen der Mutlosigkeit ziehen. Mit der rechten Hand ergriff er das Kreuz auf seiner Brust und hielt es mit Gottvertrauen. Das nächste Tor, vorsichtig die Klinke drücken und ... Ja! Es war nicht verriegelt! Vorsichtig schob der Papst das alte Holztor auf und spähte in den dahinterliegenden Hof. Auf der rechten Seite spannten sich Seile von einem Schuppen zu einem einfachen Haus. Alles lag im Halbdunkel einer Sternennacht. Kein Fenster war erleuchtet, kein Hund bellte. Auf der Leine hingen Kleidungsstücke, scherenschnittartig, kaum vom dunklen Nachthimmel zu unterscheiden. Der Heilige Vater schob sich auf das Grundstück und tastete sich vorsichtig zu der Wäscheleine. Er wollte kein Geräusch machen und selbst sein Atem kam ihm wie das Brausen eines Sturms vor. Endlich war er nahe genug, um die Wäschestücke zu begutachten. Erfreut registrierte er, dass hier alles hing, was er brauchte. Er zog eine dunkle, einfache Stoffhose vom Seil und hielt sie prüfend vor sich.

Könnte passen, dachte er und griff nach einem rotgestreiften Poloshirt. Auch wenn das Shirt nicht seinem modischen Geschmack entsprach, hoffte er jedoch, dass es passen würde. Sich noch einmal umschauend, ob er wirklich unbeobachtet war, entschloss er sich, gleich hier die Kleidung zu wechseln. Überrascht über seine neuentdeckte Gelenkigkeit schlüpfte er aus seiner Soutane. Dann entledigte er sich seiner Schuhe. Er war froh, dass er gleich am Anfang seines Pontifikates abgelehnt hatte, ständig die üblichen roten Schuhe zu tragen. Die schwarzen Schnürschuhe, die er trug, würden nicht weiter auffallen. Rasch zog er die Hose an, die tatsächlich passte. Um die Hüfte herum war sie zwar ein wenig eng, doch es würde gehen. Das Poloshirt ließ er über die Hose fallen. Zwar war es etwas weit, doch das war nun nicht wichtig. Dann zog er wieder seine Schuhe an, rollte seine Soutane zusammen und verschnürte sie mit dem Stoffgürtel zu einem handlichen Packen. Er schaute noch einmal zu dem Haus und bat flüsternd um Verzeihen, dass er zum Dieb geworden war. Wenn er heil aus der Sache herauskommen würde, nahm er sich vor, dem Besitzer die Sachen zu bezahlen.

Leise schlich er zum Hoftor zurück. Er wollte schon das Tor öffnen, als er draußen auf der Straße Stimmen hörte. Zuerst konnte der Papst nicht verstehen, was die Männer, es waren wohl drei, sprachen. Als er jedoch die näherkommenden Stimmen verstand, stellten sich seine Nackenhaare vor Furcht auf. Sie hatten seine Flucht bemerkt und suchten nun nach ihm. Das war zu erwarten gewesen. Doch er hatte geglaubt, dass er mindestens bis zum Morgen sicher sei. Irgendetwas musste die Männer veranlasst haben, nachts seine Zelle aufzusuchen. Oder irgendwer! Im gleichen Moment wusste der Heilige Vater, dass der Camerlengo ihn weiter an einen anderen Ort verschleppen wollte.

„So leicht werde ich es dir nicht machen", flüsterte der Papst, als die Stimmen leiser wurden und sich entfernten. Mit unverhofftem Mut öffnete er das Tor und spähte hinaus auf die Straße. Er sah gerade noch, wie die Männer, es waren tatsächlich drei, um die nächste Ecke verschwanden. Ohne darüber nachzudenken, trat der Papst auf die Straße und folgte den Männern.

***

Zwischenzeitlich in New York

Lil Rick saß am Fenster und starrte hinaus in die Nacht. Hier, im Hauptquartier der UCD – er lächelte humorlos bei diesem Gedanken –, hatte er im Moment die Führung übernommen. Sergio erholte sich zwar prächtig, doch war er noch nicht in der Lage, die Soldaten Gottes mit neuen Aufgaben zu betrauen. Es war ruhig geworden in der Stadt. Lil verfolgte so gut es eben ging die Nachrichten, aber er fand keine Meldung, welche auf die Islamisten hinwies. Auch international waren in den letzten Tagen keine beunruhigenden Meldungen über Anschläge bekannt geworden. Seit dem Terrorversuch in Rom, der zum Glück vereitelt werden konnte, war es ruhig. Zu ruhig! Der Aufruf des Papstes zum Heiligen Krieg war ungehört verschallt. Keine Armee hatte sich auf den Weg gemacht, um einen neuen Kreuzzug zu starten.

Lil überlegte, wie es weitergehen solle, wie man die Terroristen, die sich mit Sicherheit noch in der Stadt aufhielten, finden konnte. Natürlich hatte er seine Beziehungen spielen lassen und wachsame Augen in der ganzen Stadt. Doch all seine Bemühungen waren bisher im Sand verlaufen. Die Männer wurden unruhig und das Geld knapp. Er musste handeln, und zwar schnell. Noch immer war er ein Bandenchef, der für seine Leute sorgen musste. Die Crips verloren an Boden und einige kleine Streetgangs versuchten sich in seinem Territorium auszubreiten. Das konnte nicht geduldet werden. Er musste sich kümmern und er würde sich kümmern. Mit diesem Entschluss stand er auf, verließ das baufällige Haus und stieg in seinen Wagen.

Keine fünfzig Meter entfernt schreckte Steve Holder, Detective des New Yorker Rauschgiftdezernats, aus einer Art Halbschlaf. Er hatte das baufällige Haus schon seit Tagen im Visier, nachdem er Lil Rick hierher gefolgt war. Er wusste nicht, was hier geschah. Mitglieder einst verfeindeter Gangs gingen hier ein und aus. Friedlich sprachen die Gangmitglieder miteinander, ja sie lachten sogar. Crips und MS-13-Leute konfliktfrei zusammen zu sehen war so unwahrscheinlich wie die Landung eines UFOs im Central Park.

Detective Holder wartete so lange, bis der Wagen Lil Ricks sich in Bewegung setzte und an der nächsten Kreuzung nach rechts abbog. Dann startete er seinen Wagen und nahm die Verfolgung auf. Schon nach wenigen Meilen – er hielt gebührend Abstand, was um diese nächtliche Stunde nicht einfach war – wusste er, wohin die Fahrt gehen würde: Lil suchte sein altes Viertel auf, seine Gegend, Gangland. Als Lil seinen Wagen am Straßenrand parkte, rollte der Detective an Lils Fahrzeug vorbei und bog in die nächste Seitenstraße ein. Dort stellte er sein Gefährt neben einem überlaufenden Müllcontainer ab und stieg aus. Eilig lief er durch die dunkle Gasse zurück, bis er an die Einmündung der Straße kam. Vorsichtig blickte er um die Hausecke, bemüht, nicht gesehen zu werden.

Er hatte Glück. Niemand schaute in seine Richtung. Lil stand an einer Treppe zwei Häuser entfernt und sprach mit einigen Männern. Nach einer Weile wurden die Stimmen lauter. Der Detective beobachtete, wie Lil sich einen der Männer griff, ihn zu Boden riss und ein Messer an dessen Hals setzte. Die anderen Männer sprangen einen Schritt zurück und redeten aufgeregt auf Lil ein. Der schien einen Moment zu überlegen, steckte schließlich das Messer wieder weg und gab dem am Boden liegenden Mann einen Tritt in die Bauchgegend. Dann stemmte er seine Hände in die Seite und baute sich vor der Gruppe auf. Der Detective konnte nicht hören, was Lil zu den Männern sagte, doch das, was als Nächstes geschah, ließ ihn die Gefährlichkeit dieser Gangster erkennen. Ein Gangmitglied hatte plötzlich eine Pistole in der Hand und feuerte ohne zu zögern auf den am Boden liegenden Mann. Dieser zuckte im Todeskampf noch einmal kurz auf und blieb dann reglos auf dem schmutzigen Bürgersteig liegen.

Detective Holder wusste, dass er eigentlich sofort handeln musste, hatte er doch gerade eben einen Mord auf offener Straße beobachtet. Doch sein Überlebenswille kombiniert mit gesundem Menschenverstand rieten ihm zur Flucht. Ein Gangster hatte einen anderen umgebracht. Na und? Sollte er sich deswegen in Gefahr begeben? Bestimmt nicht. Ein letzter Blick um die Ecke bestätigte seine Gedanken. Er sah, wie sich die Gruppe zerstreute. Einige Männer schleppten den Toten davon, andere gingen davon, als sei nichts geschehen. Lil stieg in seinen Wagen und fuhr davon. Vier Gangster näherten sich der kleinen Seitenstraße, in der Detective Holder stand. Dieser drehte sich um, hastig nach einem Versteck Ausschau haltend. In sein Auto zu steigen würde einem Selbstmord gleichkommen. Die Kerle würden ihn finden, herauszerren und ohne zu fragen einfach erschießen. Blieb nur der Müllcontainer neben dem Wagen. Ohne jedes weitere Zögern eilte der Detective zu dem Container, schob sich dahinter und zog stinkende Müllsäcke und Kartons über sich. Keine Sekunde zu früh, wie sich zeigte. Schritte erklangen in der dunklen Gasse und Detective Holder hoffte, die Gangster würden ihn nicht bemerken.

Voller Schreck hörte er auf einmal die Stimme eines Mannes in unmittelbarer Nähe: „He, wem gehört denn die Scheißkarre? Habt ihr gesehen, wer hier geparkt hat?“

Keine zehn Meilen entfernt wanderte Akram durch seine Luxus-Suite im Waldorf Astoria. Er konnte nicht schlafen, wie schon so oft in den letzten Tagen. Unsichere Gedanken quälten ihn, Zweifel nagten an seinen Plänen. Die alte Frau aus Rom ging ihm nicht aus dem Kopf. Die Frau vor der Kirche, mit ihrem runzeligen Gesicht und dem milden Lächeln, schwebte wie ein Geist durch seine Gedanken. Er glaubte das freundliche Tätscheln auf seinem Arm zu spüren. Eine nagende Ungewissheit lähmten seine Handlungen. Bisher hatte er sich noch nicht mit seinen Kämpfern getroffen, keine neuen Anweisungen gegeben. Noch auf dem Flug von Europa hierher war er fast euphorisch gewesen. Er wollte Rache für den misslungenen Anschlag in Rom. Er wollte die arroganten Amerikaner bestrafen und demütigen. Er wollte Christen töten, und zwar in großer Zahl. Er wollte die islamische Revolution, den Heiligen Krieg, in jede Stadt, in jedes Dorf tragen. Er wollte ...

Diese Gedanken, seine Gedanken, erschienen ihm hier in New York auf einmal hohl und unsinnig. Wer war er denn, dass er Leid und Schmerz zu den Menschen, Vätern und Müttern bringen würde! Wieder dachte er an die alte Frau in Rom. Wie konnte er Menschen wie sie bestrafen! Hatte sie nicht dankbar und gütig geschaut, ja ihn vielleicht sogar gesegnet? Wie konnte er nur ... und doch ... Er war der Nachfolger Osama bin Ladens! Er war der Heerführer im Heiligen Krieg. Er war auserwählt, den Kampf zu den Feinden des Islams zu tragen und diese zu vernichten. Ohne Gnade!

Er musste eine Entscheidung treffen! Noch heute Nacht! Zu viel stand auf dem Spiel. Wenn er nicht handelte, würden andere kommen und seinen Platz einnehmen, ihn vielleicht sogar töten. Er würde seine Macht verlieren, wenn er nicht handelte. Nein, das würde er, Akram, nicht zulassen. Er brauchte eine Idee, eine gute Idee, einen Plan, wie er und seine Kämpfer zuschlagen konnten. Er musste der Welt zeigen, dass es einen neuen islamischen Anführer gab, mit dem zu rechnen war.

Er blieb vor dem großen Panoramafenster seiner Suite stehen und beendete damit seine unruhige Wanderung. Er hatte einen Entschluss gefasst. Er würde handeln! Ruckartig drehte er sich vom Fenster weg und ging zu dem kleinen Schreibtisch hinüber. Dort setzte er sich, klappte seinen Laptop auf und öffnete eine Datei. Mit brennenden Augen formulierte er seine Ideen, die ihm auf einmal zuflogen wie Schmetterlinge im Sonnenschein.

***

On the Road

Clint Coady steuerte den Wagen durch die Nacht. Neben ihm, auf dem Beifahrersitz, saß sein unheimlicher Begleiter. Er schien eingeschlafen zu sein, doch Clint war sich nicht sicher. Der Pater war unberechenbar. In diesem stillen, fast friedlichen Moment materialisierten Gedanken in Clints Kopf, die ihn verunsicherten. Seit er für den Pater arbeitete, hatte er immer das Gefühl gehabt, das Richtige zu tun. Doch was war es, das ihn so sicher machte? Er hatte jahrelange Erfahrung als Ermittler, auch wenn er kein Detective mehr war. Seine Berufserfahrung hatte ihn zu einem Zweifler gemacht. Man konnte niemandem trauen. Das war eine der wichtigsten Erkenntnisse in seinem Leben. Doch wo war seine Distanz zu fremden Menschen geblieben? Er traute diesem Pater, den er erst wenige Tage kannte. Er traute ihm mehr als je einem Menschen zuvor. Wie konnte das nur sein? Hier saß er hinter dem Steuer eines Autos und fuhr durch die Nacht, fuhr in Italien herum. Mit einem Pater, einem Kirchenmann. Sie suchten den Papst, den höchsten Würdenträger der katholischen Kirche. Mussten nicht Heerscharen von Polizisten unterwegs sein, um den Heiligen Vater zu suchen? Doch sie waren nur zu zweit. Er, Clint Coady, und Pater Marcus. Er war sich sicher, dass in diesem Moment andere Leute nach dem entführten Kirchenfürsten suchten. Dennoch fühlte er, dass er und der Pater die Einzigen waren, die den Papst retten konnten. War sein Denken überheblich, gar arrogant?

Im letzten Moment, fast hätte er die Ausfahrt verpasst, zog er den Wagen nach rechts. Gleichzeitig bremste er scharf, da er viel zu schnell für die enge Kurve war. Schlingernd hielt er das Fahrzeug gerade noch so in der Spur und hielt am Ende der Ausfahrt an. Zum Glück war kein anderer Wagen in der Nähe gewesen, sonst hätte seine überhastete Reaktion sicher zu einem Unfall geführt.

Natürlich war der Pater bei dieser Aktion erwacht. Missbilligend schaute er Clint an. Doch dann wurden seine Züge weich, was Clint sehr verunsicherte. Ein Anschreien hätte er noch verstanden, doch sein mildes Lächeln wirkte in diesem Moment verstörend, ja beinahe monströs. Beklemmende Angst ballte seinen Magen zu einem harten Klumpen und das Atmen fiel ihm schwer. Ein Dämon saß bei ihm im Wagen und er würde ihn ...

Die milde, fast väterlich sanfte Stimme erschütterte Clint fast noch mehr als das sanfte Gesicht.

„Du brauchst eine Pause, Clint. Fahre bei der nächsten Gelegenheit rechts ran."

Clint gehorchte und schon nach circa fünfhundert Metern entdeckte er einen Feldweg. Er steuerte das Fahrzeug vorsichtig auf den Weg und hielt an. Ohne den Pater zu beachten stellte er den Motor ab, öffnete die Tür und stieg aus. Mit zitternden Händen kramte er in seiner Hosentasche und fand schließlich, was er gesucht hatte. Aus einer zerknäulten Packung zog er eine Zigarette heraus und steckte sie in Brand. Tief inhalierend sog er den Nikotinrauch in seine Lungen und wartete auf die entspannende Wirkung.

Erlebte Nächstenliebe

Erschöpft ließ sich der Papst auf einer Bank in der Nähe des Hafens nieder. Die ganze Nacht war er auf der Flucht gewesen und seine Flucht war noch nicht zu Ende. Doch er brauchte Ruhe. Sein alter Körper verlangte sein Recht, seine Muskeln schmerzten, seine Beine waren schwer. Noch immer umklammerte er das schmutzig-weiße Bündel, seine Soutane, die er auf keinen Fall irgendwo liegenlassen wollte. Dieser Stoffballen war sein Halt, seine Verbindung zur Kirche, zu seinem Leben.

Neben der Bank war ein Mülleimer angebracht, in dem ein schwarzer Plastikbeutel hervorschaute. Der Papst beugte sich zu dem Behältnis und schaute hinein. Fast erstaunt erkannte er, dass der Beutel, der den Unrat aufnehmen sollte, völlig leer war. Anscheinend hatte ein Bediensteter der Stadt den Mülleimer geleert und einen neuen Beutel in den Eimer gesteckt. Ohne weiter nachzudenken zog der Papst den Plastikbeutel heraus, betrachtete diesen kurz abschätzend und nickte bestätigend. Dann schob er seine Soutane nebst Stoffgürtel in den Beutel und legte diesen neben sich auf die Bank. So würde er weniger auffallen.

Er hatte nicht bemerkt, wie wachsame Augen sein Tun beobachteten. Unbemerkt trat eine Gestalt neben die Bank und räusperte sich. Der Papst erschrak zutiefst und bekreuzigte sich gewohnheitsgemäß. Ängstlich schaute zu der Gestalt empor, die sich bei näherem Hinsehen zu einem alten Mann entpuppte, der in einen ebenfalls alten Mantel gehüllt vor ihm stand.

Mit krächzender Stimme sagte der Alte: „Keine Angst, mein Lieber. Na, haste die Nacht auf der Bank verbracht? Na, da biste nicht allein. Jetzt dauert's nicht mehr lange, bis die Sonne aufgeht."

Damit setzte er sich neben den verblüfften Papst, der gleichzeitig froh war, dass er nicht erkannt worden war. Trotzdem wollte er vorsichtig bleiben und abwarten, was als Nächstes geschah. Der Mann schien keine Antwort zu erwarten und plapperte weiter drauflos.

„Haste auch schon Hunger? Na, die von der Armenspeisung werden gleich aufmachen."

Der Magen des Heiligen Vaters schien nur auf dieses Stichwort gewartet zu haben und meldete sich mit einem vernehmlichen Knurren zu Wort.

Der Alte nickte und klopfte dem Papst kameradschaftlich auf die Schulter. Dann saßen sie eine Weile schweigsam nebeneinander. Es begann zu dämmern und die ersten Sonnenstrahlen glitzerten auf dem ruhig daliegenden Meer. Das Knattern eines Motorrollers beendete die friedvolle Stimmung des erwachenden Tages.

Der Alte stupste den Heiligen Vater kumpelhaft an und forderte ihn freundlich auf: „Komm, Bruder, lass uns gehen. Das Frühstück wartet. Haha, dass erinnert mich an früher, als meine Frau mir noch das Frühstück machte. Ach ja, das waren noch Zeiten ... Aber vorbei ist vorbei."

Neugierig geworden und froh, sich mit etwas anderem als seiner Angst und der Flucht zu beschäftigen, fragte der Papst den Alten: „Was ist denn mit Ihrer Frau?"

„Ah, reden kann er auch!", kommentierte der Alte, ehe er antwortete: „Meine Frau? Ach, die ist schon lange beim Herrgott. Hat mich alleine gelassen. Niemand ist mehr da. Kinder hatten wir keine, leider, und von meiner Verwandtschaft ist auch keiner mehr da. Alle tot! Ich bin der Letzte. Naja, so ist das im Leben."

Nun legte der Heilige Vater seine Hand auf den Arm des Alten.

„Du bist nicht allein, mein Bruder. Gott und der Herr Jesus begleiten dich auf all deinen Wegen."

„Ach, hör doch auf. Wo war denn Gott, als sie mir die Wohnung genommen haben, wo war er, als ich alles verloren habe, an das ich je geglaubt habe?"

„Er war immer bei dir, selbst in deiner schwersten Stunde. Schau mich an, mir geht es im Moment auch nicht gut. Ich war schon fast verzweifelt heute Nacht, doch dann hat er dich geschickt, um bei mir zu sein."

Der Alte schaute den Papst zweifelnd an, dann lächelte er ein wenig, ehe er sich abwandte und weiterging.

„Komm schon, vielleicht hast du ja recht. Mit leerem Magen habe ich immer schlechte Laune. Uns geht's doch gut. Das Wetter ist schön, kaum eine Wolke am Himmel und ein Frühstück wartet auf uns. Wie heißt du überhaupt? Ich glaube, ich habe dich hier noch nie gesehen."

Der Papst überlegte einen Moment. Er konnte natürlich dem Alten nicht verraten, wer er war, doch Lügen kam auch nicht infrage. So sagte er dem freundlichen Mann seinen päpstlichen Namen, ohne seinen Titel zu erwähnen: „Ich bin Gregor, und wie ist dein Name?“

„Gregor, haha, wie der Papst, was? Du siehst ihm sogar ein bisschen ähnlich. Hat dir das schon einmal jemand gesagt? Also ich bin Pietro, auch ein heiliger Name. Na, wir zwei passen doch gut zusammen. Ah, siehst du, gerade öffnen sie die Armenspeisung.“

Damit hakte Pietro sich beim Papst unter und zog ihn fast zu dem herbeigesehnten Frühstück.

***

Bebender Zorn

Camerlengo Pietro Parolin erreichte die Nachricht von der Flucht des Papstes auf seinem Weg zurück nach Rom. Zuerst wollte er nicht glauben, was ihm da telefonisch mitgeteilt wurde. Zum zweiten Mal, innerhalb einiger Tage, war ihm ein Gefangener abhandengekommen, nein, entkommen! Ausgerechnet der Papst war geflüchtet. Wie konnte das sein? Dieser alte Mann, kaum fähig zwei Schritte alleine zu tun, war verschwunden. Der Camerlengo bebte vor Zorn und hätte am liebsten irgendwen geschlagen. So schlug er auf das Polster des Sitzes im Fond seiner Dienstlimousine wie ein wütendes Kind immer wieder ein.

Sein Fahrer beobachtete den Camerlengo durch den Rückspiegel, traute sich aber nicht, etwas zu sagen. Nach einer Weile beruhigte sich der Camerlengo wieder. Mit einsetzenden Kopfschmerzen überdachte er seine eigene Situation. Der Papst war verschwunden. Wo war er und wer hatte ihm bei der Flucht geholfen? War es dieser Pater Marcus? Wenn ja, dann war die Lage kritisch. Er konnte nicht nach Rom zurück. Im Vatikan würde er die gleichen Machtverhältnisse vorfinden. Seine Person war gefährdet und er wunderte sich sowieso, dass er noch nicht öffentlich abgesetzt war. Das konnte natürlich eine Finte sein und gleichzeitig Kalkül, um die Gläubigen nicht zu beunruhigen. Er musste herausfinden, wo der Papst war, und er musste ihn aus dem Weg räumen. Endgültig! Bisher hatte er sich vor diesem letzten Schritt gefürchtet, doch nun war es an der Zeit, Entscheidungen zu treffen. Auch dieser Pater Marcus musste eliminiert werden. Der Mann war gefährlich und höchst unbequem.

Er musste telefonieren, doch sein Mobiltelefon durfte er nicht benutzen. Er überlegte einen Moment und fand rasch eine praktikable Lösung. Er gab dem Fahrer die Anweisung, von der Autobahn abzufahren und im nächsten Ort eine Telefonzelle zu suchen.

Der Fahrer tat, wie ihm geheißen, nahm die nächste Ausfahrt und folgte der Landstraße bis zu einem kleinen Ort. Noch ehe sie die kleine Gemeinde erreichten, wies eine Leuchtreklame auf einen Rasthof hin, der vierundzwanzig Stunden geöffnet hatte. Dort würden sie auf jeden Fall einen Münzfernsprecher finden. So folgte er den Hinweisschildern und erreichte nach wenigen Minuten den Parkplatz der Raststätte.

Mit der Wahl seines Chauffeurs einverstanden stieg der Camerlengo aus der Limousine und begab sich in den Gasthof. Der Fahrer folgte ihm in gebührendem Abstand. Gleich neben dem Eingang befand sich tatsächlich ein Münztelefon, umgeben von einer durchsichtigen Halbschale als Lärmschutz. Sofort warf der Camerlengo einige Münzen in den Aufnahmeschlitz und wählte eine Nummer. Er musste lange warten, ehe an der anderen Seite abgenommen wurde.

Eine mürrische Stimme meldete sich verschlafen: „Ja, wer ist da?"

„Ich muss sofort mit Don Flavio sprechen. Avanti!"

„Wer ist denn dran? Da kann ja jeder nach dem Don fragen!"

„Sagen Sie ihm, sein Neffe Pietro muss ihn dringend sehen."

Während der Camerlengo am Telefon wartete, bemerkte er nicht, dass sein Fahrer aufmerksam zugehört hatte. Nun zog dieser sich zurück und tippte schnell eine Textnachricht in sein Smartphone. Dann eilte er in die Raststätte und kam wenige Minuten später harmlos mit einem Becher dampfenden Kaffees zurück auf den Parkplatz. Der Camerlengo indes hatte sein Telefonat beendet. Er sah den Kaffee in der Hand seines Fahrers und nickte zustimmend.

„Gute Idee! Holen Sie mir auch einen Becher. Wir müssen eh noch etwas warten, bevor wir weiterfahren."

Mit dieser unbestimmten Aussage schickte der Camerlengo seinen Fahrer zurück in die Raststätte.

In Rom hatte man inzwischen die Textnachricht des Fahrers erhalten. CIA-Agent Patricio Marcelliao ließ den Text ausdrucken und brachte die Nachricht zu Richard Miller, der vor einem Bildschirm saß und gespannt auf ein Satellitenbild schaute. Der Agent reichte Rich das Papier und sagte nur: „Unser Mann hat sich gemeldet. Der Camerlengo scheint Schwierigkeiten zu haben!"

***

Göttliche Inspiration

Pietro hatte der Himmel geschickt. Der Heilige Vater fühlte sich so wohl wie schon lange nicht mehr. Hoffnung keimte auf, seinen Häschern doch noch zu entkommen. Niemand würde ihn hier in der Armenküche vermuten. Sie saßen sich an einem groben, einfachen Holztisch gegenüber und erfreuten sich an ihrem Frühstück. Pietro munterte seinen neuen Freund auf, indem er mit vollem Mund Anekdoten aus seinem Leben erzählte. Der Papst hörte aufmerksam und gespannt zu. Es schien schon lange her zu sein, er konnte sich gar nicht recht erinnern, dass er jemanden so unbefangen reden gehört hatte. In seiner Welt war alles der Höflichkeit und täglichen Ritualen untergeordnet. Ein freies Gespräch fand selten statt. Höchstens Pater Marcus sprach noch offen zu ihm und das nur, wenn sie alleine waren.

Nach einer Weile waren die Teller geleert und Pietro rieb sich behaglich seinen kleinen Bauch. Dann schaute er den Papst mit listig glitzernden Augen an und fragte: „So, mein Freund, was machen wir jetzt?"

Der Heilige Vater hatte schon vorher darüber nachgedacht, wie es nun weitergehen sollte. Mit einem stillen, kurzen Gebet bat er um Kraft und antwortete schließlich: „Pietro, ich brauche deine Hilfe. Ich muss unbedingt nach Rom, aber ich habe kein Geld. Außerdem weiß ich nicht so genau, wo ich mich befinde."

„Also mit Geld kann ich dir auch nicht helfen, aber wenn du mir verrätst, wieso du nach Rom musst, dann lass ich mir was einfallen.

Du bist übrigens in Formia. Das liegt zwischen Porto Salvo, Cicerone und südlich Mamurrano, so in der Mitte ungefähr. Das sind mindestens hundertvierzig Kilometer bis Rom."

Der Papst hatte immer noch keine Ahnung, wo er sich befand. Aber Rom war nicht weit, jedenfalls näher, als er vermutet hatte. Er musste eine Entscheidung treffen. Noch immer war er in akuter Gefahr, von seinen Entführern aufgespürt und erneut gefangen genommen zu werden. Ihr Zorn musste groß sein und er wollte sich nicht vorstellen, was sie mit ihm anstellen würden, wenn er gefasst würde. Er hatte schließlich erlebt, wie grob sie mit ihm umgegangen waren. Dennoch brauchte er Hilfe. Alleine würde er es schwer haben nach Rom zu gelangen. Deshalb beschloss er, Pietro ins Vertrauen zu ziehen. Doch hier war nicht der geeignete Ort, um sich ihm zu offenbaren.

„Pietro, lass uns einen ruhigen Ort aufsuchen, dann werde ich dir erzählen, was mir widerfahren ist."

Der Alte willigte ein und wenige Minuten später waren sie zurück auf der Straße. Die Stadt war mittlerweile erwacht und ein stetiges Verkehrsgeräusch erinnerte den Papst an die römische Geräuschkulisse. Keine hundert Meter weiter betraten sie einen Park und setzten sich auf eine etwas abgelegene Bank, die durch eine Hecke vor Blicken zumindest teilweise geschützt war. Erwartungsvoll ließ sich Pietro auf der Bank nieder und bedeutete dem Papst, es ihm gleichzutun. Der Heilige Vater folgte der Anweisung des Alten gerne und sehnte sich zugleich nach seiner päpstlichen Wohnung.

Dann schaute er seinem Begleiter fest in die Augen, ergriff seine Hände und sagte: „Pietro, du musst mir versprechen, dass du von dem, was ich dir nun erzähle und was du hören wirst, niemandem etwas berichtest. Es ist wichtig und du wirst mir zuerst bestimmt keinen Glauben schenken. Also, ich mache es kurz. Ich bin Papst Gregor der Siebzehnte. Man hat mich entführt, doch ich konnte mit Gottes Hilfe entkommen. Meine Entführer sind noch hinter mir her und ich weiß nicht, was geschieht, wenn sie mich erneut in die Hände bekommen."

Pietro schaute ungläubig und auch ein wenig verärgert. Sein neuer Freund schien ihn auf den Arm nehmen zu wollen. Hatte er ihm nicht gerade zu einem Frühstück verholfen? Sollte das der Dank sein, indem er die Heilige Kirche und dessen Oberhirten den Papst verhöhnte? Doch noch ehe er seinen Ärger in Worte fassen konnte, hielt der Fremde ihm seine rechte Hand unter die Nase. Dort prangte ein goldener Ring, und wenn Pietro genau hinsah, konnte dieser Ring durchaus dem des Papstes gleichen.

Dann zog der Mann seine Hand zurück, griff in den Halsausschnitt seines Polohemdes und zog dort eine Kette heraus. An der Kette, die wohl aus echtem Gold bestand, hing ein Kreuz.

„Heilige Mutter Maria, von Gottes Gnade, das ist ein Bischofskreuz! Dann ist es wahr, dann stimmt deine Behauptung ... Ich meine, dann sind Sie der Papst, der echte Heilige Vater ..."

Pietro fiel auf die Knie und verneigte sich, so tief er konnte und seine Arthritis dies zuließ. Doch der Papst lachte nur freundlich und hob Pietro beinahe zurück auf die Parkbank.

Dann legte er seinem neuen Freund einen Arm um die Schultern, zog ihn ein Stück zu sich heran und sagte mit warmer Stimme: „Pietro, armer Pietro, da habe ich dich ganz schön aus der Fassung gebracht. Doch sei dir gewiss, ich bin sehr froh, gerade dich getroffen zu haben. Eins noch, solange wir unterwegs nach Rom sind – ich hoffe, du hilfst mir und begleitest mich –, sollst du mich weiter Gregor nennen und wir bleiben auch bei unserem vertrauten Du. Nur wenn ich in offizieller Gelegenheit agiere, musst du mich mit meinem Titel anreden."

Pietro wollte protestieren. Wer konnte sich denn anmaßen, den Heiligen Vater mit Du anzureden! Doch aus seinem Mund kamen erst andere Worte: „Natürlich helfe und begleite ich Sie, Eminenz. Wir werden schon einen Weg nach Rom finden, der sicher ist. Aber ich kann Sie unmöglich duzen und mit dem Vornamen ansprechen."

„Und wie du das kannst! Außerdem ist Gregor mein angenommener Name als Papst und nicht mein Taufname. Doch lassen wir es dabei. Also, Pietro, mein Name ist Gregor und ich biete dir das Du an. Wenn du einverstanden bist, dann schlag ein!"

Damit streckte der Papst Pietro seine Hand entgegen. Dieser schlug nach kurzem Zögern ein und schüttelte die Hand des Heiligen Vaters voller Inbrunst und mindestens eine Minute lang.

***

Das Dunkel lichtet sich

Pauls Körper lag noch immer erstarrt in dem tiefschwarzen Raum. Sein Geist jedoch wurde immer beweglicher. Man hatte ihn gefangen, das war klar. Doch warum hatte man ihn gefangen? Er durchsuchte seine Gedanken nach einer Erinnerung, die ihm diese Frage beantworten konnte. Wie auf einer Tabelle ließ er die Tage an sich vorbeistreifen, an die er sich erinnern konnte. Eines der ersten Bilder zeigte ihn, Paul, wie er in seinem Haus die Koffer packte. Eine Reise! Doch wohin? Suchend streifte sein Erinnerungsblick über dieses erste Bild. Ein Reiseführer lag auf dem Bett, direkt neben einem Koffer. ‚Kanada' stand groß auf dem Umschlag. Natürlich, Kanada! Sein Urlaubsziel war Kanada gewesen. War er in Kanada? Hatte er sein Ziel erreicht? Das nächste Gedankenfragment enthüllte sich und gab weitere Informationen preis, ein neues Bild verdrängte das erste: An der Grenze sprach er mit einem Zollbeamten, einem kanadischen Zollbeamten. Er hörte die Worte des Mannes, obwohl das Bild nur ein Bild war und blieb, starr und ohne Bewegung, wie er selbst.

Was ist der Grund für Ihre Reise?

Gute Frage! Was war der Grund seiner Reise? Urlaub, einfach so? Nein! Er unternahm nichts ohne Grund, nicht mal eine Urlaubsreise. Der Grund! Der Grund? Paul grübelte über diese Frage, versuchte seine Antwort zu finden. Spurensuche! Das hatte er dem Officer bestimmt nicht gesagt. Doch Paul glaubte zu wissen, warum er sich auf den Weg nach Kanada gemacht hatte. Er wollte mehr über seine indianischen Wurzeln herausfinden, damit er verstand, wieso das Schicksal ihn mit der Gabe des Traumsehens und des transzendenten Reisens bedacht hatte. Ob seine Gaben Fluch oder Segen waren, blieb dahingestellt. Das war im Moment auch egal.

Ein neues Bild schob sich in seinen Gedankenfluss. Er sah eine Zeichnung, auf der eine Szene der indianischen Kultur gezeigt wurde. Männer in zeremonieller Kleidung bildeten einen Kreis. Im Zentrum des Bildes erkannte Paul ein geöffnetes Lederbündel und drei Pfeile, die darauf lagen. Neben dem Bündel kniete ein Medizinmann, der mit einem brennenden Zweig Rauch über die Pfeile verteilte. Damit bereitete er den Segen für alle Familien seines Stammes vor. Paul wusste nun, nach was er gesucht hatte. Er wollte indianische

Schamanen finden, um mehr über die Zauberpfeilzeremonie zu erfahren. Er glaubte fest daran, dass er durch die Begegnung mit einem indianischen Priester verstehen würde, warum er auserwählt war.

Erneut enthüllte sich seine vernebelte Erinnerung um eine weitere Erkenntnis. Er sah sich vor einem See und wusste sogleich, dass es sich um den Nipigonsee in Ontario handelte. Nun brachen alle Erinnerungsdämme und die Bilder belebten sich. Wie in einem Film sah er vor seinem geistigen Auge einen Schwenk über die bewaldete Landschaft. Gleich am Tag nach seiner Ankunft hatte er sich aufgemacht, um die Umgebung des Sees zu erkunden. In Wanderausrüstung, bestehend aus festen Schuhen, einem warmen Pullover und einer Regenjacke, die er neben dem Proviant im Rucksack verstaute, hatte er sich auf den Weg gemacht. Er war eine Weile ausgeschilderten Wanderwegen gefolgt und hatte sich an der Natur gefreut. Einem unbestimmten Impuls folgend hatte er den sicheren Weg verlassen. Ein Geräusch, das hier nicht hergehörte, hatte ihn neugierig gemacht. Ein tiefes Brummen drang durch das Gehölz. Paul folgte dem Ton und stieg einen Hügel hinauf. Er spürte, dass Menschen in seiner Nähe waren, und er wollte herausfinden, was sie hier im Wald zu suchen hatten. Kurz bevor er die Kuppe des Hügels erreichte, hörte das Brummen auf. Paul hielt inne und lauschte. Stille umgab ihn und nicht einmal das Singen eines Vogels war zu hören. Mit der Stille breitete sich eine spürbare Elektrizität aus und es roch nach Ozon. Pauls Nackenhaare stellten sich auf und der Impuls, von hier zu verschwinden, überspülte sein Denken. Doch seine Neugierde war größer als jeder vernünftige Gedanke. Er legte vorsichtig die letzten Meter des Anstieges zurück und suchte Deckung hinter einem Baum. Dann spähte er hinunter in eine sich anschließende Senke. Zuerst bemerkte er nichts Ungewöhnliches. Der Wald lichtete sich und der Baumbewuchs umrandete eine Waldwiese, die circa sechzig Meter im Durchmesser war. Nichts, was das Brummen gerechtfertigt hätte. Verwundert starrte Paul hinunter zur Wiese. Doch noch ehe er sich weitere Gedanken über das Brummen und die belanglose Wiese machen konnte, traf ihn etwas hart am Hinterkopf und die Welt verdunkelte sich, begleitet von einem heftigen Schmerz.

Sosehr sich Paul bemühte, weitere Erinnerungen zu wecken, so ernüchternd war seine Erkenntnis, dass es nichts mehr gab, an das er sich erinnern konnte. Er war gefangen von einer Gruppe Menschen, die er nicht einzuordnen wusste. Er hatte erfahren, dass sie für jemanden arbeiteten, die sich Madun nannten, was auch immer das bedeuten sollte. Dann hatte er ein UFO oder etwas in der Art gesehen, das in einer großen Felsenhalle stand. Das war alles sehr beunruhigend und bizarr. Paul überlegte, wie es nun weitergehen sollte. Als Erstes musste er herausfinden, wo er sich befand. Danach würde er mit Hanky telepathisch in Verbindung treten. Er wusste, dass sein Freund ihm helfen konnte, und er brauchte Hilfe. Das war sicher!

***

Auf dem Weg

Yavuz war schon früh auf den Beinen, was angesichts seines Jetlags auch kein Wunder war. Immerhin war es in Deutschland sechs Stunden später und seine innere Uhr hatte sich noch nicht umgestellt. Es war kurz nach fünf Uhr in der Frühe, als er vor das Hotel trat. Die frische, klare Luft ließ ihn frösteln. Eilig schloss er seine Jacke und rieb sich die Hände. Dann zog er sein Handy aus der Tasche und wählte eine Nummer. Am anderen Ende wurde schon nach dem zweiten Klingeln abgehoben. Zuerst hörte Yavuz Kinderstimmen im Hintergrund und dann die Stimme seiner Frau. Adela hatte bestimmt schon auf seinen Anruf gewartet. Zuerst fragte Yavuz nach den Kindern und ob sonst alles in Ordnung sei. Schon jetzt, nach anderthalb Tagen, vermisste er seine Familie. Noch ehe Adela fragen konnte, wie denn Washington sei – schließlich war er auf Rogers Wunsch dorthin geflogen, um seine Aussage über die Vorfälle in Walkers Hill zu vervollständigen –, berichtete er ihr, dass er sich nicht in Washington aufhielt, sondern mit Roger in Kanada war. Für einen Moment war Stille in der Leitung und Yavuz konnte sich gut vorstellen, was in diesem Moment in Adela vorging. Er hatte ihr bei seiner Rückkehr nur das Nötigste über sein Abenteuer in Walkers Hill erzählt. Doch seine Frau hatte alles herausgefunden, wozu gab es schließlich das Internet. Sie hatte es nie gesagt, doch Yavuz wusste nur zu gut, dass seine Frau es nicht mochte – und das war vorsichtig formuliert –, wenn er sich unbedacht in Abenteuer stürzte.

Das Schweigen in der Leitung wurde von Adela beendet, indem sie sagte: „Pass ja auf, dass dir nichts passiert! Sonst kannst du was erleben!“

Yavuz atmete auf und sein berühmtes breites Lächeln erhellte sein Gesicht. So kannte er seine Frau. Er versuchte erst gar nicht sie zu beruhigen, sondern versprach, sie dieses Mal so oft es möglich war anzurufen. Nach einer Weile beendeten sie das Gespräch. Yavuz war froh, dass er seine Beichte hinter sich hatte. Ein Knurren aus seiner Magengegend signalisierte ihm, dass nun Zeit fürs Frühstück war. Er steckte sein Handy zurück in die Tasche und lief über den Parkplatz zu dem kleinen Diner. Er setzte sich an einen Tisch am Fenster und bestellte sich ein typisch amerikanisches Frühstück, obwohl er sich in Kanada befand. Doch das spielte für Yavuz in diesem Moment keine Rolle. Nach einer kurzen Wartezeit standen vor ihm Rühreier, Toast, duftende Pfannkuchen mit dem dazugehörigen Ahornsirup und eine Tasse dampfenden Kaffees. Fast andächtig betrachtete Yavuz sein Frühstück und begann dann mit Appetit zu essen. In diesem Moment war er mit sich und der Welt im Reinen. Alles war gut! Kein Gedanke an die Alltagssorgen und Verpflichtungen seines normalen Lebens. Hier, in einem fremden und irgendwie doch vertrauten Land, spürte er die Sehnsucht nach einem anderen, aufregenden Leben. Zum zweiten Mal hatte er Gelegenheit, an diesem Leben zu schnuppern, es auszuprobieren. *Roger sei Dank,* dachte er.

Er hatte schon die Hälfte seiner Mahlzeit genossen, als er Roger über den Parkplatz kommen sah. Gleich darauf betrat er das Diner und sein suchender Blick fand Yavuz. Roger lächelte und schlenderte zu dem Tisch, an dem Yavuz saß. Mit einem gespielten Ächzen setzte er sich seinem deutschen Freund gegenüber und feixte: „Hab ich mir doch gedacht, dass ich dich hier finde! Und, schmeckt's?“

Yavuz grinste und murmelte etwas Unverständliches, da sein Mund im Moment gut mit Pfannkuchen gefüllt war. Roger winkte die Kellnerin heran und bestellte sein Frühstück.

Nach einer knappen Stunde verließen die Männer das Frühstückslokal und traten hinaus auf den Parkplatz. Sie wussten beide, dass die friedliche Pause nun zu Ende war. Die Realität würde sie in den kommenden Stunden und Tagen bestimmt fordern. Das wussten sie nur zu gut.

Eine halbe Stunde später traf ihr Wohnmobil ein. Yavuz stand bewundernd vor dem großen Wagen, der mindestens Busgröße hatte. Inzwischen hatten Rita und Carmen das Hotel verlassen und frühstückten ebenfalls. Roger kontrollierte währenddessen, welche Vorräte sie noch einkaufen mussten. Zu seinem Erstaunen waren die Schränke und der Kühlschrank gefüllt. Sein kanadischer Kollege hatte ganze Arbeit geleistet und Roger nahm sich vor, ihm bei nächster Gelegenheit dafür zu danken. Yavuz räumte sein Zimmer und schleppte seine Koffer zu dem Wohnmobil. Danach eilte er zur Rezeption, um seine Übernachtung zu bezahlen. Dort erfuhr er, dass Roger die Rechnung schon beglichen hatte.

Eine weitere Stunde später waren sie unterwegs. Roger lenkte den Trailer und Yavuz saß auf dem Beifahrersitz, der wirklich sehr bequem war. Rita und Carmen fuhren mit ihrem Camper, der ein ganzes Stück kleiner dimensioniert war, voraus. Grüne Landschaft zog an ihnen vorüber und signalisierte dem unbefangenen Betrachter Frieden und Harmonie. Doch die Wälder verbargen so manches, was der unbedarfte Tourist nicht erkannte. Roger spürte, dass sie sich einer Gefahr näherten, die er nicht einzuschätzen wusste. Er war froh über seine Entscheidung, die Frauen zu begleiten, und er war auch froh, dass er Yavuz an seiner Seite hatte.

***

Geduldiges Abwarten

„Ich kann überhaupt nichts sehen!“, maulte Walt. Dabei streckte er seinen Kopf nach vorne, als würde dies die Tatsache ändern, dass sie mindestens einen Kilometer von einem Landgut entfernt parkten.

„Beruhig dich, Walt. Näher können wir nicht ran, sonst sehen sie uns.“

„Wäre nicht jetzt der richtige Zeitpunkt, um diesen Pater auszuschalten?“

„Im Prinzip schon, doch wir müssen herausfinden, was vor sich geht. Ich will wissen, welche Ziele Pater Marcus verfolgt. Auch seine Gegenspieler können für uns interessant werden."

Walt murmelte seine Zustimmung und kramte in seinen Taschen herum.

„Was suchst du denn, Walt?", fragte Hanky.

„Ich dachte, ich hätte noch einen Schokoriegel. Aber scheinbar habe ich den schon gegessen. Was denkst du, wann können wir uns etwas zu futtern besorgen?"

„Wenn sich die Gelegenheit ergibt. Oder siehst du hier ein Geschäft oder ein Café?"

„Ach, das ist doch alles Mist!", schimpfte Walt, lehnte sich in seinem Sitz zurück und schloss demonstrativ seine Augen. Hanky ließ ihn gewähren und versuchte mittels seiner telepathischen Gabe den Begleiter des Paters zu überwachen. So konnte er zumindest aus der Ferne heraus beobachten, was geschah.

Clint Coady lenkte den Wagen von der Landstraße weg auf die Privatstraße, die zum Anwesen des Camerlengo führte. Voller Grauen dachte er an die Stunden zurück, die er hier verbracht hatte. Er fror und gleichzeitig liefen ihm Schweißperlen über die Stirn. Sein Nacken versteifte sich und Angst kroch durch seine Gedärme.

Pater Marcus hatte kein Interesse für die Gefühlslage seines Helfers. Er starrte nach vorn und versuchte herauszufinden, ob und wie viele Gegner sich in dem Gehöft aufhielten. Mit seiner Gabe, Lebensenergien anderer Menschen abzusaugen, konnte er auch fühlen, wo sich diese befanden. Doch seine Gabe schien hier zu versagen. Sosehr er sich auch bemühte, seine geistigen Finger tasteten ins Leere. Als sie näher an das Haus und die umgrenzende Mauer kamen, bemerkten sie immer noch keine Reaktion. Der Landsitz des Camerlengo lag still und verlassen vor ihnen. Selbst das Tor stand weit offen. Pater Marcus wies Clint an, direkt in den Hof zu fahren. Clint wollte gegen diesen Befehl aufbegehren, doch ein Blick des Paters genügte, um ihn gefügig zu machen. So rollten sie langsam bis vor eine große Freitreppe und hielten schließlich an.

Clint wünschte sich, dass die Männer der Schweizergarde bei ihnen wären. Doch sie waren alleine, was dem Pater scheinbar keine Sorgen bereitete. Kaum hatte Clint den Motor abgestellt, winkte Pater Marcus schon ungeduldig und forderte ihn zum Aussteigen. Zusammen stiegen die beiden Männer die wenigen Stufen empor. Der Pater drückte die Türklinke nach unten und überraschenderweise sprang die Tür auf. Ohne auch nur einmal zu lauschen, drückte der Pater die Tür weiter auf und betrat das Haus. Clint folgte mit unsicheren Schritten. Gemeinsam durchsuchten sie das Haus. Raum für Raum überprüften sie, ob sich nicht doch ein Mann des Camerlengo versteckt hielt.

Im Funkraum blieb Clint stehen und schaute sich um. Nichts schien auf seine Flucht und die Attacke gegen die beiden Wachleute hinzudeuten. Alles schien in bester Ordnung. Man hatte aufgeräumt, und zwar gründlich. Allerdings waren die Beobachtungsbildschirme abgeschaltet, wie auch die gesamte Elektronik in diesem Raum. Clint wollte es genau wissen und suchte den Raum sorgfältig ab. Tatsächlich fand er hinter einem Computerterminal ein kleines, schwarzes Büchlein, das sich zwischen den Kabeln verfangen hatte. Also war man doch nicht so gewissenhaft beim Beseitigen der Spuren gewesen. Clint zog das Notizbuch hervor und schlug es auf. Seitenweise standen dort Zahlenkolonnen und Buchstabenkombinationen. Er wollte das kleine Buch schon resigniert einstecken, man wusste ja nie, wie man solch ein Dokument noch einmal gebrauchen konnte, als er ziemlich hinten im Buch eine Seite fand, auf der Städtenamen notiert waren. Er pfiff leise durch die Zähne und schaute sich nach dem Pater um. Doch er konnte ihn nirgendwo entdecken. So verließ Clint den Raum und wollte sich auf die Suche nach seinem Boss machen. Das war aber nicht nötig. Mit einem triumphierenden Lächeln kam ihm der Pater entgegen und hielt etwas Weißes in der Hand.

„Schau mal, was ich im Weinkeller gefunden habe!“, rief er und hielt das Ding in Clints Richtung. Doch dieser schaute verständnislos auf den weißen Gegenstand.

„Was ist das?“, fragte er und wunderte sich gleichsam, dass der Pater so einen Wind um das Ding machte.

Der Pater war aber gnädig gestimmt und sagte fast salbungsvoll: „Das ist die Pileolus! Die Mütze des Papstes. Das heißt, du hattest recht mit deiner Vermutung. Der Papst war hier gewesen. Das ist der Beweis!“

Fast hätte sich Clint dazu hinreißen lassen und gefragt: Wo ist der Rest des Papstes abgeblieben? Anstatt eines flotten Spruches hielt er nun seinerseits das Büchlein hoch.

„Ich habe auch etwas gefunden!"

Ohne zu fragen riss ihm der Pater das Notizbuch aus der Hand und blätterte mit steigender Ratlosigkeit darin herum.

„Ziemlich hinten", gab Clint einen Hinweis.

Der Pater blätterte weiter und fand schließlich die Seite, die Clint auch schon aufgefallen war. Es war eine Liste von fünf italienischen Städten. Ein fast sardonisches Lächeln glitt über die Züge des Paters.

„Ich weiß nun, wohin sie den Papst gebracht haben!"

***

Auf nach Rom

Pietro hatte sich als wahres Organisationstalent erwiesen. Zuerst hatte er seinem neuen Freund dem Papst eine Schirmmütze besorgt. ‚Lazio Rom' prangte auf einem blau-weißen Wappen, das mit einem goldenen, stilisierten Adler gekrönt war. Schild und Vorderteil der Kappe waren hellblau gehalten und mit einer weißen Borte gefasst. Der hintere Teil der Mütze war einfach aus schwarzem Stoff.

Der Papst drehte die schon etwas angeschmutzte Kappe in seinen Händen und war sich nicht klar, ob er diese Kopfbedeckung wirklich aufsetzen wollte. Pietro drängte ihn jedoch, die Kappe zu tragen. Um ihre neue Freundschaft nicht erneut auf die Probe zu stellen, setzte der Heilige Vater schließlich das Käppi auf. Gerade noch rechtzeitig, wie sich keine Minute später zeigte.

Plötzlich waren sie da. Die Männer, die den Papst in der letzten Nacht in der kleinen Gasse gesehen hatten, standen keine fünf Schritte von ihm und Pietro entfernt. Suchend und mit brennenden Blicken schauten sich die Verfolger um. Dabei besprachen sie hastig miteinander, wo sie als Nächstes suchen wollten. Einer der Männer hatte ein Handy am Ohr und schien Anweisungen zu erhalten. Dies war ihm deutlich unangenehm, was seine versteifte Körperhaltung signalisierte. Trotz der eifrigen Suche übersahen sie den Heiligen Vater und Pietro völlig. Die zwei alten Kerle, die direkt vor ihnen auf dem Bürgersteig standen, passten nicht in ihr Suchraster.

Pietro begriff instinktiv, was vor sich ging. Er legte seinen Arm um die Schultern des Papstes und sagte mit leicht lallender Stimme: „Komm, Gregor, lass uns in die Taverne gehen und einen Vormittagstrunk zu uns nehmen."

Der Heilige Vater ließ sich willig mitziehen und fand scheinbar gefallen an dem gefährlichen Spiel. Gekonnt ließ auch er seine Stimme alkoholisiert klingen und rief begeistert und recht laut aus: „Was für eine gute Idee, Pietro! Mein Mund ist schon ganz trocken. Ein Weinchen wäre jetzt gerade recht!"

Die Männer des Camerlengo schauten nur kurz zu den beiden Alten. Einer schüttelte angewidert seinen Kopf und schimpfte den Trunkenbolden hinterher: „So zwei alte Esel! Noch nicht einmal Mittag und die Penner sind schon besoffen!"

„Reg dich nicht auf", mischte sich ein anderer Mann in der Gruppe ein. „Wir haben andere Sorgen. Der Boss war ziemlich sauer! Los, sucht weiter, aber dalli!"

Im Schatten der nächsten Querstraße schüttelten sich der Papst und Pietro vor Lachen. Sie hatten die Gangster täuschen können und hatten ihnen auch noch eine Scharade vorgespielt. Doch das Lachen war mehr ein Zeichen der Erleichterung, dass sie der bedrohlichen Lage entkommen waren. Nach einigen Minuten schauten sie um die Ecke, doch die Männer waren verschwunden. Dem Papst schwindelte, als er daran dachte, wie nah er der Gefahr erneut gewesen war. Er fühlte sich erstaunlicherweise um Jahre jünger. So ein Abenteuer belebte doch enorm, ganz besonders, wenn man es heil überstand. Pietro grinste voller Stolz, denn er glaubte, die Kappe habe den Heiligen Vater vor seinen Häschern geschützt. Er hakte sich wie selbstverständlich bei seinem Freund Gregor unter und führte ihn durch ein Gewirr von Straßen. Als der Papst nach einer Weile fragen wollte, wohin sie eigentlich gingen und was der Plan sei, blieb Pietro vor einem alten Lagerhaus stehen.

Zu dem Heiligen Vater sagte er nur: „Gregor, setz dich da drüben auf die Bank und warte auf mich. Ich muss etwas erledigen und brauche nicht lange. Also, bis gleich!"

Damit ließ er seinen neuen Freund einfach stehen und verschwand durch eine altersschwache Holztür im Inneren des Lagerhauses.

Ergeben überquerte der Papst die ruhige Straße und setzte sich, wie geheißen, auf eine steinerne Bank, die im Schatten eines alten Olivenbaums stand. Er schloss seine Augen und war schon nach weniger als einer Minute eingeschlafen. Sein alter Körper forderte Ruhe, doch sein Geist wollte nicht ausruhen und so durchschritt er die Pforte zum Traumland.

Für einen Moment trudelten Bilder vor seinem geistigen Auge vorbei und verloren sich in der schwarzen Unendlichkeit. Er versuchte zu erkennen, was auf den Bildern festgehalten war, doch es gelang ihm nicht, auch nur ein einziges Bild zu fixieren. Dennoch wusste er, dass dies Szenen aus seinem Leben waren, die an ihm vorbeiflogen. Wie ein Vogelschwarm, der im Herbst Richtung Süden fliegt, verschwand die Bilderflut in der Ferne. Es wurde dunkel um ihn. Schwerelos trieb er im Nichts ungedachter Gedanken. Nach einer unbestimmten Zeit glaubte er ein kleines Licht zu erkennen. Weit entfernt glomm ein Funke in der Dunkelheit. Er versuchte dieses kleine Licht in der Finsternis im Auge zu behalten. Etwas Erstaunliches geschah. Das Licht wurde heller und schwebte auf ihn zu. Oder schwebte er dem Licht entgegen? Angstvolle Gedanken wollten ihn bedrängen und forderten Aufmerksamkeit. War dies das Licht, von dem Menschen berichtet hatten, die dem Tod gerade noch entronnen waren? Starb er nun, oder war er schon gestorben? Das Licht vertrieb seine Angst und füllte seine Seele mit Frieden. Ruhig beobachtete er das Licht, das er nun als einen leuchtenden Ball wahrnahm. Die Kugel wuchs an, wurde so groß, dass die Schwärze der Unendlichkeit verschwand und er nur noch eine strahlende Helligkeit wahrnahm. Schließlich floss das Licht durch ihn hindurch und hüllte ihn völlig ein. Sanftmut streichelte ihn, Glück durchdrang seine Gedankenwelt und ließ sich in seiner Seele nieder. Er wollte lachen, doch er hörte keinen Laut. Er wollte das Licht berühren, doch er hatte keine Hände. Er wollte die Liebe einatmen, doch er besaß keine Lungen. Er schaute nach unten, um sich selbst zu betrachten, doch er besaß keinen Körper. Er war nur noch Geist, befreit von der fleischlichen Hülle. War dies der Himmel, das Paradies? War das Licht Gott oder hatte er das Licht zu ihm gesandt?

Noch ehe er auf seine Fragen Antworten finden konnte, spürte er, wie er wieder stofflich wurde. Das Licht verlor an Kraft, verblasste und eine Landschaft erwuchs um ihn herum. Zuerst schälte sich eine Frühlingswiese aus der Helligkeit. Dann erkannte er einen Baum, hinter dem ein alter Holzzaun windschief ein Grundstück begrenzte. Hinter dem Zaun erkannte er nun ein ebenfalls altes Bauernhaus. Ohne Vorwarnung funktionierte sein Gehör wieder. Vor dem Bauernhaus, das neben einer großen Scheune stand, gackerte ein Hühnervolk. Erkennen, Wiedererkennen ließ seinen Blick verschwimmen, als er realisierte, wo er sich befand. Tränen der Ergriffenheit und der Freude verschleierten seinen Blick. Dies war sein Elternhaus! Hier hatte er seine Kindheit verbracht, seine glückliche Kindheit. Eine Stimme lenkte seine Aufmerksamkeit zu dem Bauernhaus. Eine Frau, seine Mutter, trat aus der Tür, schaute sich suchend um, während sie rief: „Il mio bambino, dove sei? Entrate, il cibo è pronto.“ *Mein kleiner Junge, wo bist du? Komm rein, das Essen ist fertig.*

Nun war es um seine Fassung geschehen! Erneut füllten sich seine Augen mit Tränen der Freude, die seine Wangen hinabrannen. Seit Jahrzehnten hatte er nicht mehr die Stimme seiner Mutter gehört. Sie war früh gestorben, so früh! Doch nun war sie hier, nein, er war hier in der Vergangenheit. War dies das Paradies, sein Paradies? Gerne wäre er hier geblieben, hier bei seiner Mutter. Für immer wollte er Kind sein, ihr Kind, ihr Bambino. Schon wollte er losrennen, zum Haus, zu seiner Mutter. Er wollte sie umarmen, sie küssen, sie spüren. Eine Stimme klang auf, beherrschte das Bild seiner Vergangenheit und brachte es ins Wanken. Dunkel und doch klar verständlich donnerten Worte durch die Idylle.

„Du hast noch eine Aufgabe zu erfüllen, ehe du ausruhen darfst. Kehre zurück und schaffe Ordnung in deinem Haus. Der Stuhl Petri ist dir nicht ohne Grund verliehen worden. Befreie dich und bewahre das Christentum und die Menschheit vor dem Dolch der Vergeltung. Nun gehe hin und verrichte mein Werk!“

Der Heilige Vater wollte sich umdrehen, nach der Stimme schauen, den Sprecher suchen. Doch er konnte sich nicht bewegen, sich nicht rühren. Etwas packte seine Schultern und er erschrak zutiefst. Eine andere Stimme donnerte über das Land und ließ das Bild seines Elternhauses schwanken wie ein Schiff auf stürmischer See. Schließlich zerriss die Landschaft und wurde in einen unsichtbaren Strudel gesogen, verdrehte, verbog sich, ehe sie mit einem stöhnenden Geräusch in der Unendlichkeit versank. Nur die Stimme blieb und er konnte verstehen, was sie rief: „Gregor, wach auf, um Gottes Willen. Gregor, wir müssen weg!"

Die Dunkelheit, das ewige Nichts, verschwand und er spürte sich selbst, er spürte seinen alten Körper.

Der Papst schlug die Augen auf und kniff sie gleich darauf geblendet wieder zu. Dann blinzelte er einige Male und schaute sich benommen um. Vor ihm stand sein neuer Freund, der aufgeregt vor ihm hin und her trappelte. Pietro griff ihm unter die Arme und zog ihn auf die Füße.

„Schnell, wir müssen weg! Deine Verfolger sind aufgetaucht. Keine hundert Meter von hier sprechen sie gerade mit einem Anwohner."

Damit hakte er den Papst unter und eilte, so schnell es eben ging, über die Straße, stieß eine alte Tür zu einem Lagerhaus auf und schob den Heiligen Vater ins Innere des Gebäudes.

Willenlos hatte der Papst sich führen lassen, aber jetzt war die Zeit gekommen, wo er führen musste! Gott selbst hatte zu ihm gesprochen, ihm einen Auftrag erteilt! Er, der Pontifex, würde gehorchen und handeln! Noch im Dunkel des Hausflurs stehend fühlte er, wie er von einer Kraft beseelt wurde, die nicht von dieser Welt war.

***

Nötige Vorsorge

Richard Miller stand vor der amerikanischen Botschaft und zog fast hektisch an seiner Zigarette. Er hatte letzte Nacht kaum geschlafen. Quälende Gedanken hatten ihn wach gehalten und verfolgten ihn noch immer. Schon wieder war er in gefährliche Ereignisse verwickelt, stand sozusagen an der Front. Natürlich war ihm klar, dass er Hanky gedrängt hatte, ihn mitzunehmen. Doch war dies richtig gewesen? Schon mehr als einmal hatte er sein Leben aufs Spiel gesetzt und war immer heil aus schlimmen Situationen gekommen.

Jedenfalls körperlich. Seine Seele aber hatte Schaden genommen. Er hatte versucht mit seinen Freunden zu reden, ihnen mitzuteilen, was in ihm vorging. Doch es war schwer Worte für das zu finden, was ihn quälte. Es war noch kein Jahr vergangen, als er einen Menschen getötet hatte. Klar, es war pure Notwehr gewesen. Dennoch, er hatte einem Mann den Schädel eingeschlagen, mit einem Schürhaken und ohne zu zögern. Noch immer hörte er das Geräusch, als das Metall Knochen zertrümmerte.

Richard schüttelte sich, als könne er so die düsteren Gedanken, die schlimmen Erinnerungen abwerfen, und zog ein letztes Mal an seiner Zigarette. Fast angewidert warf er den Glimmstängel auf den Boden und zertrat ihn mit seinem Schuh. Seitdem rauchte er wieder. Nicht oft, nicht regelmäßig, aber doch! Seine Frau Rita, die normalerweise recht unduldsam mit seinen Schwächen sein konnte, hatte kein Wort über die neu belebte Sucht ihres Mannes verloren. Richard blickte bekümmert in den Himmel Roms und vermisste seine Frau. Sie selbst war auf einem Weg ins Ungewisse und er hoffte, dass sie vorsichtig sein würde. Musste denn immer alles auf einmal geschehen?

Nach einigen Minuten der Trauer und des Selbstmitleides straffte er sich. Bei all seinen düsteren Gedanken war ihm in der letzten Nacht ein Gedanke gekommen. Bewusst, vielleicht auch wegen seines noch unverarbeiteten Traumas, hatte er sich nicht so aktiv an den aktuellen Geschehnissen beteiligt. Er hatte Hanky und Walt beobachtet und nur geholfen, wenn es nötig war. Dabei hatte er darauf geachtet, nicht im Weg zu sein. Mehrfach war er alleine durch Rom und den Vatikan gestreift, auf der Suche nach seiner Aufgabe in diesem Spiel. Der Grund seiner Exkursionen war ihm bis zu diesem Moment nicht klar gewesen. Wie eine Zwiebel Schale um Schale ihr Innerstes enthüllt, fielen seine geistigen Schleier, und ein Plan formte sich.

Keine zwei Minuten später sammelte er alle verfügbaren Agenten der CIA um sich und formulierte seine Idee. Die Frauen und Männer folgten gespannt seinen Ausführungen. Fragen flogen hin und her, Notizen wurden in Laptops gehämmert, Lagepläne studiert. Stunde um Stunde strukturierte sich Richards Idee und einzelne, spezialisierte Arbeitsgruppen schufen organisatorische Grundlagen. Was sie hier vorbereiteten, war nicht mehr und nicht weniger als ein Staatsstreich.

Richard wusste das und war sich klar, dass er einige schwierige Gespräche führen musste. Er zog sich in ein abhörsicheres Büro zurück und wählte eine Nummer, die nur sehr wenige Menschen auf der Welt kannten. Nach dem fünften Rufton wurde am anderen Ende der Verbindung abgenommen. Ein namenloser Verbindungsoffizier forderte ein Codewort, das Richard ohne zu zögern nannte. Danach folgte ein Klacken in der Leitung und er hörte eine Stimme, die Millionen von Menschen vertraut war. Richard zögerte einen winzigen Moment, ehe er zu sprechen anfing.

„Mister Präsident, Sir, hier ist Richard Miller!"

„Hallo Rich", antwortete der Präsident der Vereinigten Staaten von Amerika in vertrautem Ton. „Was liegt an? Wie kann ich helfen?"

Die nächsten Minuten gehörten zu jenen, die in die Geschichte der Menschheit vermerkt werden würden.

Zuerst war der Präsident sprachlos. Solch eine Aktion würde er niemals billigen, geschweige denn anordnen. Richard Miller musste verrückt geworden sein. Die Welt würde vor Empörung aufschreien, die italienische Regierung ihre eigene Armee senden. Ein bewaffneter Konflikt wäre unvermeidbar. Richard aber redete unbeirrt weiter und unterbreitete einen Plan, der funktionieren konnte. Dazu war unbedingt die Mitarbeit der italienischen Regierung nötig und, was noch entscheidender war, einiger Insider aus dem Vatikan. Doch wem konnte man noch trauen? Wer war nicht in die vielfältigen Intrigen verwickelt? Die Schweizergarde galt als kompromittiert. Ihre Männer hatten zugelassen, dass der Heilige Vater entführt worden war – wenn die Garde nicht selbst ihre Hände mit im Spiel gehabt hatte. Auch Pater Marcus hatte die Gardisten dazu benutzt, aus dem Vatikan zu fliehen. Die Welt hatte noch nichts von dem Machtvakuum im Vatikanstaat bemerkt. Es konnte nur noch eine Frage der Zeit sein, bis ein gewiefter Journalist die Situation erkannte und als Topmeldung verbreitete.

Nach mehr als vierzig Minuten beendete Richard Miller sein Gespräch mit dem Präsidenten. Er lehnte sich erschöpft zurück und schloss seine Augen. Systematisch ordnete er seine Gedanken, griff sich einen bereitliegenden Notizblock und begann die wichtigsten Punkte zu Papier zu bringen. Kurz darauf verließ er das Büro, rief einen Teamleiter zu sich und sagte: „Ich geh mal nach draußen. Ich erwarte einen Anruf des Präsidenten. Bitte informieren Sie mich sofort, sobald das Gespräch hereinkommt."

Damit ließ er den Mann stehen, der Richard mit einem respektvollen Staunen nachblickte.

Draußen angekommen zündete Richard sich eine Zigarette an und inhalierte tief. Leise murmelte er: „Wenn das mal gutgeht!"

***

Aus dem Dunkel

Sein Körper war immer noch starr und unbeweglich. Sein Geist jedoch erholte sich und wurde immer stärker. Er musste hier heraus! Die permanente Dunkelheit begann sich auf sein Gemüt zu legen wie ein Mantel aus fauliger Emotion. Schlechte Laune breitete sich aus, destruktive Selbstzweifel schmerzten.

Paul schob alle lästigen Gedanken zur Seite und konzentrierte sich. Er musste nach oben, hinauf zum Licht. Dort würde er weitersehen, sich umsehen. Eine Ortsbestimmung war wichtig, damit er Hanky mitteilen konnte, wo er suchen musste. Ja, sein Freund würde ihn retten. Da war er sich absolut sicher.

Paul brachte seine Gedanken in einen Fokus, der es ihm erlaubte, seinen Geist von seinem Körper zu trennen. Für den Bruchteil einer Sekunde störte ein Angstimpuls seine Konzentration. Etwas in ihm fragte sich, ob er noch immer in der Lage sei, seine besondere Fähigkeit anzuwenden. Eine imaginäre Hand wischte diesen Zweifel beiseite. Ohne weitere Anstrengung erhob sich Paul aus seinem fleischlichen Gefängnis und schwebte zur Zimmerdecke. Das erste materielle Hindernis war immer am schwersten zu überwinden. Natürlich war die Decke, der Beton, kein wirkliches Hindernis, doch Pauls astraler Körper weigerte sich, einen festen Stoff zu durchdringen. Noch war er zu sehr mit seiner Körperlichkeit verbunden. Er befahl sich selbst nach oben zu steigen und überwand so seine Vorbehalte. Ohne weitere Hemmnisse durchdrang er den Beton der Decke.

Helligkeit überflutete ihn unvorbereitet. Dieser Raum, ein Büro, das sich in nichts von Millionen normaler Büros unterschied, war mit drei Schreibtischen bestückt. An den Tischen saßen Männer und arbeiteten an ihren Computern. Jeder war konzentriert bei der Sache und das Klappern der Tastaturen war das einzige Geräusch. Paul schwebte mitten im Raum, doch seinen Astralkörper bemerkte niemand. Er versuchte etwas auf den Bildschirmen zu erkennen, konnte jedoch mit den Tabellen und Zahlenkolonnen nichts anfangen. Ohne sich weiter aufzuhalten, durchdrang er die nächste Decke. Der Raum darüber war weniger gut ausgeleuchtet und viel größer. Die flache Halle fand als Garage und gleichzeitig als Lager Verwendung. SUVs, Kleinlaster und einige Quads standen über den Raum verteilt zwischen Regalen. Diese waren mit Kisten und Kartons gefüllt. Paul staunte, wie groß diese Anlage sein musste. Wie konnte man so etwas geheim halten? Wer waren die Leute und was war ihre Intention? Das UFO! Natürlich! War da noch mehr? Wurden hier Aliens versteckt?

Fragen sausten wie Hornissen und stachen auf ihn ein. Er hoffte Antworten auf seine Fragen zu bekommen, doch nicht jetzt! Nein, er musste weiter nach oben und sehen, wo er sich befand. Das war im Moment das Wichtigste! Beton, Felsen, Erde und dann endlich der Durchbruch zur Oberfläche. Wald, herrlich grüner, sonnendurchfluteter Wald. Er stieg weiter auf, glitt an Baumstämmen entlang, bis er schließlich circa fünfzig Meter über dem Wald schwebte. Paul blickte sich um, versuchte sich zu orientieren. Weit hinten im Westen erkannte er einen See, der wie ein Spiegel im satten Grün lag. Das war der Nipigonsee, an dessen Ufer sein Wohnmobil stand. Von seiner erhöhten Warte aus versuchte er zu schätzen, wie weit der See wohl entfernt war. Das war schwer, doch mehr als vier Meilen konnten es nicht sein. Paul schaute sich weiter suchend um. Er musste seinem Freund Hanky Hinweise geben, wo er zu finden war.

Nicht weit entfernt, nur etwa zweihundert Meter, entdeckte er die kleine Buschlichtung. Dort war er niedergeschlagen worden und in die Finsternis verschleppt worden. Also musste es mindestens einen getarnten Eingang geben, durch den seine Entführer ihn in das Kavernensystem gebracht hatten. Paul schwebte etwas tiefer und glitt schließlich in zwei Metern Höhe über den Waldboden. Er ging davon aus, dass, egal wo Menschen agierten, Spuren zu finden waren.

Spuren ihrer Anwesenheit. Gleichzeitig stellte er sich die Frage, wie es denn nur möglich sein konnte, eine derart komplexe unterirdische Anlage zu bauen, ohne dass die Öffentlichkeit etwas davon bemerkt hatte. Der Wald, die Natur jedoch sah unberührt aus. Die Tarnung war perfekt, sodass Paul eine gewisse Bewunderung verspürte. Dieses Gefühl schob er sogleich verärgert zur Seite. Nein, er wollte diese Leute nicht bewundern, die ihn verschleppt hatten und betäubt in einem dunklen Raum gefangen hielten.

Er glitt weiter suchend durch den Wald und erreichte schließlich eine kleine Landstraße. Auch hier bemerkte er zunächst nichts Ungewöhnliches. Die Straße wand sich in leichten Bögen durch den Forst, und ein Stück weiter unterbrach nur eine kleine Brücke das Asphaltband. Nichts Besonderes, eben eine Landstraße. Dennoch schwebte Paul hinüber zur Brücke. Sie spannte sich über einen kleinen, im Moment wasserlosen Bach, dessen Bett sich im Unterholz verlor. Paul stutzte. Wasserlos, um diese Jahreszeit? Ein Gedanke genügte und er war an der Brücke. Schwebend inspizierte er das alltägliche Bauwerk und konnte nach erstem Augenschein nichts Verdächtiges ausmachen. Doch sein Misstrauen war erwacht und ließ sich nicht besänftigen. So schwebte er zur Mitte der Brücke und ließ seinen Astralkörper sinken. Er berührte den Straßenbelag, sank durch diesen hindurch und erwartete unter der Brücke aus dem Beton der Fahrbahn herauszukommen. Doch anstatt das Bachbett zu sehen, schaute er eine Rampe hinunter, die wie bei einem Parkhaus in die Tiefe führte. Rund um ihn herum befanden sich Betonwände mit kleinen LED-Lichtern versehen, die ein dämmriges Licht ausstrahlten. Verwundert stieg er wieder auf und erreichte gleich darauf die Oberseite der Brücke. Neugierig, wie die Tarnung wohl funktionierte, schwebte er seitlich über die Brücke und ließ sich zum Bachbett sinken. Tatsächlich glaubte er unter der Brücke hindurchsehen zu können. Er ging näher heran, bis er erkannte, wie er getäuscht worden war. Ein einfacher Druck, aufgeklebt auf Beton und mit echten Blättern und Steinen versehen, vermittelte eine fast perfekte Illusion. Die Brücke war ein getarnter Eingang, nein, eine Zufahrt zu der unterirdischen Station. Wahrscheinlich klappte die Brücke wie eine Zugbrücke nach oben und gewährte so den Leuten der Station Einlass. Hier musste bestimmt noch ein weiterer Eingang sein, eine Tür vielleicht oder ein Luk, natürlich getarnt.

Paul wollte nach dieser vermuteten Tür suchen, als er bemerkte, wie etwas mit seinem Körper geschah. Etwas zog ihn zurück und er wollte schreien. Doch sein Astralkörper vermochte keinen Laut zu erzeugen. Während er zurück in seinen Körper gezogen wurde, ärgerte er sich, dass er nicht die Zeit genutzt hatte, um mit Hanky Kontakt aufzunehmen. Das würde er schnellstens nachholen, doch zuerst musste er wissen, was mit ihm geschah!

***

Schock im Oval Office

Der Anruf von Richard Miller hatte den Präsidenten der Vereinigten Staaten sozusagen kalt erwischt. Die Situation im eigenen Land – um nicht das Wort Krise zu verwenden – beanspruchte seine Zeit ohnehin schon mehr als tragbar. Er hatte ein Land zu regieren, das so vielfältige Probleme hatte. Doch für die alltäglichen Entscheidungen blieb kaum noch Zeit. Zum Glück war es im Moment ruhig. Der Plan der Terroristen schien nicht aufgegangen zu sein. Auch der Aufruf des Papstes zeigte nicht die Wirkung, die er beabsichtigt hatte. Es war zu keinem Kreuzzug gekommen, obwohl einige Gruppen und christliche Fundamentalisten versucht hatten, bewaffnete Kreuzfahrer in den Nahen Osten zu entsenden. Vereinzelt war dies wohl gelungen, doch ihre Zahl war so gering, dass kaum einmal eine Notiz in der Presse zu finden war. Übergriffe auf muslimische Mitbürger waren auch sehr selten gewesen. Das amerikanische Volk hatte sich sehr besonnen verhalten und die Zahl der Demonstranten, die für ein friedliches Miteinander warben, überstiegen bei weitem die radikalen Gruppen, welche zum Kampf aufriefen. So weit, so gut!

Nach den Anschlägen in Rom war auch dort Ruhe eingekehrt. Jedenfalls stellte es sich so für die Öffentlichkeit dar. Richard Miller jedoch hatte etwas völlig anderes berichtet. Solange der Vatikan sich auf einem Konfrontationskurs mit dem Islam befand, konnte

Schlimmes geschehen. Der Papst war verschwunden, mit großer Wahrscheinlichkeit entführt. Interne Machtkämpfe erschütterten den Gottesstaat. Mehrere Parteien kämpften um die Macht und damit um die Kontrolle über mehr als zwei Milliarden Christen, einem Drittel der Weltbevölkerung. Damit bildeten sie die größte Glaubensgemeinschaft der Erde. Wer nur einen Teil dieser Gläubigen radikalisieren konnte, der besaß die Macht, den größten Krieg aller Zeiten zu beginnen. Die Gefahr war groß und nicht abschätzbar. Damit hatte Richard Miller absolut zur rechten Zeit erkannt, dass nur in Rom, im Vatikanstaat, dieser Gefahr begegnet werden konnte.

Der Präsident erhob sich und ging durch eine Tapetentür hinüber in das Sekretariat. Er hatte einen Entschluss gefasst. Seine Mitarbeiter würden alle wichtigen Entscheidungsträger in den Situation Room beordern.

Gerade als er die Tür geschlossen hatte, erhielt er einen schweren Schlag in den Rücken. Die Tür, die er eben geschlossen hatte, prallte gegen ihn und riss ihn, gefolgt von einem ohrenbetäubenden Krachen, zu Boden. Etwas hatte das Oval Office getroffen und war explodiert. Lärm mischte sich mit Rauch zu einem Szenario der Gewalt. Schrille Sirenen heulten und setzten die Menschen im Weißen Haus zusätzlich unter Stress. Secret-Service-Agenten rannten zu neuralgischen Punkten und sicherten ihren Bereich. Marines wurden von ihren Offizieren vor in den Garten des Regierungssitzes geschickt, um dort die Erstsicherung vorzunehmen.

Benommen versuchte sich der Präsident zu bewegen. Das war angesichts der schweren Tür nicht einfach. Helfende Hände befreiten ihn schließlich aus seiner misslichen Lage. Er richtete sich auf, klopfte nebenbei seinen Anzug ab, was angesichts der Situation müßig erschien. Dabei versuchte der Präsident herauszufinden, ob er etwas abbekommen hatte. Sein Rücken schmerzte höllisch und auch seine Rippen schienen etwas abbekommen zu haben. Doch er wusste, dass er im Moment keine Schwäche zeigen durfte. Nach kurzer Bestandsaufnahme seines Zustandes drehte er sich um und wollte sehen, wie es im Oval Office aussah. Beamte des Secret Service versuchten, sich ihm in den Weg zu stellen. Doch wer den Präsidenten kannte, wusste, dass er seinen Willen bekam, wenn er es unbedingt wollte. So schob er seine Leibwächter zur Seite und schaute in den Raum, der sein

Büro gewesen war. Es sah weniger schlimm aus, als er vermutet hatte. Sein Schreibtisch war umgestürzt, die Sitzgruppe lag wie Spielzeug unordentlich herum, Bilder waren von der Wand gefallen. Das Fenster zum Rosengarten hing nach innen gebogen im Raum und hatte dank des integrierten Panzerglases den Großteil der Explosionswirkung abgemildert. Hätte er im Moment des Anschlages, denn um einen solchen musste es sich handeln, an seinem Schreibtisch gesessen, dann wäre er mit Sicherheit schwer verletzt worden oder nun tot. Ärgerlich schüttelte sich der Repräsentant der freien Welt den Kopf. Er hatte viele Feinde, dessen war er sich bewusst. Erst das Attentat in New York und nun ein Anschlag auf das Weiße Haus, das ging zu weit!

So sagte er laut und mit sicherer Stimme: „In den Situation Room, meine Herren. Ich möchte dort in einer halben Stunde die Entscheidungsträger sehen, auch die Herren der Opposition aus dem Senat und dem Repräsentantenhaus."

Dann beugte er sich zu seinem persönlichen Leibwächter und sagte leise: „Findet diese verdammten Terroristen. Setzt alles ein, was zur Verfügung steht. Ich will Erfolge sehen, und zwar schnell!"

Danach verließ er den Vorraum und begab sich in den ersten Stock des Gebäudes. Die Männer des Secret Service folgten unaufgefordert. Schließlich verschwand der Präsident in seinem Schlafzimmer. Die Beamten wussten, dass sie hier nur in Notfällen hinein durften. Kaum hatte der Präsident die Tür hinter sich geschlossen, entfuhr ihm ein Stöhnen, geboren aus nebulöser Angst und realen Schmerzen. Er stand einige Minuten am Türblatt gelehnt, mit geschlossenen Augen und von Selbstzweifel gepeinigt. Er war froh, dass seine Frau und seine Töchter abgeschirmt von der Öffentlichkeit an einem geheimen Ort einige Tage Urlaub machten. So war zumindest seine Familie im Moment sicher. Er ging hinüber ins Badezimmer und zog sich aus. Er schaute in den Spiegel, suchend nach Verletzungen, die ihm vielleicht durch den ersten Schock entgangen waren. Zum Glück fand er nichts, außer ein paar blauen Flecken, die gerade begannen sich zu verfärben. Er wusch sich schnell und zog sich einen neuen Anzug an. Zur Sicherheit wählte er die Kevlar-Variante, die zwar etwas schwerer war als normaler Stoff, ihn aber vor Schussverletzungen einigermaßen schützte. Er betrachtete sich abermals im Spiegel und war zufrieden. Wenn er das Schlafzimmer verließ, musste er Selbstsicherheit ausstrahlen.

Er wollte und würde keine Schwäche zeigen. Entschlossen drehte er sich um und ging zur Tür.

In der Zwischenzeit landeten große militärische Hubschrauber auf dem Rasen des Weißen Hauses. Elitesoldaten in voller Kampfausrüstung schwärmten aus und sicherten das Grundstück. Scharfschützen in schwarzen Kombinationen und Sturmhauben verteilten sich auf dem Dach. In der Sicherheitszentrale fielen harte Worte und der Leiter des Secret Service wollte wissen, was das Weiße Haus getroffen hatte. Nach einigen Minuten war klar, dass wohl eine Panzerabwehrrakete zum Einsatz gekommen war. Unzählige Beamte verschiedener Dienste nahmen ihre Ermittlungen auf.

Zwanzig Minuten später traf der Präsident mit frischer Kleidung im Situation Room ein. Er blickte in die Runde der Anwesenden und nickte den Männern und Frauen kurz zu. Dann hörte er die geflüsterten Worte seines Sicherheitschefs und nickte. Mit einer Selbstsicherheit, die niemand nach einem Anschlag von ihm erwartet hatte, setzte er sich an den großen Konferenztisch, winkte eine Ordonnanz herbei und bestellte einen Kaffee. Nach weiteren zehn Minuten waren alle herbeorderten Politiker anwesend.

Mit einem Räuspern meldete er sich zu Wort. Es wurde still im Raum.

„Meine Damen und Herren, wie Sie bereits erfahren haben, hat es heute einen Anschlag auf das Weiße Haus und somit auf mich gegeben. Mir geht es gut, und soweit ich informiert bin, ist auch niemand zu Schaden gekommen. Doch diese Unterredung ist aus einem anderen Grund von mir angeordnet worden. Es geht um Rom. Wir werden den Vatikan mit unseren Truppen besetzten."

Ein Raunen ging durch den Raum und einige Kabinettsmitglieder schienen nicht zu glauben, was sie eben gehört hatten.

Der Präsident hob beschwörend seine Arme und sagte bestimmt, aber auch beschwichtigend: „Um weitere Fragen im Voraus zu beantworten, werde ich nun als Erstes mit dem italienischen Ministerpräsidenten sprechen und ihn informieren. Danach werde ich Ihnen die noch offenen Fragen beantworten. Meine Damen und Herren, Verschwiegenheit ist angesagt. Es geht um weit mehr als unsere nationale Sicherheit."

Damit gab er seinem Adjutanten ein Zeichen. An der Stirnseite erhellte sich ein wandgroßer Bildschirm. Auf der Monitorfläche stabilisierte sich ein Bild, das ein prunkvolles Büro zeigte. Ein Mann mit besorgtem Gesicht trat vor die Kamera. Er war der italienische Regierungschef Matteo Renzi. Er breitete schon fast theatralisch seine Arme aus und rief: „Mister Präsident. Ich höre soeben, dass das Weiße Haus angegriffen wurde. Geht es Ihnen gut?"

Der Präsident nickte, wobei ein kurzes Lächeln aufblitze. Dann jedoch wurde seine Mimik ernst. Mit ruhigem Ton sagte er: „Matteo, mir geht es gut. Doch mein Anliegen ist ernst. Wir brauchen Ihre Hilfe. Die Sache ist delikat und die Weltpresse wird uns steinigen. Folgendes ist geschehen ..."

***

Mulmiges Telefonat

Richard hatte seine Zigarette aufgeraucht und ging zurück ins Lagezentrum. Von einem Verbindungsoffizier ließ er sich eine sichere Leitung schalten, die in ein abhörsicheres Büro gelegt wurde. Er nahm den Hörer und wählte eine Nummer. Kurz darauf meldete sich eine müde Stimme.

„Hank Berson. Wer möchte mich sprechen?"

„Hallo Hanky, hier ist Rich."

„Was gibt es, Rich? Erzähl schon. Ist was mit unseren Frauen?"

Hanky hatte sofort gemerkt, dass seinem Freund dieses Telefonat unangenehm war.

Richard Miller war irritiert und verborgene Sorgen enthüllten sich vehement. Die letzten Stunden, oder waren es gar schon Tage, hatte er überhaupt nicht an seine Frau Rita und Hankys Lebensgefährtin Carmen gedacht. Sie waren unterwegs, um Paul zu finden. Sein schlechtes Gewissen bekam Nahrung und ein gewisses Schamgefühl wollte seine Gedanken okkupieren. Doch er hatte andere Sorgen, jedenfalls im Moment. Dennoch nahm er sich vor, direkt nach diesem Telefonat mit seiner Frau zu telefonieren. Ein Räuspern in der Leitung brachte ihn in die Wirklichkeit zurück.

„Also, Hanky, gerade heraus. Ich habe etwas in Gang gesetzt, was deine Autorität hier in Europa eventuell unterminieren könnte."

Hanky schaute unterdessen Walt fragend an, der ihr Fahrzeug nach Süden steuerte, aber über Lautsprecher mithörte. Walt hob seine Schultern als Zeichen, dass er mit Richs Worten nichts anzufangen wusste. Hanky beschloss, Rich seine Verlegenheit zu nehmen.

„Also, Rich, scheinbar geht es unseren Frauen gut, da sie nichts von sich hören lassen. Also ist etwas in Rom geschehen, was dir nun peinlich ist. Keine Angst, ich werde nicht sauer sein. Alles, was hilft, ist gut. Und mach dir mal keine Sorgen über meine Autorität. Die ist im Moment nicht wichtig. Also was gibt es?"

Richard atmete etwas auf, war aber noch immer sehr angespannt.

„Hanky, ich habe die ganze Nacht über die Situation hier in Rom gegrübelt. Dabei ist mir ein Gedanke gekommen. Solange der Papst verschwunden ist, Pater Marcus nicht im Vatikan und der Camerlengo ebenfalls untergetaucht zu sein scheint, ist ein Machtvakuum entstanden. Niemand weiß genau, wer intrigiert und wer welches Spiel treibt. Die Schweizergarde spielt falsch und bestimmt rechnet sich so mancher Kirchenfürst aus, dass er durch gezielte Intrigen seine Macht vergrößern kann. Ein falsches Wort, eine unbedachte Reaktion seitens des Vatikans, kann zu einer globalen Katastrophe führen. Deshalb habe ich unseren Präsidenten gebeten militärisch einzugreifen und den Vatikan zu besetzten, jedenfalls so lange, bis in dem Laden wieder Ordnung herrscht!"

Hanky und Walt waren Richs Ausführungen atemlos gefolgt. Walt hatte den Wagen am Straßenrand abgestellt und starrte auf die Freisprechanlage. Er überlegte, ob er seine Meinung mit einbringen sollte, entschied sich aber dann, erst mal zu hören, was Hanky von der Sache hielt. Hanky schaute einen Moment vor sich hin ins Leere. Auf seinem Gesicht spiegelte sich seine ganze Gefühlswelt. Dann, nach gefühlten Minuten, antwortete er Richard.

„Mein lieber Mann, da hast du aber ..." Hanky zögerte einen Moment, ehe er fortfuhr.

„Rich, es wäre gut gewesen, wenn du mich zumindest vorher informiert hättest. Aber keine Angst, ich bin nicht sauer. Für eine Sekunde dachte ich zwar, du hättest den Verstand verloren. Doch ich muss dir recht geben, du hast die einzig sinnvolle Lösung für das gesamte Problem. Jetzt können wir gespannt sein, wie sich der Präsident entscheidet. Weißt du was, wir brechen die Verfolgung des Paters ab. Sie ist nicht zielführend. Außerdem brauchen Walt und ich ein paar Stunden Schlaf. Wenn tatsächlich der Vatikan von unseren Truppen besetzt wird, dann kommen alle Verschwörer zurück. Sie werden versuchen zu retten, was noch zu retten ist. Übrigens unterminierst du nicht meine Autorität. Schließlich sind wir ein Team und das ganze Theater, das ich veranstaltet habe, indem ich meine Person als Leiter aller Dienste präsentierte, diente nur der Ablenkung. Du kennst mich und weißt, dass Titel für mich keine Rolle spielen. Wir sind ein Team, daran musst du immer denken. Alles klar?"

Rich murmelte etwas, was Hanky nicht verstehen konnte. Scheinbar hatte er mit jemandem gesprochen. Dann antwortete er mit hörbarer Erleichterung in seiner Stimme: „Jaja, alles klar. Ich muss hier abbrechen, der Präsident hat eine Entscheidung getroffen. Also dann bis später, ich halte euch auf dem Laufenden."

Damit beendete er das Gespräch. Hanky schaute Walt an, der nachdenklich vor sich hinstarrte. Er wollte seinen Freund darauf ansprechen, doch dieser kam ihm zuvor.

„Da kommt einiges auf uns zu, Hanky. Sind wir für so eine Aufgabe gerüstet? Ich meine, reicht unser Wissen, um den Überblick zu behalten und die richtigen Entscheidungen zu treffen?"

„Das werden wir herausfinden, Walt. Wer kann das schon sagen?"

***

Ich werde euch finden!

Sein Name war Sean Parson und er sann auf Rache. Er achtete nicht darauf, dass er in einer Gefängniszelle saß. Das war lösbar. Er war ein Killer und sich dessen bewusst. Er jagte Frauen, weil er das Töten liebte. Er hörte keine Stimmen, die ihm befahlen, sein grausames Werk zu tun. Schon sein ganzes Leben hatte ihn der Tod fasziniert. Es gab nichts Schöneres, als das Verlöschen des Lebens in den Augen seiner Opfer zu sehen. Noch immer unterschätzten ihn die Menschen im Allgemeinen, besonders die Polizei. Sein Aussehen war der Grund dafür. Sein Aussehen war seine Tarnung. Derbe, schmutzige Kleidung, verfilztes dunkelblondes Haar, ein buschiger Bart. Ein Redneck. Genau dies dachten die Menschen, wenn sie ihn sahen. Mit dem Kerl wollte keiner etwas zu tun haben. Diesen Schutz nutze Sean, um unbehelligt zu morden. Sein derbes breites Gesicht verbarg seine Intelligenz, sein breiter, wuchtiger Körper seine Geschicklichkeit.

Während er scheinbar dumpf vor sich hinstarrte, suchte sein Verstand gezielt nach einer Möglichkeit, zu fliehen. Er musste hier heraus, bevor die Polizisten ihn in ein staatliches Gefängnis brachten. Nur so konnte er Rache üben. Diese beiden Flittchen hatten ihn übertölpelt und in diese Lage gebracht. Er würde es den Schlampen schon zeigen. Angestrengt hatte er in den letzten Stunden gelauscht und so erfahren, dass die Weiber mit zwei Kerlen vom FBI weiter nach Norden fuhren, um einen anderen Kerl zu suchen. Die Beamten im gleich angrenzenden Büro hatten sich ungeniert über dieses Thema unterhalten. Ihn, Sean Parson, schienen sie dabei vergessen zu haben. Schließlich war er ja hinter Gittern und keine Gefahr mehr. Was sollte der blöde Redneck nun noch anstellen können? Auch über ihn hatten sie gesprochen, als wäre er nicht direkt nebenan und könnte nichts hören. Die Polizisten konnten es irgendwie nicht glauben, dass er all seine Taten selbst geplant und durchgeführt hatte. Er musste doch einen Komplizen haben, der dem dummen Redneck sagte, was zu tun sei.

Am liebsten hätte Sean hinübergeschrien, was für Idioten sie waren, doch er beherrschte sich. Sein scharfer Verstand sortierte und speicherte alle Informationen. Dann hörte er, was er wissen musste. Einer der Detectives wollte von seinem Kollegen wissen, wann der Gefangene zum letzten Mal etwas zu essen bekommen hatte. Der Befragte wusste es nicht und anscheinend war es ihm auch egal, da der Gefangene eh in circa zwei Stunden zum nächsten Staatsgefängnis gebracht werden sollte. Doch der erste Beamte war ein pflichtbewusster Mann, der jedem, selbst einem Mörder, seine Rechte zugestand.

Dies war der Moment, auf den der Killer gewartet hatte. Leise erhob er sich, ging zum hinteren Teil der Zelle und sank auf seine

Knie. Er holte tief Luft, wie ein Taucher, bevor dieser unter Wasser tauchte, und ließ seinen Kopf nach vorne schnellen. Mit erheblicher Wucht traf sein Schädel auf grobes Mauerwerk. Blut spritze aus seiner gebrochenen Nase, die Haut seiner Stirn platzte auf und zwei Zähne brachen. Trotz des Schmerzes, der sich durch einen Schrei befreien wollte, blieb er stumm. Langsam, jede Bewegung überprüfend, legte er sich verkrümmt auf den Boden und drückte sogar noch gegen das gebrochene Riechorgan. Blut breitete sich auf dem Boden aus und dekorierte seine Inszenierung. Dann schloss er die Augen und wartete. Es dauerte nicht lange, bis der Polizeibeamte mit einem Burger und einer Flasche Wasser an der Zelle erschien. Sofort sah er den am Boden liegenden Mann und verständigte durch einen Ruf seinen Kollegen. Die Männer schauten neugierig durch das Gitter. Gleichzeitig waren sie misstrauisch, bis zu dem Moment, als sie das Blut neben dem Kopf des Gefangenen bemerkten. Dieser reagierte nicht auf die Rufe der Beamten, sodass sie annehmen mussten, der Mann sei ohnmächtig, wenn nicht gar tot. Nicht dass sie etwa Mitleid mit dem am Boden Liegenden gehabt hätten, sondern der Ärger, der nun von ihren Vorgesetzten kommen würde, ließ sie unbedacht handeln. Eilig schlossen sie die Zellentür auf und drängten sich beide in den engen Raum. Einer der Beamten kniete sich neben den Gefangenen und versuchte festzustellen, ob dieser noch atmete. Der zweite Polizist beugte sich interessiert über den Verletzten, während er sich fragte, was hier nur geschehen war.

„Wir brauchen sofort einen Arzt. Los, ruf an", befahl der kniende Beamte und schickte so seinen Kollegen aus der Zelle. Der Angesprochene richtete sich auf und war erleichtert, dass er nicht länger bei dem stinkenden Redneck bleiben musste. Eilig hastete er hinüber ins Büro, um den Notarzt zu verständigen.

Inzwischen geschah Schreckliches. Der Killer schlug seine Augen auf und der Polizist wollte schon erleichtert aufatmen. Doch die Erleichterung wich einem panischen Erschrecken, als sich der Arm des Mörders um seinen Hals legte und zudrückte. Der Beamte wollte noch aufschreien, doch ein gewaltiger Schmerz vereitelte diesen letzten hilflosen Versuch, seinem Schicksal zu entkommen. Er hörte noch ein hässliches Knacken, ehe sein Geist in eine unendliche Dunkelheit fiel.

Der Killer erhob sich rasch, durchsuchte den Toten, steckte die Brieftasche und einen Autoschlüssel ein, wie auch dessen Waffe, die in seinem Gürtelholster steckte. Dann verließ er die Gefängniszelle, deren Tür natürlich noch immer offen stand, und schlich zum Büro. Am Schreibtisch stand der immer noch telefonierende Polizist. Er hielt in seinem Gespräch erschrocken inne, als er den Killer an der Tür erkannte. Doch noch ehe er in irgendeiner Form reagieren konnte, traf ein Projektil, abgefeuert von dem Mörder, seine Stirn, durchschlug den Knochen und zerfetzte das Gehirn des Beamten. Sofort brach der Mann zusammen und fiel heftig blutend auf den mit Akten übersäten Schreibtisch. Aus dem auf den Boden gefallenen Telefonhörer quäkte eine Stimme, die wissen wollte, was denn los sei. Sean Parson, der Serienkiller, ignorierte das Telefon. Ohne besondere Eile durchsuchte er den Toten und steckte auch dessen Waffe ein. Danach ging er zu einer kleinen Küchenzeile, die sich rechts im Raum neben dem Kopierer befand. Er nahm ein Handtuch vom Haken und ließ in der Edelstahlspüle Wasser drüberlaufen. Dann säuberte er sich, so gut es ging, und verließ schließlich das Büro. Völlig entspannt lief er den angrenzenden Flur entlang hinüber zum Ausgang.

Kaum hatte er die Glastür erreicht, hörte er Rufe und Schreie. Man hatte natürlich den Schuss gehört und nachgesehen, wo dieser wohl abgefeuert worden war. Sean Parson aber interessierte es nicht, wer die Leichen gefunden hatte. Er verließ das Polizeirevier und zog dabei den Autoschlüssel des Polizisten aus der Tasche. Mit ausgestrecktem Arm drückte er auf den Öffnungsknopf der Fernbedienung. Sofort signalisierte ein blauer Ford Taurus mit Blinken und einem hellen Hupton, dass er das Signal empfangen hatte. Der Killer bestieg gleich darauf den Wagen und fuhr davon. Nun würde er die Frauen jagen und Rache nehmen.

***

Erkannt

In der alten Halle wartete ein Mann unbestimmten Alters auf Papst Gregor und Pietro. Er konnte fünfzig oder aber auch sechzig Jahre alt sein. Dichtes schwarzes Haar, durchzogen von feinen Silberstreifen, überdeckte sein verwittertes Gesicht, das von einer großen Nase beherrscht war. Unter der Nase wuchs ein gewaltiger Schnauzbart in gleicher Kombination ungebändigt und wild. Die Augen des Mannes, dunkel wie die Nacht, vermittelten eine gewisse Unnahbarkeit.

Pietro stellte den Papst nur als seinen Freund Gregor vor, um dessen Tarnung nicht zu gefährden. Der Mann ergriff die vom Papst dargebotene Hand und begrüßte ihn mit einem stummen Nicken. Dann drehte er sich zu Pietro und sagte mit strenger, sehr ernster Stimme: „Das ist also dein Freund, der ungesehen nach Rom muss. Nun muss ich dich fragen, wie kommst du dazu, ausgerechnet mich zu fragen? Glaubst du, ich weiß nicht, wer dein Freund ist? Denkst du, ich bin dumm? Warum sollte ich den Mann beschützen, der noch vor wenigen Tagen zum Heiligen Krieg gegen meine Glaubensbrüder aufgerufen hat, und meine Familie in Gefahr bringen?“

Papst Gregor war dem Monolog des Mannes besorgt gefolgt. Hatte er hier einen Moslem vor sich? Wenn ja, wie sollte er sich nun ihm gegenüber verhalten? Nur noch durch einen geistigen Nebel hindurch konnte er sich an seine Rede, sein Dekret erinnern. Heute konnte er sich seine extreme Reaktion auf die Anschläge von Rom und New York nicht mehr erklären. Natürlich war er zornig gewesen, natürlich verurteilte er den Angriff verblendeter Islamisten. Doch gegen Moslems an sich hatte er keine Vorbehalte. Vielmehr sah er in der Geschichte des Islams nur eine Fortsetzung einer Geschichte, die mit den Juden und dem Alten Testament begann. Die drei Weltreligionen glaubten an denselben Gott. Diese Haltung durfte er natürlich nicht öffentlich vertreten, aber denken konnte er, was er wollte. So wandte er sich an den fremden Mann, ehe Pietro sich erklären konnte.

„Lassen Sie mich etwas zu meiner Lage sagen. Als Erstes finde ich es bemerkenswert, dass Sie mich gleich erkannt haben. Das spricht für Ihren wachen Geist. In meiner Ansprache auf dem Petersplatz habe ich mich von meinen Emotionen leiten lassen. Dies ist keine Entschuldigung oder gar eine Rechtfertigung. Ich bin wie jeder andere auch nur ein Mensch. Radikalisierung bringt nichts, dass weiß ich auch, dennoch ist der Angriff auf das Zentrum des Christentums verwerflich. Mir ist bewusst, dass nur ein verschwindend kleiner Prozentsatz der Menschen des Islams radikal ist. Es kann nicht sein, dass diese Gruppe fanatischer Extremisten ungestraft morden darf. Die Bibel sagt: Auge um Auge, Zahn um Zahn. Das Christentum, für das ich spreche, hat keine Vorbehalte gegen den Islam. Wozu ich aber immer noch stehe, ist, dass wir es nicht zulassen dürfen, dass diese Leute unser aller Leben mit Angst und Hass erfüllen.

Nun, da Sie meinen Standpunkt kennen, liegt es bei Ihnen, Ihre Entscheidung zu treffen. Ich bitte um Ihre Hilfe und appelliere an Ihre Menschlichkeit. Sollten Sie sich dazu entscheiden, mir nicht zu helfen, so hoffe ich auf Ihre Verschwiegenheit."

Der Angesprochene hatte aufmerksam der Erklärung des Papstes zugehört. Schließlich, nach einer unendlichen Minute des Schweigens, antwortete er.

„Mir ist Ihre Position nun klar und bei einigen Punkten bin ich auch bei Ihnen. Sie sind Ihres Glaubens sicher, so wie ich auch. Sie sind ein mächtiger Mann, ich nicht. Dennoch haben Sie mich um Hilfe gebeten, was mich in gewisser Weise ehrt. Ich habe meine Entscheidung getroffen. Ich helfe Ihnen, und zwar aus einem Grund, der mich überzeugt hat. Sie haben sich als Mensch wie jeder andere bezeichnet und sich nicht auf Ihr Amt berufen. Auch haben Sie mich nicht von Ihrem Glauben zu überzeugen versucht. Nun, nachdem ich Ihnen in die Augen gesehen und Ihre ehrlichen Worte vernommen habe, weiß ich, dass Sie ein ehrenhafter Mann sind. Übrigens dürfen Sie mich Acar nennen und ich nenne Sie weiter Gregor."

Der Papst atmete erleichtert auf, froh darüber, dass dieser Mann, wohl ein Türke, ihm bei seiner Flucht helfen wollte. So antwortet er mit einem Lächeln: „Natürlich dürfen Sie mich Gregor nennen. Bei dem Abenteuer, das ich im Moment erlebe, sind Titel nur hinderlich. Eine Frage habe ich noch! Hat Ihr Name eine Bedeutung?"

„Aber ja, Gregor. Acar bedeutet in meinem Kulturkreis ‚der Mutige!'"

***

Keine Option

Clint Coady lenkte den Wagen an den Straßenrand und parkte. Pater Marcus auf dem Beifahrersitz schaute fragend und runzelte seine ansonsten glatte Stirn.

Clint beantwortete dem Pater seine unausgesprochene Frage: „Ich brauche mal eine Pause. Außerdem habe ich Hunger und Durst. Wir sind die ganze Nacht unterwegs gewesen, mal hierhin, mal dorthin. Mir ist schon klar, dass wir auf der Suche sind und die Zeit drängt ..."

Ungewohnt sanftmütig antwortete sein Fahrgast.

„Schon gut, Clint. Ich brauche auch eine Pause. Wer kann schon sagen, was die nächsten Stunden bringen. Gehen wir dort drüben in die kleine Kaffeebar? Wir könnten dort sogar draußen sitzen und du kannst in Ruhe eine Zigarette rauchen."

Clint nickte nur, erstaunt über das ungewohnte Verhalten des Paters. Sie stiegen aus dem Wagen und schlenderten, als hätten sie alle Zeit der Welt zur Verfügung, auf den Coffeeshop zu. Kaum hatten sie Platz genommen, als schon ein eilfertiger, freundlicher Kellner erschien. Sie bestellten zwei Kaffee und Clint einen Schinken-Käse-Toast. Dem Pater gelüstete es eher nach etwas Süßem und so ließ er sich zwei Cannoli bringen, frittierte Teigrollen, die mit einer Sahnecreme gefüllt waren. Seit er in Rom war, liebte er diese ursprünglich aus Sizilien stammende Köstlichkeit.

Die Männer aßen schweigend und hingen ihren Gedanken nach. Clint fragte sich, wie wohl seine Zukunft aussehen würde. Die Pläne des Paters schwebten wie eine schwarze Gewitterwolke über ihm und ängstigten ihn. Er wusste nicht, was der Pater plante und wie weit seine Ambitionen gingen. Außerdem ängstigten ihn die übersinnlichen Fähigkeiten des Geistlichen. Manchmal, wie im Moment, entließ ihn Pater Marcus aus seiner geistigen Kontrolle. Diese Gelegenheiten nutzte Clint, um über seine Situation nachzudenken. Dennoch kam er immer nur bis zu der Stelle, die seine Loyalität infrage stellte. Hier kam er nicht weiter und wusste, dass er dem Priester selbst bis in den Tod folgen würde. Er hatte erlebt, wie Pater Marcus Menschen unter seine geistige Kontrolle zwang, und war sich sicher, dass er genauso kontrolliert wurde. Viel schrecklicher empfand Clint die Tatsache, dass der Pater Menschen Energien – Lebensenergien – abzapfen konnte.

Er fand kein besseres Wort für diese Fähigkeit, die im extremsten Fall zum Tod führen konnte. Doch was hatte der Mann vor, wie weit würde er gehen? Was waren seine Ziele und Ambitionen? An diesem Punkt begannen sich die Überlegungen Clint Coadys zu wiederholen. Um sich abzulenken und aus dem Gedankenkarussell zu entkommen zündete er sich eine Zigarette an und inhalierte tief.

Pater Marcus hatte indes völlig andere Prioritäten in seiner Gedankenwelt gesetzt. Wie ein Militärstratege spielte er verschiedene Szenarien einer möglichen Zukunft durch. Er wägte ab, verglich, analysierte und versuchte die Reaktionen seiner Gegner vorauszusehen. Die primäre Frage war: Was sollte er als Nächstes tun? Die Suche nach dem Papst war eine Dummheit gewesen. Er hatte sich von seinen Emotionen leiten lassen, von seinem Ärger. Dennoch wusste er nun mit Sicherheit, dass der Camerlengo hinter der Entführung stand und die Fäden im Geheimen zog. Er war sein gefährlichster Gegner, den es auszuschalten galt. Der Mann war nicht zimperlich und Mord gehörte zu seinem Instrumentarium. Der Camerlengo wollte den Stuhl Petri erobern. Wenn es sich Pater Marcus recht überlegte, war das seine eigene Intention. Er hatte bisher diesen Gedanken noch nie in den Vordergrund seines Handelns gestellt. Doch die Idee war gar nicht so abwegig. Wenn sogar der Camerlengo dieses Ziel verfolgte, warum dann nicht er?

Eine goldene Vision erhellte seinen Intellekt wie eine göttliche Inspiration. Nun wusste er, wie er sein Handeln fokussieren konnte.

Er musste zurück nach Rom um dort, aus dem Vatikan heraus, seinen Anspruch sichern. Alle störenden Elemente mussten ausgeschaltet werden.

Mit einem tiefen Seufzer, der sich unbewusst seiner Kehle entwand, stand er auf. Dann legte er sein heiligstes Lächeln auf seine Lippen und sagte sanft zu seinem willigen Begleiter: „Komm, Clint, wir fahren zurück nach Rom. Wir haben viel zu erledigen. Doch freue dich, wir haben eine glorreiche Zukunft vor uns!“

***

Intervention

Hanky und Walt waren gerade noch rechtzeitig nach Rom zurückgekehrt, um Richard beiseitezustehen. Im Krisenzentrum der CIA schwirrte es vor Stimmen. Militärs und Männer in Anzügen bevölkerten Gänge und Büros. An unzähligen Computern arbeiteten Techniker und gaben Daten in entsprechende Systeme ein. Hanky zog Walt halb mit sich, der sich sehr interessiert umschaute. Seit sie die Botschaft verlassen hatten, war hier einiges geschehen.

„Na, da hat Rich so manche Bürohengste auf Trab gebracht", meinte er launisch und grinste frech Hanky an. Der schüttelte fast vorwurfsvoll seinen Kopf, ehe er ungeduldig wurde.

„Nun mach schon, Walt. Die Zeit drängt und Rich wartet mit den neuesten Informationen auf uns."

„Oh", sagte Walt gespielt erstaunt, „Rich wartet. Na dann müssen wir uns natürlich beeilen. Das hättest du auch gleich sagen können ..."

Noch ehe Walt weiter herumflaxen konnte, gab ihm Hanky einen Klaps mit der flachen Hand auf den Hinterkopf und grinste nun seinerseits. Er hatte erkannt, was Walt soeben mit ihm gemacht hatte. Durch die kleine Störung und die gespielt lockeren Worte hatte er Hanky aus seinem Stress gelöst. Nun konnte er viel konzentrierter an der bevorstehenden Aufgabe arbeiten. Die psychologische Schulung, die Walt auf der FBI-Akademie durchlaufen hatte, machte sich bezahlt.

Kurz darauf betraten sie ein Büro, das außer einem Schreibtisch, der mit drei Computern fast überfüllt wirkte, noch eine kleine Sitzgruppe zu bieten hatte. Allerdings war die Sitzgruppe verlassen und vor den Bildschirmen drängten sich fünf Männer. Direkt neben der Tür stand ein Mann mit dunklem Anzug und grimmigem Gesicht. Er wollte Hanky und Walt daran hindern, den Raum zu betreten. Dann aber erkannte er, wer da Einlass begehrte, salutierte militärisch und trat zur Seite. Hinter den Computerbildschirmen tauchte Richs Gesicht auf.

Freudig rief er, seine Erleichterung nicht verbergend: „Da seid ihr ja endlich. Gerade noch rechtzeitig. Dann kann die Show ja beginnen. Der Präsident hat seine Einwilligung gegeben und gerade habe ich mit dem italienischen Ministerpräsidenten gesprochen."

Richard Miller schaute auf seine Uhr, nickte den anderen Männern, die neben ihm standen, zu und kam um den Schreibtisch herum, um seine Freunde mit kräftigem Händeschütteln zu begrüßen.

„Ein paar Minuten haben wir noch. Kommt, setzt euch!"

Damit deutete er auf die kleine Sitzgruppe, ehe er fortfuhr. Als er selbst in einem Sessel saß, beugte er sich verschwörerisch vor und sagte: „Ich berichte euch erst mal, was in der Zwischenzeit alles geschehen ist. Also, Folgendes habe ich veranlasst ..."

Die nächsten dreißig Minuten erzählte Richard Miller, der im normalen Leben Reporter bei der New York Times war, was hier scheinbar niemand wusste, wie er die Intervention der US-Spezialeinheiten, die den Vatikanstaat besetzen sollten, organisiert hatte. Hanky und Walt waren von der Effektivität ihres Freundes beeindruckt. Richard stand an der Spitze der operativen Planung. Militärs und Geheimdienste hatten sich seiner Führung untergeordnet. Dabei half nicht zuletzt der Befehl des Präsidenten und nicht minder die Telefonate, die Richard führte. Natürlich hatte niemand die Gespräche mitanhören können, doch alleine die Tatsache, dass der Präsident der Vereinigten Staaten anrief, um mit Richard zu sprechen, war beeindruckend genug. Dazu telefonierte er mit der italienischen Regierung, als sei dies die normalste Sache der Welt.

Richard erklärte seinen Freunden jeden Schritt, bis sich Walt nicht mehr zurückhalten konnte und fragte: „Okay, Rich, wir müssen im Moment nicht wissen, wann welcher Soldat wo steht. Ich will eigentlich nur wissen, wann geht's denn nun los mit der Invasion?"

„Walt", empörte sich Rich mit erhobener Stimme, „wir planen keine Invasion. Wir intervenieren, um eine weltweite Katastrophe zu verhindern. Eine Invasion ist etwas völlig anderes!"

„Okay, Rich! Aber wann geht's denn los?"

Nun hatte Walt auch seine Stimme erhoben, was seiner Aufgeregtheit geschuldet war. Unerwartet kam die Antwort von einem der Männer hinter dem Bildschirm.

„Um genau achtzehn Uhr römischer Zeit, meine Herren."

Die Stimme war Hanky und Walt bekannt und dennoch waren beide sehr erstaunt und gleichzeitig erfreut, den dazugehörigen Mann hinter dem Schreibtisch hervortreten zu sehen.

„Domenico", rief Walt begeistert dem Generalinspekteur des vatikanischen Gendarmeriekorps entgegen.

„Ich bin froh, dass Sie mit dabei sind!"

Der Mann kam näher und schüttelte Hanky und Walt mit einem leichten Lächeln die Hände. Doch seine Augen verrieten, dass er sehr angespannt war. Niemand wusste, wie die Intervention enden würde. Eigentlich hätte Domenico sich widersetzen müssen und darum kämpfen, dass der Vatikanstaat unabhängig blieb. Doch er hatte sich dafür entschieden, Ordnung zu schaffen und die bestehenden Ränke der Kirchenfürsten zu beenden. Er schaute auf seine Uhr und bedeutete den verbliebenen Männern hinter den Bildschirmen, den Raum zu verlassen.

Dann sagte er zu Hanky, Walt und Rich: „Bevor es losgeht, habe ich noch eine Bitte. Lasst uns gemeinsam beten, dass wir Erfolg haben und alle gesund bleiben."

Ohne auf die anderen zu achten, kniete er nieder. Die Männer taten es ihm gleich und knieten ebenfalls nieder. Dann sprach Domenico das Vaterunser, natürlich auf italienisch. Doch jeder erkannte, um was für ein Gebet es sich handelte, und sprach leise in englisch dieses universelle Gebet mit. Dann sagte Domenico noch einige Sätze in seiner Sprache. Hanky und die anderen lauschten still. Dann, nach einer Minute des Schweigens, welches die Mitglieder der kleinen Gruppe dazu nutzten, sich ihre eigenen Gedanken über sich und ihre Situation zu machen, erhob sich Domenico. Nachdem alle wieder auf ihren Füßen standen, schaute der Generalinspekteur erneut auf seine Uhr.

„In fünf Minuten soll es losgehen. Lassen Sie uns hinüber in den Videoraum gehen."

Der Raum wurde von einer großen Leinwand beherrscht. Daneben an den Wänden verteilt saßen Techniker mit konzentrierter Anspannung an Computern. Der Rest des Raumes war mit Männern und Frauen beinahe überfüllt. Erwartungsvolles Gemurmel wogte zwischen den Menschen. Als Hankys Gruppe den Raum betrat, wurde ihnen achtungsvoll Platz gemacht. Nach kurzer Zeit standen die Männer circa zwei Meter vor der Projektionsfläche, auf der sechs verschiedene Bilder angeordnet waren. Sie zeigten aus unterschiedlichsten Perspektiven den Vatikanstaat.

Um Punkt achtzehn Uhr tauchten aus dem leicht wolkigen Himmel kleine Punkte auf, die schnell größer wurden. Aus den Punkten wurden Gleitschirme und dann sah man Soldaten in den Gurten hängen, die gekonnt auf dem Petersplatz, in den Vatikanischen Gärten und einzelnen Hinterhöfen landeten. Gleichzeitig donnerten Panzer durch die Zufahrtsstraßen zum Vatikan, gefolgt von schweren Lastwagen, wohl Truppentransportern. Die Touristen und die allgegenwärtigen Römer brachten sich mit erschreckten Gesichtern auf den Bürgersteigen und Toreinfahrten in Sicherheit. Keine Minute später tauchten mindestens fünfzig große Helikopter am abendlichen Himmel auf. Im Sekundentakt spien sie Kampftruppen aus, die in die Gebäude des Vatikans stürmten. Aus einigen Gebäuden sah man Lichtblitze erstrahlen. Hier wurde offenbar gekämpft. Die Panzer der italienischen Armee begannen den Vatikanstaat abzuriegeln, während Soldaten Zivilisten zusammentrieben. Die geschockten Menschen wussten nicht, was vor sich ging. Sie wurden zu Gruppen formiert und von Soldaten bewacht.

Nach gut zwei Stunden kam die Meldung eines Offiziers vor Ort, dass man fürs Erste die Lage unter Kontrolle habe.

Richard beugte sich zu Hanky hinüber, der das Geschehen staunend, fast atemlos verfolgt hatte, und sagte: „Jetzt geht die Arbeit erst richtig los. Lass uns anfangen, sonst werden wir nie fertig!"

Hanky schaute seinen Freund von der Seite an und fragte sich, wo Walt nur seinen Humor hernahm.

***

Putschistische Videobotschaft

Zwei Stunden vor der Intervention war eine Wagenkolonne durch das Westtor des Vatikanstaates gefahren. Schweizergardisten ließen die Wagen ungehindert passieren und wiesen ihnen Parkplätze zu. Aus den Fahrzeugen stiegen Bewaffnete, was wie ein Anachronismus hier im Vatikan wirkte. Sie verteilten sich strategisch und sicherten eine schwarze Limousine, die mitten im Hof stand. Erst nachdem einer der

Bewaffneten bestätigend nickte, wurde die hintere Tür des schwarzen Wagens geöffnet. Ein Mann im schwarzen Anzug stieg aus, schaute sich kurz um und ging gemessenen Schrittes auf eines der Gebäude zu. An der Tür wartete ein Priester, der sich huldvoll verneigte und mit ehrfürchtiger Stimme sagte: „Willkommen, Camerlengo Parolin. Alles ist vorbereitet. Sie können den Medienraum sofort benutzen. Darf ich Sie bitten, mir zu folgen."

Damit drehte er sich um und ging voraus in das Gebäude hinein. Sie durchquerten Gänge und Säle, gefolgt von der bewaffneten Gruppe des Camerlengo, und betraten kurz darauf einen kleinen Raum. Hier standen einige Schminktische an der Wand, gleich denen eines Theaters. Einige Männer in weißen Kitteln standen bereit, den prominenten Gast für die Videoaufzeichnung vorzubereiten. Die Prozedur des Schminkens dauerte beinahe eine ganze Stunde. Geduldig ließ der Camerlengo alles über sich ergehen, da er wusste, wie wichtig sein Erscheinungsbild sein würde. Dann endlich konnte er sich von dem Schminkstuhl erheben. Danach ging es in die Garderobe. Hier war für ihn ein frischer Anzug bereitgelegt worden. Auf das herkömmliche päpstliche Ornat wollte der Camerlengo vorerst verzichten. Es kam ihm darauf an, möglichst energetisch bei seiner Videobotschaft zu wirken. Edel und gütig konnte er später sein.

Nachdem er die Kleidung gewechselt hatte, wurde er durch einen weiteren Gang geführt und betrat ein nüchtern aussehendes Fernsehstudio. An der einen Wand war ein Bild des Petersplatzes eingeblendet. Davor stand ein barocker Sessel mit vielen Goldschnörkeln und einer Sitzfläche aus rotem Samt. Dort setzte sich der Camerlengo in Positur. Er schaute auf seine Uhr und stellte fest, dass es schon eine halbe Stunde vor achtzehn Uhr war. Ihm gegenüber war ein sogenannter Teleprompter aufgebaut, von dem er seinen Text, seine Ansprache ablesen konnte. Dabei wurde er gefilmt und, wenn ihn das Ergebnis zufriedenstellte, mittels Radio Vatikan im Internet und sicherlich kurz danach auf allen Nachrichtensendern der Welt verbreitet.

Nachdem er noch einmal kurz seinen Redetext studiert hatte, gab er das Zeichen, dass er nun bereit sei. Mit ernster Miene begann er zu sprechen: „An alle Christen des Weltkreises. Wir haben zusammen einige Tragödien erlebt und durchlitten. Menschen sind gestorben, sinnlos dahingeschlachtet. Unser Papst Gregor der Siebzehnte ist unter dieser schweren Last gebrochen. Er kann sein Pontifikat nicht mehr ausüben. Sein Geist hat sich verwirrt, obwohl er dies nicht eingestehen will. Deshalb habe ich nach reiflicher Überlegung und in meiner Verantwortung als Camerlengo folgende schwere Entscheidung getroffen: Mittels der mir verliehenen Befugnisse enthebe ich den amtierenden Pontifex seines Amtes, mit sofortiger Wirkung. Ich bin mir durchaus bewusst, dass dies ein Novum in der Geschichte des Christentums ist. Dennoch bin ich mir sicher, dass sich gerade in dieser Krise jeder Christ seiner Verantwortung stellen wird. Die Stärke Roms muss manifestiert werden und darf unter keinen Umständen führerlos sein. Da unter den chaotischen Zuständen im Moment nicht daran zu denken ist, die wahlberechtigten Kardinäle zur Wahl eines neuen Papstes sicher nach Rom zu bringen, habe ich Folgendes beschlossen. Ab sofort setzte ich mich selbst als euer neuer Papst ein. Euer Glaube wird meine Legimitation sein und eure Gebete meine Kraft. Die Inspiration Christi wird mich leiten und die Heilige katholische Kirche wird sich gestärkt erheben. Meine Inthronisation im Kreise der Kardinäle kann im Moment nicht feierlich besiegelt werden. Daher führe ich bis zu jenem Tag weiter meinen bürgerlichen Namen. Mein erstes Dekret als euer neuer Hirte ist, dass ihr mir im Namen Christi folgt. In dieser schicksalhaften Stunde muss das Christentum geeint auftreten, da sonst barbarische Horden uns und unseren Glauben vernichten werden. Betet für mich und die Heilige katholische Kirche und betet für den Frieden in unserer Welt. Gott segne euch alle in dieser historischen Stunde! Amen."

Damit blendete die Kamera aus. Der Regisseur hob den Daumen zum Zeichen, dass die Aufnahme gelungen sei. Auf einem bereitstehenden Bildschirm schaute sich der selbsternannte Papst noch einmal seine Ansprache an und lächelte zufrieden.

„So können wir es senden. Also los! Schickt das Video um die Welt."

Ein Techniker aktivierte das Video auf seinem Rechner und stellte die Ansprache ins Internet.

Zufrieden mit sich selbst wollte der neue Papst nun mit seinen Männern den Vatikan unter seine Kontrolle bringen. Als sie hinaus in den Flur traten, erklangen Schüsse und das laute Geknatter von Hubschraubern ließ die Fenster vibrieren.

Im Gesicht des selbsternannten Papstes eroberte Angst und Unglaube dessen Mimik. Er schrie seine Männer, die erschrocken nach den Hubschraubern schauten, an: „Verteidigt den Vatikan! Wir werden angegriffen! Schützt diesen heiligen Ort und das Christentum!

***

Zurück ins Dunkel

Paul konnte sich nicht erklären, was ihn zurück in seinen Körper zog. Sein Geist wehrte sich gegen die fremde Macht, die seinen Astralkörper manipulierte. Noch ehe er sich darüber weitere Gedanken machen konnte, vereinigte er sich mit seiner fleischlichen Hülle. Normalerweise glitt er sanft in seinen Körper. Dieses Mal jedoch war dieser Prozess unangenehm und schmerzhaft. Beinahe hätte er aufgeschrien, doch er unterdrückte diesen Impuls der Schmerzbewältigung mit Erfolg. Natürlich wusste er nicht, ob er tatsächlich in der Lage gewesen wäre, zu schreien, da sein Körper noch immer in der Starre der Lähmung sein musste.

Paul stellte erschrocken fest, dass seine Kräfte schwanden. Etwas oder jemand entzog ihm seine Energie. Hastig überlegte er, was er tun konnte. Hanky, schoss es ihm durch den Kopf. Er musste Hanky davon unterrichten, wo er sich befand. Unter Aufbietung seiner ganzen Kraft sendete Paul einen mentalen Hilferuf an seinen Freund. Es dauerte keine Sekunde, bis er mit Hanky in telepathischer Verbindung stand.

Hanky, Hanky, kannst du mich hören?

Paul, was ein Glück, du lebst! Wo bist du?

Hanky, ich habe nicht viel Zeit. Hör zu! Es ist wichtig! Ich bin in Kanada östlich vom Nipigonsee. Dort bin ich gefangen. Etwa drei Meilen vom See gibt es eine unterirdische Anlage. Dort hält man mich fest. Es ist verrückt, man hat meinen Körper betäubt. Doch wichtiger ist, dass du mir hilfst. Eile ist geboten.

Paul, Hilfe ist schon unterwegs. Rita und Carmen sind zusammen mit Roger schon fast dort. Rich hat vor zwei Stunden mit den Frauen telefoniert. Wie können sie die Anlage finden? Paul, weißt du, wie sie dort hineinkommen?

Es gibt eine kleine Straße östlich vom See. Dort ist eine Brücke über einen Bach. Das ist ein Eingang. Die Brücke ist nicht echt ... Mein Gott, was geschieht denn jetzt? Etwas Fremdes nähert sich. Hanky, hilf mir! Es ist grauenhaft! Was ist das nur! Es greift nach meinem Geist ... Hanky ...

Paul, was ist los? So antworte doch! Paul!

Paul hörte, wie Hankys Gedankenstimme leiser wurde und schließlich wie ein sanfter Frühlingsnebel verwehte, bis es still war. Gleichzeitig griffen kalte geistige Finger nach seinem Bewusstsein. Er spürte, wie diese Fühler herumtasteten, als suchten sie etwas Bestimmtes. Paul entschloss sich den Versuch zu wagen, sich ein wenig aus seinem starren Körper zu erheben und mittels seines Astralkörpers zu schauen, was um ihn herum vorging. Er konzentrierte sich, ignorierte die tastenden, imaginären Tentakel und drängte seinen Geist nach außen.

Der Raum war erhellt und Männer standen um seinen Körper herum. Zunächst konnte er nichts Besonderes erkennen. Dann drehte er seinen Astralkopf und blickte ... Erschreckt und ungläubig hielt er inne. Dort, direkt hinter seinem Kopf, stand ein Wesen, das es eigentlich nicht geben durfte. Es handelte sich um eine menschenähnliche Gestalt, die aber mindestens zwei Meter fünfzig groß war. Wehende, bunte Schleier umhüllten einen extrem dünnen Körper, als seien sie selbst lebendig. Knochige Arme mit einer fahlen, ins schmutzige Weiß tendierenden Haut, die an gegerbtes Leder erinnerten, waren nach seinem Kopf ausgestreckt. Ebenso dürre, knöcherne Finger, es waren sieben oder acht an jeder Hand, tanzten durch die Luft. Es schien so, als ob das Wesen auf einem unsichtbaren Instrument spielte. Der Kopf jedoch erschreckte Paul am meisten. Der gesamte haarlose Schädel wirkte knöchern und irgendwie verformt. Große schwarze Augen beherrschten ein Gesicht, das anstelle einer Nase eine Art Schnauze hatte. Dieser Auswuchs war beweglich und wippte auf und ab. Dabei entstand ein kaum wahrnehmbares Summen, das Paul vorher nicht bemerkt hatte. Unter dem Nasending zog sich ein schmallippiger Mund von Wange zu Wange. Es sah fast so aus, als grinse das Wesen. Dieser erste Eindruck wurde aber sogleich revidiert, als das Geschöpf den Mund öffnete. Ein Raubtiergebiss wurde sichtbar und blitze gefährlich.

Paul wurde aus seiner Betrachtung gerissen, als eine dunkle Stimme den Raum füllte. In bestem Englisch sagte die Stimme: „Ich hätte es wissen müssen. Dieser hier ist ein ...“, und hier kam ein Wort, das Paul nicht verstand, „... der unserer Aufgabe nutzen kann. Bereitet ihn für einen Transport vor. Ich werde ihn mitnehmen.“

Damit drehte sich das Wesen um und verließ mit staksigen Schritten den Raum. Kaum hatte sich die Tür geschlossen, begannen die anwesenden Männer sich aufgeregt zu unterhalten.

„Ihr habt gehört, was der Madun befohlen hat!“, sagte ein Mann mit Brille, dem man seinen wissenschaftlichen Titel beinahe ansehen konnte.

„Gehört schon“, sagte ein anderer. „Aber nicht verstanden. Was sollen wir denn tun? Wie sollen wir den da für einen Transport vorbereiten?“

„Vielleicht meinte er, dass wir den Bewusstlosen in ein Transportbehältnis legen sollen?“

„Was? In eine Kiste vielleicht – oder einen Sarg? Wie soll das denn gehen? Er braucht Sauerstoff und Infusionen, damit er am Leben bleibt.“

„Willst du den Madun fragen, wie er es gerne hätte?“

„Du spinnst wohl! Ich frage gar nichts! Das soll mal schön unser Teamleiter übernehmen.“

„Da kann ich nur zustimmen“, pflichtete der Bebrillte dem Sprecher bei. Also lasst uns zu ihm gehen und die Sache besprechen.“

Die Männer murmelten ihre Zustimmung und verließen gleich darauf den Raum. Das Licht ließen sie dieses Mal eingeschaltet. Als die Tür ins Schloss fiel, ließ sich Paul zurück in seinen Körper sinken.

Erschöpfung breitete sich in ihm aus und spülte seine Gedanken in die Finsternis eines traumlosen Schlafes.

***

In den Wald

Rogers Handy klingelte in dem Moment, als sie mit ihren Wohnmobilen auf den Campingplatz einbogen. Er schaute auf das Display seines Telefons und erkannte, dass Hanky anrief. Sofort drückte Roger die Antworttaste und stellte das Telefon auf Lautsprecher, damit Yavuz mithören konnte. Hankys Stimme erklang und er wirkte gestresst.

„Hallo Roger, gut, dass ich dich gleich erreichen konnte. Als Erstes, geht es unseren Frauen gut?"

„Ja, Hanky, es geht ihnen gut. Wie schaut es bei dir aus?"

„Auch gut, obwohl ..." Hanky zögerte einen Moment, ehe er weitersprach: „Hier ist im Moment eine Menge los. Gerade interveniert unsere Regierung mit Spezialeinheiten im Vatikan. Die Italiener sind auch dabei. In wenigen Minuten gehen Walt und ich auch in den Vatikan, um dort unsere Truppen zu unterstützen. Doch deshalb rufe ich nicht an. Hör zu! Paul hat mich gerade kontaktiert. Er ist in einer unterirdischen Anlage östlich vom Nipigonsee gefangen. Irgendeine geheime Anlage. Vom Campingplatz aus ist diese, wie soll ich es nennen, Station, circa drei Meilen entfernt. Paul berichtete mir, dass es in der Gegend ziemlich parallel zum See eine Landstraße gibt. Dort ist eine kleine Brücke, die über einen Bach führt. Die Brücke ist ein getarnter Eingang. Schau dich dort um. Es gibt mit Sicherheit weitere getarnte Eingänge. Du musst dich beeilen, denn Paul hat fürchterliche Angst und meldet sich nicht mehr. Ich hoffe, er ist nur bewusstlos oder zu schwach, um mit mir zu sprechen. Wie auch immer, Eile ist geboten. Das war's fürs Erste. Ich muss los! Grüß Rita und ganz besonders Carmen von mir. Und pass ja auf die Frauen auf!"

Noch ehe Roger etwas antworten konnte, hatte Hanky die Verbindung unterbrochen.

Yavuz hatte in der Zwischenzeit das Wohnmobil geparkt. Zu Roger gewandt sagte er ernst: „Dann mal los. Lass uns die Rucksäcke packen! Gehen die Frauen mit?"

„Die werden sich nicht davon abhalten lassen!", antwortete Roger und ging nach hinten, um zu packen. Keine fünf Minuten später standen sie vor dem Camper. Rita ließ auch nicht lange auf sich warten. Auch sie hatte einen Rucksack auf dem Rücken festgezurrt. Derbe Wanderschuhe und eine Windjacke zeigten den Männern, dass sie sich die Frage sparen konnten, ob die Frauen sie begleiten wollten. Keine Minute später sprang Carmen aus ihrem Wohnmobil, ausgerüstet wie Rita. Roger unterrichtete sie von dem kurzen Telefonat und leitete die Grüße weiter. Dann brachen sie mit angespannten Gesichtern auf. Mit raschen Schritten überquerte die kleine Gruppe die Bundesstraße, auf der überraschenderweise reger Verkehr herrschte. Danach folgten sie einem kleinen Waldweg, der in die gewünschte Richtung führte. Roger vermutete, dass Paul wohl auch diesen Weg genommen hatte. Der Verkehrslärm wurde schnell leiser und schon nach wenigen hundert Metern umgab sie die Stille des Waldes. Keiner sprach und jeder schien seinen eigenen Gedanken nachzuhängen.

Roger fühlte sich an die Wälder im nördlichen New York erinnert, wo er bei einem Undercover-Einsatz um sein Leben gelaufen war. Noch immer verfolgten ihn diese Bilder, besonders die Szene, bei der er in Notwehr einen Verbrecher erschlagen hatte. Eigentlich wusste er bis heute nicht, ob jemals die Leiche des Getöteten gefunden worden war. Wenn er zurück in den USA war, wollte er die Akten studieren, um sicher zu sein.

Yavuz betrachtete seine Umgebung sehr genau. Er suchte nach Hinweisen, die verrieten, wo sich diese mysteriöse unterirdische Anlage befand. Es musste Spuren geben. Da war er sich sicher. Wo Menschen waren, hinterließen sie immer etwas, was auf ihre Anwesenheit schließen ließ. Er war gerne im Wald. Auch zu Hause in Deutschland wanderte er durch die Wälder des Taunus oder fuhr mit seinem Mountainbike die stillen Waldwege entlang. Dieser Wald hier in Kanada unterschied sich nicht besonders von dem heimischen. Was wohl seine Familie gerade machte?

Rita marschierte mit zäher Verbissenheit. Eigentlich hätte sie nicht hier sein sollen, sondern bei Rich, ihrem Mann. Sie sorgte sich um ihn. Er war immer so unvorsichtig und sein journalistischer Ehrgeiz brachte ihn oft in unangenehme Situationen. Auch hatte sie das Erlebnis mit dem Redneck-Killer noch nicht verdaut. Wie auch? Doch hier in der Stille des Waldes schien sich ihr unbewusstes Denken nur mit dem Vorfall zu beschäftigen. Sie hatten wirklich Glück gehabt! Sie waren einem Killer entkommen – nein, sie hatten ihn überwältigt. Kaum zu glauben! Wenn Rich davon erfuhr ...

Auch Carmen dachte an den Killer. Dabei ärgerte sie sich mehr, als dass sie es sich selbst erlaubte, den Überfall an sich zu überdenken. Gab es wirklich so viele böse Menschen auf der Welt oder hatte sie das Pech, immer nur die Schlimmsten zu treffen? Rita und sie hätten den Kerl unschädlich machen müssen. Nun saß der Mörder zwar in Haft, aber wer konnte schon sagen, ob der Kerl für immer hinter Gittern sitzen würde. Dass Carmen damit der Wahrheit sehr nahe kam, wusste sie zum Glück nicht.

Zur gleichen Zeit rollte ein blauer Ford Taurus auf den Parkplatz der Campinganlage. Sean Parson, der entflohene Serienkiller, stellte seinen Wagen in der Nähe der Einfahrt ab und stieg aus. Gemächlichen Schrittes lief er über den Parkplatz und betrachtete dabei die dort geparkten Wohnmobile. Tatsächlich! Er hatte Glück, dort stand das Wohnmobil der Schlampen. New Yorker Kennzeichen. Das waren sie. Ein Lächeln breitete sich auf seinem derben Gesicht aus. Beim Vorbeigehen stellte er fest, dass sich niemand in dem Camper befand. Nach wenigen Metern erreichte er ein kleines Holzhaus. Dort hing über der Tür ein Schild mit der Aufschrift ‚Rezeption'. Der Killer ging hinein und befragte einen in die Jahre gekommenen Mann. Der Oldtimer hatte die Wohnmobile ankommen gesehen. Gleich darauf waren vier Leute in Wandermontur in den Wald aufgebrochen.

Mit einem schiefen Lächeln, das eine Ruinenlandschaft aus gelben Zähnen preisgab, sagte er: „Die konnten wohl nicht abwarten und wollten gleich mal eine Tour durch die Wälder machen. Naja, die Leutchen werden sich nachher noch anmelden. Sind das Freunde von Ihnen?"

„Kann man so sagen", grinste der Killer zurück.

„Wenn Sie wollen, können Sie dort drüben im Diner auf Ihre Freunde warten."

„Nein, nein. Ich geh ihnen nach und werde sie überraschen!"

„Na dann viel Spaß dabei", krähte der Alte und lachte, als habe er soeben den besten Witz seit langem gerissen.

„Den werde ich haben, Pops. Den werde ich haben!"

***

Mit Wut

Piere Montejus, Detective der Homicide Squad der Ontario Provincial Police, kochte vor Zorn. Gerade hatte er per Telefon die Nachricht erhalten, dass der Serienkiller Sean Parson aus dem Zellentrakt der örtlichen Polizei entkommen war. Dabei hatte der Killer zwei Beamte ermordet.

Wie konnten diese Idioten nur so unvorsichtig sein?, dachte er ärgerlich und bestieg seinen Dienstwagen. Auf der Fahrt zum Revier versuchte Piere sich zu beruhigen, doch als er auf den Parkplatz der Dienststelle fuhr, entfachte sich sein Ärger erneut. Vor dem Haus standen mindestens zwanzig Beamte und diskutierten. Einige der Männer hielten Pappbecher mit Kaffee in ihren Händen und an zwei Stellen wurde sogar gelacht. Piere parkte seinen Wagen und stieg aus. Mit grimmigem Gesicht ging er hinüber zu den Polizisten. Als die Cops den Detective erblickten, taten sie alle auf einmal sehr beschäftigt.

Gerade deswegen konnte Piere sich seinen Ärger nicht verbeißen und sagte laut und deutlich: „Die Pause ist zu Ende. In fünf Minuten will ich Sie im Lageraum sehen. Es ist eine Schande, was Sie hier veranstalten. Kollegen sind gestorben und ihr habt nichts Besseres zu tun, als Kaffee zu trinken und blöd herumzulabern. Was denkt ihr euch bloß?"

Damit betrat er das Revier und ging die Treppe hinunter zum Zellentrakt. Auch hier waren einige Beamte anwesend und die Spurensicherung verrichtete ihre Arbeit in der Zelle des Ausbrechers. Der Revierleiter gab Piere schweigend die Hand. Man sah ihm seine Betroffenheit deutlich an. Er war der Verantwortliche und er wusste, dass eine Untersuchung anstand, die ihm den Job kosten konnte. Piere schaute noch einmal über das Absperrband der Spurensicherung. Die beiden getöteten Cops lagen noch immer in ihrem Blut. Niemand schien es für nötig befunden zu haben, ihre Körper mit einem Tuch zu bedecken. Pierre schüttelte bedauernd den Kopf. Der Tod dieser beiden Beamten war unnötig gewesen. Doch wie immer im Leben geschahen Dinge, welche man sich später nicht erklären konnte. So war es auch hier. Wieso waren die Beamten nur so unvorsichtig gewesen?

Piere Montejus wusste, dass jetzt schnelles Handeln angesagt war. Er forderte auch die Beamten hier unten im Zellentrakt auf, sich zu der Besprechung nach oben zu begeben. Mit gesenkten Köpfen folgten die Polizisten der Anweisung des Detectives.

Der große Raum, der an normalen Tagen zur Einweisung der Tagesroutine diente, war beinahe überfüllt. Polzisten, die keinen Sitzplatz gefunden hatten, standen an den Wänden und an der Fensterfront. Piere hatte sich mittlerweile etwas beruhigt und stellte die richtigen Fragen. Schnell kristallisierte sich ein Bild der Geschehnisse heraus. Die Polizisten verstanden nicht, wie es dem Killer möglich gewesen war, ihre Kollegen zu täuschen.

Als die Diskussion an diesem Punkt angelangt war, unterbrach Piere Montejus und sagte mit eindringlicher Stimme: „Es geht im Moment nicht darum, herauszufinden, wo unsere Kollegen den verhängnisvollen Fehler begangen haben, der sie das Leben kostete. Nein, es geht nun darum, den Kerl so schnell wie möglich zu stellen und seiner Strafe zuzuführen. Je länger er auf freiem Fuß ist, umso mehr Opfer werden wir zu beklagen haben. Also, Officers, ich bitte um Vorschläge!"

In diesem Moment kam ein junger Streifenpolizist in den Raum gerannt. Laut rief er: „Ich glaube, ich weiß, wo der Killer steckt."

Damit hatte er alle Aufmerksamkeit und fuhr mit vor Aufregung gerötetem Gesicht mit seiner Ausführung fort.

„Er hat ein Zivilfahrzeug unseres Reviers gestohlen. Im Wagen ist ein GPS-gestützter Responder eingebaut, der permanent die Position des Fahrzeugs an unsere Zentrale meldet. Also, wenn der Killer noch immer das Auto benutzt, dann wissen wir, wo er sich aufhält."

„Mach's nicht so spannend, Junge", hallte ein Ruf durch den Raum, der genau ausdrückte, was alle dachten.

„Wo ist der verdammte Mistkerl?"

***

Jagdfieber

Sean Parson, der Serienkiller, hatte die Landstraße überquert und stand nun in der Einmündung des Waldweges. Bestimmt hatten die Frauen und die Kerle, die sie begleiteten, diesen Weg genommen. Warum diese Leute in den Wald gingen, war ihm egal. Wichtig war für ihn einzig, Rache zu nehmen. Sie hatten seine Ehre beschmutzt. Natürlich wollte er sich nicht eingestehen, dass er von zwei Frauen überwältigt worden war. Sie hatten ihn in eine Falle gelockt. Ja, genau so war es gewesen.

Ein Gefühl der Unsicherheit stellte sich bei ihm ein. Wollten sie ihm erneut eine Falle stellen? Dabei übersah sein von Selbstüberschätzung getriebenes Denken, dass niemand mit seiner Flucht hatte rechnen können. So folgte er seiner eigenen Beurteilung der Situation und übersah dabei, dass er durch sein Handeln seinen Verfolgern die Zeit verschaffte, ihn zu jagen.

Der Killer stand eine Zeit lang unschlüssig am Waldweg, wobei er versuchte, verräterische Geräusche im Wald wahrzunehmen. Natürlich war es hier am Straßenrand viel zu laut. Schließlich übernahm sein Drang, sich an den Frauen zu rächen, die Kontrolle über sein Handeln. Zögerlich lief er in den Wald hinein und achtete auf mögliche Verstecke, die einen Hinterhalt vermuten ließen. Er war noch keine zweihundert Meter gelaufen, als er von der Straße herkommend Geräusche hörte, die nur ihm gelten konnten. Polizeisirenen hallten gedämpft durch das Dickicht. Hatten sie ihn gefunden? So schnell? Wie war das nur möglich! Er musste weg! Der Killer schaute noch einmal zurück, ehe er den Waldweg verließ und sich einen Weg durch das Unterholz suchte.

Er hatte recht gehabt mit seiner Vermutung. Der kleine Parkplatz des Campingplatzes füllte sich mit Streifenwagen. Im ersten Fahrzeug war Piere Montejus, der aus dem Wagen sprang, ehe dieser richtig zum Stehen gekommen war. Er sprintete zu der kleinen Rezeption des Campingplatzes, während andere Polizisten sich vorsichtig dem gestohlenen Fahrzeug näherten. Sie umringten das Fluchtauto des Killers und sicherten mit gezogenen Waffen das Umfeld. Natürlich war der Wagen leer, sogar unverschlossen. Nach kurzer Überprüfung steckten sie ihre Waffen weg und begannen das Fahrzeug zu untersuchen.

Piere sprach indes mit dem Rezeptionisten. Der wusste nur zu berichten, dass zuerst eine Gruppe mit vier Personen den Parkplatz Richtung Wald verlassen hatten und gut anderthalb Stunden später ein einzelner Mann. Daraufhin rannte der Detective zurück zu seinen Leuten und teilte Suchteams ein. Nur wenige Minuten später klingelte sein Handy.

***

Nachgedacht

Sie hatten die kleine Landstraße erreicht, von der Paul gesprochen hatte. Unschlüssig blieben sie am Waldrand stehen und schauten in beide Richtungen. Lag die Brücke, die sie suchten, rechts oder links von ihrem derzeitigen Standort? Roger beschloss, dass sie erst einmal eine kleine Pause einlegen sollten, ehe es weiter ging. Er setzte sich zu Yavuz, der einen umgestürzten Baum als Rastplatz gewählt hatte. Die beiden Frauen saßen etwas abseits an der Böschung zur Straße im Gras. Sie unterhielten sich angeregt, mit einer gewissen Anspannung, die auch von der Entfernung aus zu spüren war. Als Roger in seinem Rucksack nach seiner Trinkflasche suchte, räusperte sich Yavuz und begann dann leise mit dem FBI-Agenten zu sprechen.

„Roger, mich quält da ein Gedanke. Zuerst sind wir aufgebrochen, um deinen vermissten Freund zu suchen. Das war ja okay. Doch nun stehen wir vor einem völlig anderen Problem. Dein Freund Paul wird von Unbekannten festgehalten, die in einer geheimen Einrichtung irgendwo unter uns sitzen. Wie um Himmels willen sollen wir es nur schaffen, Paul dort zu befreien? Mit Sicherheit ist die Anlage gesichert und bewacht. Mit wie vielen Leuten wir es zu tun bekommen, ist absolut unklar. Selbst wenn wir einen getarnten Eingang finden, was dann? Schleichen wir uns da rein und hoffen, dass wir Paul durch Zufall finden und ungesehen wieder herauszukommen? Wer rettet dann uns, wenn wir gefangen werden? Außerdem bist nur du bewaffnet, oder hast du auch Waffen für uns? Also, wie soll das gehen?"

Roger überlegte einen Moment. Auch er hatte schon gegrübelt, wie es weitergehen sollte. Zuerst hatte er einen Eingang finden wollen, um dann spontan zu entscheiden, wie es weitergehen sollte. Doch Yavuz hatte völlig recht. Sie brauchten unbedingt Hilfe. Wären sie in den USA, dann hätte er Weisungsbefugnis und könnte ein Team anfordern. Doch hier?

Es dauerte nur Sekunden, dann verwandelte sich sein verkniffenes Gesicht in ein hoffnungsvolles. Er drehte sich etwas mehr zu Yavuz, legte seine recht Hand auf dessen Schulter und sagte: „Yavuz, mein Freund, es ist immer gut, jemanden an seiner Seite zu wissen, der auch denken kann. Ich war bei meiner Sorge um Paul zu fokussiert und habe die sich veränderte Situation ignoriert. Natürlich hast du recht! Wir brauchen Hilfe, und zwar schnell. Ich werde den kanadischen Detective anrufen. Wir haben für die Fahrt hierher keine zwei Stunden gebraucht. Wenn es mir gelingt, ihn zu überzeugen, dann könnte er mit einigen Beamten bald hier sein. Ich rufe ihn gleich an. Ich hoffe nur, dass wir hier Empfang haben."

Sofort zog er sein Handy aus der Jackentasche und suchte die entsprechende Telefonnummer. Dann drückte er auf Wählen. Gleich darauf wurde das Gespräch angenommen.

„Piere Montejus hier."

„Hallo Mister Montejus, hier ist Roger Thorn vom FBI. Ich möchte ..."

Piere unterbrach sofort Roger, ehe der sein Anliegen vorbringen konnte.

„Roger ...", der Detective sprach den FBI-Mann mit dem Vornamen an, da er im Moment keine Zeit für Förmlichkeiten hatte. „ ... Wo sind Sie gerade? Sie sind in akuter Gefahr!"

„Ich ... wir sind in Gefahr? Wie meinen Sie das?"

„Der Killer ist ausgebrochen und wir haben seinen Fluchtwagen auf dem Parkplatz neben Ihren Wohnmobilen gefunden."

„Piere, Sie sind hier? Wir sind auf der parallel verlaufenden Landstraße. Das ist circa drei Meilen von dem Parkplatz entfernt."

„Bleibt dort und versteckt euch. Der Killer ist hinter euch her. Ich bin in wenigen Minuten bei euch."

Damit beendete Detective Montejus das Gespräch. Roger stand auf und zog gleichzeitig seine Dienstwaffe. Yavuz, der nicht verstanden hatte, was Piere gesagt hatte, war dennoch sofort alarmiert. Auch er sprang auf und schaute Roger fragend an.

Noch bevor Roger etwas sagen konnte, hörte er einen lauten Knall, ein Schussgeräusch. Auch die Frauen waren aufgesprungen, um zu sehen, was vor sich ging. Roger spurtete los und schrie im Laufen.

„Runter! Deckung!"

Dann war er auch schon bei Rita und Carmen. Er riss sie mit voller Wucht zu Boden und warf sich neben ihnen ins Gras. Ein weiterer Schuss zerriss die Stille des Waldes. Dann krachte es im Unterholz. Durch Büsche und Gestrüpp brach der Killer aus dem Unterholz. Sein Gesicht war wutverzerrt, seine Körperhaltung mehr als bedrohlich. Er blieb eine Sekunde stehen und sein ausgestreckter Arm richtete sich auf die Position der im Gras Liegenden. Jeden Moment konnte der Killer den Abzug drücken und ein Leben auslöschen.

Roger schoss zuerst, was den Killer für einen Moment aus der Fassung brachte. Instinktiv zuckte er zurück und duckte sich, was natürlich Blödsinn war. Bewusst konnte man keiner Kugel ausweichen. Gleichzeitig hörte er, wie jemand auf ihn zu gerannt kam. Yavuz stürmte heran und schwang einen beachtlichen Ast über seinen Kopf und ließ diesen auf den Killer niedersausen. Mit einem Krachen zersplitterte das Holz auf dem Rücken des Killers. Beinahe im gleichen Moment schoss Roger. Durch die schnelle Bewegung konnte er nicht genau zielen und hoffte, dass Yavuz nicht in seine Schusslinie kam.

Ein lauter Schrei entfuhr der Kehle des Killers. Dann griff er sich an die Seite und betrachtete verwundert das Blut auf seiner Hand. Mit einem wütenden Knurren drehte er sich Yavuz zu, als sei dieser für die Schussverletzung verantwortlich. Dann hob er, wenn auch unter großen Schmerzen, den Arm mit der Pistole. Yavuz, nunmehr unbewaffnet, rannte in einem Bogen um den Killer herum. In diesem Moment schoss Roger erneut und traf den Killer am Bein. Der knickte seitlich weg, als sein Bein das Gewicht seines Körpers nicht mehr tragen wollte. Dabei löste sich seinerseits ein weiterer Schuss, der Yavuz nur knapp verfehlte. Beim Rennen hatte Yavuz einen neuen Ast erblickt und stürmte darauf zu. Der Killer, nun halb kniend, verfolgte ihn mit seiner Pistole. Ein weiterer Schuss Rogers traf den Killer nun in die Schulter. Der Mann fiel immer noch nicht. Doch seine Bewegungen wurden sichtlich langsamer. Yavuz ergriff das angepeilte Holz und stürzte sich todesmutig erneut in den Kampf. Er hatte die Schüsse gehört, wusste aber nicht, wie oft der Killer getroffen worden war. Mit einem mächtigen Schlag auf den Kopf streckte Yavuz ihn schließlich nieder. Wie ein verwundetes Tier entfuhr dem Killer noch ein tiefes Stöhnen, ehe er seine Augen verdrehte und haltlos auf den Waldboden fiel.

Wachsam blieb Yavuz über dem Bewusstlosen stehen. Er traute dem Frieden nicht. Plötzlich war Roger neben ihm und kniete sich neben den Killer. Schnell entwaffnete er den Mann. Die Pistole steckte er in seine Jackentasche und tastete ihn dann nach weiteren Waffen ab. Er fand eine weitere Pistole und reichte diese ohne Kommentar an Yavuz. Er wusste, dass sie bei ihm in guten Händen war. Sein deutscher Freund war ein entschlossener Mann, auf den man sich in jeder Gefahr verlassen konnte. Dann stand er auf und klopfte Yavuz auf die Schulter. Die Männer schauten sich wortlos an. Worte waren hier nicht nötig.

Rita und Carmen näherten sich langsam und vorsichtig. Als sie schließlich vor dem Killer standen, trat Rita dem Mann voller Zorn in die Seite. Dann sagte sie in einem kalten Ton: „Ich hoffe, dass du in einer Zelle verrottest, du Miststück."

Sirenen von sich nähernden Patrolcars echoten durch den Wald. Kurz darauf kamen gleich fünf Polizeiwagen mit quietschenden Reifen zum Stehen. Detective Piere Montejus sprang aus dem Wagen und kam, gefolgt von einigen Uniformierten, schnell auf Roger und die anderen zu.

Yavuz grinste schon wieder, als er leise zu Roger sagte: „Die Kavallerie kommt wie immer zu spät."

***

Zähes Vordringen

Schon seit Stunden wurde im Vatikan gekämpft. Spezial Teams der schnellen Eingreiftruppe der US-Armee bewegten sich vorsichtig durch Gänge und Flure der vatikanischen Gebäude. Immer wieder kam es zu folgenschweren Schusswechseln. Rauchschwaden behinderten die Sicht der Soldaten wie auch deren Widersacher. Nicht nur die Schweizergarde leistete erbitterte Gegenwehr, sondern auch noch eine unbekannte Anzahl Bewaffneter, deren Identität noch immer nicht geklärt war. Niemand wusste, dass es sich bei diesen Kämpfern um die Söldner des Camerlengo handelte. Dessen Videobotschaft hatte seinen Weg um die Welt gefunden und bot den Interventionstruppen eine nachträgliche Legimitation für ihr Eindringen in den Vatikan.

In den Vatikanischen Gärten waren inzwischen sogenannte Auffangzonen installiert worden. In diesen durch NATO-Draht abgeteilten Flächen sammelten sich jene, die im Vatikan aufgegriffen und verhaftet worden waren. Soldaten in Kampfmontur sicherten und bewachten die Internierungszonen. Zelte wurden errichtet und Verhörspezialisten richteten sich ein. Immer mehr Truppen trafen nun per Lastwagen ein und wurden von ihren italienischen Kollegen, die den Außenbereich des Vatikanstaates sicherten, durchgewunken.

Die internationale Presse unterdessen versuchte sich ein Bild der Geschehnisse in Rom und dem Vatikan zu machen. Gerüchte wurden geboren und starben genauso schnell. Die Nachrichtenlage war konfus und kein Verantwortlicher, weder von der italienischen Regierung noch der US-amerikanischen Regierung, stand für einen Kommentar zu Verfügung. Man hüllte sich in Schweigen.

Richard Miller schwirrte der Kopf. Er konnte selbst nicht glauben, dass er durch seine Einschätzung eine Maschinerie in Bewegung gesetzt hatte, die kaum noch überschaubar war. Ständig wurde er nach seiner Meinung gefragt und seine Anweisungen abgerufen. Hanky und Walt waren im Vatikan und dort nicht zu erreichen. Richard hätte ihre Hilfe bitter nötig gehabt. Mehrfach hatte er die Lage mit dem amerikanischen Präsidenten telefonisch besprochen. Dieser als auch der italienische Ministerpräsident hatten die strategische Planung in seine Hände gelegt. CIA-Agenten, Botschaftsmitglieder und die Kommandeure des Militärs beider Länder fügten sich dem unbekannten Zivilisten. Keiner zweifelte seine Kompetenz an – außer ihm selbst.

Nach mehreren Stunden intensiver Arbeit stahl sich Rich aus der US-Botschaft, die als operatives Lagezentrum diente. Bewaffnete Soldaten in Kampfausrüstung grüßten militärisch, als er das Gebäude verließ und vor dem Portal stehenblieb. Mit fahrigen Fingern suchte er seine Taschen nach Zigaretten ab und fand schließlich eine verbeulte Packung. Er fummelte eine recht krumme Zigarette aus der Schachtel und zündete diese an. Nach einem tiefen Zug entspannte er sich und für einen Moment umfing ihn eine seltsame Zufriedenheit.

Er hatte seine Zigarette noch nicht aufgeraucht, als es mit der Ruhe schon wieder zu Ende war. Ein Uniformierter trat zu ihm und salutierte. Richard winkte mit einer müden Handbewegung ab.

„Was gibt es?", fragte er und zertrat den Glimmstängel mit seinem rechten Fuß.

„Sie werden im Planungsstab gebraucht. Die Verhörtechniker fragen, wann sie mit den Befragungen beginnen sollen. Außerdem fragt die Infanterieabteilung nach, wie die Verpflegung der Inhaftierten organisiert werden soll. Dann wäre da auch noch die Unterbringung der Verdächtigen zu regeln."

Ehe der Soldat weitersprechen konnte, sagte Richard fast schon resigniert: „Schon gut, schon gut! Ich komme!", und mehr zu sich selbst: „Muss ich mich wirklich hier um alles kümmern?"

Hanky und Walt besprachen sich leise und schauten zu einigen Soldaten hinüber, die als eine Art Leibgarde extra für sie abkommandiert worden waren.

„Walt", sagte Hanky, „ich brauche ein wenig Ruhe. Ich muss herausfinden, wer die Bewaffneten sind. Ich habe da auch schon eine Vermutung. Doch um sicher zu sein, muss ich einen Moment lauschen."

Mit dem Lauschen meinte Hanky, dass er telepathisch versuchen würde, die Verantwortlichen zu enttarnen. So nickte Walt nur und zeigte auf ein Büro, das sie vor wenigen Minuten gestürmt hatten. Zwar lagen noch Tische und Stühle in wüster Unordnung herum, doch das sollte Hanky nichts ausmachen. Dann ging er zu den Soldaten und ließ sie um das Büro herum Wache stehen. Danach folgte er Hanky in das verwüstete Zimmer, stellte einen Stuhl auf und setzte sich abwartend in eine Ecke. Kaum saß er dort, fielen ihm die Augen zu und er war eingeschlafen. Hanky schaute zu seinem Freund, lächelte verstehend und setzte sich ebenfalls. Dann versank er in eine Meditation, die ihn dazu befähigte, die Gedanken anderer Menschen zu belauschen.

***

Holprige Ankunft

Die Fahrt nach Rom war holprig und aufregend gewesen. Auf der Ladefläche eines Kleinlasters war es eben nicht bequem. Papst Gregor fühlte sich an seine Kindheit erinnert. Damals war er ab und zu mit seinem Vater in die nächste Stadt auf den Markt gefahren. Das Halbdunkel unter der Plane und das Konglomerat von Gerüchen, bestehend aus Obst und Gemüse, gemischt mit einem fischigen Akzent, ließen Bilder aus vergangenen Tagen entstehen. Seinen neuen Freund Pietro schienen ähnliche Gedanken zu beschäftigen. Über seine faltigen Wangen rollten Tränen und sein in der Ferne verschwindender Blick zeugte von traurigen Erinnerungen. Wahrscheinlich dachte er an seine verstorbene Frau. Mit einem tiefen Seufzer beendete der Papst seine eigenen Gedanken an die Vergangenheit. Er war froh, endlich zurück nach Rom zu kommen, und sah seine Odyssee schon fast als beendet. Dies hatte er einem Mann zu verdanken, der ihm zuerst überhaupt nicht freundlich gesinnt gewesen war. Acar war sein Name und er war der Besitzer dieses unbequemen Gefährts. Doch er wollte nicht jammern, dass er hier auf der Ladefläche zwischen Kartoffeln, Zwiebeln und Äpfeln saß. Acar hatte es für sicherer erachtet, wenn er, der Papst, auf der Fahrt nach Rom nicht gesehen wurde. Pietro hatte sich aus einer Art Solidarität mit ihm auf die Ladefläche gesetzt. Natürlich hätte er vorne im Führerhaus sitzen können, doch dies ging ihm gegen die Ehre. Warum sollte er es bequemer haben als der Papst?

Acar versuchte sich auf den Verkehr zu konzentrieren. Er konnte sich nicht mehr erinnern, wann er zuletzt in Rom gewesen war. Jedenfalls so lange, dass er jegliche Erinnerung daran verloren hatte. Er hasste diese Stadt. Nicht etwa wegen der eindeutig christlichen Prägung. Er selbst war nicht besonders gläubig, was er gegenüber jedem seiner muslimischen Brüder geleugnet hätte. Nein, er mochte bloß nicht die Hektik der Großstadt. Zu viele Menschen, zu viel Verkehr, zu viel Lärm. Er hätte laut lachen können, wenn er daran dachte, was wohl seine Freunde sagen würden, wenn er ihnen erzählte, dass ausgerechnet er das Oberhaupt der Christen auf seiner Ladefläche nach Rom fuhr. Nein, er würde es keinem erzählen. Außerdem würde ihm eh niemand Glauben schenken und ihn als Prahler abstempeln. Diese besondere Fracht würde sein Geheimnis bleiben.

Die Vorstädte Roms lagen schon hinter ihnen und er steuerte, den Hinweisschildern folgend, in Richtung des Petersplatzes. Da er bei seinen Fahrten niemals Radio hörte, wusste er nichts von der Besetzung des Vatikans. Rund fünfhundert Meter vor dem Petersplatz war seine Fahrt dann zu Ende. Eine Schranke versperrte den Weg und er hielt an. Ratlos schaute er nach vorne und versuchte herauszufinden, was vor sich ging.

Ein bewaffneter Soldat kam zu seinem Seitenfenster und fragte Acar nach seinem Ziel. Zum Vatikan, antwortete dieser arglos. Der Soldat begann zu lachen und fragte, was er denn dort wolle. Acar hätte dem Mann gerne geantwortet, dass der Heilige Vater hinten auf seiner Ladefläche saß und nach Hause wolle. Doch er hielt sich zurück und sagte so gelassen wie möglich: „Ich habe Obst und Gemüse abzuliefern."

Der Soldat lachte erneut über die Einfalt dieses Bauern. Dann aber besann er sich seiner Pflichten und wurde dienstlich: „Hier gibt es kein Durchkommen. Der Vatikan ist gesperrt. Heute können Sie nichts liefern. Also drehen Sie um. Los, fahren Sie schon! Wird's bald!"

Die letzten, befehlenden Worte hatte er fast gebrüllt. Acar zuckte verständnislos mit den Schultern, wendete dann aber den Kleinlaster. In der nächsten Seitenstraße bog er nach rechts ab. Er wollte sein Glück an einer anderen Zufahrtstraße versuchen.

Damit hatte er jedoch kein Glück. Jede Zufahrt wurde von Soldaten bewacht. Schließlich parkte er seinen Lastwagen auf einem kleinen Parkplatz. Er stellte den Motor ab und ging nach hinten. Dort schlug er die Plane zur Seite und schaute in den halbdunklen Raum. Im ersten Moment sah er nur seine Ware, bestehend aus Kisten und Säcken.

Dann tauchte der Kopf Pietros hinter einem Sack Kartoffeln auf. Sein ängstlicher Blick wich einem erleichterten. Acar winkte Pietro aus dem Fahrzeug.

„Kommt schon raus. Ich bin's nur. Es geht nicht weiter. Alles gesperrt."

„Was ist denn gesperrt?", fragte Pietro, während er dem Papst von der Ladefläche half.

„Na, jede Straße rund um den Vatikan", antwortete Acar.

„Wieso denn das?", fragte der Papst nun erschrocken.

„Keine Ahnung, was da los ist. Der Soldat hat nur gesagt, dass der Vatikan gesperrt ist."

„Der Vatikan ist gesperrt?", wiederholte der Papst fragend.

„Wie kann das denn sein?"

„Das weiß ich auch nicht", sagte Acar. „Auf jeden Fall müssen wir es zu Fuß versuchen."

„Das heißt, du kommst mit uns mit?", fragte nun Pietro.

„Na klar, was hast du denn gedacht. Ich will schließlich auch wissen, was hier vor sich geht."

Damit beendete er das Gespräch und hakte ungefragt den Papst stützend unter und marschierte mit diesem los. Nach hinten rufend fragte er den verdutzten Alten: „Was ist denn jetzt, Pietro, kommst du?"

***

Heimliche Rückkehr

Pater Frank Marcus hatte die beunruhigenden Meldungen der letzten Stunden mittels seines Autoradios mitverfolgt. Er schalt sich selbst einen Narren, dass er den Vatikanstaat unbedacht verlassen hatte. Die Suche nach dem entführten Papst war dumm und sinnlos gewesen. Nun hatte er ein Problem. Wie sollte er zurück in den abgeriegelten Vatikan gelangen, ohne dass er sofort entdeckt wurde? Er überdachte seine Optionen, während sein Gehilfe Clint Coady, der Ex-Polizist, geschickt Absperrungen umfuhr und dem Vatikan immer näher kam. Überall war Militär auf den Straßen und Plätzen.

Martialisch patrouillierten die Soldaten in Kampfausrüstung und schwerer Bewaffnung. Die ansonsten gelassenen Bürger Roms erinnerten sich ihres italienischen Temperaments und standen in Gruppen diskutierend zusammen. Einzelne Römer versuchten mit den Soldaten ins Gespräch zu kommen, fanden jedoch kein Gehör. Diese vorbeiziehenden Geschehnisse fanden bei Pater Marcus keinerlei Interesse. Er hatte andere Probleme. Er schreckte erst aus seiner Grübelei hoch, als Clint ihren Wagen zwischen zwei Lastwagen einparkte.

„Was ist denn los?", fragte der Pater.

„Weiter kommen wir nicht", antwortete Clint. „Wie geht's jetzt weiter?"

„Dann müssen wir sehen, dass wir einen Weg in den Vatikan finden", sagte Pater Marcus mehr zu sich selbst als zu Clint.

Sie stiegen aus dem Wagen und der Pater schaute sich erst einmal orientierend um. Dann erhellte sich seine Miene, als habe er gerade den rettenden Einfall gehabt.

„Komm mit", sagte er überflüssigerweise zu seinem Helfer und marschierte eiligen Schrittes los. So gelangten sie, ohne angehalten zu werden, durch einige Seitengassen bis zur Engelsburg. Clint schaute verwirrt, als der Pater zu den Soldaten ging, die das Gebäude bewachten. Auch hier durfte kein Tourist das Gelände betreten. Der Soldat, wohl ein Offizier, ließ sich auf ein Gespräch mit dem Pater ein. Zuerst wirkte der Mann abweisend, doch je länger die Unterhaltung dauerte, desto zugänglicher wurde sein Gesichtsausdruck. Dann rief der Offizier seine Leute zusammen und ließ diese in einem Kreis um sich und den Pater antreten. Keine fünf Minuten später nahmen die Soldaten den Pater in ihre Mitte.

Pater Marcus winkte Clint zu sich heran. Leise sagte er zu seinem Helfer: „Wir haben neue Verbündete gefunden. Die Männer helfen uns, in den Vatikan zu kommen. Also, bleibe dicht bei mir, dann geschieht dir nichts."

Clint nickte nur, obwohl er nichts verstand. Der kleine Trupp, bestehend aus sechzehn Soldaten, Clint und dem Pater, ging zum Eingang der Engelsburg und verschwand schließlich im Gebäude. Es ging erst durch eine Vorhalle, dann in ein Treppenhaus, durch mehrere Gänge und Türen, bis zu einem Gang, der durch eine Gittertür versperrt war. Doch das alte Schloss bereitete den Soldaten kein Problem. Schnell hatten sie es aufgebrochen und die Gittertür schwang auf. Dann betraten sie einen langen, schmalen Gang, der nur spärlich von einzelnen Glühbirnen erhellt wurde. Vier Soldaten schritten sichernd voraus, dann folgten Pater Marcus und Clint. Der Rest der kleinen Truppe schloss sich an.

Zu Clint gewandt sagte Pater Marcus beinahe triumphierend: „So, mein Lieber, dies ist unser Weg in den Vatikan. Wenn wir dort sind, werde ich für Ordnung sorgen!"

Clint antwortete nicht. Das kalte Gefühl, in eine Falle zu laufen, kehrte nach Jahren warnend zu ihm zurück.

***

Neue Erkenntnisse

Hanky hatte seine Gedanken durch den Vatikan streifen lassen. Dabei hatte er immer wieder an den Leuchtfeuern der menschlichen Gedanken angehalten. Er hatte gelauscht und Gedanken gefunden, die so gar nicht zu diesen heiligen Hallen passen wollten. Es gab viele Intriganten und Verschwörer in den Reihen des Vatikanstaates. Doch das war eine Aufgabe, um die er sich erst später kümmern konnte. Ihm behagte es nicht, sich in die Gedanken anderer Menschen einzuschleichen. Doch es gab Situationen, an dem seine Moral hinter den nötigen Erfordernissen zurückstehen musste.

Nach einer Weile, Hanky wusste nie zu sagen, wie viel Zeit während einer seiner Meditationen verging, fand er, wonach er gesucht hatte. Ein Mann hatte an den Camerlengo gedacht und diesen verwünscht. Er war den Versprechungen des selbsternannten Papstes erlegen gewesen. Eine glorreiche Zukunft lag nun ferner als der Mars. Er saß in der Patsche. Wer hätte den ahnen können, dass die verdammten Amerikaner den Vatikan besetzten? Doch nun schien es keinen Ausweg zu geben. Sein sicherer Tod schien unausweichlich und wenn er das Glück hatte, zu überleben, dann würde er bis ans Ende seiner Tage in einer Gefängniszelle verbringen. Dieser verdammte Camerlengo! Was sollte er nur machen?

Hanky hatte genug gehört, um die Position des Söldners bestimmen können. Nicht weit davon musste sich der Camerlengo aufhalten. Er beendete seine Meditation und sein Geist stieg an die Oberfläche des Bewusstseins. Er wartete noch eine Sekunde, dann schlug er seine Augen auf. Walt saß noch immer auf dem Stuhl in der Ecke des Büros und schlief den Schlaf der Gerechten. Mit freundschaftlichem Bedauern stand Hanky auf und ging hinüber zu dem Schlafenden. Vorsichtig rüttelte er an Walts Schulter und rief ihn leise. Widerwillig, so schien es, erwachte er. Ein vorwurfsvoller Blick traf Hanky und natürlich ein mürrischer Kommentar.

„Musstest du mich ausgerechnet in diesem Moment wecken! Ich hatte einen so wunderbaren Traum von einem riesigen Burger. Gerade wollte ich in das Prachtstück beißen ..."

„Entschuldige, Alter, aber die Pflicht ruft. Wenn wir zurück sind, dann lade ich dich auf einen Monsterburger ein. Versprochen! So, los! Ich weiß, wo wir die Putschisten finden und den ‚neuen Papst', hoffe ich zumindest."

Sie verließen eilig das Büro und besprachen sich mit dem Einsatzleiter ihrer Sektion. Der Offizier brauchte nur wenige Minuten, um seine Spezialisten in Stellung zu bringen. Dann brachen sie auf. Es ging eine Treppe hinab und hinaus in einen kleinen Hof. Auf der anderen Seite gruppierten sich eine Reihe kleinerer Bauten. Ihr Ziel war ein vierstöckiges Gebäude am rechten Rand. Die Soldaten sicherten mit einer Vorhut von vier Mann den Hof. Drei weitere Soldaten sollten als Erstes den Hof überqueren und den Eingang des Zielgebäudes sichern. Auf ein Zeichen ihres Offiziers rannten sie los. Sie hatten noch nicht die Hälfte des Hofes überquert, als das Geratter einer Maschinenpistole die vorabendliche Stille zerriss. Einer der Soldaten wurde getroffen und sackte blutend auf den Boden. Ein zweiter wurde am rechten Oberschenkel getroffen und brachte sich hinkend in Sicherheit. Der Offizier brüllte laut seine Befehle und ließ sofort das Feuer eröffnen.

Durch den Lärm hindurch schrie Hanky: „Walt, wir müssen eingreifen! Du bringst die Verwundeten in Sicherheit. Ich versuche, den Schützen auszuschalten!"

Walt nickte nur und drängte sich an den Soldaten vorbei und stand gleich darauf in relativer Deckung an einer Hausmauer. Dann setzte er seine übersinnlichen Kräfte ein. Wie von Geisterhand gezogen rutschte der am Boden liegende Soldat über den Hof auf ihre Gruppe zu. Die Soldaten verfolgten das Schauspiel mit offenen Mündern. So etwas hatte noch keiner von ihnen gesehen, geschweige denn geglaubt, dass es möglich sei, alleine durch Gedankenkraft einen Körper zu bewegen. Schließlich lag der Verwundete zwischen den Männern und ein Sanitäter begann mit der Erstversorgung. Immer noch fielen Schüsse und der Hof war unpassierbar. Der zweite Verwundete lag hinter einem Müllcontainer und versuchte die Blutung an seinem Oberschenkel zu stillen. Verbissen drückte er einen Mullverband auf die Wunde. Tränen, geboren aus Schmerz und der Scham, versagt zu haben, rollten über blasse Wangen. Walt zögerte auch hier nicht. Er versuchte die Entfernung zu dem Soldaten zu schätzen und überlegte, wie er den Mann schnell und sicher zu seiner Gruppe bringen konnte. Dann nickte er, als ob er sich selbst bestätigen wollte, und sagte leise: „Ja, so könnte es gehen."

Dann geschahen zwei Dinge auf einmal. Der metallene Container begann, sich von selbst zu bewegen. Der verwundete Soldat schnappte erschrocken nach Luft und wollte nach seiner Waffe greifen. Im gleichen Moment verlor er aber seine Bodenhaftung und schwebte einige Zentimeter über dem Boden in die gleiche Richtung, in die der Container rollte. Die US-Soldaten vergaßen einen Moment zu schießen und betrachteten das ungewöhnliche Schauspiel. Als der Verwundete vor ihnen landete, zogen ihn die Männer in den Sichtschutz der Hausmauer. Die anderen Soldaten erkannten sofort ihre Chance und vier von ihnen stellten sich geduckt hinter den Container. Dann schoben sie die bewegliche Deckung vor sich her und überquerten so unbeschadet den Hof. Erstaunlicherweise wurde kein einziger Schuss aus dem Haus gegenüber abgegeben. Man hörte nur das Rollgeräusch des Containers und die Schritte der Soldatenstiefel. Sichernd gingen die Soldaten neben der Eingangstür in Deckung.

Walt blickte zu Hanky und dieser nickte bestätigend. Er hatte den Schützen mental ausgeschaltet. Hanky hatte die Gedanken des Schützen geortet und diesen mittels eines telepathischen Impulses betäubt. Dennoch überquerte die Gruppe vorsichtig und schnell den Hof. Die beiden Verwundeten wurden inzwischen von weiteren Sanitätern betreut, die soeben eintrafen. Nach einer kurzen Besprechung öffnete ein Soldat die Eingangstür des Hauses und ein weiterer Soldat stürmte ins Innere. Die nächsten beiden folgten sofort und verschwanden ebenfalls in dem Haus. Es vergingen einige Minuten, die den Wartenden ewig erschienen. Dann kam der Befehl zum Vorrücken. Eilig rannten die verbliebenen Soldaten, Walt und Hanky in ihrer Mitte, in das Haus. Sofort hinter der Tür verteilten sich die Männer in dem engen Hausflur. Kaum dass sie sich umschauen konnten, hallten Schüsse durch das Treppenhaus.

***

Betreten verboten

Unerkannt waren sie bis zum Petersplatz gelaufen. Die Aufregung hatte bisher dafür gesorgt, dass die Männer ihr Alter fast vergessen hatten. Doch nun, kurz vor dem Ziel ihrer Reise, erinnerte die Natur sie daran, dass sie nicht mehr die Jüngsten waren. Papst Gregor setzte sich erschöpft auf einen Randstein und schaute über den Petersplatz. Er schüttelte den Kopf, als könne er nicht verstehen, was hier vor sich ging. Dabei drückte er die Plastiktüte fest an sich, die er immer noch mit sich herumtrug. In der Tüte befand sich sein päpstliches Gewand, verdreckt und verschmutzt. Dennoch schien ihm die alleinige Anwesenheit seiner Amtstracht Kraft zu geben. Überall waren Soldaten zu sehen, die den Petersplatz hermetisch abriegelten. Hubschrauber kreisten über dem Vatikanstaat, landeten oder stiegen auf. Vereinzelt glaubte er sogar Schüsse zu hören, aber er konnte sich auch täuschen.

Pietro hatte sich neben ihn gesetzt und legte freundschaftlich seinen Arm um die Schulter des Papstes. „Na, mein Freund, geht es noch? Die paar Schritte wirst du auch noch schaffen."

Der Papst nickte stumm und dachte an all die Probleme, die er in den kommenden Tagen lösen musste. Dabei fühlte er sich alt, uralt. Dann, einer Vision gleichend, sah er das gütige Gesicht seiner Mutter vor sich, die ihm beruhigend zuzulächeln schien. Nein, es war noch nicht Zeit, sich auszuruhen. Er musste sein Haus in Ordnung bringen. Deshalb war er hier. Das war seine Aufgabe. Er straffte sich und neue, frische Energien schienen seinen Körper zu durchströmen. Dennoch erhob er sich mit Mühe und wurde von der freundlichen Hand seines anderen Begleiters Acar gestützt.

Pietro erhob sich ebenfalls und stellte sich neben den Papst. Dann fragte er: „So, wie geht es jetzt weiter?"

„Wir gehen hinein!", sagte der Heilige Vater mit neuem Mut.

„Na dann wollen wir mal sehen, ob das so einfach ist", fügte Acar zweifelnd hinzu.

Mit entschlossenen Schritten ging das Trio auf die Absperrung zu. Direkt vor ihnen baute sich ein Soldat auf und schaute finster zu den Männern. Papst Gregor sprach den Mann direkt an.

„Guten Tag. Ich möchte in den Vatikan."

Der Soldat blickte den Heiligen Vater mit einer Mischung aus Verblüffung und Ärger an. Dann sagte er nur: „Betreten verboten!"

Der Papst lächelte milde, ehe er seinem Gegenüber entgegnete: „Das mag schon sein, mein Lieber. Für das Publikum mag der Vatikan im Moment geschlossen sein. Das gilt jedoch nicht für mich."

„Wer glauben Sie denn, wer Sie sind, um hier einfach Einlass zu finden?", fragte nun der Soldat.

„Das kann ich Ihnen gerne beantworten, guter Mann. Ich bin Papst Gregor der Siebzehnte und somit der Hausherr des Vatikans. Das beinhaltet das Recht, den Vatikanstaat jederzeit zu betreten und zu verlassen."

„Aha!", sagte der Soldat nun etwas lauter, damit auch die Umstehenden mitbekamen, mit was für Idioten er sich herumärgern musste. „Der Papst also! Das ist etwas anderes!"

Der Heilige Vater dachte schon, dass er nun passieren dürfe, doch die nächsten Worte belehrten ihn eines Besseren.

„Mit wie vielen Bekloppten muss ich mich eigentlich herumschlagen. Habt ihr gehört", rief er nun schon lauter, „der Papst ist bei mir und will nach Hause. Was meint ihr, soll ich ihn einfach durchlassen oder erst das Papamobil bestellen?"

Einige Menschen, die in der Nähe des Papstes standen, waren aufmerksam geworden und drängten näher. Sie wollten sich diesen Papst einmal genauer anschauen.

Stimmen riefen: „Wo ist denn seine Tracht?"

„Naja, irgendwie sieht er dem Papst sogar ähnlich!"

„Lasst den Mann doch durch. Schlechter als der alte Papst kann der auch nicht sein."

Eine Nonne mit einem strengen Gesicht schob sich durch die Menschenansammlung. Laut rief sie: „Lasst den armen Mann doch in Ruhe. Ich kenne den Heiligen Vater persönlich. Lasst mich sofort durch, damit ich sehen kann, ob ich dem Ärmsten helfen kann."

Ein letzter Schubser, ein letztes Drücken, dann stand die resolute Ordensfrau vor den drei Männern. Misstrauisch betrachtete sie die kleine Gruppe, stutzte, rieb sich die Augen und sank dann voller Ehrfurcht auf Ihre Knie.

„Heiliger Vater", rief sie verzückt, „Ihr seid es wirklich!"

Der Soldat hatte das Schauspiel aufmerksam verfolgt und sagte ironisch: „Ach, wer ist denn nun gekommen? Die Jungfrau Maria?"

***

Gezielte Suche

Das Krachen von Ästen und laute Kommandorufe störten den Frieden des Waldes. Detective Piere Montejus hatte weitere Polizeikräfte angefordert. Als Status hatte er die höchste Terrorgefahr gewählt. Er hatte von Roger erfahren, dass sich eine geheime Anlage unter dem Hügel befand. Die Leute dort im Berg hatten einen Mann entführt und hielten ihn gefangen. Wie Roger Thorn, der FBI-Agent, an diese Information gelangt war, spielte im Moment keine Rolle. Darüber konnte man später noch sprechen. Im Moment war Gefahr in Verzug und Piere war bereit, alles Nötige zu veranlassen, um den Gefangenen zu befreien. Außerdem war er Roger und seiner Gruppe einen Gefallen schuldig. Sie hatten den flüchtigen Killer Sean Parson überwältigt und gefangen. Dieser Kerl hatte zwei seiner Polizisten getötet, und das in dem Zellenbereich einer Polizeistation. Das war nicht nur schlimm, nein, das ging auch gegen seine Ehre. Und nun sollten sich Unbekannte in einem geheimen Stützpunkt eingenistet haben, mitten im kanadischen Kernland. Piere war es egal, ob es sich hier um eine geheime staatliche Institution handelte oder nicht. Er hasste

Geheimnisse, und wenn dann noch Entführung dazukam, dann war es genug. Er hatte seinen Männern aufgetragen, mit Vorsatz besonders laut zu suchen. Er wollte die Leute im Berg aufscheuchen. Irgendwann würden sie die Nerven verlieren und aus dem Berg kommen.

Im Moment stand er mit Roger, Yavuz, Rita und Carmen an der kleinen Brücke, die als getarnter Eingang identifiziert worden war. Die Frauen waren noch recht blass, da sie nun schon zweimal dem Killer unter Lebensgefahr begegnet waren. Dieser war unter höchsten Sicherheitsaspekten in das nächste Krankenhaus gebracht worden. Dort stand er unter permanenter Bewachung von mindestens vier Polizisten. Später, falls er seine Verwundungen überlebte, würde er in einem Super-Max-Gefängnis auf seinen Prozess warten. Aber das lag in der Zukunft und war im Moment nicht relevant. Piere schüttelte die unnützen Gedanken ab und konzentrierte sich auf das momentane Geschehen.

Der Kollege Rogers kletterte in dem Bachbett herum und betrachtete die Brücke von unten. Auch einige seiner Beamten versuchten einen Öffnungsmechanismus zu finden. Wenn die Männer keinen Erfolg haben würden, dann musste der getarnte Eingang zu der geheimen Anlage mit Gewalt aufgebrochen werden. Piere hatte schon schweres Gerät angefordert und das satte Brummen eines schweren Diesels kündigte die Ankunft eines Sattelschleppers an.

Yavuz, inzwischen aus dem Bachbett zurück, stand bei Roger und sprach aufgeregt mit diesem. Piere trat näher, um herauszufinden, über was die Männer sprachen.

„Also, Roger, wenn die Tarnbrücke, oder wie wir diesen Zugang nennen wollen, ein mechanisches Tor hat, dann muss es ein Back-up geben."

„Wie meinst du das? Einen anderen Eingang? Natürlich, das wissen wir doch schon. Die Beamten der kanadischen Polizei suchen doch schon den Wald danach ab."

„Nein, das meine ich nicht. Hier in der Nähe der Brücke muss es einen solchen Eingang geben. Schon für den Fall, dass die Öffnungsmechanik einmal ausfällt oder gewartet werden muss. Dazu braucht man einen Service-Zugang, und der muss hier ganz in der Nähe sein. Es macht keinen Sinn, solch einen Zugang hundert Meter entfernt zu installieren."

„Du hast recht, Yavuz. Also, dann lass uns nach diesem Zugang suchen."

Erst jetzt bemerkten die beiden, dass Piere sich zu ihnen gesellt hatte. Roger schaute den Kanadier fragend an.

„Piere, haben Sie zugehört? Gut, dann lassen Sie uns suchen. Sagen Sie Ihren Männern Bescheid?"

„Ich hab zwar nicht Ihr ganzes Gespräch mitangehört, aber wohl das Wichtigste. Kluger Gedanke!"

Er lächelte Yavuz anerkennend zu und rief seine Männer zusammen. Gleich darauf begannen die Polizeibeamten die Umgebung der Brücke genauer zu untersuchen. Neben Piere, der die Aktion von der Brücke aus koordinierte, hielt ein großer LKW mit einem Tieflader. Auf dem Auflieger stand ein großer Bagger mit einer mächtigen Schaufel. Aus dem Truck sprang ein Bär von einem Mann mit Jeans und einem karierten Hemd bekleidet. Dazu trug er einen wilden Vollbart. Ein Kanadier wie aus einem Werbeprospekt für Outdoor-Aktivitäten. Carmen und Rita wurden ein wenig blass und gingen einige Schritte auf Distanz zu dem Mann. Zu sehr erinnerte sie diese Erscheinung an den Killer. Doch der Mann hatte ein gutmütiges Lächeln und besprach mit Piere, wie man die Brücke am besten öffnen könne.

In der getarnten Anlage im Berg herrschte helle Aufregung. Man war aufgeflogen, entdeckt! Den Entführern Pauls war es schleierhaft, wie man die Anlage hatte finden können. Sie standen in Gruppen zusammen und beobachteten fast panisch die Versuche am Brückeneingang, Zugang zu der Anlage zu finden. Alle anderen Eingänge waren bisher nicht entdeckt worden, auch nicht der Ausflugsschacht des Raumschiffes der Madun. Stimmen schwirrten durch den Kontrollraum und keiner der Männer arbeitete mehr. Jeder überlegte für sich, wie er aus dieser Situation heil herauskommen könne. Flucht war die einzige Option. Obwohl die Besatzung der Station siebzig Männer und Frauen betrug, waren im Moment nur vierzig Menschen anwesend. Die anderen hatten Freischichten und hielten sich nicht in der Anlage auf. Es gab ohnehin nur eine Handvoll ehemaliger Soldaten, die aber auch kein Interesse zeigten, sich in einen Kampf verwickeln zu lassen. Die allgemeine Meinung war eindeutig: Man wollte unerkannt verschwinden.

In diese Stimmung hinein stolzierte ein Madun.

Den Menschen, die nun schon einige Zeit mit den Fremden, die aus den Weiten des Weltraums gekommen waren, zusammenarbeiteten, waren diese noch immer unheimlich. Keiner von der Stationsbesatzung wusste, wie viele Madun sich tatsächlich hier unten aufhielten. Auch über deren Motivation war nichts bekannt. Geld, das durch technische Patente verdient wurde, war der Anreiz, für die Fremden zu arbeiten. Sie alle waren durch einen Mittelsmann angeheuert worden, der Kontakte zu Hochtechnologieunternehmen hatte. An diese Firmen wurden auch neue Entwicklungen wie zum Beispiel neuartige Prozessoren und Mikrochips verkauft. Viele der Techniker und Computerspezialisten arbeiteten schon seit Jahren für die Madun.

Der Madun stellte sich in die Mitte des Raumes und sagte gebieterisch: „Greift zu den Waffen und verteidigt uns. Tötet jeden, der einzudringen versucht. Los, kämpft!"

Keiner der Anwesenden regte sich. Alle schauten den Fremden entsetzt an.

Unerkannt rief einer der Techniker: „Kämpfe doch selbst! Wir sind keine Soldaten."

Der Madun stand einen Moment wie erstarrt da und schien auf unbekanntem Weg eine Nachricht zu erhalten. Dann drehte er sich abrupt um und verließ kommentarlos den Raum. Ein kollektives Aufatmen reiste durch den Raum. Dann, wie auf ein geheimes Kommando, verließen die Mitarbeiter der Aliens die Überwachungszentrale. Keiner von ihnen dachte dabei mehr an den Gefangenen, der immer noch betäubt in seinem Gefängnis lag.

***

Ausgeträumt

Der Camerlengo saß hinter einem Schreibtisch am Boden. Mit einer Klarheit, die ihn selbst erschreckte, erkannt er, dass sein Weg hier zu Ende war. Noch Minuten vorher hatte er das Ornat eines Papstes angelegt. Hier im Vatikan sollte jeder sehen, dass er nun der neue

Hausherr war. Seine größenwahnsinnige Vision der Zukunft wurde harsch beendet. Soldaten stürmten das Haus und seine Söldner würden nicht mehr lange Widerstand leisten können. Und dann? Man würde ihn abführen, wie einen Verbrecher, ihn demütigen und verspotten. Er würde der Weltöffentlichkeit als armer Irrer präsentiert werden, als ein Größenwahnsinniger, der sich angemaßt hatte, Papst zu sein. Das konnte nicht geschehen! Das durfte nicht geschehen. Diese Schmach wollte er nicht erdulden. Ein Entschluss manifestierte sich in seinem verwirrten Geist. Er wollte mit Würde abtreten im Kampf gegen die Ungläubigen.

Er stand auf, immer noch mit der weißen Soutane und Mozzetta des Papstes bekleidet, und ging um den Schreibtisch herum zur Tür. Ohne auf den Schusswechsel im Treppenhaus zu achten, trat er hinaus. Vor ihm lagen seine Söldner auf dem Boden und beschossen die Eindringlinge, die sich langsam die Treppen hinauf voranarbeiteten. Einer seiner Söldner sackte getroffen zusammen. Blut spritze wie unter Hochdruck aus seinem Hals. Der Camerlengo trat, ohne auf eine Deckung zu achten, zu dem Mann und zog dessen Maschinenpistole aus den toten Händen. Das Blut spritze auf sein weißes Gewand und bildete ein grausiges Muster. Unter den fassungslosen Gesichtern der Söldner ging er aufrecht zur Treppe und hielt in verkrampften Fingern die Waffe vor sich. Langsam, fast bedächtig schritt er die Stufen hinunter. Als hinter der nächsten Biegung der Helm eines Eindringlings sichtbar wurde, krümmte er seinen Finger und schoss unkontrolliert. Der Rückstoß der Waffe überraschte den Camerlengo. Krampfhaft versuchte er, die Waffe festzuhalten. Während dieses Bemühens achtete er nicht darauf, was unter ihm geschah. Der anvisierte Soldat hob seinerseits seine Maschinenpistole und feuerte durch das Geländer zurück.

Der Schock, als Projektile den Körper des Camerlengo trafen, verbunden mit einem zerreißenden Schmerz, währte nur kurz. Er ließ die Waffe fallen und breitete in einer letzten, theatralischen Geste seine Arme aus, ehe er nach vorne fiel. Als er auf der Treppe aufschlug, hatte das Leben den geschundenen Körper längst verlassen.

Die verbliebenen Söldner ließen ihre Waffen fallen, als sie erkannten, dass ihr Anführer tot auf der Treppe lag. Sie riefen den

US-Soldaten zu, dass sie sich ergeben wollten. Kurz darauf waren die Männer entwaffnet und wurden abgeführt.

Hanky und Walt standen unterdessen bei dem Leichnam des Camerlengo. Sie betrachteten den Toten kurz und verließen ohne jeglichen Triumph das Haus. Wieder waren Menschen für den Machthunger eines Einzelnen sinnlos gestorben.

„Das muss aufhören", sagte Hanky zu Walt, als sie den Innenhof überquerten, der noch vor kurzem beinahe zu einer Todesfalle geworden wäre.

„Was muss aufhören?", fragte Walt, obwohl er wusste, was Hanky meinte.

„Das sinnlose Töten, die Intrigen, die dazu führen. Die ganze Idiotie hier ..."

Walt nickte nur und betrachtete das ernste Gesicht seines Freundes. Nur noch selten hörte man Hanky herzhaft lachen. Die Last, gegen das Böse zu kämpfen, lag schwer auf seiner Seele. Walt wusste, dass er seinem Freund beistehen würde, egal was die Zukunft an Schrecken für sie bereithielt. Im Moment konnte er Hanky nur bei seiner Arbeit unterstützen.

Ohne seinen berühmten Humor, der Hanky schon aus so mancher Seelenqual befreit hatte, sagte Walt ungewöhnlich ernst: „Lass uns die Sache hier erledigen und jeden korrupten Geistlichen enttarnen. Und dann, mein Lieber, fahren wir nach Hause und machen erst mal Urlaub. Okay?"

„Okay", antwortete Hanky müde. „So machen wir es, Walt."

***

Der Aufruf

Ein Reporter, der für CNN in Rom tätig war, hatte erstaunt beobachtet, wie eine Nonne vor einem alten Mann auf die Knie gefallen war. Er wollte eigentlich über die Intervention der US-Truppen im Vatikan berichten. In fünf Minuten war eine Liveschaltung mit seinem Heimatsender in Atlanta geplant. Sein journalistisches Gespür veranlasste ihn aber, auch kurz vor seinem Sendetermin zu der knienden Nonne hinüberzugehen. Sein Aufnahmeleiter rief ihm empört hinterher, doch der Reporter ließ sich nicht beirren. Er drängte sich durch die Schaulustigen, sein Kameramann folgte ihm schnaufend. Die Profikamera hatte er auf seiner Schulter und er startete die Aufnahme in dem Moment, als sie die kniende Nonne erreichten. Ein älterer Mann wollte die Ordensfrau dazu bewegen, wieder aufzustehen, und zog an ihren Händen.

Der Reporter wollte nun wissen, was die Knierei bedeutete, und fragte ungeniert: „Was ist denn hier los?"

Die Nonne, nun halb aufgerichtet, schaute verwirrt in die Kamera.

Ein Soldat, der direkt neben einem alten Mann stand, meinte spöttisch: „Der Alte hier glaubt, er sei der Papst."

„Du Ungläubiger!", begann die Nonne zu schimpfen. „Das ist der Papst, der Heilige Vater! Bist du denn blind und erkennst ihn nicht?"

„Sie sind also der Papst", mischte sich nun der Reporter wieder ein.

Der alte Mann, mit einem alten Poloshirt bekleidet und einer Mütze von Lazio Rom auf dem Kopf, drehte sich zu dem Reporter um und sagte, während er die Kappe abnahm: „Jawohl, die Schwester hat recht. Ich bin Papst Gregor der Siebzehnte. Man verweigert mir, meinen Amtssitz zu betreten. Für heute Abend um zwanzig Uhr fordere ich alle Christen in Rom dazu auf, zusammen mit mir von der Engelsburg aus hierher zum Petersplatz zu ziehen. Ich werde eine Messe halten und dann in den Vatikan zurückkehren. Gott segne euch alle!"

Damit drehte sich der alte Mann von der Kamera weg und bückte sich, um eine Plastiktüte, die bisher unbeachtet auf dem Boden gelegen hatte, aufzuheben. Dabei rutschte dem Papst seine goldene Kette mit dem Kreuz aus dem Ausschnitt des Poloshirts heraus.

Die Umstehenden fielen auf ihre Knie, als sie das Kreuz sahen, und riefen: „Es ist der Papst. Wirklich, er ist es!

***

Unter dem Berg

Yavuz überquerte die falsche Brücke und ging langsam die kleine Landstraße entlang. Roger begleitete ihn und nahm den linken Straßenrand in Augenschein. Ab und zu blieb er stehen und versuchte einen Hinweis auf einen getarnten Eingang zu finden. Yavuz suchte auf der rechten Seite. Es konnte doch nicht so schwer sein, einen Eingang oder eine verborgene Tür zu finden.

Ruckartig blieb er stehen. Ein Gedanke materialisierte in seinem Gehirn: Musste ein Zugang in den Berg wie eine Tür aussehen? Die Brücke war ja auch keine Brücke gewesen. Man hatte sie getarnt, und das sehr professionell. Mit Sicherheit war der Notzugang genauso gut präpariert worden.

Yavuz ging einige Schritte zurück, was Roger mit Interesse verfolgte.

„Hast du etwas gefunden?", rief er herüber.

„Nein, noch nicht", antwortete Yavuz und betrachtete die Straße und ihren Belag genauer. Dann sah er hinüber zu Roger. Der stand nur einen Meter neben einem Kanaldeckel.

Plötzlich war Yavuz sehr aufgeregt und lief eilig zu Roger hinüber. Dabei deutete er auf den Kanaldeckel und rief: „Roger, ich glaube, du stehst direkt neben dem Eingang!"

Der FBI-Agent verstand sofort, was Yavuz meinte. Mit zwei Schritten war er bei dem Deckel und bückte sich. Seine Finger tasteten das Metall der Abdeckung suchend ab. Dann fasste er in eine kleine Aussparung hinein und fand, was er gesucht hatte. Seine Finger fuhren über ein schmales Metallband, das beweglich war. Vorsichtig und eher unbeabsichtigt drückte er auf das Band. Ein leiser Klick bestätigte seine Bemühungen, gefolgt von einem surrenden Geräusch. Yavuz war gerade bei Roger, als dieser sich, durch das Surren gewarnt, erhob. Ehe einer der beiden etwas sagen konnte, drehte sich der Kanaldeckel um hundertachtzig Grad. Danach begann er, sich aus dem Boden zu lösen und nach oben zu gleiten. Eine Röhre im gleichen Durchmesser wie der vorgebliche Deckel schob sich aus dem Straßenbelag. Als die Konstruktion sich circa zwei Meter erhoben hatte, blieb sie einfach stehen. Das Rohr war zu der straßenzugewandten Seite hin offen. Neugierig bückten sich die Männer. Sie erblickten eine einfache Stahlleiter, die in die Tiefe führte. Von unten glomm schwach ein Licht.

Yavuz konnte nicht an sich halten und sagte: „Roger, ich komme mir vor wie in einem James-Bond-Film."

„Ich auch", antwortete der FBI-Agent und kratzte sich verdutzt am Kopf.

Detective Piere Montejus hatte das Auftauchen der Röhre von der Brücke aus gesehen und kam nun mit schnellen Schritten zu Roger und Yavuz. Auch er schaute in die Röhre hinein.

„Raffiniert", war alles, was er sagte.

Er rief seine Männer herbei. Nach einer kurzen Besprechung stiegen die ersten Polizisten mit gezogenen Waffen die Leiter hinunter. Carmen und Rita waren inzwischen auch herübergekommen und standen zwischen den Männern.

Detective Montejus sagte, eigentlich zu Roger und Yavuz gewandt: „Ab hier ist es unsere Sache. Meine Männer und ich gehen in den Tunnel."

Ehe einer der Angesprochenen antworten konnte, sagte Rita mit bestimmendem Ton: „Das würde Ihnen so passen. Nichts da! Wir sind aufgebrochen, um unseren Freund Paul zu suchen. Und wir werden uns von niemandem abhalten lassen, in diesen Tunnel zu steigen."

Carmen nickte bestätigend und fügte hinzu: „Schließlich ist da unten unser Freund. Unsere Männer bauen darauf, dass wir Paul retten. Damit basta!"

Sie hatte ihre Arme vor der Brust verschränkt und schaute so entschlossen, wie sie nur konnte. Nun meinte Yavuz auch etwas sagen zu müssen. Auf keinen Fall wollte er es sich nehmen lassen, das Tunnelsystem unter dem Berg selbst zu erkunden. So sagte er ebenso bestimmt wie Carmen und Rita: „Wir werden auf keinen Fall die Damen alleine dort unten herumlaufen lassen. Agent Thorn und ich kommen selbstverständlich mit."

Detective Montejus hob resigniert seine Arme. Gegen so viel Sturheit kam er nicht an. Außerdem hatte er erlebt, dass diese Amerikaner sich sehr gut selbst verteidigen konnten. So gab er mit einem gewissen Unbehagen nach und hoffte, dass den Leuten nichts geschehen würde.

Von unten herauf kam der Ruf: „Alles gesichert."

Der Detective nickte nur und sie stiegen nacheinander die Stahlleiter nach unten. Der Gang, der sich ihnen offenbarte, war erstaunlich geräumig und gute drei Meter hoch. Hier konnten drei Personen ohne

Probleme nebeneinanderher laufen. An der Decke hingen blendfreie Lampen, die jedoch jeden Winkel ausleuchteten.

Etwas weiter vorne rief einer der Polizisten: „Hier ist eine Straße, die in die Tiefe führt, und da vorne ist eine Rampe. Ich glaube, dort befindet sich der getarnte Eingang unter der Brücke."

Unter Zurücklassung einer Wache am Einstieg liefen sie zu dem Polizisten. Dort sicherten zwei weitere Männer den Abzweig, der zu der unterirdischen Straße führte. Die anderen eilten unterdessen zu der Rampe. Schnell fanden sie ein kleines Bedienfeld, das seitlich aus der Tunnelverkleidung herausragte. Der Öffnungsmechanismus war durch entsprechende Pfeile selbsterklärend. Yavuz drückte einfach auf eine Taste, auf der ein nach oben zeigender Pfeil abgebildet war. Mechanische Geräusche, das Anlaufen eines Elektromotors und das leise Zischen einer Hydraulik begleiteten das Aufklappen des Einganges. Am Ende der Rampe löste sich die Decke und die ganze Konstruktion klappte auf wie der Deckel einer Pappschachtel. Das Licht des frühen Nachmittags erhellte nun die Rampe. An der oberen Kante der Rampe tauchten Bewaffnete auf und schauten gespannt nach unten. Als sie den Detective und ihre Kollegen erkannten, senkten sie die Waffen und kamen die Rampe herunter.

Detective Montejus sammelte die Männer um sich. Laut, damit ihn auch jeder verstand, sagte er: „Wenn wir schon eine Straße angeboten bekommen, dann werden wir diese auch benutzen. Holt die Wagen!"

***

Böser Plan

In den letzten Tagen hatte Akram, der geheime Nachfolger Osama bin Ladens, in New York an einer Idee gearbeitet. Sein Groll gegen den westlichen Lebensstil und ganz besonders die Ignoranz der New Yorker war beständig gewachsen. Dabei bemerkte er nicht, dass die Diskrepanz seines Denkens und seines täglichen Lebens unübersehbar war. Er wohnte in einer sündhaft teuren Suite im Plaza Hotel und bediente sich des gebotenen Luxus ungeniert. Aus Sicherheitsgründen hatte er das Waldorf Astoria verlassen. Hier, direkt am Central Park, hatte er das Gefühl, wenn nötig schnell verschwinden zu können.

Er verließ nur ungern das Hotel und fühlte sich als Außenseiter, wenn er sich durch die Stadt bewegte. Die Anschläge und der damit verbundene Terror schienen niemanden mehr zu interessieren. Unbefangen lebten die New Yorker ihr Leben, als sei nichts geschehen. Das neueste Movie aus Hollywood schien interessanter als aktuelle Nachrichten. Akram konnte nicht verstehen, wieso die Amerikaner so unbeeindruckt sein konnten. Doch das würde sich ändern.

Vor zwei Tagen hatte er mit einem Unterhändler eines mexikanischen Drogenkartells verhandelt. Ein Mittelsmann hatte den Kontakt für ihn arrangiert. Das Kartell sollte eine Gruppe von vierzig Kämpfern über die mexikanisch-amerikanische Grenze schleusen und so schnell es ging nach New York City bringen. Der Mexikaner fragte nicht nach, wer diese Leute waren. Für ihn zählte nur die Summe, die er dabei verdienen konnte. Das Geschäft war schnell besiegelt und Akram überwies die Hälfte der geforderten Summe sofort elektronisch auf ein Konto, das ihm der Schleuser genannt hatte. Darauf gingen die Männer grußlos auseinander.

Noch in der gleichen Nacht reisten vierzig islamistische Kämpfer mittels eines Drogentunnels von Mexiko in die USA illegal ein. Zwei wartende Kleinlaster brachten die Männer in eine kleine Provinzstadt. Dort stiegen die Terroristen in ein Frachtflugzeug, das sie bis zu einem Lokalflughafen nach Maryland brachte. Erneut bestiegen die Islamisten zwei bereitstehende Lastwagen und erreichten am späten Vormittag New York City. Akram beauftragte einen Verbindungsmann, welcher schon für die Unterbringung der Kämpfer gesorgt hatte, die für die vorherigen Anschläge verantwortlich gewesen waren. Der Mann brachte die Kämpfer in bereitstehenden Wohnungen unter und versorgte sie mit Lebensmitteln. Er schärfte den Männern ein, die Wohnungen auf keinen Fall zu verlassen, da die hiesige Polizei noch immer auf der Suche nach den Terroristen sei.

Akram war zufrieden, denn schon morgen würde die Welt erfahren, mit wem sie es von nun an zu tun hatte. Alles war bereit. Die nötigen Waffen hatte er schon vor Monaten in einem Container ins Land schmuggeln lassen. Zu dieser Zeit hatte er noch keine konkreten

Pläne für einen Anschlag gehabt. Doch nun war er froh, dass er eine weitsichtige Vorsorge getroffen hatte.

Er trat vor die Tür des Hotels und ein eifriger Portier, in eine prächtige Uniform gekleidet, eilte herbei und fragte, ob er Akram ein Taxi rufen solle. Akram verneinte höflich und überquerte in der Höhe der 42nd Street die 5th Avenue. Er spazierte ohne ein bestimmtes Ziel durch die Straßen. Er wollte noch einmal seine Gedanken ordnen und prüfen, ob er etwas in seiner Planung übersehen hatte. Vor einem kleinen italienischen Restaurant überlegte er einen Moment, ob er etwas essen wollte. Sein Magen beantwortete diese Frage mit einem leisen Knurren, und so ging er hinein. Ein Kellner mit langer Schürze begrüßte Akram und führte ihn zu einem Tisch.

Zwei Stunden später verließ er mit einem Wohlgefühl das Lokal. Er setzte seinen unterbrochenen Spaziergang fort und fand sich auf einmal unvermittelt vor einer Kirche wieder. Erstaunt betrachtete er das sakrale Gebäude, das zwischen den Wolkenkratzern der Stadt fast klein und zerbrechlich wirkte. Ohne dass er sich dagegen wehren konnte, fiel ihm die Begegnung mit der alten Frau in Rom ein. Sie hatte etwas in ihm angerührt, was er nicht beschreiben konnte. Verärgert drehte er sich um und ging zurück zu seinem Hotel.

***

Überstürzte Flucht

Sie waren nur circa hundert Meter weit gekommen, dann war ihre Fahrt zu Ende. Die Polizeiwagen hielten in einer Tiefgarage, die sich in nichts von einer x-beliebigen Parkebene unterschied. Diese Garage jedoch befand sich nicht in einem Einkaufszentrum oder einem Hotel, sondern unter den Wäldern Kanadas, unter einem Berg. Detective Piere Montejus stieg aus seinem Wagen und schaute sich um. Die scheinbare Normalität dieser Halle beeindruckte ihn mehr als irgendeine supermoderne Einrichtung. Die Anlage musste schon viele Jahre alt sein, was Gebrauchsspuren belegten. Dass die Betreiber dieses

Stützpunktes es geschafft hatten, über viele Jahre im Verborgenen so eine Station zu bauen und zu betreiben, war erstaunlich.

Die anderen Polizisten und Rogers Gruppe hatten ebenfalls ihre Fahrzeuge verlassen. Noch in der Deckung der Patrolcars suchten ihre Augen die Tiefgarage nach möglichen Gegnern ab. Alles war ruhig und niemand ließ sich blicken. Es parkten circa vierzig völlig normale Mittelklassewagen und einige SUVs in geordneten Reihen. Im hinteren Teil der Garage entdeckte ein Police Officer einen Ausgang. Tatsächlich hing ordnungsgemäß ein Leuchtschild mit der Aufschrift ‚Exit' über der Tür. An der linken Seite fanden die Polizisten eine weitere, allerdings verschlossene Tür. Schnell war die Tür aufgebrochen. Dahinter befand sich jedoch nur ein kleiner Wartungsraum mit Sicherungskästen und Rohrleitungen, die im Boden verschwanden. Enttäuscht schlossen die Männer die Tür der kleinen Kammer.

Rita wurde ungeduldig. Sie hatte das Gefühl, dass sie hier Zeit verschwendeten. Gleichzeitig wusste sie, dass die Männer vorsichtig agieren mussten, da niemand wusste, wer sich hier unten verborgen hielt. Sie atmete erleichtert auf, als der Detective das Signal gab, weiter vorzudringen. Gerade als sie die Tür mit der Aufschrift ‚Exit' erreicht hatten, trafen weitere Fahrzeuge der kanadischen Polizei ein. Aus den schwarzen SUVs sprangen Spezialisten der Terrorabwehr. Diese Männer, in schwarzen Kampfmonturen und Splitterschutzwesten, hielten alle Maschinenpistolen in ihren Händen und stürmten heran. Ein Offizier kam heran und besprach sich kurz mit Detective Montejus. Der nickte nur, sagte einige Worte zu dem Spezialisten und trat zur Seite. Daraufhin schoben sich die Männer der Terrorabwehr an den anderen vorbei und stießen die Tür auf.

Die Panik im Kontrollraum war nun komplett. Auf dem großen Bildschirm beobachtete man das Eindringen schwerbewaffneter Spezialeinheiten. Es konnte nicht lange dauern, bis die ersten Eindringlinge hier auftauchten. Die Mitarbeiter der Station verließen ihre Arbeitsplätze. Die Sektionsleiter hatten sich schon seit zwanzig Minuten nicht mehr blicken lassen. Angeblich wollten sie die Situation und Verteidigungsmöglichkeiten besprechen. In Wirklichkeit waren sie längst in den Tunneln der Station verschwunden. Auf einem Bildschirm schrie ein Madun Anweisungen, die ungehört verhallten.

Niemand der Anwesenden interessierte es noch, was die Aliens wollten. Der uralte menschliche Instinkt, sein eigenes Leben zu schützen, beherrschte das Denken der Stationsmitarbeiter. Hier ging es um keine Ideologie, die aus normalen Menschen Märtyrer machte, welche sich in einen letzten Kampf warfen. Nein, hier war niemand, der gewillt war, für die Außerirdischen sein Leben zu opfern. So geschah etwas, was in jahrelanger Planung nie auch nur in Erwägung gezogen worden war. Die ausgeklügelten Sicherheitsmaßnahmen, wie automatisierte Waffensysteme, Säuredüsen und verschiebbare Stahlwände, die jegliches Vorankommen beinahe unmöglich machten, wurden nicht aktiviert. Stattdessen rannten die Männer und Frauen zu den engen Fluchtgängen und verschwanden darin. Einer der letzten Flüchtenden, ein Computertechniker, dachte noch kurz an die Selbstzerstörungseinrichtung, verwarf aber diese Option schnell. Wenn er von den Behörden gefasst wurde, wollte er nicht für den Tod anderer Leute zur Verantwortung gezogen werden.

Schon nach wenigen Minuten war die unterirdische Station geräumt. Nur in den Fluchttunneln hörte man hastige Schritte.

In dem Raumschiff tobten die Madun. Auf die Menschen war kein Verlass. Es blieb nur die Flucht. Die Menschen hatten den Auftrag, die Station zu sprengen. Damit würde jedes Zeugnis ihrer Anwesenheit hier getilgt werden. Ihr kleines Raumschiff, das nur zu Observationszwecken eingesetzt wurde, war nicht ausreichend bewaffnet, um es für einen Kampf einzusetzen. Eine bewaffnete Konfrontation war im Moment auch nicht sinnvoll. Der Kommandant gab den Befehl, den Schacht zu öffnen. Dabei war es nun unwichtig, die Tarnung aufrechtzuerhalten. Das Notprotokoll wurde eingeleitet und der Schachtdeckel abgesprengt.

Mitten im Wald explodierte eine kleine Lichtung. Ein Suchtrupp hatte nur Minuten vorher die Lichtung, die mit Büschen und dürrem Gras bewachsen war, verlassen und befand sich nur hundert Meter entfernt. Eine mächtige Druckwelle schleuderte sie zu Boden und gleich darauf regneten Trümmerteile auf sie herab. Wie durch ein Wunder wurde niemand ernsthaft verletzt.

Die Polizisten, durch den Explosionsknall vorübergehend taub geworden, erhoben sich geschockt. Durch lautes Rufen versuchten sie sich zu verständigen, was aber total misslang. Eine weitere starke Windböe brachte sie erneut ins Wanken. Mit offenen Mündern und ungläubigen Gesichtern sahen sie, wie sich ein Diskus scheinbar aus der Erde erhob und dann mit unglaublicher Geschwindigkeit nach oben verschwand.

„War das ein UFO?", fragte ein Polizist, doch seine Frage verwehte ungehört.

Die Anlage war mehr als verwirrend. Gänge verzweigten sich und manche endeten an roh behauenem Fells. Andere führten sie im Kreis herum. Treppen gingen in die Tiefe und andere nach oben. Unzählige Türen verschlossen Büros und Lagerräume. Ein großes Labor, das anscheinend lange nicht benutzt worden war, brachte auch keine Überraschung. Ein lautes Explosionsgeräusch ließ die Suchenden schreckhaft zusammenzucken. Sie glaubten alle, dass nun die Unbekannten die Anlage sprengen würden. Als dann nichts weiter geschah, suchten sie weiter. Verwirrend war der Umstand, dass sie auf keinerlei Gegenwehr stießen. Nicht ein einziger Gegner zeigte sich. Rita und Carmen wurden immer verzweifelter.

„Wie sollen wir in diesem Labyrinth nur Paul finden?", fragte Rita ihre Freundin Carmen.

Yavuz hatte ebenfalls völlig die Orientierung verloren. Er fragte sich, wie lange es dauern mochte, aus dieser Anlage herauszufinden. Roger quälten ähnliche Gedanken. Da ertönte von weiter vorne ein Ruf, der immerhin etwas Hoffnung brachte.

„Hier scheint die Zentrale oder der Kommandostand der Anlage zu sein."

Die Suchtruppe stürmte nach vorne. Sie betraten einen Raum, der circa dreißig Meter im Durchmesser maß. An einer Wand waren große und kleinere Bildschirme angebracht. Sie zeigten unterschiedliche Sektionen der Anlage und auf dem größten Bildschirm eine Höhle beachtlichen Ausmaßes. Im Raum verteilt standen zwanzig Tische mit weiteren Bildschirmen und Computerkonsolen. Der Suchtrupp verteilte sich und ging durch die Reihen der Arbeitsplätze.

Es war Carmen, die auf einmal laut rief: „Da ist Paul. Seht ihr!"

Auf einem der PC-Monitore war ein Raum von oben zu sehen. In der Mitte des Zimmers stand eine Art Krankenliege, auf der ein

Mann lag. Er lag reglos da, doch ein leichtes Heben und Senken seines Brustkorbs bezeugte, dass er noch am Leben war. Am rechten oberen Bildschirmrand war eine Bezeichnung zu lesen. C13B. Nun drängten sich Roger, Rita und Carmen vor den Bildschirm.

„Das ist eine Raumnummer", vermutete Roger.

Lauter rief er: „Versucht einen Systemplan der Anlage zu finden. So etwas muss es hier geben. Und dann sucht ihr nach dem Raum mit der Bezeichnung C13B."

***

Langwierige Verhöre

Walt stand am Ausgang eines Zeltes. Er brauchte frische Luft. Schon seit Stunden verhörten Vernehmungsspezialisten jeden, der im Vatikan vorläufig festgesetzt worden war. Hanky und er waren vor einer Stunde zu den Verhörzelten gekommen. Dort unterrichteten sie den verantwortlichen Teamleiter darüber, dass der Camerlengo tot war und seine Leute verhaftet. Der Teamleiter reagierte sofort, griff sich ein Mikrofon und verkündete diese Nachricht lautstark. Betroffene Gesichter zeigten diejenigen, die nun realisierten, dass auch ihre Karriere hier ein Ende finden würde. Einige versuchten zu retten, was noch zu retten war, und sagten aus. Andere Verdächtige schwiegen beharrlich.

Hanky vereinfachte das Verhörprozedere, indem er die Menschen aussortierte, die an keiner Verschwörung beteiligt waren. Die Zelte leerten sich allmählich. Zurück blieben zwei Gruppen. Die eine Gruppe bildeten die Priester, Bischöfe und Kardinäle, die den Camerlengo unterstützt hatten. Die andere Gruppe bildeten Priester, Gardisten und einige Männer der Schweizergarde, die unter dem Einfluss des Pater Marcus gestanden hatten. Diese Menschen konnten nicht zur Rechenschaft gezogen werden, da sie nicht aus eigenem Antrieb dem Pater gefolgt waren. Nachdem die Gruppen vorerst identifiziert waren, verließ auch Hanky das Zelt. Er schaute sehnsüchtig zum Himmel hinauf und fragte sich, wie lange es wohl noch dauern mochte, ehe er nach Hause fliegen konnte. Walt trat zu ihm und schaute auch nach oben.

„Heimweh?", sagte er leise. „Oder?"

„Seit wann kannst du Gedanken lesen, Walt?"

„Dazu brauch ich keine übersinnlichen Fähigkeiten. Mir geht der Vatikan und Rom langsam auf den Geist. Ich will auch heim und mal eine Zeit lang keine Abenteuer erleben."

„Wir sollten mal nach Rich schauen. Der arme Kerl hat sich einiges aufgehalst. Ich glaube, es wäre an der Zeit, dass er seine Verantwortung abgibt."

„Das glaube ich auch, Hanky. Müssen wir noch lange in Rom bleiben?"

„Ein wenig schon, Walt. Ich habe das unangenehme Gefühl, dass wir noch etwas von Pater Marcus hören werden. Hast du gehört, der Papst ist wieder aufgetaucht und will zurück in den Vatikan."

„Wer entscheidet das?"

„Keine Ahnung? Er ist ja immerhin das Oberhaupt des Vatikans. Na, wir werden sehen. Komm, lass uns zu Rich fahren und sehen, wie es ihm geht."

Kurze Zeit verließ ein SUV der US-Streitkräfte das Gelände des Vatikans und fuhr durch die Stadt zur US-Botschaft. Die Fahrt dauerte länger als erwartet, da sich unzählige Menschen auf den Straßen rund um den abgeriegelten Vatikan aufhielten.

„Wo wollen die denn alle hin?", fragte Walt.

„Zu der Demonstration, die der angebliche Papst heute Abend veranstalten will", antwortete der Fahrer des SUVs.

Hanky schaute Walt achselzuckend an.

„Wir bekommen auch nicht alles mit, was so passiert, Walt. Na, Rich wird uns schon erzählen, was sonst noch so geschehen ist."

Walt nickte ergeben und schaute dann interessiert aus dem Fenster. Nach weiteren dreißig Minuten erreichten sie die US-Botschaft und stiegen aus dem Wagen. Sie betraten die Residenz des US-Botschafters und wurden von einem Soldaten direkt zu Richard gebracht. Kaum hatten sie die Tür zu dem Büro geöffnet, das Rich derzeit benutzte, kam dieser um einen Schreibtisch herum und begrüßte sie herzlich. Es befanden sich noch weitere Männer in dem Zimmer, die an

Computern saßen und über Headsets mit Einsatzkräften überall in der Stadt sprachen.

„Mann, bin ich froh euch zu sehen“, rief Richard. „Mir wächst die ganze Sache so langsam über den Kopf. Zum Glück hat der Präsident einen Koordinator geschickt, der in Kürze hier eintreffen wird. Dann kann der sehen, wie er zurechtkommt. Ich habe jedenfalls genug!“

„Wir auch, Rich, das kann ich dir sagen“, antwortete Walt.

„Was gibt es Neues?“, fragte unterdessen Hanky, der wusste, dass ihr Einsatz noch nicht zu Ende war.

In der nächsten halben Stunde unterrichtete Richard seine Freunde über den Stand der Dinge. Sie saßen um einen kleinen Tisch herum und eine Ordonnanz brachte frischen Kaffee. Die Männer genossen den kleinen Moment der Entspannung. Doch ihnen war keine Pause gegönnt. Ein Mann stürzte in den Raum, den sie alle kannten.

Aufgeregt trat Domenico Giani, der Generalinspekteur des vatikanischen Gendarmeriekorps, an den Tisch und sagte hektisch: „Pater Marcus ist wieder im Vatikan. Es gab erneut ein Feuergefecht zwischen unseren Leuten und den Männern des Paters. Merkwürdig ist, dass auf der Seite des Paters italienische Soldaten kämpfen und sogar einige US-Soldaten.“

***

Zurück ans Licht

Die Suche nach Paul neigte sich ihrem Ende zu. Ein Übersichtsplan der Anlage wurde nach kurzer Suche gefunden. Die Leute, die diese Station betrieben hatten, waren sich ihrer Sache so sicher gewesen, dass sie ihre Unterlagen offen zugänglich in Regalen eines Lagers aufbewahrt hatten. Der Lagerraum war nur wenige Schritte von dem als Zentrale bezeichneten großen Saal entfernt. Zusammen mit dem Detective studierten Roger und Yavuz den Plan. Unterdessen saßen Rita und Carmen vor dem Bildschirm, auf dem Paul zu sehen war. Sie ließen ihn keinen Moment aus den Augen, als könnten sie durch bloßes Hinschauen ihren Freund beschützen. Nach einigen Minuten glaubte der Detective zu wissen, wo sie Paul finden konnten. Er rief einige Männer zusammen und verließ eilig die Zentrale. Roger und Yavuz folgten wie selbstverständlich.

Als Rita bemerkte, dass die Männer den Raum verließen, stupste sie Carmen und sagte hastig: „Los, komm, ich will dabei sein!“

Gleichzeit sprangen sie auf und eilten den Männern hinterher. Sie liefen durch einen schon bekannten Flur und nach rechts in einen kleineren Flur, an dessen Ende sich eine Stahltüre befand. Sie war unverschlossen und führte in ein enges Treppenhaus. Sie stiegen zwei Stockwerke nach unten und passierten eine weitere Stahltür. Ein identisch ausschauender Flur schloss sich an. Zwei Türen weiter auf der rechten Seite öffnete Detective Piere Montejus eine Tür. Rita drängte sich an ihm vorbei und sah zuerst enttäuscht in einen nichtssagenden Vorraum, der nur einen Schreibtisch aufzuweisen hatte und an den Wänden einige Stahlregale. Der Raum erinnerte Rita an eine Arztpraxis, was der sterile Geruch zu bestätigen schien. Doch dann entdeckte sie eine weitere Tür an der linken Seite des Raumes. Alle Vorsicht vergessend stürmte sie durch das Zimmer und riss die Tür förmlich auf. Ihr eigener Schwung ließ sie in den nächsten Raum stolpern. Mit einem Jubelschrei erschreckte sie die Nachdrängenden. Vor ihr lag auf einer schmalen Liege Paul. Endlich hatten sie ihn gefunden. Einer der Polizisten forderte sofort ein medizinisches Team an. In der Zwischenzeit versuchten Rita und Carmen ihn aus seiner Bewusstlosigkeit zu wecken, was aber trotz Rufens und Wangentätschelns misslang. Rita war ganz aufgeregt und konnte es nicht abwarten, bis endlich das medizinische Team den Raum betrat. Roger und Yavuz warteten etwas abseits und besprachen, was nun noch zu tun sei.

„Wir haben hier nichts mehr zu tun, Yavuz. Ich denke, wir übernachten im Camper und fahren morgen zurück. Alles andere ist Angelegenheit der kanadischen Behörden.“

„Schade eigentlich“, meinte Yavuz in einem bedauernden Ton. „Ich hätte mir gewünscht, unser Abenteuer würde noch weiter gehen. Aber sicher hast du recht. Wenn hier Offizielle der Regierung eintreffen, dann werden wir hier sowieso rausgeschmissen. Wie auch immer, es war mir eine Freude, dass ich bei der Suche nach Paul helfen konnte. So, lass uns mal hören, was der Arzt sagt.“

Dieser war inzwischen mit zwei Sanitätern eingetroffen und untersuchte den Besinnungslosen.

Nach einigen Minuten richtete sich der Mediziner auf. Er lächelte und sagte hoffnungsvoll: „Der Mann wird bald zu sich kommen. Seine Vitalwerte sind zwar noch nicht normal, doch ich vermute, der Patient erholt sich bald. Ich gebe ihm noch ein Stärkungsmittel, das ihm hilft, seine Betäubung zu überwinden. Dann bringen wir ihn nach oben."

Es dauerte noch eine weitere halbe Stunde, ehe Paul durch Gänge, Treppenhäuser und weitere Flure nach oben gebracht wurde. Inzwischen hatten ein oder mehrere Polizeibeamte Plastikbänder gespannt, die den Weg zum Ausgang markierten. In der großen Garage stand ein Krankenwagen bereit.

Gerade als die Sanitäter die Trage mit ihrem Patienten einladen wollten, erwachte Paul. Er blinzelte zuerst, als müsse er sich an das Licht gewöhnen, dann schaute er sich suchend um. Als er Rita und Carmen erblickte, trat ein breites Lächeln auf sein Gesicht.

Leise, mit noch schwacher Stimme sagte er: „Rita, Carmen, ihr seid hier. Ich bin so froh, dass ihr mich gefunden habt."

Bevor die Frauen etwas sagen konnten, fielen Paul erneut die Augen zu. Sie dachten, er sei erneut eingeschlafen.

Doch dann sagte er leise: „Bringt mich zurück ans Licht. Ich möchte den Himmel sehen."

***

Erstaunliche Besserung

Sergio Camas, der Führer der UCD mit seinen Soldaten Gottes, hatte sich erstaunlich gut erholt. Er konnte sogar schon ohne Hilfe im Zimmer auf und ab gehen. So stand er am Fenster und schaute hinaus auf einen mit Müll und Unrat übersäten Hinterhof. Ja, das war das New York, das er kannte. Dreckig und unordentlich. Dennoch liebte er diese Stadt, auch wenn seine geliebte Frau bei den Anschlägen des 11. September gestorben war. Jeden Tag dachte er an sie und sein Leben vor diesem verhängnisvollen Tag. Er gab sich einen Moment seiner niemals endeten Trauer hin, ehe er sich umwandte. Er hatte ein Geräusch gehört. Tatsächlich, er hatte sich nicht geirrt. In der Tür stand Lil Rick, sein Stellvertreter. Lil sah müde aus, als habe er tagelang kein Auge zugetan. Sergio wusste nur zu gut, dass Lil die Zeit genutzt hatte, seinen Status in seiner Gang der Crips zu festigen. Der Kampf gegen die Terroristen hatte viel Anstrengung und Zeit gekostet. Noch immer waren seine Soldaten Gottes auf der Suche nach den Terroristen, die für die jüngsten Anschläge auf die Stadt verantwortlich waren. Doch irgendwie schien der Elan, die Wut auf die Islamisten verflogen zu sein. Es war ruhig in der Stadt. Für Sergio zu ruhig. Etwas braute sich zusammen. Die Gefahr war beinahe greifbar und dennoch nicht zu fassen. Es würde etwas geschehen, etwas Schlimmes geschehen. Eine düstere Vision plagte Sergio, bei der er sterben würde. Er verscheuchte den Gedanken und ging langsam auf Lil zu.

„Hallo mein Freund, schön, dass du mich besuchen kommst. Wie geht es dir?“

„Ach, ich weiß nicht recht, Sergio“, antwortete Lil mit bedrückter Stimme. „Irgendetwas scheint sich in der Stadt zusammenzubrauen. Es ist wie die Ruhe vor dem Sturm. Außerdem sind wir keinen Schritt mit unserer Suche nach den verdammten Arabern weitergekommen. Unsere Leute werden unruhig. Wenn uns nicht bald etwas einfällt, zerstreuen sich die Soldaten Gottes in alle Winde.“

„Du hast recht, Lil. Wir müssen wieder aktiv werden. Damit ich mir ein Bild der Lage machen kann, möchte ich morgen früh mit dir und ein paar Männern nach Manhattan fahren. Ich muss die Stadt wieder spüren. Verstehst du?“

Lil verstand nur zu gut. Er brauchte auch das Gefühl, die Energie, die diese Stadt ausstrahlte. Andere Menschen suchten die Wälder und die Natur, um sich frei zu fühlen. Sergio und er lebten erst im Gewimmel der Millionen auf.

„Also abgemacht, Lil. Hol mich morgen so um halb Neun ab. Wir können dann in der Stadt zusammen frühstücken. So, jetzt muss ich mich erst noch ein wenig ausruhen. Danke nochmals für deinen Besuch.“

Damit schlurfte Sergio auf die alte Couch zu und ließ sich ächzend darauf nieder. Lil wollte noch etwas sagen, winkte dann aber ab. Er konnte alles mit Sergio besprechen, wenn sie in die Stadt fuhren. Er drehte sich herum und verließ den Raum grußlos. Etwas stimmte auch hier nicht. Noch nie hatte er Sergio so betrübt und unsicher verlassen.

***

Unerwartete Abreise

Roger und Yavuz schauten dem Krankenwagen hinterher, der Paul ins nächste Regionalkrankenhaus bringen würde. Rita und Carmen begleiteten ihren Freund. Paul war noch einmal zu sich gekommen, ehe der Krankenwagen abfuhr. Er hatte mit Roger gesprochen und sich nach Hanky erkundigt. Der FBI-Agent konnte Paul nur sagen, dass Hanky sich im Moment in Rom befand. Zu mehr kam er nicht, da Paul schon wieder eingeschlafen war. Die Anstrengungen der letzten Tage und nicht zuletzt die permanente Zufuhr unbekannter Medikamente hatten seinen Körper sehr belastet.

„Roger", sprach Yavuz den FBI-Mann an und unterbrach dessen Grübeln, „wollen wir einen Spaziergang machen? Die frische Luft wird uns guttun. Oder hast du es eilig, zu unserem Wohnmobil zu kommen?"

„Nein, ich habe es im Moment nicht eilig. Ja, wir gehen durch den Wald zurück zu unserem Camper. Dabei bekommen wir auch Appetit. Dort unten am See ist ein kleiner Diner. Sag mal, wann haben wir eigentlich das letzte Mal etwas gegessen?"

„Heute früh um sechs Uhr."

„Dann los, mir knurrt schon der Magen."

Sie verabschiedeten sich von Detective Piere Montejus und bedankten sich für seine Hilfe. Sie versprachen sich, in Kontakt zu bleiben. Dann gingen sie davon und verschwanden gleich darauf im Wald.

Auf ihrem Weg unterhielten sie sich und stellten Vermutungen an, wer wohl diese Anlage unter der Erde erbaut hatte. Auf halben Weg kamen die beiden an der ehemaligen Waldlichtung vorbei. Neugierig näherten sie sich einem großen Krater. Vorsichtig traten sie bis an die Kante und schauten erstaunt in eine gewaltige Höhle unter sich. An der Seite sahen sie metallene Stege und Treppen. Auf dem Boden der

Höhle standen Container und in der Mitte war der Beton schwarz, als hätte es dort gebrannt.

„Das ist ein Teil der Anlage, den wir noch nicht gesehen haben“, staunte Roger.

„Was da unten wohl gestanden hat?“, fragte Yavuz.

„Wie meinst du das? Was soll denn da gestanden haben?“, fragte Roger.

„Na, neben dem schwarzen Beton sind runde Abdrücke von irgendetwas. Der Beton ist an diesen Stellen nicht verbrannt. Sehr merkwürdig! Am liebsten würde ich da runterklettern und mir die Sache genauer anschauen.“

„Nichts da“, lehnte Roger beinahe schroff ab. „Das ist nicht mehr unsere Angelegenheit. Das Militär wird sich der Sache annehmen.“

„Schade“, bedauerte Yavuz, „dann werden wir nie erfahren, was dort unten vorgegangen ist.“

Sie schauten noch einige Minuten hinunter in die Höhle, dann gingen sie weiter. Yavuz blickte noch einmal bedauernd zurück. Dann marschierten sie weiter. Sie waren nicht mehr weit vom Campingplatz entfernt, als Rogers Handy sich mit einem schrillen Klingelton meldete. Mit einem entsagungsvollen Seufzer zog er das Telefon aus seiner Jackentasche. Er schaute auf das Display und sagte zu Yavuz: „Die Zentrale in Washington. Das bedeutet neuen Ärger. Verdammt!“

Dann hob er ab und meldete sich. Yavuz konnte nicht hören, was gesprochen wurde, doch an Rogers sorgenvollem Gesicht erkannte er, dass ihre Zeit in Kanada wohl vorüber war. *Schade,* dachte er. *Ich hätte mir die Gegend gerne noch ein wenig angeschaut.*

Roger sagte nach einer Weile zu dem unbekannten Anrufer nur noch: „Okay, ich komme. Wann wird der Helikopter bei mir sein? – Gut, das schaffe ich. Ich melde mich dann, wenn ich in New York angekommen bin. – Ja. – Gut!“

Roger beendete das Telefonat mit einem Tastendruck. Dann schaute er einen Moment blicklos, als müsse er nachdenken.

„Yavuz, ich muss nach New York.“

„Was ist denn geschehen?“

„Noch nichts, aber Washington hat soeben die höchste Terrorwarnstufe ausgerufen. In New York soll es einen Anschlag geben.“

„Schon wieder?", fragte Yavuz, doch es war eher eine rhetorische Frage.

Dennoch antwortete Roger: „Ja, schon wieder!"

Er dachte einen Moment nach und entschloss sich Yavuz zu berichten, was vorgefallen war. Er konnte diesem Mann vertrauen, das hatte sich schon mehr als einmal gezeigt.

„Was ich dir jetzt sage", fing er an, „unterliegt der Geheimhaltung. Du weißt, dass du niemand davon erzählen darfst. Als freier Mitarbeiter aber hast du das Recht, zu erfahren, was vor sich geht."

Yavuz nickte ernst und wartete, dass Roger weitersprach.

„In New York hat die Polizei durch Zufall ein Mitglied eines mexikanischen Drogenkartells festgenommen. Der Mann war schon lange auf den Fahndungslisten und hat einiges auf dem Kerbholz. Jedenfalls wollte er einen Deal, damit seine zu erwartende Strafe nicht so hoch ausfällt. Die Beamten sind darauf eingegangen, zum Glück, muss man sagen. Denn was er den Detectives berichtet hat, kann unser Land und die Stadt New York vielleicht vor großem Schaden bewahren. Er hat einen Deal vermittelt, bei dem er dreißig Männer von Mexiko aus in die USA geschleust wurden. Diese Männer, er weiß angeblich nicht, wer diese Leute sind und was sie vorhaben, sind von der Grenze bis nach New York City gebracht worden. Das kann nur eines bedeuten: Weitere Terroristen sind in New York City eingetroffen! Was sie planen, ist uns noch nicht bekannt. Deshalb hat die FBI-Zentrale in Washington alle verfügbaren Agenten nach New York beordert. Das heißt, ich werde gleich abgeholt. Es war wohl nichts mit ein paar freien Stunden. Ich werde Detective Montejus bitten, für dich einen Flug nach Hause zu organisieren."

„Du wirst was?", protestierte Yavuz. „Du willst mich einfach hier zurücklassen? Das geht gar nicht! Wie du vorhin freundlich bemerkt hast, bin ich freier Mitarbeiter des FBI. Mir ist klar, dass dies einmal als so eine Art Auszeichnung gedacht war. Aber erinnere dich, auch ich habe einen Eid geschworen. Wenn alle verfügbaren FBI-Mitarbeiter nach New York beordert werden, dann betrifft das auch mich. Natürlich werde ich dich begleiten!"

Roger war einen Moment verblüfft über den Redeschwall, den Yavuz soeben empört von sich gegeben hatte. Er bewunderte seinen deutschen Freund für dessen Loyalität einer Behörde eines Landes gegenüber, dessen Staatsbürger er nicht einmal war. So beschloss er, Yavuz mit nach New York City zu nehmen.

Mit ernster Stimme antwortete er ihm dann: „Also gut. Du kannst mitkommen. Sei dir aber bewusst, dass es sehr gefährlich werden kann."

„Ich werde schon auf mich aufpassen!", antwortete Yavuz ruppiger als gewollt.

Zusammen gingen sie den Hügel hinunter zum Parkplatz. Roger telefonierte dabei mit Detective Montejus, der erstaunt war, dass Roger sich schon wieder bei ihm meldete. Der Detective versprach, sich um die Frauen und Paul zu kümmern. Auch der Rücktransport der Wohnmobile stellte kein Problem dar.

Nachdem Roger sein Gespräch beendet hatte, schaute er Yavuz von der Seite an und konnte es sich nicht verbeißen, spöttisch zu sagen: „Wenn du aufgeregt bist, mein Freund, verlierst du beinahe deinen Akzent."

Yavuz überlegte, ob er auf diesen Spruch reagieren sollte. Dann aber grinste er Roger auf seine besondere Art einfach nur frech an.

***

Tödliche Konfrontation

Ein Hubschrauber landete unmittelbar vor der US-Botschaft. Hanky und Walt rannten geduckt zu der Maschine und sprangen hinein. Kaum hatte sich die Schiebtür geschlossen, als der Helikopter auch schon wieder abhob. Vor der Botschaft blieb Richard zurück und beobachtete, wie seine Freunde davonflogen. Er hatte ein ungutes Gefühl und sein Magen zog sich schmerzhaft zusammen.

Wenn das nur gut geht ..., dachte er besorgt. Nervös zündete er sich eine Zigarette an und schaute noch immer in die Richtung, in der der Hubschrauber längst verschwunden war.

Eine schwarze Limousine stoppte direkt vor ihm. Einige Männer in dunklen Anzügen stiegen aus dem Wagen. Einer von ihnen kam auf Richard zu und fragte: „Sind Sie Richard Miller?"

„Ja, der bin ich", antwortete Richard verwundert. Doch gleich darauf fand er seine Schlagfertigkeit zurück.

„Und wer sind Sie, wenn ich fragen darf?"

Der Mann schmunzelte, doch dann wurde sein Gesicht wieder ernst.

„Ich bin der neue Koordinator und soll Sie ablösen!"

„Na dann kommen Sie mal mit, ich zeige Ihnen alles. Ich hoffe Sie wissen, dass eine Menge Arbeit auf Sie wartet."

Der Mann nickte nur und folgte Richard in die Botschaft.

Der Flug zum Vatikan hatte nur wenige Minuten gedauert. Die Straßen, die sie überflogen, waren voller Menschen. Ganz Rom schien auf den Beinen zu sein. Hanky und Walt waren froh, dass sie den Hubschrauber angefordert hatten. Denn auf den Straßen war im Moment kein Durchkommen. Mechanische Windböen ließen Zeltbahnen flattern, als sie direkt neben den Verhörzelten in den Vatikanischen Gärten zur Landung ansetzten. Kaum hatte der Hubschrauber den Boden berührt, sprangen Hanky und Walt aus der Maschine und rannten zum nächsten Zelt. Dort erwartete sie schon ein Offizier. Er salutierte, doch Hanky winkte nur ab. Im Moment war nicht die Zeit für Förmlichkeiten. Schnell wurden er und Walt von der momentanen Situation unterrichtet.

„Ich weiß nicht, was wir machen sollen", bedauerte der Offizier. „Wenn wir uns dem Pater nähern, also näher als dreißig Meter, dann fallen unsere Männer einfach um oder greifen unerklärlicherweise ihre eigenen Kameraden an."

„So unerklärlich ist das gar nicht", antwortete Hanky. „Was ich nur wissen muss, ist, wo sich der Pater im Moment aufhält. Den Rest erledigen Mister Kessler und ich."

Der Offizier blickte verständnislos zu den beiden Männern, die irgendwie nicht den Eindruck von Kämpfern machten. Doch er wusste, dass diese Männer die Befehlsgewalt innehatten. So fragte er nicht nach, sondern ging mit ihnen zu einem Kartentisch, auf dem ein Plan des Vatikans ausgebreitet war. Dabei zeigte er auf ein Gebäude, das vier Stockwerke hatte und mit einigen anderen Häusern verbunden war.

„Dies hier ist der Apostolische Palast. Wir haben es hier aber nicht mit einem einzelnen Gebäude zu tun, sondern insgesamt mit zehn

Häusern – naja, wenn man es genau nimmt, sind es wohl noch mehr. Hier ist alles so aneinandergebaut, dass man nicht genau wissen kann, ob die Bauten miteinander verbunden sind. Auf jeden Fall haben unsere Späher den Pater zuletzt in diesem Haus hier im dritten Stock gesehen. Was er dort macht, wissen wir nicht."

Der Finger des Offiziers ruhte noch immer auf besagter Stelle. Hanky überlegte kurz, wie sie am besten ungesehen in das Gebäude gelangen konnten, als Walt schon eine pragmatische Idee hatte.

„Geben Sie uns einen Mann mit, der sich hier auskennt. Wenn es gefährlich wird, schicken wir ihn zurück."

Kurz darauf befanden sie sich auf dem Weg. Zuerst betraten sie durch einen Hintereingang den Petersdom. Walt sperrte seinen Mund weit auf, so sehr überwältigte ihn die Pracht dieses wohl wichtigsten Doms der Christen. Hinter der Sixtinischen Kapelle bogen sie nach links ab und erreichten durch eine kleine, unscheinbare Tür einen Hinterhof. Schnell überquerten sie den Innenhof und betraten nur wenige Meter weiter ein weiteres Haus. Es ging zwei Treppen nach oben, dann einen Gang entlang, wieder nach links und zwanzig Meter weiter nach rechts. Ein weiteres Treppenhaus lag hinter der nächsten Ecke. Sie hasteten ein weiteres Stockwerk nach unten. Dort fanden sie eine Stahltür.

Der Soldat, der sie führte, flüsterte, obwohl sich niemand in der Nähe befand: „Ab hier wird es gefährlich. Wir wissen nicht genau, wo sich die Leute des Paters befinden. Wenn Sie durch die Tür nach links gehen und dann am Ende des Flurs rechts, gelangen Sie zu einer weiteren Feuerschutztür. Direkt hinter der Tür befindet sich der Apostolische Palast, wo wir den Pater vermuten. Wenn Sie erlauben, kehre ich nun um, oder soll ich hier auf Sie warten?"

„Nein, gehen Sie nur", sagte Hanky. „Und noch einmal Danke für Ihre Begleitung. Alleine hätten wir uns vermutlich verlaufen."

Der Soldat nickte nur kurz und eilte den Gang zurück.

Als er verschwunden war, fragte Walt: „Kannst du den Pater orten?"

„Nein, Walt, er tarnt sich. Aber ich habe seinen steten Begleiter gefunden. Dieser Clint Coady hat sich versteckt. Er fürchtet sich vor dem Pater und denkt, dass der Mann völlig irrsinnig ist. Außerdem hat er Angst, von unseren Truppen getötet zu werden. Den Mann können wir vorerst vergessen."

„Also, wie gehen wir nun vor?“, drängte Walt.

„Wie geplant, Walt. Wir versuchen ungesehen in den Palast einzudringen. Wenn wir auf Widerstand treffen, hoffe ich auf deine Hilfe.“

„Was hast du denn gedacht“, knurrte Walt und zog die Stahltür auf. Neugierig blickte er durch den Türspalt und lauschte gleichzeitig. Doch alles war ruhig und keine Menschenseele war zu sehen.

„Keiner zu Hause“, witzelte Walt und schob sich in den Flur. Hanky folgte seinem Freund. So leise wie möglich folgten sie dem Gang und duckten sich unter jedem Fenster, das sie passierten. Dann standen sie am Ende des Flurs und schauten angespannt um die Ecke. Doch auch dieser Teil des Verbindungsweges zwischen den Häusern lag verlassen vor ihnen. Mit dem gleichen Prozedere schlichen sie bis zu der nächsten Stahltür.

Leise maulte Walt: „Das geht ganz schön auf den Rücken!“

Hanky legte seinen Finger auf die Lippen und bedeutete Walt, sich still zu verhalten. Er scannte mit seiner besonderen Gabe den nächsten Raum und versuchte dort Gedankenmuster zu orten. Doch auch dieser schien verlassen zu sein. Auf Hankys Zeichen öffnete Walt vorsichtig die Tür, gerade weit genug, um hindurchzuschlüpfen. Zuerst sahen sie nur einen weiteren verlassenen Gang, von dem etliche Türen abzweigten. Mit einem kaum hörbaren Klacken schloss sich die Tür hinter ihnen. Gerade so, als hätten sie mit dem Schließen der Tür ein Signal gegeben, sprangen zwei amerikanische Soldaten aus einer der Türen weiter vorne. Sie hatten bereits ihre Maschinenpistolen in Anschlag gebracht und feuerten ohne Warnung. Walt war jedoch wachsam und errichtete ein telekinetisches Kraftfeld. Die Kugeln prallten an dem unsichtbaren Feld wirkungslos ab und schossen in alle Richtungen, wie ein aufgescheuchter Hornissenschwarm, zur Seite. Als wäre eine Splitterbombe explodiert. Die Soldaten brachen, von den eigenen Kugeln getroffen, blutend zusammen. Hanky und Walt stürmten voran. Um die getroffenen Soldaten konnten sie sich nicht kümmern. Ein schneller Blick genügte, um festzustellen, dass sich in dem Raum, aus dem die Soldaten gekommen waren, sonst niemand aufhielt. Sie eilten weiter.

An der nächsten Ecke des Flurs erwartete sie eine weitere Überraschung. Drei weitere US-Soldaten hatten Handgranaten gezogen und warfen diese in dem Moment, als Hanky und Walt auftauchten.

Walt griff wieder mit seiner Telepathiegabe zu und schleuderte die Granaten durch ein geschlossenes Fenster. Glas splitterte und ein paar Sekunden später hörten sie dumpfe Explosionsgeräusche vor dem Haus. Hanky indes setzte die Soldaten mit gezielten telepathischen Schlägen außer Gefecht. Die Männer griffen sich schmerzerfüllt an die Köpfe und brachen gleich darauf besinnungslos zusammen. Hanky und Walt sprangen über die Bewusstlosen und rannten weiter. Hinter sich hörten sie ein Geräusch. Am Ende des Flurs war ein weiterer Soldat aufgetaucht. Auf seiner Schulter hatte er eine Panzerfaust. Kaum erklang das hässliche Zischen der abgefeuerten Rakete, als diese auch schon an Walts Schutzschirm detonierte. Die Wucht der Explosion brachte einen Teil der Außenwand zum Einsturz. Der Soldat, der die Rakete abgefeuert hatte, lag mit verrenkten und zum Teil abgetrennten Gliedern an einer Wand.

Hanky schüttelte bedauernd den Kopf und Walt sagte betreten: „Dem ist nicht mehr zu helfen."

Laut schrie er voller Zorn über dieses weitere Opfer: „Mehr hast du nicht zu bieten, Pater? Dann fang schon mal mit dem Beten an. Wir kommen dich jetzt holen und bringen dich dorthin, wo du hingehörst. Willst du wissen, wo das ist? Es ist nicht der Himmel, darauf kannst du dich verlassen!"

Hanky schaute Walt an und er verstand. Sein Freund wollte nicht länger zulassen, dass ein verblendeter, machtgieriger Mann im Priestergewand über Leichen ging. Sie würden den Kerl zur Strecke bringen, und zwar sofort.

Entschlossen gingen die beiden Freunde weiter. Sie untersuchten jeden Raum, doch dieses Stockwerk schien geräumt zu sein. Gerade als sie diese Etage verlassen wollten, um einen Stock tiefer ihre Suche nach Pater Marcus fortzusetzen, hörten sie ein leises Geräusch. Etwas wimmerte wie ein kleines Kind. Sie gingen noch einmal zurück und folgten dem Geräusch. In einem Büro wurden sie fündig. In einem Wandschrank saß zusammengekrümmt Clint Coady. Tränen liefen über sein Gesicht und er zitterte am ganzen Körper.

Walt beugte sich über den Mann und fragte nur: „Wo ist der Dreckskerl?"

***

Reinigung

Papst Gregor war mit seinem neuen Freund Pietro und dessen Bekanntem Acar vom Petersplatz zurück in die Stadt gegangen. Pietro war ganz flau im Magen. Seit der Papst alle Christen in Rom dazu aufgerufen hatte, mit ihm zusammen von der Engelsburg bis zum Petersplatz zu ziehen, nagte eine unbestimmte Angst in seinen Eingeweiden. Wenn der Aufruf des Papstes gehört wurde, dann würden tausende Menschen kommen, um den Papst zu begleiten. Es gab keine Sicherheitsmaßnahmen, niemanden, der die Massen leitete, niemanden, der den Papst beschützte. Schon jetzt folgte ihnen eine Traube von Menschen und natürlich Reportern. Es hatte sich schnell herumgesprochen, dass der Papst wieder in Rom war und seinem Anspruch als Oberhirte Geltung zu verschaffen gedachte. Acar und Pietro hatten den Heiligen Vater in ihre Mitte genommen und gingen langsam den Bürgersteig entlang. An einem kleinen Restaurant, welches in einer Seitenstraße gelegen war, blieben sie stehen. Acar rieb seinen Bauch und schaute sich dabei die ausgehängte Speisekarte an.

Mit bestimmendem Ton sagte er dann: „Ich weiß ja nicht, wie es euch geht, aber ich muss jetzt etwas essen!"

Er wartete nicht auf eine Antwort seiner Begleiter, sondern hakte sich bei Papst Gregor unter und zog ihn förmlich in die Gaststube. Pietro folgte den beiden mit einem Schmunzeln. Drinnen staunte ein Kellner nicht schlecht über die Ankunft dieser Gäste. Er hatte den ganzen Tag seinen Fernseher im Hinterzimmer laufen und verfolgte bei jeder Gelegenheit die Nachrichten. Natürlich hatte er die Bilder gesehen, wo ein Mann behauptete, der Papst zu sein. Er wusste nicht so recht, ob er der Meldung Glauben schenken sollte oder ob es sich um einen Spinner handelte, der Aufmerksamkeit brauchte. Dass gerade dieser Mann sein Lokal betrat, war erstaunlich. Auf der anderen Seite, warum nicht? Auch ein Papst war hungrig – oder einer, der glaubte, der Papst zu sein. Höflich führte er seine Gäste an einen Tisch, der im hinteren Bereich des Lokals lag. Es war der beste Tisch des Restaurants und sehr gemütlich in einer kleinen Nische platziert.

Die drei Männer setzten sich und der Kellner reichte ihnen die Speisekarte. Dabei fragte er nach den Getränkewünschen.

Als der Kellner gegangen war, sagte der Papst besorgt: „O je, ich habe kein Geld bei mir."

„Ich habe auch nicht mehr viel", stellte Pietro fest, der in seinen Hosentaschen kramte.

„Na, dann ist es doch prima, dass ihr einen liquiden Moslem bei euch habt. Keine Angst, ich übernehme die Zeche."

Als der Kellner die Getränke brachte, fragte er vorsichtig: „Sind Sie wirklich der Papst?"

Papst Gregor lächelte und antwortete dem Mann: „Ja, ich bin der Papst."

Laute Stimmen unterbrachen den Heiligen Vater, der gerade überlegte, ob er dem Kellner eine umfassendere Auskunft geben sollte. Menschen drängten in den kleinen Gastraum. Allen voran Kamerateams und Reporter, eben Paparazzi, die jeder Sensation hinterherjagten. Sie drängten an den Tisch heran, filmten und schrien Fragen in den Raum. Nun wurde es dem Kellner und auch Acar zu viel. Sie schoben die Reporter aus dem Raum, wobei ihnen noch ein stämmiger Koch zu Hilfe kam. Er hatte in der Küche das Geschrei gehört und an einen Überfall gedacht. Er war der eifrigste Kämpfer und nach wenigen Minuten waren alle Störenfriede aus dem Restaurant gedrängt. Die Tür wurde abgeschlossen und ein Vorhang versperrte die Sicht ins Innere.

„Na, das wird ja was werden nachher an der Engelsburg", sagte Pietro mit sorgenvoller Stimme und war froh, dass die Reporter nicht mehr im Lokal waren.

„Ich hoffe, es wird nicht so schlimm", antwortete der Papst zuversichtlich. Wenn ich meine Soutane trage, dann haben die Menschen hoffentlich etwas mehr Respekt."

Er holte die Plastiktüte unter dem Tisch hervor und zog besagte Soutane heraus. Diese sah sehr mitgenommen und verdreckt aus. Auch der weiße Schulterumhang, die sogenannte Mozzetta, sah nicht besser aus. Die Scheitelkappe, das Pileolus, fehlte allerdings. Der Papst hatte sie während seiner Gefangenschaft wohl verloren.

Als der Kellner zurück zum Tisch kam, um die Bestellung aufzunehmen, fragte ihn Pietro: „Gibt es hier in der Nähe eine Schnellreinigung?"

Vatikanische Nekropole

Durch den verlassenen Petersdom huschte eine Gestalt. Der schwarze Anzug flatterte wie eine Todesfahne um seinen Körper. Der Mann hatte in den letzten Tagen einiges an Gewicht verloren, was ihm im Moment völlig gleichgültig war. Er brauchte Kraft, viel Kraft, denn er wusste, dass ein Feind nahte, der sehr mächtig war. Um ihn zu besiegen, und er würde siegreich aus diesem Kampf hervorgehen, da war er sich sicher, brauchte er Energie. Lebensenergie! Pater Frank Marcus rannte bis zu einer kleinen Tür, die direkt zum Petersplatz führte. Vorsichtig schob er sie auf, bis er hinausschauen konnte. Die hereinbrechende Nacht legte hilfreich einen Schatten auf ihn. Mit brennenden Augen schaute er hinüber zu der Menschenmenge, die sich vor dem Petersplatz versammelt hatte. Sie erwarteten den Papst. Pater Marcus war das recht. Sollte der Alte ruhig zurückkehren. Es würde eine Kleinigkeit sein, ihn erneut unter seine Kontrolle zu bringen. Danach konnte er darangehen, seine Machtposition so auszubauen, dass den Kardinälen keine andere Möglichkeit blieb, als ihn zum neuen Papst zu wählen.

Mit seinen geistigen Tentakeln griff er unsichtbar und wahllos in die Menge hinein und saugte Lebensenergie. Reihenweise fielen Menschen in Ohnmacht. Sie sackten einfach in sich zusammen und blieben reglos liegen. Panik brach aus, da die Umstehenden glaubten, ein erneuter Terrorakt sei im Gange. Dies alles kümmerte den Pater nicht im Geringsten. Nach einigen Minuten hatte er so viel Lebensenergie in sich gesammelt, dass sein Körper mit einem heftigen Schweißausbruch reagierte. Sein Atem verließ stoßweise seinen Mund, sein Herz raste. Schwankend lehnte er sich an die Türfüllung. Er wartete einen Moment, und als sein Pulsschlag sich verlangsamte, ließ er die Tür zufallen. Er drehte sich herum und eilte schnellen Schrittes durch den Dom. Sein Ziel war der rechte Pfeiler der Vierung direkt unter der Kuppel des Petersdoms. Dort stieg er eine enge Treppe hinunter, die sich in dem Pfeiler verbarg. Die Treppe führte direkt in die Vatikanischen Grotten. Ein prächtiger, mit Mosaiken belegter Raum mit einer Gewölbedecke erwartete ihn. Hier unten lagen dreiundzwanzig Päpste. Der Pater hatte kein Auge für die enorme Pracht dieser Grabstätten. Seine Schritte hallten laut durch die Mittelachse der Ringkrypta hinter der Capella Clementina. Er war noch nicht am Ziel. Nein, seinen Gegner würde er in der Vatikanischen Nekropole erwarten.

Dieser wohl älteste Teil des Vatikans würde eine prächtige Kulisse für seinen Sieg darstellen. Diese historische Ausgrabungsstätte zeigte Mausoleen, die schon seit Zeiten des Kaisers Caligula von den vornehmen römischen Familien als Grabstätten genutzt worden waren. Selbst der Apostel Petrus war hier unten bestattet.

Er eilte eine weitere Treppe nach unten und betrat die Nekropole.

Clint Coady hatte die Wahrheit gesagt. Walt und Hanky hörten die hallenden Schritte. Jemand eilte durch den Petersdom. Dann verklangen die Schritte und es wurde ruhig.

„Wo hat sich der Kerl versteckt?“, fragte Walt erbost.

„Ich weiß auch nicht“, antwortete Hanky. „Ich kann den Pater nicht orten. Er hat seine Gedanken verschlossen.“

„Na dann müssen wir wohl auf die altmodische Art suchen“, knurrte Walt. Selten hatte Hanky seinen Freund so zornig erlebt. Es war gerade so, als ob Walt sich auf einem persönlichen Rachefeldzug befände.

„Mach mal langsam, mein Freund“, versuchte Hanky ihn zu beruhigen. Er wollte gerade weiterreden, als er in seinem Geist eine gewohnte Präsenz spürte. Sofort unterbrach er jeden anderen Gedanken und konzentrierte sich.

Walt schaute Hanky verwundert an und fragte besorgt: „Was ist los? Kannst du den Kerl jetzt orten?“

Hanky schüttelte den Kopf und sagte erleichtert: „Nein. Es ist Paul.“

Walt wusste aus früheren Erfahrungen, dass er sich nun still verhalten musste, jedenfalls bis sich Hanky an die geistige Anwesenheit des Traumsehers gewöhnt hatte. Doch zum Glück dauerte die Gewöhnungsphase nur wenige Sekunden. Hanky vernahm Pauls Stimme, sah jedoch nicht wie sonst durch dessen geistige Augen.

Die Stimme wisperte leise und für jeden anderen unhörbar: *Hallo Hanky. Danke dafür, dass du mir Hilfe geschickt hast. Ich bin nun in Sicherheit. Meine Fähigkeiten sind im Moment noch eingeschränkt. Ich kann dich und Walt sehen, doch ich kann dich noch nicht an der Beobachtung teilnehmen lassen. Das würde mich zu viel Kraft kosten. Ich kann aber bei euch bleiben. Sechs Augen sehen mehr als nur vier.*

Paul konnte sich mittels seiner besonderen Gabe nicht nur mit seinem Astralkörper an weit entfernte Orte begeben und sehen, was dort geschah. Er konnte dabei auch Hankys Geist mitnehmen, wie er es schon einige Male getan hatte, sodass dieser sah, was auch Paul sehen konnte.

„Kannst du den Pater entdecken?", fragte Hanky hoffnungsvoll.

Leider nicht, mein Freund. Aber habt ihr schon mal in den Vatikanischen Grotten nachgesehen?

„Nein, ehrlich gesagt, ich weiß nichts von irgendwelchen Grotten."

„Aber ich!", triumphierte Walt, der nur die Worte Hankys gehört hatte. „Komm mit, ich zeige dir, wo die Grotten sind."

So lief nun Walt, gefolgt von Hanky, durch das Kirchenschiff bis zu der prächtig verzierten Vierung, deren Säulen monumental vor ihnen aufragten. Walt rannte zu der rechten Säule und winkte Hanky hektisch heran. Dieser blickte seinen Freund zweifelnd an, folgte ihm aber dennoch. Als er die schmale Treppe sah, runzelte er fragend seine Stirn.

„Da hinunter?", fragte er und fühlte dabei eine Beklemmung in seiner Brust. Er ahnte, dass ihn da unten nichts Gutes erwarten würde. Eine düstere Ahnung ließ in zögern. Doch dann gewann sein Pflichtbewusstsein Oberhand und verdrängte die Befürchtungen. Er folgte seinem Freund, in Erwartung einer düsteren Höhle. Doch als er die verschwenderische Pracht des Gewölbes sah, stockte ihm fast der Atem. Die Stimme Pauls lenkte ihn von seiner Betrachtung ab.

Er ist nicht hier, wisperte Paul. *Ihr müsst weiter hinunter.*

„Walt, gibt es noch Räume unter uns?", fragte Hanky seinen Freund.

„Ich glaube, ja. Allerdings weiß ich nicht, wohin wir nun gehen müssen."

Geht geradeaus. Dann findet ihr einen Wegweiser, auf dem ‚Vatikanische Nekropole' steht.

„Ich kenne den Weg", verblüffte nun Hanky seinen Freund. Walt konnte natürlich nicht wissen, dass Paul Hanky den Weg gewiesen hatte. Tatsächlich fanden sie kurz darauf eine weitere Treppe, die in die Tiefe führte.

Seid nun vorsichtig, mahnte Paul.

Hanky ging langsam die Stufen hinunter und lauschte. Es ging erstaunlich weit nach unten. Römische Säulen und enge Straßenzüge tauchten auf. Mauerreste wechselten mit freien Plätzen, steinerne Stufen, die nirgendwo hinführten, verwirrten den Blick. Plötzlich, kaum dass sie eine enge Gasse betreten hatten, schrie Walt gequält auf. Ein Energietentakel des Paters hatte ihn erfasst und versuchte Walts Lebensenergie abzusaugen. Nur durch seine eigene paranormale Begabung konnte Walt den Angriff abblocken. Hanky erkannte sofort die Bedrohung und sandte eine telepathische Schockwelle durch das Gewölbe. Sofort hörte der Angriff auf.

Zornig schrie Walt: „Wo bist du? Zeig dich, damit ich dir den Kragen rumdrehen kann!"

Ein irres Gelächter hallte durch die Ruinen, dann wurde es wieder still.

Er ist da hinten rechts, neben dem Marmormausoleum, wisperte Paul.

Entschlossen, all seine Sinne fokussierend, ging Hanky die Gasse entlang. Seine Augen suchten eine verdächtige Bewegung, als ihn nun selbst der geistige Tentakel des Paters traf. Mit ungeheurer Macht versuchte das Ding, ihm seine Lebensenergie zu entreißen. Unglaubliche Schmerzen tobten durch seinen Körper. Es konnte nur noch Sekunden dauern, bis er der Gewalt erlag. Verbissen verdrängte Hanky den Schmerz. Dann blockierte er den abfließenden Energiefluss und sandte seinerseits eine Schockwelle in Richtung seines Angreifers. Gestein bröckelte unter der Wucht der paranormalen Wellenfront und fiel zu Boden. Hanky sackte auf die Knie und hielt seine Hände wie einen Schutz vor sich. Da kam der Pater um die Ecke. Hanky konnte nur noch verschwommen die dunkle Gestalt wahrnehmen. Der Pater hielt etwas in den Händen, einen Stab oder etwas ähnliches. Walt, immer noch benommen von dem ersten Angriff des Paters, kam schwankend heran. Als er sah, was Pater Marcus da in seinen Händen hielt, stockte ihm der Atem. Es war eine Hellebarde, gleich denen, die zu den historischen Uniformen der Schweizergarde gehörten. An der Spitze des polierten Holzstabes glänzte ein metallener Dorn, der ein stilisiertes Beil und eine gekrümmte Klinge in seiner Mitte trug. Dies alles erkannte Walt mit Bestürzung und einer hellsichtigen Klarheit: Der Pater wollte Hanky mit der Hellebarde aufspießen. Walt stürzte schreiend nach vorne und warf Hanky telekinetisch zur Seite. Der Pater zuckte unter dem animalischen Schrei zusammen. Er wollte nicht wahrhaben, dass sein sicher geglaubtes Opfer entkommen sollte.

Er hob die Hellebarde an und warf sie mit aller Wucht in Hankys Richtung. Dieser wollte gerade aufstehen, immer noch zu benommen, um zu erkennen, was um ihn herum geschah.

Paul schrie in Hankys Kopf: *Runter - duck dich!*

Walt sah den Speer fliegen und warf sich gegen Hanky. Ein grässlicher, brennender Schmerz breitete sich in Walts Brust aus, als ihn die Hellebarde traf. Rippen zersplitterten krachend und Blut spritzte aus der Wunde. Walt konnte nicht glauben, dass er getroffen war. Zorn verdrängte seinen Schmerz. Mit seinen telekinetischen Kräften griff er zu, dann fiel er in Ohnmacht. Er sah nicht mehr, was er bewirkt hatte. Der Kopf des Paters wurde von unsichtbaren Händen zusammengedrückt und zerplatzte mit einem hässlichen, nassen Geräusch. Ein blutiger Strahl schoss aus dem Hals des Paters, der taumelnd auf Walt fiel. Dabei rutschte die Hellebarde aus dem aufgerissenen Brustkorb des Ohnmächtigen.

Hanky, schnell! Hilf Walt, sonst verblutet er!

Die Stimme Pauls war viel lauter geworden und brach schließlich ab.

Hanky richtete sich auf und sah die beiden verkrümmten Körper am Boden. Er schob die Leiche des Paters achtlos beiseite und legte Walt gerade hin. Tränen des Entsetzens und der Angst um seinen Freund rannen über seine Wangen.

„Du darfst nicht sterben, Walt. Was soll ich denn ohne dich machen! Hörst du, halte durch! Ich brauch dich noch!"

Ein Röcheln drang aus Walts Mund, zusammen mit schaumigem Blut. Verzweifelt überlegte Hanky, wie er Hilfe herbeirufen könne. Niemand wusste, wo sie waren. Als seine Hoffnung sich in Mutlosigkeit verwandelte, hörte er, wie sich Schritte eilig näherten. Soldaten und Sanitäter, dazu ein Notarzt, drängten herein. Hanky wurde zur Seite geschoben und das Notarztteam begann seine Arbeit. Hanky starrte auf seinen Freund und betete leise.

Nach einer Weile sagte der Arzt: „Er ist zum Transport bereit. Die Trage, schnell! Es geht um jede Sekunde."

Nun besann sich auch Hanky. Er richtete sich gerade auf und atmete tief aus. Dann sah er ohne Regung zu der Leiche des Paters. Die Sanitäter trugen unterdessen Walt zur Treppe. Ein Offizier war plötzlich neben Hanky. Dieser sagte zu dem Soldaten: „Es ist ein Wunder, dass Sie uns gefunden haben."

„Ein Wunder? Nein! Wir bekamen einen Anruf aus Kanada. Richard Millers Frau hat ihn angerufen und informiert, wo Sie sind. Auf Rückfrage sagte sie, Paul Green habe sie gebeten, sofort in Rom anzurufen."

***

So viel Liebe

Er hatte mit seinen Freunden an der Engelsburg gewartet. Papst Gregor, Pietro und Acar standen direkt am Eingang der alten Festung. Relativ unerkannt hatten sie sich den Weg durch die mit Menschen gefüllten Straßen gebahnt. Niemand achtete auf die drei älteren Herren. Eine Weile standen sie nun auf dem Treppenabsatz und beobachteten das Treiben auf der Straße.

„So viele sind deinem Aufruf gefolgt", sagte Pietro fast ehrfürchtig. „So viele Menschen!"

Der Papst nickte und legte seine Hand, die leicht zitterte, auf die Schulter seines Freundes.

„Pietro, mein Lieber, habe keine Angst vor den Menschen. Sie sind aus Liebe zum Christentum hierhergekommen. Ich bin nur ein Symbol ihres Glaubens, und wer will denn nicht einmal den Papst aus nächster Nähe sehen. Diese Gelegenheit nehmen viele Römer war. Deshalb sei nicht besorgt. Ich weiß, dass Gott mit uns ist und seine schützende Hand über uns hält."

„Ein paar Sicherheitsleute wären dennoch nicht verkehrt", warf Acar pragmatisch ein.

Der Papst lächelte und ergriff seine Hand. Dann blickte er Acar mit einer Güte an, die ihn erschaudern ließ.

„Habe Vertrauen in die Menschen. Uns wird nichts geschehen."

„Wie können Sie nur so sicher sein?", fragte Acar mit belegter Stimme. „In den letzten Tagen ist so viel Schlimmes geschehen. Meine sogenannten Glaubensbrüder haben gemordet. So viele Menschen sind gestorben ..."

„Und doch bist du an meiner Seite. Ich sehe hier einen Moslem, der sich um die Sicherheit eines Christen sorgt. Ist das nicht ein Zeichen, dass uns Gott geschickt hat? In dir sehe ich einen Botschafter des Friedens."

Einer plötzlichen Eingebung folgend, nahm der Papst Acar in die Arme. Dieser erstarrte zuerst, da er nicht mit einer derart liebevollen Geste gerechnet hatte. Dann aber erwiderte er die Umarmung. Er konnte sich nicht erinnern, wann er sich zum letzten Mal so geborgen gefühlt hatte. Tränen füllten seine Augen und längst begrabene Emotionen brachen mit Macht an die Oberfläche seines verhärteten Herzens. Nach einigen Minuten lösten sie ihre Umarmung. Pietro schaute betreten und wusste nicht, wie er sich verhalten sollte. Papst Gregor lächelte und nahm ihn auch kurz in seine Arme.

In der Zwischenzeit hatte Acar sich wieder gefangen und sagte nun mit belegter Stimme: „Es wird Zeit, dass Sie sich umziehen. Der Papst nickte und griff zu dem in Packpapier gewickelten Paket. Er zog das Papier auseinander und entnahm die nun gereinigte Soutane.

Einige Minuten später hatte er unter Mithilfe seiner Freunde das päpstliche Gewand angelegt. Pietro kämmte das Haar des Heiligen Vaters mit seinen Fingern, da das Pileolus abhandengekommen war, und nach kritischer Betrachtung nickte er zufrieden. Die Menschen, die den Papst von der Straße aus erkannt hatten, klatschten begeistert und riefen voller Inbrunst: „Viva il nostro Papa!" *Es lebe unser Papst!*

Der Heilige Vater erhob beide Arme und winkte, dann ging er gemessenen Schrittes zur Straße. Pietro und Acar liefen rechts und links neben dem Papst, als seien sie seine Leibgarde. Als sie die Straße erreichten, öffnete sich erstaunlicherweise eine Gasse, gebildet aus begeisterten Römern. Der Papst und seine Begleiter schritten die Gasse entlang, die aus Respekt und tiefem Glauben gebildet war. Dabei ließen die Menschen gerade genug Abstand, dass der Papst bequem hindurchschreiten konnte. Entlang des Weges blieb der Heilige Vater immer einmal stehen berührte und segnete die erstaunten Gläubigen. Dann ging er weiter und blieb einige Meter weiter erneut stehen. Er schaute nach rechts und links und erfreute sich an der großen Liebe, die ihm überall entgegengebracht wurde. Strahlende, lachende Gesichter säumten seinen Weg und bestätigten ihn in seinem Entschluss, in den Vatikan zurückzukehren. Gott war ihm nie näher gewesen und er war dankbar für diese Gnade. Was auch immer von nun an geschehen würde, diese Momente des Glücks würden für immer bleiben. Sein Gesicht spiegelte seinen Seelenzustand und die Gläubigen am Wegesrand sahen einen friedvollen, gottbeseelten heiligen Mann.

Im Lagezentrum in der US-Botschaft standen Männer und Frauen gespannt vor den Bildschirmen. Fernsehsender aus aller Welt berichteten von dem besonderen Event. Nachrichtensprecher kommentierten die Bilder und sprachen die Hoffnung aus, dass das gewaltsame Kapitel der Anschläge in Rom und die darauf folgende Intervention des Vatikans nun friedlich enden würden.

Richard betrat mit blassem Gesicht den Lageraum. Er hatte soeben erfahren, dass Walt bei der Konfrontation mit dem abtrünnigen Pater Marcus schwerstens verwundet worden war. Rita, seine Frau, hatte ihn von Kanada aus angerufen. Paul hatte mittels seiner Gabe direkt miterlebt, wie Walt im Kampf verletzt wurde. Daraufhin hatte er seinen Geistkörper zurückversetzt und Rita informiert, die neben seinem Bett wachte. Richard hatte sofort ein Notarztteam in den Vatikan beordert und den Teamleiter informiert, wo Walt und Hanky sich befanden. Nun war Walt auf dem Weg ins Krankenhaus. Die kommenden Stunden würden zeigen, ob Walt überlebte.

Richard schwindelte es bei dem Gedanken, dass sein Freund mit dem Tode rang. Er musste so schnell wie möglich zu ihm in die Klinik. Hier hatte er ohnehin nichts mehr zu tun. Seine Ablösung war eingewiesen und konnte die bevorstehenden Entscheidungen treffen. Der neue Koordinator sah Richard durch den Raum gehen und eilte zu ihm.

„Mister Miller“, sagte er mit besorgter Stimme, „ich habe gehört, was sich im Vatikan zugetragen hat. Wie kann ich helfen?“

„Ich brauche einen Wagen, der mich zum Hospital bringt.“

„Natürlich!“, antwortete der Regierungsbeamte sofort. „Ich begleite Sie nach draußen.“

Der Mann rief eine Ordonnanz und bestellte ein Fahrzeug. Auf dem Weg aus der Botschaft versuchte der Koordinator, Richard ein wenig von seinen trüben Gedanken abzulenken. So fragte er: „Mister

Miller, der Papst zieht im Moment in Richtung Vatikan. Wie sollen wir uns verhalten, wenn er dort vor der Absperrung ankommt?"

„Lassen Sie den Heiligen Vater ruhig hinein. Es besteht keine Gefahr mehr. Pater Marcus wie auch der Camerlengo sind tot und die Mitverschwörer verhaftet."

„Sie haben recht", antwortete der Koordinator, der selbst schon den gleichen Gedanken gehabt hatte. Dennoch wartete er, bis ein gepanzerter SUV vor der Botschaft anhielt. Richard stieg ein, nachdem er sich mit einem stillen Händedruck von dem Beamten verabschiedet hatte. Der Wagen fuhr ab und der Koordinator blickte dem Fahrzeug sinnend hinterher. Dieser Richard Miller hatte großartige Arbeit geleistet. Er hoffte, dass er selbst ebenso effizient wie dieser Mann agieren konnte. Mit schnellen Schritten eilte er dann in die Botschaft zurück. Er musste unbedingt mit dem Präsidenten und dem italienischen Premierminister telefonieren.

Es dauerte noch fast eine ganze Stunde, ehe der Heilige Vater den Petersplatz erreichte. Zu seiner Überraschung öffneten die Soldaten die Absperrung des Vatikans in dem Moment, als er davor stehenbleiben wollte. Unbändiger Jubel brandete durch die Straßen, als dies bekannt wurde.

Die Soldaten zogen die Absperrung zur Seite und salutierten. Langsam, fast bedächtig, als könne er nicht glauben, was im Moment geschah, betrat der Papst den Petersplatz. Als er an den Soldaten vorbeischritt, entdeckte er den Mann, der ihn noch vor wenigen Stunden aufgehalten hatte. Er blieb vor ihm stehen und konnte sich nicht verkneifen, den Soldaten zu fragen: „Nun, mein Sohn, glaubst du jetzt, dass ich es bin?"

Dann drehte sich der Papst zur Menge und rief: „Lasset uns beten!"

***

Unklare Erwartung

Roger und Yavuz waren am Abend in New York eingetroffen. Ein Wagen des FBI holte sie am Flughafen ab und brachte sie direkt zur Außenstelle des FBI in New York. Als sie dort eintrafen, wurde Roger in einen Konferenzraum geführt. Yavuz musste vor dem Besprechungsraum warten, was ihm ganz recht war. So hatte er Zeit, seine Gedanken zu ordnen. Er hatte wieder einmal viel erlebt und hoffte, dass es trotz der Terrorwarnung keine neuen Anschläge geben würde. Er fragte sich auch, was ihn geritten hatte, mit nach New York zu kommen. Er war kein FBI-Beamter. Er war nur ein normaler Autoverkäufer. Adela, seine Frau, würde kein Verständnis für seine Abenteuerlust haben. Immerhin hatte er eine Verantwortung gegenüber seiner Frau und seinen Kindern. Was, wenn ihm etwas zustieße? Er drehte eine leere Coladose gedankenverloren zwischen seinen Fingern. Erneut erlebte er das Gefühl einer heraufziehenden Gefahr. Auf dem Weg vom Flughafen hierher hatte er viele Militärlastwagen gesehen und schwerbewaffnete Soldaten, die in den Straßen patrouillierten. Niemand wusste, wann und wo mit einem erneuten Anschlag zu rechnen war. Diese Unsicherheit lag wie ein Nebel aus Angst über der Stadt. Verbissen gingen die New Yorker ihren alltäglichen Geschäften nach. Natürlich hatten sie bemerkt, dass ihre Stadt einer neuen Bedrohung entgegensah. Es gab noch keine behördlichen Warnungen, doch die Soldaten in den Straßen sprachen für sich. Viele normale Bürger kauften Waffen, um sich und ihre Familien zu schützen. Lokale Sender spekulierten über die derzeitige Situation und belagerten mit ihren Übertragungswagen das Rathaus. Die Meldung, dass der Papst in den Vatikan zurückgekehrt war, wurde von den Menschen in New York City kaum beachtet. Zu groß war die Sorge um die Sicherheit und die Furcht vor terroristischer Gewalt.

Nach circa einer Stunde kam Roger aus dem Besprechungsraum. Er sah blass und abgespannt aus. Yavuz schaute ihn fragend an, doch Roger schüttelte warnend den Kopf und sagte leise: „Lass uns ins Hotel fahren."

Dreißig Minuten später stoppte ein Taxi vor einem kleinen Hotel. Roger und Yavuz stiegen aus, schleppten ihr Gepäck ins Foyer und checkten ein. Danach bezogen sie ihre Zimmer. Kurz darauf klopfte es an Yavuz' Tür. Er öffnete und ließ Roger herein. Dieser ging stumm zu einer kleinen Sitzgruppe und ließ sich in einen Sessel fallen. Dann saß er schweigend da und starrte auf sein Handy. Yavuz ließ ihn gewähren, doch dann wurde seine Neugierde zu groß.

So fragte er: „Was ist los, Roger? Seit du in diesem Besprechungsraum warst, hast du fast kein Wort verloren."

„Roger schaute zu dem vor ihm stehenden Yavuz auf, nickte betrübt und schaute noch einmal auf sein Handy.

„Okay, Yavuz. Es sind einige Dinge, die mir Sorgen bereiten. Du weißt, dass meine Freunde Hanky, Walt und Richard in Rom sind. Dort ist es zu einem Kampf mit einem Verschwörer gekommen. Dabei ist Walt schwer verwundet worden. Im Moment wird er operiert und wir wissen nicht, ob er durchkommt. Hanky und Rich sind bei ihm. Durch die Ausschaltung aller bekannter Gegner in Rom ist die dortige Krise wohl beendet. Der Papst durfte zurück in den Vatikan. Unsere Truppen werden sich bald zurückziehen. Was danach mit dem Vatikanstaat geschieht, bleibt abzuwarten. Das ist die eine Sache, die mich beunruhigt. Der Vatikan interessiert mich dabei nur wenig, ich habe einfach Angst um Walt. Ach ja, Paul geht es schon viel besser. Er hat übrigens Schlimmeres in Rom verhindert. Genaues weiß ich noch nicht, aber ich denke, wir werden bald mehr erfahren."

Erneut schaute Roger auf sein Telefon, eher er weitersprach.

„Die andere Sache ist nicht weniger wichtig. Wie du weißt, erwarten wir einen Anschlag. Noch immer haben wir keine Spur der Terroristen. Wir wissen nicht, wann, wo und wie sie zuschlagen wollen. Morgen früh findet eine weitere Krisensitzung statt. Ich werde dich mitnehmen. Vielleicht hast du eine Idee, eine Sicht außerhalb der Ermittlungsbehörden, die uns weiterbringen kann."

Yavuz war die ganze Zeit durch das Zimmer gewandert und setzte sich nun in den zweiten Sessel. Die irrationale Erwartungshaltung Rogers belastete ihn. Natürlich dachte er in anderen Bahnen als ein geschulter FBI-Agent. Doch dass ihm etwas Hilfreiches einfallen würde, war in Wirklichkeit ein Wunschdenken Rogers. So sagte Yavuz vorsichtig: „Erwarte nicht zu viel von mir. Ich bin nur ein einfacher Tourist."

„Nein!", entgegnete Roger entschieden, „du bist viel mehr als das!"

Vor dem Ausflug

Lil Rick war heute früh aufgestanden. Sergio hatte unbedingt einen Trip in die Stadt machen wollen. Lil hatte schon am Abend zuvor den Truppenaufmarsch in allen Teilen der Stadt beobachtet. Irgendetwas ging vor, auch die Medien spekulierten ausgiebig und jede noch so wilde Theorie schien ihnen gerade recht zu sein.

Lil hatte vier Mann seiner eigenen Gang dazu verdonnert, ihn zu begleiten. Sergio hatte sich gewünscht, dass sie nach Manhattan fuhren. Er wollte an den Ort zurück, wo er die erste Waffe gefunden hatte. Gerade dort war nicht der Bezirk der Crips. Lil blieb noch einem Moment in seinem Wagen sitzen. Ob vier weitere Leute ausreichen würden? Er beschloss, den Anführer der MS 13 anzurufen. Seit den Anschlägen hatten sich die Banden angenähert und traten als ‚die Soldaten Gottes' auf. Schon nach dem dritten Klingeln hob jemand am anderen Ende der Verbindung ab. Lil erkannte die Stimme Patróns, der erstaunlich wach klang.

„Hallo Mann", begann Lil das Gespräch. „Schon so früh auf den Beinen?"

Patrón erkannte sofort Lils Stimme und begann unflätig zu fluchen. Als er alle relevanten Sprüche seiner Gangsprache ins Telefon gebellt hatte, fragte er schließlich: „Was willst du, Lil?"

„Das könntest du schon längst wissen, wenn du nur mal deinen Latinoscheiß lassen würdest. Hör zu! Erst mal, wie geht's dir, Mann?"

„Mir? Beschissen! Muss immer noch im Bett rumliegen. Es hat mich schwerer erwischt, als ich gedacht habe."

„Ja, das hat es", antwortete Lil, „ich dachte, dass du in meinen Armen stirbst."

Damit spielte Lil die Ereignisse an, die vor wenigen Tagen Patrón beinahe das Leben gekostet hatte. Zuerst hatte ein MS-13-Gangster Sergio schwer verletzt und bei der Verfolgung des Abtrünnigen war auch Patrón angeschossen worden.

„Weshalb rufst du mich wirklich an, Lil?", fragte der MS-13-Anführer nun in fast akzentfreiem Englisch, das nicht mehr an einen Ganglatino erinnerte.

„Sergio will in die Stadt."

„Was, heute? Da ist eine Menge Polizei und Militär auf den Straßen. Es wäre besser, ihr fahrt ein anderes Mal. Wo will er denn genau hin?"

„Nach Manhattan, um genau zu sein, an die Stelle, wo wir die ersten Waffenkisten gefunden haben."

„Warum denn das?", fragte Patrón.

„Keine Ahnung. Du weißt, dass Sergio anders tickt wie wir?"

„Is' wahr! Manchmal versteh ich ihn auch nicht."

„Ich habe vier Mann bei mir, sozusagen als Begleitschutz. Meinst du, das reicht?"

Patrón überlegte einen Moment, ehe er antwortete.

„Ich denke, fürs Erste sollte das genug sein. Wenn es Schwierigkeiten gibt, ruf mich an. Dann schicke ich dir ein paar meiner Leute. Die sind eh besser als deine Kerle."

Er begann zu lachen, wurde dann aber von einem heftigen Hustenanfall unterbrochen. Mit kratziger Stimme sagte er: „Ich muss auflegen. Also melde dich."

Dann war die Leitung tot.

***

Letzte Vorbereitungen

In einer schäbigen Wohnung waren die Männer schon im Morgengrauen aufgestanden. Nach der rituellen Waschung versammelten sie sich in einem leerstehenden Zimmer zum Morgengebet, dem Rakat, und breiteten ihre Gebetsteppiche aus. Ein Mann, der Älteste der Gruppe, rezitierte auf traditionelle Weise die Korantexte. Die Männer bewegten sich still auf und nieder und senkten ihr Haupt mehrere Male bis auf den Boden. Nach dem Gebetsende versammelten sie sich in einem anderen Raum, wo sie Hirsebrei aßen und Tee dazu tranken. Danach gingen sie in den kleinen Flur und zogen ihre Schuhe an. Dann schnürte sich jeder eine Sprengstoffweste um und zog ein Hemd darüber. Unter weiten Jacken verbargen sie Maschinenpistolen und Pistolen. In den Jackentaschen verstauten sie Ersatzmagazine und ein wenig Geld für die U-Bahn oder den Bus. Sie waren bereit.

Ein schriller Klingelton zerstörte die vorbereitende Ruhe. Der Ältere nahm das Gespräch entgegen. Nach nur wenigen Sekunden sagte er „Allahu akbar“ und legte auf.

Er ging zu den anderen und sagte nur: „Beginnt eure Mission. Wir sehen uns im Himmel wieder.“

Mit einem weiteren „Allahu akbar“ verabschiedete er jeden einzelnen. Danach verließen die Männer in Abständen von wenigen Minuten die Wohnung. Jeder hatte ein genaues, vorher ausgespähtes Ziel.

Exakt die gleiche Szene spielte sich in vier weiteren Wohnungen ab. Ohne im morgendlichen Berufsverkehr aufzufallen, erreichten die islamistischen Terroristen Manhattan und begaben sich an ihren Einsatzort.

***

Arrogante Überheblichkeit

Bestens gelaunt hatte Akram alias Hector Polias das hervorragende Frühstücksbüffet des Plaza Hotels genossen. Ein stetes Lächeln auf seinen Lippen verbarg seine düsteren Gedanken. Heute würde die Welt einen Schlag erhalten, von dem sie sich nicht so bald erholen würde. Niemand außer ihm wusste, was in den nächsten Stunden geschehen würde. Doch auch seine eigene Vorstellungskraft reichte nicht aus, sich den Terror vorzustellen, den er geplant hatte. Ihm waren seine eigenen Kämpfer völlig egal. Das Ergebnis zählte und sonst nichts. Sein Name würde in die Geschichte eingehen, auch wenn niemand seine wahre Identität jemals enthüllen würde. Ohne jede Eile bestellte er einen weiteren Kaffee und dachte über eine Süßspeise nach, die sein frugales Frühstück abrunden würde. Vor einer Stunde hatte er telefonisch den Einsatzbefehl gegeben und danach das Prepaid Handy im Central Park entsorgt. Mit einem Grinsen hatte er die nervösen Soldaten und Nationalgardisten beobachtet, die auch im Park patrouillierten. Auch sie würden nichts ausrichten können, wenn der Angriff erfolgte.

Um kurz nach neun Uhr stand Akram auf und fuhr hinauf zu seinem Zimmer. Dort schaltete er den Fernseher ein und zappte zu einem Nachrichtensender. Dann ging er hinüber zu dem Panoramafenster seiner Suite und zog den Vorhang zurück. Er schob einen Sessel in Positur und setzte sich so, dass er die Straße beobachten konnte und gleichzeitig das Bild des Fernsehgerätes. Nun konnte es losgehen. Er schaute auf seine Uhr und stellte fest, dass er nur noch einige Minuten warten musste. Schnell ging er noch einmal ins Bad und kehrte dann eilig zurück zu seinem Sessel. Er hatte sich einen Logenplatz gesichert, von dem aus er einen Teil der Ereignisse verfolgen konnte. Akram fühlte sich in diesem Moment wie ein Feldherr, der den Lauf der Geschichte verändern würde.

„Gleich geht es los!", flüsterte er leise. „Gleich!"

***

Wohin wollen die nur?

Steve Holder, Detective des New Yorker Rauschgiftdezernats, parke rund dreißig Meter hinter Lils Wagen. Mittlerweile wartete der Detective nun schon über eine halbe Stunde. Er war Lil gefolgt, als dieser eine Wohnung in Harlem verlassen hatte, die Steve schon einige Zeit observierte. Es war quer durch die Stadt gegangen und einige Male hatte Steve Holder geglaubt, Lil hätte ihn abgehängt. Doch immer wieder fand er das verfolgte Fahrzeug vor sich im dichten Morgenverkehr. Ein zweiter Wagen, ein alter Chevrolet Impala, folgte Lil. In dem zweiten Wagen erkannte der Detective vier Männer, die offenbar zu Lil gehörten. Diese Männer parkten vor Lils Wagen und waren nicht ausgestiegen. Auch sie warteten. Einen Moment später öffnete sich die Tür eines alten, verrotteten Mietshauses. Lil trat auf das Treppenpodest und hielt die Tür auf. Langsam kam ein Mann mittleren Alters nach draußen. Er war dürr, was man trotz eines alten, schäbigen Mantels gut erkennen konnte. Lil behandelte den dünnen Mann mit großem Respekt und bot ihm sogar seinen Arm an, als sie die Treppe zum Bürgersteig hinunterstiegen. Dann öffnete er seine Wagentür und half dem Dürren hinein. Eilig wie ein guter Chauffeur umrundete Lil sein Auto und stieg ein. Gleich darauf fuhr er los und setzte beim Ausscheren sogar seinen Blinker.

Was ist denn mit dem los?, dachte der Detective und startete seinen Motor. Der zweite Wagen folgte Lil, der in Richtung Innenstadt fuhr. Detective Steve Holder folgte in einigem Abstand. Er hoffte unentdeckt zu bleiben, da es ihn nun wirklich interessierte, wohin die Fahrt gehen sollte. Nach einer Weile kam er zu dem Schluss, dass wohl Manhattan das Ziel Lils und des Fremden sein konnte. Was zur Hölle wollten sie nur dort?

Seine Vermutung bestätigte sich. Die Häuser wurden zusehends höher und erste Wolkenkratzer säumten die Straßen. Sie streiften den Central Park, durchquerten Midtown und bogen in die 42nd Street ein. Offensichtlich suchten die Fahrer einen Parkplatz. Zuerst wurde Lil fündig. Der zweite Wagen passierte den ersten und parkte fünf Fahrzeuge weiter. Der Detective rollte langsam an den Parkenden vorbei und suchte selbst einen freien Platz. Er hatte nicht so viel Glück wie die von ihm Verfolgten. An der nächsten Straße bog er nach rechts ab und sah einen freien Platz. Allerdings war die Parklücke einen halben Block entfernt. Er beschleunigte mit aufheulendem Motor und schoss förmlich in die Parklücke. Er verließ eilig sein Fahrzeug und rannte zurück zur 42nd Street. Als er um die Ecke bog, blickte er auf einen verlassenen Gehweg.

***

Es geschieht tatsächlich

Roger und Yavuz hatten ihr Hotel verlassen. Die halbe Nacht hatten sie geredet und geschwiegen. Im Vordergrund des Gespräches standen ihre gemeinsamen Erlebnisse. In Wirklichkeit berührten ihre Gedanken jedoch den undurchschaubaren Plan des Schicksals. War alles vorherbestimmt und sie nur Figuren eines großen Spiels? Natürlich fanden sie keine Antwort auf ihre Fragen. Was blieb, war die Hoffnung, dass nichts geschehen würde. Sie wussten jedoch, dass ihr Sehnen nach einer friedlichen Zukunft nur ein Wunschtraum war, der sich nicht erfüllen würde. Das Resümee ihres nächtlichen Philosophierens war, dass, wenn sie schon Figuren in dem Schauspiel des Lebens oder des Schicksals waren, sie das Spiel so gut wie möglich spielen wollten.

Sie winkten ein Taxi heran und nannten dem Fahrer ihr Ziel.

„Zum Federal Plaza", sagte Yavuz, gerade so, als fahre er jeden Tag zur FBI-Zentrale in New York. Roger grinste aufgeräumt. Er hatte den Mann neben sich durch ihre Unterhaltung in der vergangenen Nacht besser kennengelernt. Er hatte Yavuz richtig eingeschätzt und war froh, dass er heute bei ihm war.

Der Fahrer runzelte bei der Nennung des Ziels ein wenig seine Stirn, aber als Antwort nickte er nur bestätigend. Seine Gedanken behielt er für sich, beschloss aber seinen Fahrgästen aufmerksam zuzuhören. Vielleicht wussten sie, was in der Stadt vor sich ging. Doch er wurde enttäuscht. Die Männer redeten nur Belangloses und schließlich musste er sich auf den Verkehr konzentrieren. Die Straßen wurden immer voller und die vielen Verkehrskontrollen heute machten seinen Job auch nicht leichter. Plötzlich hörten sie ein Geräusch, das man an normalen Tagen für eine Fehlzündung eines Motors hätte halten können. Doch dann mischten sich Schreie in das Geknatter. Keine zehn Meter neben dem Taxi brach eine Frau blutüberströmt zusammen. Der Taxifahrer stoppte sein Fahrzeug, riss die Tür auf und rannte geduckt davon. Wieder erklangen Schüsse. Roger und Yavuz öffneten ihre Wagentüren und gingen dahinter in Deckung. Fünfzig oder sechzig Meter vor ihnen lief ein Terrorist mit einer Maschinenpistole im Anschlag mitten auf der Straße und hielt nach Opfern Ausschau. Ab und zu hielt er an den verlassenen Autos an und schaute hinein. Zum Glück waren die Insassen scheinbar alle geflohen. Roger zog seine Pistole und Yavuz verfluchte die Tatsache, dass er seine von dem Killer erbeutete Waffe noch in Kanada bei den Behörden abgegeben hatte. Rechts neben Roger war ein Passant ebenfalls in Deckung gegangen. Er kauerte hinter einer Zeitungsbox und spähte nach vorne.

Zu Roger rief er hinüber: „Wo ist denn nur das verdammte Militär? Die ganze Zeit halten sie die Leute auf, doch jetzt ist keiner von ihnen zu sehen."

Dann erblickte der erboste Passant Rogers Waffe und hielt bejahend seinen Daumen nach oben. Dabei grinste er, als sei er sich der Gefahr, in der er sich befand, nicht bewusst, griff in seine Jackentasche und zog nun seinerseits eine Pistole heraus. In typisch New Yorker Akzent rief er zu Roger hinüber: „Zeigen wir's dem verdammten Mistkerl!"

Noch ehe Roger antworten konnte, erhob sich der New Yorker und schoss. Er feuerte sein ganzes Magazin in Richtung des Terroristen, der sofort in Deckung ging. Gleich darauf schlugen Projektile in die umstehenden Fahrzeuge ein. Nun schoss auch Roger zurück, ohne genau zu wissen, wo sich der Gegner aufhielt. Die Schreie einer verletzten Frau, die sich irgendwo zwischen den verlassenen Wagen vor ihnen befinden musste, ließ Yavuz alle Vorsicht vergessen. Er hastete nach vorne und ging hinter dem nächsten Fahrzeug in Deckung. Ein schneller Blick genügte ihm, um zu erkennen, dass die Frau rechts vor ihm halb unter einem Auto lag. Sie schrie noch immer voller Verzweiflung. Von vorne hörte Yavuz das erneute Geratter der Maschinenpistole. Allerdings schlugen keine Kugeln in ihrer Umgebung ein. Diesen kleinen Vorteil nutzte Yavuz. Ein kurzer sichernder Blick, dann spurtete er zu der Frau und warf sich neben ihr auf den Boden. Die Verwundete erschrak und unterbrach ihre Hilfeschreie. Yavuz ergriff ihre Hand und sprach beruhigend auf die Frau ein. Dabei versuchte er zu erkennen, wie schwer sie verwundet war. Ihre rechte Schulter war getroffen und eine Menge Blut hatte ihr T-Shirt durchtränkt. Yavuz wusste, dass er die Blutung irgendwie stoppen musste. Deshalb sagte er zu der Verwundeten Frau eindringlich: „Bleiben Sie ruhig liegen und verhalten sich still. Ich hole nur etwas, um Sie zu verbinden."

„Nein!", schrie die Frau, auch wenn Yavuz sie gerade eben noch aufgefordert hatte, still zu sein. „Bleiben Sie bei mir! Bitte lassen Sie mich nicht alleine!"

Yavuz wusste, dass die Frau unter Schock stand. So sagte er nur kurz: „Ich bin gleich wieder da!"

Bevor die Frau etwas erwidern konnte, sprang er auf und hastete zum nächsten Fahrzeug. Er riss die Tür auf und schaute unter den Sitzen nach, ob dort ein Verbandkasten lag. Jedes Fahrzeug verfügte über ein solches Notfall-Set. Er hatte Glück! Schnell zog er die flexible Tasche unter dem Sitz hervor. Von draußen hörte er, dass die Frau immer noch schrie. Dennoch schaute Yavuz vorsichtshalber durch die

Windschutzscheibe des Wagens nach vorne. Voller Schreck erkannte er, dass der Terrorist keine zwanzig Meter mehr von ihm entfernt war. Und er kam näher! Was sollte er nur tun? Wenn er das Fahrzeug verließ, dann würde der Terrorist ihn sofort bemerken. Wenn er im Wagen blieb, würde er bestimmt auch entdeckt werden. In beiden Fällen konnte er der verwundeten Frau nicht helfen. Seine Augen wanderten durch den Innenraum des Autos, auf der Suche nach einer Möglichkeit, sich zu wehren. Er sah einen Pappbecher, der in der Mittelkonsole stand, eine offene Tüte mit Bonbons, ein Feuerzeug und den Autoschlüssel. Der Autoschlüssel! Yavuz kam eine verwegene Idee! Er rutschte auf den Fahrersitz und machte sich dabei so klein wie möglich. Dann schaute er nach vorne. Der Terrorist bewegte sich vorsichtig zwischen den Fahrzeugen, ging mal nach rechts, mal nach links. Dann war er ganz nahe. Er lief langsam vor den Wagen, in dem Yavuz saß. Gleich würde er die Frau finden, die mittlerweile ihr Geschrei eingestellt hatte. Plötzlich fielen Schüsse und der Terrorist ging direkt vor dem Wagen in Deckung. Yavuz reagierte blitzschnell. Er drehte den Schlüssel und hoffte, dass der Motor sofort ansprang. Mit einem satten Ton erwachte die Maschine. Yavuz wartete keine Sekunde. Er legte den Vorwärtsgang ein und gab Vollgas. Das Auto schnellte nach vorne und wurde nur eine Sekunde später abrupt gestoppt. Mit einem lauten Krachen prallte das Fahrzeug auf den davor parkenden Wagen. Gleichzeitig wurde Yavuz vom Airbag des Autos in den Sitz gedrückt. Die Wucht des Aufpralls hatte diesen ausgelöst. Noch ehe sich Yavuz von dem Luftsack befreien konnte, wurde die Fahrertür aufgerissen.

Das war's wohl, dachte Yavuz, *jetzt erschießt er mich!*

***

Ungeplante Rettung

Sergio blieb auf dem Bürgersteig stehen und schaute sich um. Plötzlich hellte sich seine Miene auf. Aufgeregt drehte er sich zu Lil um, der misstrauisch die Straße hinauf schaute. Lil glaubte, Schüsse gehört zu haben. Sergio griff zu Lils Arm, der bei der unerwarteten Berührung zusammenschreckte.

„Lil, schau! Genau da vorne hat alles angefangen."

Damit zog Sergio ihn weiter am Arm und zog ihn ungeduldig mit sich. Ein paar Schritte weiter blieb er stehen. Die vier Bandenmitglieder Lils folgten und zeigten wenig Interesse an dem, was Sergio so wichtig erschien.

„Genau hier stand die Kiste mit den Waffen und dort drüben ist der Hausflur ..."

Sergio unterbrach seine Worte und schaute verblüfft auf einen Mann, der auf sie zu gerannt kam. Sofort griffen Lils Männer zu ihren Waffen. Doch der heranstürmende Mann hob seine Hände und rief: „Nicht schießen! Ich bin ein Polizeibeamter. Bringt euch in Sicherheit. Da hinten wird geschossen!"

Schnaufend kam der Mann vor der Gruppe zum Stehen. Die Waffen, die immer noch auf ihn gerichtet waren, ignorierte er völlig. Er schwenkte eine Dienstmarke in seiner rechten Hand und sagte etwas atemlos: „Ich bin Steve Holder, Detective der New Yorker Polizei. Ich glaube, Terroristen greifen unsere Stadt an. Schnell, ihr müsst euch in Sicherheit bringen!"

Lil zog sofort sein Handy aus seiner Tasche und begann gleich darauf zu telefonieren. Gleichzeitig schob er Sergio in Richtung des Hausflurs.

„Ihr müsst sofort kommen. Ja, wir sind an der Stelle, wo wir die Waffen gefunden haben. Los, beeilt euch und bringt so viele Leute mit, wie ihr könnt. Ja, auch die MS-13-Gang. Die Terroristen sind hier in der Nähe."

Schüsse unterbrachen sein Gespräch. Aus einer Seitenstraße heraus rannten plötzlich schreiende Menschen. Das Geknatter mehrerer Maschinenpistolen echote zwischen den Häusern. Einige der Flüchtenden brachen blutend zusammen, während andere Schutz in Hauseingängen und hinter geparkten Fahrzeugen suchten. Langsam und selbstsicher schritten drei Männer mit Maschinenpistolen auf die am Boden liegenden Verletzten zu. Einer visierte einen Mann an, der blutend auf der Straße lag, und schoss ihm in den Kopf. Dann ging er zu dem nächsten Opfer. Lils Männer warteten nicht auf einen Befehl ihres Anführers. Sie hoben ihre Waffen und schossen auf die Terroristen. Irgendwie erschrocken blieben die Attentäter stehen, als konnten sie nicht verstehen, dass jemand Widerstand leistete. Der vorderste der Terroristen wurde in den Hals getroffen und fiel auf die Knie. Wie eine Fontaine spritzte sein Blut auf den Asphalt. Seine Kameraden warfen sich zwischen die Leichen der Menschen, die sie gerade vor wenigen Sekunden erschossen hatten. Dann erwiderten sie das Feuer. Lils Männer suchten nun auch Deckung und rannten zwischen geparkte Autos. Selbst Sergio war verschwunden und hatte sich wohl irgendwo versteckt. Nur Detective Holder stand noch auf seinen Beinen und seine Pistole spuckte Blei. Lil mochte keine Polizisten, doch in diesem Moment leitete ihn nur sein Instinkt. Er sprang den Beamten an und riss ihn zu Boden. Nur einen Wimpernschlag später zerfetzten Kugeln den Asphalt genau an der Stelle, an der Detective Holder eben noch gestanden hatte. Zusammen mit Lil rutschte er auf allen Vieren in Deckung hinter die geparkten Autos.

„Danke, Mann“, sagte er zu Lil und lud seine Pistole nach. Danach rutschte er auf dem Bauch liegend so weit nach vorne, bis er wieder freies Schussfeld hatte.

Lil schaute, wo seine Leute waren, und gab ihnen das Zeichen, weiter auf die Terroristen zu schießen. Dann schaute sich Lil suchend um. Wo zur Hölle war nur Sergio abgeblieben? Er musste ihn finden und in Sicherheit bringen. Geduckt hinter den abgestellten Fahrzeugen lief Lil los.

„Sergio, wo steckst du?“

***

Aus der Dunkelheit ins Licht

Sergio Camas lag auf den Treppenstufen eines Hausflurs. Es war derselbe Flur, in dem er sich damals – die Zeit dehnte sich in seiner Erinnerung, denn es waren keine drei Wochen vergangen – vor rivalisierenden Banden versteckt hatte. Er war verletzt und blutete stark aus mehreren Wunden. Die Terroristen, die er mit seinen Soldaten Gottes bekämpfte, hatten ihn schließlich gefunden. Durch Zufall gefunden oder durch die Fügung des Schicksals. Aber das war nun egal. Er wusste, dass er diesen Hausflur nicht mehr lebend verlassen würde. Sergio fühlte, wie das Leben aus ihm herausfloss, doch er hatte keine Angst. Der Tod war kein Schreckgespenst, seit er seine liebe Frau am 11. September 2001 verloren hatte. Seit diesem Tag sehnte er sich danach, ihr zu folgen, sie wiederzusehen. Nun war es bald so weit. Seine Gedanken verlangsamten sich und er hatte das Gefühl, dass es dunkel um ihn wurde. Ein überraschendes Gefühl des Friedens und der Geborgenheit umhüllte ihn. Seine Umgebung, der Hausflur, die Straße davor, verschwamm zu einer dunklen Masse. Sergio betrachtete die Dunkelheit gleichmütig, beinahe schon gelassen. Plötzlich erblühte ein helles Licht in der Finsternis und bewegte sich auf ihn zu. Sergio wollte auflachen vor Erleichterung, doch seine Lippen blieben stumm. Voller Staunen erkannte er eine Gestalt, die aus dem Licht trat und auf ihn zu schritt. Er wusste gleich, wer dort aus dem Licht getreten war. Eine Stimme erklang, so zart wie eine Liebkosung.

Mein Liebster, komm zu mir! Ich habe so lange auf dich gewartet. Komm, lass uns gehen. Das Licht wartet auf uns. Deine einsame Wanderung ist vorbei.

Sergio wollte etwas sagen, doch seine Kraft war verbraucht. Er sah das Licht, er sah seine geliebte Frau und spürte eine unendliche Liebe. Plötzlich war er schwerelos und glitt auf die Lichtgestalt, die die Seele seiner Frau repräsentierte, zu. Ausgebreitete Arme umfingen und liebkosten ihn, während sich weitere Lichtgestalten um sie herum sammelten. Ein Chor des Willkommens erklang und sphärische Klänge verwehten in der Zeit. In enger Umarmung schwebten sie dem Licht entgegen, sich umeinander drehend, wie ein ewiger Tanz der Liebe.

Als Lil in den Hausflur trat, hatte Sergio diese Welt schon verlassen. Sein toter Körper lag leicht verkrümmt auf den Stufen. Blut sickerte aus vielen Wunden und Lil fragte sich, wie Sergio es nur geschafft hatte, sich bis hierher zu schleppen. Traurig trat der Bandenchef der Crips näher zu dem Toten und setzte sich schließlich neben ihn auf die Treppe. Er schaute betroffen zu seinem toten Freund und Mentor. Als er jedoch dessen Gesicht sah, fröstelte Lil. Etwas Friedvolleres hatte er noch nicht gesehen. Sogar ein kleines Lächeln lag wie ein letzter Gruß auf dem Antlitz des Toten. Lil blieb noch einen Moment bei seinem Freund sitzen. Dann erhob er sich, als habe er eine schwere Last zu stemmen.

Draußen rief er seinen Leuten zu: „Sergio ist tot, doch ich werde ihn rächen!“

***

Unrühmliches Ende

Akram saß nun schon seit Stunden am Fenster und verfolgte, was sich auf der Straße vor dem Hotel abspielte. Gleichzeitig hatte er CNN eingeschaltet, das in einer permanenten Liveschaltung aus New York City berichtete. Der Ton des Fernsehers schallte laut durch das Zimmer. Berichte besagten, dass es viele Opfer zu beklagen gab und einige Explosionen an verschiedenen Orten. Die Polizei wie auch die Nationalgarde lieferten sich mit den Terroristen am Times Square ein heftiges Feuergefecht. In dem traditionellen Kaufhaus Sears hatten sich New Yorker Bürger gewehrt und drei Terroristen erschossen.

Akram hatte von seinem Fenster aus beobachtet, wie normale Leute seine Kämpfer in Bedrängnis brachten, sodass diese sogar flüchten mussten. Der Anschlag lief nicht wie geplant. Akram hatte die Lage falsch eingeschätzt und nicht mit dem Mut einzelner gerechnet. Wie konnte es nur sein, dass die Menschen dieser Stadt aktiven Widerstand leisteten! Bisherige Terrorakte hatten gezeigt, dass die Opfer seither immer davongerannt waren oder sich verkrochen. Aus dem Fenster heraus hatte er beobachtet, wie sich Leute, scheinbar aus völlig unterschiedlichen Bevölkerungsgruppen, zusammenschlossen und anfingen seine Kämpfer zu verfolgen. Das war ungeheuerlich! Das konnte und durfte nicht sein!

Während der ganzen Zeit blieb Akram nur ein Zuschauer und er fühlte sich hier oben in seiner Suite sicher. Niemand wusste, dass er hier war. Niemand konnte ihn sehen, da die Fenster verspiegelt waren. Ein berstendes Krachen belehrte ihn eines Besseren – niemand war heute in New York sicher. Ein fehlgeleiteter Schuss hatte das Fenster, hinter dem er saß, zertrümmert. Scharfkantige Glassplitter sirrten durch den Raum und trafen auch Akram. Das Brennen der unzähligen Schnittwunden ließ ihn laut aufschreien. Tränen liefen über sein verängstigtes, zerschnittenes Gesicht. Er blutete, er brauchte Hilfe. Akram stand auf und wankte leicht. Der Schock, selbst Opfer geworden zu sein, brachte den Terroristenführer aus dem Gleichgewicht. Halb blind durch das Blut, das in seine Augen lief, stürzte er beinahe aus dem geborstenen Fenster. Er fing sich gerade noch rechtzeitig und wankte ins Badezimmer. Am Waschbecken drehte er das Wasser auf und versuchte mit einem Handtuch vorsichtig das Blut aus seinem Gesicht zu wischen. Dabei wimmerte er wie ein kleines Kind. Jede Berührung gebar neue Schmerzen. Glassplitter steckten überall in seiner Haut. Er brauchte Hilfe! Er ging zurück in das Wohnzimmer und fand schließlich das Telefon am Boden. Er hob es auf und drückte die Kurzwahl, die ihn normalerweise sofort mit der Rezeption verband. Vergeblich! Niemand meldete sich. Akram drehte sich um und ging zur Eingangstür. Glas knirschte unter seinen Sohlen, doch er bemerkte dies nicht. Er war gefangen in seinem eigenen Leid. Vergessen waren seine hehren Pläne, die ihn berühmter als seinen Vorgänger Osama bin Laden machen sollten. Vergessen war das grausame Geschehen auf den Straßen New Yorks. Wichtig war einzig, dass ihm geholfen wurde.

Blutend stand er vor der Aufzugstür und wartete ungeduldig auf die Kabine. Schließlich öffnete sich mit einem Kling die Tür und er betrat den Lift. Er drückte den Knopf mit der Aufschrift Lobby. Die Türe schloss sich und der Aufzug fuhr nach unten. Mitleidig betrachtete Akram unterdessen sein blutiges Spiegelbild und hätte am liebsten laut geschrien. Er verbiss sich aber seinen Schmerz aus einem letzten Gefühl irrationalen Stolzes heraus. Die Tür öffnete sich und Akram verstand zuerst nicht, was er sah. Menschen kauerten sich in kleinen Gruppen zusammen und saßen oder lagen auf dem Boden. Etwas weiter vorne standen zwei Männer mit Maschinenpistolen bewaffnet. Sie schwenkten ihre Waffen bedrohlich über ihre verängstigten Geiseln. Akram atmete erleichtert auf, als er erkannte, dass es sich um seine Kämpfer handelte. Freudig trat er aus der Aufzugskabine und wollte zu den Bewaffneten hinübergehen.

Einer der Kämpfer schrie in schlechtem Englisch: „Bleib stehen! Zurück zu den anderen!"

„Aber nein", rief Akram, „ich bin es, euer Anführer!"

Er ging weiter und breitete seine Arme grüßend aus.

„Ich bin froh, dass ihr hier seid. Allah hat euch zu mir geführt."

Der Terrorist verzog schmählich sein Gesicht und rief:

„Stirb, Elender, denn du hast es gewagt, Allah zu verhöhnen."

Gleichzeitig begann seine Maschinenpistole zu rattern. Akram sah noch das Aufblitzen der Waffenmündung und fühlte, wie etwas in seinen Leib einschlug. Ein Orkan aus Schmerzen raste durch seinen Organismus, während er von den Beinen gerissen wurde. Hart schlug er auf den Marmor des Hotelbodens und blieb seitlich verkrümmt liegen. Sein Kopf lag auf dem kalten Stein und sein Blick fiel auf eine hochglanzpolierte Fließe. Darin erkannte er zu seiner Verwunderung das Gesicht der alten Frau aus Rom. Sie lächelte ihm zu. Akram schloss erschöpft die Augen und sein Geist fiel in eine unendliche Schwärze.

***

Nachklang

Roger und Yavuz hatten die letzten Stunden damit verbracht, unter Lebensgefahr Verwundete und verängstigte Menschen in Sicherheit zu bringen. Yavuz versuchte dabei den Gedanken zu verdrängen, dass er ein Menschenleben auf dem Gewissen hatte. Er tröstete sich damit, dass er mit seinem Handeln einer Frau das Leben gerettet hatte – und wahrscheinlich noch einigen anderen Menschen. Doch das Bild des zerquetschten Terroristen wollte nicht aus seinen Gedanken verschwinden. Er hatte die Leiche gesehen, die zwischen zwei Fahrzeugen förmlich zusammengestaucht war. Blut und zerbrochene Knochen, das war alles, was von diesem Menschen übrig geblieben war.

Yavuz saß in einer Ecke eines kleinen Supermarktes und blickte zur Straße hinaus. Seit etwa zwei Stunden war es ruhig geworden in dem sonst so lauten New York. Nur ab und zu hörte man die Sirenen der Krankenwagen, ansonsten war es still. Die Menschen verbargen sich noch in ihren Häusern und Wohnungen. Niemand wusste, ob der Terrorakt vorüber war.

Roger schlurfte herein. Er sah erschöpft aus und seine Kleidung war vom Blut anderer Menschen so verschmutzt, dass er seine Sachen in den Müll werfen konnte. Roger kam heran und sagte, gerade so, als hätte er erkannt, was Yavuz gerade dachte: „Glaub nur nicht, dass du besser ausschaust. So einen dreckigen Kerl habe ich schon lange nicht mehr gesehen."

Yavuz nickte nur und schaute an sich herunter. Dann fragte er leise und dennoch voller Hoffnung: „Ist es vorbei?"

Roger schaute seinen deutschen Freund an und lächelte unsicher.

„Ich weiß es nicht genau. Aber es scheint so. Ich habe schon einige Male versucht meine Kollegen beim FBI anzurufen, doch es meldet sich niemand."

„Die haben bestimmt viel zu tun. Das wird dauern, bis Entwarnung gegeben wird. Was machen wir bis dahin?"

Roger blickte sich in dem kleinen Laden um. Sanitäter hatten die Verwundeten versorgt und die Schwerverletzten mitgenommen. Die Menschen, die sich noch im Laden aufhielten, trauten sich noch nicht nach Hause.

„Ich schlage vor, Yavuz, dass wir noch eine Weile hier warten und dann versuchen zurück zu unserem Hotel zu kommen."

„Gute Idee, Roger", antwortete Yavuz, dann schlich sich ein Grinsen über sein Gesicht. „Da können wir das erledigen, weshalb ich überhaupt in die USA gekommen bin."

Rogers Gesicht war zuerst ein einziges Fragezeichen, dann lachte er lauter, als es angemessen erschien. Doch dieses Lachen entlud seine Anspannung und vertrieb die trüben Gedanken, die sich auf seiner Seele niedergelassen hatten.

Unter Atemnot, das Lachen schüttelte ihn immer noch, fragte er keuchend: „Du willst tatsächlich noch deine Zeugenaussage zu den Vorfällen in Walkers Hill machen? Mann, seid ihr Deutschen gründlich! Das hätte ich fast vergessen!“

Nun fiel auch Yavuz in Rogers Lachen ein.

Nachdem die beiden sich beruhigt hatten, sagte Yavuz: „Und wenn der Airport wieder öffnet, nehme ich den nächsten Flieger. Aber wenn du denkst, du bist mich dann los, dann hast du dich getäuscht! Du fliegst nämlich mit!“

Roger sperrte erstaunt seinen Mund auf und wollte noch etwas sagen, doch nun war es an Yavuz, zu lachen. Er fand Rogers Gesichtsausdruck einfach nur komisch.

Einige Blocks entfernt kniete Detective Steve Holder neben einer Leiche. Nur zögernd drehte er den Mann um, obwohl er sicher war, wen er am Straßenrand gefunden hatte. Seine Vermutung bestätigte sich. Vor ihm lag mit starren Augen Lil Rich, der Anführer der Crips. Sein Gesicht schien Erstaunen auszudrücken, als sei er vom Tod überrascht worden. Der Detective legte seine Hand auf Lils Augen und schloss diese für immer. Er fühlte ein gewisses Bedauern, obwohl der Tote ein Gangster, ja sogar ein Mörder gewesen war. Er hatte selbst gesehen, wie Lil einen Mann kaltblütig erschossen hatte. Ihm jedoch hatte Lil das Leben gerettet und war zusammen mit seinen Gangmitgliedern auf die Jagd nach Terroristen gegangen. Er sah noch, wie Lil ohne jegliche Angst in die Straßenschluchten der Megacity gerannt war. Er hatte geschrien wie ein Berserker und gleichzeitig hatte Steve Holder seine Tränen gesehen. Der Detective sprach noch ein leises Gebet, dann stand er auf und ging davon.

***

Epilog

Hanky saß neben Richard auf dem Rücksitz eines Taxis. Sie waren auf dem Weg zum Flughafen. Vorher hatten sie Walt besucht, der zum Glück die Operation überstanden hatte und sich auf dem Weg der Besserung befand. Schwach hatte er gehaucht: „Fahrt nur nach Hause. Ich bin hier bestens versorgt."

„Das kannst du vergessen, Walt", hatte Hanky grinsend erwidert, froh darum, dass sein Freund überleben würde.

„Du glaubst doch nicht, dass ich dich hier mit den hübschen Schwestern alleine lasse."

Walt lächelte und schloss seine Augen. Sie glaubten schon, er wäre eingeschlafen. Leise fragte er jedoch: „Ist alles vorüber? Haben wir's geschafft?"

„Ja, Walt", antwortete dieses Mal Richard, „wir haben es geschafft. Nun sollen sich andere Leute um den Schlamassel kümmern."

Walt antwortete nicht mehr und sein gleichmäßiges Atmen zeugte davon, dass er eingeschlafen war. Hanky und Rich blieben noch einen Moment am Krankenbett ihres Freundes sitzen. Dann schaute Hanky auf seine Uhr und bedeutete Rich, dass es Zeit war, zu gehen.

Das Taxi erreichte den römischen Flughafen, ohne in einen der berüchtigten Staus gekommen zu sein. Richard und Hanky stiegen aus und Rich hob seine Tasche aus dem Kofferraum. Hanky bezahlte den Taxifahrer und ging zusammen mit Rich in den Abflugterminal.

„Du kannst ruhig zurückfahren, Hanky. Ich komme schon klar", sagte Richard und wollte seinem Freund und sich eine Abschiedsszene ersparen.

„Nein, nein, mein Lieber. Ich begleite dich bis zum Gate. Vergiss nicht alle zu grüßen, wenn du wieder in New York bist."

„Mach ich. Aber nach den Anschlägen dort wird es bestimmt turbulent in der Redaktion."

Richard spielte dabei auf seinen eigentlichen Job als Journalist der New York Times an.

„Und ob Rita und Carmen schon zurück aus Kanada sind, weiß ich auch nicht."

„Na, du wirst schon sehen", beruhigte ihn Hanky. Dann gingen sie zum Schalter der Delta Air und Richard checkte ein. Sie schwatzten noch eine Weile, dann war es an der Zeit, Abschied zu nehmen. Hanky brachte Rich bis zu den Sicherheitskontrollen, drückte ihn noch einmal und sah dann seinen Freund davonschreiten.

Hanky drehte sich um und lief langsam zum Ausgang. Einem Impuls folgend setzte er sich in die Nähe einer Anzeigentafel, um zu sehen, wann Richards Maschine abhob. Dabei liefen vor seinem geistigen Auge noch einmal die Geschehnisse der vergangenen Tage vorbei. Sie hatten es geschafft, wieder einmal geschafft, dem Bösen die Stirn zu bieten. Doch um welchen Preis? Menschen waren gestorben und Menschen waren verletzt worden. Walt lag schwerstens verletzt im Krankenhaus. Er würde noch mindestens eine Woche brauchen, ehe er transportfähig war. So lange würde Hanky warten und zusammen mit seinem Freund zurückfliegen. Das hatte Walt verdient und noch viel mehr.

Gerade als Hankys Gedanken an diesem Punkt angekommen waren, fragte eine Stimme, die ihm sehr bekannt war: „Darf ich mich zu Ihnen setzten?"

Hanky schaute auf und glaubte nicht, wen er dort vor sich stehen sah. Er hatte die Stimme erkannt, aber nicht daran geglaubt, dass sein Erkennen richtig war. Mit einem Satz sprang er auf und riss die Frau vor sich beinahe um.

Freudig schloss er sie in die Arme und sagte: „Carmen, meine Carmen! Wo kommst du denn her!"

„Ich habe mir gedacht", antwortete sie, „du könntest mir Rom zeigen. Hier soll es doch so romantisch sein."

Ein langer, inniger Kuss schloss ihre Lippen.

ENDE

Anmerkung des Autors

Lieber Leser!

Erst einmal möchte ich mich bei Ihnen bedanken, dass Sie mein Buch gekauft und, so hoffe ich inständig, auch noch gelesen haben. Hier nun eine Anmerkung, sozusagen ein Statement, das ich unbedingt gesagt haben will:
Als ich mich vor gut einem Jahr hinsetzte und begann, diese Story aufzuschreiben, war mir durchaus bewusst, dass ich mit dieser Geschichte einige Institutionen, wie zum Beispiel die katholische Kirche, Geheimdienste und nicht zu vergessen den Papst, in einer Weise beschreibe, die nicht gerade freundlich zu nennen ist. Außerdem wird in dieser Geschichte zum Kreuzzug gegen extreme Islamisten aufgerufen. Meine Motivation aber war, zu zeigen, wie Menschen sich in extremen Situationen verhalten. Ich war gerade beim Verfassen der letzten Szenen in New York, wo Terroristen durch die Straßen ziehen und wahllos Menschen erschießen, als ich die schrecklichen Bilder von Paris sah. Erschrocken stellte ich fest, wie nah sich Fiktion und Wirklichkeit manchmal kommen. Aus Respekt vor den Anschlagsopfern in Paris habe ich die Ereignisse in meinem Roman nur angerissen und nicht wie geplant ausführlich beschrieben.

Ich wünsche Ihnen eine sichere Zeit!

Herzlichst Ihr

Marvin Roth

In Vorbereitung:

Pale

Ein kleiner Junge, der schon früh den Spitznamen Pale von seinen Klassenkameraden bekam, ersticht einen pädophilen Priester. Zuerst ist Pale schockiert. Er hat einen Menschen getötet! Die Tat bleibt ungesühnt, da niemand einen Jungen seines Alters mit der Bluttat in Verbindung bringt. Als Pale erkennt, welche Macht er durch seine Unscheinbarkeit erlangt, beginnt er seinen blutigen Weg.
Jahrzehnte später ereignen sich in Washington DC rätselhafte Morde. Ein unheimlicher Serienkiller treibt sein düsteres Spiel. Ist Pale noch immer aktiv? Und wer versteckt sich hinter diesem Pseudonym? Ist er im wahren Leben ein Major General, ein Polizist, ein politischer Berater, ein Senator, oder verbirgt sich Pale hinter einem anderen? Das FBI steht vor einem Rätsel und beauftragt Roger Thorn, sich des Falls anzunehmen.

LESETIPP!

Marvin Roth
Der Duft des Zorns

286 Seiten
13,5 x 20,5 cm
Softcover
ISBN 978-3-943168-61-7
14,90 € (D)

Mord und Terror überziehen ohne Vorwarnung Walkers Hill. Der Tod geht um. Wem kann man noch trauen, wenn sogar Polizisten auf unbewaffnete Menschen schießen. Der FBI Agent Roger Thorn steht vor einer nahezu unlösbaren Aufgabe.

„Fürchtet euch vor dem,
der nicht nur töten kann,
sondern die Macht hat,
euch auch noch in die Hölle zu werfen.
Ja, das sage ich euch:
Ihn sollt ihr fürchten."

Lukas 12/5

LESETIPP!

Birgit Storm
Ein Schuss zu viel

200 Seiten
12,5 x 19 cm
Softcover
ISBN 978-3-943168-86-0
10,80 € (D)

Tod beim Biathlon-Weltcup

Vor den Augen der Zuschauer bricht der erfolgreiche Oberhofer Biathlet Arne Becker am Schießstand zusammen. Wer ist für seinen Tod verantwortlich?
Diese Frage müssen Theo Greitner von der Polizeidirektion Suhl und sein Hamburger Kollege Matthias Hansen in ihrem ersten gemeinsamen Fall beantworten. Die Zusammenarbeit der beiden sehr unterschiedlichen Kommissare gestaltet sich schwierig, bis einer von ihnen in Lebensgefahr gerät.

„Die Hamburgerin Birgit Storm hat …gründlich vor Ort recherchiert und unter dem Titel ‚Ein Schuss zuviel' einen ebenso wendungsreichen wie mitreißenden Plot um einen Mord während eines Biathlon-Weltcup-Rennens in der Arena am Grenzadler entwickelt."

MOMENT - Das Kulturmagazin aus der Mitte Deutschlands